国家社会科学基金一般项目（批准号：16BZW095）

朱易安 著

竹枝词及其近代转型研究

中华典籍与国家文明研究丛书

上海古籍出版社

《中华典籍与国家文明研究丛书》编委会

主 编

查清华

编辑委员会（按姓氏笔划排列）

朱易安　李定广　李　贵

吴夏平　陈　飞　查清华

曹　旭　詹　丹　戴建国

前　言

竹枝词的近代转型研究，是基于下述几个文学史上无法解释的现象展开的：

1. 自唐代兴起竹枝创作至清代，虽然现存作品约7万首，而90％的作品产生在清代以后，并且集中在1870年前后，是什么原因造成的这种局面。

2. 近代史的研究中曾经大量引用近代竹枝词的作品作为史料，"以诗证史"，可以说明，竹枝词在近代作品中呈现出来的叙事功能已经大大增强，而不能将它与一般的七言四句的抒情诗歌相提并论。

3. 竹枝词创作在明清以及近代得以盛行，必然存在着相应的文学变革的内在动力和社会需求，需要梳理它的基本要素和融入近代化的变异要素。

4. 作为传统诗歌在近代转型的成功事例，应该如何评价竹枝词这样一种非主流的文学创作。

竹枝词的创作是中国诗学史上一个独特的现象，是历代文人对民歌的拟作。这种特殊的诗体，决定了它既具有民间的草根的血统，同时又具有乐府诗歌"刺美见事"的传统。这些诗学传统导致竹枝词的创作在近代转型时社会功能的拓展，成为知识分子和精英群体积极书写、都市市民愿意阅读接受的文学载体。

研究成果分章论述，主要的内容，由《竹枝词的"跨文化"研究》、《从民歌到文人拟作》、《竹枝词的传统》、《竹枝词的发展》、《明清竹枝词的新变》、《竹枝词创作的都市化倾向》、《竹枝词在城市近代化进程的转型》、《竹枝词与生活文化》、《竹枝词与性别文化》以及《竹枝词的近代转型与另一个叙事空间》等十个部分组成。

其中前四章论述历代竹枝词现存作品目前的状况，明清以前文人是如何创作竹枝词的，而二十世纪以来学术界是从哪些角度来评价和研究竹枝词的。竹枝词的创作发展历史说明，文人拟作民歌竹枝词，一开始便遵循儒家诗教的传统，诗乐同源的审美标准，开拓诗歌可以"观民风"的功能，成为历代文人创作竹枝词的根本动力。

《明清竹枝词的新变》、《竹枝词创作中的都市化倾向》、《竹枝词在城市近代化进程中的转型》等三章，论述明清以后竹枝词创作高潮的兴起与都市近代化之间的互动关系，竹枝词近代转型的各种要素的形成并进一步扩展，而现代报纸杂志的出现、文化经济的出现，促成了传统诗歌的转型，成为大众社会文化消费的一部分。最后三章论述竹枝词建构的叙事空间所产生的重要作用和影响，阐述了为什么竹枝词首先被当作史料而忽略了它的文学价值，如果回到文学本位的研究，应当重新认识它作为都市文学乃至都市文化的一部分的价值。

研究中的创新内容和方法以及主要建树体现在以下几个方面：

首先，通过考察竹枝词创作的发展以及清代以后出现创作的鼎盛时期，指出，应当把竹枝词看作近代都市文学的一部分来对待，竹枝词是传统诗歌在近代成功转型的典范，本身具有传统诗学在近代乃至当代传承并赋予新生命的意义。这一成果弥补了近代都市文学中小说独尊、诗歌缺位的遗憾。

其次，对竹枝词发展过程的考查，提出了诗歌体制的变化并不局限于诗歌体制的形式，体制本身也具有政治和文化的诉求和意味。这使得早期文人模拟民歌民谣创作竹枝，以表达对边地风光人情的感受；后来发展成专题歌咏地方历史和风俗，作为地方志修撰的补充。诗歌形式也从数首的规模变成了百余首的联章体，竹枝词也从以抒情为主变为以纪实为主的叙事诗，为中国的叙事诗歌增添浓墨重彩的一笔。

再次，竹枝词近代转型的成功，并且能够产生数量巨大的创作成果，是来自三个自成体系的重要因素的融合，这三个要素分别是诗学传统、社会变革因素以及新兴媒介作用。本研究认为自身的诗学传统是竹枝词适应时代需求转型的内驱力；近代社会的巨大变化提供了竹枝词井喷式创作的内涵和源泉；而报刊等传媒的出现，则为竹枝词创作提供了传播的平台，并且推动了竹枝词创作的走向。

当明清时期竹枝词的纪实和叙事功能逐渐增强以后，竹枝词作品中有许多社会生活史的细节和描述，加上补充地方志修撰中的细节用诗歌记述，所以，竹枝词创作中，已经出现了另一种叙事空间。本研究认为，虽然这一叙事空间仍然属于文学的镜像，却已经形成了诸多的认知和审美的空间生产。重新对这一叙事空间展开研究和评价，是对竹枝词文学本位的研究和肯定，而不是仅仅将它们当作史料。

作为另一种叙事空间的竹枝词，折射出的都市文化层面上的细节令人惊讶，展现出丰富多彩的、曾经被主流文化遮蔽的女性生活、市民生活以及下层文人的生活，描绘出大众对新生活的向往和追求，对于都市文化研究有着重要的意义和价值。

本研究以马克思主义的历史唯物主义和辩证唯物主义的方法为指导，采用跨学科的视角，以文献为基础，考察与理论探索并重，寻求传统诗学在新时期转变和生存的规律，认为传统文学的优秀基因必定能在社会转型的过程中给新时期的文学发展带来积极的作用。

本研究的资料收集和数据采集开始于项目申请之前。除了目前已经见到的整理出版的《中华竹枝词全编》、《历代竹枝词》等各种竹枝词作品，以及各种地方志见载的竹枝词作品，还几乎穷尽了历代文人诗文集中的相关作品、近代各种报纸和刊物刊登的竹枝词作品，并对这些作品和作者作甄别和校勘的研究。除此之外，还广泛地收集运用有关都市近代化、社会史的相关研究成果，包括性别研究和经济研究方面的成果。由于竹枝词中存在着大量被主流文化遮蔽的大众生活层面的细节描述，需要与当时的史实作比较和核实，还先于此研究做过相关的研究，曾经出版过《上海职业妇女口述史——1949年以前就业的群体》，大量相关的史料可以和竹枝词所构成的叙事空间进行相互印证。

本研究首次提出将转型后的竹枝词看作都市文学的一部分，弥补了都市文学研究中诗歌的缺位，这在文学史上具有重要的学术价值。对竹枝词近代转型的肯定，也是对传统诗歌体制可以进入新时代、反映新时代的肯定，这在文学史上也是具有开拓性意义的。此外，对竹枝词创作提供的叙事空间的研究，合理地解释了诗史互证的文化学研究的必然性，对于新时期的文化建设和研究成果的转换提供了可能。

不足的是，限于时间和篇幅，近代转型的论述仅以江南地区和上海都市化的形成为中心，而对于其他城市和地区的研究事例涉及比较少。此外，研究中发现，目前已经出版的竹枝词文本，还存在许多文献方面的错误,包括误收和漏收,字句的讹误等等,笔者尽可能将引文作简单的校正,于原文献明显错字后加括号出示正确的字。希望将来有人能重新做一次文献方面的整理工作。

朱易安

2018 年 12 月 6 日

目 录

前言 ········· 1

导论　雅俗互渗的个案及其文化意义 ········· 1
　第一节　研究缘起 ········· 1
　第二节　诗歌创作的"雅"和"俗" ········· 4
　第三节　性别视角的引入 ········· 11
　第四节　雅俗互渗的个案及其文化意义 ········· 21

第一章　竹枝词的"跨文化"研究 ········· 27
　第一节　竹枝词的概况 ········· 27
　第二节　竹枝词的研究 ········· 34
　第三节　竹枝词和都市文化 ········· 41
　第四节　竹枝词与女性文化 ········· 57

第二章　从民歌到文人拟作 ········· 70
　第一节　竹枝词的起源 ········· 70

第二节	文人拟作的兴起	76
第三节	文人拟作的盛行	86
第四节	徒诗形式的定型	100

第三章 竹枝词的传统 — 115
第一节	诗乐同源的儒家标准	116
第二节	竹枝词的诗学传统	121
第三节	竹枝词的"声诗"渊源	127
第四节	竹枝词的"女儿"传统	132

第四章 竹枝词的发展 — 150
第一节	竹枝词发展的文化动因	150
第二节	诗歌体式的演化	166
第三节	竹枝词别名和竹枝词阵容的扩展	179
第四节	创作兴趣与生活的互动	188

第五章 明清竹枝词的新变 — 206
第一节	细致的风土地域专题特色	207
第二节	社会生活文化的专题特色	224
第三节	女性生活史的呈现和身份转换	250
第四节	竹枝词创作地位的提升与范式确立	272

第六章 竹枝词创作的都市化倾向 — 293
第一节	竹枝词创作与都市化生活	293
第二节	休闲与娱乐的主题	317
第三节	竹枝词的文人唱和与结集	335

目 录

  第四节 竹枝词与传统诗歌的交互影响 …………………… 349

第七章 竹枝词在城市近代化进程的转型 ………………… 363
  第一节 《申报》和竹枝词 ………………………………… 363
  第二节 "美刺传统"与消费文化 ……………………………… 378
  第三节 传统诗学要素的近代转型 ……………………………… 395
  第四节 作为都市文学的竹枝词 ……………………………… 406

第八章 竹枝词与生活文化 …………………………………… 425
  第一节 开埠前竹枝词里的上海"风土" ……………………… 426
  第二节 竹枝词里的"新风土" ………………………………… 447
  第三节 大众生活：竹枝词创作的新趋向 ……………………… 461
  第四节 从文化消费到消费文化 ……………………………… 488

第九章 竹枝词与性别文化 …………………………………… 509
  第一节 竹枝词中的性别观察 ………………………………… 509
  第二节 "洋场"与女性 ………………………………………… 533
  第三节 职场与女性 ……………………………………………… 543
  第四节 生活文化与女性 ………………………………………… 555

余论：竹枝词的近代转型与另一个叙事空间 ………………… 569
  第一节 竹枝词叙事视角的改变 ……………………………… 570
  第二节 竹枝词：另一个叙事空间 ……………………………… 582
  第三节 竹枝词开拓的性别与都市叙事空间 …………………… 590

引用书目 ………………………………………………………… 603
后记 ……………………………………………………………… 621

导论
雅俗互渗的个案及其文化意义

第一节 研究缘起

在现代化的进程中，在都市文化、城市产业以及都市生活的形成中，女性是一支不可忽视的力量。在长三角地区，上海尤为突出。上海都市圈里形成的性别文化特征，已经成为海派文化的一部分，深刻地影响着上海城市的性格和品格。作为引领都市生活品质和时尚产业发展的潜在文化原动力，性别文化所辐射的社会领域及发展前景，已经越来越受到国际的重视和关注。都市性别文化的研究应当成为都市文化中一个重要部分。

研究中国都市近代化及现代化转型的课题，曾经大量引用文学的素材作为论据，上海史或上海学的研究中也经常引用竹枝词的创作，来反映社会的变革及新气象。但至今未见将竹枝词的创作作为都市文学乃至文化的一部分来看待。事实上，晚清及二十世纪二三十年代的竹枝词创作已达数万首之多，创作内容和方法已经突破了传统，可以视作传统韵文学的现代转型。竹枝词的传统由乐府诗创作和歌咏女性见长，其中，明清以后的一部作品，特别是近代的作品，已经具有相当强的公民参与意识。因此，近代竹枝词的创作本身，不仅应当还原她的文学身份，把她看作是都市文学的一部分，还应当还原她作为都市文化的组成部分，通过这种文化现象，观察都市的文学、大众文化和性别文化的生成。

文学的创作，只是都市文化的部分呈现，并不能将它作为社会变迁和真实社会史的全部。但是，由于社会的变迁，人们的文化需求和审美需求也会发生一系列的变化，所以，重新从文学的角度来审视竹枝词创作的繁荣，倒是可以发现，中国传统文学的现代转型，会在像竹枝词这样的、原先处于比较边缘的创作样式中实现。从某种意义上说，竹枝词的研究，似乎可以将传统文学在近代社会中的转型和都市文化的建构，以及性别文化的建构结合起来，从而多纬度地观察"海派文化"给文学以及文化发展的影响，并认识它的复杂性。

这样的认识基于多年对相关研究的思考。例如，中国的传统诗歌在近代化的过程中如何产生断层？传统的文学样式，特别是传统诗歌的样式是否适应白话文学占主导地位的现代社会？明清以后的女性文学的兴起，男性文人对女性文学的支持和扶植，以及通俗文学的发展、高雅文学特别是诗歌的通俗化倾向是否有内在的联系？都市文化中的性别文化是否对城市特征和品格的形成有一定的影响等等。这些问题的提出和解答，似乎并不是某个领域中单一研究可以解决的，那么，寻找一种有相当跨度的文学或文化现象，将它作为主要对象，从它的发生、发展及流变和转型，来折射出特定时期的社会变化，是否可以多纬度观察我们提出的疑问。

如果按照这个立场观照《竹枝词》所提供的史料和素材，便会发现，许多作品从不同的层面反映了社会的动荡和变化，但并不排除作者的价值在社会变革以后所产生的矛盾和疑惑。许多描述只是男性文人对都市新变的主观镜像，并不一定能反映社会的变革和性别角色的变化。特别是海派文化形成及建构过程中，新型女性的身份转变和形成。例如，上海支柱产业纺织业的形成过程中，由长江三角洲农村出来的小姑娘，逐渐成为数十万的上海纺织女工，成为上海职业女性的重要部分。由于她们对经济生活的参与和贡献，改变了家庭经济结构，也改变了传统的两性关系。他们对新生活的需求以及他们对上海都市形成的贡献，是海派文化构建的重要基础。也就是说，我们必须补充其他的材料，来说明文学镜像和现实的吻合和差距，从而提供令人信服的事实来研究这种文化现象的复杂性。所以，性别视角的介入，有时会具有意想不到的收获。

李欧梵《上海摩登——一种新都市文化在中国1930—1945》发表以后，人们就把他所描述的文化现象归结为海派文化，并认为这是海派文化的全部。但事实并非如此，上海近代化的过程告诉我们，上海市民文化素养的新变，新型都市文化的人气和日益国际化，并不是文学本身可以承担的，相反，文学只是一种镜像，并通过文学作品进一步巩固已有的习俗和理念。真正决定文化本质的，是建筑在经济基础上的价值观以及人们对新生活的愿望。海派文化不仅仅是"小资"的，也是大众的、市民的。与传统文化精英化的特点相比较，海派文化的这种大众生活文化属性，是和上海都市形成的需要分不开的。上海与吴文化的传统最接近，但是，上海在中国近代化的进程中，逐渐形成了城市化、工业化、市民化的特性，城市结构和生活方式都发生了根本性的改变，所以，求新求变，就成了海派文化形成过程中的主题。一百多年来，上海社会结构伴着产业结构的转型以及市民生活理念和生活方式的变化，城市的大众不断接受新事物，不断地容纳新的文化，充满活力，充满创造，向往更新、更美，这是海派文化能够与时俱进的重要原因。从这个意义上说，海派文化的表现层面是生活文化，要寻求海派文化的要素，解释上海城市的性格，就必须将视角移至大众的生活的层面，而活跃在这一层面的,恰恰正是女性的群体。

于是,我们试图将文学创作的"竹枝词"、女性和都市文化这样三个貌似不甚相关的主题结合起来做一次尝试性的考察。运用上海学、文化学、经济学以及多种跨学科的研究方法和成果,重新审视并解读"竹枝词"创作及其作品的意义,探索她与海派性别文化的构成、辐射力以及对都市文明的意义。

第二节 诗歌创作的"雅"和"俗"

中国传统诗歌创作,一直被视为正统严肃的雅文学范畴,但是,这种雅文学的源头却来源于民间创作,例如《诗经》的"国风",所以产生了中国文学发展"由俗而雅"的说法。"人们从雅俗的互动与消长中发现了文学发展的一条规律,以为一切文学样式都有一个由俗到雅而后衰落的过程。这一认识与文学进化论相结合,成了二十世纪最有影响的文学史观。"但是到了二十世纪之交,学界开始关注"文学发展的俗体化趋向",认为"从文学整体发展来看,艺术雅俗观推动了文学的私人化和情感化,强化了文学的审美与娱乐,促进了文学的又一次解放,也促使文学文体更大规模的俗体化。这与宋以后大众文化的迅猛发展是完全一致的。文化消费主流群体的改变必然促进和影响文学语言、风格、文体的改变,宋以后大量诞生的俗体文学充分说明了这一点。因此,就具体文体发展而言,确实存在一些文体由俗而雅走向衰落的现象;而就文学整体发展而言,却并不存在由俗到雅再到衰落的趋向,文学主流的发展是不断地由雅趋俗,即从贵族走向精英,从精英走向大众,文学文体越来越通俗化,文学消费越来越大众化。这才是中国文学发展的基本趋向。"①

---

① 王齐洲:《雅俗观念的演进与文学形态的发展》,《中国社会科学》,2005年第3期。

上述的看法中，涉及了三个方面的问题。首先是雅和俗的评判。正如有些学者所说的那样，雅和俗的观念，并不是指单纯的文学审美观念，而是一种"政治性概念"①。因此，仅从文学研究的角度常常无法解释许多纷繁复杂的现象，如果我们将之放在社会变革和文化的大背景下来观察，就会发现，文学除了自身发展的规律这一条线索之外，还会时时受到它所处的那个时代和社会种种因素的影响和制约。关于历代文学发展中雅和俗的问题，主流与非主流的问题，早有学者指出："从社会功能上看，雅文学是以从属于政教、为政教服务为准绳的。""从思想内容来看，雅文学是以士大夫的'志'和'道'为核心的，'诗言志'、'文以明道'成为千古不变的训条……俗文学的情况则有所不同，它是创作出来供市民消费的，必须符合广大市民群众的口味。"②这就涉及了第二个问题，受众的问题。当文学产品的接受者变化了，扩大了，贵族的精英的审美趣味必然发生变化。以广大市民为主要对象的俗文学样式，会把娱乐自己的观众或听众放到了第一位。因此，文化的因素，是文学研究不可或缺的因素；文学产品的接受和消费的对象也是不可或缺的因素。我们的文学史以怎样的观察角度来记录并尽可能真实地还原历史发展的轨迹，某种程度上取决于这些记录是否真实地表达了受众的心声。

一般认为，雅和俗两者之间是对立的，这种距离来自接受对象文化素养的高下，以及社会与文化背景的差异。因为不同的受众群体，处身在不同的经济和社会条件之下，有着不同的文化心态与审美需求，给各自的文学样式带来了异质文化要素，形成不相容的审美结构，遂使分流和对立不可避免。但是随着学术研究的深入和细化，我们发现，事实并不完全如此。有许多实例可以证明，宋元以

---

① 王齐洲：《雅俗观念的演进与文学形态的发展》，《中国社会科学》，2005年第3期。
② 陈伯海：《宋明文学的雅俗分流及其文化意义》，《社会科学》，1995年第2期。

后，俗文学样式兴起之后，许多接受"雅"文学的文人士大夫，同样也喜欢大众的俗文学。即使在宋以前也是如此，例如，据《唐语林》记载，"李卫公幼时，宪宗赏之，坐于前。吉甫每以敏捷夸于同列。武相元衡召之，谓曰：'吾子在家，所嗜何书？'德裕不应。翌日，元衡具告，吉甫归以责之。德裕曰：'武公身为宰相，不问理国调阴阳，而问所嗜书，其言不当，所以不应。'"[①] 这里的"书"，指听人说书，也就是宋元以后兴起的一种曲艺形式——评书。可见身为宰相的武元衡也喜欢这种大众的娱乐。

涉及第三个问题：当雅和俗的受众并不是截然对立的情况下，精英层面的受众对俗文学或俗文化的接受，往往不被主流文学史所关注。之所以不被关注的原因，并不是因为某一个历史时期，这些文学产品或文化现象影响力不够，而是主流文学史忽略大众审美和美学趣味，而事实上文人的美学趣味与大众美学趣味是相交叉的。笔者曾在唐诗学的研究中发现，唐诗学能成为"热学"，至少有以下四个方面的因素：唐诗在后世的流传，唐代诗人的综合魅力；唐诗的传播途径，除了别集与选本，还与后世新兴的文学样式如戏曲小说中的演绎相关；艺术作品传播与唐代诗歌接受中的再塑造相关；唐诗与文人生活需求的变化相联系。而上述这些在过去研究中不被重视的"非主流"因素，恰恰成为唐诗具有永久生命力的内在动力，是唐诗获得普及效应的重要因素[②]。甚至可以说，有些非主流的因素，也许正是被忽略的真正的"主流"。

中国许多著名的文学大家盛名远扬，都与上述的因素有关。以李白接受史为例，我们可以发现，宋元以后人们对李白及其诗歌的

---

① （宋）王谠撰，周勋初校证：《唐语林校证》卷三"夙慧"，中华书局，314 页。案：本书所引用图书文献的详细版本信息见书末"引用书目"部分。
② 朱易安：《试论唐诗学建构的主流与非主流》，《陕西师范大学学报》，2010 年第 1 期。

接受，很大程度上来源于各种各样的传奇和传说。这是因为李白诗文的文本流布缺位。换句话说，就是我们所说的主流因素缺位。李白的诗歌文本真正开始受到关注，要从萧士赟的《分类补注李太白集》开始算起。在此之前，李白的声望更多依赖各种富有传奇色彩的记载而不断扩大。已有学者详细考证了太白星精、谪仙、捉月骑鲸等传说的形成过程①，认为是通过李阳冰的《草堂集序》、唐人的笔记以及李白诗歌的夸饰诗句，将事件和传说联系起来，其中有许多附会的因素，但却产生出一种集聚效应，构成了一个"谪仙人"具体而生动的形象。直到清代以前，这些荒诞不经的传说很少受到质疑，而不断地为诗人或评论家津津乐道。

　　李白的例子其实可以证明，具有大众审美情趣的笔记小说，也是古代精英——文人士大夫接受的重要途径，笔记小说中具有传奇色彩的记载，以及演绎成为视觉艺术和表演艺术的各种展现，成为不仅吸引着唐人和后世的普通读者，甚至对精英层面的影响也超过了对李白诗歌文本的直接阅读。于是便造成了传说和附会的成分在很大程度上影响人们对李白诗歌的阅读和接受。我们可以从后世诗人咏李白的作品中，看到笔记小说的影响，而这些以诗歌咏李白的作品，又被看作诗学主流的重要组成部分，于是反过来巩固并扩大非主流的影响。如皮日休的《七爱诗》之一《李翰林》："吾爱李太白，身是酒星魄。口吐天上文，迹作人间客。磔砢千丈林，澄澈万寻碧。醉中草乐府，十幅笔一息。召见承明庐，天子亲赐食。醉曾吐御床，傲几触天泽。"②就是一例。如果说，笔记小说中的记载尚属不太可信的资料，那么，作为一种评价写入论诗之诗，就会在某种程度上增加它的公信度。同时也说明，李白接受史中"主流"与"非主流"因素是互动的，而"非主流"的因素，在李白接受过程

---

① 杨文雄：《李白诗歌接受史》，台北五南图书出版公司，34—40页。
② （唐）皮日休：《皮子文薮》卷十，上海古籍出版社，106页。

中起过十分重要的作用,也是李白诗歌具有永久生命力的内在动力。在后人歌咏李白诗歌作品中,这些"非主流"的传奇情节将李白的形象和精神具象化,突出了他"平生傲岸,其志不可测;数十年为客,未尝一日低颜色"的人格魅力。

"主流"与"非主流"因素往往是互动的。这又可以从另一个层面上来说明,精英们对大众喜闻乐见的文学表现形式并不排斥。对于李白接受史而言,铺陈李白传奇形象的,最早可以溯源到杜甫。杜甫现存14首涉及李白的诗,其中也是将李白的人生和诗风混为一体作评价的:"痛饮狂歌空度日,飞扬跋扈为谁雄?""李白一斗诗百篇,长安市上酒家眠。天子呼来不上船,自称臣是酒中仙。""白也诗无敌,飘然思不群。清新庾开府,俊逸鲍参军。何时一樽酒,重与细论文?""昔年有狂客,号尔谪仙人。笔落惊风雨,诗成泣鬼神。""不见李生久,佯狂真可哀。世人皆欲杀,吾意独怜才。敏捷诗千首,飘零酒一杯。"①

在杜甫的诗中,已经形成了比较丰满的形象:李白是一个"笔落惊风雨,诗成泣鬼神"的狷狂而不能融入世俗的"谪仙",除去"清新庾开府,俊逸鲍参军"、"敏捷诗千首"等少量诗句是对李白诗歌艺术的评价,更多的是对他怀才不遇的同情和劝慰。杜甫似乎把李白的嗜酒、傲岸性格以及一切超乎寻常的举动都与他的"谪仙"品性联系起来,李白在杜甫笔下被强调的"谪仙"特征,也成为解释他与当时其他诗人截然不同的依据。我们现在已经很难判断,李白的形象及其诗歌风格的界定,究竟有多少是由后世读者通过他本人诗歌文本的直接阅读得到的,还有多少是从杜甫以及其他人的赞扬和评论中获得的。但至少说明一点,就是杜甫以后的许多诗人对李白的崇敬,不仅缘于李白的诗才,而是他的综合魅力。

---

① (清)仇兆鳌:《杜诗详注》,中华书局,42、83、661、858页。

这样的事例不胜枚举，宋元以后也是如此。许多人读李白的诗作，不同于读杜诗那样，徜徉于诗歌原作的意境或意象之间，而是通过他的诗歌，结合各种传说，去体验和复原传说中的李白形象。如北宋田锡的《读翰林集》："太白谪仙人，换酒鹔鹴裘。扁舟弄云海，声动南诸侯。诸侯尽郊迎，葆吹罗道周。哆目若饿虎，逸翰飞灵虬。落日青山亭，浮云黄鹤楼。浩浩歌谣兴，滔滔江汉流。下交魏王屋，长揖韩荆州。千载有英气，蔺君安可俦！"①入元以后诗坛对李白的关注胜于宋代，而关注的视角则扩大了对传奇色彩的感叹和体验。如任斯庵的《白下亭》："金銮殿上脱靴去，白下门东索酒尝。一自青山冥漠后，何人来道柳花香！"②又如舒頔的《李谪仙》："召对金銮殿，荣膺白玉堂。气吞高力士，眼识郭汾王。醉骨生疑蜕，诗名死更香。何由见颜色，月落照空梁。"③

另一个现象是后代的诗人有许多"梦李白"的作品。"梦李白"似也可以追溯到杜甫的《梦李白二首》，但后世诗人并未见过李白，因而这种"梦"就和杜甫的作品有质的不同，而是更直接地转述了自身的某种期望。如五代蜀何光远《鉴诫录》记张孜梦李白事云："懿宗之代有处士张孜，本京兆人，耽酒如狂，好诗成癖。然于吟讽终昧风骚，尔来二十余年，不成卷轴。孜与李山甫友善，常为山甫鄙之。张乃图写李白真仪，日夕虔祷。忽梦一人自天降下，飒曳长裾。是夕星月晃然，当庭而坐，与孜对酌，论及歌诗。孜问姓名，自云李白。孜因备得其要，白亦超然上升。孜后所吐篇章悉干教化，当时诗者稍稍善之。有《遇雪》云：'长安大雪天，鸟雀难相觅。其中豪贵家，捣椒泥四壁。到处生红炉，周回下罗幕。暖手调金丝，蘸甲斟琼液。醉唱玉尘飞，因融香汗滴。岂知饥寒人，脚

---

① 傅璇琮等：《全宋诗》卷四十三，北京大学出版社，473 页。
② （宋）周应合：《景定建康志》卷二十二，南京出版社，546 页。
③ （元）舒頔：《贞素斋集》附《北庄遗稿》，清刻本。

手生皴劈。'又《庚子年遇赦》云：'时清无大赦，何以安天下。直到赤眉来，始寻黄纸写。草草蠲赋役，忙忙点兵马。天子自蒙尘，何曾济孤寡。'又驾在蜀日，孜著杂言数篇，伤时颇切。其一首两联云：'只爱轻与肥，不忧贫与贱。著牙卖朱紫，断钱赊举选。'及驾还京之后，相府遣人捕之，孜乃易姓越淮而去。故李山甫昔代孜歌，歌其幻梦曰：'天使翰林生我前，相去殁来二百年。英神杰气归玄天，日月星辰空憾然。我识翰林文，不识翰林面。上天知我忆其人，使向人间梦中见。瑞光闪烁天关开，五云著地长裾来。华山秀作英雄骨，黄河泻作纵横才。巍峨宛似神仙客，一段风雷扶气魄。低头语了却抬头，指点胸前称李白。梦中一面何殷勤，高吟大语喧青云。白言天府偶闲暇，与我握手论高文。一论耳目清，再论心骨惊。豁如混沌初凿破，天地海岳何分明。利若剑戟坚，健如虬龙争。神机圣法说略尽，造化与我新精灵。不问尘埃人，不语尘埃事。樽前酒半空，归云扫筵起。自言天上作先生，许向人间为弟子。梦破青霄春，烟霞无去尘。若夸郭璞五色笔，江淹却是寻常人。'"①张孜此诗之本事，又见《唐诗纪事》，后《全唐诗》据此收录，误植于张孜名下。

晚唐诗人张祜的《梦李白》，是一首长长的叙事诗，记叙梦中的李白："我爱李峨嵋，梦寻寻不见。忽闻海上骑鹤人，云白正陪王母宴。须臾不醉下碧虚，摇头逆浪鞭赤鱼。回眸四顾飞走类，若嗔元气多终诸。问余曰'张祜，尔则狂者否？朝来王母宴瑶池，茅君道尔还爱酒。祜当听我言：我昔开元中，生时值明圣，发迹恃文雄。一言可否由贺老，即知此老心还公。朝廷大称我，我亦自超群。严陵死后到李白，布衣长揖万乘君。玄宗开怀死其说，满朝呼吸生气云。中人高力士，脱鞾（靴）羞欲乐（死）。谗言密相构，

---

① （五代）何光远：《鉴诫录》卷九，中华书局，65—66页。

送我千万里。辛苦夜夜归,知音聊复稀。青云旧李白,憔悴为酒客。自此到人间,大虫无肉吃。男儿重意气,百万呵一掷。董贤在前官亦崇,梁冀破家金谩积。匡山夜醉时,吟尔古风诗。振振二雅具,重现此人词。贺老不得见,百篇徒尔为。李白叹尔空泪下,王乔闻尔甚相思。尔当三万六千日,访我蓬莱山。高声叫李白,为尔开玄观。'天明梦觉白已去,兀兀此身天地间。"①

这两则《梦李白》,除了将"非主流"传说渠道中的李白形象演绎得更加栩栩如生,同时还可以发现,后世诗人"梦李白"所寄托的寓意,是对李白精神的一种新阐释,而这种倾向表现得比较强烈。因此,"主流"和"非主流"的因素也常常会纠缠在一起,互为促进。而有一部分诗作则依赖了笔记得以保存,这样的情况在唐诗学的传承与发展中处处可见,而李白的现象更为突出。恰好说明,文学中"雅"和"俗"的表现方式,有时也会纠缠在一起,互为促进。因此,在文学史的研究中,在文化史的研究中,我们应当更关注那些曾经被主流忽视的那一部分,并且关注它们与主流之间的联系。这也是我们将竹枝词作为研究对象的重要原因。

第三节 性别视角的引入

性别,其实是一个非常古老的概念,无论对人类还是文学来说,性别似乎也是一个"永恒"的主题。不过,对于文学创作而言,"性别"二字更多意味着表述"女性",以及与女性有关的话题。首先是女性作者,其次是以男性为主体的创作群体所描写或歌咏的对象是女性。例如诗经中的《关雎》,例如《楚辞》中的《湘夫人》。如何对待和评价这些现象,需要有一个比较客观而公正的

---

① (唐)张祜:《张承吉文集》卷十,上海古籍出版社。

视角，所以，性别视角是一个全新的概念，性别视角的引入，则是一个过程。

　　对"性别"的关注也是"非主流"的，因此，早期正统的文学观里，涉及"性别"，往往是男性作者对女性的审美，但是，如果关系到道德层面或政治层面，就会产生所谓"郑声淫"、"风花雪月"，或者是"靡靡之音"的评价。主流的文学史里，更是少有女性作者的记载。不过，一旦关注，却发现另一个有意思的现象，即早期的女性作者数量并不少，"真正集先秦妇女诗歌创作大成的应属《诗经》，特别是它的《国风》。十五《国风》，160篇，涉及妇女问题占泰半。朱熹《诗集传序》：'凡诗之所谓风者，多出于里巷歌谣之作，所谓男女相与咏歌，各言其情也。'"[①]可见，性别视角的引入，对许多文学现象乃至文化现象的观察与评判就会有新的发现，甚至是颠覆性的。不过，主流文学观又会从另一个侧面去否定这种发现："这些妇女的纯文学作品的载体则往往是汉及汉以后'小说家流'的撰著或记录。"[②]所以，主流的文学史和研究者对于这些材料的记载往往也抱着可疑的态度。笔者以为，以男性为中心的传统文学或文化，其实并不忽视生活中的女性存在，只是希望她们服从主流文学和文化的需要，就像精英文化对待大众文化的态度是一样的，因而，态度总是矛盾的；直到大众文化从边缘向主流进发，才会有真正意义上的性别视角引入。

　　中国文学创作以及研究中性别视角的引入，可以追溯到二十世纪初。这与鸦片战争以后西学东渐以及1919年"五四"运动的兴起有关。女学的兴起和普及，是一个契机，从根本上改变了女性受教育只囿于家庭的状况。上海也是女校崛起的重要基地。鸦片战争后，传教士凭借特权开始在开放口岸建教堂、办学校。1844年，

[①②] 胡明：《关于中国古代的妇女文学》，《文学评论》，1995年第3期。

导论　雅俗互渗的个案及其文化意义

英国传教士、东方女子教育会委员阿尔德赛小姐在宁波城内开设女塾,开我国女子教育之先河。1850年,美国公理会第一位来华传教士裨治文夫人爱莉莎·格兰德于上海创办裨文女塾,是上海最早的女校,也是外国传教士在中国大陆继宁波之后创设的第二所女校。次年,美国传教士琼司在虹口创办文纪女塾。"至1897年,上海教会女子学校已有12所,占全国教会女子学校总数的三分之一。"[①]1900年,上海已有教会女校16所,其中12所小学,3所中学,1所书院,形成"教会所至,女塾接轨"[②]的盛况。中西文化的熏陶影响了清末妇女的生活,直接提高了她们的自身素质和社会地位,培育了一批具有近代科学知识和西方民主思想的知识女性。

与此同时,工业化生产方式的发展、女权思想及基督教文化纵横交汇,促进了男女平等意识的进一步发展。从1897年至"五四"时期,全国各地成立了中国女学会、女界联合会、女子参政协进会、中华妇女协会及女权运动同盟会等几十个妇女团体,创办了《女学报》、《女报》、《女子世界》、《北京女报》、《中国女报》、《神州女报》、《妇女杂志》、《妇女声》、《劳动与妇女》及《女界钟周刊》等众多报纸杂志,专门研讨形形色色的妇女问题,介绍国内外妇女科学的动态与思潮,对文坛产生了重要影响,或者可以说,许多有关妇女问题的思考是以文学作品及评论的形式表现出来的。女性作家及妇女文学的研究、讨论成为引人注目的社会话题,一些报纸杂志如《妇女杂志》、《女青年月刊》等纷纷开辟"妇女与文学"专栏(专号),女作家及其作品的关注带来了性别视角的变化。

随后,文学史范畴的研究中,有许多新的关注女性的变化。有人依照修撰艺文志的方式,梳理历代女性的著述。如庄一拂《檇李

[①] 赵欣:《1843—1937年的上海女子教育:阶段与特点》,《华东师范大学学报》,2010年第2期。
[②] 梁启超:《饮冰室合集·文集》第二卷,中华书局,20页。

闺阁词人征略》(《词学季刊》2卷3号)、胡文楷《宋代闺秀艺文考略》(《东方杂志》44卷3号)、郑振铎《元明以来女曲家考略》(《女青年月刊》13卷3期)等,皆使众多名晦迹隐、湮没不闻的古代女诗人及其作品重见天日。其中也不乏女性知识分子的自觉参与,如清嘉、道间武进完颜恽珠所编撰的《国朝闺秀正始集》及其《续集》,在收录1500余名女性诗人诗作的同时,也记录了这些诗人的生平和创作历程,其内容已颇具女子艺文志的色彩。施淑仪《清代闺阁诗人征略》著录了上自顺治、下迄光绪三百年间1262名清代女诗人的姓名、里居、著述、事迹等有关资料,所录资料都注明出处,还间加按语,补充遗闻轶事,或以议论,抒发自己的见解,颇似一部清代妇女诗史。这部著作"偏重文艺,凡诗文词赋书画考证之属,有一艺专长足当闺秀之目者皆录之,非是,虽有嘉言懿行,概不著录",①表明编者在编撰态度上与传统女教的偏离。1927年,单士厘《清闺秀艺文略》(《浙江省立图书馆学报》第一、二卷)在前人著作的基础上更为全面地清理了有清三百年间2300多位女作家的3000多种文学作品,虽然体例上颇显粗糙,如未注明出处、未考订作家生活年代、未考见著作存佚情况等,但毕竟瑕不掩瑜,因而被胡适誉为"文化史上的一大发现"②。冼玉清《广东女子艺文考》则是一部颇有影响的地方女性艺文志。她还分析女性创作得以留名的原因:"其一名父之女,少禀庭训。有父兄为之提倡,则成就自易。其二才士之妻,闺房唱和,有夫婿为之点缀,则声气易通。其三令子之母,侪辈所尊,有后嗣为之表扬,则流誉自广。"③这种从地方志和家族史角度研究女性创作的方法,仍然在

---

① 施淑仪:《清代闺阁诗人征略》之《例言》,上海书店,据1922年崇明女子师范讲习所铅印本影印。
② 胡适:《三百年间中的女作家:〈清闺秀艺文略序〉》,《胡适文存三集》卷八,《民国丛书》,上海书店出版社,1068页。
③ 冼玉清:《广东女子艺文考·后序》,上海商务印书馆,1页。

今天的研究中被运用。女子艺文志的修撰，是历史上第一次给予女性以男性作家的待遇，不仅见出社会对女性作家的承认与尊重，也显示出妇女文学的研究逐渐开始在正统学术传统中占有一席之地，而由女性所作的女子艺文志更是为当时及后世的女诗人研究打下了良好的文献基础，昭示了现代知识女性在挣脱旧的"才藻非女子事"的文化观念之后自觉的文化追求。

与此同时，女作家总集、别集的整理以及女诗人作品编选也开始热闹起来。二十世纪二三十年代，曾有李文琦辑李清照《漱玉集》五卷（《冷雪庵丛书》，1927），收文5篇、诗18首、词78首；张寿林辑贺双卿《雪压轩稿》（北京文化学社，1927），收诗24首，词14首；赵万里辑李清照《漱玉词》一卷（《校辑宋金元人词》，1931），收词60首；张蓬舟辑薛涛《薛涛诗存》（念英斋，1942），收诗91首等。此外，前代所刊刻的一批较有影响的女诗人总集被重新整理，如叶绍袁《午梦堂全集》（宁俭堂排印本，1916年）、陈维崧《妇人集》（周瘦鹃校阅，大东书局，1932）等；同时，新整理的总集也不断出现，地域性的有费善庆、薛凤昌合编的《松陵女子诗征》（四册十卷，吴江费氏华萼堂印，无锡锡成印刷公司代印，1918，收录始宋迄今二百七十三人，得诗二千余首）、光大中编纂的《安徽名媛诗词征略》（东方印书馆，1936）；群体性的则有匡亚明编校的《随园女弟子诗选》（光华书局，1931）等。稍后，女诗人作品选编呈现出蓬勃生机，如徐珂的《历代女子白话诗选》（商务印书馆，1936）、张友鹤的《历代女子白话词选》（文明书局，1926）、李白英的《中国历代女子诗选》（乐华图书公司，1933）、云屏编校的《中国历代女子词选》（上海：大光书局，1935）等。史本真的《中国诗妓的抒情诗》（大东书局，1941）选取素来为社会所轻视的弱势群体——妓女的创作为赏析对象，可见编选者对传统观念的大胆反叛。

将女性作为一个独立的主体纳入文学史研究范畴，标志着性别视角的新开端。文学史的写作一定程度上代表着社会对作家创作及其地位的价值评判，同时，也能鲜明地体现出撰写者的文学观和价值观。二十世纪初至上半叶中国文学史编撰热潮中，关于中国古代女诗人的记载依然屈指可数。大多数文学史仅偶尔涉及蔡琰、李清照、朱淑真等人，如胡适著《白话文学史（上卷）》（新月书店 1929）、郑宾于著《中国文学流变史》（北新书局 1936）、刘经菴编著《中国纯文学史纲》等。而另外一些文学史如刘师培《中古文学史》（国立北京大学出版部，1923）、吴梅《辽金元文学史》（商务印书馆，1934）、宋佩苇《明代文学史》（商务印书馆，1934）、张宗祥《清代文学史》（商务印书馆，1930）则根本没有论及妇女作家。

1916 年，谢无量的《中国妇女文学史》出现，可以说是我国"妇女文学史"的开山之作[1]。随后，又有梁乙真的《清代妇女文学史》（中华书局，1927）、《中国妇女文学史纲》（开明书店，1932）和谭正璧《中国女性的文学生活》（光明书店，1930）。谢无量在"史"的名义下，将散见的"妇女文学"材料有机地联系统一起来，书中称："兹编起自上古，暨于近世。考历代妇女文学之升降，以时系人，附其制作。合者固加以甄录，伪者亦附予辨析。固将会其渊源流别，为自来妇女文学之总要。惟古时妇人专集，多就亡佚，清世可考者较多，故兹编至明而止，清以下当别采集，以为续编也……自《诗经》以下，其他篇章亦择其精者。并先述作者小传。其事无可稽，而文采不可没者，亦偶著之。此本编体例之大略也。"[2]谢史不仅勾勒出中国妇女文学"史"的脉络，而且尽可能照顾到方方面面，为中国妇女文学史发凡起例，立法定则，启示

---

[1] 陈飞：《二十世纪中国妇女文学史著述论》，《文学评论》，2002 年第 4 期。
[2] 谢无量：《中国妇女文学史·绪言》，中华书局，3 页。

后来。

梁乙真的《清代妇女文学史》无论从立意上还是内容上都受到了谢的影响。王蕴章在《序》中说:"往者梓潼谢君无量,品藻历代妇女文学,亦以史名,独断年于清代,得此以承接之,适足以餍学者之求。"①梁氏《自序》也说:"中国之妇女文学,自来无史,有之,则始见于谢无量先生之《中国妇女文学史》。惟谢书叙述仅至明末而止,清以下无有也。吾书虽似赓续谢书而作,然编辑之体例,不与谢书尽同也。"②二者之间的联系与区别由此可见。然而,梁史虽是接续谢史,实乃自立"体例",后来居上之作,既是一部新的中国妇女文学史,又是第一部中国妇女文学的断代史。而梁的另一著作《中国妇女文学史纲》,可以说是一部真正的通史,不仅贯通了周代至清朝,而且更具有"史"的品质。虽然此前已经有了谢无量的《中国妇女文学史》和自己的《清代妇女文学史》,但史纲决不是二者的简单拼凑,从诸多方面看来,史纲较之《清代妇女文学史》更有进境,除了具有清史的"科学性"之外,在内容的安排上更加全面,在材料的调度上更加精简,在考辨和论证上更加充分,在叙述表达上更加潇洒,真正是后出转精。

与梁乙真史纲差不多同时而影响较大者,则是谭正璧的《中国女性文学史》③了,全书将文学史的历史阶段、文体发展和作家作品诸要素融为一体,除序言外全书以浅近的白话写成,可称得上是第一部白话中国妇女文学史。谭史的个性特色甚为鲜明,其最显著者首先在于不题为"妇女文学史",而称"女性文学史"。虽然在著

---

① 梁乙真:《清代妇女文学史·王序》,中华书局,2 页。
② 梁乙真:《清代妇女文学史·自序》,中华书局,3—4 页。
③ 谭著初版于 1930 年 11 月,1931 年再版有所补正,1934 年 3 版时复有所增补,改题为《中国女性文学史》,1935 年 7 月又出版"增订本",大抵为同一著作。至 1984 年 12 月,天津百花文艺出版社又出版了该书的修订本,更名为《中国女性文学史话》,1991 年 7 月又复名为《中国女性文学史》。

者当时的意识里，"女性"和"妇女"可能并无严格的分别，书中也未作辨析和界定，但这毕竟是中国第一部以"女性"为书名的文学史。此外，谭史还特别注意表彰"通俗文学"，有意识地为女性通俗文学著史立传，其用力既勤，创获亦多，为他人所不及。这种现象说明，性别视角的进入，也是一个重视通俗文学的时代的到来。

二十世纪三十年代，女性研究者也开始活跃，与男性学者所撰写的"表彰才女"的妇女文学史不同，女性学者的研究则显现出她们特有的心理特征和重视历史生活体验的特征。如陆晶清的《唐代女诗人》（神州国光社，1933）、曾敦乃《中国女词人》（女子书店，1935.2）等。陆晶清的《唐代女诗人》是第一部由女性撰写的断代女性诗史，作者将唐代女诗人分为四类：宫廷妇女、家庭妇女、女冠和娼妓，先把时代可考的女诗人分配到初、盛、中、晚唐四个时代下，然后再来观察每一个时代特殊状态下的特殊背景，对唐代女诗人作了一次比较详细、有条理的叙述。作者认为："从她们的作品上，可以看出她们的生活环境，看出她们的思想的趋向，及其思想之所以形成；扩大来说，就是可以看出唐代妇人社会里的各阶级妇女的生活轮廓。"[①]这种研究方法实际上已经运用了文化史的观察角度："以物观的方法来研究唐代女诗人及其诗的艺术。……不独阐明女诗人的环境对其诗的影响，且说明当时的经济制度产生此四类女诗人之诗艺的径路，并解释唐代女诗人之诗具有特殊色彩的原因。"[②]《中国女词人》则是一部女性词史，自唐始迄于清，第一章导言叙述词的起源，次就唐女词的胚胎，五代宋辽女词的繁荣，元明女词的衰落，清女词的极盛，及中国女性与词的内在关联，分章详述，在对女性词人心理的把握上颇为细腻。

---

① 陆晶清：《唐代女诗人》，神州国光社，4页。
② 汤增敖：《〈唐代女诗人〉书评》，《当代文艺》，1931年5月，1卷5期。

此外，辉群女士①的《女性与文学》（启智书局，1928）、陶秋英的《中国妇女与文学》（北新书局，1933）、丁英的《妇女与文学》（沪江书屋，1946）等，把研究重心集中于女性与文学关系的探讨上。辉群《女性与文学》是一本站在女性意识启蒙的角度上编写的小型论文集，作者提出要求关注女性，提倡男女平等，女权色彩较为浓厚，由于历史的原因，女性在文学上的成就历来不被人们重视，而强调突出妇女在文学上所表现的才能及其对文学的影响便成为此论文集的关键所在。而陶秋英的《中国妇女与文学》则尝试从较为广阔的社会文化背景入手去发掘古代女性的生命状态，理解她们的创作处境，对她们的写作予以重新阐释。正如她所言："在讨论中国妇女的文学之前，我们先要知道中国妇女是究竟怎样的情形，她们所受到的社会影响是什么？因着那种社会影响而受到的教训——教育——是什么？以及她们对于文学的兴趣怎样？然后我们看她们的作品怎样？然后我们怎样希望今后的妇女文学？"②从这一点出发，她描述了处在中国宗法社会压迫和儒家伦理思想束缚下女性的弱势地位，并对她们文学选择的必然性作了分析，认为正是由于传统社会文化的影响，才使得中国古代妇女文学主要是诗词创作呈现出在内容上以消遣性情为主、在感情色调上以颓废为美的表现形态。

传统的研究方法也被运用于对女性文学的研究中，文献整理、考证辨伪及个案研究的关注点也开始移向女性作者，如陈延杰《汉代妇人诗辨伪》（《东方杂志》24卷24号）认为卓文君《白头吟》、班婕妤《怨歌行》、苏伯玉妻《盘中诗》、蔡琰《悲愤诗》皆系伪作。余冠英《蔡琰〈悲愤诗〉辨》（《国文月刊》第77期）认为蔡

---

① 辉群，即李辉群，刘大杰夫人，曾在工部局女中、市西中学任语文教师。多年前蒙陈允吉先生见告，后又在上述学校校史中获证。
② 陶秋英：《中国妇女与文学》，北新书局，3页。

琰是在兴平二年没胡，《悲愤诗》所叙与史实相合，并非伪作；而张长弓《读蔡琰〈悲愤诗〉辨》（《国文月刊》第 80 期）则以诗意与蔡琰没胡时的时间、景象不合予以否定。感性阐发者如姜华《女诗人薛涛》（《真善美》3 卷 3 期）、卢楚聘《女冠诗人鱼玄机》（《集美周刊》11 卷 10 期）、胡寄尘《女诗豪薄少君》（《小说世界》14 卷 23 期）、苏雪林《清代女词人——顾太清》（《妇女杂志》17 卷 2 号）、张云史《宋女词人及其他》（《教育生活》2 卷 5、6、7、8、9、10 期）、童国希《表现在文学上的我国女性》（《女青年月刊》13 卷 3 期）等等。而这一时期古代女诗人个案研究主要集中在蔡琰、李清照、朱淑真、冯小青、贺双卿以及顾太清等女诗人身上。虽然相关研究还停留在初创阶段，但从整个二十世纪的成果来看，基本属于这些研究的延续。

　　性别视角的介入，可以看到，女性作家作品在历史上的沉浮不是孤立的，它的背后，有一个具有深厚传统的大文化背景和一个主导文学及其审美的主流文化思潮。女性作家作品以特殊的方式融入主流文化，而主流文化则适时地将她们凸显出来，两者之间的关系更多的是和谐而不是冲突，在文学发展史上是融入审美传统而又自成体系的一脉支流。中国传统文人的性别观念始终是儒家伦理观的组成部分，因而在这种观念的统辖下，任何形式的对女性的青睐都不可能从本质上改变女性被边缘化的总体格局。中国传统文化中女性始终以辅助的角色和形式融合在男性的世界中，文学亦是如此。性别视角的引入，可以客观细致地考察并阐释这种特殊的文化现象，看到以男性为中心的主流文化对性别关系的描述、迁移和变换。其中，审视主流文化和非主流文化的交融及相互渗透，也显示出两性间的文化关系的变化，已经在近代化过程中发生了深刻的演变。而明清以后至近代的竹枝词创作，则是一个可以用来考察这种关系的非常有意义的个案。

第四节　雅俗互渗的个案及其文化意义

《竹枝词》起源于民歌，自唐代刘禹锡的创作问世以后，竹枝词作为中国诗歌创作的一种形态，在元代开始有比较广泛的文人创作，至明代晚期形成高潮，清代以后，特别是晚清，产生了规模宏大的创作高潮，成为中国文学史上和中国诗歌史上一个非常独特的案例。

首先是竹枝词与民歌民谣之间的渊源，决定了它具有"俗"的血统；这就给文人拟作时开拓出随意和自由发挥的空间，同时也会更具有创作活力和生动性。但又因为儒家的诗教赋予"采诗"、"采风"的意义和社会责任，于是，竹枝词所具有的乐府传统，又使得文人拟作常常以"咏风土"、"讽世俗"的目的而升华，使竹枝词成为贴近当代社会时事，反映生活层面的纪实性文学。其次是竹枝词和"歌"与"乐"之间的渊源，决定了它具有佐酒娱宴的娱乐功能；这就导致文人拟作可以即时即景地书写生活层面的各种细节，歌咏各种场合的女性以及以她们为中心的娱乐生活、各种生活场景里的新奇、轻松和谐趣。竹枝词所具有的这种描摹女性、书写生活场景的娱乐功能，又导致这类诗歌的特殊形态成为文人士大夫和普通大众都能接受的一种文学艺术形式，它的发展恰好构成了一种雅俗互渗、雅俗共融的文化现象。

这个雅俗互渗、雅俗共融的个案，启示我们从几个不同的角度来看待历史上复杂纷呈的文化现象。我们渐渐发现，竹枝词的发展，从少数文人的拟作，到晚清出现宏大规模的创作，并不是一个单纯的文学创作现象，而是揭示出一种规律，即一个社会变革给传统文学提供转型的机会，文学创作中本身所具备的"雅俗互渗"的因素，被日益大众化的需求凸显出来，变成了"雅俗共融"文化产品。在这些文化产品被消费的过程中,曾经的文学"经典"消失了,而"消费"的过程却被记录了下来。我们的文学研究也因此遇到了困境,即我们如何阐述这些与传统社会的创作不同的东西。特别是中国近代化的过程中,传统文学面临转型的问题;晚清竹枝词出现过非常繁荣的局面,但是,作为都市文学的组成部分,却很难看到有人承认竹枝词创作的一席之地;也从未有人说明,竹枝词这一样式的诗歌创作对传统诗学的近代转型意味着什么。研究晚清及中国开埠以后的城市历史和城市生活,这一时期的竹枝词作品,早已成了重要的史料被多次引证,但却很少看到将竹枝词作为都市文学乃至都市文化的一部分来看待的研究。而近代竹枝词的创作中,颇多的关于女性与娱乐场的描写、女性与商业、消费以及社会生活变迁的描写,史学家将之作为史学研究的补充,却很难见到文学研究中关注竹枝词创作与传统、近代社会的大众化和消费文化之间的联系。竹枝词作为文学的存在,还是作为史料的存在,它们之间存在着怎样的关联?近代转型以后的竹枝词的文化意义是什么?这些问题实际上不仅是都市文学和文化应当关注的,也是传统诗学应当关注的。而这三者之间似乎又是有关联的。

如果试图将竹枝词的发展,看作一个雅俗互渗、雅俗共融的文学或文化个案,如果试图把对竹枝词的诗学观照,换成长江三角洲地区近代化都市化的视角,我们有可能利用更广泛的材料,从以下三个方面入手,即通过作为都市文化的竹枝词系统研究;海派性别文化的形成和特征及规律性研究;性别与都市生活文化研究;多层面多纬度地观察文学以外的文化现象,以便更好地阐释文学发展与外部世界的联系,以及文学对社会文化秩序建构的重大影响,并且可以发现,这些文学和文化现象的出现,不是以人的意志为转移的。具体地说,作为都市文化的竹枝词系统研究,是将近代竹枝词看作都市文学和文化的一部分。因为竹枝词是中国传统韵文学的形式,它的兴盛,以及它的创作传统,在都市的形成和中国社会近代化的过程中,成功地实现了开拓和转型,成为贴近时代、贴近社会、传统文人喜闻乐见的诗歌创作形式。从性别视角来观察,韵文学创作在近代和当代依然繁荣,说明这种符合民族审美的诗歌形式的生命力。但是,如果将女性对弹词形式的热衷,与男性对竹枝词的热衷作一比较,两性创作的形式和关注度仍有区别,却共同促使传统文学形式的转型。而竹枝词的传统对女性的关注,也与现代都市文学文化对女性及生活层面的关注有一定的联系。这一部分研究,可以从另一个层面上探究都市文化大众化的特性及其传统。

都市文化的话题,必然会涉及上海及长三角都市圈及文化的形成,而海派性别文化的形成和特征及规律性研究,恰好可以通过竹枝词这一雅俗互渗的个案,来考察大众文化中文学书写与史实之间的互证、遮蔽和失声现象。史诗互证的方法,是二十世纪以后学术界研究文学文化及历史等共同倡导的方法之一。但是,在实际运用中,我们常常重视作为史料本身的出处的可靠性,但却忽视了史料作为人为的记录,本身已经烙下了记录者价值判断的印记。竹枝词中有不少关于长江三角洲农村的年轻女性来到新兴城市,加入到女工行列的描述,但评价多为负面的,认为女性抛头露面,世风日下。这种带有强烈性别歧视色彩的观念,恰好反映出以男性作者为主的创作者比较传统的性别观,同时也说明,史学研究如若直接引用竹枝词作为史料失载的补充,这一部分研究将以竹枝词的描述为线索,通过相关的史料,还原女性在都市社会现代化的进程中的参与和贡献。当研究扩展了视野,就会发现,文学创作所取材并影响的特定历史阶段中,文学与外界的关系,要比我们已经认识到的错综复杂得多。一些曾被认为是非主流的因素,通过视角的变换,可以揭示出许多未曾被关注的因素。例如社会阶层和家庭地位角色的变化,会导致新的格局和习惯、观念的变化,作为社会和家庭组成中的男女两性，也会在新的格局下寻求新的和谐，最终形成海派文化的要素和基础，从而探讨海派性别文化的形成和特征及规律性，为当代国际大都市的文化繁荣的多元性提供理论依据。

从文学创作中的性别关注到性别与都市生活文化研究，是希望能够部分地复原两性在不同的文化层面上为社会发展所作出的贡献。这一部分研究，将探索性别文化与都市生活文化之间的关系。当大众生活层面的描绘走进中国传统诗歌，本身就已经标志着社会文化的突变和转型。在精英文化的研究中，大众的生活层面的领域常常被忽视。而这些不可或缺的领域，正是主流记录所忽视、女性默默耕耘并获得成果的场所。如何将都市生活的琐碎整合成秩序，营造温馨平静，庇护心灵，创造和谐等等，这些女性的贡献，男性的认同，在今天看来，都是"城市让生活更美好"的基础。近代竹枝词创作的女性图景，并非是完全的真实的近代城市女性的生活史，虽然有相当的部分是近代化过程中女性生活的写照，但这些竹枝词中存在的女性社会空间，更大程度上是被感知和表征的空间，而被感知和表征的空间，不仅具有认知的功能，也具有不断扩大影响并不断被认同的趋势。报纸以及杂志的传播，所产生的两性观念的变化，在空间生产中扮演着重要的角色，使得竹枝词这样的文学空间成为具有深厚历史性、文化性和社会性的场域，竹枝词作品中的空间，也成为具有文化表征意义的空间建构。而对于传统的韵文学诗歌来说，她的创作要转型成为都市文学的一部分，成为都市文化的一部分，恰好是一个契机。对于竹枝词这一文体来说，意义是巨大的，因为这不仅使得传统诗歌在都市近代化的过程中，可以融入这个渐渐大众化的社会，使之成为拥有普通大众为读者的"都市文学"，同时也使得传统的韵文学在近代化的过程中找到了转型的突破口，延续并创造了新的生命价值。

以上这三个部分相互之间是关联的，也就是说，文人摹拟创作竹枝词，常常热衷于写女性，而这一传统到了近代，逐渐演绎成大量的歌咏都市社会的竹枝词作品，成为都市文化消费的一部分，这种现象不仅仅是文学范畴的，也是都市文化范畴的，甚至是性别文化范畴的。当然，这一个案的研究不可能回答所涉及的所有问题，但我们希望能破除以往各个学科和研究之间的壁垒，探索文化构成的要素和关注点，不再将主流文化与非主流文化的划分看成是绝对的，对立的；不再将精英文化和大众文化看成是绝对的，对立的；不再将时尚、消费文化和经典、传统文化看成是绝对的，对立的；其中有些传统的看法和观念，或许能通过比较有说服力的论证而获得改变。例如都市市民的文化素质的要素，大众追求新生活的具体表现，时尚风气与群体身份的认同，追求新生活的原动力，平等意识、法律意识以及国际化的意识等等。探讨不同历史阶段文化形成必要的条件，以及文化构成中的合理性及和谐要素，为当今的都市文化建设及其评估体系提供依据和理论方法。

都市性别文化是一门交叉学科，使用性别视角与分析框架来研究都市文化中的相关问题，就这个意义来说，这是一个全新的课题。该课题在本质上是跨学科的研究，它不仅要求研究者自身具备广泛的社会科学知识，也要具备相当的工业产业科学知识，这就使得研究的结果也必然是较为新颖的。如果要展开讨论的话，还可以涉及更广泛的话题。例如，如果我们从上海精神的立场出发，来审视海派文化的属性或特质，就会发现，海派文化的表现形态是生活文化，是大众化的生活文化，但本质上则是一种城市精神的体现和追求变革的原动力。因为日常生活是普通百姓的生活，因而都市文化的现代性同样体现大众文化的层面上，正如海派文化的根，是深深地扎在上海普通老百姓当中的，是大众的市民的文化，而不是贵族的文化。换句话说，我们要关注这些生活层面的文化，透过这些生活的表面，我们可以把握到海派文化的灵魂。而其中，女性以及因女性而变化的生活文化更显现出它的重要性。例如石库门文化，但是光有石库门不行，如果只看石库门就觉得这是空荡荡的，还要有人，有人才能活起来。所以，现在看到石库门文化演绎过程当中会演绎海派旗袍，当女性穿着旗袍，出现在石库门里，生活的场景就活起来，使海派文化成为一种追求新生活的文化。

从研究方法来看，由于课题本身跨学科的特征，从而使研究者要借用历史学、文学、社会学、人类学、地理学、文化学、政治学、管理学等多学科的研究方法，这就决定了研究者的研究视角必须非常独特：能以问题代概念、以新研究范式来代替一般原则阐述，从而构建都市性别研究的新思维。

因为文学的反应是时代中非常敏锐的一环，本研究又将竹枝词这一具体文学现象作为抓手，因此，各个学科之间的关联性研究以及整体性研究，成为本课题技术路线比较重要的出发点。

研究方法和思路，将借鉴国内外比较成熟的都市文化研究理论，包括传统马克思主义模式、西方城市社会学模式和后现代空间模式。本课题的研究还将借鉴文献学、历史学以及性别学的相关理论和方法，整合的基点是对"人"和"现实"的关注，研究的成效是合理的解释文化现象的存在以及对当今社会发展的意义和启发。

第一章
竹枝词的"跨文化"研究

文人拟作的竹枝词，本当算作文学作品，研究的关注点也应当从文学的本位出发。不过，在历代的文学作品中，竹枝词被正统的诗歌观边缘化，加上诗歌创作体制上要求不高，常常可以"口占"或"戏作"，所以，诗学史上对竹枝词及其创作的品评并不繁盛，但是，竹枝词所具有的"观民风"的作用，则一直被历代文人所重视，从唐代的文人拟作开始，竹枝词创作就和文化大环境有着不可分割的密切联系。在后世的创作中，它的地域性和纪实性的拓展，使得竹枝词作品更多地被史学研究和文化研究所重视。可见，竹枝词的研究虽然需要回归文学研究的本位，但它所具有的文化研究价值却是不可忽视的。

第一节 竹枝词的概况

竹枝词的创作，在中国传统诗歌史上并不属于主流，对她的发现和认识，是随着文献整理的成果而展现在世人面前的。

较常见的是将某个专题或某个地方上的竹枝词创作收集起来，刻印出版，除了早期单行出版的如朱谦甫的《海上光复竹枝词》（1913）、马溪等的《羊城竹枝词》（1921）、刘豁公的《上海竹枝词》（1925）等，二十世纪八十年代以后，地方上开始编写地域性的历代竹枝词作品，例如，杨燮编《成都竹枝词》（四川人民出版社，1982）、路工编《清代北京竹枝词（十三种）》（北京古籍出版社，1982）、林孔翼编《四川竹枝词》（四川人民出版社，1989）、顾炳权编《上海洋场竹枝词》（1996）、《上海历代竹枝词》（2001）等等。

1997年北京古籍出版社由雷梦水、潘超、孙忠铨、钟山等编辑的《中华竹枝词》六册问世，"辑录了始于唐代、止于民国初的一千二百六十多位作者的两万一千六百多首作品。"①这是第一次将历代竹枝词创作成果结集的尝试。作者在序言中写到，"本书诗稿的收集，部分来自我们的藏书，多半是辑录于地方和院校图书馆的藏书以及友人提供的书刊资料，包括铅印、石印、木刻版本和手抄孤本。其中有些是'竹枝'专集，大多数是作者的诗文集、笔记、一般书刊和方志。"②作者在序言中还坦诚地叙述了编撰的难度，例如，全书作品按行政区划排列，但有些难以判断地区归属的只得列入"其他"；又如，竹枝词作者大多是基层官吏或布衣秀才，生卒年代或生平事迹多无可考，因而作者小传就很难写；至于查考资料、漏收诗作以及编排讹误，更是在所难免。

此书主要编录者之一雷梦水（1921—1994），十五岁起成为北京琉璃厂通学斋（解放后改为中国书店）的店员。但他另一个身份则是古籍版本学家孙殿起的外甥。1955年孙殿起患高血压病后，他的著作能得以迅速脱稿交付出版，几乎全仗雷梦水梳篇理叶、分

---

①② 雷梦水、潘超、孙忠铨、钟山等编：《中华竹枝词·前言》，北京古籍出版社，6页。

类排比之功劳①。虽然此书序言中未及成书历时长短，仍可见出搜罗资料的困难。雷梦水等开展竹枝词文本整理的同时，王利器（1912—1998）等的《历代竹枝词》也在编撰之中。1991年，由三秦出版社推出了署名王利器与王慎之合作的《历代竹枝词》（初集），至2003年底，陕西人民出版社出版了王利器、王慎之、王子今署名的《历代竹枝词》全5册，此书前言写道："辑录自唐至清末历代诗人所作《竹枝词》二万五千余首，全书分为八编。"作品以时代为序排列②。前言签署的日期为1994年12月15日，而陕西人民出版社出版的后记则署2001年。王慎之、王子今又辑有《清代海外竹枝词》，1994年10月，由北京大学出版社出版。在《竹枝词研究》一书的后记中，王子今写道："家母王慎之1985年离休后，承王利器教授建议，即投入竹枝词的辑录整理，这样的工作，前后进行了十年。"③从两书收录的年代和作品数量上来看，相差并不多。《历代竹枝词》将作者年代可考的按年代之先后编排，而最后一编为"清代外编"，所谓外编，即"清人《竹枝词》未能判别年代者"④。其中收有从《老上海三十年见闻录》中辑出的《上海春赛竹枝词》，据上海跑马比赛的历史及诗意推断，约为1898年的作品。⑤可见，从唐代至清代，当时可以搜罗到的竹枝词的传世作品约在三万首之内，而清代中后期至民国间的创作数量激增。

《中华竹枝词全编》是在雷梦水等编辑的《中华竹枝词》基础上展开的，从1998年夏季着手，"经过长达八年的苦战，汇编出这

---

① 赵明其：《书商学行亦流芳——记目录版本学家孙殿起、雷梦水先生》，《中国典籍与文化》，1998年第1期。
②④ 王利器等：《历代竹枝词》（一），陕西人民出版社，9页。
③ 王慎之、王子今：《竹枝词研究》，泰山出版社，380页。
⑤ 夏晓虹：《晚清上海赛马轶话》："以此为观察点，便可从1898年发表的《上海春赛竹枝词》（见陈无我编《老上海三十年见闻录》，发表时间据诗意推算）中，读出暗藏的嘲讽。"《中华读书报》，2001年4月18日。

部始于唐代、止于民国千余年间四千多位诗人所创作的六千余篇、近七万首作品的总汇"①。此书中收有《清溪九曲棹歌》，此联诗当采自梯园社、青溪社编、民国二十三年（1934）印行的本子②，也收有邓典谟、高步瀛等人的作品，估计收录的作品约止于1940年前后。

《竹枝词》创作可以溯源至唐代的中期，是文人拟作民歌的一种形式，早期作者有顾况、刘禹锡、李涉等。两宋时期的苏轼、黄庭坚、范成大、杨万里等也写过一些，但并未出现规模性的热潮，诗歌的内容和形式基本上变化不大。到了元代末年，则出现了一个转折点且影响逐渐扩大，即杨维桢编纂的《西湖竹枝集》。

杨维桢（1296—1370）字廉夫，号铁崖，浙江诸暨人。元泰定四年（1327）进士。曾任天台尹、儒学提举等职。因"诗名擅一时，号铁崖体"，在元代文坛独领风骚四十余年。他长于乐府诗，至正初年作《西湖竹枝词》九首，"一时从而和者数百家"③，于是，至正八年（1348）杨维桢选录120余家作品184首，编成《西湖竹枝集》，影响广大。此后，竹枝词的创作日渐繁盛，仅西湖竹枝词的创作在明清两代也有两千首之多。直到近代竹枝词创作时，作者作序仍常常提及。如刘炯公序刘豁公《上海竹枝词》云：

> 诗始于《三百篇》。《三百篇》中，尤以国风为能描绘风俗。赋兴所指，言皆有物。厥后诗之体裁益多，而去古益远。唯竹枝以文言道俗情，犹得国风之遗，此铁崖《西湖》、吴下竹枝词所以流传南北也。④

---

① 丘良任、潘超、孙忠铨编：《中华竹枝词全编》一，前言，北京出版社，5页。以下简称《全编》。
② 南江涛选编：《清末民国旧体诗词结社文献汇编》，国家图书馆出版社，213页。
③ （明）和维：《西湖竹枝集序》，王利器等：《历代竹枝词》，陕西人民出版社，66页。
④ 刘豁公：《上海竹枝词·刘炯公序》，顾炳权：《上海洋场竹枝词》，上海书店出版社，486页。

杨维桢编选的《西湖竹枝集》,其中有一部分并不是真正的"西湖唱和",而是当时已经颇有声名的作品,例如,他收录了虞集的《竹枝词》四首,并评论说:"诗兼众体,古歌诗数首,出于天才,后虽有作者,不可尚已。《竹枝》虽不为西湖而赋,而其音节、兴喻,可以为《竹枝》之则云。"①又如,他收录了揭奚斯的《女儿浦歌》,也不是吟咏西湖的专题,他认为揭奚斯"文章居虞之次,如欧之有苏、曾云。其《竹枝词》为《女儿浦歌》,其风调不在虞下也。"②杨维桢还收录了王士熙的《竹枝词》两首,而王作原本共十首,其序云:"《竹枝》本在溧阳所作者,其山川风景虽与南国异焉,而《竹枝》之声则无不同矣。"③事实上王士熙的竹枝词,当年在北方已有一定的影响。他的《竹枝词十首》其一云:

居庸山前涧水多,白榆林下石坡陀。后来才度枪竿岭,前车昨日到溧河。④

从竹枝词透露的信息来分析,这是纪行之作,作者到溧阳之前,已经过居庸山(即今北京昌平西北之军都山),则显然是从大都出发,且亦非独行,同行者规模有"百两租车"之众⑤。我们在留存下来的作品中,可以见到与王士熙唱和的袁桷、马祖常、许有壬、吴当等人作品。因王作以及与他唱和的诗作在杨维桢之前,所以有人认为,"王士熙等在开平之行时唱和竹枝词,是竹枝词发展史上的一件大事。这一大规模唱和竹枝词事件的出现,在唐宋以来是未尝有过的,是元代竹枝词成为竹枝词发展史上第一座高峰的标

---

① 王国平编:《西湖文献集成》第26册,《西湖诗词曲赋楹联专辑·西湖竹枝集》,杭州出版社,84页。
② (清)陈衍:《元诗纪事》卷十三,上海古籍出版社,294页。
③ (清)陈衍:《元诗纪事》卷十一,上海古籍出版社,246页。
④ 同上,245页。
⑤ 王慎之、王子今:《元人竹枝词记述的居庸道路》,《竹枝词研究》,泰山出版社,56页。

志。它对元代竹枝词的繁荣和发展起了最直接、最重要的催生作用。"①可见,杨维桢《西湖竹枝集》的出现,并不是偶然的。竹枝词的创作,在当时已经有一定的普及性,已经成为文人唱和的重要形式之一。更值得关注的是,王士熙的竹枝词十首,是非常典型的纪行组诗,而杨维桢的《西湖竹枝集》则突出了冶游和"女儿"的主题,这导致明清两代的竹枝词创作的审美取向,有相当一部分渐渐集中到吟咏风土和女性的题材上。

明清两代的竹枝词有了进一步的发展,从数量上看,清代的竹枝词创作成倍地增长。王利器等所辑《历代竹枝词》收录作品25 000多首,90%是清代以后的作品。吟咏地方风土人情和古迹的作品,常常会用竹枝词的形式。北地和边区都有竹枝词的吟咏,也包括数量可观的外国风土的竹枝词。从竹枝词创作的内容和形态来看,也有许多新的变化和拓展。例如,竹枝词的创作,往往是诗人结社活动的一部分。清代袁启旭曾纂有《燕九雅集》,记录了孔尚任于康熙三十二年(1693)与陈健夫、袁启旭、蒋景祁、陆又嘉、周兹、柯煜、王位坤、曹源邺等人,在正月十九燕九节这一天同游白云观,在郊外聚会,用庾信"结客少年场,春风满路香"句为韵,各作十首竹枝词,共九十首②。又如朱彝尊的《鸳鸯湖棹歌》一百首,作于康熙十三年(1674),诗成后,他的表兄谭吉璪等都有酬和,乾隆四十年(1775),陆以诚将朱彝尊《鸳鸯湖棹歌》、谭吉璁《鸳鸯湖棹歌和韵》③、《续鸳鸯湖棹歌》以及张燕昌等人的唱和之作一并付梓,题为《鸳鸯湖棹歌》。其后仍有人写这一专题的竹枝词,丘良任等编纂《中华竹枝词全编》收入此题的作家为24人。

如果说,清代中期以前,竹枝词的创作已经繁盛,但多数作品

---

① 孙杰:《竹枝词发展史》,复旦大学2012年博士论文,黄仁生教授指导,100页。
② 王利器等:《历代竹枝词》(一),陕西人民出版社,661页。
③ 同上,629—641页。

依然保持着文人诗歌创作传统倾向,而董伟业《扬州竹枝词》的出现,开启了晚清创作的新气象,其中重要的原因,正如郑燮为《扬州竹枝词》作序所说的那样:"盖广陵风俗之变,愈出愈奇;而董子调侃之文,如铭如偈也。"①所谓风俗愈出愈奇,正是中国城市近代化的变化带来的,于是,竹枝词的创作出现了一轮新的创作高潮。由于报刊等现代传播手段的出现,竹枝词的创作以及作品的知晓度进一步提升。仅以《申报》为例,1872 年《申报》创刊,共出版 209 期,其中 33 期刊载了竹枝词,共计发表近 700 首作品。此后,《竹枝词》的个人创作单行本和地方结集开始多了起来。后顾炳权编辑《上海洋场竹枝词》,"计收 16 种专书,及从当时报刊上辑录的 59 种,选词逾 4 000 首"②。晚清竹枝词创作,常常有征选活动,促使文人创作的积极性高涨。如光绪三年(1877),广州的马溪吟社公开征集"羊城竹枝词",吟咏广州风土,参加者 134 人,共征得 489 首竹枝词,由吟香阁主人(马溪)编成《羊城竹枝词》二卷。《汉口竹枝词》的产生情况也很相似,民国四年(1915),旅居汉口的广东番禺人罗汉(维翰),应江汉采风社之征,作《汉口竹枝词》173 首,刊载在当年的《汉口中西报》上③。这一时期的竹枝词创作不仅在数量上大增,内容和风格也进一步有所突破,纪实性和娱乐性也进一步增强,逐渐成为都市生活中普通百姓喜闻乐见的文学样式。

除了以描写各种地方风俗为主的如《黔苗竹枝词》等之外,游历域外的作品也层出不穷。如《伦敦竹枝词》、《柏林竹枝词》、《海外竹枝词》等。这在创作理论上与黄遵宪的"诗界革命"遥相呼应。黄遵宪本人也是外国竹枝词的提倡者,他的《日本杂事诗》一

---

① (清)郑燮:《郑板桥集》,上海古籍出版社,172 页。
② 徐恭时:《上海洋场竹枝词·序》,上海书店出版社,7 页。
③ 朱建颂:《清末民初汉口的"百科全书"》,《武汉文史资料》,2002 年第 11 期。

百首作于光绪五年（1879），印行十余次，于光绪二十四年（1898）定稿，为 200 首①。王慎之、王子今所辑《清代海外竹枝词》（北京大学出版社，1994）收入海外竹枝词 18 种 1370 首，而丘良任等编的《中华竹枝词全编》（北京出版社，2007）"海外卷"收入海外竹枝词 90 种 1975 首，尹德翔又有补遗三种 33 首②，这些作品的大量出现，从一个侧面反映出了社会的变化，也反映了诗歌创作近一个世纪中的进展和变化，具有独特的文学史地位和社会史料价值。

第二节　竹枝词的研究

《竹枝词》的研究，特别是将之作为史料加以重视及运用，大约只有二十余年的历史。但是，作为文学作品的存在，则早已引起学者的关注。历代的诗论家有不少对竹枝词创作褒扬的评论，例如，《苕溪渔隐丛话》引《山谷题跋》云：

> 山谷云：刘梦得《竹枝》九章，词意高妙，元和间诚可以独步。道风俗而不俚，追古昔而不愧，比之杜子美《夔州歌》，所谓同工而异曲也。昔子瞻尝闻余咏第一篇，叹曰："此奔轶绝尘，不可追也。"③

宋人吴可《藏海诗话》：

> 老杜诗云："一夜水高二尺强，数日不可更禁当。南市津头有船卖，无钱即买系篱傍。"与《竹枝词》相似，盖即俗

---

① （清）黄遵宪撰，吴振清等编校整理：《黄遵宪集》，天津人民出版社，6—7 页。
② 尹德翔：《〈中华竹枝词全编·海外卷〉补遗》，《宁波大学学报》，2011 年第 5 期。
③ （宋）胡仔：《苕溪渔隐丛话》，前集卷第二十，人民文学出版社，134 页。

在清代，除了王士禛对竹枝词的论述常常被引用之外，也有不少相同的观点，例如毛先舒的《诗辩坻》也说：

> 诗有近俚，不必其词之闾巷也。刘梦得《竹枝》，所写皆儿女子口中语，然颇有雅味。[2]

1932年，供职于天津一师的马稚青在《津逮学刊》上连载了他的专题研究《竹枝词研究》[3]，这是二十世纪较早的系统研究。马氏的研究论述了"竹枝歌之起源"、"竹枝歌之命名"、"竹枝歌之体制"、"歌者和作者"、"竹枝词之文学价值"、"竹枝词与风土"以及"竹枝词与杨柳枝"、"山歌与棹歌"等等，并举例评述了历代诗人的创作情况。马稚青的研究中，有许多精到的观点，直至二十世纪末，仍是竹枝词研究中所关心的热点：

> 竹枝者，实真正之诗歌也。民间文学之大收获也。若以历史眼光衡之，其地位一与国风等，可无疑义。[4]

> 竹枝本出民间，口碑流传，如风被野，自以"情高意真"为主，初无所谓法也。必欲求其法，则惟"自然"二字，足以尽其妙。

> 至其内容，大致以主情思，咏风土为主。

> 惟既为民间文学，则酬唱之间，自易流露出地方色彩。以各地风习之不同，因而反映于歌词中之姿态亦异，斯亦不期然

---

[1] （宋）吴可：《藏海诗话》，丁福保辑：《历代诗话续编》，中华书局，340页。
[2] （清）毛先舒：《诗辩坻》，卷三，郭绍虞编选：《清诗话续编》，上海古籍出版社，56页。
[3] 马稚青：《竹枝词研究》，欧阳发、洪钢编：《安徽竹枝词》，黄山书社，165页。
[4] 同上，166页。

而然者。风诗既陈可以观国,竹枝何独不然乎?①

马稚青的研究中,涉及了竹枝词的起源和流变,竹枝词的诗歌属性和词作属性,竹枝词歌咏的对象、艺术特色和风格,以及竹枝词的体制形式等等,基本上是文学范畴的研究。其后,有关竹枝词的文学研究基本上仍在这些范围里进行。2006年,有人综述改革开放以后的竹枝词研究,认为"迄今为止,对于竹枝词的研究文章不算太多,有100篇左右。从研究的内容来看,主要可分为以下三个方面:一是论刘禹锡《竹枝词》,约占研究总数的18%。二是考辨竹枝词的源流,约占研究总数的10%。三是地方性竹枝词研究,占了研究总数的半数多"②。

考辨竹枝词的源流,有些研究已经不再囿于文学的范畴,例如,从音乐舞蹈发展的角度,探考竹枝词的音乐成分:

> 竹枝歌在祭祀占卜、男婚女嫁、丧事伴灵、宴客陋酒、行船荡桨、骑牛放牧、抒情寄怀、自娱取乐皆唱。集体亦唱,单独亦唱,室内亦唱,山野亦唱;徒歌亦唱,鼓吹亦唱,舞蹈也唱。显而易见,竹枝歌是遍及当地人民生活各个方面的、有着多种表演形式的一种民歌。③

巴人音乐中的"乱"不仅是音乐的高潮,而且是古代整个宗教祭祀活动祭仪的高潮部分。对于"和声"一词,因读音不同而有不同的解释。巴人音乐中的"和声",指歌曲衬词中由他人应和帮腔的部分,也称为"垫词"或"衬词",具有即兴性和随意性。巴渝遗音《竹枝词》中的"竹枝"与"女儿"就是其和声。④

---

① 马稚青:《竹枝词研究》,欧阳发、洪钢编:《安徽竹枝词》,黄山书社,169页。
② 吴艳荣:《近三十年竹枝词研究述评》,《中南民族大学学报》,2006年第5期。
③ 王庆沅:《竹枝歌和声考辨》,《音乐研究》,1996年第2期。
④ 赵玲:《巴人音乐中的"乱"与"和声"》,《长沙大学学报》,2009年第1期。

第一章　竹枝词的"跨文化"研究

　　这些关于竹枝词歌舞形式的探究，说到底是纠缠于古代音乐舞蹈和歌唱融合的表演形式。关于竹枝词与音乐及歌唱的关系，任半塘的《唐声诗》中也有比较细致的论述。他认为"竹枝"也是声诗的一种，"声诗者，由唐代所创之新辞体——近体诗，结合其所订之新音乐——燕乐，相互构成"①。书中对"竹枝"的形式诸如起源、别名、和声、句式、声调等等做了详尽的考证。尽管至今学术界对所涉及的具体问题，仍有不同的看法和争论，但却预示了竹枝词研究，似乎并不完全能从文学的角度来阐述全部的问题。因此，除了文学研究的范畴，近二十年来，对竹枝词的关注，更多的是地方风俗和社会历史文化的研究。

　　竹枝词历代创作的收集、挖掘和整理，也要归功于地方志的修撰。在地方志的修撰中，竹枝词创作的搜集，不仅使得地方文化资源得以保存，还有对地方风俗的记录和考察，丘良任就曾对《竹枝词》中所见有关婚俗、葬俗、节俗、巫俗等各地的民俗做过考察②，此后，这一角度研究地方风俗和民俗的文章渐渐多起来，甚至有些研究文章以"韵文的地方志，鲜明的风情画"为题，明确指出竹枝词创作的地方志色彩和功效③。丘良任对竹枝词研究的贡献还有一项，即用竹枝词的形式创作了《竹枝纪事诗》二百余首，历数历代竹枝词创作的重要作家和作品，几乎是一部竹枝词发展简史④。这种以竹枝词的形式论述竹枝词发展史的成功尝试，本身已经具有象征性的意义。丘良任等的《中华竹枝词全编》，也以地方分卷排系作品，折射出他们将竹枝词当作地方志的补充潜在意识。有学者认为，"竹枝词也是社会史素材，这样的素材在国家——社

---

① 任半塘：《唐声诗》上编，上海古籍出版社，48页。
② 丘良任：《竹枝词与民俗学》，《长沙水电师院学报》，1989年第1期。
③ 赵宗福：《韵文的地方志，鲜明的风情画》，《兰州学刊》，1990年第2期。
④ 丘良任：《竹枝纪事诗·陈贻焮序》，暨南大学出版社，5页。

会框架中彰显出特殊的思想意义。在内容上，竹枝词厕身于具象社群，以平民俗众做基本记录对象，津津乐道其日常琐细，以浓郁的风土本色构成对传统史料的补充，给社会史以认识论的启迪。因此，以诗词身份出现的竹枝词，具有独特的社会史意义。"①

王子今《清人上海竹枝词透露的近代化气息》一文正是从这一角度切入的：

> 上海是近世中国较早接受西方文化影响的窗口，是在中国近代化进程中具有先行性的典型性的新兴都市。考察上海近世以来的社会巨变，可以将清人上海竹枝词作为一种文化标本。这些诗作，大多以平直的风格记录了上海当时的民俗文化和社会风景，不仅在某种意义上具有直接的史料价值，也在一定程度上反映了作者面对近代化潮流的复杂心态。②

随着近代史研究的深入，十八、十九世纪的竹枝词创作被作为史料运用，历代竹枝词的成果和成就，开始被关注和重视。特别是社会风俗、社会生活层面的研究，竹枝词的描写成为历史研究的重要依据和生动写实。这里值得一提的是罗苏文《女性与中国近代社会》③一书，以及作者一系列相关的研究论文，她大量引用了报纸、杂志、画报的资料，其中包括竹枝词作品，阐述近代化过程中女性的状况和变迁。在她的研究中，竹枝词已经完全被作为史料来运用，以"西部的呼应：细波微澜"一节为例，作者描述女性时尚服饰和装饰细微的变化，引用竹枝词的诗句多达 25 处。同年发表于《史林》的《清末民初女性妆饰的变迁》④ 中也大量引用了《续

---

① 小田：《竹枝词之社会史意义》，《学术月刊》，2007 年第 5 期。
② 王子今：《清人上海竹枝词透露的近代化气息》，《上海社会科学院学术季刊》，2000 年第 1 期。
③ 罗苏文：《女性与中国近代社会》，上海人民出版社，184—186 页。
④ 罗苏文：《清末民初女性妆饰的变迁》，《史林》，1996 年第 8 期。

沪北竹枝词》和《成都竹枝词》。可见，竹枝词在实时记录社会风俗的变化，特别是社会生活层面的变化，作为史料来源的功能，重新被开掘出来。不仅填补了主流文化史纪述的阙如，而且有着非常生动的细节和色彩，这一研究方法获得学界的认同，本世纪十余年来，也屡见海峡两岸近代史研究的博硕士毕业论文中引用竹枝词创作来补充史学资料的不足。

当都市研究和城市研究的话题进一步展开，近代城市化过程中的消费文化研究，会进一步涉及城市的工商业和娱乐文化空间，于是，竹枝词的成果再次成为重要的史料来源。例如，《近代汉口大众文化娱乐空间的聚散与城市发展》一文，多处引用叶调元的《汉口竹枝词》[1]。这些研究几乎都有跨学科甚至跨文化的特点。中国人在海外游历时创作的竹枝词，甚至还有外国人写的竹枝词也引起了关注。例如夏晓虹《吟到中华以外天——近代"海外竹枝词"》（《读书》1988，6）、王振忠《日本人的竹枝词》（《寻根》，2000，2）。这些运用竹枝词创作来研究社会风俗史和都市文化的例子，同时又反过来证明了作为一个特殊历史时期的文学创作的价值，并提示我们思考它的历史地位。

在这些已经取得的成果中，可以深切地感受到，竹枝词的研究有许多可以拓展的空间，首先是作为传统的文学样式，在近代都市形成的过程中，竹枝词的创作获得了新的契机，这种文学乃至文化现象以及它所取得的成就和意义，必须放在近代化的大背景下来解读；同时，也应当将竹枝词的创作及其演变，立足于文学本身的发展来研究，而不是让它们仅仅作为史料而存在。大量的民俗研究以及社会史的研究成果，也可以帮助文学的研究拓宽视野，更合理地解释各种文学现象的存在和存在方式。

---

[1] 胡俊修、钟爱平：《近代汉口大众文化娱乐空间的聚散与城市发展》，《武汉大学学报》，2012年第7期。

其次是以文学的视角为例，可以发现，一些文学问题如果向文化的视角延伸，可能会得到更合理的阐释，例如，竹枝词的别名，是否能将"棹歌"（櫂歌）"渔歌""百咏""杂咏""纪事"等为题的诗歌也算作竹枝词。据文献记载，清代王士禛作《櫂歌》四首，序云：

> 昔人云，今之竹枝词虽鄙俚，尚有三纬遗意。有先以欸乃发声，而后歌者；有既歌，而以欸乃为余音者。其声清远，其意凄怆。舟行丹阳道中，戏成櫂歌四首，令舟人歌之，犹元次山湘中之《欸乃曲》耳。①

这说明，在竹枝词的创作过程中，文人自觉地混淆了原先不同诗题而创作目的相似的七言四句的诗体，这样，清代文人竹枝词的创作就也将纪事之作和杂咏之作和竹枝词等同起来，这些"类竹枝词"的作品很难划分彼此，可见，今天所谓的竹枝词别名的考证，如果硬要严格区分上述诗体的别名，也很难得出精确的结论。但是，如果从竹枝词类诗歌的发展来看，却可以清晰地发现"竹枝"谱系的扩大和绵延，并不是后世学人辨析不清而造成的，而是诗歌逐渐大众化走向的必然所致。

由于竹枝词作品的复杂性，导致翻检材料的困难，多种题名的复杂现状，导致竹枝词文献整理中的漏收或误收情况很普遍。

例如，关于苏州竹枝词抄本，"雷梦水等编的《中华竹枝词》江苏部分，漏收了一部重要的竹枝词专集，这就是清代康熙雍正年间画家章法（瓶园子）所写《苏州竹枝词》。此集无刻本，只有抄本存世，2001年江苏教育出版社出版了苏州大学图书馆赵明先生等编的《江苏竹枝词集》收有此集，系据清末抄本过录（以下称苏

---

① （清）王士禛：《带经堂集》卷九之《渔洋诗》九，康熙五十年（1711）程哲七略书堂刻本，4页。

州抄本)。南京图书馆古籍部亦藏有此集抄本。笔者把南图抄本与苏州抄本两相比勘,发现苏州抄本遗漏较多,文字与南图抄本不同之处亦属不少,南图抄本远优于苏州抄本。"[1]又如,《中华竹枝词全编》承认"百吟"一类的作品也属于竹枝词,收了许多以"百吟"为题的作品,却未收清代林苏门的《邗江三百吟》,也许正是"归属"的难以区别造成的。

如果将《竹枝词》的创作,作为都市文学或都市文化的一部分来看待的话。可以认为,对近代竹枝词创作这一文化现象的忽视,实际上反映了当代的都市文化研究中,对文化基因和文化要素的形成及其传承的忽视。

从中国诗学发展的历史来看,竹枝词在明清以后特别是中国城市近代化的过程中大量创作的事实来看,文学创作和文化发展的大众化、娱乐化和消费化的倾向是不可避免的,这对于中国传统诗歌是一个转型的机遇,使得传统的韵文学在近代化的过程中有传承和接受的机会。但是,从另一个角度看,这些作者本质上仍然是传统的文人,他们对新兴事物和社会的变化,新奇之余,一定程度上会本能地持有保留或讥讽的态度,因此,将竹枝词作为史料来运用,"以诗正史"的做法,是需要谨慎的。作者观察的角度和叙事的完整性,都是需要辨别的。

第三节 竹枝词和都市文化

竹枝词创作在明清两代出现了创作热潮,原因是多方面的。从诗学本身的发展来看,具有民歌特征的乐府诗歌以及竹枝词,不仅具有音乐性,而且通俗易懂,有助于明代的诗歌创作摆脱宋诗的影

---

[1] 刘枚:《南图藏抄本瓶园子〈苏州竹枝词〉》,《文献》,2005年第1期。

响,以及宋代理学带给诗歌的"头巾气"。因此,从明代前期开始,诗坛就对唐代的竹枝词创作以及杨维桢的作品有很高的评价。如李东阳的《麓堂诗话》:

> 质而不俚,是诗家难事。乐府歌辞所载《木兰辞》,前首最近古。唐诗,张文昌善用俚语,刘梦得《竹枝》亦入妙。①

> 杜子美《漫兴》诸绝句,有古《竹枝》意,跌宕奇古,超出诗人蹊径。韩退之亦有之。杨廉夫十二首,非近代作也。盖廉夫深于乐府,当所得意,若有神助。②

明代官场诗坛,竹枝词创作十分盛行,以明代后七子为例,李攀龙、王世贞等结诗社,就有竹枝词的创作。后谢榛与李攀龙交恶,"然榛游道日广,秦、晋诸王争延致,大河南北皆称谢榛先生。"据记载,万历元年(1573)冬,谢榛在一次招待他的宴会上听歌姬演出,弹唱的全部是他的竹枝词③。

以西湖为题的作品也很多。明代许多著名的诗人如高濂、李流芳、胡应麟等都写过西湖竹枝词。明代后期咏西湖的创作,依然与杨维桢的影响有关,田汝成《西湖游览志余》曾多次提到,说"和之者数百家"④,可见,西湖作为歌咏的对象,也与余杭逐渐城市化的倾向有关。因此,明清两代咏西湖的竹枝词渐渐从游冶的随意歌咏,慢慢发展到专题歌咏;篇幅也从原来的十数首七言四句的组

---

① (明)李东阳:《麓堂诗话》,丁福保辑:《历代诗话续编》,中华书局,1375页。
② 同上,1377页。
③ 《明史·文苑传》载:"复游彰德,王曾孙穆王亦宾礼之。酒阑乐止,命所爱贾姬独奏琵琶,则榛所制竹枝词也。榛方倾听,王命姬出拜,光华射人,藉地而坐,竟十章。榛曰:'此山人里言耳,请更制,以备房中之奏。'诘朝上新词十四阕,姬悉按而谱之。明年元旦,便殿奏伎,酒止送客,即盛礼而归姬于榛。榛游燕、赵间,至大名,客请赋寿诗百章,成八十余首,投笔而逝。"(清)张廷玉:《明史》卷二八七,第24册,中华书局,7375—7376页。
④ (明)田汝成:《西湖游览志余》卷十一,上海古籍出版社,176页。

诗，演绎成上百首的煌煌巨篇，如明代徐之瑞的《西湖竹枝词》，已有百余首组成①。

除了西湖主题之外，江苏的扬州老城、吴江一带逐渐城市化的生活，也激起文人对竹枝词创作的热情。前面提到林苏门有《邗江三百吟》（1808）② 350 首以及《续广陵竹枝词》（99 首），写扬州市井生活，生动鲜活。如写扬州的澡堂：

> 混堂天下原难并，通泗泉通院大街。八个青蚨人一位，内厢衣服外厢鞋。

后来有学者认为，这些作品"在地方性的'竹枝词'中，这是很有特色的一种。不像别的作者，只将兴趣集中在古迹、名人上面，他关心的却是当代事物，特别是与城市平民有关的平凡琐事。这就很是难得"③。这种倾向，实际上已经说明，竹枝词虽然仍属于传统韵文学，但非常适合描绘城市化进程中社会风俗的新变，大量出现竹枝词的创作，可以视为传统文学形态向适应近代都市文化需求的转变。

竹枝词的创作，从游历山水名胜及异地风光时的即兴歌咏，到有意识地历数地方名胜及风俗，作品地域性的特色逐渐增强，是一种非同小可的变化。其中比较有代表性的，有王士禛的《都下竹枝词》、《汉嘉竹枝词》、《江阳竹枝词》、《西陵竹枝词》、《广州竹枝词》、《邓尉竹枝词》等等。王士禛认为："竹枝咏风土，琐细诙谐皆可入，大抵以风趣为主，与绝句迥别。"④因而他每到一地，便用竹枝词的形式，描写各地风土人情。正因他在诗坛上的影响，于

---

① （明）徐之瑞：《西湖竹枝词·序》，《玉润斋杂抄》手抄本，转引自王利器等辑《历代竹枝词》，陕西人民出版社，323 页。
② （清）林苏门：《邗江三百吟》，广陵书社。林自序属"嘉庆戊辰"，当为嘉庆十三年。
③ 黄裳：《榆下说书》，生活·读书·新知三联书店，48 页。
④ （清）王士禛：《带经堂诗话》卷二九，人民文学出版社，849 页。

是，清代咏风土的竹枝词创作大盛。但是，"琐细诙谐皆可入"的特点似乎并不能满足诗人们对竹枝词的期望，前面提到的咏西湖主题的竹枝词也开始发生变化，并且通过大量创作实践，提高竹枝词的诗学地位，拓展"言志"的功能。

纵观清代的作品，可以找到许多例子来证实，有相当一部分竹枝词创作日渐严肃的趋势。如清代许承祖的《雪庄西湖渔唱》，专门吟咏西湖地方历史事件，每首以地点为题，并且将"凡可供游历资考证者，辄于题外就近附载"，"仿田叔禾《游览志》例，依地径铺叙……，厘为七卷，合诗三百六十五首"①。许承祖是海宁人，他的竹枝词创作，已经有比较明显的"修史"意识。如其中《宋林和靖处士墓》自注中引《武林纪事》和《南村辍耕录》，详细记载宋代至清代雍正年间修墓之事。许承祖的《雪庄西湖渔唱》曾精抄后呈给乾隆皇帝作为"御览本"②，这也是竹枝词创作在诗学范畴内，渐渐为主流评价所承认的反映。

诗人修史意识的增强，也是推动清代竹枝词创作的重要原因。许多名不见经传的文人，以地方和家乡的风土人情为题，悉心创作竹枝词组诗，大多与这种心态有关。清乾隆年间的陈祁有《清风泾竹枝词》一百首，自序云：

> 《诗》三百篇，大都里巷歌谣之什，今且尊之为经矣。《竹枝词》歌咏时事，搜奇揽胜，发潜阐幽，采而辑之，于以补志乘之缺，又何尝无裨世教也耶？③

当竹枝词创作渐渐向正统诗歌靠拢，并且成为纪实和咏史严肃

---

① 许承祖：《西湖渔唱》，上海古籍出版社，16—17页。
② 清乾隆间许承祖精写进呈乾隆帝御览本卷首《进书表》，2011秋季艺术品拍卖会古籍善本专场介绍及影印书页，见中国收藏网。
③ 陈祁：《清风泾竹枝词·序》，王利器等：《历代竹枝词》（二），陕西人民出版社，1431页。

作品的同时，长篇巨制的普遍出现，也使得竹枝词创作在诗坛上的分量陡然加重。文人们愿意将竹枝词的创作当作正经事，同时运用这种相对容易的格律形式来咏叹历史遗迹和社会的新变。歌咏的范围则逐渐扩展，如《外国竹枝词》、《都门竹枝词》等。但这个发展的过程中，歌咏社会新变的作品，渐渐超过了咏史，这是竹枝词创作作为都市文学的一次重要转型，它的重要标志是将重心转到对大众层面上的生活文化的关心。这种转型，不仅回归了竹枝词作为俚俗形态的本位，而且从形式及内容上反映并迎合了近代化过程中市民阶层的文化需求。

上海在近代化过程中渐渐城市化，这在竹枝词中就形成了长江三角洲地区"海上竹枝词"的专题，许多对普通大众的生活描写，新意叠出，俗中见雅。如沈衡的《海上竹枝词》：

> 城中几日送梅雨，海上连朝舶䑲风。报说洋船齐进口，便开官局看称铜。①

朱炎《海上竹枝词》写舶来品带来的新鲜：

> 丛子峰双双髻丫，牙梳新样月初斜。郎从乍浦航船到，买得波斯抹丽花。②

事实上，晚清及二十世纪二三十年代的《竹枝词》创作已达数万首之多，创作内容和方法已经突破了传统，应当视作传统韵文学的现代转型。

竹枝词从文人有拟作开始，就渐渐脱离音乐，成为徒诗。虽说仍可入乐演唱，但诗歌属性益发显著。因此，诗歌创作的主旨和意图会进一步地凸显出来。可以说，早期巴蜀地区竹枝的民歌本色则

---

① 沈衡：《海上竹枝词》，丘良任、潘超、孙忠铨编：《全编》四，北京出版社，705页。
② 朱炎：《海上竹枝词》，同上，704页。

渐渐隐去，而与乐府诗相同的诗学特质，则慢慢成为竹枝词创作所遵循的传统。正如郭茂倩所云，所谓乐府，"自风雅之作，以至于今，莫非讽兴当时之事，以贻后世之审音者"①。而后世对于文人拟乐府诗作的重视，也在于"采诗"和"言志"传统。所谓"古之言乐者，必本于诗。诗者，乐之辞而播于声者也。太史采之，太师肆之，世道之盛衰，时政之治乱，盖必于诗之正变者得之"②。后世许多竹枝词作者，说起写作的目的，仍然会强调这一传统，例如清代黄霆有《松江竹枝词》，自序云：

> 国风男女之什，类皆骚人逸士之所托乎，言婉而微，民隐毕见，比有取太师之陈诗也。……暇将风土人情，述之吟咏，被之管弦，以俟夫风者得焉。③

清代史学家王鸣盛也有以竹枝词形式与钱大昕等唱和的《练川杂咏和韵》，自序中也提到了竹枝词的价值："其中援引，多邑志所未载，后之采风者或有取焉。"④

可见，地方风俗的采集，是竹枝词遵循的乐府传统重要特征之一。明清以后，这一传统的传承，是和社会的变化紧密联系在一起的。上海城市形成过程中，上海社会近代化的过程中，各种从未见过的新鲜事物和社会风俗的变迁，都会被诗人采用竹枝词的形式津津乐道。当社会的新变越是加快，生活形态与生活方式变化越是突出，竹枝词的创作也就越是热闹。

与此同时，诗人已经不能满足七言四句的单篇创作，因为新鲜

---

① 郭茂倩：《乐府诗集》卷九〇，中华书局，1262页。
② 吴莱：《乐府类编·后序》，《渊颖吴先生文集》卷十二，《四部丛刊》本，上海书店出版社，11页。
③ 黄霆：《松江竹枝词·序》，丘良任、潘超、孙忠铨编：《全编》二，北京出版社，330页。
④ 王鸣盛：《练川杂咏和韵·序》，顾炳权辑：《上海历代竹枝词》，上海书店出版社，589—590页。

事物层出不穷，放眼望去，新鲜事物比比皆是，因此，竹枝词的创作，几乎都是长篇巨制，似乎要用竹枝词来系统地描绘都市近代化后带来的前所未见的变化。原先所谓的"风土人情"，演变成了各式各样的新鲜事物。

值得一提的是，1874年上海《申报》连载了颐安主人的《沪江商业市景词》约八百首，可以见出作者对新鲜事物的新奇和赞叹。运用竹枝词长篇组诗，以正面的视角歌咏上海都市中商业的兴盛，反映出作者对传统的重农抑商观点的不同看法，凸显出当时竹枝词作者用欣赏的眼光看待社会新变的价值取向。作者自序云：

> 我朝向不重商，自互市以来，见泰西首重商政，国日以富，于是朝立商部，市立商会，殷殷仿效，无微不至。近又拟立商标注册局，凡有能创新业者，皆予以专利，限以年岁，我国商务遂蒸蒸有日上之势。轻视商业者如宦家，如儒家，今亦闻风生慕。……有买地建栈房局厂者，有租屋开店铺庄号者，有备船只转运各货者，有雇车具装载各件者，有肩挑手挈呼卖各物者。……夫人各自有业，无业则不能养身。①

《沪江商业市景词》均为七言四句，洋洋洒洒，将近世西风东渐，工业和商业兴起后的新事物一一描述，如《工部局》二首：

> 局名工部创西人，告示频张劝我民。注意卫生街道洁，随时洒扫去纤尘。
>
> 几条马路屡举修，细石泥沙到处收。备有砑平机器具，街衢坦荡胜瀛洲。

又如《商标注册局》：

---

① 颐安主人：《沪江商业市景词序》，顾炳权辑：《上海洋场竹枝词》，上海书店出版社，469页。

为防鱼目混真珠，各绘商标利永图。设局颁章招注册，好贪假冒可无虞。①

翻检《沪江商业市景词》的目录，可以了解到当时上海市政建设和管理上的变化，现代市政建设和管理的西方经验，给上海城市建设带来的许多新气象：例如关于航运业的热闹局面，有《各国公司大轮船》、《三公司大轮船》、《东洋各公司轮船》、《日本邮船会社》、《行船问答旗》、《内河各小轮船局》、《快船局》、《各阜航船》、《商船公会》、《耶松船厂》②、《拖船公司》、《趸船储土》、《礁上更换灯旗》、《行船打水浅深尺》、《行船拖缆立表》、《报关装船行》等；写沪上商行的，则有《烛店》、《香烛店》、《信局》、《砖灰行》、《窑户》、《瓷器号》、《铜锡器号》、《铁器号》、《木器嫁妆号》、《寿器号》、《剃头店》、《眼镜店》、《香粉店》、《丝线店》、《冰厂》、《制冰厂》、《料泡厂》、《草帽辫行》、《外国馒头店》等；写生活中各式新鲜玩意的，则有《各力表》、《寒暑表》、《风雨表》、《月份牌》、《风扇》、《自来风》、《火漆》、《剪草机器》、《笙屋器具》、《掘泥机器》、《打包机器》、《救命圈》、《鸭绒枕褥》、《气枕气垫》……

这些作品中，明显地表现出作者对城市事物的关注和对生活细节变化的关注，对于西方机械工业的先进技术带给中国工业的新变，充满着好奇和赞美。例如，《行船拖缆力表》描写行船拖缆时

---

① 颐安主人：《沪江商业市景词》，顾炳权辑：《上海洋场竹枝词》，上海书店出版社，100 页、109 页。
② 耶松船厂，为上海船厂和沪东造船厂的前身，英商在中国设立的船舶修造厂。1865 年在上海成立。开始时是租用上海与浦东两船坞公司的设备并加以修建。十九世纪七十年代后扩充规模，改良设备，增强修造船舶的能力。1892 年改组成股份有限公司。1900 年，与英国在上海的另一家大船厂祥生船厂联合，改组为耶松船厂公司，资本增至五百五十七万两。1906 年改名为耶松有限公司。从此，垄断中国船舶修造业三十余年，为英国在华工业投资中最大的企业之一。参见孟燕堃：《上海机电工业志（总纂稿）》，上海社会科学院出版社，1996 年。

第一章 竹枝词的"跨文化"研究

由西方传进来的科学操作方法：

> 驶船拖缆水中央，迟速程途制表量。纤缓半由潮势逆，如飞力大为风狂。①

又如，对于商业形态的变化，也有许多细致的描写，这些作品中描绘的新行业和城市化的集聚，正是上海近代化后都市商业的繁兴：

> 造成西式大楼房，聚作洋场卖菜场。蔬果荤腥分位置，双梯上下万人忙。(《西式大卖菜场》)②

在社会变迁与竹枝词创作相互促进的过程中，竹枝词的题材不断地扩大，并且改变了明末清初以吟咏地方史迹见长的传统，逐渐偏向对当代新事物的吟咏，正可谓"便宜才子风流笔，多少新闻唱竹枝！"③

作者关注都市商业的发展和都市工业的发展，在八百多首竹枝词组诗中，又形成一组组短系列的专题，如写"银行"，就有《各国银行》、《户部银行》、《中国通商银行》、《日本银行》、《储蓄银行》、《各省立沪银号》、《南北钱行》、《南北汇划钱庄》、《各小钱庄》；然后顺着银行的话题又涉及金融业，有《各国金圆名称》、《先令》、《市价》、《钞票》、《规元》、《查仓》、《道库》等等。再如描写洋行的，有《各洋行》、《五金杂货洋行》、《匹头杂货洋行》、《军装洋行》、《卖土洋行》、《机器洋行》、《钟表洋行》、《洋琴乐器洋行》、《水火保险洋行》、《人寿保险洋行》、《缝衣机器洋行》、《拍卖洋行》、《罐头牛奶行》、《日本各杂货洋行》、《德律风洋行》等。

---

① 颐安主人：《沪江商业市景词》，顾炳权辑：《上海洋场竹枝词》，上海书店出版社，112页。
② 同上，107页。
③ 蔡宠九：《和沪北竹枝词》，顾炳权辑：《上海洋场竹枝词》，上海书店出版社，395页。

其中《德律风洋行》是描写电话的普及和应用：

> 东西遥隔语言通，此器名称德律风。沪上巨商装设广，几如面话一堂中。①

这些细致生动的描写，记载了西方工业化的成果和城市建设管理的方式在十九世纪后半叶对上海近代化的影响，描绘出这些生活条件的变化给上海市民生活带来的巨大变化。这些变化和影响也是互动的，当文学作品热情地反映并描写这些新奇变化的同时，传统的竹枝词也完成了自己的近代化转型。

与采集民歌民谣的乐府传统相似，竹枝词在历代的创作中，还有一个不被重视的传统，却是男性作者十分偏好的题材，即以歌咏女性见长。例如传唱甚广的刘禹锡《竹枝词》，描写男女之间的情爱，模仿女性的口吻写相思之意，都是早期文人拟作中非常富有生活气息的作品。后世的竹枝词作品仍然保持这一来自民歌的特色。如明代胡应麟的《兰江竹枝词》：

> 溪上浮梁春涨平，蒙蒙烟雾懒回程。风秋潭上踏歌去，水远山高无限情。

> 郑村渡口风浪多，渔船来去疾如梭。相邀女伴到梁下，一时同唱采菱歌。②

可见，歌咏女性题材，则是竹枝词遵循乐府传统的另一个重要特征。在后世包括近代的发展中，这一传统不仅继续保留，而且由此延伸到对生活层面上大众文化的关注和歌吟。

随着上海城市近代化的推进，上海都市生活从物质到精神的层面，都发生了一系列的变化，这使得竹枝词的创作题材进一步扩

---

① 颐安主人：《沪江商业市景词》，同上，112—114 页、117—119 页。
② 王利器等：《历代竹枝词》（一），陕西人民出版社，248 页。

大，一切市井的生活都被作者攫出，洋洋洒洒地通过这种七言四句的诗歌形式来充分展现。也以《沪江商业市景词》为例，通过商家铺面来描写都市生活层面的内容也不少，例如，写公共澡堂，有《浴堂》、《盆汤》：

浴堂

备人沐浴亦开堂，白石温泉炷异香，涤荡全身如玉洁，喜新厌故换衣裳。

盆汤

分间沐浴唤盆汤，热气熏蒸汗似浆。揩拭毛巾香皂具，烟茶供给又周详。

又如描写家常洗涤用品的，有《肥皂公司》、《香皂号》、《新出肥皂粉》，其中《新出肥皂粉》的描写，充满着新奇和赞扬：

洗衣肥皂粉初成，去渍无痕制独精。颜色如恒光不变，法参化学巧谁争。

组诗中还有普通市民生活中非常重要的《老虎灶》：

灶开双眼兽形成，为此争传老虎名。巷口街头炉遍设，卖茶卖水闹声盈。

《牛奶车》则描绘清晨送瓶装牛奶的场景：

瓶装牛奶送人家，绷布成篷亦备车。更为价廉驴代马，每晨环绕路三叉。

这些作品不仅记载了上海都市日常生活的一个个生动的细节，而且还反映了早期城市生活与生活产品工业化给市民生活方式带来的变化。如《外国馒头店》：

匀调麦粉做馒头，气味多膻杂奶油；外实中松如枕大，装车分送各行收。①

那外国馒头猜想是面包的俗称，作者称面包为外国馒头无可非议，但"装车分送各行收"一句，似乎透露了当时西点行已有连锁销售的概念，每天工厂里做好的面包送到各个销售点去。

从近代竹枝词创作中，寻求竹枝词所遵循的两大传统的传承和新变，可以看到新兴的都市文化构成中，文化基因和文化要素的存在以及这些文化基因和文化要素的重要作用，这是一个值得重视和研究的问题。

如何看待和评价自唐代流传至今的数量众多的竹枝词创作？笔者认为，有两个比较重要的方面是应当考虑的，第一是从传统韵文学的现代转型与生存的角度，来看竹枝词的文化承载及其意义，第二是把竹枝词看作都市文学和都市文化的组成部分来对待，重新审视竹枝词的文化承载及其意义。

从诗学发展的角度看，传统的韵文学，特别是诗歌，有如何扩大受众群体的问题，传统韵文学的现代转型，也是韵文学是否能在新的历史时期继续生存的问题。这个问题其实在不同的历史时期都与诗歌的发展纠结在一起。从唐代文人对民间竹枝词的拟作开始，直至明清两代竹枝词创作出现新的高潮，几乎都与特定时期的诗人企图突破传统诗歌作法樊篱的主观愿望相联系。在中国传统文学乃至诗学的传承中，韵文学和雅文学的传统更容易得到主流价值的认同。中国的诗歌发展到格律诗，并且在唐代完成了格律诗定型，格律诗创作几乎达到了传承韵文学和雅文学传统的极致。由于诗歌创作的主体是文人士大夫，因此，诗歌的接受主体也在这个群体之间。而求新求变的意识，成为诗人们从民间的创作中汲取新鲜诗歌

---

① 颐安主人：《沪江商业市景词》，顾炳权辑：《上海洋场竹枝词》，上海书店出版社，149页、154—155页、157页。

素材的动力。力主创作通俗化的诗学主张，在中唐元和时期，已成为文人士大夫诗歌创作中积极贯彻的主观意图，其中比较突出的典范，便是元稹、白居易、李绅等人的新乐府创作实践；而另一个比较突出的典范，则是刘禹锡和白居易的竹枝词创作，而这两者之间蕴藏着的诗歌大众化通俗化旨趣是一脉相承的。

白居易也有《竹枝词》四首，作于元和十四年（819）忠州（今四川忠县）刺史任上。近代已有研究者注意到正统诗歌创作转向通俗化的趋势，同时指出这种贴近民生的创作，对于诗学发展的意义，即所谓"竹枝者，真正之诗歌也，民间文学之大收获也。若以历史眼光衡之，其地位一与《国风》等"。正如马稚青指出的那样：

> 至所谓竹枝者，先本巴渝俚音，夷歌番舞，绝少人注意及之。殆刘、白出，具正法眼，始见其含思宛转，有淇濮之艳，乃从而传写之，拟制之。于是新词凡曲，光芒大白，于文学史上另辟境界，其功绩诚不可没焉。①

明清两代竹枝词创作的兴盛，也与传统诗歌创作转向通俗化的趋势有关。从李东阳的"宋诗深，却去唐远；元诗浅，去唐却近"的看法②，到李梦阳的"真诗乃在民间"的感叹，几乎都是希望通过民间新声的汲取，给当时诗坛及文人诗歌创作带来新的生机。

竹枝词的基本形式是七言四句，但并不严守七绝的格律，有一定的随意性，有类古绝句。明董文焕《声调四谱图说》："至竹枝词，其格非古非律，半杂歌谣。平仄之法，在拗、古、律三者之间，不得全用古体。若天籁所至，则又不尽拘也。"③清人宋长白

---

① 马稚青：《竹枝词研究》，欧阳发、洪钢编：《安徽竹枝词》，黄山书社，166页、173—174页。
② （明）李东阳：《麓堂诗话》，丁福保辑：《历代诗话续编》，中华书局，1371页。
③ （明）董文焕：《声调四谱图说》卷末"七言绝句"条，上海医学书局石印本，7页。

《柳亭诗话》也说:"竹枝,人多作拗体。"①任半塘《唐声诗》中也认为,"多数《竹枝》之特点在拗体,去七绝较远"②。可见,竹枝词的拗体特色,有别于规范的七言绝句。对于创作者而言,七言四句的格式,在传统诗歌中易记易学,既遵循韵文学的规律,讲究平仄和押韵,却又不完全拘泥于格律。一首诗说不完的,可以用数首乃至上百首组诗来表现,收放自如,铺陈随意;而对于接受者而言,竹枝词通俗易懂,俚俗相间,集资谈笑,妙趣横生。打破了传统格律诗严肃而正经的一统天下,也为一般读者喜闻乐见。

明清以后竹枝词创作繁盛,与文学的通俗化、大众化的趋势相一致,这种趋势有助于诗歌创作者群体进一步扩大,并且让传统韵文学的现代转型与生存有了可能性和可操作性。诗集的编纂者也开始正视士大夫以外的作者。如朱彝尊《明诗综》曾以"杂流"收录商人的诗作:

> 明以贾客而称诗者众矣。若歙州之郑作、程诰,龙游之童珮,皆贾也。然郑、程皆受学于李空同,童执经于归太仆,则不得以贾人目之。③

虽然朱彝尊的分类有些自相矛盾,而商贾成为诗歌的创作者,师从名人的商贾诗人已经不被轻视,成了不争的事实。这些变化,都为传统韵文学的现代化转型打下了基础。

将竹枝词看作都市文学和都市文化的组成部分,重新审视竹枝词的文化承载及其意义,是在上述基础上展开的。应当承认,近代竹枝词创作的再次繁盛,是传统格律诗在迎合城市近代化以后的文化需求中一次成功的转型。特别是新文学运动尚未到来之前,竹枝

---

① (清)宋长白:《柳亭诗话》卷三,上海杂志公司排印本,48页。
② 任半塘:《唐声诗》下编,上海古籍出版社,391页。
③ (清)朱彝尊:《静志居诗话》卷二四,人民文学出版社,802页。

词的创作在相当程度上反映社会新变的广泛性。这一时期的竹枝词创作所涉及的社会生活面极广,同时也说明,中国韵文学的优势,并没有因为近代化而失去,相反,通过选择和变化,传统诗歌能够找到与时代相适应的形态,来满足大众的精神需求。这一现象同样也说明,传统的高雅的主流的文学,从形式到内容的新变,是如何走向大众的。与都市近代化并存的竹枝词创作,应当成为都市文学和都市文化的组成部分。

竹枝词创作的转型,包含了诗歌结构形态、运转模型和观念的转变过程,也包括竹枝词创作主体与客观环境的适应程度。在此之前,中国传统诗歌的创作、结集和刊刻,尚未达到现代商业介入的程度。而竹枝词的转型,与《申报》的推动有关,与都市新型的"消费文化"的形成有关,而这一层面上竹枝词现象所承载的意义,则是文化经济发展的端倪。

上海地区所存的近代竹枝词,有不少刊于1872年创刊初期的《申报》。《申报》在1900年以前曾大量刊登诗文作品,是上海第一家刊登诗文的报纸。《申报》最初为双日刊,从第五期开始改为日刊(周六刊),需要大量的文字稿和广告,于是文字稿的来源,就直接与经济手段的运作有关。《申报》公开宣称办报是为了获得利益,所以特别重视广告和发行。当时《申报》共8页,其中3页刊登广告,刊登文稿,起初也要付广告费,而不是向作者支付稿费。为了与《上海新报》竞争,《申报》决定给副刊篇幅,刊登诗词,吸引具有传统阅读习惯的读者来买报。为了开辟副刊稿源,丰富报纸的内容,《申报》曾在创刊号的《本馆条例》中明确宣告:"如有骚人韵士愿以短什长篇惠教者,如天下各名区竹枝词及长歌记事之类,概不取值。"[1]因为投稿刊稿要收"版面费",而诗词特别是竹

---

[1] 张子英、刘军节:《中国报纸副刊成形于〈申报〉》,《社会科学论坛》,2001年第12期。

枝词稿件则可以不收费，自然就会有人趋之若鹜。1872年到1876年间，《申报》刊出大量竹枝词，说明这种运作方式的有效性。《申报》的登载，也促进了这一类竹枝词的创作，如果换一角度来观察，《申报》刊载《竹枝词》，是以经济利益为前提，已经形成了文化经济的雏形，诗歌作为一种文化商品存在，这就是竹枝词文化承载另一个层面上的意义所在。

与中国早期的小说一样，《申报》刊载的竹枝词，大部分作者都不属真名。如1872年5月29日刊出的《沪上西人竹枝词》，无署名；1872年9月9日刊出的《沪北竹枝词》，署名"花川悔多情生"；1872年12月11日刊出的《申江竹枝词》，署名"青溪月圆人寿楼主"；除了民间俚曲不登大雅的心理，大部分的作者仍然将在《申报》发表竹枝词，当作一种"游戏"和茶余酒后的"闲情逸致"。关于这一点，本书的第七章有进一步的论述。这种一方面是"娱乐"的心态，另一方面又希冀作品刊出仍然具有成功感觉的矛盾，流露在《沪上游女竹枝词》后之跋语中，即所谓"深合风人之旨。虽曰谈琐，未必无裨风化也"①。

但是，无论如何，《申报》和竹枝词伴随着上海都市的近代化，一起载入史册，成为那个时期都市文化的一部分。

英国学者迈克·费瑟斯通在《消费文化与后现代主义》中认为，"使用消费文化这个词是为了强调，商品世界及其结构化原则对理解当代社会来说具有核心地位。这里有双层的涵义：首先，就经济的文化维度而言，符号化过程与物质产品的使用，体现的不仅是实用价值，而且还扮演着'沟通者'的角色；其次，在文化产品的经济方面，文化产品与商品的供给、需求、资本积累、竞争及垄断等市场原则一起，运作于生活方式领域之中。"②《申报》运用经

---

① 泾左碌碌闲人：《沪上游女竹枝词》，《申报》，1872年10月18日。
② ［英］迈克·费瑟斯通：《消费文化与后现代主义》，南京译林出版社，123页。

济手段来促进竹枝词的创作,无论在当时还是今天,从创意经济的角度来评价,都是具有时代意义的。因此,竹枝词在都市文化的构建中,同样扮演了重要的角色。

第四节 竹枝词与女性文化

历代竹枝词的创作中,歌咏女性和描摹女性的诗句比比皆是。如果细读,则是一部女性的生活史诗。

竹枝词中有对地方节妇烈女的歌颂:

> 孀闺识定亦心坚,辛苦艰难五十年。屏去虚荣务公益,三桥终古节芳传。①

也有对女性支撑家庭经济的描写:

> 布机声轧出茅檐,织妇双挽十指尖。蓬首晨兴遥入市,归家手挈米和盐。②

> 巾帼英雄擘划精,霜晨月夕弄机声。廿年纱布钱盈屋,建得连云大厦成。③

也有对女性细心操持家务,精心保持生活品质的描写:

> 清明过后孵蚕时,侬摘柔桑切作丝。羡煞小姑多兴趣,野花插鬓脸匀脂。

> 三眠时节喜新晴,蚕食沙沙似雨声。夜半枕边唤夫婿,莫贪酣睡已三更。

> 蔷薇花发育蚕忙,姊妹携筐共采桑。浴罢冰蚕娇乏力,淫

---

①③ 秦锡田:《周浦塘棹歌》,《全编》二,北京出版社,402页。
② 秦荣光:《上海县竹枝词》,顾炳权辑:《上海历代竹枝词》,上海书店出版社,218页。

淫粉汗自生香。

柴簌齐登夜已深，明朝起视雪盈林。妾身也是蛾眉种，一样抽丝作茧心。①

瓜果庭陈七夕同，针穿月下女儿工。剧怜纤指弯长甲，汁染凤仙猩血红。②

锣鼓年除夜闹街，照田蚕烛列村排。抱儿有个贫家妇，此夕还忙手做鞋。③

江南地区的女性，在明清以后已经是家庭生产中的重要劳力和经济来源。清初，一般农村短工（男劳动力），"日给工食银五分"，也就是说男劳动力一天劳动所得仅银五分，而妇女每天织标布一匹所得已达银一钱一分，为短工收入的2.2倍；如妇女每天织优质斜纹布一匹，得银六七钱，那么其收入竟达短工工价的12—14倍，"这是十分令人惊讶的"④。《清稗类钞·风俗类》中记述苏州四乡妇女"杂男子力作，樵渔蚕牧，挈舟担物，凡男子所有事，皆优为之"⑤。正如徐光启所说，江南农民"三百年而尚存视息者，全赖此一机一杼而已"⑥。竹枝词的作品也有同样的描写：

黄埔儿女荡轻舠，早潮出去暮回桡。狂夫来去浑无准，不比初三十八潮。

浦东妇女剧可怜，北伴南邻尽种田。青布遮头露双脚，踏车翻水拣花天。⑦

---

① 郁葆青：《蚕娘竹枝词》，《全编》二，503页。
② 秦荣光：《上海县竹枝词》，《上海历代竹枝词》，216页。
③ 同上，217页。
④ 樊树志：《上海农村副业的变迁》，《学术月刊》，1992年，第五期，77页。
⑤ （清）徐柯：《清稗类钞·四十二风俗类：苏乡妇女之俭勤》，中华书局，2202页。
⑥ （明）徐光启：《农政全书》，中华书局，707页。
⑦ （清）邰子湘：《上海歌》，丘良任等编：《全编》二，130页。

女性参与家庭经济的贡献,天长日久,家庭劳作的分工也会发生变化,在竹枝词中可以见到,江南农业劳动和家庭的手工业制作中,"男主外、女主内"的情况发生了奇妙的变化:

> 邑志详陈旧土风,镇升为县百年中。田家妇女帮农作,镇市夫男晓女工。①

女性从事和男性相同的劳动,与男性一起支撑家庭经济的发展,这与后来江南女性近代化以后更容易走出家庭,形成职业群体有一定的关联,而上海男性对这一变化则比较容易适应,不排斥分担家务劳动,也和这一传统有一定的关联。竹枝词中女性文化的细节描述,对于阐释新型的性别关系和性别文化的建构,都有重要的意义。因为在都市文化、城市产业以及都市生活的形成中,女性逐渐成为一支不可忽视的力量。上海都市圈里形成的性别文化特征,已经成为海派文化的一部分,深刻地影响着上海城市的性格和品格。

二十世纪九十年代,龙应台在《文汇报》发表了《啊,上海男人》,其实涉及了都市文化建构中的性别因素:

> 上海男人竟然如此可爱:他可以买菜烧饭拖地而不觉得自己低下,他可以洗女人的衣服而不觉得自己卑贱,他可以轻声细语地和女人说话而不觉得自己少了男子气概,他可以让女人逞强而不觉得自己懦弱,他可以欣赏妻子成功而不觉得自己就是失败。上海的男人不需要像黑猩猩一样砰砰捶打自己的胸膛、展露自己的毛发来证明自己男性的价值。啊,这才是真正海阔天空的男人!我们20世纪追求解放的新女性所梦寐以求的,不就是这种从英雄的迷思中解放出来的、既温柔又坦荡的

---

① 秦荣光:《上海县竹枝词》,顾炳权辑:《上海历代竹枝词》,218页。

男人吗？原来他们在上海。①

龙应台所描述的这种两性关系，说明上海女性在家庭中的地位是不被轻视的，同时也说明，都市文化中的性别因素，应当在都市文化研究中得到足够的重视，因为这不仅涉及都市文化中两性发展和谐关系的建立，同时也涉及城市性格和品格的形成。这种社会分工的相融和互补关系的形成，一个比较重要的原因，是与上海城市近代化的过程中，上海职业女性群体崛起的传统有关。事实上，上海地区职业女性群体的崛起，与长江三角洲女性长期承担家庭经济责任的传统有关，而近代工业化的机遇又让农村女性成为城市工人，从而构建了新型的两性关系。

已有不少研究者关注到近代社会中女性职业者队伍的形成，是与近代化工业化的社会生产方式的改变以及新兴职业的出现有关。这种传统导致江南农村青年女性在城市化的过程中，更容易走出家门，自食其力，补贴家用，渐渐形成职业女性的基础人群。

有人以《五四时期的女权运动 1915—1923》为题，研究这一时段中国的女性职业范围，认为大致可以分为以下几类：轻工业，如纺织、烟草、火柴、化工成衣等行业的女工；帮佣——即到中产以上的家庭当姨娘、奶妈；供职于文化教育机构，如教员、新闻记者、传道师、文学家、美术家、音乐家等；普通职员，就业于社会各机关，如官署、商店、公司、医院、女书记、女医生、女店员、护士、产科医师等；娱乐机构从业人员，如歌女、电影演员、舞女、女伶乃至妓女等②。可见，短短 8 年中，女性职业的发展突飞猛进。另外，职业女性的人数也十分可观，1920 年，约 75 万左右

---

① 龙应台：《啊，上海男人》，《文汇报》，1997 年 1 月 7 日。
② 张三郎：《五四时期的女权运动 1915—1923)，台湾师范大学 1986 年硕士论文，92 页。

的上海妇女中，有正当职业者（包括学生、教师、医生、看护妇、编译者、宣教者、音乐家、画家、商人、船户、渔人、农妇、工人、伶人）约有 30 万人，占了整个女性人口的将近一半左右①。另据《女声》杂志 1943 年的调查结果，职业女性的就业领域已可分为教育界、医学界、商业界、法律界、党政警界、娱乐界、手工及佣工、农耕畜牧、机器工业等九大类。足以证明，上海是近代中国最早出现职业女性的城市，也是从业妇女人数最多的城市，关于这一部分研究，陈雁的《近代上海女性就业与职业妇女群体形成》是较早发表的成果，她指出："近代上海女性就业人数和就业范围的不断扩大，和职业女性群体的逐渐成熟是上海城市现代化过程的重要组成部分。"②

职业女性群体中人数最多的，应数产业工人，其中，又以缫丝业和棉布业最多。十九世纪六十年代，上海第一代纺织产业工人随着机器缫丝工厂的出现，最早诞生于外国人创立的工厂中，肇始仅数千人。到十九世纪末，首批中、外棉纺织厂建立，使上海纺织产业工人达到近 3 万人的规模。第一次世界大战期间至二十世纪二十年代初期，上海纺织工业发展进入全盛时期，各行各业先后形成，这一时期的纺织产业工人队伍得到迅速发展和壮大。此后，历经抗日战争期间的曲折起伏，到新中国成立时，纺织职工队伍为 23.88 万人③。另据 1920 年的统计资料，当时的棉纱、缫丝和棉织工人已达 19.15 万人，其中女性工人有 14.39 万，占 76％④。尽管女性工人的职业生涯和生活是艰苦而缺少保障的，但却改变了数千年来女

---

① 曙梅：《上海妇女的生活》，《新妇女》第一卷第一号，1920 年 1 月 1 日。
② 陈雁：《近代上海女性就业与职业妇女群体形成》，《百年中国女权思潮研究》，复旦大学出版社，349 页。
③ 施颐馨、孙中兰、陈定远：《上海纺织工业志》，上海社会科学院出版社，712 页。
④ 上海社会科学院历史研究所：《五四运动在上海史料选辑》，上海人民出版社，11 页。

性无法走出家庭的命运。以一个创造经济价值的生产者的身份，参与社会生活。

女性的职业化和经济地位的变化，将会对性别文化的建构，带来本质的变化。中国的近代化都市化，对于中国女性群体来说，提供了社会参与、性别角色发生变化的外部条件，女性开始有规模地脱离了对家庭的人身依附，实现了既是生产者又是消费者的转变。因此，考察女性在都市化的进程中如何参与社会，或者说，如何在数量和质量上都可以称得上"参与社会"，还有一个很重要的标志，就是考察女性是如何走出家庭，进入社会层面的，或者说，只有女性中的职业化群体的出现，使得女性社会参与程度发生了质的变化，这才有了女性文化构成都市文化值得探讨的基础。

城市近代化过程中，培育了职业女性，使得中国女性成为具有经济来源，拥有既是生产者又是消费者的双重身份，他们的经济利益诉求和文化诉求也在不断增加，从而重构了社会的文化性别，凸显出上海性别文化的特征。

都市性别文化的建构，至少要有三个层面：首先是女性文化，其次是主流文化对女性文化的认知和角度，再者是两性文化之间的关系。

女性文化层面的研究，对象和范畴比较清晰，如有学者认为，女性文化的研究应该包括社会参与、家庭角色和自我创造以及相互之间的内在联系[1]，关于女性的社会参与，主要应该通过对女性在各个时期、各个领域的社会参与能力发挥程度进行剖析，以揭示女性社会活动的文化意义与文化创造价值，以及女性文化创造的环境。女性对社会参与程度的变化，必将影响到她的家庭角色和自我创造，而后两者也会同样反过来影响她对社会的参与；女性对社会

---

[1] 周启云：《女性文化研究的三个层面》，《湖湘论坛》，1991年第2期。

各个层面的影响力最终会成为性别文化乃至都市文化的组成部分。

但是，如何发现和评价女性文化，就会涉及主流文化对女性文化的认知和角度，同时涉及不同时期两性文化之间的关系，因为主流文化的视角，基本上是以男性视角为中心的，所以，在这两个层面上的研究，必须引入性别视角，才能公允地评价女性文化的存在方式、社会贡献以及两性相处的社会关系。例如，论及都市女性文化，我们常常更关注精英文化，容易忽略大众文化；更关注女性知识群体的崛起，容易忽略普通女性群体。如果从社会分工到社会性别角色形成的传统来观察，就会发现，都市文化中的女性文化形成，不仅仅局限于女作家、女性书写和女子教育，这不是女性文化的构成全部，应该同时关注，女性群体如何在家庭之外的空间里获得与男性相似的机会和新型生活方式；更要关注都市发展过程中，大众文化和生活文化构成的比重正在发生的变化。对于女性来说，城市的大众文化和生活文化也是女性文化发展的新空间，又恰恰是传统的、男性的、精英的文化所忽视的一面。而后者则又会涉及主流文化对女性文化的认知和角度以及两性文化之间的关系。因此，都市文化中性别因素的发现，以及在研究中引入性别视角，是十分重要的一环。

考察主流文化对女性文化的认知和角度，获取资料同样也要重视那些被主流文化所忽视的途径，重视大众文化构成的途径。例如，学界把1903年发表《女界钟》的金天翮誉为中国"女界的卢梭"[①]。金是吴江同里人，从地域上来看，《女界钟》的出现绝不是孤立的，这与作者生活的时代和地域都有关联。因为《女界钟》出现的前三十年，以产业工人为主体的女性职业群体已经形成，除了大量的女性报纸和刊物可以反映出主流文化对女性的关注，我们也

---

① 范华龄：《金天翮与〈女界钟〉》，《江苏地方志》，1995年第4期。

可以从不甚为人重视的具有大众文学倾向的《竹枝词》创作中，找到对女性文化变迁的描绘和评价，这些竹枝词作品，正好弥补了近代史研究中女性职业发展和生活层面上的细节阐释。同时，这些吟咏女性生活面貌变迁的竹枝词在传播过程中，也起到了社会性别意识改观的重要作用。

研究中国都市近代化及现代化转型、上海史或上海学的研究中曾经常引用《竹枝词》的创作，来反映社会的变革及新气象。而这一时期大部分的《竹枝词》作者是男性旧文人，竹枝词创作具有乐府诗的特征，更接近大众和民俗，比较容易承担传统诗歌在近代化的过程中向现代创作转型。因为这种创作形式不同于正统的格律诗，创作有一定的随意性，更容易以通俗的语言生动地反映大众层面的生活以及社会风气，可以观察到两性文化变化中的矛盾以及新型关系的建立。如朱文炳《海上光复竹枝词》所说的那样：

新朝男女尽平权，教育谁云可涉偏。同一共和同爱国，学堂名目已完全。①

如果我们引入性别视角来观照《竹枝词》所提供的史料和素材，同时也可以见出，许多描述只是男性文人对都市新变的主观镜像，并未对社会的变革和性别角色的变化作比较认真的思考，但已经可以折射出社会认知的新变化，女性公共空间的开拓和社交活动的增加，逐渐为公众接受而不受指责。《竹枝词》也有不少对妓院的描写，虽然有学者认为，"娼妓业为女性首次提供了在城市中的活动空间"②，但这绝不是上海职业女性的主体。竹枝词中对缫丝

---

① 朱文炳：《海上光复竹枝词》，顾炳权：《上海洋场竹枝词》，上海书店出版社，231页。朱文炳，字谦甫，别字鄂生。先世居湖北，至其祖徙嘉兴。弱冠入京，佐吏部左侍郎许景澄幕，以诗文见称于时。清宣统元年（1909），《海上竹枝词》，由集成图书公司刊印。《海上光复竹枝词》作于1911年。
② ［美］贺萧：《危险的愉悦——20世纪上海的娼妓问题与现代性》，江苏人民出版社，154页。

业和棉纺业以及女工的描写，虽是一鳞半爪，却也带来不少信息和第一手的史料，尽管文学的描写与实际生活中的状况在数量上是不匹配的。如果我们参照近代史研究的成果来回顾上海女性职业群体的发展，应当看到，都市文化形成及建构过程中，新型女性的身份转变和形成在于为数众多的女工群体。上海支柱产业纺织业的形成过程中，由长江三角洲农村出来的小姑娘，逐渐成为数十万的上海纺织女工，这才是上海职业女性的重要部分。由于她们对经济生活的参与和贡献，改变了家庭经济结构，也改变了传统的两性关系。这一系列错综复杂的渐变过程，非常值得研究和深思。主流文化对女性文化的认知和角度，以及不同时期两性文化之间的关系的研究，还需要不断地加强，才能解释都市性别文化的构成。

最早提出"城市性"的刘易斯·沃斯，把城市性看作"生活方式"。1936年沃斯发表了著名的《作为一种生活方式的城市性》一文，提出从人口数量、居住地的密度、居民以及群体生活的异质性这三个指标来测量城市性。沃斯之后，有更多的学者来解释这种"生活方式"，无论是从人口特性、居民特性（包括阶层特点和生命阶段），还是亚文化的视角，或者生产方式的变革等方面，着眼点都在大众层面上，而非少数精英的"生活方式"。换句话说，都市形成之后，"城市化"的新型生活方式，消费型的生活方式，在都市文化的建构中，打破了传统的主流的精英文化对大众文化的轻视，大众的生活文化用自己的方式成为都市文化中的主体。

城市的大众文化和生活文化是女性发展的新空间，源于吴地传统的精致生活，在工业化的推进下，成为上海城市的一种新的生活方式，而推进这一生活方式的，则是一群不为人重视的底层女性职业群体。朱文炳的《海上光复竹枝词》对女性推进这种"生活方式"有细致的描述。

近代工业的发展，与商业的发展成一致的趋势，城市生活分类细化，也导致商业的分类细化。这种产品细化与产业专业化程度的提高，又反过来促进生活质量的提高和精致。日常的衣食需求中，已经初现城市生活的商业形态。

商业行业细化之后，家务劳动也不完全局限在家里，开始有更多的外出和人际交往的机会，因此，女性的社会空间也进一步增加。如有人后来回忆二十世纪前叶上海工部局管理的虹口菜场时说，"虹口菜市场买东西，几乎算是一桩社交活动。因为太太小姐们每天都要去那里，免不了相互招呼几句，并且比较谁买的东西价廉物美。食物的价格，的确便宜到了极点，质量却很好。"① 菜场里之所以能够"蔬果荤腥分位置"，是因为食品的分类经营已具规模，《竹枝词》里除了前面已经提到的有关菜场的描写，还有《猪行》、《羊行》、《腌腊肉行》、《咸货行》、《牛肉庄》、《鸡鸭行》、《蛋行》、《鱼行》、《水果行》、《笋行》、《酱菜店》、《火腿店》、《糕团铺》②等等，应有尽有。外来食品似乎也有一定的规模，如前文提到的"外国馒头"。"外国馒头"是指面包，从诗中的描绘来看，面包行似乎已经有了连锁经营的模式。另据史料，上海的丽光公司是中国商店的连锁经营之首创，当时经营牙刷和西服等日用品③，而连锁经营十分发达的美国也是二十世纪才开始繁荣的。

日常生活消费的商业繁盛起来，两性的消费行为也是不同的，女性的消费不仅仅是个人的，更多的时候，女性的消费是常常是家庭的基本消费，因此，他们的消费要比男性更日常化，更容易参与消费的细节。如竹枝词里描写的《女鞋孩帽店》、《香粉店》、《丝线店》、《草帽辫行》等等，都与日常生活有关，而且消费者大多为女

---

① ［美］鲍威尔：《鲍威尔对华回忆录》，知识出版社，55页。
② 颐安主人：《沪江商业市景词》，顾炳权辑：《上海洋场竹枝词》，上海书店出版社，139—141页。
③ 上海市国货陈列馆编查股编：《上海市国货陈列馆十九年年刊》，5页。

性。其中花色繁多的莫过于与纺织工业相关的棉布行、绸缎庄以及与服装相关的原料辅料商行。颐安主人的《沪江商业市景词》中有《红坊》、《染坊》《刷染店》、《织补店》;《本布庄》、《夏布庄》、《东洋丝布庄》、《青蓝布匹庄》、《绵绸庄》、《府绸茧绸庄》、《绉布庄》①、《成衣铺》等等。《成衣铺》写度身定制的热闹情形：

> 成衣小铺市中开，各式时装仿样来，刀工精工关算法，生涯热闹授徒裁。②

从上海近代纺织业的发展来看，上海在二十世纪初就渐渐成为引领全国时尚产业的时装之都。大型百货公司、知名制衣店铺骤增。据记载，1946 年上海的时装公司已达 228 家（外国人开的尚未计入），主要集中在同孚路、林森路（今淮海路）、静安寺路、湖北路、福州路、北四川路、浙江路和南京路（其他路段也有零星的时装店，但一般均在 5 家以下）。时装业总资本额约达 182 亿 2 450 万元（法币），折合黄金为 10 169.922 两③。纺织业和服装业，都成为扬名国际的时尚产业：竹枝词里的有关描写也可以见出女式的时装和消费已成为重要的商业领域。时装业的兴起，同样也可以佐证女性"出客"与社交活动的增加，也包括职业服饰的需求大大增加，甚至不少有名的画家也参与设计④。

作为工人群体的女性，虽然不能算是时尚消费的重要群体，但作为数量较大的女性群体，却又是服装消费者中最基础的群体：

> 有些女工们的服装，比较考究点的尤其比较有知识点的女

---

① 颐安主人：《沪江商业市景词》，顾炳权辑：《上海洋场竹枝词》，上海书店出版社，146—148 页。
② 同上，159 页。
③ 上海市档案馆藏：上海市时装商业同业公会会员清册，全宗号：S243-1，案卷号：9-10，1946。
④ 参见张竞琼、马艳：《上海近代服装设计师的设计方法》，《东华大学学报》，2010 年第 2 期。

工，很多的被人叫做"学生派"，因为她们大都是长旗袍、皮鞋，到冬天外面加上一件绒线外套，插上一枝自来水笔，完全像读书的学生一样，特别是江南各县如上海、苏州、无锡、常州等地女工喜欢这样打扮，江北籍的女工、在服装上和江南人不大相同，她们总喜欢穿红红绿绿的绸衣，浅口子的绣花鞋粉红袜子等花花绿绿的衣服。①

虽然女工群体仍然贫困，但她们向往新生活的愿望和文化需求也十分强烈，"学生派"的装束证明了这一点。上海近代化过程中的职业机会，多少给了从农村到城市里来的年轻女孩子以希望和空间。竹枝词中还有大量女性赶庙会进香的描绘，而女工的休假和娱乐活动也包括进香、看戏和去"沪西的大世界"②。不少研究者注意到，因为女工们有了一定的经济地位，所以，她们与丈夫和公公婆婆的相处也打破了原先的格局，可以相对自由地支配一部分工余时间，并用自己的钱来进行文化娱乐性的消费："我们不仅去看戏，而且有时在车间我们也唱戏。"③同时，丈夫也开始承担家务："只要谁有空或第一个回家，谁就烧饭。"④

这些潜移默化的生活方式的变化和形成，构成了上海的女性文化。女性文化，包括她所产生的影响力，对上海都市文化的构成起着重要的作用。女性群体对新生活的需求以及他们对上海都市形成的贡献，是上海都市文化构建的重要基础。上海都市文化形成于市民大众对生活的憧憬，而市民文化的构成，有许多是与女性和家庭相关的日常琐细，但又是充满"以人为本"的生活趣味的大众特

---

① 朱邦兴等：《上海产业与上海职工》，上海人民出版社，87页。
② [美]艾米丽·洪尼格：《姐妹们与陌生人——上海棉纱厂女工，1919—1949》，江苏人民出版社，147—151页。
③ 同上，150页。
④ 同上，142页。

色。以微观生活层面为重的上海都市文化，关注、尊重生活的本质。这一点，与世博会的口号"城市，让生活更美好"几乎是一脉相承的。许多年来，上海都市文化梦想追求的，正是希望都市的生活更美好。如果我们能够正视这种特性，从这一层面上在评价女性对都市文化建构的贡献，也就会重新审视竹枝词创作对女性生活史记录与创作的真正价值。

第二章
从民歌到文人拟作

从竹枝词研究的历史中，可以了解到研究者对竹枝词起源探究的热情，但至今保留下来的数万首作品，几乎都是文人的拟作。换句话说，我们现在见到的各类《竹枝词》不是民歌，而是历代诗人的仿制作品。因此，我们的研究必须侧重于竹枝词的文人拟作及其意义。

第一节 竹枝词的起源

竹枝词称为"竹枝"或"竹枝歌"。关于它的起源，学术界多有争论，尚未形成统一意见，大致而言，有以下几种说法。

第一种说法，认为竹枝词是源于民歌的一类特殊诗体，体制上以七言四句为主，语言通俗易懂，对唐代七绝与宋词的形成均有很大影响。胡怀琛认为："在中国的旧诗里，有一种特别体裁，名叫《竹枝词》，凡是稍有诗学知识的人，无不知道。"[1]因中唐诗人刘禹

---

[1] 胡怀琛：《中国民歌研究》，商务印书馆，53页。

锡的创作和影响，竹枝词从民歌发展成了文人拟作，并且再度影响民歌"武陵溪洞间夷歌，率多禹锡之辞也"①，故持这种看法的学者认为，竹枝词推动了民歌的发展。

第二种说法，认为竹枝词是一个歌舞的概念，是现今土家族"花灯"中依稀可见的具有"踏歌"特点的舞蹈。中古时代，土家族先民活跃在巴渝一带，他们骁勇善战，能歌善舞，据《华阳国志·巴志》记载，"（巴人）锐气喜舞，帝善之，曰'此武王伐纣之歌也'，乃令乐人习学之，今所谓'巴渝舞'也"②。巴渝舞在具体表演时，男女老少会配合着悠扬婉转的笛声、节奏鲜明的鼓点，踏步为节，载歌载舞，刘禹锡的《竹枝词》序中所描绘的舞蹈与巴渝舞十分相似："岁正月，余来建平，里中儿联歌《竹枝》，吹短笛，击鼓以赴节。歌者扬袂睢舞，以曲多为贤。"③

第三种说法，认为竹枝词是一个音乐的概念，是中古时代土家族先民在巴渝地区创造的民歌。所谓"《竹枝》本出巴渝，其音协黄钟羽，末如吴声。有和声，七字为句。破四字，和云'竹枝'；破三字，又和云'女儿'"④，可见这类民歌在演唱时会加入衬词"竹枝"、"女儿"，对七子歌词按前四后三的顺序进行音顿。及至唐代，这样的演唱形式仍旧保留，如孙光宪当时采录的民歌之声：

门前春水（竹枝）白蘋花（女儿），岸上无人（竹枝）小艇斜（女儿）。商女经过（竹枝）江欲暮（女儿），散抛残食（竹枝）饲神鸦（女儿）。⑤

至今，土家族民歌中虽不用"竹枝"、"女儿"的衬词，但仍可

---

① （后晋）刘昫：《旧唐书·刘禹锡传》，中华书局，4210页。
② （晋）常璩：《华阳国志校注》，巴蜀书社，37页。
③ 王利器等辑：《历代竹枝词》，陕西人民出版社，2页。
④ （明）胡震亨：《唐音癸签》，上海古籍出版社，139页。
⑤ 王利器等：《历代竹枝词》（一），陕西人民出版社，6页。

见四三音顿的衬词，如龙山民歌：

> 初三初四（哟啊）月不圆（唉），葡萄不熟（哟啊）味不甜（啊）。火烧芭茅（哟啊）心不死（唉），不见情郎（哟啊）心不甘（啊啊）。①

上述三种说法皆有一定道理。对竹枝词起源的认识差异可能与竹枝词的原始性质有关，它本身是多种艺术交融的产物。如诗歌的发生一般，"诗言志，歌咏言。声依永，律和声。……于予击石拊石，百兽率舞"②。它琅琅上口的歌词，让人易学易记；它清扬婉转的音调，使人回味无穷；它优美曼妙的舞姿，令人倾心动容。应该说，她起源于"诗舞乐"一体的形式。

竹枝词的起源可以追溯到距今一千六百多年的魏晋南北朝，时间过于久远，许多史料描述它比较原始的状态，大多是"诗乐舞"三位一体，而原始的民歌和后世文人的拟作则又不是一回事。尽管竹枝词的起源众说纷纭，但对竹枝词的基本定义仍然有比较一致的看法，即竹枝词本是肇始于中古的巴渝民歌，它入乐演唱，伴舞和声，兼备"诗乐舞"的特质，长久以来在民间广为流传。

学术界除了对竹枝词的起源多有争论外，对其命名也是聚讼不已，竹枝词何以称为"竹枝"呢？

有学者认为"竹枝"是歌舞时辅助的道具，任半塘《竹枝考》："其始或手持竹枝以舞，故名。"③后来许多选本的解释也沿袭这种说法，如周本淳《唐人绝句类选》："竹枝为巴蜀民歌，大约以竹枝打节拍。"④还有人认为"竹枝"是吸酒的竹竿，如有人引杨慎的解释："以芦管为吸，吸而饮之的钩藤酒，即今之哑酒，刘梦得竹枝

---

① 彭秀枢、彭南均：《竹枝词的源流》，吉首大学学报（社会科学版），1982年第2期。
② 孙星衍：《尚书今古文注疏》，中华书局，70—71页。
③ 林孔翼：《成都竹枝词》，四川人民出版社，5页。
④ 周本淳：《唐人绝句类选》，浙江古籍出版社，124页。

词即蜀中哑酒歌。竹枝即吸酒之竹竿，词即其歌。"①以上两种说法看似颇有说服力，但目前并未见到任何文献材料可以佐证。

竹枝词体式中有一种演唱时会加入衬词如"竹枝"、"女儿"等，对七字歌词按前四后三的顺序进行音顿，唐人有明确记载，如皇甫松六首七言二句的竹枝词，因而竹枝词的命名最有可能取自其第一个衬词"竹枝"。这样的假设在《古今乐录》中得到了印证。《古今乐录》记载了两首名为"女儿子"的民歌："巴东三峡猿鸣悲，夜鸣三声泪沾衣"、"我欲上蜀蜀水难，蹀蹀河头腰环环。"②这两首民歌同样产生于巴渝地区，内容风格与竹枝词毫无差异。因而有人认为"女儿子"也是竹枝词的别名，取自其第二个衬词"女儿"（子是衬音，可省略）。可见，竹枝词的两个衬词"竹枝"、"女儿"皆可作为其命名的来源。也许衬词"竹枝"在"女儿"之前，所以后世约定俗成，普遍采用"竹枝"的命名。

那么衬词"竹枝"究竟有何意义？学术界又是莫衷一是，大致有四种说法：第一类认为"竹枝"与宗教信仰相关，意思是"母性崇拜的原始遗风"；第二类认为"竹枝"与图腾崇拜相关，依据是"从音韵学出发，推论'竹枝'即'伏羲'"；第三类认为"竹枝"与竹王崇拜相关，理由是"发端于竹子感应女子而圣人的崇拜实质，实则包含了生殖崇拜和祖先崇拜的双重内涵"；第四类认为"竹枝"不可解或无涵义③。以上四类观点各持理据，导致这一问题难有定论，姑且存疑。

竹枝词，作为肇始于中古的巴渝民歌，其音乐性与生俱来，它依赖"口传文学"的形式、入乐演唱的特点发扬，因而至唐，它的流传地已由巴渝扩展至沅、湘、荆、楚等地。可见原始的民歌竹枝

---

①③　王庆沅：《竹枝歌和声考辨》，《音乐研究》，1996年第2期。
②　吉联抗：《古乐书佚文辑注》，人民音乐出版社，35页。

词流传广泛，然而限于口耳相传，我们无法见到书面的歌词记载，只能从相关史籍中寻绎其存在的基本要素。

原始的民歌竹枝词，从演唱的功用来看，是为了抒发日常劳动的感受，增加生活礼俗的内涵。《夔州府志》记四川开县百姓："渔樵耕牧，好唱竹枝歌。"①可知当地百姓在劳作时借竹枝词抒发喜怒哀乐，捕鱼、打柴、犁田、放牧的活动自由度高，适宜他们尽情歌咏。《太平寰宇记》载开州风俗云：

> 巴之风俗，皆重田神，春则刻木虔祈，冬则用牲解赛，邪巫击鼓以为淫祀，男女皆唱《竹枝歌》。②

可知演唱竹枝歌同其他祭祀田神活动一样，成为当地百姓生活礼俗的重要组成部分，寄寓着五谷丰登的期盼。

原始的民歌竹枝词，从歌唱的场合来看，蕴含着秀美的山川风物。具体而言，民歌竹枝词的歌唱场合十分广泛，可以在浩淼的江边，如李涉《李独携酒见访》："老夫昔逐巴江岸，唱得《竹枝》肠欲断。"③也可以在辽阔的山间，如张籍《送枝江刘明府》："向南渐渐云山好，一路唯闻唱竹枝。"④也可以在田野农作物的花间，如方干《蜀中》："闲来却伴巴儿醉，豆蔻花边唱竹枝。"⑤也可以在明朗的月下，如王周《再经秭归》："独有凄清难改处，月明闻唱竹枝歌。"⑥

原始的民歌竹枝词，从歌唱的方式来看，常常有女性的参与，甚至是女性出嫁时的仪式之一。《蜀中广记》云：

---

① 《正德夔州府志》卷一，天一阁藏明代地方志选刊，上海古籍书店。
② （宋）乐史：《太平寰宇记》卷一三七，中华书局，2671页。
③ 陈尚君：《全唐诗补编》，中华书局，1027页。
④ 陈延杰：《张籍诗注》卷四，商务印书馆，70页。
⑤ （清）彭定求：《全唐诗》卷六五三，中华书局，7505页。
⑥ 同上，8678页。

琵琶峰下女子皆善吹笛。嫁时,群女子冶具,吹笛,唱竹枝词送之。①

以笛声为乐的竹枝歌,群女子演唱时悠扬婉转;《太平寰宇记》记载:"正月七日,乡市士女渡江南,娥媚碛上作鸡子卜,击小鼓,唱《竹枝歌》。"②以鼓声为乐的竹枝歌,众女子在演唱时高低互节。这两则竹枝词皆由女性演唱,一则为送嫁,二则为踏碛,相对于粗犷的男性,女性的心理活动细腻婉约,所以她们演唱的具体内容虽不可知,但她们对嫁女情爱的体验定是细致入微,对踏碛喜悦的感受定是与众不同。此外,唐代的竹枝演出,也多用女伎,所谓"入教坊,乃女伎专长,其人谓之'竹枝娘'。"③如李商隐的《河阳诗》描写女伎出场:

忆得鲛丝裁小卓,蛱蝶飞回木棉薄。绿绣笙囊不见人,一口红霞夜深嚼。幽兰泣露新香死,画图浅缥松溪水。楚丝微觉竹枝高,半曲新辞写绵纸。④

这种特征导致后世文人的创作把歌咏女性作为重要的对象和题材。

关于"竹枝"的曲调,任半塘认为,可能除了"巴渝"之外,还有更古老的存在。他举白居易《听芦管》诗中"幽咽新芦管,凄凉古竹枝"为例,指出,"乃始于中唐以前之一种竹枝,流声百年,坠及白氏,遂得古今兼赏于一时。"⑤他又根据敦煌曲所收其他杂曲推断,竹枝的原曲调是有和声的联章⑥,这就解释了文人拟作常常

---

① (明)曹学佺:《蜀中广记》,文渊阁《四库全书》影印本。
② (宋)乐史:《太平寰宇记》卷一四九,中华书局,2886 页。
③ 任半塘:《唐声诗》下编,上海古籍出版社,382 页。
④ 叶葱奇:《李商隐诗集疏注》,人民文学出版社,619 页。
⑤ 任半塘:《唐声诗》下编,上海古籍出版社,380 页。
⑥ 任半塘:《唐声诗》上编,上海古籍出版社,146 页。

有数首之多的习俗。

第二节　文人拟作的兴起

　　原始竹枝词淳朴清新的样式，深深吸引着初到边地的诗人。现存最早的文人拟作始于唐代中期。

　　《乐府诗集》"近代曲辞"三收录唐人的"竹枝"有二十二首，其中刘禹锡十一首、白居易四首、李涉五首、孙光宪二首：

　　　　竹枝本出于巴渝。唐贞元中，刘禹锡在沅湘，以俚歌鄙陋，乃依骚人《九歌》作《竹枝》新词九章，教里中儿歌之，由是盛于贞元、元和之间。①

　　王利器等编撰《历代竹枝词》时又据《全唐诗》增补了顾况一首、皇甫松六首、蒋吉一首。这些作者有着相似的经历，大多都被贬边地，如顾况曾被贬饶州司户参军；刘禹锡曾被贬朗州司马、夔州刺史；白居易曾被贬江州司马、忠州刺史；李涉曾被贬峡州司户参军。可见竹枝词流传地已由巴渝扩展至沅、湘、荆、楚等地，这些地区与繁华的长安城相距甚远，实为蛮荒之地。可见，竹枝词的原生环境相当闭塞，唐代文人唯有仕途困顿、被贬边地才有机会接触当地民间的"竹枝"，而后仿效创作，又因刘禹锡和白居易的声名而影响大增。根据这些传世之作的年限推测，唐代文人第一个以"竹枝"标诗题的是顾况，他曾作《竹枝曲》一首：

　　　　帝子苍梧不复归，洞庭叶下荆云飞。巴人夜唱竹枝后，肠断晓猿声渐稀。②

---

①　（宋）郭茂倩：《乐府诗集》，中华书局，1140页。
②　王利器等：《历代竹枝词》（一），陕西人民出版社，1页。

第二章　从民歌到文人拟作

　　首句典涉《史记》与《九歌》，《史记·五帝本纪》："（舜）南巡狩，崩于苍梧之野，葬于江南九疑。"①《九歌·湘夫人》："嫋嫋兮秋风，洞庭波兮木叶下。"②顾况借帝舜的消殒、树叶的凋零，渲染聆听竹枝词时肃杀的氛围；次句状写"竹枝"的"夜唱"和"肠断"诸特点，其间出现的"寒猿"意象，令人愁肠百结。

　　顾况聆听到的竹枝词之所以如此凄清苦怨，与他被贬的心态有莫大的关系。

　　顾况为唐肃宗至德二年进士③，曾为韩滉节度判官，选著作郎。因以诗语嘲诮权贵，被贬饶州司户参军，顾况在困顿与沮丧中，向着偏远的贬谪之地进发，不想在途中听到巴人唱竹枝词，一唱三叹，新鲜自然，只是人生境遇的巨大落差，使得顾况耳中的竹枝词显得格外凄凉，如泣如诉。作品后两句，将竹枝曲与猿声的哀鸣相并论，吐露了自己被贬后顾影自怜、无所依傍的愁绪。

　　任半塘《唐声诗》把顾况的这首诗列为"竹枝"的"初体"，认为"初体表接近盛唐之早期辞，题'竹枝'，一题'竹枝曲'，'曲'，一作'词'，'荆'，一作'楚'"。他还认为顾况的"初体"并不是合律的七绝形式："'荆云楚'三平连，'夜唱竹'，三仄连。"④任半塘还认为竹枝之调最晚在唐玄宗开元以前已经传入中原，因为冯贽《云仙杂记》记载了张旭"醉后唱竹枝曲，反复必至九回乃止"⑤。顾况的这首诗作，更像是作者"听"竹枝，正如胡怀琛所指出的那样："这不是竹枝词，乃是对于竹枝词的评语了。"⑥即便如此，顾况这首诗，仍然标志着文人开始注意到来源于

---

① （汉）司马迁：《史记》，中华书局，44页。
② （宋）洪兴祖：《楚辞补注》，凤凰出版社，57页。
③ 傅璇琮：《唐才子传校笺》，中华书局，636页。
④ 任半塘：《唐声诗》下编，上海古籍出版社，376页。
⑤ 冯贽：《云仙杂记》，《四部丛刊》本，上海书店，卷四。
⑥ 胡怀琛：《中国民歌研究》，商务印书馆，56页。

・77・

民间的竹枝词，并借此抒发谪贬之愁闷的感慨。

唐代有不少"听竹枝"的诗歌，例如刘商的《秋夜听严绅巴童唱竹枝歌》：

> 巴人远从荆山客，回首荆山楚云隔。思归夜唱竹枝歌，庭槐叶落秋风多。曲中历历叙乡土，乡思绵绵楚词古。身骑吴牛不畏虎，手提蓑笠欺风雨。猿啼日暮江岸边，绿芜连山水连天。来时十三今十五，一成新衣已再补。鸿雁南飞报邻伍，在家欢乐辞家苦。天晴露白钟漏迟，泪痕满面看竹枝。曲终寒竹风袅袅，西方落日东方晓。

刘商大历时曾做过合肥令，贞元十年（794）尚在世①。

于鹄的《巴女谣》：

> 巴女骑牛唱《竹枝》，藕丝菱叶傍江时。不愁日暮还家错，记得芭蕉出槿篱。

于鹄贞元中曾历佐山南东道、荆南节度使幕，贞元十四年（798）尚在世②。

白居易在忠州刺史任上（元和十四年，819）曾有《听竹枝赠李侍御》：

> 巴童巫女竹枝歌，懊恼何人怨咽多。暂听遣君犹怅望，长闻教我复如何。

可见这一时期，"竹枝"的传唱已经引起文人的广泛兴趣。于是，文人创作新词，就此开始。

唐代文人拟作竹枝词，在元和时期似乎已经蔚然成风，这与白居易等人对民间歌谣和乐府诗歌创作的兴趣密不可分。元和十四年

---

① （清）彭定求：《全唐诗》卷三百三，中华书局，3448页。
② 同上，3503页。

(819),白居易任忠州刺史时作《竹枝词》四首:

> 瞿塘峡口水烟低,白帝城头月向西。唱到竹枝声咽处,寒猿闇鸟一时啼。
>
> 竹枝苦怨怨何人?夜静山空歇又闻。蛮儿巴女齐声唱,愁杀江南病使君。
>
> 巴东船舫上巴西,波面风生雨脚齐。水蓼冷花红蔟蔟,江蓠湿叶碧凄凄。
>
> 江畔谁人唱竹枝?前声断咽后声迟。怪来调苦缘词苦,多是通州司马诗。①

其中第四首中提及的"通州司马"即元稹。元稹于元和十年(815)出任通州司马,根据白居易的诗歌,可知元稹在任上新创的"竹枝词"已被传唱。这说明这一时期采集民歌、自创新词已经成为一种风尚。元稹的作品已亡佚,而李涉的作品则保留了下来:

> 荆门滩急水潺潺,两岸猿啼烟满山。渡头年少应官去,月落西陵望不还。
>
> 巫峡云开神女祠,绿潭红树影参差。下牢戍口初相问,无义滩头剩别离。
>
> 石壁千重树万重,白云斜掩碧芙蓉。昭君溪上年年月,独自婵娟色最浓。
>
> 十二峰头月欲低,空濛江上子规啼。孤舟一夜东归客,泣向春风忆建溪。②

据史料记载,李涉为洛阳人,他在唐宪宗时,曾为太子通事舍

---

① 朱金城:《白居易集笺校》,上海古籍出版社,1183页。
② (清)彭定求:《全唐诗》,中华书局,5429页。

人，元和六年（811）被贬为硖州司仓参军，在峡中蹭蹬十年，上述作品的创作年代应在其被贬峡州期间。

李涉的这组竹枝词，每首都状写旖旎的边地风光。其第一首描写"荆门滩"的壮美绮丽，在李涉笔下，荆门滩水流湍急，如脱缰野马，纵无羁之蹄，如出弦利箭，显张弛之力，南岸的荆门山与北岸的虎牙山，隔滩相对，云雾缭绕其间，若即若离，猿声啼叫其中，近而似远，景色凄迷而又变化莫测。第二首彰显"神女祠"的气象万千，在李涉笔下，神女祠云气升腾，变化无穷，迷离惝恍，意境朦胧，周遭的水潭古树色彩明丽，相映成趣，风移影动，姗姗可爱，"山"、"庙"、"潭"、"树"共同连缀成一幅酣畅淋漓的水墨画。第三首渲染"昭君溪"的无穷魅力，"昭君溪"即"香溪"，在李涉笔下，"香溪"韵味独特，痴心的美女偏偏钟情于它，皎洁的月光独独青睐于它，王昭君临水浣纱的香气氤氲而来，沁人心脾。第四首突出"十二峰"的别样诗意，十二峰即巫山十二峰，谓集仙、松峦、神女、朝云、圣泉、登龙、聚鹤、飞凤、净坛、起云、上升、翠屏峰，在李涉笔下，十二峰巍峨耸峙，金轮低垂，一静一动，相得益彰，情趣自现，诗意的峰名与美意的月色交相辉映，令人赏心悦目。李涉在一定程度上开启了文人以竹枝词创作记录边地风光的先声。

这些诗作都要早于刘禹锡的创作。

《竹枝词》在中唐形成一个文人拟作的局面，并不是孤立的现象，这和中唐的新乐府创作的提倡有一定的关系。白居易之所以如此重视竹枝词的创作，则与他的文学主张有直接关系。白居易是中唐新乐府创作的领袖，他主张诗歌要贴近大众，力求通俗。竹枝词不重华丽的辞藻、不求蕴藉的用典、不追隽永的意境，贵在不事雕琢、质朴真淳、清新自然，如天马行空，纵无羁之蹄，如流水行地，逞自由之力，它所具有的特点，也符合新乐府创作追求的诗歌审美范式。从民歌中汲取营养，通过诗歌实践，提倡"新声"、"翻唱"，也包括对旧曲的改造，创作新词，这些都是当时文学变革中的组成部分。元、白等诗人群体的诗歌酬唱之风，对于竹枝词这一类"新声"的发展，也有推波助澜的作用。这些乐府诗，有一部分是来自对民歌的拟作，竹枝词正是其中的一种；还有一些是为古曲翻唱新词，这些唐代兴起的乐府诗歌创作，都有向民间百姓汲取俚语新声，清新活泼，通俗易懂的特点，为诗歌的通俗化提供更多可供选择的可能。竹枝词来源于民间，产生于日常劳动生活中，语言通俗易懂，百姓喜闻乐见，诗人群体的创作不仅仅扩大了竹枝词在唐代文坛的影响力，也表明正统诗歌有转向通俗化的趋势。

后世常与《竹枝词》一同被提及的，还有刘禹锡与白居易唱和的《杨柳枝》。

《乐府诗集》"近代曲辞"三在"竹枝词"之后，收录了"杨柳枝"。"杨柳枝"发轫于汉乐府《横吹曲》，汉时名《折杨柳》或《折杨柳枝》，唐开元时入教坊曲。刘禹锡与白居易在大和、开成年间，依据古歌旧曲创新词，用杨柳枝的形式互相唱和，白居易的《杨柳枝二十韵》题下自注云："杨柳枝，洛下新声也。"白居易先创作了《杨柳枝词》八首，"古歌旧曲君休听，听取新翻《杨柳枝》"[1]。而后刘禹锡有酬和之作："请君莫奏前朝曲，听唱新翻《杨柳枝》。"[2]《碧鸡漫志》记载说：

> 今黄钟商有《杨柳枝》曲，仍是七字四句诗，与刘、白及五代诸子所制并同。但每句下各增三字一句，此乃唐时和声，如《竹枝》、《渔父》，今皆有和声也。[3]

---

[1] 朱金城：《白居易集笺校》，上海古籍出版社，2167页。
[2] 瞿蜕园：《刘禹锡集笺证》，上海古籍出版社，858页。
[3] （宋）王灼：《碧鸡漫志（及其他三种）》卷五，中华书局，42页。

这就从另一个侧面证明,"杨柳枝"、"竹枝词"入乐演唱,有和声,而文人创作的新词兴盛,在日常的歌舞表演场合,传唱的是当代诗人的新作。《杨柳枝》的重新创制,也与《竹枝词》的拟作方法很相近,书写内容不再受原题的限制,以七言四句为多,短小通俗,清新浅切,接近民歌风味,从这个意义上说,新乐府的创作,除了"唯歌生民病"的特定创作和特定目标,从广义上说,也应该看到,白居易对民歌和古调重新创制的贡献,并把他们作为"诗到元和体变新"的组成部分。而刘禹锡的竹枝词创作,也属于这一时期的"新声",并且成为真正意义上的文人拟作且影响最大的作品。

唐长庆二年(822),刘禹锡任夔州刺史,于正月到建平(晋于秭归设立建平郡,因以旧名指称夔州),他用文字记载了巴人演唱竹枝词的情形,生动具体地呈现歌声的音调与音色。他的《竹枝词引》详细记录了竹枝词在民间歌唱演绎的实际状况,以及民歌竹枝词的特征,也揭示了作者采风及规整诗教乐教的目的。所谓"后之聆巴歈,知变风之自",则成为后世文人倡导竹枝词的重要依据。刘禹锡对民歌竹枝词的评价、褒扬及倡导,与白居易新乐府的主张如出一辙。

刘禹锡在夔州拟作的两组竹枝词,除了上面提到的一组九首,还有另一组两首。后世许多研究者常常强调他有意模仿《九歌》,但如今见到刘禹锡集中的《杨柳枝》和《浪淘沙》均为九首,或许与音乐也有一定的关联。

刘禹锡的拟作,为竹枝词注入了新的内涵,他拟作的两组作品,真正意义上实现了竹枝词由民间向文坛的提升,自此,竹枝词的概念有了质的转变,由民歌演化为文人拟作的新词。在刘禹锡之后,文人拟作的新词数量不断增加,而随着时代的迁延,巴渝民歌的面貌已难寻绎,文人词取而代之逐渐成为竹枝词的主流。歌舞一体的竹枝词仍然存续着,但文人拟作的盛行,最终使得竹枝词成为徒诗。

后世对刘禹锡竹枝词创作以及对竹枝词倡导的贡献评价甚高,例如前面已经提到的宋人黄庭坚关于"词意高妙"的赞赏,明人也有相类似的评价:

> 刘梦得《竹枝》九首,盖诗人中工道人意中事者,使白居易、张籍为之,未必能也。①

> 后元和中,刘禹锡谪其地,为新词,更盛行焉。②

刘禹锡的《竹枝词》,以组诗呈现,这使得一事一咏的七言四句诗,组合在一起形成相关的主题。刘禹锡的竹枝词与前几位诗人不同之处,在于非常注意对民歌基本要素的沿袭,从他的作品中,可以看到文人拟作的基本趋向:

> 杨柳青青江水平,闻郎江上唱歌声。东边日出西边雨,道是无晴却有晴。

> 山桃红花满上头,蜀江春水拍山流。花红易衰似郎意,水流无限似侬愁。③

对民歌要素承袭的特点之一,是选择对男女情爱的歌咏。通过女性细致入微的心理活动歌咏情爱,模仿女性口吻表达相思之意,情爱题材的采集与民歌的传统是一致的。《诗经》中的十五国风,直接采录自各地的民歌,民歌最大的特色就是表现男女情爱,因而《诗经》中的十五国风多为艳丽的情歌,这一点在卫风中体现得尤为明显,如《淇澳》:"瞻彼淇澳,绿竹猗猗。有匪君子,如切如

---

① (明)何良俊:《四友斋丛说》,中华书局,226页。
② (明)胡震亨:《唐音癸签》,上海古籍出版社,139页。
③ 瞿蜕园:《刘禹锡集笺证》,上海古籍出版社,868、853页。

磋，如琢如磨。瑟兮僩兮，赫兮咺兮。有匪君子，终不可谖兮。"①文人拟作竹枝词，要写出真挚的情感，题材的选择往往是重要的，对此刘禹锡似乎已有明确认识，表现在他对巴渝竹枝词的评价："含思婉转，有《淇澳》之艳音。"②"淇澳"是西周卫国境内的两条河流，也是先前说到的卫风篇名，他借此总结民歌竹枝词以歌咏情爱为主，显得风味浓艳、绮靡鲜丽，刘禹锡的作品是在民歌竹枝词的基础上润色修改而成，所以这两首竹枝词在内容上歌咏情爱是有据可依的。

对男女情爱的歌咏，以及描摹女性的心理和情态，是传统诗歌中十分受欢迎的题材。模拟民歌中质朴的情感表达，补充了传统诗歌中辞藻过于书面化的写法，令人耳目一新。"道是无晴却有晴"一句，以"晴"谐音"情"，看似说天，实则写人，贴近民歌，新颖别致。因为写男女情爱，自然而然地出现许多对女性的心理的描摹，刘禹锡的拟作突出了这一要素，通过女性的心理活动歌咏情爱，可谓匠心独具。

特点之二是比兴手法的运用。民歌中的形象比喻，在刘禹锡的诗中展现的十分生动：

　　白帝城头春草生，白盐山下蜀江清。南人上来歌一曲，北人莫上动乡情。③

"比"和"兴"曾被传统诗学认为是《诗经》六义的重要组成，也一直被认为是诗歌能以形象思维示人的重要因素。是否能运用比兴的手法，也是诗歌优劣的美学标准之一。如刘勰《文心雕龙》："比者，附也；兴者，起也。"④钟嵘《诗品》序："文已尽而意有

---

① 程俊英：《诗经译注》，上海古籍出版社，99页。
② 王利器等：《历代竹枝词》（一），陕西人民出版社，2页。
③ 同上，2页。
④ 范文澜：《文心雕龙注》，人民文学出版社，601页。

余,兴也;因物喻志,比也。"①孔颖达指出:"比者,比方于物。诸言如者,皆比辞也……兴者,托事于物。则兴者,起也。取譬引类,起发己心。诗文诸举草木鸟兽以见意者,皆兴辞也……比之与兴,虽同是附托外物,比显而兴隐。"②可见,"比"和"兴"有着相似的功能,通过形成精确的比喻来帮助表情达意,浅切通俗,回味无穷。

前一首以描写夔州的绿草和青河开头,这些自然风光不仅令人愉悦,而且能激发不同的审美反应。本地的南方人,借助歌唱释放陶醉于春光的喜悦;外来的北方人,异域风光加剧其思乡的痛苦,因而作品开头即运用兴的手法比喻春天景色,说明在不同的环境下,自然风光可以引起人们不同的情感。

后一首用作比喻的形象是红色的桃花和蜀江的春水。桃花短暂的美丽被比喻成情郎短暂的爱情,江水持续的流动被比喻成少女无尽的哀愁。作品并列两个自然物象,通过比喻精确地写出两者之间的关系,情郎的爱情像桃花般枯萎,少女因此陷入绵绵不尽的哀愁,桃花短暂和流水长久的比喻,熨帖而富有诗意。

特点之三,是对当地风俗的记载和描绘,即后世所谓的"纪风土":

> 山上层层桃李花,云间烟火是人家;银钏金钗来负水,长刀短笠去烧畲。③

山高缺水,地势险峻,地理条件不利于耕作,但这高远之地的百姓却格外勤劳,桃树李树漫山遍野,炊烟袅袅升起,青年女子汗如雨下地背水上山,壮年男子不辞辛劳地烧畲。范成大《劳畲耕

---

① 曹旭:《诗品集注》,上海古籍出版社,42页。
② 孔颖达:《毛诗正义》,《十三经注疏》本,中华书局,271页。
③ 王利器等:《历代竹枝词》(一),陕西人民出版社,3页。

序》写道:"畲田,峡中刀耕火种之地也。春初斫山,众木尽蹶,至当种时,伺有雨候,则前一夕火之,藉其灰以粪;明日雨作,乘热土下种,即苗盛倍收,无雨反是。山多硗确,地力薄,则一再斫烧始可艺,春种麦豆,作饼饵以度夏;秋则粟熟矣。"[①]故作品中的烧畲指的是焚烧田地里的草木,以其灰做肥料耕作,这是当地百姓原始的耕作方式。

刘禹锡拟作的竹枝词所显现出来的对民歌要素的承袭,后来成为历代文人拟作竹枝词的基本原则,并对作品的审美、质量评判以及竹枝词的创作功能,产生过深远的影响。

第三节 文人拟作的盛行

如果说,唐代是文人拟作竹枝词的兴起,那么,两宋的竹枝词则是文人拟作的发展与基本要素的定型。

《历代竹枝词》收录两宋时期的《竹枝词》122首,作者拓展为16人,或有遗漏,但大致可以反映出两宋时期文人拟作的基本面貌。其中,苏轼、苏辙、黄庭坚、范成大、杨万里等人对竹枝词的热情及其作品的影响,是文人拟作发展的关键。

纵观目前见到的作品,可以发现,明清以后竹枝词创作盛行的一些基本要素,在两宋时期已经出现,宋人在唐人创作的启发下,从题材到体式都有了新的变化,而总体上的趋势是,民歌的风味逐渐淡化,而更多地显现出乐府诗的特色。

首先是男女情爱的主旨,逐渐演绎成包括歌咏少男少女,家庭琐事的平静生活。生活场面被融合在田园农舍的风光中以及歌舞娱乐活动中。例如,冉居常《上元竹枝歌和曾大卿》三首:

[①] (宋)范成大:《范石湖集》,上海古籍出版社,217页。

第二章　从民歌到文人拟作

青春恼人思跰跰,女郎市酒趣数钱。不道翁家久留客,红裆慢结赛秋千。

学箫学鼓少年群,准拟春来奉使君。自向雕笼作行队,爱排好曲荐殷勤。

珍珠络结绣衣裳,家住江南山后乡。闻道使君重行乐,争携腰鼓趁年光。①

这组竹枝词吟咏江南的人事活动"珍珠络结绣衣裳,家住江南山后乡。闻道使君重行乐,争携腰鼓趁年少"(其三),远山如黛的江南,少女躲在闺房,摆弄着女红,织就出闪亮的华服,娴静的样子惹人怜爱;少年们听说使君爱热闹,争先恐后地打起腰鼓,青春的活力四射,热情的样子极富感染力,一静一动之间尽显江南人的淳朴。

又如南宋陈杰的《男竹枝歌》和《女竹枝歌》,写的就是普通人家儿女长大后离家的平常事:

东园一株千叶茶,阿翁手栽红锦花。今年团栾且同看,明年大哥天一涯。

南园一株雨前茶,阿婆手种黄玉芽。今年团栾且同摘,明年大姊阿谁家?②

当然,大部分的作品仍然带有浓郁的地方乡土特点,但对当地风俗的记载和描绘开始分化,逐渐形成以下几个分支:

(一)对自然风物和景致的歌咏和描写;这一类竹枝词直接启发了后世田园风光、农家劳作等题材的开掘。

例如,王质的《效竹枝体有感》四首,这组作品吟咏江南秀美

---

①② 王利器等:《历代竹枝词》(一),陕西人民出版社,21、22页。

的自然风物：

> 来时梅花绕路旁，只今压枝梅子黄。回思孤径踏斜月，冉冉马头迎晓香。

> 石桥直下桨双横，落叶渐低湖水生。归心欲寄潮头去，潮头不肯过盆城。

> 斜风急雨暮潇潇，更与客怀增寂寥。树头梅子未全熟，莫来窗下打芭蕉。

> 江南烟雨梅子肥，稻针刺水青离离。江南风物亦如此，所恨情怀非昔时。

江南烟雨濛濛，梅子正黄，稻田间绿水充盈，青青秧苗刚刚破水而出，青葱茂盛，青苗与碧水色彩明艳，相映成趣，面对如诗如画的江南美景，王质客心惆怅，发出了"江南风物亦如此，所恨情怀非昔时"的感慨。所谓的"效竹枝体"，或指声律的仿制。

（二）具有咏怀言志咏史的成分；这一类竹枝词直接启发了后世竹枝词中的地方性咏史或掌故之作。

例如，苏轼嘉祐四年（1059）作于忠州的《竹枝歌》，就是典型的一例。他在序中写道：

> 竹枝歌，本楚声，幽怨恻怛，若有所深悲者，岂亦往者之所见，有足怨者欤？夫伤二妃而哀屈原，思怀王而怜项羽，此亦楚人之意相传而然者。且其山川风俗，鄙野勤苦之态，固已见于前人之作与今子由之诗，故特缘楚人畴昔之意，为一篇九章，以补其所未道者。①

苏轼序中所提到的"今子由之诗"是指苏辙的同题之作。我们

---

① 王利器等：《历代竹枝词》（一），陕西人民出版社，7页。

试将两人的作品放在一起,可以看到宋人竹枝词创作的明显变化:

竹枝歌　苏辙

舟行千里不至楚,忽闻竹枝皆楚语。楚言啁晰安可分,江中明月多风露。

扁舟日落驻平沙,茅屋竹篱三四家。连春并汲各无语,齐唱竹枝如有嗟。

可怜楚人足悲诉,岁乐年丰尔何苦。钓鱼长江江水深,耕田种麦畏狼虎。

俚人风俗非中原,处子不嫁如等闲。双鬟垂顶发已白,负水采薪长苦艰。

上山采薪多荆棘,负水入溪波浪黑。天寒斫木手如龟,水重还家足无力。

山深瘴暖霜露干,夜长无衣犹苦寒。平生有似麋与鹿,一旦白发已百年。

江上乘舟何处客,列肆喧哗占平碛。远来忽去不记州,罢市归船不相识。

去家千里未能归,忽听长歌皆惨凄。空船独宿无与语,月满长江归路迷。

路迷乡思渺何极,长怨歌声苦凄急。不知歌者乐与悲,远客乍闻皆掩泣。①

竹枝歌　苏轼

苍梧山高湘水深,中原此望度千岑。帝子南游飘不返,唯

---

① 王利器等:《历代竹枝词》(一),陕西人民出版社,9页。

有苍苍枫桂林。

　　枫叶萧萧桂叶碧，万里远来超莫及。乘龙上天去无踪，草木无情空寄泣。

　　水滨击鼓何喧阗，相将叩水求屈原。屈原死已今千载，满船哀唱似当年。

　　海滨长鲸径千尺，食人为粮安可入。招君不归海水深，海鱼岂解哀忠直。

　　吁嗟忠直死无人，可惜怀王西入秦。秦关已闭无归日，章华不复见车轮。

　　君王去时箫鼓咽，父老送君车轴折。千里逃归迷故乡，南公哀痛弹长铗。

　　三户亡秦信不虚，一朝兵起尽欢呼。当时项羽年最少，提剑本是耕田夫。

　　横行天下竟何事，弃马乌江马垂涕。项王已死无故人，首入汉庭身委地。

　　富贵荣华岂足多，至今犹有塚嵯峨。故国凄凉人事改，楚乡千古为悲歌。①

　　显然，苏辙之作中，竹枝词的创作已经更接近白居易的"新乐府"传统，在"吟咏风土"的同时，更注意"唯歌生民病"。在听唱竹枝的同时，描绘出"可怜楚人足悲诉，岁乐年丰尔何苦"的生活状况。全篇九章，而后三首，几乎是以议论写诗，由听唱楚地竹枝歌而抒发了远离故乡的忧愁。唐代竹枝的民歌色彩几乎消失

---

① 王利器等：《历代竹枝词》（一），陕西人民出版社，7—8页。

殆尽。

苏轼之作对苏辙的"补其所未道者",实际上是对楚地历史的追忆,以及对屈原、项羽的追忆。尤为值得重视的是,苏轼的诗更接近七言歌行的写法,虽然他自称是"一篇九章",但读起来更像是一首咏史的七言歌行。可见,宋以后的竹枝词的创作,在发展中已经呈现出多元化的风格,并没有严格的体制和风格上的统一性。只要和唐代文人竹枝词拟作有一定的相关,就可以被创作者命为"竹枝词"或"竹枝歌"。

竹枝词咏史功能的开拓,与宋人对地方性历史的关注并以诗歌的形式来表达的习俗有关,南宋已经出现了七言四句组诗形式的咏史诗,即各种"百咏"。"百咏"作为一种诗歌创作范式,最早也是咏物诗的一种,如唐代李峤的"百咏"。有学者认为,李峤百咏是"唐初以来探究对偶声律之风的产物"[1]。南宋时期阮阅有《郴江百咏》,自序云:

> 郴,古桂阳郡,陈迹故事,尽载图史。亦间见于名人才士歌咏,如杜子美《寄聂令入郴州》、韩退之《郴江》、柳子厚《登北楼》、沈佺期《望仙山》、戴叔伦《过郴州》之类是也。山川寺观之胜,城郭台榭之壮,未经品题者尚多,亦可惜尔。余官于郴三年,常欲补其阙,愧无大笔雅思可为。然因暇日,时强作一二小诗,遂积至于百篇。虽不敢比迹前辈,使未尝到湖湘者观之,亦可知郴在荆楚,自是一佳郡也。[2]

这类百咏,因为"杂咏风土,自为一集",因为具有"咏风土"、"讽习俗"的功能,常常成为地方志修撰的重要补充,在清代也被当作竹枝词来对待。

---

[1] 葛晓音:《创作范式的提倡和初盛唐诗的普及》,《文学遗产》,1995年第6期。
[2] (清)厉鹗:《宋诗纪事》,上海古籍出版社,1101页。

（三）具有讽咏地方风俗的成分；这一类竹枝词直接启发了后世所谓"咏风土"或"纪风土"、"讽习俗"的主流。例如，李复的《竹枝歌》十首，以及范成大的《归州竹枝词》和《夔州竹枝词》。

黄庭坚对竹枝词的热情，最早似乎是"戏作"，他的诗集中有《考试局与孙元忠博士竹间对窗，夜闻元忠诵书声调悲壮，戏作竹枝歌三章和之》，但是绍圣二年（1095），他被贬为涪州别驾，心情就完全不一样了。这一时期的两组《竹枝词》，都属于咏怀一类的作品：

  三峡猿声泪欲流，夔州《竹枝》解人愁。渠侬自有回天力，不学垂杨绕指柔。

  塞上柳枝且莫歌，夔州《竹枝》奈愁何？虚心相待莫相误，岁寒望君一来过。①

另一组则假托梦见李白，表达了期盼赦回心情之迫切，他的诗题冗长，几乎就是一篇小序：《予既作竹枝词，夜宿歌罗驿，梦李白相见于山间。曰："予往谪夜郎，于此闻杜鹃，作竹枝词三叠，世传之不？"予细忆集中无有，请三诵，乃得之》：

  一声望帝花片飞，万里明妃雪打围。马上胡儿那解听，琵琶应道不如归。

  竹竿坡面蛇倒退，摩围山腰胡孙愁。杜鹃无血可续泪，何日金鸡赦九州。

  命轻人鲊瓮头船，日瘦鬼门关外天。北人堕泪南人笑，青壁无梯闻杜鹃。②

---

① 刘尚荣点校：《黄庭坚诗集注》，中华书局，1755 页。
② 同上，422—423 页。

第二章 从民歌到文人拟作

黄庭坚的竹枝词,在当时似仍可入乐演唱,他的《题古乐府后》跋云:

> 古乐府有"巴东三峡巫峡长,猿鸣三声泪沾裳",但以抑怨之音,和为数叠。惜其声今不传。余自荆州上峡入黔中,备尝山川险阻,因作二叠,传与巴娘,令以《竹枝》歌之。前一叠可和云:"鬼门关外莫言远,五十三驿是皇州。"后一叠可和云:"鬼门关外莫言远,四海一家皆弟兄。"或各用四句,入《阳关》、《小秦王》亦可歌也。

> 词曰:"撑崖拄谷蟆蛇愁,入箐攀天猿掉头。鬼门关外莫言远,五十三驿是皇州。""浮云一百八盘萦,落日四十八渡明。鬼门关外莫言远,四海一家皆弟兄。"①

(四)即时即景式"戏题"、"戏作"增多;这一类竹枝词实际上承袭了文人诗歌的社交功能,也启发了后世文人创作竹枝词的随意性和娱乐性。如前面已经提到的黄庭坚的作品以及周行己的《竹枝歌上姚毅夫》也属于这一类作品,作者在序中写道:

> 元祐辛未闰月既望,陇西太守燕客于郡之雅歌堂。客有某好余诗歌,因作《竹枝歌》五章,章五句,以纪其事。②

周行己的作品显然也是可以入乐演唱的,其三云:"佳人玉颜冰雪肌,鬓髻绣裳光葳蕤。齐声缓歌杨柳枝,歌罢障面私自悲,坐客满堂泪沾衣。"这是竹枝词演绎歌唱的场景描写。周行己的竹枝词,每首五句,根据他序中的记载,很可能是演唱的要求。

《竹枝词》的形式变化,以及入乐演唱的要求,和当时娱乐活动的兴盛是相关的,又如贺铸的《变竹枝九首》,就是因为"戊寅

---

① (宋)黄庭坚:《豫章黄先生文集》,《四部丛刊》本,卷二十六、卷五。
② 王利器等:《历代竹枝词》(一),陕西人民出版社,13页。

上巳江夏席上戏为之,以代酒令"①。《变竹枝》为五言四句,第三四句反复"但闻歌竹枝,不见……"的句式,似乎也是歌唱的需要②:

    莫把雕檀楫,江清如可涉。但闻歌竹枝,不见迎桃叶。

    隔岸东西州,清川拍岸流。但闻竹枝曲,不见青翰舟。

    露湿云罗碧,月澄江练白。但闻竹枝歌,不见骑鲸客。

    北渚芙蓉开,褰裳拟属媒。但闻竹枝曲,不见莫愁来。

    西戍长回首,高城当夏口。但闻竹枝歌,不见行吟叟。

    南浦下鱼筒,孤篷信晚风。但闻竹枝曲,不见沧浪翁。

    胜概今犹昨,层楼栖燕雀。但闻歌竹枝,不见乘黄鹤。

    危构压江东,江山形胜雄。但闻竹枝曲,不见胡床公。

    蒹葭被洲渚,凫鹥方容与。但闻歌竹枝,不见题鹦鹉。

  此外,从写作手法和风格上说,北宋时期的作品,文人诗歌的特征浓郁,用典和议论的成分明显,除了音乐的需要,模拟"竹枝"的重要原因,在于突出"诗教"的主旨,"言志"和抒发个人情怀的作品颇多,因而诗人的个人风格比较突出;而南宋时期的作品则又呈现出明显的模拟民歌的特征,但总的来说,竹枝词的诗风仍与诗人的个人风格有极大的关联。

  南宋时期的杨万里是竹枝词创作比较多的一位。他的竹枝词大

---

① 王利器等:《历代竹枝词》(一),陕西人民出版社,14页。
② 文人声诗体民间谣歌化。而五言四句的体式正与荆楚间流行的《竹枝歌》一致。南宋项安世有《竹枝歌》,五言四句体:"山女带山花,狂夫未着家。蛮歌君莫笑,曾入汉琵琶。"参见杨晓霭《〈竹枝〉歌唱在宋代的变化与〈竹枝歌〉体》,《文学遗产》2006年第3期。

多写舟楫的行进和纤夫之苦,辞藻浅切通俗。如《过乌石大小二浪滩俗呼为郎因戏作竹枝歌二首》:

> 滩声十里响千辈,跃雪跳霜入眼奇。记得年时上滩苦,如今也有下滩时。

> 小郎滩下大郎滩,伯仲分司水府关。谁为行媒教作赘,大姑山与小姑山。①

杨万里很注重对民间劳动号子的收集和吸纳,他在另一组《竹枝歌》七首的小序中写道:

> 晚发丹阳馆下,五更至丹阳县。舟人与牵夫终夕有声。盖啸吟歠谑,以相其劳者。其辞也略可辨。②

他记载了船夫们的号子:"张哥哥,李哥哥,大家着力一起拖!""一休休,二休休,月儿弯弯照几州!"描绘了吴地丹阳境内舟人与纤夫在江上劳作的情形:

> 吴侬一队好儿郎,只要船行不要忙。着力大家一齐拽,前头管取到丹阳。

> 莫笑楼船不解行,识侬号令听侬声。一人唱了千人和,又得蹉前五里程。③

纤夫拖船的场景甚是热闹,船身高大如楼,拖行的难度很大,然而纤夫们不畏艰难,信心满满,干劲十足,劳动号子齐声有力,一人指挥,千人应和,和着号子的节奏,楼船缓缓地向前驶发,五里的行程凝聚了纤夫们多少心血!"岸旁燎火莫阑残,须念儿郎手脚寒。更把绿荷包热饭,前头不怕上高滩",江边渔火星星点点,行船之夜寒气逼人,坚持劳作的舟人被冻得手脚冰凉,庆幸的是,

---

①②③ 王利器等:《历代竹枝词》(一),陕西人民出版社,18页。

· 95 ·

荷叶中包着热腾腾的饭菜,暖意袭人,如此一来,舟人就不用畏惧前方险峻的高滩!这些舟人与纤夫劳作的场景应是杨万里亲眼所见。

  杨万里的《圩丁词》,也一直被认为属于"竹枝词",这种自己"命题"的竹枝词也和上述的"百咏"相似,是竹枝词创作功能的拓展。所谓"圩丁词",杨万里在序中说明,是为修圩的圩丁们写的劳动号子,正如刘禹锡当年给巴人的"竹枝"写新词一样:"乡有圩长,岁晏水落,则集圩丁,日具土石捷畚以修圩。余因作以拟刘梦得《竹枝》、《柳枝》之声,以授圩丁之修圩者歌之,以相其劳云。"①

圩丁词

  圩田元是一平湖,凭仗儿郎筑作圩。万雉长城倩谁守,两堤杨柳当防夫。

  何代何人作此圩,石顽土腻铁难如。年年二月桃花水,如律流皈石白湖。

  上通建德下当涂,千里江湖缭一圩。本是阳侯水精国,天公敕赐上农夫。

  南望双峰抹绿明,一峰起立一峰横。不知圩里田多少,直到峰根不见塍。

  两岸沿堤有水门,万波随吐复随吞。君看红蓼花边脚,补去修来无水痕。

  年年圩长集圩丁,不要招呼自要行。万杵一鸣千畚土,大呼高唱总齐声。

---

① 王利器等:《历代竹枝词》(一),陕西人民出版社,19页。

> 儿郎辛苦莫呼天，一岁修圩一岁眠。六七月头无滴雨，试登高处望圩田。
>
> 岸头石板紫纵横，不是修圩是筑城。传语赫连莫蒸士，霸图未必赛春耕。
>
> 河水还高港水低，千支万派曲穿畦。斗门一闭君休笑，要看水从人指挥。
>
> 圩上人牵水上航，从头点检万农桑。即非使者秋行部，乃是圩翁晓按庄。①

如果说，两宋时期的竹枝词创作还属于诗人各自为政的阶段，到了元代，则出现了同一主题结集，诗人群体涌现的新的转折点，这一转折点的出现，是明清以后竹枝词创作繁盛的基础。

元代的竹枝词创作已经有了相当的基础，非常有代表性的，是杨维桢结集的《西湖竹枝集》，首次采纳同题作品，这些作品出自120余家之手，总计184首，歌咏对象皆是杭州西湖，这标志着竹枝词在元代出现了规模化创作的热潮。入选作品多以采录当时人事、描绘自然景观为主，正如瞿佑在《归田诗话》中所言："西湖《竹枝词》，杨廉夫为倡，和者甚众，皆咏湖山之胜，人物之美，而寓情于中。"②

元代竹枝词另一个创作变化，是女性作者的作品被推崇。薛兰英、薛惠英的《苏台竹枝词》十首，开创了吴中同题竹枝词创作之风，并且将浙江的竹枝词创作热潮扩展到江苏。

明代竹枝词创作延续了元代的势头，依旧热闹非凡。竹枝词成为许多诗人喜好的一种诗体，这与明代诗歌创作崇尚"格调"，崇

---

① 王利器等：《历代竹枝词》（一），陕西人民出版社，19—20页。
② （明）瞿佑：《归田诗话》，丁福保辑：《历代诗话续编》，中华书局，1286页。

尚"真诗"的追求有关。从题材内容看，采录当时人事、描绘自然景观仍是主流，但逐步有所拓展，出现了专题化的作品，如邝璠的《题农务女红之图》，这组作品专题呈现了吴地百姓的农事生活，如耕作水稻，邝璠以四季变化为线索，全景还原了复杂过程"翻耕须是力勤劳，才听鸡啼便出郊"①，在鸡啼声声的春季耕田；"初发秧芽未长成，撒来田里要均平"②，用均平匀摊的理念布种；"稻禾全靠粪浇根，豆饼河泥下得匀"③，采原始可信的方式下壅；"芒种才交插莳完，何须劳动劝农官"④，在芒种未至的时节插莳；"收成须趁晴明好，柴也干时米也干"⑤，趁艳阳高照的天气收割；"连枷拍拍稻铺场，打落将来风里扬"⑥，在视野开阔的环境打稻；"大熟之年处处同，田家米白弗停舂"⑦，得大获丰收的喜悦舂碓。

此外，明代竹枝词也出现了搜采旧闻，赋予新义之作，如屠隆的《竹枝词三十首》，尽取"山讴樵唱"⑧而诉诸己见；还出现了因事怀旧的竹枝词，如顾清的《吴江竹枝歌十二首》，他自述其创作背景是"旧有诵十二月吴江竹枝歌者，戏效之"⑨。明代竹枝词在题材内容上多方位的开拓，促进了竹枝词的普泛化，遗响更是及于清代。凭着这样的实绩，明代竹枝词获得了持续的繁荣，但相较元代，明代竹枝词算不上有根本性的突破。

文人竹枝词的大突破、大发展是在清代，清代竹枝词形成了前所未有的创作高潮，一直延续至民国年间。孔尚任、王士禛、施闰章、汪琬、纳兰性德、尤侗、朱彝尊、王鸣盛、钱大昕、郑燮、纪昀、毕沅，这些清代赫赫有名的文坛精英，皆热衷竹枝词，其中孔尚任、王士禛是创作的典范，前者创作了《燕九竹枝词》、《清明红

---

①③④ 王利器等辑：《历代竹枝词》（一），陕西人民出版社，182页。
② 同上，182页。
⑤⑥⑦ 同上，183页。
⑧ 《全编》四，374页。
⑨ 《全编》三，339页。

桥竹枝词》、《平阳竹枝词》等，激发了京城乃至北方一代竹枝词创作的活力，京城（北京）竹枝词清代和民国年间各有 2 000 多首；后者有不少名作如《都下竹枝词》、《汉嘉竹枝词》、《江阳竹枝词》、《西陵竹枝词》、《广州竹枝词》、《邓尉竹枝词》等，亲身实践其提出的竹枝词"泛咏风土"之说，引领文人墨客竞相状写风土，激生了竹枝词长篇巨制的空前奇观。由此形成了清代竹枝词创作中心的多元化，除京城的都门竹枝词、浙江的西湖竹枝词外，郑燮引领的《潍坊竹枝词》，纪昀、林则徐促生的《回疆竹枝词》，毕沅创作的《红苗竹枝词》无不各竞风骚，从乾隆年间迄于清末，竹枝词极大地普泛化，描绘的地域涉及中华大地的各个角落，甚至涵盖边疆地区、少数民族地区，民国年间也不例外。清代竹枝词甚至远播海外，遍布亚洲、欧洲、拉丁美洲，如尤侗有《外国竹枝词》、寄所托斋有《海外竹枝词》、徐振有《朝鲜竹枝词》、丐香有《越南竹枝词》、陈道华有《日京竹枝词百首》、局中门外汉有《伦敦竹枝词》、潘飞声有《柏林竹枝词》、忏广有《湾城竹枝词》等等。

与此相适应，清代竹枝词在题材内容上也超越了唐宋范式，更加多样化，正如张云锦在《当湖百咏》序中所言："凡人物、名胜，以至古迹时事，街谈巷语，莫不准以断句。"①清末曹瑛的《高行竹枝词》分为形胜、稽名、水利、桥梁、土山、寺庙、分隶、营房、园林、第宅、西黄、宗祠、土产、俗尚、民风、风水、市肆、文风、恶习、姓氏、孝子、贞节、儒士、品行、清癖、文人、人才、技术、豪侠、幕客、闲汉、佛教、道教、闺秀、妇品、流寓等三十七门，内容可谓包罗万象，无所不有。此外，清代竹枝词有以谚语入诗的，如居凤诏的《宝应水灾竹枝词》，"每首列谚语一句，以志实情实景"②；也有以外来语入诗的，如杨勋《别琴竹枝词》，用生

---

① 《全编》四，349 页。
② 《全编》三，445 页。

动的笔调记录了同治年间沪上的"洋泾浜英语";运用之妙全著乎作者一心。凡是七言四句的爱情诗、哲理诗、送别诗、纪行诗、边塞诗、咏史诗、咏怀诗所可表现的,竹枝词皆可表现之;一首不能表现的,就用数十首、数百首的内容予以表现,如林苏门的《邗江三百吟》有三百五十首,秦荣光的《上海县竹枝词》有七百零四首,可见清代竹枝词适用范围极广,灵活程度极高,所以能由普泛发展至鼎盛。

第四节　徒诗形式的定型

任半塘在《唐声诗》中将唐代的"竹枝"体式概括为两种:七言二句体和七言四句体。七言二句体以皇甫松所作为最早。有叶平韵和叶仄韵两式。均有"和声"辞。"和声"加入的方法是七言一句,前四字后加"竹枝",句末加"女儿",如:"芙蓉并蒂(竹枝)一心连(女儿),花侵隔子(竹枝)眼望穿(女儿)。"七言四句体,分有"和声"与未见注明"和声"者两种。注明"和声"者,今见最早的有五代孙光宪所作,加"和声"的方式与二句体无异。未标明"和声"者,以刘禹锡拟民歌体为代表。

这说明,"竹枝"在唐代仍具有歌词的性质,可以入乐演唱。据学者考证,两宋时期的各种"竹枝歌"或"竹枝体"仍然与音乐有密切的关系。但对与唐代的曲调和唱法来说,已经有了变化,杨晓霭曾引黄翔鹏《唐宋社会生活与唐宋遗音》一文中关于"变调"的阐述,来说明贺铸"变竹枝"与"竹枝"的关系:

　　酒筵歌曲的齐言与杂言问题,常被看作唐宋之间的演变。如果单从词史的角度观察问题,必以词牌的词句定式为准;无疑这是甚为准确的判断。如从相和歌以来"歌舞伎乐"所用"声诗"各调,全面究其词、曲关系,多从音乐体式的角度观察问题，恐怕就要得出颇不相同的结论。

魏晋时期的清商三调歌诗，例如平调曲《短歌行》，同调有魏武帝与文帝、明帝所撰词，祖孙相去未远，应该说伎乐是使用相同曲调的。按宋代词人看来，三词不惟难于当作同一体；恐怕作同调的"又一体"看待都是不能的了。瑟调曲《艳歌何尝行》在王僧虔《技录》中记有"歌文帝《何尝》、古《白鹄》二篇"的话。《何尝》起首一解是："何尝快，独无忧，但当饮醇酒，炙肥牛。"而《白鹄》第一解却是："飞来双白鹄，乃从西北来。十十五五，罗列成行。"按宋代词人看来这却决非同调了。然而西晋至刘宋间，这却无疑是同调所歌的二词。

这是因为：同样使用五个乐音的乐句，是有可能分别配以三字句、四字句或五字句，并且作到天衣无缝的。魏晋声诗不避齐言体与杂言体之别，是统一在同一曲调上的缘故。唐声诗的同调齐言歌曲，也多有以五言诗改"填"七言，却仍歌以同样曲谱的。

所以刘勰在《文心雕龙·乐府第七》中说："凡乐辞曰诗，诗声曰歌，声来被辞，辞繁难节；故陈思称李（左）延年闲于增损古辞，多者则宜减之，明贵约也。"可知：在"歌舞伎乐时代"中，成熟的歌词作家既懂得根据音乐曲调来增损字句，如魏氏三祖之不受前作文辞约束；成熟的乐师也能增损乐音或辞句来调节词、曲关系。这一点，虽在唐代极重诗律、提倡齐言近体诗的时候，诗人与乐工也不会像宋人那样对曲调与歌词定式"不越雷池一步"的。《乐府诗集》中所收唐人"近代曲辞"，好些同调异篇之曲都可说明此点。①

---

① 中国艺术研究院音乐研究所：《音乐学文集》，山东友谊出版社，138—139页。

短诗在唐代入乐演唱，以绝句为多，这可能也是竹枝词基本形式为七言四句最为流行的重要原因。文人竹枝词的体式契合唐人乐章多为绝句的时代氛围。竹枝词的句数与绝句一样，同为四句，这样的句数比起律诗来，短小精悍，更适合演唱，也更能表现竹枝词通俗易懂的特点。竹枝词的字数与七绝一样，同为七字，一句七字的长度，更能表现竹枝词悠扬婉转的声调变化，七字句内部的四声变化，"平声平道莫低昂，上声高呼猛强烈，去声分明哀远道，入声短促急收藏"[1]，比起五字句更加跌宕起伏、变化多端，可以充分体现竹枝词的音乐性；七字句比五字句稍长的字数，也更能表现竹枝词浏亮明快、一唱三叹的音长。

绝句音律和谐，语句简短，单歌联唱，最为适宜，尤其是七绝曲调妍美，是唐代最为流行的乐章，直至清代王士禛还认为：

> 故王之涣黄河远上，王昌龄昭阳日景之句，至今艳称之，而右丞渭城朝雨，流传尤众，好事者至谱为阳关三叠。他如刘禹锡，张祜诸篇，尤难指数。由是言之：唐三百年，以绝句擅场，即唐三百年之乐府也。[2]

竹枝词的体式在后世的创作中与七言绝句混淆，并没有明确的界限。"同调异篇"的情况会很普遍，这就造成后世对竹枝词究竟属于诗体还是词体的争议。

宋、元、明时期，竹枝词的演唱，歌舞乐并举的情况依然存在，如宋人李思衍的《见维扬崔左丞》，记载了文人竹枝词入乐演唱的情形：

> 十里珠帘一半垂，扬州风物最宜诗。平山倚槛欧阳子，明

---

[1] （明）释真空《玉钥匙歌诀》，见江建民、何毓玲：《韵文概论》，高等教育出版社，10页。
[2] （清）王士禛：《唐人万首绝句选》，清乾隆年间刻本，卷首。

月吹箫杜牧之。吟笔新添梅鼎手,歌楼争觅竹枝词。①

戴表元的《赵寿父游杭》:

> 东浙饥难住,西湖远不多。好辞松叶面,来听竹枝歌。水屋花千绕,岩林锦一窠。秋深道途好,老子亦婆娑。②

《词苑萃编》记载了元代歌伎演唱西湖竹枝词的情形:

> 元萨都剌西湖竹枝词云:"湖上美人弹玉筝,小莺飞度绿窗楞。沈郎虽病多情在,倦倚屏山不厌听。"一时伎女多歌之。③

相关的记载还有如陆游的《蹋碛》:

> 《竹枝》惨戚云不动,《剑器》联翩日将夕。④

又据明潘之恒《亘史》记载:

> 赵王雅爱谢茂秦诗,得《竹枝词》十章,命琵琶妓贾姬歌之。万历癸酉冬,茂秦过王。……奏琵琶,方一阕,茂秦倾听,未敢发言。王曰:"此先生所制《竹枝词》也。"……明日,上新《竹枝词》十四阕,姬按而谱之。⑤

竹枝词在清代也有歌唱的记录,清人陈玉瀿有《竹枝》二首云:

> 三人五人(竹枝)唱歌齐(女儿),银涛倒卷(竹枝)天汉飞(女儿)。前溪后溪(竹枝)水喷薄(女儿),田水盈盈(竹枝)溪水涸(女儿)。

---

① 傅璇琮等:《全宋诗》卷三六二三,北京大学出版社,43381页。
② 傅璇琮等:《全宋诗》,43681页。
③ (清)冯金伯:《词苑萃编》(词话丛编本),中华书局,2252页。
④ 钱仲联:《剑南诗稿校注》,上海古籍出版社,184页。
⑤ (明)潘之恒:《贾扣传》,《亘史》,明天启六年(1626)刻本,卷三十三。

大鱼闻声（竹枝）气屏息（女儿），小鱼逆飞（竹枝）田岸立（女儿）。檽苗欣欣（竹枝）百亩同（女儿），今年杵臼（竹枝）妇得春（女儿）。[①]

"竹枝"、"女儿"这样的和声在上述作品中的出现，似乎表明清代仍以文人竹枝词入乐演唱，并加入这两个和声作为音顿；它亦或也可以作为伴舞和声，夏敬观在《高丽伎歌》序中列举的十三个乐舞名称中，《竹枝词》列在第十二位。

但随着竹枝词创作的大量出现，特别是明代以后，有相当一部分作品已经成为徒诗。由今人汇编的《历代竹枝词》和《中华竹枝词全编》中，明清以后的作品占了绝大部分。这种状况与唐代的乐府转型有点相似，当大量创作出现以后，如果没有人去"利用"这些"歌词"，"歌词"便渐渐与音乐分离，甚至与原题分离，成为一种形式上与歌词相似的徒诗。而当初为了配乐而形成的讲究格律的诗歌形式，也就成了后世拟作所依照的形式。

《竹枝词》在唐代虽有两种体式，即皇甫松的七言二句体和刘禹锡的七言四句体，而后又有五言四句体，如宋贺铸的《变竹枝》、清史夔的《小竹枝》等等，但相对于七言四句体，五言四句体终究是变宗旁流，故用"变"字"小"字来命名作品。实际上，我们现在见到的历代竹枝词，绝大部分是七言四句，少的单首成篇，多的千首成篇，数量不等，体式相同，鲜有出格之作，这说明文人创作竹枝词时，创作形式相对固定，虽有少量求新求变之作，但难以撼动七言四句体深入人心的地位。

唐代文人拟作的竹枝词体式，对后世的拟作影响深远。唐代拟作以三平韵为主，平仄方面类似近体诗的平仄范式，其体式与七绝相当接近。

---

① 《全编》三，193页。

第二章　从民歌到文人拟作

宋以后的竹枝词，也以平韵为常格，即三平韵为主调，称为常体，偶用仄韵的，称为别体，但不多见。

从竹枝词的平仄来看，并不完全遵照近体诗的要求，而是"以民歌拗格为常体"①，正如清人董文涣在《声调四谱图说》中所言：

> 至《竹枝词》……其格非古非律，半杂歌谣。平仄之法，在拗、古、律三者之间，不得全用古体。若天籁所至，则又不尽拘拘也。②

可见，竹枝词与近体诗中的七绝相当接近，南宋以后，就被纳入七言绝句的范畴。有些诗歌选本也将之作为绝句入选，如《唐人万首绝句》就选了刘禹锡的竹枝词。《唐诗镜》③、《唐人万首绝句选》④、《唐诗绝句类选》⑤、《嘉道六家绝句》⑥、《清人绝句选》⑦等，都把竹枝词归为诗歌。

如前所述，南宋时期已经将竹枝词作为绝句来看待，《碧鸡漫志》指出：

> 唐时古意亦未全丧，《竹枝》、《浪淘沙》、《抛球乐》、《杨柳枝》，乃诗中绝句，而定为歌曲。⑧

明清时期，一度和词相混淆的竹枝词获得回归"乐府"传统的机会，这个机会实际上预示着竹枝词形式被文人喜爱，获得发展的趋势。也从另一个角度说明，竹枝词的文人拟作成为徒诗以后，凸显出以下的意义：

---

① 林孔翼：《成都竹枝词》，四川人民出版社，6页。
② （清）董文涣：《声调四谱图说》，上海医学书局1927年石印本，卷末。
③ （明）陆时雍：《唐诗镜》，明刻本。
④ （清）王士禛：《唐人万首绝句选》，清乾隆年间刻本，卷四。
⑤ （明）敖英：《唐诗绝句类选》，明刻本。
⑥ （日）菊池晋、内野悟：《嘉道六家绝句》，清光绪三十一年（1905）刻本，卷一。
⑦ 陈友琴：《清人绝句选》，开明书店，22页。
⑧ （宋）王灼：《碧鸡漫志（及其他三种）》卷五，中华书局，4页。

对竹枝词地位价值的肯定，促使人们不再把竹枝词视为音乐、舞蹈的附庸，而是独立的诗体。特别是清代以后，常有人把竹枝词定位成近体诗中的七绝，如陈廷焯《白雨斋词话》："柳枝、竹枝、清平调引、小秦王、阳关曲、八拍蛮、浪淘沙，七言绝句也。"①杨记昌《国朝诗话》："王阮亭七言绝句……予意宫词、怀古、题画、《竹枝》诸体，点染生新，自是作手，终以眼前情景，天然有兴会有情寄者，为最上乘。"②甚至有人认为竹枝词是中国诗歌体式演变中的一环，如邱炜萲在《五百石洞天挥麈》中说："由上古《三百篇》而乐府汉魏，由汉魏齐梁而近体，而竹枝，而词，而曲，而传奇，其道亦屡变矣。"③这样的评价，是对竹枝词的逐渐演变成脱离音乐的徒诗而获得大的发展的一种肯定。

在功能旨趣上，文人把竹枝词视为传达诗教的载体，如颜继祖序文震亨《秣陵竹枝歌》，强调了竹枝词讽喻劝诫的诗学功能：

"文华殿里御容存"，则足动守府之思也。"朝请全稀退食便"，则足当《伐檀》之咏也。"朱帘粉面映千层"，"顶戴黄花绣簌成"，则色荒禽荒之讽也。"酒贱堪沽醉易醒"，"梨园子弟也驰名"，则甘酒嗜音之嘲也。"穿作玉钗环作钿"，"湘筠偏称压冰纱"，则服奇制淫之诮也。"翠藻朱鱼各异形，水晶毯内映空灵"，"担有货郎儿傀儡"，"望里灯船比贯鱼"，则作无益之讥也。"截得骄龙冲一尺，日中光映雨中沉"，"一面清泉千涧落，淡黄描就两于菀"，则贵异物之戒也。④

在作品篇幅上，宋元竹枝词短小精悍，适宜单歌联唱，但明清

---

① （清）陈廷焯：《白雨斋词话》，人民文学出版社，214页。
② （清）杨记昌：《国朝诗话》，郭绍虞编选：《清诗话续编》，上海古籍出版社，1666页。
③ （清）邱炜萲：《五百石洞天挥麈》，清光绪二十五年（1899）刻本，卷十一。
④ 王利器等：《历代竹枝词》（一），陕西人民出版社，301页。

竹枝词规模显著增加，数百首的竹枝词屡见不鲜，如明夏时有《湖山百咏》100首、清林苏门有《邗江三百吟》350首，清倪绳中有《南汇县竹枝词》433首，作品规模庞大，不适宜合乐配舞，因而竹枝词只能是文人诗学创作的产物，基于此，竹枝词作为徒诗的存在，在明清时期愈加凸显。

徒诗形式对于竹枝词的文人拟作的功能的扩展是有利的，两宋以后，竹枝词的创作数量开始增长，这从竹枝词的传播地域和作者群扩大等方面都可以看到，这种增长是惊人的。竹枝词诗体成为诗人游历他乡、交友酬和、即兴赋诗的重要类别。竹枝词作为徒诗而数量大增的情况，可以从以下几个方面得到印证：

第一，文人竹枝词的创作地域从巴渝等边地走向江南地区，遍及全国各省，最终形成"详南而略于北"的局面。

宋代竹枝词的歌咏中心仍在三峡一带。江南竹枝词尚处于萌芽的状态，未能成为主流，数量寥寥，比重很小，仅见杨万里《竹枝歌》七首、杨万里《圩丁词》十首、王质《效竹枝体有感》四首、冉居常《上元竹枝歌和曾大卿》三首、高德基《竹枝歌》一首，但这些作品意义非凡，标志着文人竹枝词不再囿于边地，它终于从偏僻的巴山蜀水走向广阔的江南地区。

至元，余杭取代三峡，一跃成为竹枝词的歌咏中心。以西湖竹枝词为代表，萨都剌、杨载、虞集、揭傒斯、倪瓒等人皆有作品，可谓蔚为壮观，当时唱和的情形在杨维桢的自述中可见一斑：

> 余闲居西湖者七八年，与茅山外史张贞君、苕溪郑九成辈为唱和交。水光山色，浸沉胸次，洗一时尊俎粉黛之习，于是乎有"竹枝"之声。好事者流布南北，名人韵士属和者无虑百家。①

---

① 王利器等：《历代竹枝词》（一），陕西人民出版社，67页。

到了明代，地域性进一步扩大，山东、福建、云南、甘肃等地的竹枝词有所勃兴，而在江南地区广布传播，以现在的杭州为中心，逐渐辐射至周边地区，江苏苏州、扬州、南京老城的竹枝词创作势头不减，仅以《中华竹枝词全编》江苏卷所收为例，明代苏州竹枝词有近二百首，如王世贞的《两山竹枝词》、唐诗的《吴下竹枝词》、卓人月的《东吴竹枝》、陈尧的《姑苏竹枝词》、邵圭洁的《苏台竹枝词》、顾樵的《虎丘竹枝词》、史鉴的《震泽竹枝词》；明代扬州竹枝词近一百五十首，如阙名的《广陵古竹枝词》、郝壁的《广陵竹枝词》、唐之淳的《扬州竹枝词》、王薇的《仙家竹枝》、林大辂的《竹枝词》；明代南京竹枝词近一百首，如柳应芳的《金陵竹枝词》、徐溥的《秦淮竹枝词》、文震亨的《秣陵竹枝词》、丁雄飞的《乌龙潭竹枝词》、蒋锡畴的《金山竹枝词》；浙江宁波、嘉兴的竹枝词群起追风，浙江卷所收的明代宁波竹枝词近三十首，如沈明臣的《明州竹枝词》、徐凤垣的《甬江竹枝词》、丰应元的《湖上竹枝词》；明代嘉兴竹枝词近二十首，如徐乾学的《嘉兴竹枝词》、吕常的《武塘竹枝词》、李培的《竹枝》；上海竹枝词萌芽涌动，明代上海竹枝词近五十首，如顾彧的《上海竹枝词》、陆深的《江东竹枝词》等。此外，明代江南金坛、武进、无锡、江阴、太仓、泰州、绍兴、湖州、衢州、义乌、兰江、桐乡、诸暨、金华、余姚、海宁等地的竹枝词虽数量不多，但已经让人感受到创作的风尚，不容小觑。

延至清代，竹枝词的吟咏几乎涵盖了所有地区，甚至远播海外，因而没有形成显著的创作中心。但有一个现象特别值得重视，那就是清代沿海地区的竹枝词异军突起，蓬勃发展，从涓涓细流汇聚成滔滔洪流，尤以上海竹枝词为最。据统计，明代上海竹枝词的总量不过五十首，但清代上海竹枝词的总量近一万首，蔚为壮观。这近一万首上海竹枝词，在清代各朝的分布差异较大，呈现固定的规律：即清初顺治、康熙、雍正、乾隆四朝数量较少，多为零星的诗篇；清中叶嘉庆、道光、咸丰、同治四朝数量逐渐增多，形成一定的规模；清末光绪、宣统二朝数量最多，多为长篇巨制，此类作品如秦荣光《上海县竹枝词》七百零四首、朱文炳《海上竹枝词》三百零二首。

第二，随着时代的迁延，文人竹枝词创作规模逐渐扩大、作者数量逐渐增多，出现了各式各样的诗人群体，他们互相酬唱，竹枝词的拟作已经渐渐成为文人诗歌的一部分。

《历代竹枝词》收录的元代竹枝词近四百三十首，涉及作者近一百五十人，其数量是宋代无法匹敌的，其间有翰林学士创作的作品，如宋褧的《竹枝歌》三首：

> 正月二月不曾晴，蘪芜洲边春水生。黄陵女儿年纪小，学唱竹枝三四声。（其一）①

有达官显贵创作的作品，如王恽的《竹枝词》十二首：

> 干当江南有许多，往还冠盖似掷梭。因兹力役无朝暮，欸乃翻成懊恼歌。（其十）②

有艺林名士创作的作品，如倪瓒的《竹枝词题画竹上》二首：

> 吴松江水似清湘，烟雨孤篷道路长。写出无声断肠句，竹鸡啼处竹苍苍（其二）③

到了明代，文人竹枝词的创作规模已蔚然成风，《历代竹枝词》收录的明代竹枝词达1 800首之多。较之宋元，明代竹枝词作者数量更为庞大，《历代竹枝词》涉及的明代竹枝词作者达305人之多，

---

① 王利器等：《历代竹枝词》（一），陕西人民出版社，51页。
② 同上，28页。
③ 同上，88页。

他们的构成更为广泛,明代重要文坛流派参与度极高,明前期"茶陵派"代表诗人李东阳,明中期"前七子"中的李梦阳、何景明,"后七子"中的王世贞、谢榛,"唐宋派"代表诗人归有光、唐顺之,明后期"公安派"代表诗人袁宏道,"竟陵派"代表诗人钟惺、谭元春,还是明末期"末五子"代表诗人屠隆、李维桢、胡应麟皆有竹枝词传世。

此外,明代竹枝词女性作家的比重显著上升,据《历代竹枝词》所收作品,明初徐媛有《竹枝词》四首、吴江沈静专有《竹枝词》二首、莆田黄幼藻有《竹枝词》二首、嘉兴姚青峨有《竹枝》四首、杭州顾若璞有《竹枝词》三首、海宁朱仲娴有《竹枝词》一首、扬州王薇有《仙家竹枝》二首等等。值得一提的是,明代竹枝词作家中出现了高僧禅师,甚至是域外人士,如冰蘖禅师有《竹枝词》一首、释仲光有《渔家竹枝》七首,朝鲜道士许景樊有《竹枝词》二首。更为重要的是,明代江南竹枝词创作出现了家族化倾向,不少文学世家成员皆热衷于此,以江苏吴江地区为例,沈宜修、叶纨纨、叶小鸾母女三人,有二十六首《竹枝词》传世;周永年、周永言兄弟二人,有七首《吴江竹枝词》传世;沈自炯、沈自然、沈自晋、沈自炳、沈自晓兄弟五人,有五首《吴江竹枝词》传世。

清代文人竹枝词的创作规模达到鼎盛,超过宋元明竹枝词总量的数十倍。清代竹枝词中长篇巨制也有一定的数量,诗人动辄数百首。如袁学澜有《姑苏竹枝词》100首,朱彝尊有《鸳鸯湖棹歌》100首、韩日华的《扬州画舫词》100首、吴澂有《瀛洲竹枝词》143首等等。较之明代,清代竹枝词作者数量堪称惊人,《历代竹枝词》所收的清代竹枝词作者达1 400人之多,各个领域的文史大家皆有竹枝词传世。如洪昇有《西湖竹枝词》、孔尚任有《清明红桥竹枝词》、厉鹗有《临平湖竹枝词》、叶燮有《庚戌六月吴江一夕水淹没民居效竹枝体》、沈德潜有《山塘竹枝词》、袁枚有《西湖竹枝词》、钱大昕有《竹枝词和王凤喈》、王鸣盛有《泖湖竹枝词》,人数之多,不能一一列举。

第三,随着时代的迁延,文人拟作竹枝词的功能得到进一步拓展,竹枝词创作与其他诗歌体式有融合的趋势。

自元代开始,文人拟作竹枝词的作品中,"咏风土"、"讽世俗"功能的进一步拓展,竹枝词也兼有以七言绝句咏史咏风土的诗歌功能,甚至混淆两者之间的严格区别。于是,许多"十咏"、"百咏"的组诗,也被当作竹枝词,"水调"、"棹歌"等也进入竹枝词之列。这样,竹枝词的拟作,不再仅仅作为歌词而存在,而以徒诗的形式,成为文人诗歌创作的一部分。创作功用呈现出多元化状态。

竹枝词题赠友人的习俗在清代似乎成为一时之风气,如袁枚的《题〈苏州竹枝词〉》二首:

> 百首新诗纪土风,风光写尽一年中。分明小坐横塘雨,吴语零星听阿戎。

> 廿载通家话最长,白头相见感沧桑。能言庆历昇平事,端赖屯田墨数行。[1]

有题赠友人既成丹青的,如钱谦益的《棹歌——为豫章刘远公〈扁舟江上图〉》三首:

> 卯金之子有文章,太乙燃藜下取将。百道光芒吹不尽,散为渔火照沧浪。

> 吴江烟艇楚江潮,濑上芦中恨未消。重过子胥行乞地,秋风无伴自吹箫。

---

[1] 《全编》三,839页。

> 扁舟惯听浪淘声，昨日危沙今日平。惟有江豚吞白浪，夜来还抱石头城。①

有题赠友人嘉德懿行的，如清尤侗的《虎丘竹枝词六首——赠孙树百给谏保全山木也》②：

> 剑气千年王虎丘，盘根特为使君留。孙公更说生公法，敕到青山木点头。（其一）

> 琼姬墓上一株松，为雨为云晓夜中。天护美人颜色在，好将油壁送青骢。（其五）

> 千章才与不材间，幸保天年谢鲁般。白老苏公相视笑，虎丘原不是牛山。（其六）

第四，由于有相当一部分竹枝词吟咏了地方古迹和历史，这也使得竹枝词的创作功能进一步扩大，并且成为地方志史的重要组成部分。同时，这一类竹枝词的纪实性也进一步增强。如清林溥的《西山渔唱》③，这组竹枝词共一百七十首，分为"题辞"、"形势"、"沿革"、"古迹"、"名胜"、"人物"、"轶事"、"异闻"、"农事"、"岁时"、"市肆"、"嘲俗"十二门，记载了扬州西山地区的历史与掌故，经纬交织，条分缕析。

林溥在题辞门中交代了写作背景：

> 江都董耻夫《扬州竹枝词》，脍炙人口。先叔啸云公《续竹枝词百首》，钱塘童萼君太史为之序，足称后劲。公又有《邘江三百吟》，搜葺广陵事迹略遍，足备一时文献，独未及西山旧事一语，未免阙典。④

---

① 《全编》三，784页。
② 王利器等：《历代竹枝词》（一），陕西人民出版社，588页。
③ 《全编》三，125—147页。
④ 同上，125页。

第二章　从民歌到文人拟作

林溥读了董伟业的《扬州竹枝词》、林苏门的《续扬州竹枝词》和《邗江三百吟》，认为这三部竹枝词内容丰富，能基本反映扬州的风土人情，但美中不足的是作品未涉及西山地区的历史，因而他有意撰写一部堪称《西山小志》的竹枝词，这实际上已经是以竹枝词的形式来撰写作者眼中的扬州西山地方志了。林溥的这种修史意识，在"题辞"门中可见一斑：

> 三百年来逝水过，几回全盛易消磨。低徊只惜余生晚，遗事零星记不多。余家居西山陈家集三百余年，其间轶事极多，素无记载，强半遗忘。今年避乱家居，搜索旧闻，已百无一二。仅就记忆所及，编为韵语，略当《西山小志》云。①

在这一组竹枝词中，林溥将他对西山的描述，分成"题辞"、"形势"、"沿革"、"古迹"、"名胜"、"人物"、"轶事"、"异闻"、"农事"、"岁时"、"市肆"、"嘲俗"等部分，每首诗后面有详细的注释，几乎就是一部西山史诗。例如，在"形势"中完整地圈定并描述了西山的地理范围和地貌特征，清中叶扬州西山下辖十三集，即陈家集、刘家集、卸甲集、杭家集、方家集、大仪镇、雨膏桥、老坝桥、移居集、甘泉山、杨兽医坝、丁古集、僧渡桥：

> 地形蜿蜒路天斜，青翠冈峦远近遮。棋布星罗十三棋，就中巨擘是陈家。

在"沿革"中，记述西山行政区划的历史变迁：西山旧隶江都，清雍正九年尹继善任两江总督时，分置甘泉县，因而清咸丰年间，西山中的十二集属于甘泉县：

> 甘泉新治旧舆图，蜿蜒西山带北湖。闲对青山话兴发，老农犹说古江都。

---

① 《全编》三，125页。

"古迹"中，挖掘了许多西山的历史内蕴，如恭爱庙位于陈家集南二十里，是为了祭祀汉代的广陵太守陈登，陈登勤政爱民，曾在此疏浚水塘来灌溉百姓的农田，因而这里的水塘被称作爱敬塘陂：

> 恭爱庙前秋草香，陂塘道建远相望。苍茫比接甘棠棣，谁似陈公惠爱长。

"人物"中，以地方名人为线索，钩沉西山的历史事件，例如明于永祚曾于弘治年间在西山经商，他采纳堪舆家的话，疏浚西山东北方的水道，同时他捐资兴建慈荫庵来供奉德行高尚的人，西山百姓因他得到恩惠：

> 奉佛捐金事尚存，名林青磬话黄昏。江淮不许千金买，谁似于门驷马门。

"农事"中概括西山的历史传统：

> 冈峦回复路重重，水利虽廉雨泽浓。谁似此间风俗厚，终年辛苦事耕农。

据《江都志》与《方舆旧记》的记载，西山冈峦甚多，生活在此地的百姓相对贫瘠，但是他们勤于耕作，因而"土高而廉于水，俗厚而勤于穑"，成为沿袭至今的历史传统……林溥《西山渔唱》堪与地方志媲美，是竹枝词为地方文化的积淀做出重要贡献的重要例证。不过，竹枝词毕竟仍然是文学创作，正如林溥自己所说的那样：

> 一半庄言一半词，编来亦自解人颐。纵然不尽关文献，聊当春风唱竹枝。[1]

---

[1] 《全编》三，125—147页。

第三章
竹枝词的传统

二十世纪三十年代，马稚青的《竹枝词研究》就将竹枝词创作的成就，看作与中国诗歌创作"言志"传统相一致，并且认为，竹枝词的地位，可以和《诗经》中的"国风"相当：

> 竹枝之始，本自俚歌，文人特润色之以作竹枝词。俚歌则下里巴人曲也，出自民间，为一般情绪之结晶品，与得之国风无异。方其始作，盖均发乎性情，情动于中而形于言。言之不足，故嗟叹之，不足，故咏歌之也。①

他还引用刘禹锡《竹枝词九首引》指出，"正写出一幅诗歌原始时之交响乐，此征之古今，验之中外，莫不皆然者。故竹枝者，实真正之诗歌也②。

将竹枝词作为诗歌来研究的，还有任半塘的《唐声诗》。后来，任为《成都竹枝词》作序时指出：

---

①② 马稚青：《竹枝词研究》，欧阳发、洪钢：《安徽竹枝词》，166页。

唐五代歌辞之体内，齐言杂言并举。歌齐言，即歌诗，五、六、七言并举。七言之歌多发于民间风俗，竹枝最著，乃盛于蜀中。至中唐，得刘禹锡之倡导，声文并茂，媲美于屈原《九歌》，于民歌中，所处最高。①

他指出："在唐，竹枝即称竹枝，无'竹枝词'说。犹之曲子即称曲子，无'曲子词'说。"②他认为，如同将曲子称为"曲子词"，竹枝称为"竹枝词"，是北宋前二十年才开始的。后蜀欧阳炯序《花间集》时才提出"曲子词"这样的说法。北宋时，敦煌写本民间歌词千余首，尚未被世人发现。所以，当时可以入乐的诗歌并不能等同于词。任半塘特别强调，将"唐声诗"与"唐词"混为一谈，将毫无地位，竹枝当不例外。"故必须俟唐五代三四二年内声诗之体与用悉归还其原有之历史现实本位后，谈竹枝之民间性、历史性、艺术性，方能明确与彻底。"③

第一节　诗乐同源的儒家标准

强调竹枝词作为"声诗"而不是"词"，意义是深远的，如果我们从儒家诗教和乐教传统发展的角度来看待这个问题，就会发现，后世的竹枝词创作之所以能够繁盛，与竹枝词"诗"的地位的确立有相当的关联。但是，竹枝词与音乐的关系非常密切，这不仅因为竹枝词可以演唱，而且和中国早期诗乐不分家的源头有关。朱自清曾经说过，中国诗歌"声"的传统，要远远早过"言志"的传统。因此，在探讨竹枝词的诗学传统之前，先要说一下"诗乐同源"的儒家标准。

关于诗歌的理论和描述，我们现在能够看到的，或许可算作最

---

①②③　任半塘：《成都竹枝词序》，林孔翼：《成都竹枝词》，四川人民出版社，1页。

早的记载,是《尚书·尧典》里的一段话:

> 帝曰:"夔!命汝典乐,教胄子,直而温,宽而栗,刚而无虐,简而无傲。诗言志,歌永言,声依永,律和声。八音克谐,无相夺伦,神人以和。"①

在这一段记载里,我们可以看到三重意思,第一,诗乐同源,诗歌是依从于乐而存在的;第二,乐教的传统先于诗教,或者说,诗教在当时,尚且包含在乐教中;第三,乐教的功用和审美标准为"八音克谐"、"神人以和"。用现代人的话来说,就是强调"和谐",包括音乐处理中各种声音和气氛的协调,而这种协调的最高境界则是"神人以和"。从艺术上说,表现为乐曲的声音要和自然界的"天籁"相吻合,而哲学思想上,则体现了后代儒家所归纳倡导的"天人合一"。

在上述三重意思里,第三重是论述的重点,它揭示出"乐教"的目的,或者说,"乐教"要达到的目的,是通过音乐的学习,练习,形成一种自觉的遵守,形成一种规范,并且通过学习和训练,将这种规范变成一种自然的秩序,既用于音乐和诗歌的审美评价,同时也要将这种秩序将扩展到社会,成为维系社会方方面面的秩序。这种思想的表达和完善,就是后来儒家的诗教、乐教和礼教。

在孔子论诗的主张中,也会经常谈到"乐","乐"被放在重要的位置中,他曾说:"吾自卫返鲁,然后乐正,《雅》《颂》各得其所。"又说:"兴于诗,立于礼,成于乐。"②可见,孔子是将诗教、乐教和礼教当作一个整体,息息相关,环环紧扣。作为由情志而发的诗歌创作,则要用"礼"来规范,然后又形成一个审美的系统,再去教育学习的人。这样,诗乐就成为一个学习和训练社会规范的

---

① 《尚书·舜典》,《十三经注疏》,中华书局,131页。
② 《论语·泰伯》,《十三经注疏》,2487页。

循环体系，被规范后的诗和乐也可以重新循环回来用于规范的完善。

诗乐同源也建立了礼教的审美标准，正如音乐的规范为"八音克谐，无相夺伦，神人以和"，诗歌的意志和情绪的表达，同样也必须"归于正"①。即"喜怒哀乐之未发谓之中，发而皆中节谓之和"②。所以，从孔子对《诗》作品的评价中，可以看到对"发而皆中节谓之和"的肯定："《关雎》乐而不淫，哀而不伤。"③后来荀子的《乐论》对这种规范的必要性做了进一步的解释：

> 夫乐者，乐也，人情之所必不免也，故人不能无乐。乐则必发于声音，形于动静，而人之道，声音、动静、性术之变尽是矣。故人不能不乐，乐则不能无形，形而不为道，则不能无乱。先王恶其乱也，故制《雅》、《颂》之声以道之，使其声足以乐而不流使其文足以辨而不諰，使其曲直、繁省、廉肉、节奏足以感动人之善心，使夫邪污之气无由得接焉。是先王立乐之方也。④

孔子重视音乐具有礼制教化的作用，更看重礼乐的等级和规范，因而他所推崇的多为古典的雅乐，这也是后世帝王家盛典时有固定的雅乐礼仪的开端。但是，音乐这一艺术形式可能比诗歌更具有娱乐性，所以，"寓教于乐"的主张便在孟子的学说里得到发展，孟子在论及孔子"恶郑声"的看法时，强调了音乐的娱乐作用。在《梁惠王下》中，记载了孟子与齐宣王论述音乐与王政的关系，孟子倡导"与民同乐"的同时，肯定了音乐、田猎、宫室、园囿游观等休闲享乐，都是人的需求，并没有什么不对，问题在于君王要和

---

① 《论语·泰伯》，《十三经注疏》，2461页。
② 《礼记·中庸》，《十三经注疏》，1625页。
③ 《礼记·八佾》，《十三经注疏》，2468页。
④ （清）王先谦：《荀子集解·乐论》，中华书局，379页。

百姓同享，即所谓"独乐乐，与人乐乐，孰乐"① 的选择。这样，音乐、舞蹈、诗歌各种艺术形式所具有的从感官到精神的享受，以及在后世文人士大夫生活中拥有娱乐成分，也被用文字肯定下来，孟子说："口之于味也，有同耆（嗜）焉；耳之于声也，有同听焉；目之于色也，有同美焉。"②

来自感官享受的共同特征，在"与民同乐"之时，会升华至人类共通的审美认知。由此，孟子认为，这种从感官到精神的审美享受和审美认知，可以解释"寓教于乐"为什么会比单纯的说教更有效果："仁言不如仁声之入人深也。"③这就是音乐等艺术形式的所具备的不可替代的艺术力量。

其实，"仁教不如仁声之入人心深"的感叹，还道出了诗歌和音乐在娱乐功能方面的优势，也带来了所谓"教化"目的在实际操作层面上的困难。"仁教"是指内容，而"仁声"则是比较抽象的"音乐"符号，是一种艺术形式，你怎么来区别"仁"或"不仁"呢？同时，音乐还直接作用于感官，好听的音乐很容易让人喜欢，你又如何来区别"仁"或"不仁"呢？所以，诗歌和音乐的娱乐功能在后世的评价中往往被忽视。这种忽视又往往带来理论和实践的矛盾，也就是说，评论者往往在理论上更容易过分强调"诗教""乐教"的重要性，而在欣赏实践中，则被艺术作品的娱乐功能所吸引，也包括一种形式的欣赏。

在中国的历史上，每当人们争论这些问题，都会引经据典，溯源到孔子或孟子，但却很少有人注意到，后代的文学或艺术的微观讨论，与孔子或孟子的出发点并不完全相一致。无论孔子或孟子，他们论述音乐或诗歌的关注点，都在于社会政治和文化道德的层面

---

① （东汉）赵岐等：《孟子注疏》，《十三经注疏》，2673页。
② 同上，2749页。
③ 同上，2765页。

上，而非音乐或诗歌艺术的本身。由于侧重点的不同，所以，留给后人的艺术"规范"是不明晰的。例如，孔子说"郑声淫"，后世研究者众说纷纭，有人认为，"郑声"并不等同于"郑风"，"郑声"应当是指音乐而言的，至于"郑风"，孔子自己曾说过"一言以蔽之，思无邪"的话，怎么又能反过来否定"郑风"的作品呢[①]？又例如，虽然早期的儒家在评判诗与乐的具体作品时，要比后世的道学家宽松得多，但因为对"归于正"的"度"的把握，很难操作，因此，当"礼乐"成为制度被固定下来，就只剩下等级的区分，而所谓"正乐"，则由诗歌的功用进一步凸显出来；当诗歌更多地承载了"乐"的功能时，有关"发而皆中节"的问题也进一步凸显出来。

诗歌发展史上的各个时期，诗人们在创作上都不会排斥来自民间新声，也不会摒弃文学艺术的娱乐功能，但在理论上却是"儒训当前"，不敢越雷池的。在许多文学观念的范畴里，几乎都留下一些因无法把握"度"和如何执行规范的痕迹。对于诗歌作品的评判，对于诗歌理论范畴的解释，也由于强调侧重点的不同，也会产生许多歧义或矛盾。这就给源自民间的文人拟作"竹枝词"这种形式，有了发展的空间。诗乐同源的儒家标准，以及由乐教、诗教和礼教融而合一的传统，能让它有一个非常正当的理由获得文人的青睐，而它本身具有的娱乐性，又同时带给文人和普通民众直观的享受。诗乐同源的儒家标准始终影响着中国传统诗歌的创作和诗学发展。这不仅可以在后世各代数以万计的诗集序跋开端，看到千篇一律的套话，而且在诗歌创新发展的转型时期，这个传统一直成为推动创作的重要动力。

[①] 顾易生、蒋凡：《先秦两汉文学批评史》，上海古籍出版社，88页。

第二节　竹枝词的诗学传统

如前所述，早期儒家论述中的各种矛盾和歧义，同样困扰着竹枝词的发展和研究。因为它的起源和音乐的关系，很久以来，音乐学和词学里，都有她的身影。

但是，礼崩乐坏的现实在孔子的身后并没有改变。从中国古代音乐发展史来看，雅乐的衰败由来已久，作为皇家祭祀和宫廷的雅乐，也常常需要从世俗的音乐里汲取营养，所以，孔子理想中的乐教功能，实则上为诗教所替代。朱自清《诗言志辩》中提到诗乐分家的问题。他说："诗与乐分家是有一段历史的。孔子时雅乐就已败坏，诗与乐便在那时分了家。"[1]同时，诗歌也同时承担了"正乐"的功能。从刘禹锡拟作竹枝词的小序中，也可以看到这种以诗教来替代"正乐"的作用。

刘禹锡的《竹枝词序》云：

> 四方之歌，异音而同乐。岁正月，余来建平，里中儿联歌《竹枝》，吹短笛，击鼓以赴节。歌者扬袂睢舞，以曲多为贤。聆其音，中黄钟之羽，卒章激讦如吴声。虽伦偵不可分，而含思宛转，有《淇澳》之艳。昔屈原居沅湘间，其民迎神，词多鄙陋，乃写作《九歌》，到于今荆楚鼓舞之。故余亦作《竹枝词》九篇，俾善歌者飏之，附于末。后之聆巴歈，知变风之自焉。[2]

细读这段序文，可以见出刘禹锡创作竹枝词时对诗教传统的遵从。序中除了描述当时民间歌唱竹枝的状况，还强调了它的"正

---

[1] 朱自清：《诗言志辩》，《朱自清全集》，时代文艺出版社，2163—2164页。
[2] 瞿蜕园：《刘禹锡集笺证》，上海古籍出版社，852页。

音"特征："聆其音，中黄钟之羽，卒章激讦如吴声。虽伧儜不可分，而含思宛转，有淇澳之艳。""淇澳"即"淇奥"，指《诗》之《卫风》中的《淇奥》篇："《淇奥》，美武公之德也。有文章，又能听其规谏，以礼自防，故能入相于周。"①可见，"含思宛转，有淇澳之艳"的颂扬，是将"竹枝"比作"国风"中的"卫风"。而后，刘禹锡又提到屈原作《九歌》是嫌原先的歌词"鄙俚"，所以自己仿屈原，重作"竹枝"，并希望"后之聆巴歈，知变风之自焉"②。这样一来，文人拟作的竹枝词，从唐代开始就延续了"言志"的传统。北宋时黄庭坚曾数次手书刘禹锡的《竹枝词》九首，并认为"刘梦得《竹枝》九章，词意高妙。元和间诚可以独步。道风俗而不俚，追古昔而不愧。比之杜子美《夔州歌》所谓同工而异曲也。"③所谓"道风俗而不俚"，后来成为文人拟作竹枝词的重要使命和审美规范。

将竹枝词的拟作和杜甫的创作联系起来，并认为杜甫的诗歌是竹枝词的先声，是从民风和"诗史"两个角度来肯定竹枝词的诗学地位。清人翁方纲说："竹枝本近鄙俚，杜公虽无竹枝，而《夔州歌》之类，即开其端。"④这说明，文人拟作的竹枝词在明清两代迎来新的创作高潮，仍然与诗学传统有重要的关联。

《竹枝词》的诗学传统之一，即言志的传统。在唐代，竹枝词的"言志"要宽泛一些，也包括作者的个人情感。如白居易的《竹枝词》之一："怪来调苦缘词苦，多是通州司马诗。"此诗作于元和

---

① （唐）孔颖达：《毛诗正义》，《十三经注疏》，中华书局，320 页。
② 任半塘云："'艳音'为尾声。'变风之自'谓民歌竹枝犹《诗》之变风，穷其所自，则远在《卫风》《淇奥》，而今在屈原《九歌》。"《唐声诗》下编，上海古籍出版社，377 页。
③ （宋）黄庭坚：《跋刘梦得竹枝歌》，《豫章先生文集》，《四部丛刊》本，卷二十六。
④ （清）翁方纲：《石洲诗话》卷五，人民文学出版社，179 页。

十四年（819）忠州刺史任上，元稹则由通州司马改任虢州长史①，所以是"调苦"、"词苦"，述说两人贬官以后的不得志。这种传统在宋代依然传承，如谢伯初《寄欧阳永叔谪夷陵》：

> 才如梦得多为累，情似安仁久悼亡。下国难留金马客，新诗传与竹枝娘。典辞悬待修青史，谏草当来集皂囊。莫谓明时暂迁谪，便将缨足濯沧浪。②

宋景佑三年（1036），欧阳修因支持范仲淹革除弊端，被贬为夷陵（今湖北宜昌）县令。谢的送行诗中将写诗、修史和奏章并列，足以看出文人士大夫的竹枝词写作，往往有相同的处境，即贬官至边远的地区，唯有诗歌可以明志传唱。

竹枝词的言志传统，主要表现在两个方面，一个是吟咏风土，另一个是吟咏史迹。这两个传统也与创作者的谪贬经历有关。作者因谪贬而到了风土迥异的边地，产生了描绘边地风土人情创作冲动，也因途经历史遗迹，有感而发。如前一章提到李涉的四首竹枝词，每首都状写摇曳多姿的历史古迹。据《唐诗纪事》"李涉"条，唐宪宗时，李涉"为太子通事舍人，投匦言吐突承璀冤状。孔戣知匦事，表其奸，逐为峡州司仓参军"③。从诗中所涉地名推断，应当是这一时期的作品；内容上以攫取游历所见的历史古迹为主，表达方式上以客观描写为主，鲜有寄托，咏史成分显著。明清以后，吟咏风土和地方古迹的作品渐渐多了起来，作者便将吟咏边地风土的竹枝词看作与"国风"具有同等的价值，把吟咏地方古迹或人事的作品看作具有参与修史的价值。

《竹枝词》的诗学传统之二，即乐府的传统。这里的乐府传统，

---

① 卞孝萱：《元稹年谱》，齐鲁书社，291页；朱金城：《白居易年谱》，上海古籍出版社，102页。
② 傅璇琮等：《全宋诗》（三），北京大学出版社，2023页。
③ 王仲镛：《唐诗纪事校笺》，巴蜀书社，1249页。

是指由诗教传统派生出来的一类诗歌，即乐府诗。乐府诗传统中突出了来自民间的"欢怨之声"，而文人拟作乐府民歌，要表现的也是民间的"欢怨之声"。

元结的《系乐府序》曾指出：

> 古人歌咏，不尽其情声者，化金石以尽之。其欢怨甚耶戏。尽欢怨之声者，可以上感于上，下化于下。①

元结的《系乐府》成于唐天宝年间，他的《春陵行》及《贼退示官吏》，也可以算作"新乐府"的先声。杜甫在《同元使君春陵行》诗中称赞说："观乎《春陵》作，欻见俊哲情。复览《贼退》篇，结也实国桢。贾谊昔流恸，匡衡尝引经。道州忧黎庶，词气浩纵横。两章对秋月，一字偕华星。"②可见乐府的诗学传统在中唐时期重新获得重视，并不是偶然的。白居易的《读张籍古乐府》也指出："张君何为者？业文三十春。尤工乐府诗，举代少其伦。为诗意如何？六义互铺陈。风雅比兴外，未尝著空文。"③因而提倡诗歌的创作要"首句标其目，卒章显其志，诗三百之义也"（《新乐府序》）④。这一时期，以乐府旧题创作新词也成为一时之风尚。诗论家们更是注重乐府所反映的"欢怨之声"传统，主张将其纳入"国风"的言志传统。

宋人郭茂倩的《乐府诗集》收录了唐代顾况、刘禹锡等人的作品22首，并将之分类为"近代曲辞"，即唐代的新题作品。因此，后人大多将竹枝词看作是乐府诗。这样，竹枝词的评价和创作也就与乐府诗的传统愈加密切。后人评价说："杜子美《漫兴》诸绝句，

---

① 孙望点校《元次山集》卷二，中华书局，18页。
② （清）仇兆鳌：《杜诗详注》，中华书局，1692页。
③ 朱金城：《白居易集笺校》，上海古籍出版社，5页。
④ 同上，136页。

有古《竹枝》意,跌宕奇古,超出诗人蹊径。韩退之亦有之。杨廉夫十二首,非近代作也。盖廉夫深于乐府,当所得意,若有神助,但恃才纵笔,多率易而作,不能一一合度。"①

元稹《乐府古题序》辨析说:

> 《诗》讫于周,《离骚》讫于楚,是后,诗之流为二十四名:赋、颂、铭、赞、文、诔、箴、诗、行、咏、吟、题、怨、叹、章、篇、操、引、谣、讴、歌、曲、词、调,皆诗人六艺之余,而作者之旨。

> 由"诗"而下九名,皆属事而作,虽题号不同,而悉谓之为诗,可也。

因此,元稹也把乐府诗的诗学传统看成是主流,他说:

> 自《风》《雅》至于乐流,莫非讽兴当时之事,以贻后代之人。沿袭古题,唱和重复,于文或有短长,于义咸为赘剩。尚不如寓意古题,刺美见事,犹有诗人引古以讽之义焉。

元稹对古乐府的批评或有失公允②,但他对新乐府的肯定,说明他对旧题乐府的批评,是为了强调诗教的传统,他认为,杜甫以还,唐代新题乐府兴起,目的在于讽兴当时之事,而"讽兴当时之事"的做法,在后世的诗歌创作中,则成为竹枝词的重要功能之一:

> 近代唯诗人杜甫《悲陈陶》、《哀江头》、《兵车》、《丽人》等,凡所歌行,率皆即事名篇,无复倚傍。予少时与友人乐天、李公垂辈,谓是为当,遂不复拟赋古题。

---

① 李东阳:《麓堂诗话》,丁福保辑:《历代诗话续编》,中华书局,1377页。
② 见吴相洲:《关于元稹〈乐府古题序〉的几个问题》,《唐代文学研究》第13辑,广西师范大学出版社,899页。

在这篇序中，元稹还涉及另一个重要的问题，即诗乐混淆的问题，乐府诗仍有大量可以入乐演唱，这究竟应当属于音乐还是诗歌？他认为：从音乐以配唱词的艺术发展来看，"后之审乐者，往往采取其词，度为歌曲。盖选词以配乐，非由乐以定词也"。但是，"纂撰者由诗而下十七名，尽编为乐录乐府等题"。这就造成了诗歌和唱词的混淆。事实上，被收录在"乐录"或"乐府"中的作品，往往本身只是诗歌。即使那些"播于管弦"的诗歌，"后之文人，达乐者少，不复如是配别，但遇兴纪题，往往兼以句读短长，为歌诗之异。"①所以，唐代的乐府诗，以及唐宋以后发展以来的词，都可以脱离音乐而独立存在。欣赏者更看重的，是文字本身带来的意义和美感。

把竹枝词认定为乐府诗歌的看法，一直延续。强调竹枝词的乐府归属，不外乎强调乐府诗歌所具有的诗教传统，例如，清代彭启丰序朱麟应《续鸳鸯湖棹歌》指出：

> 诗首国风，多抒写物情诠次风土之作，汉、魏、齐、梁乐府繁兴，燕歌京洛新声竞起。嗣是以后《竹枝》、棹歌、欸乃曲诸体，语类歌谣，义兼风雅，清词丽句，谱入管弦，皆古乐府之遗也。②

又如，清代钱良择序顾瑶光《虎丘竹枝词》：

> 《竹枝词》，乐府也。与今体诗七言绝句判然不同。其不同之故，全在音节。若止论文体，究亦不甚相远。乐府音节，至宋已失其传，今生之世，无复能辨之者。孰能确然指其文体之孰为词、孰为诗乎？但勿失古人用方言俚语之大意而已。……

---

① 冀勤点校，《元稹集》，中华书局，254—255 页。
② 王利器等：《历代竹枝词》（一），948 页。

故虽用里歌体而自然不失雅人深致。①

所谓的"音节"在这里似乎又是一个说不清道不明的概念,所以,毛贵铭的《黔苗竹枝词》序中,则再次强调了"变风"的概念,并且用"格以代降"的观念来评价历代的竹枝词创作,希望回到唐、元人的审美传统上去:

> 古《乐府》有《竹枝词》,其音激讦清越,写风土人情、儿女琐事,俚而古、质而艳,婉转而含思,吹笛击鼓扬袂舞蹈以赴节。虽其词不传,然断句如"巴东三峡巫峡长,猿鸣三声泪沾裳"节奏犹可谱。唐刘梦得谓《竹枝》音中黄钟之羽,其所作最得神理,有变风意。……元虞伯生和袁伯长,有古音而未极韵致,至杨铁崖《西湖竹枝》节拍入妙,遂与梦得争长。揭曼硕《女儿浦歌》妙亦差类之。后人既失其音,遂流为秾靡啴缓之体,无足取焉。②

第三节　竹枝词的"声诗"渊源

乐府诗除了诗学的传统,也和声乐的传统纠缠在一起。毛晋据元代传本刻印唐人吴兢《乐府古题要解》跋云:

> 汉武帝时乃立乐府,以李延年为协律都尉,举司马相如等数十人,造为诗赋,略论律吕,以合八音之调,盖乐府之所肇也。③

任半塘认为,唐人合乐之近体诗当称为"声诗"④。也就是说,

---

① 王利器等:《历代竹枝词》(一),907页。
② 毛贵铭:《黔苗竹枝词》,王利器等:《历代竹枝词》(三),2242页。
③ (明)毛晋:《乐府古题要解跋》,丁福保辑:《历代诗话续编》,中华书局,67页。
④ 任半塘:《唐声诗》上编,上海古籍出版社,22页。

可以入乐演唱的诗歌，无论是诗歌配了音乐，还是因乐曲或舞蹈需要，创作出来的新歌词，都属于"声诗"的范围。

唐代"声诗"最繁盛的时期，是开元天宝年间。"声诗"的繁盛，与燕乐的兴盛密切相关。《乐府诗集》"近代曲辞"记载说："唐武德初，因隋旧制，用九部乐。太宗……著令者十部。……而总谓之燕乐。声辞繁杂，不可胜纪。凡燕乐诸曲，始于武德、贞观，盛于开元、天宝。"①"燕乐"，就是宴乐，以应对宫廷、朝廷以及社交宴会的大型演出之需。除了少量传统的清商曲保留了汉民族的音乐，大部分是由外来音乐组成。贞观十六年（642）调整的"十部乐"为"清商"、"西凉"、"高昌"、"龟兹"、"疏勒"、"康国"、"安国"、"扶南"、"高丽"以及结束曲"宴后"。仅从名称上就可以体味到音乐源自西域的少数民族。

唐代燕乐的兴起，不仅丰富了中国的音乐发展，也在一定程度上促进了诗歌特别是"声诗"的发展。这和西汉时期建立乐府的情形有点相似，汉代乐府是音乐机构，负责民间音乐的收集、整理和改编的工作，掌管汉朝的音乐和演出。乐府与原来的太乐有区别：太乐掌管庙堂之内的音乐歌舞，共祭祀大典之用，官属太常，是礼仪官；乐府掌管庙堂之外的音乐歌舞，供郊祀天地诸神和皇帝"巡守福应"之需，官属少府，是供给官。所以，"乐府"能大量引入新声，供欣赏娱乐，点缀升平②。同时也使文人的创作和改编能更贴近民歌、贴近生活。当后世的乐府诗创作脱离了乐曲成为徒诗以后，依然保留了这个传统。

开元、天宝时期的音乐、舞蹈以及"声诗"的繁盛，也和唐玄宗个人的喜好和一系列的制度安排及机构设置有关。唐代虽然没有"乐府"这样的机构，但除了太常寺管辖的大乐署和鼓吹署之外，

---

① （宋）郭茂倩：《乐府诗集》，中华书局，1107 页。
② 朱易安：《唐诗与音乐》，漓江出版社，28 页。

第三章 竹枝词的传统

还有两个属于宫廷的机构,即建于武德年间的教坊和唐玄宗时期的梨园。这两个机构对于唐代音乐的贡献是巨大的,从各种外来乐器的引入,到乐工的养成,还有不断地创作新的乐曲和新词。任半塘指出:

> 花蕊夫人所辑宫词追写开、天情形,谓"太常奏备三千曲",益以梨园与教坊所备曲之不同者,纵嫌夸饰,折半计之,为曲亦必在千至二千之间。宫廷如此,民间可退推,有史以来,可谓空前。
>
> 乃此时无论法曲、胡乐,其所用之歌辞,十之六七皆为声诗。①

如此数量的需求,哪里来呢?唐代入教坊的新曲,除了招募文人即兴创作,还有许多是文人对民间歌曲的仿制。这些"声诗"后被收录在《乐府诗集》的"近代曲辞"中,包括"竹枝"。

尽管明清以后的大量竹枝词已经成为徒诗,但在唐代,大部分的"竹枝",无论是民歌或文人的拟作,几乎都用"演唱"的方式传播。这在唐人的诗中常常可以见到这样的句子:

> 夜听竹枝愁,秋看滟堆没。(白居易《曲江感秋》)②
>
> 倡楼两岸悬水栅,夜唱《竹枝》留北客。(张籍《江南曲》)③
>
> 楚管能吹柳花怨,吴姬争唱竹枝歌。(杜牧《见刘秀才与池州妓别诗》)④
>
> 却教鹦鹉呼桃叶,便遣婵娟唱竹枝。(方干《赠赵崇

---

① 任半塘:《唐声诗》上编,34页。
② 朱金城:《白居易集笺校》,上海古籍出版社,623页。
③ 陈延杰:《张籍诗注》,商务印书馆,18页。
④ (清)冯集梧:《樊川诗集注》,上海古籍出版社,213页。

侍御》)①

尽管儒家乐教和诗教的传统强调音乐和诗歌的"教化"作用,但事实上,无论汉代的"乐府",还是唐代的"声诗",在上层社会和文人的生活中,还有一项更重要的功能,即娱乐的功能。"声诗"的渊源及其在唐代的演化,不仅揭示了唐代诗歌作为唱词和音乐的关系,从文化史的视角来看,诗歌创作的社交功能和娱乐功能,也被最大限度的展现出来。许多诗人因创作新词而扬名,《唐才子传》"康洽"条云:"(洽)盛时携琴剑来长安,谒当道,气度豪爽。工乐府诗篇,宫女梨园,皆写于声律。"②康洽是玄宗时非常著名的词作者,可惜诗已失传。仅赖同时期李颀和戴叔伦的诗作,窥见他当年的盛况:

> 新诗乐府唱堪愁,御妓应传鸤鹊楼,西上虽因长公主,终须一见曲阳侯。(李颀《送康洽入京进乐府歌》)③

> 酒泉布衣旧才子,少小知名帝城里。一篇飞入九重门,乐府喧喧闻至尊。宫中美人皆唱得,七贵因之尽相识。南邻北里日经过,处处淹留乐事多。(戴叔伦《赠康老人洽》)④

这些诗中反映出新曲新辞受欢迎的程度,从朝廷、宫廷以及各种宴会上的演出,到文人雅士的私人聚会,这种宴乐助兴的风气,完全是一种逐渐扩展开来的娱乐需求。中唐时期,已经成为普遍的风尚。元、白的诗歌中,常常写到他们的诗歌在各种场合被歌妓吟唱的状况:

> 怜君诗似涌,赠我笔如飞。会遣诸伶唱,篇篇入禁闱。

---

① (清)彭定求:《全唐诗》卷六百五十三,中华书局,7498页。
② 傅璇琮主编:《唐才子传校笺》(二),中华书局,88页。
③ (清)彭定求:《全唐诗》卷一百三十三,中华书局,1351页。
④ 蒋寅校注:《戴叔伦诗集校注》,上海古籍出版社,173—174页。

(元稹《酬友封话旧叙怀十二韵》)①

新诗绝笔声名歇,旧卷生尘箧笥深。时向歌中闻一句,未容倾耳已伤心。(白居易《闻歌者唱微之诗》)②

席上争飞使君酒,歌中多唱舍人诗。(白居易《醉戏诸妓》)③

池上今宵风月凉,闲教少乐理霓裳。集仙殿里新词到,便播笙歌作乐章。(白居易《得梦得新诗》)④

笔记或史传中,也有相同的记载,如《唐才子传》中记载李贺:"乐府诸诗,云韶众工谐于律吕。"⑤《旧唐书》"武元衡传"则记载"元衡工五言诗,好事者传之,往往被于管弦"⑥。《新唐书》"李益传"中说李益"每一篇成,乐工争以赂求取之,被声歌,供奉天子"⑦。这些被配乐演唱的诗歌,大量用于歌舞娱乐的场合,而且,配的基本上都是"俗乐"。即"悦耳动听,赏心悦目,以佐清欢的流行音乐"⑧。

"声诗"的娱乐功能,历代都会大受欢迎,同时,它也使得诗歌这样的雅文学在传播中不断扩大受众,诗歌、音乐和舞蹈的联袂出演,可以满足大众的观摩。也许正是拥有这种"血统",使得竹枝词这样的传统诗歌在明清以后有转向满足大众文化需求的可能。但是,"声诗"的娱乐功能往往又和儒家的"乐教"、"诗教"观念

---

① 周相录:《元稹集校注》,上海古籍出版社,351页。
② 朱金城:《白居易集笺校》,上海古籍出版社,2127页。
③ 同上,1552页。
④ 同上,3841页。
⑤ 傅璇琮主编:《唐才子传校笺》(二),中华书局,289页。
⑥ 刘昫:《旧唐书》卷一百五十八,中华书局,4161页。
⑦ 欧阳修:《新唐书》卷二百三,中华书局,5784页。
⑧ 沈东:《唐代乐舞新论·序》,北京大学出版社,5页。

相冲突，因而在发展中总会遇到各种批评和指责。如《国秀集》楼颖序谈到该书编选时，曾叙述芮廷章选诗的目的和标准以及对当下被乐诗歌的不满："务以声折为宏壮，势奔为清逸。此蒿视者之目，聒听者之耳，可为长太息也。"①这种审美标准的冲突，不仅造成后世有关声诗评判中理论和实践的矛盾，也会因为"玩物丧志"的原因，主流文化迟迟不愿为已经深入社会生活的具有娱乐功能的诗歌正名。

第四节　竹枝词的"女儿"传统

竹枝词的"女儿"传统，是一个比较复杂的问题。

六朝已出现用"女儿"一词命名的民歌，即《女儿子》，《乐府诗集》列为《清商曲辞》。并引《古今乐录》曰："《女儿子》，倚歌也。"②

关于"倚歌"，又有种种歧义。"倚歌"之"倚"，一般的解释是"和着乐声（歌唱）"（见《汉语大词典》1456 页），所据的文献来源比较早的是《史记·张释之冯唐列传》："使慎夫人鼓瑟，上自倚瑟而歌。"司马贞索隐："谓歌声合于瑟声，相依倚也。"③又指以乐器伴奏，乐史《杨太真外传》："歌《凉州》之词，贵妃所制也。上亲御玉笛，为之倚曲。"④"倚"的另一个意义是按照乐曲写作歌词，《新唐书·刘禹锡传》："禹锡谓屈原居沅、湘间作《九歌》，使楚人以迎送神，乃倚其声，作《竹枝辞》十余篇。于是武

---

① （唐）楼颖：《国秀集序》，（唐）元结等选：《唐人选唐诗十种》，上海古籍出版社，126 页。
② （宋）郭茂倩：《乐府诗集》，中华书局，713 页。
③ 司马迁：《史记》卷一百二《张释之冯唐列传》，中华书局，2753—2754 页。
④ 鲁迅：《唐宋传奇集》，文学古籍刊行社，271 页。

陵夷俚悉歌之。"①

而关于"倚歌",比较早的记载来自汉赵晔《吴越春秋·越王无余外传》:"(禹)梦见赤绣衣男子自称玄夷苍水使者,闻帝使文命于斯,故来候之。非厥岁月,将告以期。无为戏吟,故倚歌覆釜之山。"②但是,对"倚歌"的解释却难以理解:"'倚歌覆釜之山',犹言倚覆釜之山而歌。"(汉语大词典1481页),这里,把"倚歌"解释成为"依靠物体而歌",显然是不合适的。所谓"无为戏吟,故倚歌覆釜之山",应当理解为"没有什么可以吟玩,故而在覆釜之山中唱歌。"

同样的用法还见于小说《天禄阁外史》,这里的"倚歌"也是唱歌:

> 征君复游于渭桥,待负薪者来。左权不悦曰:"昔者夫子倚歌于渭上,遇负薪者与之鄙谈,今又候其至,何衰身于野人而失期于诸侯哉?窃以为夫子不敦也。"③

"倚歌",作为名词,早期很可能是指一种没有乐器伴奏,不讲究节拍的清唱,大概发源于民间类似于山歌的原始歌唱。清人毛奇龄说:

> 汉后称"倚歌",古称"依歌",《尚书》"声依永"是也。倚,则不节矣。④

这就是说,歌唱已经有了乐声之高低抑扬,但并不讲究节奏,也没有后世"板拍"的运用,犹如后世戏曲里的"唱散"。这种现象也符合歌唱进化过程中早期唱法。以后,因要表现歌唱的节拍,

---

① 欧阳修:《新唐书》卷一百六十八《刘禹锡传》,中华书局,5129页。
② 张觉:《吴越春秋校注》卷六《越王无余外传》,岳麓书社,158页。
③ 旧题黄宪《天禄阁外史》,中华书局,57页。
④ 毛奇龄:《四书改错》八,清嘉庆十六年金孝柏学圃刻本。

所以就会有打击乐或吹奏乐配合歌唱。《隋书·音乐志》说梁武帝"笃敬佛法，又制《善哉》、《大乐》、《大欢》、《天道》、《仙道》、《神王》、《龙王》、《灭过恶》、《除爱水》、《断苦轮》等十篇，名为正乐，皆述佛法。又有法乐童子伎、童子倚歌梵呗，设无遮大会则为之"①。可见，"童子倚歌"，是依着法螺唱的。

"倚歌"，后专指收录在《乐府诗集》中"清商曲词"中的"西曲歌"。其中有《青阳度》、《女儿子》、《来罗》、《丹阳孟珠歌》、《夜黄》、《夜度娘》、《双行缠》、《黄缨》、《黄督》、《平西乐》、《攀阳枝》、《寻阳乐》、《白附鸿》、《拨蒲》、《柞蚕丝》、《翳乐》等。如《乐府诗集》卷四十九"清商曲词"六"西曲歌下"转引《古今乐录》曰："《青阳度》，倚歌。凡倚歌，悉用铃鼓，无弦有吹。"清人毛奇龄认为：

> 予谓古曲词简，则歌必长；今曲词繁，则歌必促。……且古歌之曼，有明据者。《清庙》登歌，一唱三叹，四字作一阕；而《维清》十八字，为象武之乐，晋清乐倚歌有《女儿子》，仅十四字。②

也就是说，古代的歌唱，因为歌词少，声调就缓慢，节奏感也不强，有点像"散板"，声腔迤逦，长短由歌唱者自行掌握。而这显然与"歌声和于瑟声，相依倚也"并不是一回事。"西曲歌"中的"倚歌"，并不是后人理解的"和乐歌唱"，而是跟着某种节奏自行声腔，或者说，更接近原始的"山歌"。另外，从伴奏的乐器来看，铃鼓一类的打击乐器应该在实际的运用中要早于丝弦，所以，这里所谓的"倚歌"，或许应该是"倚"地方小调而唱的"山歌"。在漫长的演绎过程中才有了铃鼓一类打击乐器的参与。以致进入文

---

① 魏徵等：《隋书》卷十三《乐志上》，中华书局，305页。
② 毛奇龄：《西河集》卷十六书，文渊阁《四库全书》影印本。

第三章　竹枝词的传统

人拟作以后，还仍然保留着比较原始的风貌。《乐府诗集》中收入"西曲歌下"的作品，有相当一部分是伴有舞蹈的，但凡"倚歌"，则不注明有舞蹈。如《孟珠》题下注云：

> 一曰《丹阳孟珠歌》。《古今乐录》曰："《孟珠》十曲，二曲，倚歌八曲。旧舞十六人，梁八人。"①

《乐府诗集》中的《孟珠》共有两种形式，即二曲和倚歌八曲，二曲的则有舞蹈。又如《白附鸠》：

> 《古今乐录》曰："《白附鸠》，倚歌。亦曰《白浮鸠》，本拂（按：应为弗）舞曲也。"②

《晋书·乐志下》曾指出："凡乐章古辞，今之存者，并汉世街陌谣讴，《江南可采莲》、《乌生十五子》、《白头吟》之属也。吴歌杂曲并出江南，东晋以来，稍有增广。……凡此诸曲，始皆徒歌，既而被之管弦。又有因丝竹金石，造歌以被之，魏世三调歌辞之类是也。"③可以佐证，这些歌曲曲调，来源于没有音乐伴奏的山歌，早期文人拟作的歌唱，也是徒歌。《西曲歌》中保存下来的大部分作品，也都是表现男欢女爱的内容，这也十分符合"山歌"的特点。因此推断，《乐府诗集》中的"倚歌"，并非指和乐的歌唱，而是特指"徒歌"或是不讲究节拍的"散唱"。而这些"倚歌"所歌咏的女性和男欢女爱的主题，则是被文人开拓的重要原因。

《能改斋漫录》由杜甫的诗句联想到西曲歌的倚歌，便是一例：

> 杜子美《艳曲》云："使君自有妇，莫学野鸳鸯。"古乐府《夜黄》倚歌云："湖中百种鸟，半雌半是雄。鸳鸯逐野鸭，恐

---

① 郭茂倩：《乐府诗集》卷四十九，中华书局，714页。
② 同上，718页。
③ （唐）房玄龄等：《晋书》卷二十三《乐志》，中华书局，716—717页。

畏不成双。"岂非用此邪？①

而"倚歌"作为"山歌"的存在，明清两代的文献中多有表现。如明代刘基的《蜀国弦》写道：

> 白盐雪消春水满，谷鸟相呼锦城暖。巴姬倚歌汉女和，杨柳压桥花纂纂。②

倚歌，可以相和，这也是民间唱山歌常见的一种方式，有人研究至今仍流传的大调曲，指出："西曲的歌曲一般结构比较短小，歌词均为五言四句短诗，也有七言两句构成的。在大调曲中，也有七言两句构成的乐曲。""此外，西曲短诗常常使用和声帮腔，这种形式和南阳大调曲子'一人唱众人和'的习惯有异曲同工之妙。"③近年来，民俗研究中关注的"倚歌择配"，似乎可以让我们在无法寻求文献求证时，获得一些感受和启发。清代的地方志以及晚清的笔记中则有少数民族"倚歌择配"的记载，如李调元的《南越笔记》：

> 男女皆倚歌自配。女及笄，纵之山野，少年从者且数十，以次而歌，视女歌意所答，而一人留。彼此相遗，男遗女以一扁担，上镌歌词数首，字若蝇头，间以金彩花鸟，髹以漆精使不落。女赠男以绣囊锦带，约为夫妇，乃倩媒以苏木染槟榔定之。婚之日，歌声振于林木矣。④

舒位《黔苗竹枝词》中的《白苗》：

> 折得芦笙和竹纸，深山酬唱妹相思。腊花染袖春寒薄，坐

---

① 吴曾：《能改斋漫录》卷七，上海古籍出版社，168页。
② 钱谦益：《列朝诗集》甲集前编卷一，清顺治九年毛氏汲古阁刻本。
③ 王铮：《西曲在民间的遗存考略》，浙江师范大学学报，2015年第6期，114页。
④ 李调元：《南越笔记》卷一，中华书局，12页。

第三章　竹枝词的传统

到怀中月堕时。自注云：白苗之习，略同花苗。其服先用蜡绘花于布，而后染之。既染去蜡，则花见焉。芦笙者，编芦管为笙，有簧。男女相会，吹以倚歌。歌曲有所谓"妹相思"，"妹同庚"者，率淫奔私匿之词。①

可见，倚歌和产生于民间的西曲歌之间，有着天然的"女儿"传统以及声诗的渊源。

唐代的竹枝词歌唱时，会采用和声伴唱的方式，在句末加入衬词"女儿"；文人在拟作民歌竹枝词时，也会在句末加入衬词"女儿"，如皇甫松六首七言二句的竹枝词。但命名与六朝民歌《女儿子》如此接近。因而刘毓盘《词史》认为，"无名氏《女儿子》二首，按此词即唐人《竹枝词》所本。"② 王运熙《六朝乐府与民歌》认为，"皇甫松《竹枝词》的和声，必定渊源于《女儿子》无疑。"③ 任半塘则认为，皇甫松六首七言二句的竹枝，与刘禹锡等作的七言四句体不同调，"此因当时之民歌而作，非对古乐府之拟作。"④ 但值得重视的是，皇甫松《竹枝词》保留在《尊前集》中的两首，都是歌咏女性的：

芙蓉并蒂（竹枝）一心连（女儿），花侵隔子（竹枝）眼望穿（女儿）。

山头桃花（竹枝）谷底杏（女儿）。两花窈窕（竹枝）遥相映（女儿）。⑤

《乐府诗集》收录晚唐孙光宪的竹枝词，也是"女儿"主题：

---

① 舒位：《黔苗竹枝词》，《历代竹枝词》（二），陕西人民出版社，1460页。
② 刘毓盘：《词史》，上海古籍出版社，18页。
③ 王运熙：《六朝乐府与民歌》，古典文学出版社，112页。
④ 任半塘：《唐声诗》下编，上海古籍出版社，334页。
⑤ 刘崇德、徐文武点校：《花间集　尊前集》，河北大学出版社，259—260页。

门前春水白蘋花，岸上无人小艇斜。商女经过江欲暮，散抛残食饲神鸦。

乱绳千结绊人深，越罗万丈表长寻。杨柳在身垂意绪，藕花落尽见莲心。①

如果我们不仅仅限于"女儿"和声来源的追溯，而是对竹枝词的创作中所体现的，与女性有关的因素作一个比较系统的分析，大概可以从以下三个层面来观察：

首先是作为民歌民谣的"竹枝"，和所有的民歌民谣一样，歌咏男女欢爱是一个普遍的主题；所以，在文人的拟作中，描写或歌咏男欢女爱的情形也比较普遍。如宋代范成大的《夔州竹枝歌》：

癭妇趁墟城里来，十十五五市南街。行人莫笑女粗丑，儿郎自与买银钗。

白头老媪簪红花，黑头女娘三髻丫。背上儿眠上山去，采桑已闲当采茶。②

渔家女儿舟半舣，玉立蒹葭照秋水。画船摇曳近矶边，手挽浮置眼偷视。

恼乱船头白面郎，阿母呼儿且躲藏。佯羞鼓枻回头笑，竹枝一曲歌沧浪。③

男性文人的拟作，还常常模拟女性的口吻，除了刘禹锡的"杨柳青青江水平"之外，历代的竹枝中模拟女性口吻的作品比比皆是：

上峡舟航风浪多，送郎行去为郎歌：白盐红锦多多载，危

---

① （宋）郭茂倩：《乐府诗集》卷八一，中华书局，1142页。
② （宋）范成大：《夔州竹枝歌九首》，《石湖诗集》（四部丛刊本），卷十六。
③ 《全编》三，233页。

石高滩稳稳过。(杨慎《竹枝词》)①

蜀山消雪蜀江深,郎来妾去斗歌吟。峡中自古多情地,楚王神女在山阴。

江水出峡过夔州,长流直到海东头。郎行若有思家日,应教江水复西流。

妾爱看花下渚宫,郎思沽酒醉临邛。春衣朱(未)织机中锦,只是长丝(思)那得缝(逢)?

枫林树树有猿啼,若个听来不惨凄?今夜郎舟宿何处?巴东不在定巴西。(高启《竹枝歌》)②

这些作品大多充满了田园趣味,遣词造句尽力模仿民歌民谣,浅切质朴,同时也反映了男性文人士大夫眼中的普通人生活和普通老百姓的爱情生活。

这一传统在历代竹枝词中沿袭了千年,后世文人在交代写作背景时多有提及,如清秦琦的《惠山竹枝词》序:

余作梁溪棹歌,于河塘风景亦偶及之,而山中泉石之胜与冶游之习,概从略也,因作惠山杂咏,亦得百首,以其多儿女之事,故以竹枝名焉。③

竹枝词的创作在元代以后开始盛行,不乏杨维桢等人《西湖竹枝词集》的影响,而后世诗评者谈到《西湖竹枝词集》的创作,颇为赞赏的,似乎也是描写冶游中两情相悦的作品:

《西湖竹枝词》,杨廉夫为倡,和者甚众,皆咏湖山之胜,

---

① (明)杨慎:《竹枝词九首》,《升庵全集》,《万有文库》本,卷三十四。
② (明)高启:《竹枝歌》,《高太史大全集》,《四部丛刊》本,卷二。
③ 《全编》三,788页。

人物之美，而寓情于中。大率一律，惟二人诗云："春晖堂上挽郎衣，别郎问郎何日归？黄金台高倘回首，南高峰顶白云飞。""官河绕湖湖绕城，河水不如湖水清。不用千金酬一笑，郎恩才重妾身轻。"用意稍别，惜不记其人姓名。(《归田诗话》卷下)①

元杨廉夫《竹枝词》，一时和者五十余人，诗百十余首。余独爱徐延徽一首云："尽说卢家好莫愁，不知天上有牵牛。剩抛万斛胭脂水，溜向银河一色秋。"(《升庵诗话》卷四)②

明清以后，歌咏女性的竹枝词有许多这样的作品，这些文人的拟作，保留了民歌民谣中的比兴手法，以女性的口吻絮叨对爱情的坚贞和期望，如方文的《竹枝词》：

侬家住在大江东，妾似船桅郎似篷。船桅一心在篷里，篷无定向只随风。③

第二，作为乐府和"声诗"的一部分，因为入乐并配有歌舞，常常用于娱乐的场合，文人拟作中描写男欢女爱的情形或者描摹女性情态的情形居多，与"宫体"或"宫词"的传统也有一定的关联。如李白的《清平调》，《乐府诗集》也将其收为"近代辞曲"，据宋乐史《杨太真外传》记载：

开元中，禁中重木芍药，即今牡丹，得数本红、紫、浅红、通白者，上因移植于兴庆池东沉香亭前。会花方繁开，上乘照夜白，妃以步辇从。诏选梨园弟子中尤者，得乐十六色。李龟年以歌擅一时之名，手捧檀板，押众乐前，将欲歌之，上曰："赏名花，对妃子，焉用旧乐词为！"遽命龟年持金花笺，

---

① (明)瞿佑：《归田诗话》，《历代诗话续编》，1286页。
② (明)杨慎：《升庵诗话》卷四，《历代诗话续编》，698页。
③ 方文：《嵞山续集·西江游草》，《历代竹枝词》(一)，338页。

宣赐翰林学士李白立进《清平乐》词三篇。①

诗中对杨贵妃的情态描摹，被后人誉为"风流旖旎，绝世丰神"。②但从此事的发生来看，就是歌舞宴乐俱备，需要有人创作新的歌词。新词的创作，是为了迎合歌唱的需要，在这种场合，歌咏女性的美貌和情态，则是迎合娱乐场合的普遍做法。唐代的歌乐还常常与舞蹈结合在一起，舞者多为女性，因而对女性舞者的情态描摹也成为"声诗"的重要内容。

与竹枝词相近的"杨柳枝"，就是一种歌舞乐合一的表演，白居易《杨柳枝二十韵》，描写演出的实况：

> 小妓携桃叶，新声蹋柳枝。妆成剪烛后，醉起拂衫时。绣履娇行缓，花筵笑上迟。身轻委回雪，罗薄透凝脂。笙引簧频暖，筝催柱数移。乐童翻怨调，才子与妍词。便想人如树，先将发比丝。风条摇两带，烟叶贴双眉。口动樱桃破，鬟低翡翠垂。枝柔腰袅娜，荑嫩手葳蕤。唳鹤晴呼侣，哀猿夜叫儿。玉敲音历历，珠贯字累累。袖为收声点，钗因赴节遗。重重遍头别，一一拍心知。塞北愁攀折，江南苦别离。黄遮金谷岸，绿映杏园池。春惜芳华好，秋怜颜色衰。取来歌里唱，胜向笛中吹。曲罢那能别，情多不自持。缠头无别物，一首断肠诗。

作者题下自注云："杨柳枝，洛下新声也。洛之小妓有善歌之者，词章音韵，听可动人，故赋之。"③这一类作品，将女性作为歌咏对象，着重勾画女性的艳态和情态，将女性当作欣赏的对象，词风软秾，更接近文人的创作趣味。

这种消遣娱乐功能有典型的"声诗"的特征，而诗歌与音乐的

---

① （宋）乐史：《杨太真外传》，鲁迅：《唐宋传奇集》，文学古籍刊行社，260页。
② 沈德潜：《唐诗别裁集》，上海古籍出版社，657页。
③ （清）彭定求：《全唐诗》卷四百五十五，中华书局，5156页。

结合，可以由歌妓配合乐曲来演唱文人的诗作，也常常留下许多诗歌的"本事"以及文人与歌妓的"佳话"。这些"艳诗"，作为新词，伴着新曲渐渐为教坊或梨园吸纳，成为众所周知的流行音乐和流行歌曲。这样的作品在中晚唐时期不断增多，如李贺的《花游曲》，作者《花游曲序》云："寒食日，诸王妓游。贺入座，因采梁简文诗调，赋花游曲，与妓弹唱。"①韩偓的《香奁集序》中也提到了他的这一类作品配乐传唱的娱乐功能："所著歌诗不啻千首，其间以绮丽得意者，亦数百篇，往往在士大夫口，或乐工配入声律，粉墙椒壁，斜行小字，窃咏者不可胜纪。"②有学者认为，唐末咸通、乾符年间艳情诗的盛行，是唐代诗歌史上一个值得关注的现象，这种现象的产生与当时都市逸乐风尚及进士阶层的士族化密切相关③。后世"柳枝"与"竹枝词"也常常被混淆，大都会用来描写女性。这样的风尚与竹枝词的创作也是相互影响的，后世的竹枝词中以冶游和娱乐的心态咏女性的作品也不在少数。如清末史策先《花船竹枝词》：

一支柔橹一枝花，时样梳妆颇自夸。笑语匆匆前渡去，不知今夜宿谁家。④

第三，竹枝词描写农家女性基本上是印象性的，用粗线条来勾勒，而细节的描绘不多。竹枝词的作者大部分是男性，在传统社会中，男性接触女性的公共空间和场合并不多，因此，竹枝词中的女性群像，除了田园生活中的农家女性，更多的则是"商女"的形象。

明代朱同的《竹枝词》十八首，全部是写西湖船娘的生活和相思，在这一类作品中具有非常典型的意义：

---

① （清）彭定求：《全唐诗》卷四百五十五，中华书局，4418 页。
② （唐）韩偓：《玉山樵人集》，《四部丛刊》本。
③ 尹楚彬：《咸、乾士风与艳情诗风》，《文学遗产》，2002 年第 6 期。
④ （清）史策先：《寄云馆诗钞》卷二，《清代诗文汇编》，上海古籍出版社，22 页。

第三章　竹枝词的传统

钱塘女儿不学针，月明楼下理胡琴。逢人但道新番曲，不识春愁海样深。

十八嫁娘眉未开，郎轻离别重求财。扁舟一逐江潮去，日日潮来郎未来。

郎去从征不见来，门前小径已生苔。愿得海门高万丈，倒流江水送郎回。

郎在潮东侬在西，临鸾愁画远山眉。梅花月冷珊瑚□，□□□□□□。

湖上女儿宫样装，小舟荡漾芰荷香。逢人便唱相思曲，不道侬家有阿郎。

郎去从君二十年，花开花落任春妍。门前有个垂杨柳，不着游人系画船。

十五十六月正圆，楼头买卜问青天。月如照到吴江水，郎在吴江第几船？

侬家住在涌金门，青见高峰白见云。岭上已无丞相宅，湖边犹有岳王坟。

葛岭东头是相门，当年甲第入青云。楼船东入里湖去，何曾望见岳王坟？

郎心恰似江上篷，昨日南风今北风。妾心恰似七宝塔，南高峰对北高峰。

劝郎莫上南高峰，劝郎莫上北高峰。南高峰云北高雨，云雨相随愁杀侬。

芙蓉月底双鸳鸯，飞来飞去在横塘。人生多少不如意，水远山长难见郎。

  阿侬随郎上钓船，郎作钓丝侬作钩。钓丝无钩随风扬，钓钩无丝随水流。

  湖草青青湖水深，画船撑出断桥阴。画船无柁是郎性，断桥有柱是侬心。

  茜红裙子缕金纱，多在湖船少在家。黄衣年少不相识，白日敲门来索茶。

  阿侬家住第三桥，白粉墙低翠竹高。春光一日老一日，怕见花间飞伯劳。

  望郎一朝又一朝，萧郎信似浙江潮。钱塘潮信有时失，臂上守宫无日销。

  小姑拟郎去不归，为郎打瓦复钻龟。青山尚有飞来日，岂有人无相见时。①

  "船娘"起源于隋朝，据说隋炀帝下扬州时，在古运河上不用壮丁划船，偏爱美女背纤，所以船娘得以出现，自从隋炀帝后，各朝代都有船娘，历史上的船娘不仅仅是撑篙游船，也兼提供餐饮和表演，舟行数日的，也有色情服务②。《坚瓠集》曾记载说："西湖之盛，起于唐，至南宋建都，游人仕女，画舫笙歌，日费万金，目为销金锅。"③清末徐士銮曾辑《宋艳》一书，引元人熊进德作《竹枝词》云："销金锅边玛瑙坡，争似侬家春最多。蝴蝶满园飞不去，好花红到剪春萝。"④说的就是南宋时期西湖上的奢靡生活。这种达官贵族和文人士大夫的狎妓传统，也导致诗歌中相关作品的产生。而竹枝词中歌咏"商女"的习俗，也直接启发了晚清洋场竹枝词中

---

① 此一组竹枝词中第十至十八首在《西湖竹枝集》署为其他人作，见《历代竹枝词》，150—151页。
② 参见郁达夫：《扬州旧梦寄语堂》，《郁达夫文集》（四），花城出版社，4—10页。
③④ （清）褚人获：《坚瓠集》甲集卷之二，上海古籍出版社，26页。

第三章　竹枝词的传统

对妓院和妓女的描写。

第四，早期文人拟作竹枝词中的"女儿"主题，也吸引女性作者的参与，竹枝词遂成为女性诗人比较喜爱的创作形式。如杨维桢编《西湖竹枝词》收录了女性诗人的作品两首：

> 美人绝似董娇娆，家住南山第一桥。不肯随人过湖去，月明夜夜自吹箫。（曹妙清）

> 忆把明珠买妾时，妾起梳头郎画眉。郎今何处妾独在，怕见花间双蝶飞。（张妙静）

这两首诗后被收入《名媛诗归》，编选者评价张妙静的诗："忆到始至时，极寻常事，正是极难过处。""独字双字，两两相关。"[1]据胡文楷《历代妇女著作考》引《杭州府志》，曹妙清有《弦歌集》，已佚。杨维桢元至正五年（1345）曾为其删正并作序，序云：

> 予闻《诗三百篇》，或出于妇人女子之作，其词皆可被于弦歌，圣笔录而为经律。诸后世老于文学者，有所不及。其得以硁硁女人弃之乎！若雪斋氏（按曹妙清号雪斋）之述作也，本之以天质者，而达之以学，发之于咏而协之以声律，使生于《三百篇》之时，有不为贤笔者之所录者乎？[2]

被著录的元代女性诗人及其作品仅仅十余人，但已受到男性文坛宿老的重视，可见女性文学创作特征与民歌和声乐之间的内在联系已经受到关注。

元代留存的另两位竹枝词女性作者是吴郡的薛兰英、薛蕙英姐妹。明人瞿佑《剪灯新话》中有"联芳楼记"一则，记载云：

---

[1]　《名媛诗归》，《西湖竹枝词》，《历代竹枝词》（一），96—97页。
[2]　胡文楷：《历代妇女著作考》，上海古籍出版社，72页。

吴郡富室有姓薛者，至正初，居于阊阖门外，以粜米为业。有二女，长曰兰英，次曰蕙英，皆聪明秀丽，能为诗赋。遂于宅后建一楼以处之，名曰兰蕙联芳之楼。适承天寺僧雪窗，善以水墨写兰蕙，乃以粉涂四壁，邀其绘画于上，登之者蔼然如入春风之室矣。二女日夕于其间吟咏不辍，有诗数百首，号《联芳集》，好事者往往传诵。时会稽杨铁崖制西湖《竹枝曲》，和者百余家，镂版书肆。二女见之，笑曰："西湖有《竹枝曲》，东吴独无《竹枝曲》乎？"乃效其体，作苏台《竹枝曲》十章。

据说，杨维桢读到她们的诗稿，赞叹不已，题诗称赞道：

锦江只说薛涛笺，吴郡今传兰蕙篇。文采风流知有自，联珠合璧照华筵。

难弟难兄并有名，英英端不让琼琼。好将笔底春风句，谱作瑶筝弦上声。①

薛兰英、薛蕙英姐妹的《苏台竹枝词》咏吴郡的古迹，内容仍以女性为主题，虽然已有新鲜的地域风景，但仍未脱出传统写法和风格。不过，《苏台竹枝词》却开辟了冶游专题的江苏篇：

荻芽抽笋楝花开，不见河豚石首来。早起腥风满城市，郎从海口贩鲜回。

杨柳青青杨柳黄，青黄变色过年光。妾似柳丝易憔悴，郎如柳絮太癫狂。

百尺高楼倚碧天，栏杆曲曲画屏连。侬家自有苏台曲，不

---

① 瞿佑：《剪灯新话（外二种）》，周楞伽校注，上海古籍出版社，28—29页。此事又见明徐渭《南词叙录》中的"兰蕙芳楼记"。

去西湖唱采莲。①

明清两代,"苏台竹枝词"、"吴门竹枝词"、"虎丘竹枝词"、"金陵竹枝词"等等,以地方特色为专题的竹枝词逐渐繁盛,而始创者则是女性,也是值得大书一笔的。《苏台竹枝词》的作者后世仍有女性,如清代江素英的《苏台竹枝词》:

> 汝坟湖上烟草春,汝坟湖中水粼粼。所欢已共扁舟远,沙鸟双飞故向人。②

明清两代女性作者渐渐多了起来,例如清代《羊城竹枝词》二卷,收录136位诗人写作的142种竹枝词,其中作者可以明确为女性的,有唐柳青、莲舸女史、紫藤女史、养花女史、侣琴女士、阿阿女史等多人。女诗人在竹枝词创作队伍中,已经形成了引人注目的阵容③。

梁乙真在《中国妇女文学史纲》曾经提到清代乾隆间刊行的《吴中女士诗钞》,则是由一群女性唱和的诗集。潘奕隽《吴中女士诗钞序》云:

> 国子任君文田居震泽之滨,稽古而能文,淑配张滋兰好学而善咏,既刻共唱和之什为一编,一时闻风应和者张紫蘩、陆素窗、李婉兮、席兰枝、朱德音、江碧岑、沈蕙孙、尤素兰、沈佩之皆出其诗以相质,于是文田汇而刻之,题曰《吴中女士诗钞》。④

这部诗钞中,张紫蘩、席兰枝、朱德音均有竹枝词的唱和。这

---

① 薛兰英、薛蕙英:《苏台竹枝词》第十首,见瞿佑:《剪灯新话(外二种)》,上海古籍出版社,29页。
② 《全编》三,294页。
③ 王慎之、王子今:《竹枝词研究》,泰山出版社,20页。
④ (清)清溪女史选录:《吴中女士诗钞》,乾隆刊本。

群女子多为文人士大夫之妻女,在家族男性的支持和帮助下,常有雅集活动和唱和。如张紫蘩《虎丘竹枝词同席姊耘芝作》;朱德音《虎丘竹枝词三首同席耘芝张紫蘩作》、《沧浪亭竹枝词同紫蘩张姊作》、《邓尉竹枝词和紫蘩姊作》;席兰枝《虎丘竹枝词同张妹紫蘩作》等。《吴中女士诗钞》中收录张紫蘩的竹枝词最多,共二十八首,如《洞庭竹枝词》,清浅可爱:

> 馆娃宫畔多芳草,消夏湾头是妾家。春色满山留不得,任他流水送桃花。

> 日断浮梁路几重?可怜家傍最高峰。如何一个团圞月,半照行人半照侬。①

女性作者创作的竹枝词,基本上是认同男性的诗学审美价值标准,但在生活场景和个人情感上却更真实地反映出女性的生活状况和诉求。近年来,胡晓明等主编的《江南女性别集》,集中收罗明清两代江南女性的诗词别集,其中也有竹枝词。如清同治年间戚桂裳的《新正纪事竹枝词》,吟咏新年的地方风俗,就是描写厨下菜肴的:

> 朔食乡风似有单,菜先八宝荐春盘。团圞取义浮圆子,家庆终年兆履端。除夜造八宝菜,岁朝食之。

> 贺年亲串递登堂,促膝寒温概吉祥。茶点少留乡味厚,杯浮金豆带清香。尚金橘点茶。②

女性诗歌的个性化语言清浅真切,在与竹枝词相近的七言绝句中也常常可以相得益彰。以琐碎的家务事入诗,却仍然保持着诗歌的清词丽句,实属不易。正如清末章婉仪所说的那样:

---

① 王利器等:《历代竹枝词》(二),陕西人民出版社,1685 页。
② 胡晓明:《江南女性别集》初编,黄山书社,1143 页。

上侍萱闱下课儿，米盐凌杂勉支持。晚来偶得清闲候，为写平安附小诗。①

女性作者作品的生活化和细节展现，是对竹枝词创作进一步趋向纪事性的贡献。总体来说，女性作者的作品数量相对于男性作者仍然很少，即使在晚清竹枝词创作的大盛时期也是如此，这可能与女性作者更倾心于叙事成分更强的文学创作样式有关，例如，清代的弹词女性作家为多就是一例。考察竹枝词中的女儿传统，可以发现，在主流文化对女性历史记录"失声"的情况下，男性作者以竹枝词的形式歌咏女性，仍然间接地书写了女性的生活史。如果将竹枝词中与女性相关的作品一一梳理，可以发现历代女性的种种生活细节，来补充我们的女性研究史和生活文化史。其次，竹枝词的"女儿"传统，使得竹枝词创作者的关注点从贵族移向大众；从文人士大夫的层面移向普通民众的生活场景；从严肃高雅的抒情咏叹移向谐趣通俗的状物叙事；成为反映性别文化建构的组成部分，也促成传统诗歌在近代实现成功转型的可能。

---

① 胡晓明：《江南女性别集》初编，黄山书社，1299页。

第四章
竹枝词的发展

竹枝词得以发展，有两条重要的线索：第一，作为中国诗歌的一种特殊形式，受到诗歌发展规律的影响；第二，作为一种创作的文化现象，又与社会政治历史文化等以及文人生活的变迁相联系。这一章要讨论的，就是这两条线索的发展以及两者之间的相互关系和影响。

第一节　竹枝词发展的文化动因

竹枝词的发展，在宋元之交开始出现转折，很大程度上是和宋代文化的转型有关。

邓广铭曾经指出：

> 两宋期内的物质文明和精神文明所达到的高度，在中国整个封建社会历史时期之内，可以说是空前绝后的。[1]

---

[1] 邓广铭：《谈谈有关宋史研究的几个问题》，《社会科学战线》，1986 年第 2 期。

第四章 竹枝词的发展

中国文化发展到宋代，呈现出鲜明的由贵族文化向大众文化转变的趋势。许多研究者在探讨宋代文化发展的原因时，都强调了宋代崇文的政治原因和制度设计，这的确是宋代文化特征形成的大前提；而经济的发展，城市形态的出现，以及生活方式的日渐精细化，也是一个重要的原因；而更重要的一点，则是原先只能停留在少数贵族人群中的各种物质享受和精神享受，开始慢慢地普及到贵族以外的人群，逐渐成为大众文化的一部分。虽然这种崇文、讲究生活以及享乐之风是从朝廷、达官贵族的圈子里逐渐向市井阶层扩展的，但是，生活文化的发展，讲究生活品质的需求，在宋代有了空前的变化。作为普通的市井大众，在劳作以后的物质和精神的需求开始增长，这些民间的生活方式也对上层阶级产生影响，并对元、明、清世俗文化产生深远影响。歌馆酒楼里，文人吟咏，艺人弹唱；瓦子勾栏，百戏、杂剧、说唱曲艺，各领风骚，甚至不断走进宫廷，登上大雅之堂；宋词因艺人的弹唱影响扩大，说书艺人的话本成为明清小说的滥觞，民间音乐取代官乐占据了主体地位，杂剧、南戏为我国戏剧的发展奠定了雄厚基础和必要条件等等，这些变化足以证明宋代市井文化的繁盛，宋代市井文化里的许多成就都有着划时代意义。

宋代市井文化出现新的增长，首先和城市的逐渐形成以及城市人口的发展有关。以城市居民为主体的市民社会结构开始出现，大众生活和文化有了承载体和发展空间。

仅以北宋首都开封和南宋首都临安为例，可以看出两宋时期城市居民的规模迅速扩展，城市居民已经形成了多种群体的组合体。根据《宋会要》的资料，1021年开封有97 750户，"这在中世纪的世界大都市中，不仅是最早的，而且是十一世纪唯一的比较准确的户数记载"[1]。

---

[1] 陈振：《十一世纪前后的开封》，《中州学刊》，1982年第1期。

而南宋中期的临安，城内外已经有 414 个工商业行作，按周密《癸辛杂志》的说法，每个行作有数十户到百余户不等，"若以百户计算，则全城仅纳入行作组织的工商业经营者就超过了 4 万户"①。城市的经济功能大大增强，以商业精神为核心的城市意识，开始慢慢改变传统的生活习俗和生活方式。虽然学术界对中国市民阶层的确立以及何时确立存在争论，但这并不妨碍我们认识这种城市扩展以后，市民大众生活层面上的新变化。

不少史料中都有关于居民们对娱乐游戏的需求增加记录，如《东京梦华录》载春节期间汴梁游人"声乐嘈十余里……奇巧百端，日新耳目"。因取消了宵禁，"如要闹处去，通晓不绝"。《梦粱录》里记载了各式各样的休闲娱乐活动，球戏有蹴鞠、击球、踏球、抛球、捶球等形式；舞蹈亦有清乐、提刀、旱龙船、竹马儿等数十种。甚至还有武术比赛"露台争交"以夺赏的记载，可见这些娱乐以及观赏活动的普及。休闲娱乐活动的丰富，也促使文人士大夫阶层的生活方式进一步变化，如器玩、宴游、歌舞、酒色、狎妓等也进一步从少数群体向市民阶层扩展，除了历史上记载的如寇准、晏殊、欧阳修、范仲淹、苏轼等名流文士皆有染习，民间的各种商业性服务行业大行其道，服饰、酒楼、茶肆、餐饮，无不基于商业目的而专心于经营，致力于提高技艺，招揽顾客。在瓦子勾栏娱乐场中，许多艺人还扮演着商人角色，技艺花样翻新，风格多变，以此吸引观众、追逐赢利。这些行业的商业化和专业化使得生意兴隆，而民众的需求和经营者迎合需求，则成为这些行业的生命线。

这些变化中，有一个问题往往为文化研究忽略，即大众的精神需求和娱乐需求的扩大，并不是突如其来的。物质生活的日渐精细，大众的娱乐生活，和原先的贵族在精神和娱乐方面的需求渐渐

---

① 陈国灿：《论南宋江南地区市民阶层的社会形态》，《史学月刊》，2008 年第 4 期。

趋向一致,例如,休闲式的物质享受和精神享受,美食,游乐、观看表演等等,往往都是雅俗共赏的。但是,早期的主流文化中,较少被记录。随着参与人群的扩大,打通了贵族和大众的审美界限,"与民同乐"的过程中,这些积淀在生活层面上的文化,开始被主流文化所记载。

两宋时期对生活文化的各种记载大大增加。除了大家熟知的《东京梦华录》、《梦粱录》之外,两宋时期的很多文人的文集和笔记中对生活方式和生活器物以及生活习俗的记载不胜枚举。欧阳修的《归田录》、苏轼的《仇池笔记》、林洪的《山家清供》、陆游的《入蜀记》、《老学庵笔记》、王栐的《燕翼诒谋录》、周密的《齐东野语》、《武林旧事》、陈元靓的《岁时广记》、赵彦卫的《云麓漫钞》、宋敏求的《春明退朝录》等等,都有关于生活层面的详细记载。近现代的研究者从社会史和文化史的角度来研究两宋文化,都表达了对生活层面上文化史料的兴趣。例如瞿宣颖的《社会史料丛钞》、杨渭生《两宋文化史》等,都从上述文献以及其他散见于各种文集的文献中获得了可贵的史料,杨渭生《两宋文化史》甚至以"衣食住行"来分类这些宋代日渐精细的物质文化和生活史料。

当主流文化的认同,从比较单一的记录和彰显转向多元化,便导致文学创作的市井化趋向,也就是说,主流的正统的文化宽容并认同了原先"不入流"的"俗文化"和"俗文学",文人不仅对"俗文学"有欣赏的兴趣,而对参与创作也有更大的兴趣。这种原动力也可以解释明清以后俗文学的兴起和审美情趣的变化。宋代以后"俗文化"和"俗文学"进一步繁荣兴盛。据统计,目前保存下来的明清各种市民文学作品中,通俗小说有一千多种,通俗歌词有六千种,宝卷和弹词各有两百多种,鼓词和子弟书各有数十种之多,戏剧和散曲则多得难以准确统计。在表演艺术方面,明杂剧在继承宋元杂剧艺术成就的基础上又有新的发展和创造,在明代中叶以前一度十分流行。与此同时，宋元时期悄然生长于民间的南戏在明代获得了蓬勃发展，成为继元杂剧之后中国戏曲的又一个高峰。这样的文化大环境，正是支撑中国诗歌在大众审美层面寻求受众，从而获得在近代转型的机遇。

两宋期间开始的这种大众趣味和"俗文化"的滥觞，其实是无处不在的，也包括主流文化层面比较刻意地关注来自民间的各种创作，正式公文和记载中对口语化词汇的采纳等等就是这种状况的反映。如果立足于这样一个大的环境来观照竹枝词发展的文化动因，至少有以下三个方面，直接促成文人士大夫阶层创作竹枝词的兴趣：

第一，民间谣谚进入重要场合与正式场合的影响，进一步导致竹枝词咏风土，讽习俗的创作倾向。

有学者注意到宋代某些弹劾官员的奏议，常常以引用民间谣谚作为民意的依据。例如，据《宣和遗事》记载，建中靖国元年（1101），"用丞相章惇言，举蔡京为翰林学士。满朝上下，皆喜谀佞，阿附权势，无人敢言其非"。而殿中侍御史龚夬则上表奏言：

> 臣伏闻蔡卞落职，太平州居住，天下之士，共仰圣断。然臣切（窃）见京、卞表里相济，天下知其恶。民谣有云："二蔡一惇，必定沙门；籍没家财，禁锢子孙。"又童谣云："大惇、小惇，入地无门；大蔡、小蔡，还他命债。"百姓受苦，出这般怨言。但朝廷不知之耳。[①]

将民谣作为百姓怨言的集中体现，通过朝臣上传至徽宗，在朝廷内外舆论压力下，迫使徽宗不得不重新考虑对章惇等人的任用，之后章惇罢相，差知越州（今浙江绍兴）。而在徽宗初立时，崔鶠就曾上书指出当朝宰相章惇：

[①] 《宣和遗事》前集，中华书局，8页。

>狙诈凶险，天下士大夫呼曰"惇贼"。贵极宰相，人所具瞻，以名呼之，又指为贼，岂非以其孤负主恩，玩窃国柄，忠臣痛愤，义士不服，故贼而名之，指其实而号之以贼邪。京师语曰："大惇小惇，殃及子孙。"谓惇与御史中丞安惇也。①

又有学者研究宋代文人参与谣谚的传播和制作时指出，宋廷倡行采听风谣，文官群体借谣谚之制作、采集、传播，试图影响当朝政策调整、人物品评的努力在两宋乃是常见现象。宋朝各地方官员有观风谣的职责，上任官员有责任和义务巡采各地民风，察听风谣和道路之言，上报朝廷，所谓"道逢田间叟，时访以耕牧"。谣谚被视为各地民情的浓缩，"公于里谚民谣，最能体察"。歌谣、民谚可"识时变，观风土"，自然成为官员搜集民情舆论的对象。欧阳修认为，"古者惧下情之壅于上闻，故每岁孟春，以木铎徇于路，采其风谣而观之。至于俚言巷语，亦足取也。"基于这样的认识，文人采录风谣在相关政策的基础上进一步演变为一种自觉行为②。

重视民间谣谚所形成的大文化氛围，客观上会对竹枝词这样的民歌拟作，有推波助澜的作用。以"识时变，观风土"为创作主旨的"百咏"，也与这一因素有关。后来唐圭璋为丘良任《竹枝纪事诗》作序指出：

>宋、元以降，作者寖多，形式与七言绝句无异，内容则以咏风土为主。无论通都大邑或穷乡僻壤，举凡山川胜迹，人物风流，百业民情，岁时风俗，皆可抒写。非仅诗境得以开拓，且保存丰富之社会史料。③

---

① （元）脱脱：《宋史》卷三百五十六，中华书局，11214 页。
② 赵瑶丹：《宋代文人与民间文化——以谣谚的传播为中心》，《民俗研究》，2014 年第 1 期。
③ 丘良任：《竹枝纪事诗》，暨南大学出版社，1 页。

第二，竹枝词的创作方式轻松随意，导致娱乐和谐趣的创作空间进一步扩展。

竹枝词既有乐府的传统，又有民间"草根"的身世，形式短小精悍，组诗十咏百咏随兴。格律平仄并不完全遵照近体诗的要求，"以民歌拗格为常体"①，正如董文涣所说的那样，"其格非古非律，半杂歌谣。平仄之法，在拗、古、律三者之间，不得全用古体。若天籁所至，则又不尽拘拘也"②。因而竹枝词的体式有一定的随意性，这样的体式恰恰可以附着娱乐功能，激发其本身具有的民俗特质，此外，诗歌的创作正经严肃，而竹枝词的字句短小精悍，格律易学易记，这为诗人随时随地进行即兴构思提供了可操作性，甚至可以认为，在当时，竹枝词是正统诗文的边角料，诗人茶余饭后的消遣品。

有人认为，词作的起源与酒令的兴起有关，王小盾《唐代酒令艺术》指出：

> 晚唐、五代以后，酒筵著辞成为文人普遍采用的娱乐方式和文学创作方式。其风绵延入宋。唐代文献不载而见于宋人词集的调名，故仍有相当数量源自觞政。例如《金盏子令》、《传花枝令》、《头盏曲》、《劝金船》、《金盏倒垂莲》、《佳人醉》、《频载酒》、《献金杯》、《索酒》、《山庄劝酒》、《花前饮》等等，其数总在60种以上。③

而贺铸的《变竹枝》也是充作酒令的，可见这些作品很容易成为娱乐场所的即兴之作。贺铸在题下自注为"席上戏为之，以代酒令"④，可见，这九首竹枝词是绍圣五年贺铸在江夏宴饮时而为，

---

① 林孔翼：《成都竹枝词》，四川人民出版社，6页。
② （明）董文涣：《声调四谱图说》，上海医学书局1927年石印本，卷末。
③ 王小盾：《唐代酒令艺术》，东方出版中心，231页。
④ 王利器等：《历代竹枝词》（一），陕西人民出版社，14页。

起到了席间娱乐友人的作用，替代了酒令的作用，进一步拓展了创作的娱乐化倾向。

这种娱乐功能也体现在文人士大夫之间的文字游戏和酬和之乐，有不少谐谑风趣之作，语言浅近易晓，化雅为俗，寓庄于谐，恰与南宋以后诗歌"俗化"的趋势相一致。如杨万里的"诚斋体"，诗句中清新浅切的口语和竹枝词的风格有异曲同工之妙：

> 雨来细细复疏疏，纵不能多不肯无。似妒诗人山入眼，千峰故隔一帘珠。（《小雨》）①

> 霁天欲晓未明间，满目奇峰总可观。却有一峰忽然长，方知不动是真山。（《晓行望云山》）②

作者用口语化的语言道出生活情趣，随兴自然，字里行间富有白话诗的韵味。杨万里"诚斋体"透露出来的审美趣味，在一定程度上反映了宋代诗坛趋俗的倾向，因而在当时备受推崇，姜特立评之曰："今日诗坛谁是主？诚斋诗律正施行。"③陆游评之曰："文章有定价，议论有至公。我不如诚斋，此评天下同。"④

杨万里趋俗的审美趣味在竹枝词创作中也有反映，甚至将民谣或民歌的遣词造句吸收到作品中来，例如《竹枝歌七首》：

> 月子弯弯照几州，几家欢乐几家愁？愁杀人来关月事，得休休处且休休！（之六）

> 幸自通宵暖更晴，何劳细雨送残更。知侬笠漏芒鞋破，须遣拖泥带水行。（之七）⑤

---

① （宋）杨万里：《诚斋集》，《四部丛刊》本，卷四。
② 同上，卷三十二。
③ （宋）姜特立：《梅山续稿》，文渊阁《四库全书》影印本。
④ 钱仲联：《剑南诗稿校注》，上海古籍出版社，3119页。
⑤ 王利器等：《历代竹枝词》（一），陕西人民出版社，19页。

诗句语言通俗，浅显易懂。竹枝词本是肇始于中古的民歌，民歌在演唱时会保留很多方言俚语，这说明来源于民间的竹枝词，在语言上有着通俗的特质，所谓"虽然说是打油诗，题在诗中匪所思。语要俏皮音要响，等闲不是竹枝词。"① 竹枝词通俗的特恰契合宋代诗坛趋俗的倾向。

周行己的《竹枝歌上姚毅夫》，是一组非常典型的娱乐之作，同时又兼有社交的功能：

秋月亭亭扬明辉，浮云一点天上飞，欻忽回阴雨四垂，人生万事亦尔为，今不行乐待何时。

翠幕留夜灯烛光，主人欢娱客满堂，龙船盛酒蠡作觞，秦吹齐歌舞燕倡，夜如何其夜未央。

佳人玉颜冰雪肌，宝髻绣裳光葳蕤，齐声缓歌杨柳枝，歌罢障面私自悲，坐客满堂泪沾衣。

酒当毒药色当斤，人生行乐如浮云，一杯更尽客已醺。美人不用歌文君，客有相如心不春。

壶倾烛烬乐事衰，堂上歌声有余哀，主人谢客客已归。风荡重阴月还辉，皎皎千里光无亏。②

这组竹枝词充分表现了士大夫毫无拘检的情欲，他们沉溺于声色之娱，作品尽现歌女的楚楚可怜与士大夫的同情恻隐，竭力渲染彼此绵绵的情意，"侧艳"的趋俗倾向显著。

第三，生活琐细之事越来越多地进入诗歌的描写，生活层面情事的细节叙述，成为社会生活史料的重要补充。

宋元时期的竹枝词已经揉进了许多生活层面的细节，这种倾向

---

① 谭继和：《竹枝成都》，四川人民出版社，390页。
② 王利器等：《历代竹枝词》（一），陕西人民出版社，14页。

与宋以后文人诗歌表现个人以及社会物质和精神层面的生活内容增多的现象相一致。翻检这一时期的竹枝词作品，可以发现，作者所表现的这类生活化的情感更加通俗和大众化。对生活层面各种细节的表达，渐渐细化。例如，汪梦斗的《思家五首竹枝体》[1]：

六旬余父身长健，九十重亲发不华。高堂无人供滫瀡，如何游子不思家？

淮阴母家田未买，汾曲先庐屋已斜。人生墓宅颇关念，如何游子不思家？

妇挼草汁浴蚕子，婢炙松明治枲麻。东阡西陌要耕麦，如何游子不思家？

儿多废学自浇花，女近事人今抱牙。儿女长成忧失教，如何游子不思家？

夜净轩前水浮鸭，翠眉亭下柳藏鸦。亦要丁宁春照管，如何游子不思家？

这五首竹枝所表达的，就是"田园将芜，胡不归"的情感，儿女情长的思想情感用竹枝词写来，浅切通俗。

袁桷的竹枝词大部分是以女性的口吻来写的，寄托相思之情也是通过生活细节来表现的，例如《次韵继学竹枝宛转词四首》：

闻郎腰瘦寄当归，望尽天边破镜飞。昨夜灯花圆似粟，倚门不肯送郎衣。

宫罗叠雪捻金龙，郎去香奁手自封。还家貂裘绵百结，教妾今年两度缝。

---

[1] 王利器等：《历代竹枝词》（一），陕西人民出版社，32页。

宋元以后，诗歌的谐趣倾向和对生活层面俗文化的关注其实是相互影响，互为因果的。据明代徐师曾所编《文体明辨》，许多"杂体诗"在晚唐以后成为文人的文字游戏，而这些文字游戏中，俗语俗事的运用常常俯拾即是。例如，其中有一诗体为"十二辰诗"或"十二属诗"，是一种将十二属相潜入诗中游戏之作，明人程敏政编《新安文献志》，收有朱熹《读十二辰诗卷掇其余作此》一首，可见一斑：

  夜闻空簟啮饥鼠，晓驾羸牛耕废圃，时方虎圈听豪夸，旧业兔园嗟荠卤。君看蛰龙卧三冬，头角不与蛇争雄。毁车杀马罢驰逐，烹羊酤酒聊从容。手种猴桃垂架绿，养得鹍鸡鸣角角。客来犬吠催煮茶，不用东家买猪肉。①

生活层面的种种细节被写入诗歌，不仅打破了诗歌的典雅传统，也为后世雅文化与俗文化的变通打下了基础。

竹枝词的兴盛，除了上述的文化环境，还存在着诗歌发展变迁的内在动因，这种内在的动因，与外部文化环境偏向俗化也是一致的。作为中国诗歌的一种特殊形式，受到诗歌发展规律的影响；从诗歌本身发展的角度来看，南宋以往，由于理学对诗歌创作的渗透，使得宋诗出现与前代诗歌相背离的创作风尚，导致诗坛上对宋诗的不满，而对主声、主情、主韵之唐诗的推崇，也带来对民歌的关注。这种不满宋诗的情绪，大约在北宋末年初露端倪，直到南宋末已经形成崇尚唐诗的派别，经过元代的崇唐思潮，直接影响到有明一代"格调说"的产生和尊崇，而"主情"和"求真"的创作动力也在一定程度上和主张从民间创作中汲取营养的创作思潮相吻合，这一文化环境和创作环境，也直接推动了竹枝词创作的发展。

对宋诗的不满，在宋末以及元代和明代的各种诗歌评论中俯拾

---

① （明）程敏政：《新安文献志》，黄山书社，1399页。

即是。例如,杨维桢编选《西湖竹枝集》,夸赞杨载的诗歌时写道:"我朝词人能变宋际之陋者,称仲宏为首,而范、虞次之。"杨载、虞集和揭傒斯以及范梈为元诗四大家,前三人都留下了竹枝词作品。

元明之间的诗人批评宋诗,大都会对宋诗"主意"表示不满,而后人批评崇唐的明七子,又在"理"字上做文章。袁宗道在《论文》中就指出,七子注重文辞而忽视了"理",他说:

> 沧溟《赠王序》谓"视古修词,宁失诸理",夫孔子所云"辞达"者,正达此理耳。无理则所达为何物乎?无论《典》《谟》《语》《孟》,即诸子百氏,谁非谈理者?……沧溟强赖古人无理,而凤洲则不许今人有理,何说乎?①

袁宗道所注意到的倾向,正是七子复古的意义和内趋力。李梦阳、王世贞等人在诗文创作中,宁可注重修辞、声律等文学作品外在的表现形式,也不愿意让文学创作沾有理学的气味。这样,崇尚唐诗,崇尚汉魏古诗以及民歌的自然真率,崇尚秦汉古文的情质宛恰,一定程度上是反抗宋以后理学对文学的渗透;强调"情"和"真",是反抗理性对感性的压抑,这同样也使得明代文人的竹枝词创作兴盛起来。

明人对宋诗的厌恶,反映了他们企图挣脱传统桎梏的心态,崇唐、求真的深层意义,不能不是对程朱理学以及由此产生的、显露的社会秩序等多方面的虚伪造作的反抗和叛逆。与此相反,明代的理学家在唐宋诗之间,往往选择宋诗,反感世宗盛唐之风:

> 世之谈诗者,皆宗李、杜。李白之诗,清新飘逸,比之古诗……以风化天下者,殆犹香花嫩蕊,人虽爱之,无补生民之

---

① (明)袁宗道:《白苏斋类集》,上海古籍出版社,285—286页。

日用也。……能言之士不务养性情，明天理，乃欲专工于诗，以此名家犹不务培养其根而欲枝叶之盛也！①

薛应旂甚至担心崇尚唐音将影响理学的传播：

> 余尝谓唐人之诗独尚乎《风》，宋人之诗则《雅》、《颂》为多。间以语今之名能诗者，则以数百年来胶于见闻，皆不甚信。一则曰唐，二则曰唐，而三经六义几于湮灭矣。②

明人在创作方面对具有"民歌"特色的竹枝词的推崇，以自然真率的审美趣味取代构思缜密、炼句炼意的美学追求，这些都与把文学性与"理"相对立的认识有关，所谓"工于辞者，每戾于理；而得于理者，必啬于辞"③。

摆脱宋诗的影响，是元、明两代诗坛所做的共同努力。元代诗学既是由宋返唐的路径，也是自唐入明的驿站。金、元时期，为了学习如何作诗，诗格研究又重新热闹起来，流行很广的杨载《诗法家数》、范梈《木天禁语》、《诗学禁脔》等，都是从诗体、诗格和声律等方面来考察诗歌的，曾在明代广泛传抄并刊行。明代的诗格研究也十分兴盛，格调派也积极参与其事，如胡文焕辑纂《格致丛书》，收录了题名"李攀龙校"的《中序》④，以及李攀龙所辑的《韵学事类》各一卷。

诗格和诗法研究中，有一个核心问题，就是声与律。声与律，后来成为李东阳格调说的理论重心。李东阳及其追随者的所谓"格调"，是指融合了诗人"性情"的，"得于心而发之"的自然之声与"法度"的结合。他所关心的不仅仅是具体作品中的声律，而是作

---

① （明）胡居仁：《流芳诗集后序》，《胡文敬集》，文渊阁《四库全书》影印本，34 页。
② （明）薛应旂：《枢莞集序》，（清）黄宗羲编：《明文海》，中华书局，2741 页。
③ （明）王缙：《杨宗彝诗集序》，《明文海》，中华书局，2693 页。
④ 按：皎然的《中序》一书未见载于诸家书目。《诗式》卷一有"中序"一节。此书当为后人摘抄《诗式》拼凑而成，题"李攀龙校"似亦托名。

品声律所反映的诗人的"性情",通过"声"来寻求诗人的"性情"。这直接导致"眼主格,耳主声"理论和实践。所以李东阳认为,"宋诗深,却去唐远;元诗浅,去唐却近"①。

明代的七子遵循这一途径,企图达到"复古求真"的目的,如李梦阳描述自己学诗的"复古"过程,他说自己"废唐近体诸篇,而为李杜歌行",学到的是"驰骋之技";于是"为六朝诗",学到的是"绮丽之余";于是"为晋、魏","为赋、骚","为四言,入《风》出《雅》",最终仍然"情寡而工之词多"。他无不遗憾地叹道:"每自欲改之,以求其真,然今老矣。"②最后他得出的结论则是"真诗乃在民间"③。有明一代重视竹枝词的创作,即与这种诗歌创作的观念有很大的关系。

大约三百年来,明代的格调派和晚明的"性灵派",在"求真"的目的上,殊途而同归。李梦阳说:"真者,音之发而情之原也。"又说:"虚假不为情。"④所谓真诗,如同"大地自然之音",是真实情感的自然流露,辨其音便可察其情,因此,诗歌艺术表达方式也不能有人工斧凿之痕,矫揉造作即是虚假。七子崇尚汉魏和盛唐的诗歌,即以此为根据:唐以前的诗,"假物以神变",浑然天成;而宋以后诗人工痕迹太重,失去了"真"。他指出:"古诗妙在形容","宋以后则直陈之矣。于是求工于字句,所谓心老日拙者也。"又说:"宋人主理,作理语,于是薄风云月露,一切铲去不为;又作诗话教人,人不复知诗矣。"⑤从这个意义上看,格调论者倡导扬唐抑宋,以及"复古"、"师古",怀着真诚的"求真诗"的愿望,他们所企求的最终理想,与公安派"世总为情,情生诗歌",崇尚真

---

① (明)李东阳:《麓堂诗话》,见:丁福保辑:《历代诗话续编》,中华书局,1371页。
②③ (明)李梦阳:《诗集自序》,《空同子集》,明万历三十年(1602)刻本,卷首。
④ (明)李梦阳:《论学》上,同上,卷六十六。
⑤ (明)李梦阳:《缶音序》,同上,卷五十二。

声的宗旨并不悖违，与竟陵一派所谓"第求古人真诗所在"① 的主张也有相一致的地方，由此可见，明人崇唐乃是求真心态的表现。明人崇唐的一贯性，正是在于追求"情"与"真"的一贯性。当然，格调派的"主情"与性灵派的"主情"仍然有区别，明七子的主情以及主情理论的发展，更多地依赖于传统诗教、乐教的观念，他们所说的"情"，偏重于诗教所提倡的规范化的群体情感，因而强调"情"必须落实于规范化的"格调"之中；而性灵派对"情"的解释，最直接的来源是由王阳明的"良知"到李贽的"童心说"，而源自"童心说"的"情"，是以自然人性取代了群体规范化的义理人性。他们所说的情，更偏重个人情感、个人才情的一面，强调充分个性化的"情"而彻底摆脱了任何拘束，即所谓"独抒性灵，不拘格套"②，正因为后者突破了传统诗教和诗学观念的拘束，才被认为是近代新文学的发端。

另一条途径，就是重视乐府诗歌、民歌的创作和摹拟。这个创作热潮是从元代开始的。

杨维桢有《铁崖古乐府》十卷、《乐府补》六卷，是当时提倡乐府创作的大户。他的竹枝词作品也收入其中。但提倡这样的创作，依然要有力排众议的勇气。明清两代对杨维桢的乐府诗评价颇高，《四库全书总目提要》这样评价杨维桢提倡乐府创作：

> 维桢以横绝一世之才，乘其弊而力矫之，根柢于青莲、昌谷，纵横排奡，自辟町畦。其高者或突过古人，其下者亦多堕入魔趣。故文采照映一时，而弹射者亦复四起。然其中如《拟白头吟》一篇曰："买妾千黄金，许身不许心。使君自有妇，夜夜白头吟。"与《三百篇》风人之旨亦复何异？特其才务驰

---

① （明）钟惺：《诗归》序，《诗归》，明末三色套印本。
② （明）袁宏道：《叙小修诗》，钱伯城：《袁宏道集笺校》，上海古籍出版社，187页。

骋，意务新异，不免滋末流之弊，是其一短耳。去其甚则可，欲竟废之则究不可磨灭也。①

如果说，杨维桢至正初年作《西湖竹枝词》②九首，作品一出，文人学士竞相唱和，自此元代文人学士相与唱和之风就此盛行，还不如说，当时文人之间的唱和已经充分运用了竹枝词的形式。我们现在见到的作品中，正如任半塘指出的那样："元代于《竹枝》歌舞无闻，已转入大规模之文人唱和。"③聚集在大都的一大批文人学士，有王士熙、袁桷、宋褧、许有壬、马祖常等，他们创作的竹枝词首开元人唱和之风，如王士熙的《竹枝词》十首、袁桷的《次韵继学途中竹枝词》十首、许有壬的《竹枝和继学韵》十首、马祖常的《和王左司竹枝词》十首等。其中王士熙的《竹枝词》十首，作于溧阳（今河北承德）。而王士熙率先创作竹枝词，多人唱和参与，遂成就了竹枝词发展史上的一件盛事④。唱和的作品大多次韵，完全是文人创作的形式了。王士熙等的酬唱，影响深远，直至元末明初，还有人依题次韵唱和，如胡奎的《次韵王继学滦河竹枝词》⑤。后杨维桢编《西湖竹枝集》，也收入了王士熙《竹枝词》中的第一和第四首。

此后，这一风尚播扬至全国各地，东南至广东，西南至四川、东北至辽宁、西北至陕西，文人墨客无不热衷于唱和竹枝词，如刘诜的《和萧克有主簿沅州竹枝歌》七首、吴当的《竹枝词和歌韵自扈跸上都自沙岭至滦京所作》九首、王逢的《和张率经历竹枝词》二首等等。

---

① （清）永瑢：《四库全书总目》，中华书局，1462页。
② 王利器等：《历代竹枝词》（一），陕西人民出版社，57—60页。
③ 任半塘：《竹枝考》，林孔翼：《成都竹枝词》，四川人民出版社，22页。
④ 参见孙杰：《竹枝词发展史》，复旦大学2012年博士论文。
⑤ （明）胡奎：《胡奎诗集》，浙江古籍出版社，87页。

元代的又一个突出的事例便是杨维桢编次的《西湖竹枝集》，在明清两代影响深远，受到文人的普遍重视，如顺治十八年，以钱谦益为首的一批诗人，曾在西湖画舫中比较《西湖竹枝集》所收诗作的优劣。《西湖竹枝集》对明清两代竹枝词创作来说，意义非凡，因它而掀起竹枝词创作的热潮，仅西湖竹枝词的创作在明清两代就有两千首之多，这些作品中有不少被结集行刊，在社会上广为流布，如明徐士俊曾取洪武至永乐年间诗人的《西湖竹枝词》，编为《西湖竹枝集续集》；清施闰章曾征集过同时代人的作品，选刻为《西湖竹枝词》一书。所以，以"西湖竹枝酬唱"为代表，元代文人学士唱和竹枝词之风的盛行，开启了竹枝词专题规模化集体化创作的先河，扩大了竹枝词在元代诗坛的影响力，推动了竹枝词在明清两代的发展。

元末明初，几乎有名的诗人，都有竹枝词的创作。如高启、袁凯、林宏、杨士奇等。文人对民歌、乐府的摹拟和推崇，运用俚俗的语言和风格来提倡诗歌创作的"真情"和"真诗"，同样也烘托了元代以后主流文化整体俗化的趋势。

第二节　诗歌体式的演化

当文人的创作繁盛以后，竹枝词的体式越来越靠近诗歌的形式和创作风格，而离音乐的要求渐行渐远。

竹枝词体式指的是与作品形式相关的程式，包括小序、正标题、副标题、小标题、句数字数、自注、跋等，其中，小序、句数及字数、自注这三方面的内容变化比较突出。

（一）小序的演变

诗题下的小序，特别是比较长的小序，大约是中唐以后才多起来的。它还有一个比较重要的意义，就是对诗歌作品的创作渊源和意义加以说明，刘禹锡的《竹枝词》在作品前添置小序，在序中，刘禹锡交代了写作竹枝词的时间、地点、缘由与目的，同时准确而完整地指明了竹枝词的主要特征，因而这段文字后来被公认为文人拟作竹枝词的开端。

宋元以后，刘禹锡置小序的传统，才得以继承，苏轼、黄庭坚、李复、周行己、杨万里、杨维桢、倪瓒、郭翼、王逢等人在创作竹枝词时，皆写有小序。但这些小序的范式与刘禹锡几乎同出一辙，仍以交代写作时间、地点、缘由与目的为主，如黄庭坚的《竹枝词二首》序：

>……予自荆州上峡入黔中，备尝山川险阻。因作二叠传与巴娘，令以《竹枝》歌之……。①

杨万里的《竹枝歌》序：

>晚发丹阳馆下，五更至丹阳县。舟人与牵夫终夕有声。盖啸吟欢谑，以相其劳者。其辞亦可略辨。……其声凄婉，一唱众和。因櫽栝之为《竹枝歌》云。②

杨维桢的《西湖竹枝词》序：

>今乐府制湖中曲者多矣，而未有补《竹枝》之缺。故余补十章，更率能言之士继之。③

王逢的《江边竹枝词》序：

>予童卯年辄闻里中山水讴水调，如"游鲤山高天客人"之句不一。……遂摭旧闻厘正之，得十首，书遗恪云。④

---

① 王利器等：《历代竹枝词》（一），陕西人民出版社，10页。
② 同上，18页。
③ 同上，64页。
④ 同上，109页。

到了明代，文人竹枝词的小序，较之宋元已然出现了新的变化，主要表现在以下三个方面：

第一，从篇幅来看，宋元竹枝词的小序相当简短，字数皆在200字以内，但明人竹枝词的小序规模有所增加，如徐之瑞的《西湖竹枝词》序，字数达到了400字，比前人翻了一番，可谓变化显著。

第二，从内容来看，宋元竹枝词的小序与作品主题关联不大，但明人竹枝词的小序直接提示作品的主题，如徐之瑞的《西湖竹枝词》序：

……仆生长神庙末岁，时际熙明，风和岁序。鼎食之族，竞馔珍羞；贩贸之夫，咸披文绮；弃农而逐末，习巧伪而趋华。人以机诈相师，吏以舞文婪贿。质同嫫母，巧饰新妆。贫类黔娄，争罗广宴。比遭凶岁，相继流离。乃自思陵未造，迭进宵壬，递兴党锢。衅由白马，乃赍寇而资粮；塞卖卢龙，遂开门以揖盗。生民涂炭，宗社丘墟。江南之祸，一至此极。每怀胜赏，返溯良游。长堤走马，不乏金丸。子夜遨倡，欢闻锦瑟。何图归来白鹤，渺若千年，一度青牛，遂成绝域。爰自少及壮，由盛徂衰，流览补亡，积成《竹枝词》百首。窃惭下里巴人，用抒《薤里》之悲，何止《黍离》之痛，庶几贤者哀其志焉。①

在这段文字中，作者追忆了杭州城昔日的繁华，痛心疾首于骄奢淫逸、浮夸巧伪、重商抑农、尔虞我诈、圣灵涂炭的时弊，因而作品反映杭州城昔盛今衰的主题，在作者的直接提示下，未见先明。

第三，从旨趣来看，宋元竹枝词的小序主要反映个人的诉求，

---

① 王利器等：《历代竹枝词》（一），陕西人民出版社，323页。

但明人竹枝词的小序寄寓相对宏深,有不少直接标明儒家的诗教主旨,如宋征璧的《金陵灯市竹枝词》序:

> 江左余风,耽于燕乐,识者虑其不能亨历永久,因赋俚语,以当讽谏。言者无罪,闻者足戒,古之训也。①

这段文字中,作者化用的古训语出《毛诗序》:"上以风化下,下以风刺上,主文而谲谏,言之者无罪,闻之者足以戒。"②可见,他的竹枝词创作的目的十分明确,即贯彻"主文谲谏"的儒家诗教。

这些变化到了清代则有过之而无不及,文人竹枝词的小序,出现了前所未有的局面。从篇幅来看,清人竹枝词小序的规模是前代无法比拟的,有不少堪称长篇巨制,如袁学澜的《四时田家竹枝词百首》序、《姑苏竹枝词百首》序,字数皆在800字左右,王韬的《沪上词场竹枝词》序,字数甚至达到了1 100字,可谓惊人。

明人竹枝词小序虽直接提示作品的主题,但终究不是作品的主体部分,只是起到了提纲挈领的作用。然而清人竹枝词的小序内容详细备至,有不少甚至可以超过竹枝词作品本身,成为作品展示的主要内容。如王韬的《沪上词场竹枝词》序,洋洋洒洒、内容丰富、长达千字,然而正文的竹枝词却只是十六首,字数还不到小序的一半,所以与其说小序为竹枝词的附属品,还不如说竹枝词在为小序作补充,小序成了作品不个分割的主体部分。王韬的小序生动再现了当时沪上词场的盛况,序中还具体诠释了当时沪上词场的专用语,全面演绎了当时沪上词场的变迁:

> 四马路中几于鳞次而栉比。一场中集者至十数人,手口并奏,更唱迭歌,音调铿锵,惊座聒耳。至于容色之妍冶,衣服

---

① 王利器等:《历代竹枝词》(一),陕西人民出版社,383页。
② (唐)孔颖达:《毛诗正义》,《十三经注疏》本,中华书局,271页。

之丽都,各擅其长,并皆佳妙。

客人为彼中所亲热者,称曰"恩客"。……妓筵承应之乐工曰"鸟师"。

书场中例有一二老妓师为之主持,开唱之时推为领袖,其弱龄稚女,唤年倍长而相契者曰"好娘"。

沪上"书寓"之开创自朱素兰,久之而此风乃大著。同治初年,最为盛行。素兰年五十许,易姓沈,犹时作筵间承应。继素兰而起者为周瑞仙、严丽贞。

初,词场演说者为传奇,未演之先则调弦安缦,专唱开篇。自人才难得,传奇学习非易,于是尽易京调,以悦俗耳。京调高亢,以吴姬摹之,正如皮傅渔洋诗也,况复颈赤面红,尤非雅观。

向者词场诸女,皆有师承,例须童而习之。其后稍宽限制,有愿入者,则奉一人为师而纳番饼三十枚于公所,便可标题"书寓"。今闻并此洋亦不复纳。①

王韬小序的内容远比正文竹枝词丰富得多,成为竹枝词创作本事的说明和注释。也可以说明,竹枝词作为"纪实"体的作用不够充分时,"小序"具有举足轻重的地位,不可或缺。

关于竹枝词小序的作者,清以前竹枝词的小序几乎全为自序,鲜有他序,但到了清代,这样的情形发生了变化,清代文人为他人作小序的现象相当普遍,如郑燮曾于乾隆五年九月为董伟业的《扬州竹枝词》作小序,又如吴仰贤曾于同治五年十二月为其子吴萃恩的《南湖竹枝词》作序:

---

① 《全编》二,255—256页。

第四章　竹枝词的发展

……（同治）乙丑闰四月抵里……感念亡儿，发其敝箧，见故楮丛残涂抹殆遍，摩挲之，皆咏我郡故事诗书。询之山妻，言儿自避乱来，闭门枯坐，昼夜学苦吟，若嗔若喜，不知作何语，或倚笔疾书，书竟投诸箧，亦不示人也，至咯血卧床，始绝吟。此殆其稿也。……稿存待梓，系之以诗："予游京兆汝生浙，汝死沪城予入岷。看到死生未谋面，呼来父子是何因。滇黔不累汝收骨，嬴博翻憎予怆神。呕尽心肝挥尽泪，箧中残稿墨如新。"①

在这篇小序中，吴仰贤详尽说明了《南湖竹枝词》是其亡子所作，皆咏故乡之事，是他在避乱闭门时，呕心沥血而成，同时他用一首七言律诗深刻忏悔自己未尽到父亲的责任，历数自己因科举游京兆、因行役放滇黔的过往，感慨自己与儿子阻隔天涯、最终只能见到尸骨与遗稿的境遇，小序感情真挚、朴实无华、令人动容，凭借这段小序，作品背后的亲情故事得以被读者了解，作品内在的文化价值得以彰显。

值得一提的是，唐宋之后，竹枝词小序篇幅的增加，一定程度上说明作者对竹枝词创作的重视，并且希望读者重视竹枝词创作的背景及其价值。

（二）句数与字数的演变

唐代的竹枝词源于演唱形式丰富的民歌，故其句数字数在肇始时并非一致，有七言二句体与七言四句体。七言二句体如唐宪宗时皇甫松的《竹枝》"槟榔花发鹧鸪啼、雄飞烟瘴雌也飞"等等②，任半塘认为"此因当时民歌之声而作，非对古乐府文字之拟作"③。若按此论，七言二句体的声调原生长在民间，其起源应早于唐宪宗

---

① 《全编》四，599页。
② 王利器等：《历代竹枝词》（一），陕西人民出版社，5—6页。
③ 任半塘：《竹枝考》，林孔翼：《成都竹枝词》，四川人民出版社，2页。

时，但此体留存的作品不多，并未成为竹枝词创作的主流，后世多视为七言四句体的雏形。

《历代竹枝词》收录的另外二十四首唐代竹枝词，皆为七言四句体，其中刘禹锡在夔州仿作的十一首，历来被公认为文人竹枝词的滥觞，其首事之功实至名归，可见，文人竹枝词在唐代创体时即为七言四句。

宋元虽出现了五言四句的竹枝词，如宋贺铸的《变竹枝》九首，但相对正宗主流的七言四句体，五言四句体终究是变宗旁流，故用"变"字来命名作品。实际上，从《历代竹枝词》收入的宋元竹枝词来看，几乎全是七言四句，少的单首成篇，多的百首成篇，数量不等，体式相同，鲜有出格之作，这说明宋元文人在创作竹枝词时，小心翼翼地遵循着刘禹锡固定下来的拟作形式，虽有少量求新求变之作，但难以撼动七言四句体深入人心的地位。

然而，这样的情况在明清两代却有很大的变化，很多求新求变之作开始涌现，各种句数字数的竹枝词皆有，或可看作竹枝词的"变体"。主要有以下形式：

五言四句体：

行行长干里，采采春田花。郎君相问讯，大树是侬家。（宋登春《竹枝词》）①

妾歌落梅花，君歌折杨柳。花落不离恨，柳入他人手。（贺宽《竹枝词》）②

旧有红罗襦，亲身未离侧。生小不薰香，郎知侬气息。（戚珅《竹枝词》）③

---

① 王利器等：《历代竹枝词》（一），陕西人民出版社，309 页。
② 同上，455 页。
③ 《全编》三，220—221 页。

拔棹里湖去，连堤种芰荷。折来与郎嗅，香比外湖多。（史夔《小竹枝》）①

妾在湖中居，郎往城中宿。半夜念郎寒，始觉城门恶。（袁枚《西湖小竹枝词》）②

六言四句体：

江心溅溅秋影，烟外亭亭绿痕。帝子祠前别思，鹧鸪声里黄昏。

微风细雨初至，碧水遥天未分。借问黄陵远近，江心一片春阴。（刘溥《竹枝词》）③

七言八句体：

丹青也算是文场，卅六行中第一行。彩笔绚成春草木，素绢绘出古冠裳。描容技学三师太，闹判魂勾杜丽娘。却喜先生竟好手，手提双格小篮忙。（寄寄庐主人《越中十先生竹枝词》）④

以上三种体式的竹枝词，特别是六言四句体，较之七言四句体，有一定新变，但句数字数依旧工整。

清代作品中仍然存在着七言二句体，如清某孝廉的《竹枝词》：

如渠也要为民牧，轻薄还输市井儿。⑤

清庄大中的《竹枝句》：

---

① 王利器等：《历代竹枝词》（一），陕西人民出版社，681 页。
② 同上，1030 页。
③ 《全编》三，200 页。
④ 绍兴鲁迅纪念馆：《越中竹枝词选》，上海文艺出版社，168 页。
⑤ 王利器等：《历代竹枝词》（三），陕西人民出版社，2069 页。

记取隔年薑酒会，花幡齐施上元灯。①

更有杂言体，如清敦诚的《东皋竹枝词》：

东皋中，两岸菇蒲烟树浓。恰如甫里天随子，放鸦归来雨一篷。

东皋滨，行厨风味竞时新。三寸梅虾迸青玉，二尺鳗鱼斫白银。

东皋港，渔人下水施罾网。不愁腰骨老来寒，只愿鱼苗日日长。

东皋午，牵缆无风汗滴土。画船箫鼓是何人，擘藕衔杯不知暑。

东皋上，舵儿衣食凭两桨。岸头豪吏骑马来，掷下红氍号差舫。

东皋东，人家临水开帘栊。停针女儿当窗坐，半身照入清波中。

东皋溇，大网小网集水分。阳鲚投入网中来，鲂鱼跳出别港里。

东皋洑，闸下听桡听飞瀑。醉散青蚨向碧流，群儿泅水争相逐。②

以上两种体式的竹枝词，较之七言四句体，有很大的不同。前者的体式与唐代皇甫松拟作的民歌一致，为寥寥二句，不再是完整的诗；后者的体式为杂言体，字数长短不一，句式自由灵活。这表

---

① 王利器等：《历代竹枝词》（二），陕西人民出版社，1027页。
② 同上，1029页。

明竹枝词的创作过程中,并不见得有一个非常统一的诗体形式,正如它的渊源也可能是不统一的。

竹枝词在明清两代出现各种体式,说明文人有意在传统雅文学之外,另辟蹊径,为竹枝词配乐或娱乐化提供体式上的可能,这样不仅可以打破固有的传统做法,也可以活跃严肃的创作氛围,因而他们对竹枝词体式的把玩,炉火纯青而又游刃有余。正如吴讷的《文章辨体序说》所云:"今总谓之杂者,以其终非诗体之正也。博雅之士,其亦有所不废焉。"①

(三)自注的演变

唐代竹枝词,皆无自注,竹枝词作品自注的出现,是文人拟作进一步诗歌化、学术化的表现。

明代以后,各种地方竹枝词和咏地方风俗的竹枝词,作者常常在创作竹枝词时附上自注,比较典型的如文震亨的《秣陵竹枝词》、李元鼎的《燕台竹枝词》、钱秉镫的《南海竹枝词》、杜濬的《竹枝辞》、周亮工的《竹枝词为胡彦远纳姬赋》、李邺嗣《鄞东竹枝词》、屈大均《广州竹枝词》、沙张白的《秦淮竹枝词》、张实居的《长白竹枝词》等。自注的内容大致可分为以下几类:

第一类是对字词的释音正义,如屈大均在他的竹枝词"十字钱多是大官,官兵枉向澳门盘。东西洋货先呈样,白黑番奴拥白丹"句下作注:"白丹,番酋也。"②另一类是对人名地名的解释,如周亮工"江蘋"句下作注:"甫之黄石人。"③钱秉镫在"绿榷""海珠"句下作注:"寺名。"④沙张白在"利涉"句下作注:"桥名。"⑤再一类是对竹枝词内容的详解,如李邺嗣在"著作鄞江千载看,操

---

① (明)吴讷:《文章辨体序说》,人民文学出版社,58页。
② 王利器等:《历代竹枝词》(一),陕西人民出版社 376 页。
③ 同上,340 页。
④ 同上,314 页。
⑤ 《全编》三,532 页。

觚词客亦登坛。家家舒向人扬马，犹忆童年诵《七观》"句下作注："先贤王伯厚先生作《七观》，述里中文献之盛，儿时俱诵之。"①张实居在"会仙日有白云腾，云锁山腰是雨征。准备春来寒食后，满山风雨看仙灯"句下作注："仙灯，三月中风雨夜所见，乃峨眉圣灯匡庐天灯之类。"②

  清代中后期竹枝词咏世俗的新风尚颇多，自注也不断增多。还有一些俗语和新名词的出现，于是竹枝词自注也出现许多新的变化。

  首先是自注的形式愈加多样，有诗内作注的，如瓶园子的《苏州竹枝词》，其注"山轿坐男还坐女"句为"轿不用幔，以竹椅为之，便男女互看"③；注"插肩轿子好西山"句为"两轿觌面而过，谓之插肩"④；有加按语的，如秦荣光在"上工一路散工时，环绕浮头状醉痴。脚捏水牵诸丑态，竟容白昼众旁窥"句下作按语："各女工种种丑态，招摇过市，全不避人，廉耻扫地矣。"⑤黄霆在"今年惊蛰喜闻雷，百草争荣向水隈。日落城西超果寺，纷纷女伴进香回"句下作按语："里谚云'惊蛰闻雷米如泥'。"⑥倪绳中在"大海东环黄埔西，钦塘南北亘虹霓。怪哉老鹳伸长嘴，突出洋中状若犁"句下作按语："钦塘，即外捍海塘，雍正十一年钦琏筑。"⑦

  随着小序的长度增加，一些吟咏地方史迹的自注，长度也开始增加，或有史实的记载作用。如林溥的《西山渔唱》，几乎每首诗下面，都有很长的自注，正所谓"仅就记忆所及，编为韵语，略当《西山小志》"⑧。"名胜"中有一首竹枝词，自注说明了西山人文

---

① 王利器等：《历代竹枝词》，陕西人民出版社（一），355页。
② 同上，430页。
③④ 《全编》三，296页。
⑤ 《全编》二，52页。
⑥ 同上，332页。
⑦ 同上，447页。
⑧ 《全编》三，125页。

景观的历史内蕴:

> 故家乔木自森修,接陌连阡族望收。文物消沉余韵在,夕阳一角课耕楼。

其下自注:

> 天后楼旧址,先为族叔祖某公之课耕楼也。吾族为西山巨族,而公家尤擅富名。集之西境,阡陌相连,公尝筑楼其间,登眺以自娱乐,名为课耕。式微后,归阮氏改为天后楼。今又归先叔吉如公,改为论难馆矣。①

又"轶事"中有一首竹枝词云:

> 春来开满紫风流,簇簇秾花似雪稠。闻到山中先此种,宜归移自永春州。

其下自注:

> 瑞香花西山绝少此种,近则家家有之。相传乾隆间,先曾祖光禄公官永春之大田告归。携数本,后集中乃有此花。②

"岁时"多记载当地的节令风俗,中有一首竹枝词云:

> 借问谁家祀灶虔,香糟果饭礼无愆。关心司命归来日,带得香籼报有年。

其下自注:

> 乡人祀灶,虔洁之家,灶神往往示以感应。除夕,洒扫厨室,焚香,接灶后,元旦往验。厨上有稻穀之类一二粒,相传以为灶神带至,预报丰歉耳。旧传某集丁氏家最验。近闻族兄

---

① 《全编》三,131页。
② 同上,135页。

明诚家亦然。又二十三四日送灶，以糯米饭上嵌以杂果。祀灶后，留至除夕接灶，验碗底露气之大小，以卜明年雨水之多少，亦往往有验。①

综上可见，林溥的自注不仅仅是为了补充作品的内容，更重要的是，通过每首竹枝词的引领，写出了一部"西山小志"，自注的作用几乎等同了地方志分门别类的叙述，因此显得格外重要，所以其自注的篇幅远比正文的篇幅多得多，几乎每首竹枝词都出大段自注，这样的情形是前代很少见的。

在竹枝词下加注的风气，不仅是创作者学人习气的表现，也与修史的自觉意识有关。自注可以使得诗歌所咏史实和事件更加容易理解，记录的可信度增强。以致这种风气形成之后，不少作品的自注同时征引大量文献，让竹枝词成为"史诗"。如秦荣光的《上海县竹枝词》：

> 今所咏者，事实次第悉本同治《上海县志》，即掇本文附注各诗后，借省寻检；间援他书，必冠书名于注上。②

黄霆的《松江竹枝词》还强调了自注的史实有本可考：

> 小注以《府志》为蓝本，简而出之，毫无背谬。③

倪绳中的《南汇县竹枝词》：

> 凡事实、次第，悉本《钦志》、《胡志》、《光绪县志》，即缀本文。三志均班班可考，故不复赘。间援他书，必冠书名于注后。④

---

① 《全编》三，141页。
② 《全编》二，42页。
③ 同上，330页。
④ 同上，446页。

上述这三部竹枝词依据的蓝本是先前传世的上海地方志，作者征引的文献达近百种之多，有史书类的，如《国语》、《左传》、《吴越春秋》、《史记》、《汉书》、《南史》、《宋史》、《元史》、《明史》、《资治通鉴》等；有诗文集类的，如《吹万集》、《坚瓠集》、《清江集》、《逊志集》、《显志堂集》、《东浦草堂文集》、《西陂类稿》、《扆守居稿》、《南屏诗屋》等；有志书类的，如《大清一统志》、《江南通志》、《选举志》、《人物志》等；有碑帖类的，《去思碑》、《瑞麦图帖》、《崇兰图帖》、《戏鸿堂帖》等；有笔记类的，如《荆楚岁时记》、《纪梦》、《云间轶事》、《阅世编》、《三冈识略》、《南沙杂识》、《高行镇咸塘记》、《乌泥泾太平仓记》等；有农书类的，如《农桑辑要》、《农政全书》、《便民图纂》、《木棉谱》等；由此足见作者撰写时悉心严谨，力求有史可稽、有据可依。

上述的这些变化，也在一定程度上反映了竹枝词在明清以后的发展越来越呈现出文人诗的特点。

第三节 竹枝词别名和竹枝词阵容的扩展

竹枝词以及竹枝词的别名，也一直是学术界有争议的话题。除了从渊源上和体式上来辨别"竹枝"、"竹枝词"、"竹枝歌"、"竹枝体"的差别之外，更多的所谓"别名"，实际上是宋以后，仿效竹枝词的他题诗歌，或者是与竹枝词功能相仿的他题诗歌，逐渐被归并为竹枝词所造成的，严格地说，应当是一系列属于竹枝类别的诗歌。有人统计"别称用词"不下百个。

这里将"竹枝类"的诗歌和后代混为"竹枝词"的诗歌，略举六类主要的别名，以见一斑。

第一类以木名命题，如《橘枝词》、《桂枝词》、《桃枝词》、《荔枝词》、《榕枝词》、《枣枝词》、《蔗枝词》、《樱枝词》。

《橘枝词》由宋叶适所创，他先声夺人，唱橘枝记永嘉风土："蜜满房中金作皮，人家短日挂疏篱。"①橘子内瓤甜如蜜，外皮黄如金，色彩夺目流丽，香气沁人心脾，丰收时节挂满水心村的篱头，承载着农户的辛勤，点缀着田园的美丽。清彭启丰耳濡目染，"行遍东山听橘枝"②，著《洞庭橘枝词》咏儿女情长："妾家东山怨别离，郎行万里卜归期。门前绿树无颜色，只羡双双橘子垂。"③那双垂的橘子勾起了妾的相思，如今与郎阻隔万里，守望的日子绵绵不尽，何时才能长相厮守？

　　《桂枝词》由元张雨所创，他别出新裁，立桂枝录浙地宗教习俗，"桂树丛生枝婀娜，糁粟黄云欲成朵。薰醒秋衣懒下床，金蟾啮断烧香锁。"④桂树枝叶茂盛，稻麦行将成熟，诗人留恋醉人的秋夜，清晨被迫醒来后，不改慵懒之态，转眼之间，天色已晚，关上的门环提示烧香即刻开始，不可有半分的怠慢。

　　《桃枝词》由清顾光所创，他嗣响前贤，立桃枝咏浙地万千风情，"桃花未向东风笑，已有行人为断肠。"⑤这桃花令行人黯然神伤；"郎船空载春归去，不待桃花结子归。"⑥这桃花令俊郎独守春色；"美人到底不经老，桃花到底不经秋。"⑦这桃花令醉汉难抵秋愁；"柳枝唱罢竹枝唱，若唱桃枝更可怜。"⑧这桃枝歌令竹枝娘不忍触碰。

　　以上列举的《橘枝词》、《桂枝词》、《桃枝词》，涉及的专物分别是橘树、桂树、桃树，作者赋予它们人文内涵，成为当地风土的缩影。橘树、桂树、桃树多生长在江浙地区，分布范围略有不同。江浙多橘树，因此《橘枝词》盛行于此；浙江多桂树、桃树，因此

---

① 《全编》四，893页。
②③ 《全编》三，507—508页。
④ 《全编》四，638页。
⑤⑥⑦⑧ 同上，639页。

《桂枝词》、《桃枝词》创制于此。

以木名命题竹枝词的方式,不仅仅见于江南地区。"日啖荔枝三百颗,不辞长作岭南人。"广东盛产荔枝,故有《荔枝词》,如屈大均的《广州荔枝词》①七十首;广西常见榕树,故有《榕枝词》,如廖重机的《榕枝词》②一首;陕西、河北适宜种枣,故有《枣枝词》;台湾蔗糖业发达,故有《蔗枝词》,如张汉的《台湾蔗枝词》③四首;日本樱花烂漫,故有《樱枝词》。

这类以木名命题的作品,比起一般意义上的竹枝词,写作方法有所不同。作者从吟咏特定的专物入手,辐射至民情百态,其目的是在大而化一的竹枝词范畴中,旗帜鲜明地细化地域特色,创制者用心良苦,缘故在于竹枝词原本是民歌,其地域痕迹不显自明,现在沿用木名,效仿刘禹锡、白居易唱和的《杨柳枝词》做法,非但没有画蛇添足,反倒为竹枝词烙上浓厚的本土印记,效果加倍。

第二类以职业命题,如《圩丁词》、《秧老歌》。

《圩丁词》较早成为竹枝词别名,由宋杨万里所创。"圩"是江南地区特有的农事活动,即用土石、捷蓄修筑堤坝,"内以围田,外以围水"④,借此疏浚河道、灌溉农田,保证作物的丰收、抵御水灾的侵袭,"圩丁"顾名思义,即从事修圩的劳者,他们行动统一,有专人组织,"乡有圩长,岁晏水落,则集圩丁"⑤。杨万里时居江南水乡,目睹了圩丁热火朝天的劳动场面,有所感怀,"作(圩丁)词以拟刘梦得《竹枝》、《柳枝》之声,以授圩丁之修圩者歌之,以相其劳云。"⑥

《秧老歌》由元王边所创,是插秧的老者在劳作时演唱的小调。

---
① 《全编》六,40—44页。
② 同上,504页。
③ 《全编》七,474页。
④⑤⑥ 王利器等:《历代竹枝词》(一),陕西人民出版社,19页。

《秧老歌》的广为传播得益于刘诜的导扬，他亲见"江南农夫插秧，上下田长歌相应和"①的场景，深感"其词似《竹枝》而浅直"②，拟作《秧老歌》五首。"三月四月江南村，村村插秧无朝昏。红妆少妇荷饭出，白头老人驱犊奔"③，歌中的江南村落略显忙碌，但一切有条不紊，农家全然不知朝夕更迭，只顾俯首插秧，炊烟袅袅升起，少妇荷饭而出，她站在田埂幸福微笑，老翁驱牛而过，立在原野回首相望，"红妆"与"白头"相映成趣，点缀着别致的美丽。

第三类以具体山川命题，如《雅宜山诗》、《女儿浦歌》。

《雅宜山诗》由元倪瓒所作："娜如山头松柏青，阊间城外短长亭。来山未久入城去，驻马回看云锦屏。""娜如山头日欲西，采香径里竹鸡啼。南朝千古繁华地，麋鹿蒿莱望眼迷。"④诗中未现"雅宜山"，原来此山原名"娜如山"，在今江苏省苏州市境内，倪云林曾在此驻马停留，远山如黛、松柏常青、落英缤纷、竹鸡和鸣的美景，促使他拈笔挥毫，捕捉灵动的画面。自此，雅宜山因倪瓒的竹枝词而闻名，明中叶王宠慕山之灵气，号雅宜山人。

《女儿浦歌》由元揭傒斯所作。"女儿浦"是江南一水湾，名字如诗如画，这里湖流汇聚、舟船经行，荡漾着岚影波光，酝酿着浪起涛落，揭傒斯用鲜丽的笔触，把一湾小小的"女儿浦"演绎得风情万种，"女儿浦前湖水流，女儿浦口过湖舟。湖中日日多风浪，湖边人人还白头。""大孤山前女儿湾，大孤山下浪如山。山前日日风和雨，山下舟船自往还。"⑤

第四类以歌词散声命名，如《欸乃歌》。

竹枝词本是声诗，原初演唱时会在句中加入衬词"竹枝"，以作停顿，使音调浏亮婉转，故有先贤认定其命名起于散声，《师友

---

①②③　王利器等：《历代竹枝词》（一），陕西人民出版社，34 页。
④　同上，87 页。
⑤　同上，40 页。

诗传录》载《诗问》一则云:"'竹枝''柳枝',自与绝句不同,而'竹枝''柳枝',亦有分别,请问其详?"萧亭答:"'竹枝''柳枝',其语度与绝句无异。但于句末随加'竹枝'、'柳枝'等语,因即其语以名其词,音节无分别也。"①倘若竹枝词得名散声,后世唯有《欸乃歌》的得名保留这一传统,翁方纲论道,"《欸乃歌》词,颇有风调。其序亦援杜之《夔州歌》、刘梦得之《竹枝》,盖《竹枝》、《欸乃》,音节相同也"②,可见,"欸乃"也为歌词的散声,功用是润色演唱的音调,增强受众的听觉效果,"欸乃声声送客船"③、"夜半月明闻欸乃"④。

《欸乃歌》由元郭翼所创。他在《欸乃歌》的小序中交代了写作背景:"吴兴卜者浮舟为家,遨游往来,具能道山水之胜。请予言其状,如杜之歌《夔州》,禹锡之《竹枝》也。因制《欸乃》新词五章遗之。言固俚鄙,不能当古作者,然或远方怀其风俗,使歌之,亦足乐也。"⑤在郭翼看来,《欸乃歌》不必与经典一较高下,只要能广布传播,被远方人演唱,就足够使他快乐了。因此,他不看重歌词的造诣有多高,而是注意推究声调,憧憬口耳相传,这一点在作品中有所体现,"城东城西杨柳多,女郎不唱本乡歌。那个新传欸乃曲,落花风里奈春何。"⑥凭借独特悠长的散声"欸乃",来源于吴地的《欸乃歌》得以发扬传世,生命力极强,自元后文人仿作不断,如明秦约的《渔庄欸乃歌》等。

第五类是"十咏""百咏"一类的诗歌。如《金陵百咏》、《东湖十咏》、《湖山百咏》、《邗江三百吟》等等。

---

① (清)郎廷槐编,《师友诗传录》,丁福保:《清诗话》,上海古籍出版社,134页。
② (清)杨记昌:《国朝诗话》,郭绍虞编选:《清诗话续编》,上海古籍出版社,1468页。
③ 《全编》(四),396页。
④ 同上,558页。
⑤ 王利器等:《历代竹枝词》(一),陕西人民出版社,92页。
⑥ 同上,93页。

这类诗歌可能是源于咏物诗,咏物诗歌起源很早,咏物的组诗则出现在唐代,如著名的李峤有杂咏120首,曾传入东瀛广为流传为《李峤百咏》[1]。但到了南宋时期,则出现了专咏地方景物的"百咏",如曾极的《金陵百咏》。"此乃其咏建康故迹之作,皆七言绝句,凡一百首。词旨悲壮,有磊落不羁之气。"[2]南宋时这类"百咏"已经很受欢迎,同时人方信孺有《南海百咏》、阮阅有《郴江百咏》。宋人"百咏"多为七言四句,这种体式的运用也是后世把"百咏"纳入竹枝词的原因之一。《东湖十咏》为元胡助所作,作者撷取东湖十大人文景观,浓墨重彩地予以描绘。东湖的秋月夜夜清朗:"明月高悬万古愁,东湖碧水一天秋。"[3]东湖的岩山苍翠欲滴:"十二岩峦列翠屏,人传洞壑有仙灵。"[4]东湖的南浦春流弥漫:"沙边遥见木兰舟,浅渚清波漾白鸥。"[5]东湖的禅悦白云空寒:"昔时老衲满禅关,几度残经带月看。"[6]东湖的陈庄水亭小巧:"黄云万顷覆西畴,高卧元龙百尺楼。"[7]东湖的葛圃花竹可爱:"仙翁旧圃药苗肥,竹径幽深白板扉。"[8]东湖的秋堂湖石奇绝:"太湖奇石削崔嵬,壮观秋堂信伟哉。"[9]东湖的秀野沙洲林立:"清泉白石化园池,沙涨泥淤复旧基。"[10]东湖的西丘夕阳挂树:"禾黍鸡豚不厌贫,耕桑世业古风存。"[11]东湖的五度朝晖夕阴:"大小巍峨五度峰,朝晖暮霭变无穷。"[12]

《湖山百咏》[13]为明夏时所作,他在作品中不厌其烦地历数余杭名胜,其间既有崇山峻岭,如包家山、南屏山、慈云岭、凤篁岭、南高峰、北高峰;又有亭台楼榭,如曲水亭、冷泉亭、登云台、初

---

[1] 葛晓音:《创作范式的提倡和初盛唐诗歌的普及—从〈李峤百咏〉谈起》,文学遗产,1995年第6期。
[2] (清)永瑢:《四库全书总目》,中华书局,1381页。
[3][4][5][6] 《全编》四,46页。
[7][8][9][10][11][12] 同上,47页。
[13] 同上,814页。

第四章 竹枝词的发展

阳台、丰乐楼、环碧楼、聚景园、翠芳园、跳珠轩、此君轩；又有林泉石桥，如香林、虎跑泉、六一泉、三生石、理公岩、合涧桥、石函桥；又有古刹道观，如灵隐天竺寺、石佛庵、韬光庵、妙智庵、西湖道院、崇真道院；又有宗庙祠堂；如水仙庙、忠勇庙、三贤祠、霍山祠、玉莲堂、依光堂；又有人文胜迹，如雷峰塔、苏公堤、岳鄂王墓、和靖先生墓；林林总总，不一而足。这一组"百咏"，与曾极《金陵百咏》的写法很相似。这种分数景点的百咏，在清代中后期，直接启发了都市竹枝词的创作，例如清林苏门的《邗江三百吟》。

《邗江三百吟》仿照明人沈德符《万历野获编》撰成的扬州竹枝词。作品共十卷，每卷一门，分别是播扬事迹、大小义举、俗尚通行、家居共率、周挚情文、新奇服饰、趋时清赏、适性余闲、名目饮食、戏谑方言，共三百零六题，"每题各缀以缘起"①，充分展现了乾隆嘉庆年间千姿百态的民情风习，在当时备受推崇，书前有陈廷庆、凌廷堪、张鉴、朱为弼、童槐等学人序。《邗江三百吟》是扬州地方性文献中重要的竹枝词著作，后世对此作的肯定，不仅在于地志的记载和补充，而是更看重他对生活琐细的记录："不像别的作者，只将兴趣集中在古迹、名人上面，他关心的却是当代的事物，特别是与城市平民有关的平凡琐事，这就很是难得。"②

"百咏"类的咏物之作被纳入竹枝词，增强了竹枝词与地方志的联系，对于地方志的修撰具有重要的价值，同时，也增强了竹枝词创作的厚重感，部分地实现了创作者记录历史如同"修史"的自我价值，因此，自元历明至清，这一类咏物之作规模逐渐增加，写作范围不断扩大，价值贡献愈加显著，勾勒了一条清晰可见的变化线索，即文人的竹枝词创作，从游历山水风光时零星的即兴歌咏，

---

① （清）林苏门：《邗江三百吟》序，广陵书社，10页。
② 黄裳：《榆下说书》，生活·读书·新知三联书店，48页。

演进为详述地方名胜时整饬的有意创作,定位成展现社会新变时系统的苦心经营,特别要指出的是,诸如《邗江三百吟》的长篇巨制的出现,打破了禁锢已久的传统观念,表明竹枝词的文学地位获得了根本性的提升,文人们愿意在竹枝词中倾注满腔的热情、大量的时间、几番的心血,把其视作诗学实践的重要载体、言志达情的严肃行为、突破樊篱的新兴形式。

第六类以具体的人事活动命名,如"棹歌"、《捉花吟》、《踏灯词》、《嬉春词》。

"棹歌",顾名思义,即操楫浮舟之歌,属于徒歌的一种。它起源较早,初期的棹歌有实无名,如汉武帝的《秋风辞》"萧鼓鸣兮发棹歌"[①],描写了天子与群臣鼓棹而歌的欢乐场景。棹歌之名最早见于魏晋南北朝,多写乘舟鼓棹、水上风情,渔家生活,名实始得相符,创作者有陆机、孔宁子、魏收、鲍照、刘孝绰等。所以,"棹歌"也是属于被纳入竹枝词的他题诗歌。

宋元时期的棹歌在题名上有所变化,尝试嵌入水域名,如任伯厚《泛彭蠡湖棹歌》、饶鲁《远浦棹歌》、揭傒斯《云锦溪棹歌》。这有点像竹枝词的篇名前加上地名或景点。明清的棹歌在内容上有所拓展,不仅仅囿于描写水上风情,更多的是吟咏地方风土,最典型的例子当属朱彝尊的《鸳鸯湖棹歌》。这百首棹歌赋物移情,以鸳鸯湖为中心,熔地名、人物、典故于一体,广阔地展现了清初嘉兴的风土人情,包含着丰富的史料,其价值与地方志相比毫不逊色,正如缪永谋所言:"今观朱子锡鬯棹歌,山水风俗物产之盛,志乘所未及者,几十之五六。"[②]朱彝尊的《鸳鸯湖棹歌》一出,影响甚大,和者颇多,谭吉璁、朱麟应等十多位文人,皆效法朱彝尊,创作的棹歌达千首,作品内容以歌咏地方风土为主,形成了清

---

① 逯钦立:《先秦汉魏晋南北朝诗》,中华书局,94 页。
② (清)朱彝尊:《鸳鸯湖棹歌》,浙江人民出版社,194 页。

代棹歌创作的风尚,这样的风尚后来播扬至各地,竞相以棹歌命名的作品多达几十种,如许谔的《石湖棹歌》、徐志鼎的《东湖棹歌》、康发祥的《三十六湖棹歌》等。

《捉花吟》实为采棉词,由清叶廷琯所创。"捉花"是清末上海对"采棉"的俗称,叶廷琯在避难沪地时,时有耳闻,"滨浦各乡咸艺棉花,花发后皆往田间耘草。……熟后又往采掇,谓之'捉花',亦称'收花'"①,因此作《捉花吟》十首,"叹民风之勤作,感物候之易迁"②。"花丛捃拾尽搜罗,姊妹相随笑语和。日晚还家呼阿姥,今年花比去年多。"③姊妹齐心协力,用银铃般的欢声陪伴你我;姊妹勤勉有加,田间处处留下采棉的倩影;她们用辛苦的劳作换来沉甸甸的收获,还家向阿姥邀功时,言语间带着几分天真、几分骄傲,甚是可爱。

踏灯即上灯市看灯,多见于上元节,《踏灯词》即为观灯之作。清方熊的《琴川上元踏灯词》云:"红男绿女集西城,巧样花灯满路擎。""非为金吾弛夜行,本来不夜是春城。"④诗中的元宵节真是热闹,沿街的花灯高悬空中、千姿百态、争奇斗艳、流光溢彩,如织的游人良夜出行踏灯,闹区一片欢腾,当日的常熟城俨然是一座不夜城,"邻姊关心嘱早归,三更时近莫迟回。"⑤诗人在灯市流连观望,游兴不减,徜徉在繁华中,竟忘了归家的时辰,令人忍俊不禁。

《嬉春词》由清徐志鼎所创,"兴来自制新词唱,不爱杨枝与竹枝。"⑥嬉春即外出春游,"灵辰数到牡丹风,紫盖青旗一色空。怪煞碧桃偏解事,绿波影里舞残红。"⑦江南牡丹争春,国色天香,桃花碧波,相映成趣,浓浓的春意仿佛扑面而来。

---

①②③ 《全编》二,504页。
④⑤ 《全编》三,781页。
⑥⑦ 《全编》四,892页。

这六类以别名命题的作品虽形式各异，但其实质内容始终如一，以泛咏某地的风土为主，基本符合后世竹枝词的标准，这样的现象称之为"同体异称"。这六类"同体异称"的竹枝词，《中华竹枝词全编》悉数收录，但也带来了关于"竹枝词"收诗范围的争议和操作上难以把握的问题。但将已经具有"竹枝"身份的作品收入总集，会给研究者及读者带来许多好处，至少可以免除翻检之劳。诚如编者在书序中所说明的那样："如果我们囿于诗的标题决定取舍，就会把大量泛咏风土的名非竹枝、实为竹枝的诗作摒弃在外，对读者、研究者来说岂不构成了缺憾。"①

第四节　创作兴趣与生活的互动

历代竹枝词的发展，大约经历了一千多年的历程。从竹枝词有文人拟作开始，直到清代和近代，其间出现的大量作品。随着时间的推移，在歌咏的内容上，呈现出比较大的变化。明清以后，竹枝词的拟作虽然仍以广大文人士大夫为创作主体，但已经出现了以下三个方面的变化，即竹枝词由描写田园生活向描写新兴的都市生活发展；从描写文人的雅集宴饮向描写游历纪行发展；而早期个人情怀的抒发则转向对地域文化的记载和彰显。当然，在这个过程中，前者与后者仍然有并行的存在。

竹枝词在明清以后能够引起文人创作的极大兴趣，在一定程度上也和竹枝词的体制有较大的伸缩性、创作有一定的随意性和谐趣性有关。竹枝词已与文人的创作生活与创作兴趣糅合在一起，不可分割，显得一气呵成。这一时期的文人拟作已经完全把竹枝词当作一种随心所欲的诗歌创作，"戏作"一词常常见诸诗题。

---

① 《全编》一，4页。

（一）作为增添生活乐趣的竹枝词

明清文人之所以如此热衷竹枝词，创作兴趣与日俱增，原因之一是在写作心态上，他们把竹枝词视为即兴随意的游戏，借此增添生活的乐趣。这在作品的命题、序跋与内容中有所反映。

从命题来看，有不少作品已点明作者是游戏之为，如李楷《戏为竹枝词代古意》①、郑关《竹枝词—戏赠丘茂本》②、陈至言《舟中闻吴歌戏效竹枝词》③、朱一是《戏为梅里春游竹枝词》④、陈三陛《戏作竹枝词—李二宜以女仲芬过继于余》⑤、沈近思《戏和拙园竹枝词》⑥。

不少作者在序或跋中也标明"戏作"或"戏效"，可以看到文人创作中以"娱乐"为主的心态。如明颜继祖《秣陵竹枝歌》序：

> 盖启美心手俱慧，才品皆仙，故能以嬉笑代怒骂，以诙谐发郁勃，昔人所云善戏谑而不为虐者也。⑦

从内容来看，竹枝词中也有不少属于轻松的游戏之作，此处举两例为证。

第一例是明陈勲的《西湖竹枝词戏嘲承武》：

> 侬意比如湖色浓，湖中秋水比郎容。并船正好唱歌去，白日下山愁煞侬。
>
> 日落沙明水有波，扣舷谁作越人歌。鄂君正倚青翰立，翠被无缘奈尔何？⑧

---

① 王利器等：《历代竹枝词》（一），陕西人民出版社，405 页。
② 同上，158 页。
③ 同上，720—721 页。
④⑤ 《全编》三，269 页。
⑥ 王利器等：《历代竹枝词》（一），陕西人民出版社，730—731 页。
⑦ 同上，301 页。
⑧ 同上，268 页。

这两首作品别出新裁，作者半开玩笑似地嘲弄友人，明显带有戏谑的意味。第一首竹枝词运用拟人的手法，作者反其意用之，字里行间尽显诙谐幽默。第二首竹枝词化用"鄂君绣被"典故，表达作者"山有木兮木有枝，心悦君兮君不知"① 的心绪，友人对此无动于衷，作者"翠被无缘奈尔何"的嗔语有趣至极！

第二例是清杨勋的《别琴竹枝词》一百首。杨勋原上海广方言馆学生，是上海也是中国最早一批由正规外语学校培养出来的外语人才。他未参加过科举，也未得意于官场，但曾经协助盛宣怀办理实业。所著《英字指南》六卷，以科学的方法教世人学习英语，不同于其前多种洋泾浜式的教本。该书后被商务印书馆多次重排，以《增广英字指南》名义面世，影响很大，据其自称又曾著《拼法举隅》一书，此百首竹枝词就是原来打算附入该书，以与正确的英语拼法相对照。此作连载于同治十二年二月初五（1873.3.3）、初七、十五及十九日的《申报》上。杨氏因为亲炙林乐知等西洋人，故英语颇称纯正，亦因而深知洋泾浜英语的弊窦，故作此《别琴竹枝词》，针砭其病②。在竹枝词的序言里，杨少坪指出学习英语与汉语有别，汉语是以字组词，而英语有词无字（所谓"字即语"者），要使英语说得地道，不仅要单词发音正确，又要遵守语法。租界里的一些洋泾浜翻译，由于没有语音与语法知识，所说只能都是杜撰英语。这百首竹枝词就从用词与语法方面来分析其错误，目的是要人从此学习正规的英语。正如杨勋在《别琴竹枝词》序中所言：

"别琴"二字肇于华人，用以作贸易、事端二义。英人取之，以为杜撰英语之别名，盖极言其鄙俚也。……今沪北一带之通事，日与西人交接，所重在语而不之考究，敷衍了事，不

---

① （汉）刘向：《说苑》，中华书局，109 页。
② 参见周振鹤：《别琴竹枝词百首笺释——洋泾浜英语研究之一》，《上海文化》，1995 年第 3 期。

讲别琴语者，百不得一。①

以竹枝词的形式来纠正"洋泾浜英语"显然是一种引人发生兴趣，又生动活泼、通俗易记的办法，读来句句令人忍俊不禁。例如："清晨相见谷猫迎，好度由途叙阔情。"②"谷猫迎"的英译是good morning，意为早上好，"好度由途"的英译是 how do you do，意为你好，诸如此类的词汇在作品中比比皆是。当然，有些汉字的记录需要注释才能看懂："滑丁何物由王支，哀诺王之不要斯。"③"滑丁由王支"的英译是 what thing you want，意为你要什么，"哀诺王之"的英译是 I no want，意为我什么也不要，两句句式是中国式的，完全不符合英语语法，这样的句式乡土气息浓重，笑料百出；又如："王之琵海要船钱。"④"王之琵海"的英译是 wantee，意为要，但 wantee 简洁的读法是 want，"洋泾浜（英语）"不能化繁为简的缘故是 want 以辅音结尾，普通人很难掌握这类单词的读法，因为汉字以元音结尾，于是他们通常把 ee 加在这类单词后，这样的读法累赘多余，繁琐难懂，极不可取。

杨勋的这组竹枝词运用纪实的手法，把百余年前的"洋泾浜英语"呈现得绘声绘色，他将各式有趣的英语发音、词汇、句式，用俚语的形式予以翻译，所有的素材皆来自他生活中的见闻，他以轻松的笔调，书写两种不同语言交流初期的困难。《别琴竹枝词》里也有洋人的"洋泾浜中文"：

赏海对儿九八银，英音上字太翻唇。英人亦有别琴语，席雪徐西庆作春。⑤

---

① 王利器等：《历代竹枝词》（五），陕西人民出版社，3922 页。
② 同上，3923 页。
③④ 同上，3924 页。
⑤ 同上，3930 页。

诗中描写洋人在学习汉语时，由于不知道如何区分四声、尖音与团音，闹出了如上笑话，把"上海"读成"赏海"、把"席"读成"雪"、把"徐"读成"西"、把"庆"读成"春"。可见，杨勋的《别琴竹枝词》，是清代末期都市化以后富有新意的竹枝词创作，仿佛是一面晚清社会的哈哈镜，语言诙谐幽默，文字俏皮活泼，游戏的意味浓重而又深长。不仅真实地记录了中西文化交流进程中的片段，也显示出竹枝词这种形式，在运用中功能空间可拓展性。尽管这组竹枝词对学习语言或纠正发音有帮助，但更为重要的是，作品具有的娱乐性和谐趣性，是近代竹枝词被大众接受的重要因素。

"翻译"类的竹枝词在《别琴竹枝词》之前已经出现过。《南诏野史》① 中收有无名氏的《滇南诸夷译语竹枝词》六十首，便是用竹枝词的形式，加上大量注释，记录滇南少数民族的生活。诗中所用方言，读起来十分拗口，其趣味性远不如《别琴竹枝词》。可见，戏作的谐趣性是逐渐增长的。这里录一首以飨读者：

嫚且

男女皆麻衣裤，披羊皮。以建丑月为正月。性好饮。男吹芦笙，女弹葰琴，欢饮竟月。过此，则终岁饥寒，野菜充腹而已。

嫚且商正是春王，宁（女）操波琴（葰琴）宰闲篁（芦笙）。嚇的（饮酒）洪罕（唱歌）刚匝月，楞披（一年）但觅派（菜）充当（腹）。

（二）作为闲暇消遣的竹枝词

明清文人之所以如此热衷竹枝词，创作兴趣与日俱增，原因之二是把竹枝词当作闲暇之余的消遣，可以次韵逗才的载体，文人文

---

① 旧题（明）倪辂、杨慎：《南诏野史》，《四库全书存目丛书》本。

字娱乐的倾向显著。例如，宋元以后，各种社交场上以竹枝词次韵相酬的作品非常之多。甚至有次前人韵的。例如，邢侗的《拟竹枝词和乐天韵（以吴代蜀）》：

> 一曲吴歌高复低，行行踏歌日欲西。歌罢寂无人语响，唯有前溪沙鸟啼。（之一）
>
> 侬是江头采菱人，语翻新调不堪闻。就中女伴犹自可，争奈□家旧使君。（之二）
>
> 袅袅杨枝共竹枝，竹枝和露瓣风迟。人间若个销魂事，尽是多情白傅诗。（之四）①

邢侗（1551—1612），明万历二年（1574）进士，曾官陕西行太仆卿。游虎丘，一时兴起，便次韵白居易的《竹枝词》，遂有此作。

明清以后，江河湖海之行，往往会出现竹枝词一类的创作，例如袁宏道的《竹枝词时阻风安乡河中》②、周履靖的《江上竹枝词》③ 等。因而有人认为明代的竹枝词在咏唱方式上，可能与《水调》混同。而从创作心理学上来分析，很可能是这种场景更令创作者想到竹枝词的形式。

文人之间唱和竹枝词在清代蔚然成风，比较有规模的是康熙年间的"燕九雅集"。"燕九"是指正月十九日的京城白云观的道教纪念日活动。康熙三十二年，袁启旭将这次聚会所写的作品纂为《燕九雅集》，并作序记述当时的盛况：

> 京师以正月十九日为燕九之会。相传元时丘长春于此日仙

---

① 王利器等：《历代竹枝词》（一），陕西人民出版社，246—247页。
② 同上，259页。
③ 同上，262页。

去，至今远近道流皆于此日聚城西白云观，观即长春修炼处也。车骑如云，游人纷沓。上自王公贵戚，下至舆吏贩夫，无不毕集，庶几一遇仙真焉。古时都会之地，元日至月晦，士女悉集水湄，湔裙酹酒，以为解除。唐人唯于晦日行之。燕山风沙莽荡，首春率多严冷，冰车雪柱，太液无波，度水濡裳之戏，不可复得。唯燕九之游，差有昔人遗意。是日为陈子健夫见招，走马春郊，开筵茅屋，命简抽毫，各为十绝句。虽难叶于巴渝之歌，或有合于吴趋之节，但按之琵琶羌管，恐未有当耳。陈子关左世冑，豪侠而诗瘾者也。①

从序中可以得知，"燕九"的活动，原也是水边修禊的形式，但京城正月天寒地冻，于是就只能用竹枝词的写作来完成。这种"雅集"的需要，算是创作群体已经南移后，又一次在北地兴起的例证。此次创作，有孔尚任、陈健夫、袁启旭、蒋景祁、陆又嘉、周兹、柯煜、王位坤、曹源乡等九人，限用庾信"结客少年场，春风满路香"句为韵，各作十首竹枝词，共九十首。集会唱和竹枝词，已经成为清代士人的一种生活方式。

据《竹枝词发展史》，康熙年间一百首以上的竹枝词专集有七种，其中朱彝尊《鸳鸯湖棹歌》影响最大②。《鸳鸯湖棹歌》自序云：

甲寅岁暮，旅食潞河，言归未遂，爰忆土风，成绝句百首。语无诠次，以其多言舟楫之事，题曰《鸳鸯湖棹歌》。聊比《竹枝》、《浪淘沙》之调。冀同里诸君子见而和之云尔。③

朱彝尊（1629—1709），字锡鬯，号竹垞，晚号小长卢钓鱼师，

---

① 王利器等：《历代竹枝词》（一），陕西人民出版社，661 页。
② 孙杰：《竹枝词发展史》，复旦大学 2012 年博士论文。
③ 王利器等：《历代竹枝词》（一），陕西人民出版社，604 页。

又号金风亭长，秀水人。康熙十八年（1679）举博学鸿词科，授检讨。著有《曝书亭集》、《日下旧闻》、《经义考》，辑有《词综》、《明诗综》等。他创作竹枝词颇多，现在可见者有《鸳鸯湖棹歌》一百首、《西湖竹枝词》两组共十二首、《太湖罛船竹枝词》十首等。杨际昌《国朝诗话》曾经说过："《竹枝》体宜拗中顺，浅中深，俚中雅，太刻画则失之。入科浑更谬矣。刘梦得创调可按也。国朝大家，竹垞、阮亭外，作者林立。"①可见朱彝尊和王士禛对于当时竹枝词创作热潮兴起的影响。

朱彝尊作品一出，唱和之作或续作源源不绝。他的表兄谭吉璁以及其他诗人纷纷次韵而作。这一专题也与《西湖竹枝词》相似，后世不断有人和韵创作，这其中还有官员推动的力量。据张燕昌《鸳鸯湖棹歌》自序：

> 乾隆甲午之冬，临川李公视学两浙，以《鸳鸯湖棹歌》课嘉禾士子，盖欲采里巷之谣谚，觇民情于歌咏，而因以普太平之风景也。"②

这条资料也可用以佐证，清代中期以后上层统治者对诗歌教化作用的强调，也是竹枝词繁盛的重要原因。

除了标题为《鸳鸯湖棹歌》之外，还有不少他题竹枝词，皆用朱彝尊《鸳鸯湖棹歌》韵，如曹信贤的《魏塘竹枝词》一百首，此处选三首为代表来分析这两组竹枝词的用韵：朱彝尊的原作为"蟹舍渔村两岸平，菱花十里棹歌声。侬家放鹤洲前水，夜半真如塔火明。""沙头宿鹭傍船栖，柳外惊乌隔岸啼。为爱秋来湖上月，桥东不住住桥西。""春城处处起吴歌，夹岸疏帘影翠娥。一叶舟穿妆阁

---

① （清）杨记昌：《国朝诗话》，郭绍虞编选：《清诗话续编》，上海古籍出版社，1691页。
② 《全编》四，674页。

底,倾脂河畔落花多。"①曹信贤的次韵之作为"百里郊原似掌平,竹枝唱出尽吴声。六乡游遍停舟晚,篝火渔灯相映明。""望楼四起夜乌栖,万室炊烟鸡乱啼。东有罗星台障水,福星庵镇市梢西。""天荒荡起打渔歌,撒网船头坐小娥。尽说祥符虾味好,茜泾蚬子带泥多。"②可见这两组竹枝词一、二、四句韵脚所用的字完全相同。

事实上,清人竹枝词中的次韵之作,比起明代来,显著增加,如毛孝光的《次李西村山塘竹枝词五首》③、孙霖的《西湖竹枝和松友韵》④、《题松友西湖竹枝词次陆贷珍韵》⑤、苏履吉的《次王青崖沙洲竹枝词原韵八首》⑥、郑知同的《田家竹枝词次东坡渔父韵四首》⑦、张宏敏的《红花埠和璧闲竹枝词韵》⑧、张若霱的《和汪尧峰艺圃新秋竹枝歌之韵》⑨、陆遵书的《练川竹枝词和韵六十首》⑩、钱大昕的《竹枝词和王凤喈韵六十首》⑪、林苏门的《续扬州竹枝词九十九首即和董耻夫韵》⑫、龙山吏隐的《皖江潮竹枝词和韵十六章录呈綮政》⑬ 等。

次韵相酬的诗风始于中唐以白居易、元稹为首的"元和体"诗人。竹枝词次韵的流行,使得竹枝词在创作过程中产生了新的功能,文人已不仅仅把竹枝词看作是个人的咏叹,而是社交、雅集的

---

① 王利器等:《历代竹枝词》(一),陕西人民出版社,604—605页。
② 王利器等:《历代竹枝词》(二),1544页。
③ 同上,1141页。
④⑤ 同上,1593页。
⑥ 王利器等:《历代竹枝词》(三),2208—2209页。
⑦ 王利器等:《历代竹枝词》(五),4019页。
⑧ 王利器等:《历代竹枝词》(一),795页。
⑨ 同上,943页。
⑩ 王利器等:《历代竹枝词》(二),1108—1112页。
⑪ 同上,1126—1135页。
⑫ 同上,1699—1706页。
⑬ 王利器等:《历代竹枝词》(五),3680—3683页。

一部分，竹枝词娱乐化的功能也进一步增强。次韵之作也进一步加快了竹枝词脱离音乐，转化为徒诗的进程。许多诗歌创作的文字游戏也在竹枝词的创作中找到新的平台。

如集句的方式，清黄之隽有《竹枝词三十三首》，全部集唐人诗句作成。其中有集得非常贴切的作品：

江上女儿全胜花，千娇万态破朝霞。相逢何必曾相识，遥指红楼是妾家。①

堤上女儿连袂行，绮罗光动百花明。落花踏尽游何处，过后香风特地生。②

大堤女儿郎莫寻，春衣一对值千金。至今衣领胭脂在，刚被恩情误此心。③

第一首第一句用王昌龄的《浣纱女》，第二句用徐凝的《牡丹》，第三句用白居易的《琵琶行》，第四句用李白的《陌上赠美人》；第二首第一句用刘禹锡的《踏歌词》，第二句用杨夔的《送杜郎中入茶山修贡》，第三句用李白的《少年行》，第四句用罗邺的《公子行》；第三首第一句用施肩吾的《襄阳曲》，第二句用白居易的《缭绫》，第三句借韩偓的《自负》，第四句用袁氏的《题峡山僧壁》。

黄之隽的这组竹枝词，运用独特的方式，全集唐人句成诗，效果与众不同。作品虽是拼凑而成，但语意连贯，韵律和谐，不显牵强附会，以上三首作品借用唐人名句，一气呵成地展现了江南女儿的风情万种。不得不佩服作者深厚的功力，可以想见他是在阅读大量唐人名句后成诗的，成诗的过程定是兴致盎然，他成诗就像是一位民间艺人在剪纸，因为剪纸时不同的裁剪会有不同的形象，成诗

---

① 王利器等：《历代竹枝词》（一），806页。
②③ 同上，807页。

时不同的选择会有不同的诗境，他用妙笔为原本符号化的古人名句赋予了新的生机，可谓移花接木，脱胎换骨。

这样的写作方式大大增强了竹枝词的娱乐性，作者想象的纬度由此打开，他仅凭随兴地摆弄故纸堆，就创造了非同凡响的梦幻江南，原本固化的写作内容变得轻松自然，显得趣味横生。

(三) 作为生活记录的竹枝词

明清时期的竹枝词，有相当一部分是作者闲暇之余的消遣之作，也记录了文人生活方式的细节。

如明夏时的《湖山百咏》，作者在后序中自述其创作方式：

> 日在卓午，桂子飘香，坐思转清，书几间墨池适具，遂挥毫落纸，得十数绝句，日晡暂息。明旦起尤爽，得数复加。三日、四日、五日、六日，若泉之达而溪之流也。七日就数，复得湖山胜概一，记，通浃旬而毕稿，不假雕訾，似觉有神相之……①

显而易知，这一百首竹枝词不是他旦夕之间一挥而就的，起初忽获灵感，只得数十首，后来七日之间皆有创作，层层累加，十日才毕稿，由此可见，竹枝词不是规定时间内的苦心经营，而是心境愉悦时的涂鸦，创作方式显得随兴自由。

许多节令竹枝词，也是生活文化层面的记录。明末诗人王彦泓的《新岁竹枝词》就是一例。

> 吟魂易放早春天，风物江南倍可怜。底事兰成能作赋，感怀偏在戊辰年。

> 春朝岁旦古难并，十九年来见两巡。记得籤钱时未还，对门除夕看迎春。

---

① 《全编》四，821页。

第四章　竹枝词的发展

旧家姑娣别经年，岁月围炉剖橘筵。侍女却防欢喜炭，笑花飞上画裙缘。

明欢姻阀互经过，背后绫纹刺几何。邂逅肩舆不相问，奚奴私说客名多。

闲行坊曲看春联，暗露婵娟屈戌边。小户岂曾窥邸报，也随人写太平年。

蒋侯旌骑出西村，姊妹同看倚戟门。笑恨芳香吴望子，不留冰玉永承恩。

休宁药炮旧知名，俊健游郎满路擎。一炷挂香浑未了，手中抛过百千声。

道北宾筵夕夕张，也呼朋社一猖狂。怪来罗列珍羞甚，人日曾扳水部郎。

莫怪河豚价不廉，桥南酹过五千钱。谁知太宰归田日，只与屠沽意气鲜。

佛阁前头照水梅，半晴天气暖催开。娇憨小妹惊看见，一日来扳四五回。

多少蓝衫聚邑门，提灯捧盒酒盈尊。须臾看点红单出，个个金名有沐恩。

盼得灯兴趁踏歌，县门无榜奈愁何。可知巷陌萧条夜，成就欢期事转多。

笔床砚匣本长闲，每到新年说掩关。宾友到门俱谢却，夜来相遇看鳌山。[1]

---

[1] （明）王彦泓：《疑雨集》，民国十六年石印本，卷二。

王彦泓（1593—1642）字次回，金坛人，曾官华亭县训导。据诗中"感怀偏在戊辰年"等句推测，《新岁竹枝词》作于明崇祯元年（1628）。崇祯戊辰元旦即指农历正月初一，为公元1628年2月5日，而十九年前的万历己丑元旦为公元1609年2月4日，都为立春日，与诗句"十九年来见两巡"完全相符①。这组竹枝词写出了新岁的团圆、相聚、写春联、放鞭炮、宴客等。王彦泓还有《又杂题上元竹枝词》六首，写闺中女性上元节上香占卜的心绪。

明清两代，竹枝词与文人生活的互动日益明显，竹枝词已然成为文人生活中不可分割的一部分，这样的例子比比皆是，除了第一章已经提到过，明万历年间，谢榛在赵穆王招待宴会后再度为歌姬创作竹枝词之事，还有一些著名的事例，如清顺治十八年（1661），以朱彝尊、钱谦益、曹溶、周亮工、施闰章为首的一批诗人，在西湖画舫中品评西湖竹枝词之甲乙而佐酒，成为清初诗坛的一桩佳话。对此，朱彝尊《静志居诗话》有详细的描述：

> 辛丑夏，留湖上昭庆僧舍，时钱受之、曹洁躬、周元亮、施尚白诸先生，先后来游。杭人有持元《西湖竹枝》请钱先生甲乙者，先生谓曰："和者虽多，要不若老铁。"次日，群公泛舟于湖，曹先生引杯曰："铁厓原倡之外，谁为擅场，各举一诗，不当者罚。"②

参与这次西湖竹枝词品评活动的文人，除以上提及的诗词大家外，其余皆小有声名，且来自各地，有南昌的王猷定，吴地的袁于令，武进的邹祗谟，钱塘的胡介、诸九鼎，萧山的张杉，山阴的祁班孙。这些文人心目中推崇的西湖竹枝词，各不相同，互有争议，如周亮工推崇的是陆仁的《西湖竹枝词》，施闰章推崇的是张简的

---

① 耿传友：《王次回〈疑云集〉辨伪》，《中国典籍与文化》，2006年第4期。
② （清）朱彝尊：《静志居诗话》，人民文学出版社，58页。

《西湖竹枝词》，王猷定推崇的是严恭的《西湖竹枝词》，袁于令推崇的是强珇的《西湖竹枝词》，邹祗谟推崇的是申屠衡的《西湖竹枝词》，胡介推崇的是徐梦吉的《西湖竹枝词》，萧山张杉推崇的是缪侃的《西湖竹枝词》，祁班孙推崇的是释文信的《西湖竹枝词》，诸九鼎推崇的是马琬的《西湖竹枝词》，朱彝尊推崇的是沈性的《西湖竹枝词》。他们对竹枝词的审美标准不一，如朱彝尊认为竹枝词应"不独寄托悠远，且合竹枝缥缈之音"①，基于此，他们的选择取舍各异，思想的火花、文人的雅兴在交流互动过程中尽情地碰撞释放。

又如清代的袁枚有竹枝词咏新婚坐筵之礼，他曾在温州亲见当地新婚的坐筵，《随园诗话》有详细的记载：

> 温州风俗：新婚有坐筵之礼。余久闻其说。壬寅四月，到永嘉。次日，有王氏娶妇，余往观焉。新妇南面坐，旁设四席，珠翠照耀，分已嫁、未嫁为东西班。重门洞开，虽素不识面者，听入平视，了无嫌猜。心美其美，则直前劝酒。女亦答礼。饮毕，回敬来客。其时、向西坐第三位者，貌最佳。余不能饮，不敢前。霞裳欣然揖而釂焉。女起立侠拜，饮毕，斟酒回敬霞裳；一时忘却，将酒自饮。傧相呼曰："此敬客酒也！"女大惭，嫣然而笑，即手授霞裳。霞裳得沾美人余沥以为荣。大抵所延，皆乡城粲者，不美不请；请亦不肯来也。②

可见，当时王氏婚礼新娘与伴娘的容貌都相当出众，坐筵也十分热闹，虽然客人与主人家非亲非故，但都可以向新娘伴娘劝酒打趣。如霞裳就欣然向容貌最佳的女子劝酒，女子起立先拜，霞裳再拜，女子又拜，女子饮完酒之后，斟满回敬霞裳，一时兴起，再次

---

① （清）朱彝尊：《静志居诗话》，人民文学出版社，59页。
② （清）袁枚：《随园诗话》，人民文学出版社，426页。

一饮而尽，破了规矩，惹得傧相直呼："此敬客酒也！"①女子非常惭愧，嫣然一笑，将剩下的酒留给了霞裳，霞裳因获美人赠酒而沾沾自喜。席间喜庆的气氛、热闹的画面、打趣的场景，格外生动，宛然若现。袁枚虽然不能饮酒，也不能上前劝酒，但是对坐筵这一风俗相当青睐，所以当永嘉太守认为这一风俗不合礼制时，将予以禁止时，他引用《礼记》中的原话表示反对："礼从宜，事从俗；此亦亡于礼者之礼也"②，可见在袁枚看来，要顺从礼俗，反之就容易陷入困窘，不能随便禁止人乐于接受的风俗，为此赋《竹枝词》六章，其中有"不是月宫无界限，嫦娥原许万人看"③两句，将这一风俗的生活趣味展现得淋漓尽致，太守也被其竹枝词所打动，允诺留下这一陋俗，作为袁枚先生作竹枝词的背景资料吧。可见，竹枝词动态地贯穿于文人的日常生活中，成为社交的手段、品评的对象与记载风俗的载体。

实际上，这远远不能反映竹枝词与文人生活互动的全貌，因为竹枝词已与文人的日常生活融为一体，结集的历代竹枝词中有许多送别之作，这是诗歌中篇幅巨大的题材之一，如明代谢常以竹枝词题《送别》：

> 阊间城边杨柳黄，吴姬如花明月珰。送郎不劝银瓶酒，持赠云鬟金凤凰。④

又如明代史鉴有《分题得震泽竹枝词送别中书李舍人》八首，其五云：

> 震泽雨晴添水波，郎船将发唱吴歌。谁知三万六千顷，不及侬愁一半多。⑤

----

①②③ （清）袁枚：《随园诗话》，人民文学出版社，426页。
④ 《全编》三，199页。
⑤ 王利器等：《历代竹枝词》（一），陕西人民出版社，175页。

又如清代王士禛《竹枝词三首送陆冰修》：

> 白翎雀飞山雪寒，谱入琵琶马上弹。沙鸥鹚鹕春江上，芦叶青青水满滩。①

以竹枝词的诗体吟诵文人的各种文化生活也屡见不鲜，例如明代屠隆的《竹枝词》三十首，他自述作品源自马上偶得：

> 余发青溪途中，作诗不下百余首。一夕喟然，自悔其苦，临书罢焚管城子，誓不复作诗。明旦上马，适情事有感，忽得口号一首，杳不知从何来？沉吟自赏，连得数篇，因而搜采江南民间风俗，次第成下里之谣三十首，既成，乃题之曰"竹枝词"，因复恍焉。②

《竹枝歌江上看花作》十一首，是明代袁凯与好友马益之、陈子山、秦景容集会时所作，他自述了写作背景：

> 马益之邀陈子山应奉、秦景容县尹江上看花，二公作《竹枝歌》，予亦作数首。③

又如《兰江竹枝词》十二首，是明代胡应麟"夜饮浮梁"④而作。到了清代，则有专写观戏的作品，例如，李声振的《百戏竹枝词》：

吴音

俗名昆腔，又名低腔，以其低于弋阳也。又名水磨腔，以其腔皆清细也。谱分南北，今之《阳春》矣，伧父殊不欲观。

阳春院本记昆江，南北相承宫谱双。清客几人公瑾顾，空

---

① 王利器等：《历代竹枝词》（一），陕西人民出版社，488页。
② 《全编》四，374页。
③ 王利器等：《历代竹枝词》（一），陕西人民出版社，139页。
④ 同上，248页。

劳逐字水磨腔。

乱弹腔

秦声之缦调者，倚以丝竹，俗名昆梆。夫昆也而梆云哉？亦任夫人昆梆之而已。

渭城新谱说昆梆，雅俗如何占号双？缦调谁听筝笛耳，任他击节乱弹腔！

女优

俗名女戏，以妇人扮生旦，兼有演净末者。多能吴曲，视怒目张筋，唱弋阳恶少，吾以为大相河汉也。

脂粉生香肉解音，尊前拼醉柳娘春。梨坊弟子休相妒，歌舞青楼是美人。

琵琶伎

所唱皆猗旎之音，相赏者恒在声伎之长也。西行至清风店，犹擅胜。

谁家逆旅解钟情，一曲青袍感泪倾。寄语风霜今夜切，四弦莫诉奈何声。[1]

李声振，号鹤皋，河北清苑人，乾隆三十一年进士。《百戏竹枝词》所咏之"百戏"，并非仅仅是我们现代狭义的戏曲，而是包含了包括戏曲声腔剧种，诸如吴音（昆曲）、弋阳腔、秦腔、乱弹腔、月琴曲（丝弦腔）、唱姑娘（姑娘腔）、四平腔；曲艺活动，如琵琶伎、霸王鞭、十不闲、鼓儿词、打花鼓；杂技表演，如舞索、刀山、坛技、扇技；以及各类杂耍，如火判官、雪灯、竹马灯、猴戏、狮子滚绣球……甚至有走冰鞋（滑冰）、踢毽儿、放风、斗鹌

---

[1] 王利器等：《历代竹枝词》（一），陕西人民出版社，749—751页。

鹁、麻雀衔旗、驯鼠、斗蟋蟀之类。作者用轻松活泼、浅白流畅的诗句对这些事物一一作了生动的描绘。每首诗前有一篇小序，将所咏之事的内容或来龙去脉作了简洁明了的介绍，这一组竹枝词中有不少细节描述，佐证了清中期以后中国戏曲发展重要的演出史料。从增加小序的形式来看，以竹枝词记录史志的诗歌创作已经蔚然成风。

第五章
明清竹枝词的新变

　　明清之际，随着社会经济的发展，城市生活愈加丰富，竹枝词作为灵活多变的"市井之词"，对于历史事件的记述，对于生活细节的描绘，有着得天独厚的优势，它的歌咏对象、创作群体以及创作风格较之传统的竹枝词有了许多新的变化，特别是作为正统文学的诗歌，发展成更贴近大众生活并具有纪实功能的文学体裁，已经具备了近代转型的许多要素，从这个意义上说，明清时期的竹枝词创作，可以看成是一次初步的转型。

　　明清时期竹枝词的初步转型，情况颇为复杂，但与宋元时期的创作相比较，已经有了诸多的变异，这些变化不仅仅局限于人数和作品的增多，各地都出现了吟咏地方风土的竹枝词，更重要的是在于创作者的创作动机有了变化。竹枝词的创作，也不再是作者个人休闲吟咏的产物，而是希望通过竹枝词的歌咏，给地方和史志留下记录，正是这些明确的"修史"参与意识，带动了竹枝词创作从理论到实践的转型。竹枝词创作有了比较明确的目的以后，也导致诗歌创作形态上的变化，并且吸引了文人的创作热情。

第五章 明清竹枝词的新变

第一节 细致的风土地域专题特色

"地域性"越来越突出,是明清竹枝词创作的特点之一,许多作品以"地名+竹枝词"来命名,明清竹枝词在前代的基础之上,继承并发展了"采风"传统,吟咏地域涉及的范围不断扩大,从风景秀丽、人文底蕴丰厚的江南辐射到整个全国,均各具特色,边地及少数民族风情也得到展示,江南城镇中"咏风物"的角度及内容也有了新的变化。创作题材从山水风光的即兴歌咏发展到地域风俗的专题记录,随意的游记突出了的寻异猎奇。吟咏的人和事也更加细致入微,小到不为人知的乡镇村庄、街头巷尾、边界角落均有涉及,与此相对应的便是长篇组诗的大量出现,形成各地的历史和生活画卷。

(一)吟咏地域的扩大与区域特色的展示

从明代开始,随着作者的增多和游历足迹遍布国内外,竹枝词创作不再局限于少数地区,以《中华竹枝词全编》为例,除了当今的青海、海南、吉林、黑龙江未见收录之外,其他省份均有涉及,而清代竹枝词更是遍布海内外。其中收录最多的,除了京城,另有长江流域的重庆、四川、湖北,以及岭南、云贵等地,陕、甘、宁、晋、赣亦有涉及。这在竹枝词的命名上即可见出。

以地域命名、创作规模较大的竹枝词,主要有《武夷九曲棹歌》(王佐、丘云霄)、《武夷棹歌》(黄仲昭、郑善夫、江汝璧、张时彻、江以达。孙应鳌、刘信)、《闽江竹枝词》(钱澄之)、《济南百咏》(王象春)、《襄阳杂咏》(边贡、卫宪文)以及《襄阳谣》(陶季)、《襄阳棹歌》(李濂)、《长沙竹枝词》、《茶陵竹枝歌》(李东阳)、《洞庭橘枝词》(汪琬)、《黔苗竹枝词》(尤侗)、《滇中竹枝词》(郭文、施武)、《滇池竹枝词》(沐璘)、《滇南竹枝词》(吕及园)、《滇海竹枝词》(杨慎)、《皋兰竹枝词》(郝璧)、《宁夏竹枝词》(苏可贤)、《广州竹枝词》(田汝成)、《广州杂咏》(汪广洋、刘崧、许幼文)、《羊城竹枝词》(廖燕)、《岭南竹枝词》(伍瑞隆、《岭南杂咏》(汪广洋)、《岭南元夕词》(龚鼎孳)、《岭南踏灯词》(汤显祖)、《南海竹枝词》(钱澄之)、《惠阳竹枝词》(何衡)、《雷州上元竹枝词》(蒋德璟)、《端州竹枝词》(王鎣)、《潮州竹枝词》(罗万杰、宋征璧)、《潮州杂兴》(竹枝体)(徐乾学)、《夔州竹枝词》(贺复征)、《夔府竹枝词》(曹学佺)、《西蜀竹枝词》(林志、徐熥)、《蜀中竹枝词》(徐士俊)、《蜀江竹枝词》(方若洙)等，各具风采，不一而足。

大体来说，北方地区的竹枝词命名都较为直白，能够比较直接地反映诗歌内容，例如以"都下""京师""长安"等地域名称命名，多为叙述京畿地区的市井繁华；还有以"清明""元夕""元宵"等节气命名的，多为叙述年节景象，这一类诗歌也有直接以节俗活动内容命名的，如《灯市竹枝词》[①]《走百病竹枝词》[②]；而华北地区的竹枝词创作亦有数篇兼具以上两个元素，如《京都上元竹枝词》[③]《帝京踏灯词》[④]《都下清明竹枝词》[⑤]等。其中特点最为鲜明的，当属京城一带的竹枝词创作。北京作为明清两代的都城，竹枝词创作有对于时事政令的敏感，如明清之际的方文在其《都下竹枝词》中写道：

金丝烟是草中妖，天下何人喙不焦。闻说内廷有新禁，微醺不敢厕宫僚。

---

① 王利器等辑：《历代竹枝词》(一)，陕西人民出版社，655 页。
② 《全编》一，78 页。
③ 王利器等辑：《历代竹枝词》(一)，陕西人民出版社，965 页。
④ 《全编》一，154 页。
⑤ 同上，164 页。

第五章 明清竹枝词的新变

投认师生法不轻,其初只为杜逢迎。因而场屋真知己,怀刺无他止姓名。

新法逃人律最严,如何逃者转多添。一家容隐九家坐,初次鞭笞二次黥。

牛车无数塞天街,俱是兵儿运草柴。科道相逢谁敢喝,欠身立马任挤排。

青袍下第各沾巾,谒选还迟十五春。年少儿郎犹可待,壮夫惟有鬓如银。①

与江浙等地有关于市井生活场景、市民生活常态的描绘不同,京畿之地的竹枝词创作对于政令的关注则是与生俱来的,以上各例便可窥斑知豹,除了涉及民众对于政令法规的应对,还凸显了政令法规的表述以及对于民众的影响。此外,都下居住的民众自与别地见识不同,对于皇裔达贵的关注也是一大特色:

都门本是利名开,来去纷纷各不闲。亦有京官十数载,从无偷眼看西山。

前朝勋戚盛如云,后裔同归厮养群。莫向灞陵嗔醉尉,何人犹识故将军?

十谒朱门九不逢,所期杯酒话情悰。无端宴会俱裁革,四字红单密密封。

南海降王款北庭,路人争拥看其形。紫貂白马苍颜者,曾搅中原是杀星。

故老田居好是闲,无端荐起刘鸳班。一朝谪去上阳堡,姑

---

① 《全编》一,163—164页。

悔从前躁出山。①

京城的作者，因其得天独厚的地理位置，惯有点评时弊的传统，喜好议论政策时事，清代嘉庆年间得硕亭有《都门竹枝词》（七十九首）其中"京官"题下的作品有十首之多，这一传统直到宣统年间仍有署名"兰陵忧患生"的所作《京华百二竹枝词》，他在开篇便自陈创作主旨：

> 大清宣统建元年，事事维新列眼前。闲写竹枝词百二，可能当作采风篇。②

正如他序中所云："耳闻目见，随笔一书，下里之音，自知鄙俗。幸有竹枝体例，虽俗不伤。"以下一百零二首竹枝词，大多数诗后都有自注，记述点评了当时的时事如禁卫军成立、兴复海军、新军服定制、陆军学堂招生、大学分科、《中央》、《大同》报馆遭封禁等等，作品不仅秉持竹枝词的乐府传统，同时也开拓了新闻纪实、批评时政的功用。这一类以通俗直白的语言，针砭时弊，长于记录时政新闻、社会变化、以刺世事的竹枝词，在华北地区的作品中比较多，可以说是这一地区的竹枝词的一大特点。

南方的竹枝词创作特色则略有不同，明、清以后，南方边地竹枝词创作中描写到地域变得更加广泛，三水、肇庆、德庆、东莞、宝安、清远、韶关、雷州、阳江、新会等地都有竹枝词，以描写农家、渔家生活情景为多。如汤显祖《岭南沓沓词》、田汝成《广州竹枝词》描写了岭南男女青年爱情生活，李东阳则以《寿陈石斋母节妇竹枝》祝寿，竹枝词的内容与岭南风物完美融合，更加贴近生活。

---

① 《全编》一，163—164 页。
② 王利器等：《历代竹枝词》（五），陕西人民出版社，3793 页。

第五章 明清竹枝词的新变

明代之前华南地区的竹枝词创作，主要以官居于此的文人士大夫为主，如杨万里、朱熹等，他们将关注的目光集中于景物风俗，描写的地域范围也大多集中在广州、韶关、清远、梅州、罗浮山等地。明清两代，这一地区的竹枝词创作不断发展，与该地区发达的书院文化有关。此外，官居此地的名士如汤显祖、李东阳、徐渭，以及后来的来自江浙等地的王士禛、杭世骏等，以具体的创作实践推动了该地域竹枝词的发展。内容多以风土男女为主，艺术风格偏向于清丽温婉，其中尤其值得一提的是，浙江籍的文人杭世骏的《福州竹枝词十八首》，诗歌语言吸收了当地方言歌谣，别具一格：

六扇屏风密密排，画堂无地拾瑶钗。思量只有羊家婢，红屐相逢十字街。①

粤地方言的发音保留了古韵发声，读来韵脚相谐，别有风味。作者在序中写道：

闽城环溪带海，三山鼎峙，百货塯积，群萃而州处者，隐隐展展，咸衣食于山海。士朴茂知礼让，女无冶游自炫之习。斗米不过百钱，薪采于山而已足。鱼盐蜃蛤之饶，用之不竭。佐以番薯卜芋，民虽极贫，无菜色。环城带甲数万，士饱马腾，有备无患。采风土者革其僬侥之音，训方言于《尔雅》，注虫虾，颂草木，纪岁时，勾古迹，无诸之俗，可约略数焉。

杭世骏另有《江干竹枝词》、《济宁竹枝词》、《珠江竹枝词六首和何监州》，记述行宦之地风土，大抵为风土女儿之作，如"石佛寺前秋水平，石佛寺后秋草生"（《济宁竹枝词》）、"妾是水萍郎堕絮，天生一样可怜春"（《珠江竹枝词六首和何监州》）② 之类，疏

---

① 王利器等：《历代竹枝词》（一），陕西人民出版社，933页。
② 同上，932、934页。

淡有逸致。

由明入清的屈大均有《广州竹枝词》、《西樵湖棹歌》、《自清远上三峡口号》、《雷阳曲》等作品，《广州竹枝词》描写广州十三行的盛况、广州人的人文心理等，也运用了当地的方言和词汇，例如：

> 好笋是人家里竹，好藕是人家里莲。好崽是人家女婿，鸳鸯各自一双眠。①

"崽"，是广东方言。诗歌运用粤方言，以民歌谐音、暗喻等手法把"别人的东西总比自己的好"的心理描写得生动活泼。屈大均的竹枝词创作对于岭南竹枝词的发展具有深远的影响，他的作品善于撷取岭南地区的风土人情，勾画岭南民众的心理和民俗风情，在艺术手法上借鉴岭南歌谣的形式，这些创作手法，对于竹枝词创作的发展有重要的意义。

伍瑞隆入清后隐居于广州城南鸬、艾二山间，他的竹枝词创作也汲取了岭南民谣的特点：

> 蝴蝶花开蝴蝶飞，鹧鸪草长鹧鸪啼。庭前种得相思树，落尽相思人未归。②

嘉庆年间师范所著《滇系·杂载》中有《山歌九章》，其中"思想妹"云：

> 蝴蝶思想也为花。蝴蝶思花不思草，兄思情妹不思家；妹相思，不作风流到几时。只见风吹花落地，不见风吹花上枝；谁说高山不种田，谁说路边不偷莲，高山种田食白米，路边偷

---

① 王利器等：《历代竹枝词》（一），陕西人民出版社，376 页。
② 同上，296 页。

莲花正鲜。①

于是诗人采用民歌中的回环往复手法，不避字词的重复，巧用蝴蝶、鹧鸪、相思的双关寓意，写得流转圆润。

此外，华南一地的此类竹枝词也受到岭南民俗文化中浓厚的巫术色彩的影响，可见这一时期的竹枝词，仍然承担祭祀时歌唱的功能："竹枝歌付双鬟唱，谱入银筝锦瑟弦"（韩荣光《龙溪竹枝》）②，竹枝词作为祭祀活歌唱的记载，也在竹枝词的作品中得到记录，如邓云霄《竹枝词四首》：

> 黄牛白马上艰辛，崖下盘涡泡里身。齐唱竹枝牵百丈，烧钱浇酒赛江神。③

潘珍堂《广州灯夕词》：

> 镗镗钟鼓出神祠，侲字巴童到处随。半夜火光千万影，分明十六送灯时。④

这说明竹枝词在当地并没有因为文人雅化而完全放弃其传统，除了作为一种记录风土人情的媒介之外，依然还承担着原始的祭祀飨神的社会功用。

（二）创作题材的丰富与创作重心的迁移

明清竹枝词的创作，在题材方面，不再局限于原始风光的简单记述，而是逐渐聚焦地方风土，从最初对湖光山色的即兴歌咏，渐渐变为对地方名胜风俗物事的系统记录，这一转变扩大了竹枝词的表现范围。到了清代，竹枝词创作与咏史、纪事等"百咏"、"杂咏"一类的诗歌渐趋一致，除了乐府诗歌的传统风格之外，生发出

---

① （清）师范：《滇系·杂载》，清光绪刻本。
② 《全编》六，80页。
③ （明）邓云霄著，邓进滔整理：《邓云霄诗文集》，乐水园印行，2003年，565页。
④ 《全编》六，40页。

浓郁的地域特色和民俗特色。创作题材的日益丰富，作者所歌咏的对象也随之丰富，于是，竹枝词的创作出现了两个比较重要的流向：第一是着重记录某一地域的历史掌故和风土人情，这一流向后世则发展成为以竹枝词与地方志的合流，此类作品在写作上则显现出严肃的风格；第二是更多地关注市井平民的生活，包括农事、节令、生活方式和风俗新变等等，这一趋势在后世则逐渐发展出诗歌具有的市井新闻纪实效应的功能，而这一类作品则兼有猎奇谐趣为一体的娱乐风格。

先说着重记录某一地域的历史掌故和风土人情一类的作品，例如明代的王先，任吴桥（今河北吴桥县）知县时创作有《北吴歌》三十首，诗中描写当地的各种生活状况和风俗，后来成为地方志的重要史料。他在自序中说：

> 余寓吴川两载矣。邑不大而案牍无劳。乃以余暇辑所闻见，日积月累，编之成韵，得三十首。中间悉取谣俗，稍为隐括，不敢易其本色。盖宁俚而真，毋宁文而赝也。昔人作《柳枝》、《竹枝》词，近日钟伯敬寓秣陵作《桃叶歌》，皆采乡语风土，发其一时情至之语。今予之作，亦犹《竹枝》、《柳枝》、《桃叶》之意云尔。若夫缀以北吴，略有微义，良以南有吴下，北有吴川，吴下人竞推之，吴川则不佞所独赏，而特荐之海内者也。噫，千百载后，安知吴川不与吴下并传乎？①

此作虽篇幅并不算大，但其中有言北吴之地理形势者，有言及村舍布局者，有言及当地风俗民谣者，各具特色，影响甚广：

> 周遭数里柳重重，斗大孤城也附庸。故是瀛南燕版籍，士人犹话古齐风。

---

① 王利器等辑：《历代竹枝词》（一），陕西人民出版社，277—278页。

川是何年已徙去，遗堤绵亘犹堪据。九河自古属瀛中，此即钩盘其一处。

　　乡村女儿远离市，逢集入城面带喜。百货竞陈复竞观，官来开道稠人里。

　　编户家家作土屋，似凸似凹格起伏。深林那复识柴门，尨犬一声人五六。①

王先的《北吴歌》写成之后，和者甚众，直到清代康熙年间仍有王作肃等人相和。王先的作品以及部分和作，后被王先第十一世族孙王夔强从地方志中辑出，收入《小东散人剩稿》。同时辑出的，还有时人王允长同题和作以及范景文的和作。王夔强编纂按语写道：

　　文忠（范景文）和作本集只存二十九首，今据辑入。而光绪《吴桥志》只收十五首，康熙《吴桥志》有多至卅一首，康熙《志》于散人诗也只收廿八首，光绪《志》只载五首，又取四首嫁名县绅王允长，因而淆乱不可究诘。②

可见地方志采入文人诗作，常常有讹误，需要做细致的文献校核与梳理。但这些讹误并不妨碍竹枝词的流传，地志与竹枝词在地方风貌和人物事迹的留存中相辅相成，既丰富了地方志修撰时的重要资料，又使诗歌作品得以留存。

明代山东人王象春有《济南百咏》，是较早的大规模专题创作。《济南百咏》又名"齐音记"，吟咏济南一地的地理名胜以及历史人文。作者所谓"以齐咏齐"，是为了让发源于南方的"竹枝词"在

---

① 王利器等辑：《历代竹枝词》（一），陕西人民出版社，278—279页。
② 同上，283页。

北地"矢为齐音"①。《寄咏》一首写道：

> 休唱柳枝兼竹枝，柔音不是北方词。长声硬字攀松柏，歌向霜天济水湄。②

此诗下作者自注云：

> 五方之民，言语不通。余谓一地有一地之音，何必矫舌相效。近世习尚靡靡，在江南，风土冲柔，固其所宜；而北方轩颧鬈鬈之夫，亦勉尔降气以为南弄，岂不可耻！余本声气之自然，矢为齐音，宁仍吾伧耳！

可见，王先是要"采风"创写北地之音的"竹枝"。《济南百咏》诗前有小标题，诗后则附有小注，或说明本事，或作考证，借歌咏济南的山水泉湖、名胜古迹、节令风俗、神话传说、历史人物、社会现象等等。例如咏趵突泉：

> 嗟余六月移家远，总为斯泉一系情。味沁肝脾声沁耳，看山双眼也添明。③

《南山》一首云：

> 千佛山连大佛山，大千世界此中看。酒游花事年年好，谁向空岩息野干。④

作者直抒胸臆，意存讽喻，其中有一部分于嬉笑怒骂之中鞭笞苛政吏弊、诉说民间疾苦，如《黑虎泉》：

> 泰山之下妇人哭，泉吼犹能怖啸风。何故焚香祀猛虎，生祠几处在城中。城东有黑虎泉，俗传是水神，遂有庙祀。泉势冲突，妇女饮之辄瘦。余思：虎，猛物害人，何以禋祀？盖泰山妇致感孔子"猛于虎"

---

① 王先：《济南百咏序》，《全编》五，387页。
②③④ 《全编》五，387页。

第五章　明清竹枝词的新变

者,已处处得生祠,况黑公水神岂独遗耶!余当瓣香作礼,祈其少戢搏噬,恕我残黎!①

《济南百咏》中还有一部分歌咏文化遗迹,如闵子墓、郦食其墓、朱云墓、关胜墓、吕公祠、陈文子石室、养母峪、公主带、徐洪客读书洞等,又有刘豫、李清照、辛弃疾、于钦、铁铉、平安、李于鳞、穆桂阳、刘公严等名人的专题咏怀。另一部分节庆风俗,有元宵、清明、端午、中元节、重阳节,保留了地方民俗和土产特色,颇为生动:

踏青

三月踏青下院来,春衫阔袖应时裁。折花都隔山前雨,直到黄昏未得回。三月,士女竞出城南下院踏青,山南花放最盛,攀跻过山折取,撷盈怀袖,犹是太平光景,凶岁岂可复睹?②

娶妇

困花轿子秀帏长,十对纱灯照采床。鼓里敲成《小得胜》,笛中吹出《贺新郎》。齐俗近已改不亲迎之陋,而女家计聘,男家计答,专以财之厚薄为喜愠,娶日必盛张乐奏。济民之僭越多矣,《小得胜》、《贺新郎》,皆实录也。③

《济南百咏》问世之后,流传颇广。清代乾嘉年间董芸仿效其体例创作《济南杂咏》(又题《广齐音》)④,乾隆年间诗人王初桐等有《济南竹枝词》,都有仿效、扩充王作的痕迹。王初桐的《济南竹枝词序》,不仅强调了竹枝词作品对修撰地方志的重要性,并且认为,南方和北方都有好的作品,北地的竹枝词创作并不亚于方,所谓"北秀南能,谁是真如妙谛"。他写道:

---

① 《全编》五,388页。
② 同上,393页。
③ 同上,394页。
④ 参见宋家庚:《王象春和他的〈齐音〉》,济南大学学报(社会科学版),1993年第2期。

朱太史竹垞《鸳鸯湖棹歌一百首》，叙述小长芦风景，典雅清新，当时修府志者置不采录，考据者憾焉。……别有《济南竹枝词》一百首，风流蕴藉，得飘渺之余音，不徒备历城掌故，拭取王季木《济南百咏》较之，北秀南能，谁是真如妙谛，必有能参破之者。①

(三) 地域范围的细微展现与专题创作的扩大

明清两代地域性的竹枝词创作逐渐兴盛，而地域范围则进一步细化，有专写一地一乡一河一湖的作品。例如杨士奇的《杨河竹枝》、本武孟的《湘江竹枝三唱》、宋濂的《镜湖竹枝》等等；朱万年、钟惺的《秦淮竹枝》等等。明清之际，《苏台竹枝词》、《吴门竹枝词》、《虎丘竹枝词》等有许多同题作品，这从另一个角度反映了明清竹枝词创作的热闹场面。

明末清初的李念慈，有《汴州竹枝词》二十二首，虽然也是歌咏地方风物，但已经细致到对市井生活场景的鲜活描写：

其一

二十年前历汴都，重来风物总相殊。旧时好景犹能记，说与今人见也无？

其四

碧流清浅绕城湟，脆藕鲜菱薜荔房。溪叟挑来街上满，童儿擎去手中忙。

其七

红油车子卖蒸羊，启盖风吹一道香。数罢青钱随细割，擎儿先得几星尝。②

---

① 《全编》五，401页。
② 王利器等：《历代竹枝词》(一)，陕西人民出版社，494—496页。

李念慈又有《蜀州竹枝词》二十一首，风格类同。顾彧的《上海竹枝词》和陈廷敬的《云间竹枝五首》咏松江华亭，似乎是较早的记述上海地区的作品。叶方蔼《苏台新竹枝词》则描写"吴中近事"，他在小序中写道：

> 昔老铁制《西湖竹枝词》，东南士女和者数百人，至今以为美谈。余屏居多暇，感吴中近事，作《苏台新竹枝词》，六首，词虽不工，语皆摭实。世有君子属而和之，他日采风者或有取焉。①

《苏台新竹枝词》似乎并未引起众多的回应，不过，吴地的竹枝词却异常热闹。有《吴门竹枝词》、《吴下竹枝词》、《吴中竹枝词》等等。吴地竹枝词的热闹，也许仍与杨维桢的影响有关。杨维桢曾有《吴下竹枝歌》，写吴地的娱乐，其中有"小娃十岁唱桑中，尽道吴风似郑风"的句子，因此，这一类的竹枝词在明清两代，更多地关注市井平民的生活，包括农事、节令、生活方式和风俗新变等等，也包括娱乐的生活，其中有相当一部分写青楼和酒楼，这似乎是明清以后竹枝词描述文人以及市井生活的又一个新的变化。例如濮淙的《虎丘竹枝词》：

> 一半青山是酒楼，画船多载锦缠头。白公堤上春风早，二月游人遍虎丘。②

又如罗世珍的《秦淮竹枝词》：

> 青楼长日卷帘斜，曲径葳蕤锁碧纱。桃叶已无休问渡，行人桥上看榴花。③

到了清代的中后期，竹枝词吟咏地方风土的特色进一步凸显，

---

① 王利器等：《历代竹枝词》（一），陕西人民出版社，505页。
②③ 同上，518页。

于是,"百咏"、"杂事诗"等也与竹枝词创作相类同,进一步成为地方志修撰的补充。陈坤《岭南杂事诗钞》在这类诗作中颇具代表性。陈坤是清代钱塘人,曾官潮阳知县,在岭南生活长达三十余年。诗抄八卷,共计288首,记录了神话传说、名胜古迹、名山好水、舆地纪胜、庙宇寺观、先贤人物、民间信仰、节日时序、婚姻丧葬、异味饮食、特色衣饰、经济生活、民风习尚、中外交流、禽兽鱼虫、花草果木、娱乐游戏、粤潮方言、文化教育、文艺歌舞等十九类,每诗后皆有注文,有些注文甚至多至二三百字,多引屈大均《广东新语》,成为重要的岭南史料。后饶宗颐编纂《潮州志·民俗志》,曾选入三十七首[①]。

这里举一些例子,来看陈坤《岭南杂事诗钞》对地方风物记载的细致,例如卷八多为岭南的花草果木:

椰

莲心味苦椰心甘,一样有心两倒含。甘苦从人何足辨,心源活泼贵虚涵。

波罗

携来嘉植自波罗,不见花开子满柯。刀斫一痕添一实,累累疣赘一何多!

杨桃

三欱多酸五欱甜,红花放了子垂檐。不愁烟瘴漫天起,自有清芬解养恬。

宜母子

风味无殊减齿梅,却能宜母善安胎。不愁不解相如渴,妙酝金茎露一杯。

---

① (清)陈坤著,吴永章笺证:《岭南杂事诗钞笺证》前言,广东人民出版社,3页。

木棉

珊瑚十丈紫烟霏,天半华灯耀远辉。惜与杨花同作絮,炎风暑语乱飞飞。

榕

绿荫深覆满庭榕,如厦容人亦自容。香结伽楠千百载,翩迁又见鹤来从。①

陈坤每首诗后有详尽的自注,有相当一部分引自屈大均的《广东新语》,这使得诗歌和笔记互为注释,相得益彰。例如,《椰》下自注云:

> 椰产琼州。栽时以盐置根下则易发。树高六七丈,直竦无枝,至木末乃有叶如束蒲,长二三尺。花如千叶芙蓉,白色,终岁不绝。叶间生实如瓠系,房房连累,一房二十七八实,或三十实,大者如斗。皮厚苞之,曰椰衣。皮中有核甚坚,与肤肉皆紧着。皮厚可半寸,白如雪,味脆而甘。肤中空虚,有清浆升许,味美于蜜,微有酒气,曰椰酒。琼人款客,以槟榔代茶,椰代酒,谓椰酒久服可以乌须。椰心色白而甘,在酒中大小不一,宜以槟榔兼嚼之。雷、琼妇女多鬻槟榔于市,以浮留叶结叠鸳鸯相饷,潜点椰心其中。屈大均竹枝词云:"数钱争出手纤纤,叶结鸳鸯满翠奁。莫道槟榔甘液好,买侬椰子更心甜。"凡拣椰子,以手摇之,听其中水声清亮,则其心大而甜,其肉厚,其壳亦坚,水声浊则否。盖椰心以水而养,椰无水则无心,往往而是。琼州歌有云:"不买椰衣只买心。"②

如果对照屈大均的《广东新语》,可以发现陈坤的自注与屈大

---

① (清)陈坤著,吴永章笺证:《岭南杂事诗钞笺证》前言,广东人民出版社,618—642页。

② (清)陈坤著,吴永章笺证:《岭南杂事诗钞笺证》,619页。

均的《广东新语》的不同之处，只是删去了另外两首屈大均的《椰子酒歌》，保留了"竹枝词"，陈坤单独选了"竹枝词"，一定程度上是对竹枝词形式记述地方风俗更为合适的认同：

> 椰产琼州。栽时以盐置根下则易发，树高六七丈，直辣无枝，至木末乃有叶如束蒲，长二三尺。花如千叶芙蓉，白色，终岁不绝。叶间生实如瓠系，房房连累，一房二十七八实，或三十实，大者如斗，有皮厚苞之，曰椰衣。皮中有核甚坚，与肤肉皆紧著。皮厚可半寸，白如雪，味脆而甘。肤中空虚，又有清浆升许，味美于蜜，微有酒气，曰椰酒。苏轼诗："美酒生林不待仪。"言椰子中有自然之酒，不待仪狄而作也。琼人每以槟榔代茶，椰代酒，以款宾客，谓椰酒久服可以乌须云。予诗："琼南无酒家，酒向椰中取。椰子有一心，出酒如娘乳。"又云："椰心在酒中，大似银桃子。浸以玉浆寒，食之甘且旨。"椰心色白而甘在酒中，大小不一，宜以槟榔兼嚼之。雷、琼妇女多鬻槟榔于市，以浮留叶结叠鸳鸯相饷，潜点椰心其中。予有竹枝词云："数钱争出手纤纤，叶结鸳鸯满翠奁。莫道槟榔甘液好，买侬椰子更心甜。"凡拣椰子，以手摇之，听其中水声清亮，则其心大而甜，其肉厚，其壳亦坚，水声浊则否。盖椰心以水而养，椰无水则无心，往往而是。琼州歌有云："不买椰衣只买心。"①

《椰子酒歌》是屈大均众多的效仿民歌民谣的作品之一，可见屈大均等提倡竹枝词的作者也十分注意收集歌谣谚语，并且仿作，这种现象恰好说明，竹枝词发展时期，仍然不断受到民歌民谣的影响，竹枝词与其他诗歌体裁在发展中也存在交互的影响。岭南地区的特色增加了诗歌记录描摹地方特色产物的重要功能。

---

① （清）屈大均：《广东新语》卷二十五，中华书局，631—632 页。

《广东新语》中另有关于"蚝"的记载,其中提到另一种类似竹枝词的《打蚝歌》:

> 蚝,咸水所结,其生附石,魂礧相连如房,故一名蛎房。房房相生,蔓延至数十百丈,潮长则房开,消则房阖,开所以取食,阖所以自固也。凿之,一房一肉,肉之大小随其房,色白而含绿粉,生食曰蚝白,腌之曰蛎黄,味皆美。以其壳累墙,高至五六丈不仆。壳中有一片莹滑而圆,是曰蚝光,以砌照壁,望之若鱼鳞然,雨洗益白。小者真珠蚝,中尝有珠。大者亦曰牡蛎,蛎无牡牝,以其大,故名曰牡也。东莞、新安有蚝田,与龙穴洲相近,以石烧红散投之,蚝生其上,取石得蚝,仍烧红石投海中,岁凡两投两取。蚝本寒物,得火气其味益甘,谓之种蚝。又以生于水者为天蚝,生于火者为人蚝。人蚝成田,各有疆界,尺寸不逾,逾则争。蚝本无田,田在海水中,以生蚝之所谓之田,犹以生白蚬之所谓之塘,塘亦在海水中,无实土也。故曰南海有浮沉之田。浮田者,薶䕩是也。沉田者,种蚝种白蚬之所也。其地妇女皆能打蚝,有《打蚝歌》,予尝效为之。有曰:"一岁蚝田两种蚝,蚝田片片在波涛。蚝生每每因阳火,相叠成山十丈高。"又曰:"冬月真珠蚝更多,渔姑争唱打蚝歌。纷纷龙穴洲边去,半湿云鬟在白波。"打蚝之具,以木制成如上字,上挂一筐,妇女以一足踏横木,一足踏泥,手扶直木,稍推即动,行沙坦上,其势轻疾。既至蚝田,取蚝凿开,得肉置筐中,潮长乃返。横木长仅尺许,直木高数尺,亦古泥行蹈橇之遗也。[①]

陈坤也有咏蚝之作,并引《广东新语》作注,他的《蚝》写道:

---

① (清)屈大均:《广东新语》卷二十三,中华书局,576—577页。

随潮开阖蛎房攒，龙穴洲边气最寒。蚝本无田田在海，种蚝容易打蚝难。①

这些文学现象说明，竹枝词的发展过程中，也有继续在地方民歌民谣中汲取营养的情况，但竹枝词作为一种已经被主流文化接受的形式，更容易受到文人的重视。

第二节 社会生活文化的专题特色

王士禛曾经对竹枝词创作有过"竹枝咏风土，琐细诙谐皆可入"②的论述，所谓的"琐细诙谐"，从某种程度上是对明清以后竹枝词创作的市井特色的描述。用今天的话来说，就是文人的竹枝词拟作，更多地关注地方风俗中的生活细节。

(一) 节令风俗

明代已有不少节令风俗的竹枝词，例如前面已经提到过的王彦泓的《新岁竹枝词》，以及朱嘉徵的《迎春竹枝词》等等，胡庭有《岁时竹枝词四首》，其中两首是写"寒食"以及"端午"风俗的变化：

簇簇桃花夹柳条，珠楼十二隔春桥。秋千竞渡山戎戏，介子无人慰寂寥。

喧天箫鼓及巴巫，竞渡云因屈大夫。抉眼忠魂如有在，当年应悔入勾吴！③

作者对当地"寒食"和"端午"风俗已经演变成热闹的民俗节庆活动表示了不满，认为背离了纪念介子推和屈原的初衷，也算是

---

① （清）陈坤著，吴永章笺证：《岭南杂事诗钞笺证》，广东人民出版社，716页。
② （清）刘大勤编：《师友诗传续录》，丁福保：《清诗话》，上海古籍出版社，157页。
③ 王利器等辑：《历代竹枝词》（一），陕西人民出版社，416页。

保留了竹枝词的讽喻传统。

又有杜濬《端午竹枝词》:

箫鼓中流巷赐酺,家家悬艾画于菟。麦秋将近应烹鹜,此日何人羞于都。

踏来百草效清明,反舌无声听鸸鸣。木槿花边小儿女,笆簧调罢杂竽笙。①

郝浴的《唐城二月二日河灯竹枝词》十首,写花朝节夜里放河灯的热闹场面,其中三首云:

花朝龙气晓来升,龙跃花开好放灯。点点琉璃推入水,下看星斗绿波澄。

乌衣密匝夜光凝,爆竹声中下彩灯。赴水才如莲落瓣,回风更比鱼儿能。

桥上花催桥下同,一枝花是两枝红。可怜两岸莫遮拦,都在芙蓉镜子中。②

此诗后一首中"可怜两岸莫遮拦,都在芙蓉镜子中"两句看似写花,却是写人,比喻生动,妙趣横生。唐梦赉的《济南上元竹枝词》则写上元节的风俗和祭祀活动热闹:

千佛灵岩一路青,五峰道士夜弹经。楮钱香马闻钲鼓,拜到天孙普照亭。③

文昭的《踏灯竹枝词》写京城中上元节的风俗,除了看戏,还有花鼓、舞狮、舞象的表演和放烟火鞭炮:

---

① 王利器等辑:《历代竹枝词》(一),陕西人民出版社,437页。
② 同上,442—443页。
③ 同上,445页。

舞象搏狮各弄威，花腔红鼓唱成围。绣花靴窄前门远，看过东华缓缓归。都人扮傀儡腰鼓而唱，谓之"打腰鼓"。又或蒙彩绘作狮象装，谓之"舞搏戏"。

甲第连云夜宴开，照天烟火紫崔嵬。五陵公子豪华甚，倒挂金鞭放地雷。京师烟火大者，多者三十出，奇巧不可名状，盖每放必以长杆云。爆竹大者谓之"地雷"，本西洋制法也。①

到了秦荣光《上海县竹枝词》中，则专有"岁时"一门共有36首之多，写沪上节令的各种民俗，其中正月接灶神的习俗，以及咏端午节和中元节，可以见出各地节令风俗的不同特色以及变化：

肉馅馄饨菜馅圆，灶神元夕接从天。城厢灯市尤繁盛，点塔烧香费几千。俗语："正月半夜，荠菜圆子肉馄饨。"是夜接灶神，点塔灯，各庙烧香，灯市烟火亦盛。又是夜倾城出游，曰"走三桥"。②

又是端阳景物新，枇杷角黍馈亲邻。儿童争买雄黄酒，妇髻玲珑插健人。午日，缚艾人，采药物，食角黍，亲戚以角黍、枇杷相馈，浮菖蒲雄黄酒，小儿以雄黄抹额，系百索于臂。妇人制彩为人形，插于髻，曰健人，祝夏健也。唐诗："松凉夏健人。"③

盂兰盆会盛中元，水陆莲灯合市喧。地藏欣开今岁眼，棒香遍地插黄昏。兰盆会，沪市最盛。闽广商荐亡。以饭为山，祀毕施丐。月晦大尽，为地藏王开眼，遍地插香，俗称"地灯"。④

这些作品中，常常会有细致的地方风俗描述，成为民俗研究的重要史料，例如秦荣光提到的"走三桥"，即正月十五前后的风俗。早在高士奇的《灯市竹枝词》中就有同样的描写，但南北日期则稍

---

① 王利器等：《历代竹枝词》（一），陕西人民出版社，722页。
② 顾炳权：《上海历代竹枝词》，上海书店出版社，214页。
③ 同上，215页。
④ 同上，216页。

有不同：

> 丫髻盘云插翠翘，葱绫浅斗月华娇。夜深结伴前门过，消病春风去走桥。正月十六日夜，京师妇女行游街市，名曰"走桥"，消百病也。多着葱白米色绫衫，为夜光衣。①

李彦章的《帝京踏灯词》中也描述了北方"走三桥"的习俗：

> 六桥人语涌春潮，薄雾侵衣酒易消。十五燕姬高髻样，夜凉乘月走三桥。②

又如李莹的《燕山岁末竹枝词四首》，分别描写准备迎新的岁末年景，大伙急盼新年到来，迫不及待地开始享受过年的食品和娱乐，洋溢着浓郁的北地民俗。其中民间喜闻乐见的"太平鼓子"和"关东糖"，乡味与年味，纵横交错：

太平鼓子

> 岁末京华雪乍晴，儿童拍手竞相迎。康衢早办元宵乐，打鼓声中祀太平。

关东糖

> 胶饴祀灶已分尝，又说关东善制糖。一缕箫声门外送，几人知味念家乡。③

除了年节风俗，还有大量的婚丧民俗，竹枝词中常常有细节的描述，如前章已经论述过的袁枚的《温州作筵词》，写温州新婚宴客的种种风俗。又如丘良任通过竹枝词研究各地民俗时，曾写到：

> 安徽芜湖一带中秋节晚间孕妇私行至近郊篱落间，随意摸索，谓之摸秋。得瓜宜男，得豆宜女：送子中秋纪美谈，瓜丁

---

① 《全编》一，76页。
② 同上，155页。
③ 王利器等：《历代竹枝词》（三），陕西人民出版社，1964—1965页。

芋子总宜男。无辜最惜红绫被，带水拖泥那可堪。原注：好事者令幼孩戏窃倭瓜，入新婚者之房，纳之被中，或以子母芋泥水淋漓，沾濡床褥，真恶作剧矣。（佚名《歙县纪俗诗》）①

明清之际反映社会现实和记载历史事件的竹枝词增多，纪实性增强，部分作品文学性相对减弱，但许多节令竹枝词却写得饶有风味，雅俗共赏。除了上述的例子，艺术性较强的如陈诚的《踏灯竹枝词》、吕祚德的《长干清明竹枝词》等，这些作品后被入选邓汉仪的《诗观》并得到很高的评价，这不仅说明竹枝词对地方生活风俗细节有生动的记述，艺术性颇高的作品在正统文人的创作中也拥有一席之地。

（二）生活文化的细致记述

明清时期的经济发展和社会变化，都在竹枝词的创作中有相当的表现，其中，对生活文化的细节描述进一步增加，这种细致的描述，构成地方性的"衣食住行"生活文化史料，也可以见出诗人们在竹枝词的创作中，将关注点逐渐转向普通大众，转向世俗生活的变化。例如明代郝璧的《广陵竹枝词》中有关于当地食品制作的记载：

> 雪藕银盘试蔗浆，桂玫团饼月中央。蝉緌初拂金茎露，为问昌容觅酒方。

> 扫径天香桂雨时，和将梅子得盐宜。珍函远瓮分清露，别有神形问炼师。②

明代宋懋澄有《阊门竹枝词》二十首，其中写到女性裙装的制作，包括缝纫、绣花以及绣花的图样，还有穿着者的细心拾掇：

---

① 丘良任：《竹枝词与民俗学》，《长沙水电师院学报》，1989年第1期，48页。
② 王利器等：《历代竹枝词》（一），陕西人民出版社，368页。

第五章　明清竹枝词的新变

连红裙子百花新，密纴蚕丝刺鸟身。解带登床银烛短，匆匆折叠避流尘。群叠花鸟山水是吴中珍重（品）。①

明代龙文的《龙城竹枝词八首》中，有关于女性头饰"套头"的细致描述，写套头在女性的精心盘缠中花样出新：

套头

缠头青布叠多层，上插华枝掩褶痕。娘子军宜边地有，争包巧样斗邻村。②

诗歌中出现套头的布料、色泽、纹理，包叠以后饰以花枝等来遮掩折痕等细节，并指出军中和边地盛行，姑娘们比着翻出新样，生动活泼。孔尚任《平阳竹枝词》中亦有对于妇女装束的描写。孔尚任于康熙四十六年（1707）丁亥秋应平阳知府刘棨约撰修府志，作《平阳竹枝词》五十首，多以描述山西临汾地方风土人情为主题，诗中可以见出当地女性的装束特点：

蹴鞠场中不用球，轻轻对踢眼斜瞅。分明学得秦楼舞，五彩裙边露凤头。

一群红裙不知名，按板都能唱曼声。白领乌巾云母扇，几人丰度似王生。③

清代以后，这一类的竹枝词中对生活场景的记述则日趋详尽。尤其是江南地区，通过对衣、食、住、行生活细节的描述，折射出江南地区的手工业发达和生活方式的精巧。

除了女子装饰的描写，也有清代男子装束的描述。如杨静亭编撰的《都门竹枝词》中"瓜皮小帽趁时新，金锦镶边窄又均"④，

---

① 王利器等：《历代竹枝词》（一），陕西人民出版社，271页。
② 同上，162页。
③ 同上，659—660页。
④ 王利器等：《历代竹枝词》（四），3007页。

229

记述的是清代男子所戴的帽子,清代男子日常戴的有小帽、风帽、皮帽,尤以小帽最为流行。小帽是明代流行的六合一统帽的俗称,以六块罗帛拼缝而成,形成一个半球,下有帽檐,以纱、缎等制成,颜色以黑为主,夹里用红色。帽顶中心饰有珠玉等饰物。到清代沿用此帽,略有改变,顶部或平或尖,帽边或宽或窄,后俗称瓜皮帽,就是明代小帽的沿袭①。

但竹枝词中能见到的,大部分是对女性装束的描摹。杨静亭编撰的《都门竹枝词》也有对女性时尚的描述,为后世服饰研究的重要史料:

> 跑行老媪亦"平头",短布衫儿一片油。长髻下垂遮脊背,也将新样学苏州。②

诗中的"平头"、"长髻下垂"是指清代汉族妇女盛行的发式"平三套"和"苏州撅"。"苏州撅"是一种垂而高撅的长髻,梳挽时将发掠至脑后,编束为髻,然后向颅后抛出,微微高翘。因从苏州传至各地而得名。这种发髻因在脑后高高翘起,而一度被当时人视为妖妆。当时,大江南北的各大繁华城市里的妇女,大都以苏、杭二州的服饰、头型为榜样。北京城内,一些中青年妇女也有梳苏州撅的,尤其是北京周围郊区以及河北省各县,妇女梳苏州撅的风气更盛。"平三套"和苏州撅相似,惟比苏州撅更为长翘③。

袁学澜曾撰有《吴郡岁华纪丽》十四卷,未刊。但他的竹枝词作品则收入了《适园丛稿》,有《苏台揽胜词》、《虎丘杂事诗》、《吴俗讽喻诗》、《吴都新年杂咏》、《吴门岁暮杂咏》等十余种。其中有《姑苏竹枝词》以及《续姑苏竹枝词》二百首,又有《田家四

---

① 参见尹志红:《明清服饰——首服趣谈》,《艺术与设计》,2009年第9期,315页。
② 王利器等:《历代竹枝词》(四),陕西人民出版社,3002页。
③ 参见李秋波:《顶上风情——中外古典发型略观》,《吉林艺术学院学报》,2008年第6期,65—66页。

时竹枝词》一百首。《田家四时竹枝词》中也有许多农家普通生活的记述，但明显要比前代同类作品细致：

> 晓验明霞夜看参，农家水旱剧关心。吴田洼下通潮汐，生怕春逢甲子阴。

> 典尽犁锄窘可知，鸣鸠又报艺田时。炊烟稀冷生茆屋，谁补春耕不足资？近日贫民犁锄亦付典库质钱。

> 釜甑炊成豆饭香，尝新儿女疗饥肠。田园生计无时息，春熟全家半载粮。吴农摘蚕豆，和米炊之为豆饭。

> 插秧人语水声中，云罨梅天雾雨濛。数亩栽成棋罫样，壶浆童挈馈农工。①

> 飓风小树著天飞，丝网船帆踏浪归。牵得九罳鱼满足，全家生事绿蓑衣。太湖渔船，得风则行。

> 菱角尖尖芡实圆，田头祭罢社生烟。卧闻瓜架虫络纬，正是秋凉搁稻天。秋分以后，田皆下壅，使稍涸数日，以得壅力，名搁稻。②

袁学澜的《姑苏竹枝词》中还细致描绘了妇女发髻的各种鲜花装饰，除了当地产的桂花、兰花等，还有外地贩来的茉莉花。诗中还描述了卖花买花在帘下交易的习俗：

> 丁家巷口月朦胧，茉莉香清透晚栊。鹦鹉呼茶金钏响，卖花人语绣帘风。丁家巷在阊门南濠，为平康聚处。茉莉花来自闽省，山塘花农，盛以马头篮，沿门唤卖，女子于帘下投钱买之。③

清代的苏州头饰，可谓花样百出，从潜庵的《苏台竹枝词》

---

① 《全编》三，101 页。
② 《续姑苏竹枝词》，王利器等：《历代竹枝词》（三），陕西人民出版社，2306—2308 页。
③ 同上，2289 页。

中，可以了解到当时女性头饰的时尚趋势：

> 缠头新作回文式，丝刊皮球卍字心。七宝压根银压扣，定烦织女替穿针。吴俗呼女帽曰兜。近日最尚刊丝作卍字皮球花样，望之烂然。青楼中以金银作杂花，缀以珠宝，着兜两旁，名曰压根。又作金钩以系兜，曰"压扣"。①

> 晓妆才罢点流黄，一粒椒穿玫瑰香。百宝嵌成金侧托，盘鸦髻上烂生光。以金作五灵芝或蝙蝠样，缀以杂宝，着髻两边，名曰"侧托"。

> 淡扫蛾眉彩笔停，芳兰几朵闪黄金？乌云巧绾边环髻，插上珍珠茉莉簪。铸金作兰花以为首饰。又择珠之长者嵌簪上，名"茉莉簪"。

> 顶花璀灿夺玫瑰，别插金簪号七梅。风颤玉钗摇不定，隔花遥拟可人来。以杂宝明珠作花插髻上，名曰"顶花"。簪钏上以明珠嵌作梅花七朵者，名曰"七梅式"。②

竹枝词作品在记述生活风俗的同时，仍然保留了乐府的美刺传统。例如，女性戴花的时尚，一度曾使虎丘种植的鲜花供不应求，以致农民不再栽种桑树，将桑畦变花田，如清人顾樵《虎丘竹枝词》：

> 莺语东风二月过，山中花少市中多。桑畦尽作栽花地，那得缫丝有绮罗。③

此习不止苏州，扬州亦然，董伟业《扬州竹枝词》开篇第一首便讽刺了新兴的消费奢靡社会风俗对于传统农业经济的冲击：

> 保障河中晚唱船，徐宁门外蚤春天。只栽杨柳莲花埂，不

---

① 王利器等：《历代竹枝词》（四），3395页。
② 同上，3396页。
③ 王利器等：《历代竹枝词》（一），649页。

第五章　明清竹枝词的新变

种桑麻芍药田。①

除穿戴日用之物外，竹枝词中还不乏美食细节的展现。其中《锦城竹枝词》写麻婆豆腐和其他成都小食，颇有特色：

麻婆陈氏尚传名，豆腐烘来味最精。万福桥边帘影动，合沽春酒醉先生。

蔬菜春来摆半街，时新物色比苏台。稀奇惟有莲花白，叶抱如拳不放开。川中蔬菜有莲花白，一种形团似锤其味鲜脆，凡欲开花结子须劈其面花乃出。

豆花凉粉妙调和，日日担从市上过。生小女儿偏嗜辣，红油满碗不嫌多。②

昔日成都北门万福桥边供挑夫歇脚、"摆龙门阵"的小吃加工，如今有许多已成为"中华老字号"或"中华名菜"，竹枝词对于市井民生不厌其细的记录，成为历史变迁的宝贵档案；蔬菜须劈面才能得花的"莲花白"；红油豆花凉粉，用四川话读起来更是朗朗上口，令人满口生津。

竹枝词中的美食在各类题材中都会提及，例如王士禛《玄墓竹枝词八首》咏道：

枫桥估客入山来，艓子多从木渎开。玛瑙冰盘堆万颗，西林五月熟杨梅。③

食用杨梅并不罕见，但精细到盛放杨梅的盘碟都详加描述却是独有的。即使是同一种水果，不同品种的不同特性也十分值得品味，清初僧人宗信《续苏州竹枝词》也写道：

---

① 王利器等：《历代竹枝词》（二），1035页。
② 王利器等：《历代竹枝词》（四），陕西人民出版社，3868、3869页。
③ 王利器等：《历代竹枝词》（一），484页。

石晖桥下太湖通，日日归帆趁晚风。霜降莫愁时果少，客船争买洞庭红。①

"洞庭红"是柑橘的名品，以味甜、汁多、络少、色艳而闻名遐迩，早在明代就贩运海外。"洞庭红"中的料红要经霜后才能采摘，且可贮至春节前上市，故而几乎是新年里家家桌上待客的果品，或是走亲访友的礼物。凡来苏城的客人，也总买以携归。

厉秀芳（1793—1867）曾写有《真州竹枝词》，其中也有不少记述当地的食品和点心：

乌菜
冬寒别有好园蔬，曾与梅花共一锄。最是铲来冰雪里，一瓯饭熟酒香初。

汤包
揉开粉饵注琼浆，拾向笼中仔细尝。一口要须都吸尽，恐教液滴上罗衫。

蟹包
老缺残牙乃蟹何，茶坊博士善调和。点人心不污人手，笑比持螯适口多。

过水面
过水还须作细浇，细丝蝴蝶味兼调。更分片玉成双璧，此是时兴跌断桥。俗为细者为丝面，阔曰蝴蝶，分一碗为二，曰"跌断桥"。②

《真州竹枝词》中还有不少常用器物，如《凉榻》、《睡椅》、《碧纱橱》、《帘》、《钟》、《竹夫人》、《汤婆子》等等，也有对休闲娱乐活动的描写，例如《蟀盆》、《饲饭》、《蟀场》、《茭草》、《蟀

---

① 《全编》三，771页。
② 王利器等：《历代竹枝词》（三），2550—2551页。

把》则是写养蟋蟀斗蟋蟀的事，但始终仍不乏兴寄之意：

> 铺毡灌水怕寒侵，日贴胸怀夜共衾。有此一番怜恤意，教他殉敌也甘心。①

这些生活文化的史料虽然琐细，但却真实地反映出社会的变迁和生活方式的变迁。其中娱乐生活的增加就是一例。清代中后期的竹枝词中还有不少记述庙会的作品，例如清道光年间，曾刊行过署名步虚居士的《天都会竹枝词》一百二十首，写的是镇江地区传统的都天庙会。都天会相传是为纪念唐代"安史之乱"时与叛军作战而牺牲的张巡，张巡南宋时曾被奉为"都天大帝"，每年农历五月，有长达一个月的庙会，盛况空前：

> 朗朗乾坤大有年，花花世界帝尧天。镇江最好都天会，拈定阄儿一月前。拈阄儿。

> 平居梦想最萦怀，赢得儿童笑满街。百脚旗飞城里外，门前挂出虎头牌。树旗杆挂牌。

> 他乡作客散如云，春暮回家说上坟。看会心情知更切，东翁支付几千文。回家看会。

> 刀尺频催压线忙，先其制就好衣裳。小家得意穿绸褂，罗绮新翻大户装。制衣衫。

> 利逐蝇头托业卑，全凭耍货供儿嬉。拟从质库添清本，借当邻家赶会期。办耍货。②

有学者指出，1861年，镇江辟为商埠后，经济盛极一时。商业同行之间，为了谋求共同利益，大多成立了同业公所或公堂，参

---

① 王利器等：《历代竹枝词》（三），陕西人民出版社，2553页。
② 《全编》三，560—561页。

加者须按营业额抽取一分左右的"厘头",称为"公厘",作为活动经费。当时市面繁荣,营业额颇为可观,所收会厘,日积月累,余额甚多。他们除了举办同业福利和救济事业之外,毫不吝惜地用于迎神赛会活动。因为庙会也是一个传统的商品交易市场,庙会期间,商业和有关的服务行业营业额陡增。镇江都天会举行之际,正值农忙季节,是商业淡季。然而行会时,各路客商云集,本地商人乘机纷纷洽谈生意,往往有很大的成交额,能解决一年之生计。仅木材、京广杂货、洋货、五金、五洋等几个行业的洽定贸易总额,便可达五六百万两。据粗略估计,近代都天会高峰时节,赴会者不下二十万人。旅馆、公所人满为患,购买力陡然增加[1]。因此,竹枝词中的社会文化生活史料,也是社会经济史的重要参考资料。而这些社会生活的细节入诗,则又给竹枝词的创作拓宽了创作灵感和实践。

(三)清代竹枝词作者群体的市井化趋向

清代中期以后,竹枝词不仅在创作上有大众化的倾向,作者群也有比较大的变化,特别是中下层文人对竹枝词有相当高的创作热情,并且留下颇具影响的作品。在这些作者中还有不少是书法绘画俱佳的文人,甚至有社会地位不高的竹刻艺术家。于是,将竹枝词的创作融入了题画、歌唱、竹刻的艺术范畴,提高了竹枝词新作的普及与传播。

具有代表性的作者群体,可以举出金陵、扬州、姑苏一带的文人为例。例如提到扬州竹枝词或广陵竹枝词时,人们就会提到董伟业。董伟业竹枝词的传播,则有赖于郑燮(板桥)的推崇。阮元《广陵诗事》记载说:

> 董耻夫(伟业),一字爱江,江都人。狂简自喜,嫉世俗

---

[1] 小田:《近代江南庙会经济管窥》,《铁道师院学报》,1994年第1期,1—3页。

之薄，作《扬州竹枝词》九十九首，郑板桥为之叙。时江都令某耳其名，欲一见不可得，强致之。爱江则衣短衫，不言而便溺，令深衔之。适新商赀宦交结官吏者诉之，竟遭笞。笞时，令谓之曰："耻夫遭耻辱。"董仰视笑曰："竹板打竹枝。"时人传之，令亦愧悔。①

郑燮曾数次手书董伟业的竹枝词赠与友人。今扬州博物馆等处有藏品。其中一幅"六分半书"手卷，于 2010 年的秋季艺术品拍卖会上以 324 万人民币成交。董伟业《扬州竹枝词》最后一首则表达了对郑燮的感激之情：

梦醒扬州一酒瓢，月明何处玉人箫？竹枝词好凭谁赏？绝世风流郑板桥。②

郑燮还曾以董伟业竹枝词诗作入画，《支那南画大成补遗》③续集四中有一幅影印的郑板桥所作《兰竹菊莲虾蟹菱蒜图》，画上题词为：

黄花盈瓮酒盈铛，扫径呼朋待月生。剥蒜捣姜同一嚼，看他螃蟹不横行。

午饭梳头倦不胜，棉衣须补补何曾。秋波未觉秋风冷，自向门外看老菱。④

落款为："董爱江竹枝词二首，板桥居士郑燮写其意。"所题之诗乃董伟业《扬州竹枝词》第八十一、八十五首。清乾隆七年壬戌（1742 年）春，郑板桥年届五十，得选山东范县令，在任期间所创作的《绝句二十一首》中有一首也表达了对董伟业作品的喜好和

---

① （清）阮元：《广陵诗事》，广陵书社，2005 年，56 页。
② 王利器等：《历代竹枝词》（二），陕西人民出版社，2003 年，1041 页。
③ （日）河井荃庐：《支那南画大成补遗》，兴文社，1936 年。
④ 王利器等：《历代竹枝词》（二），陕西人民出版社，1040 页。

誊抄：

> 百首新诗号竹枝，前明原有艳妖词。合来方许称完璧，小楷抄誊枕秘随。①

董伟业的《扬州竹枝词》传抄早于刊刻，目前能见到的较早的刻印本是清雍年间收入《乐府小令》的本子，为董伟业《扬州竹枝词》作序题词的顾于观、潘西凤、李葂、常执桓，以及《扬州竹枝词》中提及的金农、黄慎、罗聘等，许多人都是著名的画家和艺术家，例如潘西凤（1736—1795）②，浙江新昌人，以竹刻称名于世，金陵竹派代表，潘氏竹雕出自天然而神形兼备，董伟业在《扬州竹枝词》中写潘氏的竹刻："老桐与竹结知音，苦竹雕镂苦费心。"③但潘西凤仕途困顿，曾为年羹尧幕僚，曾精选佳竹，摹刻王羲之"十七帖"，尽得其神韵，精妙绝伦，后经翁方纲鉴赏题跋，遂身价倍增，嘉庆间被纳入内府。

罗聘的《香叶草堂诗存》中有《江上怀人绝句十五首》中，其中有第二首、第五首分别写郑板桥和董伟业：

> 一官轻弃返初心。游戏人间岁月深。曾到蓬莱看东海，题诗笑付老龙吟。（郑板桥）

> 销魂一卷鲍家诗。翠袖天寒泣竹枝。定有秋坟鬼争唱，三更正是雨来时。（董竹枝）④

郑燮、董伟业这一诗人群体，都属于比较下层的文人，有些做过小官或幕府，有些后来沦落成当街卖画的艺人或者兼做手工艺。潘西凤后来侨居扬州，与郑、董过从，扬州画家群促成了潘西凤竹

---

① （清）郑燮：《郑板桥集》，上海古籍出版社，86页。
② 参见柴眩华：《清代竹刻艺术及名家举要》，《东方博物》，2005年第3期，26页。
③ 王利器等：《历代竹枝词》（二），陕西人民出版社，1038页。
④ （清）罗聘：《香叶草堂诗存》，《续修四库全书》，上海古籍出版社，2002年，461页。

第五章　明清竹枝词的新变

刻艺术的精湛与成就。郑燮的诗歌揭示了他们这群人的平民倾向：

> 年年为恨诗书累，处处逢人劝读书。试看潘郎精刻竹，胸无万卷待何如。①

竹枝词的作品可以成为绘画的题材，而竹枝词又成了画上的题画诗歌。当这些文人沦落街头卖画卖艺为生时，则更进一步了解下层百姓的生活，也包括与歌女的往来。而竹枝词的歌唱，则又催生了新的诗作和画作。这是一个新的变化。郑板桥四十五岁时的"道情词卷"写道："雍正三年，岁在乙巳，予落拓京师，不得志而归，因作道情十首以遣兴。"②郑板桥的"道情十首"付梓后，影响很大，据其书法作品《刘柳村册子（残本）》记载，未几便"传至京师，幼女招哥首唱之，老僧起林又唱之，诸贵亦颇传颂，与词刻并行"③。

道光年间的画家陆玑，曾有《吴门竹枝词》，据他的自序，可以得知是他"卖画吴门"后的作品。陆玑字次山，号铁园，仁和诸生。嘉庆时署富顺县丞，后为汉州知州。书擅行草，善山水，戴熙称其书法之妙，不让元人。他的竹枝词写到文人当街乞讨的情状：

> 书生何必画凌烟，人到无愁便是仙。开府文章供奉笔，途穷还值一文钱。有丐背诵庾子山《哀江南赋》乞一钱，不与，则益李青莲《将进酒》。④

靠背诵诗文来行乞的事被描述，多少寄予了作者惺惺相惜的心情。由于画家独特的观察角度和细致敏锐的捕捉，《吴门竹枝词》中有关于绘画以及街头艺术的文化史料弥足珍贵，但同时也书写了下层

---

① （清）郑燮：《郑板桥集》，上海古籍出版社，83页。
② 参见杨士林：《郑板桥评传》，安徽人民出版社，49页。
③ （清）郑燮：《郑板桥集》，上海古籍出版社，188页。
④ 《全编》三，309页。

文人艺术家自己的生活细节：

> 池水何年一剑开，衣香鬓影艳徘徊。多情乞化千人石，绝等金莲踏过来。千人石，游女至虎丘，必徘徊其间。

> 黄土搏人溯古风，总凭清浊判雌雄。谁知更试新奇巧，传出庐山对面中。虎丘捏喜容最肖。

> 矮屋疏篱老圃家，压枝分种足生涯。虎丘十里山前后，纵有良田但种花。人家多种花为业。

> 助写风情秘戏图，宵来云雨便欢娱。小姑凝想深闺里，怕问罗敷未有夫。虎丘画家多妇女，写春画昔不避人，今则内室画矣。

> 书画聊随润笔钱，莫嫌一砚有荒田。路头胜会沿街闹，穷到财神也化缘。路头神不时出会，今年乃化缘。

> 剪取罗纨璧月中，年年巧制换秋风。画家团扇征新样，添个诗人陆放翁。团扇新样创自苏州，遍行他省。

> 唐仇文沈去多时，谁问当年画里诗。说到近来敷粉好，牡丹但要买胭脂。近来画家多事涂泽。

> 翰墨全凭点染工，娇宜鹦绿艳猩红。画师一味矜颜色，多谢吴娘洗涤功。颜色不须自制，惟苏城为然。虎丘妇多能制者。

> 年年金线压来难，花簇云蒸恰耐看。锦绣文章拼贱卖，女红略较免饥寒。组绣价低，女工多也。

> 割尾装头真复讹，犹闻旧谱出宣和。遗风更衍南宫派，谁辨河豚赝本多。骨董鬼作伪，凡真迹假跋，假迹真跋。拆散名迹，最可痛恨。赝鼎之多，更恒河沙数。

> 吴趋风物半虚花，第一功夫算裱家。更喜漾盆全画法，古人不厌足添蛇。裱家当是天下第一。

第五章 明清竹枝词的新变

桃花笺纸艳春风,洒上黄金便不同。还有文章如印板,一般游戏售儿童。桃花坞,多造纸为业,并制花纸。

煞费良工一寸心,取裁嘉定成竹林。哀丝脆肉声相和,但祝花间遇赏音。箫笛开孔,他郡皆不及。

泥搏人物纸糊官,博得群儿热眼看。更喜随风推挽易,秋千一搭上车盘。巧制耍货,出自虎丘。①

诗中描述了苏州虎丘供游客娱乐的捏泥人、耍货等街头艺术,又有桃花坞印制年画,苏州装裱画技艺和箫笛开孔技艺的记述,极其细腻生动。有关绘画艺术的诗作,十分珍贵地保留了第一手的文化史料,例如诗中提到,当时沦落的画家已经依靠润笔度日,画技也日渐趋向买主的喜好,"说到近来敷粉好,牡丹但要买胭脂",字里行间表现了作者对画风趋俗,物事变迁的无奈。诗中还记述了坊间商贾制作书画赝品的情况,制造假古董时,"真迹假跋,假迹真跋",移花接木,花样百出,真可谓造假的能手了。这些诗作还反映了画家作画也已经越来越迎合日常生活用品的需要,"画家团扇征新样",不仅说明画家为争取顾客而必须创意出新,也说明千余年来文学艺术创作大多以创作者自我意志表达为主的时代已经远去,艺术家们以艺术来美化日常实用器具的做法,也是审美情趣日益大众化的表现。

由于作者身份的改变,作为一个"卖画吴门,穷愁益甚"② 的诗人兼画家,他的立场和观察角度也有了变化,如前面提到了作者对街头艺人的夸赞,体现了他对下层艺人尊重;又如他对吴门画派中女性贡献的描述,也有不少笔墨。"多谢吴娘洗涤功",是指当时的绘画颜料已有专门制作,苏州吴门画派名人辈出,多用当地所制

---

① 《全编》三,310—313 页。
② (清)陆玑:《吴门竹枝词自序》,《全编》三,308 页。

颜料。传统中国画颜料的生产原料可分为矿物性、植物性、动物性、金银和化工合成五大类，原料不同，制造方法各异：有的要推磨；有的要浸泡；有的要取其实质。以花青颜料为例，制作工序就有十多道。从陆玑诗中可以知道，颜料制作工人中，竟然女性为多。从绘画原料直到文人卖画，已经形成了一个成熟的产业链。

  新词哀艳写劳愁，游戏场中有泪流。自古才人穷不死，桃花一坞足千秋。唐子畏治圃桃花坞，其墓尚存。①

陆玑对竹枝词的运用，与上述一诗所表达的心绪是相同的，正如他在自序中所说的那样："昔杨用修自涂粉面，入优人队，识者以为壮心不堪牢落，故耗之耳。姚石甫观察见余近作，叹为古之伤心人，别有怀抱。"②杨用修自涂粉面，是指明代杨慎被贬戍云南后，放浪形骸，纵酒自娱之事。王世贞《艺苑卮言》记载说：

  用修谪滇中，有东山之癖。诸夷酋欲得其诗翰，不可，乃以精白绫作裓，遗诸伎服之，使酒间乞书。杨欣然命笔，醉墨淋漓裙袖。酋重赏伎女，购归装潢成卷。杨后亦知之，便以为快。

  用修在泸州尝醉，胡粉傅面，作双丫髻，插花，门生舁之，诸伎捧觞，游行城市，了不为怍。人谓此君故自汙，非也。一措大裹赭衣，何所可忌？特是壮心不堪牢落，故耗磨之耳。③

陆玑以杨慎自喻，以及郑燮、董伟业等人猖狂，并以竹枝词的写作来宣泄不满，抒发"别有怀抱"，处于十分相似的心境。正所

---

① 《全编》三，315页。
② （清）陆玑：《吴门竹枝词自序》，《全编》三，309页。
③ （明）王世贞：《艺苑卮言》，丁福保辑：《历代诗话续编》，中华书局，1053页。

谓"于嬉笑怒骂之中,具潇洒风流之致"。

由于这些文人的地位和境遇的变化,使得他们对于中下层人群的关注从旁观者变成了亲身体验者,于是,观察的角度和深度都发生了本质的改变,而竹枝词的形式不仅满足了他们"别有怀抱"的寄托,增添了竹枝词乐府传统的讽喻色彩,同时,由于对贫民阶层的贴近和了解,对生活文化的细节记述愈发生动而真实。这种趋势,则进一步促使传统诗歌转型的渴求蔓延开去。

(四) 清代竹枝词市井化趋向的背景和意义

清代竹枝词创作的市井化趋向并不是孤立的,它反映出文学艺术创作中作者群地位下降,同时期诗歌创作大众化的趋势,以及文人"鬻艺"生存方式和文化市场兴起的交互影响。虽然城市的工业化和近代化尚未完全到来,但是部分地区商业的繁盛和普通市民闲暇时间的富余,都会产生出从物质到文化的消费需求。这些需求使得世俗大众参与到文学艺术的生产和消费中来,打破了传统的以精英阶层为主的流转渠道,使传统的文学艺术进一步扩大了受众面。

诗、书、画一体的创作风尚,促使许多文人拥有集诗书画于一身之技能,这种技能似乎也给不少文人在仕途困顿时带来一种新的生存方式。鬻画、鬻艺常常是中下层文人的生存方式之一。例如,常熟人范玑,"山水笔墨潇洒,仿渔山、石谷,稍变其法,家贫,卖画奉母。犹善鉴别书画古物"。他的《卖画》诗写道:

> 莫笑柴门没草莱,只因卖画偶然开。登山为肯呼庚癸,袖里烟云换米来。[1]

当从物质到文化的消费需求波及普通民众时,文学艺术创作主体的创作目的和方法以及审美标准和价值等等,都会随之发生变

---

[1] (清)李濬之:《清画家诗史》,杭州:浙江人民美术出版社,1173页。

化。正如波德里亚所说的那样,"艺术作品开始被传播和评价以后,其美学价值、社会功能会处于变化之中"①。

吴兆钰的《姑苏竹枝词》中描写依靠织机做小生意的"机户"在家中"票戏",以及购得"美人图"后富家的炫耀,都体现了这一时期普通民众对文化产品和文化消费的需求:

> 锣鼓声喧集画堂,城东机户学滩王。呼朋引类纵横坐,冷炙残肴一抢光。

> 法书名画知音少,大副千钱购美人。悬处客来须止步,三年墙隙似窥臣。②

波德里亚曾经把甲复制艺术品作摆设以及满足大众装饰需求而大量生产"伪造的鳌脚物品",称作"媚俗"③,并认为,"它在消费社会社会学现实中的基础,便是'大众文化'。这是一个流动的社会:广大阶级的人们沿着社会等级发展,终于达到更高的地位并同时提出了文化需求,而这种需求就是需要用符号来炫耀这一地位。在各个社会层次中,'新来的'一代人都想拥有自己的全副武装。"④竹枝词中的这一类事例的记述,恰好反映出这样的动机和需求。而从另一个角度来看,这种需求不仅扩大了文化艺术的消费市场,同时也使创作者群体进一步扩大,审美价值也不断变化,以适合消费者的口味。在这样的社会变化中,几乎所有贴近消费市场的创作,都会进一步市井化。创作者的立场、作品的内容以及风格,相对传统而言,会越来越显现出大众特征。以竹枝词为例,具体表现为作者对市井生活的洞察深入细致,甚至有亲身的经历;描述的

---

① (匈)阿诺德·豪泽尔著,居延安译编,《艺术社会学》,学林出版社,139页。
② 《全编》三,459—460页。
③ (法)让·波德里亚著,刘成富等译:《消费社会》,南京大学出版社,113页。
④ 同上,113—114页。

内容具体而贴近普通平民,对社会变化中新奇或丑陋的事物津津乐道;遣词用句信手拈来,浅白俚俗,不事雕琢。如果将不同创作群体的作品做一比较,就会发现这种审美差异和风格差异显而易见。试比较顾嗣立和沈德潜的《山塘竹枝词》,顾氏与沈氏的作品仍然停留在传统意义的层面上,以诗人自我吟哦为中心,依然保持着清新雅致的语言风格:

山塘竹枝词　　顾嗣立

山塘七里百花明,缤纷红紫飞入城。眼看青青春色改,可知杨柳太无情。

半塘古寺绿沉沉,劝客黄鹂过水心。花船横阁游山去,酒肆人喧半北音。①

山塘竹枝词　　沈德潜

白公堤边柳千枝,柳下酒家扬酒旗。旗亭为问如花女,解唱黄河远上词。

花市家家草木酬,朱朱白白映疏帘。看花岁有童心在,折取繁枝插帽檐。②

清代竹枝词的市井化趋向,与其他文学艺术样式的市井化共生共存。这一点不仅可以在上述的各项艺术品消费过程中显现出来,在日趋通俗化、大众化的其他文学样式,如笔记小说中也可以显现出来。《豆棚闲话》第十则《虎丘山贾清客联盟》中有一组竹枝词,恰好也是记述山塘一带新兴的消费经济:

阊门外,山塘桥,到虎丘,止得七里,除了一半大小生意人家,过了半塘桥,那一带沿河临水住的,俱是靠着虎丘山上

---

① 王利器等:《历代竹枝词》(一),陕西人民出版社,784页。
② 王利器等:《历代竹枝词》(二),陕西人民出版社,1027页。

养活，不知多多少少扯空硏光的人。即使开着几扇板门，卖些杂货或是吃食，远远望去挨次铺排，到也热闹齐整。仔细看来，俗语说得甚好：翰林院文章，武库司刀枪，太医院药方，都是有名无实的。一半是骗外路的客料，一半是哄孩子的东西。不要说别处人叫他空头，就是本地有几个士夫才子，当初也就做了几首《竹枝词》或是打油诗，数落得也觉有趣。我还记得几首，从着半塘桥堍下那些小小人家，渐渐说到斟酌桥头铺面上去：

路出山塘景渐佳，河桥杨柳暗藏鸦。欲知春色存多少，请看门前茉莉花。

古董摊
清幽雅致曲栏杆，物件多般摆作摊。内屋半间茶灶小，梅花竹筀避人看。

清客店　并无他物，止有茶具炉瓶。手掌大一间房儿，却又分作两截，候人闲坐，兜揽嫖赌。

外边开店内书房，茶具花盆小榻床。香盒炉瓶排竹几，单条半假董其昌。

茶馆　兼面饼
茶坊面饼硬如砖，咸不咸兮甜不甜。只有燕齐秦晋老，一盘完了一盘添。

酒馆　红裙当垆
酒店新开在半塘，当垆娇样幌娘娘。引来游客多轻薄，半醉犹然索酒尝。

小菜店　种种俱是梅酱酸醋，饧糖捣碎拌成。

虎丘攒盒最为低，好事犹称此处奇。切碎捣虀人不识，不加酸醋定加饴。

蹄肚麻酥

向说麻酥虎阜山,又闻蹄肚出坛间。近来两件都尝遍,硬肚粗酥杀鬼馋。

海味店

虾鲞先年出虎丘,风鱼近日亦同侪。鲫鱼酱出多风味,子鲚鳊皮用滚油。

茶叶

虎丘茶价重当时,真假从来不易知。只说本山其实妙,原来仍旧是天池。

席店

满床五尺共开机,老实张家是我哩。看定好个齐调换,等头银水要添些。

花树

海棠谢了牡丹来,芍药山鹃次第开。柴梗草根人勿识,造些名目任人猜。

盆景

曲曲栏杆矮矮窗,折枝盆景绕回廊。巧排几块宣州石,便说天然那哼生。

黄熟香

一箱黄熟尽虚胞,那样分开那样包。道是俺叭曾制过,未经烧着手先搔。

相公

举止轩昂意气雄,满身罗绮弄虚空。挤成日后无聊赖,目下权称是相公。

时妓

妓女新兴雅淡妆,散盘头发似油光。翠翘还映双飞鬓,露出犀簪两寸长。

老妓

涂朱抹粉汗流班,打扮跷蹊说话弯。嫖客畬多帮衬少,拉拉扯扯虎丘山。

窠子

机房窠子半村妆,皂帕板层露额光。古质似金珠似粟,后鹰喜鹊尾巴长。

和尚

三件僧家亦是常,赌钱吃酒养婆娘。近来交结衙门熟,蔑片行中又惯强。

花子

蓬头垢面赤空拳,褴褛衣衫露两肩。短薄祠前朝暮立,声声只说要铜钱。

老龙阳

近来世道尚男风,奇丑村男赛老翁。油腻嘴头三寸厚,赌钱场里打蓬蓬。

后生

轻佻卖俏后生家,遍体绫罗网绣鞋。毡帽砑光齐撤匾,名公扇子汗巾揩。

大脚嫂

大家嫂子最跷蹊,抹奶汗巾拖子须。敞袖白衫翻转子,一双大脚两鳊鱼。

第五章　明清竹枝词的新变

孝子　举殡者多在山塘一带，孝子无不醉归。

堪嗟孝子吃黄汤，面似蒲东关大王。不是手中哭竹棒，几乎跌倒在街坊。①

关于《豆棚闲话》的作者艾衲居士以及作者的籍贯，向来有不同的说法而证据并不确凿，近年来也有研究者指出，小说中"与苏州相邻地区有关的题材、描写与语言，则在提示我们，艾衲居士及其同好们，当在狭义的江南一带寻找"②。虽然不能依此便断定作者的籍贯，但似可猜测作者曾在这一带居住过一段时间，不然不可能如此谙熟此地的方言。小说中的竹枝词嬉笑怒骂，写的都是虎丘山塘一带的铺面人家和市井生活，与小说的手法呈现出一致的风格。小说中引用竹枝词而非其他体裁的诗歌，说明竹枝词的样式已经颇为大众所接受，可以和小说融为一体，成为茶余酒后的消遣。小说中十二首竹枝词，几乎都与休闲娱乐的物质消费有关，历数各种吃食和食客的食态，再就是记述妓馆、懒汉、醉汉、赌棍等等，山塘街景已经完全显出一副消费社会的面目。这种俗事俗写的趋向，一定程度上显示出作者观察生活的视角下沉。作者对消费社会新鲜事物的批判是矛盾的：一边是对街景的津津乐道，一边是作者因价值观和现实之间的反差而产生的不满。这种心态导致同类作品都具有较强的讽刺性，所谓"风气迥非昔比。暇日即所见闻，托诸嬉笑怒骂，以志丁鹤归来、城是人非之感"③。这种写作风格既是竹枝词对儒家诗学传统和乐府传统的继承，也是一种新的开拓，后来成为近代城市化以后竹枝词创作的主流。

---

① 艾衲居士：《豆棚闲话》，上海：上海古籍出版社，108—111页。
② 刘勇强：《风土·历史·人情——〈豆棚闲话〉中的江南文化因子及共生成背景》，《清华大学学报》2011年第3期。
③ （清）叶调元，徐明庭、马昌松校注：《汉口竹枝词校注》自叙，湖北人民出版社，1页。

清代竹枝词创作中的市井化趋向，为近代都市中以竹枝词吟咏新事物和文化消费的兴起，奠定了基础。对于中国城市近代化以后，都市文学和都市文化的建构有着重要的意义。近代竹枝词创作的再次繁盛，是传统格律诗在迎合城市近代化以后的文化需求中，一次成功的转型。特别是新文学运动尚未到来之时，竹枝词的创作在相当程度上反映了社会新变的广泛性。这一时期的竹枝词创作所涉及的社会生活面极广，同时也说明：中国韵文学的优势，并没有因为近代化而失去；相反，通过选择和变化，传统诗歌能够找到与时代相适应的形态，来满足大众的精神需求。竹枝词变化和转型的复杂过程，一定程度上展现出传统的主流的文学，从形式到内容，是如何走向大众的。清代竹枝词创作中的市井化趋向，包含了诗歌结构形态、运转模型和观念的转变过程，也包括竹枝词创作主体与客观环境的适应程度。在此之前，中国传统诗歌的创作、结集和刊刻，尚未达到现代商业介入的程度。而竹枝词成为都市文学的一部分，则与《申报》的推动有关，与都市新型的"消费文化"的形成有关，而这一层面上竹枝词现象所承载的意义，则是文化经济发展的端倪。

第三节　女性生活史的呈现和身份转换

竹枝词的"女儿"传统，在明清两代得到进一步的彰显。不但竹枝词中吟咏女性的题材不断增多，更重要的是创作者的观念随着社会的变化也产生了新的变化。明清以后的竹枝词中，不仅保存了丰富的女性生活史料，还可以通过竹枝词的叙事空间，看到女性对家庭乃至社会各方面的重要贡献，以及主流社会对女性某些贡献的认同。

（一）女性参与家庭经济的记述

如同乐府诗歌中有歌咏采桑女子的传统，竹枝词中吟咏女性，自古就有记述女性参与家庭经济的环节。明代以后,这类题材也开始丰富起来,可以看到在江南地区,相当部分的女性除了家务之外,也是从事家庭副业的重要生产力。例如仲恒《塘西竹枝词》:

> 家住塘西西界河,阿侬晨夕自经梭。入市待翁沽酒去,闲挑野菜唱山歌。①

又如周永言的《吴江竹枝词》:

> 清水池边水似泉,惯将灰洒做丝绵。郎添文武苴尖火,侬踏缫车抱茧牵。②

女性在家中从事养蚕、缫丝、纺织以及各种经济副业,是传统农业社会中女性承担的工作,这可以在许多"耕织"的记载中看到。我国农业历史古籍中有一种叫做《耕织图》的"图说农书",用今天的话来说,就是绘本式的耕织指导手册。所谓"耕织",就是男耕女织,因此,这一类的图书中,也有对女性从事的家庭副业的指导。1995年中国农业出版社出版的《中国古代耕织图》,收录了六十余种存世的中国古代《耕织图》。中国历史上的《耕织图》,最早见于著录的,是南宋楼璹的《耕织图》。楼璹的《耕织图》,宋本已不可得。自宋以后,依照楼璹的《耕织图》而描绘、临摹和翻刻者为数不少。根据楼璹之侄楼钥《攻媿集》记载,可以推断楼璹绘制并进献给高宗皇帝的《耕织图》约在绍兴年间(1131—1162):

> 伯父时为临安于潜令,笃意民事,慨念农夫蚕妇之作苦,究访始末,为耕织二图。耕,自浸种以至入仓,凡二十一事;织,自浴蚕以至剪帛,凡二十四事;事为之图,系以五言诗一章,章八句,农桑之务曲尽情状。虽四方习俗间有不同,其大

---

① 王利器等:《历代竹枝词》(一),陕西人民出版社,380页。
② 同上,425页。

略不外于此，见者固已魋之。未几，朝廷遣使循行郡邑，以课最闻。寻又有近臣之荐，赐对之日，遂以进呈。①

楼璹的《耕织图》问世后，直到嘉定三年（1210），才由孙子楼洪、楼深以诗刊志石，侄楼钥为之书丹，刊行以传。明代万历间刊印的《便民图纂》，把《耕织图》二卷中的图稍加删改后全部收入，但删去了原作的五言诗，原题的诗歌改成了《竹枝词》，其中农务图十五首，女红图十六首②。邝璠的序言写道：

> 宋楼璹旧制《耕织图》，大抵与吴俗少异样，其为诗又非愚夫愚妇之所易晓。因更易数事系以吴歌，其事既易知，其言亦易入；用劝于民，则从厥攸好，容有所感发而兴起焉者。人谓民性如水，顺而导之，则可有功。为吾民者，顾知上意向而克于自效也欤。③

原题的五言诗歌，改成竹枝词，不仅因为吴地的耕作条件和方法有异于北方，需要强调江南的操作方法，更说明竹枝词通俗易懂，容易为普通农民所接受。这里也透露出一个潜在的信息，就是竹枝词创作有了实用功能的开拓；预示着竹枝词的发展在明代以后，会更多地运用到社会需要的事务中去，从而增强它从边缘向主流的迈进。

改后的竹枝词称作《农务女红竹枝词》④，的确写得通俗易懂，先看"农务"一类：

---

① （宋）楼钥：《跋扬州伯父〈耕织图〉》，《攻媿集》卷七十六，文渊阁《四库全书》影印本。
② 参见蒋文光：《从〈耕织图刻石〉看宋代的农业和蚕桑》，《农业考古》，1983年第1期，242页。
③ 王利器等：《历代竹枝词》（一），陕西人民出版社，181页。
④ 《农务女红竹枝词》收入《便民图纂》，学界对编者及刻印者有争议，《历代竹枝词》收此作署名邝璠，姑且从之。

浸种竹枝词

三月清明浸种天,去年包裹到今年。日浸夜收常看管,只等芽长撒下田。

耕田竹枝词

翻耕须是力勤劳,才听鸡啼便出郊。耙得了时还要耖,工程限定在明朝。

耖田竹枝词

耙过还须耖一番,田中泥块要匀摊。摊得匀时秧好插,摊弗匀时插也难。

扬田竹枝词

草在田中没要留,稻根须用扬扒搜。扬过两遭耘又到,农夫气力最难偷。

耘田竹枝词

扬过秧来又要耘,秧边宿草莫留根。治田便是治民法,恶个祛除善个存。①

"女红"一类,是从养蚕一直写到缝制新衣,每个工序都有详尽的描写:

下蚕竹枝词

浴罢清明桃柳汤,蚕乌落纸细茫茫。阿婆把秤秤多少,够数今年养几筐。

喂蚕竹枝词

蚕头初白叶初青,喂要匀调采要勤。到得上山成茧子,弗知几遍吃艰辛。

---

① 王利器等:《历代竹枝词》(一),陕西人民出版社,181—182页。

蚕眠竹枝词

一遭眠了两遭眠,蚕过三眠遭数全。食力旺时频上叶,却除隔夜换新鲜。

采桑竹枝词

男子园中去采桑,只因女子喂蚕忙。蚕要喂时桑要采,事头分管两相当。

大起竹枝词

守过三眠大起时,再拼七日费心机。老蚕正要连遭喂,半刻光阴难受饥。

上簇竹枝词

蚕上山时透体明,吐丝做茧自经营。做得茧多齐喝彩,一春劳绩一朝成。

炙箔竹枝词

蚕性从来最怕寒,筐筐煨靠火盆边。一心只要蚕和暖,囊里何曾惜炭钱!

窖茧竹枝词

茧子今年收得多,阿婆见了笑呵呵。入来瓮里泥封好,只怕风吹便出蛾。

缫丝竹枝词

煮茧缫丝手弗停,要分粗细用心精。上路细丝增价买,粗丝卖得价钱轻。

蚕蛾竹枝词

一蛾雌对一蛾雄,也是阴阳气候同。生下子来留做种,明年出产在其中。

祀谢竹枝词

新丝缫得谢蚕神,福物堆盘酒满斟。老小一家齐下拜,纸钱便把火来焚。

络丝竹枝词

络丝全在手轻便,只费功夫弗费钱。粗细高低齐有用,断头须要接连牵。

经纬竹枝词

经头成捆纬成堆,织作翻嫌无了时。只为太平年世好,弗曾二月卖新丝。

织机竹枝词

穿筘才完便上机,手掷梭子快如飞。早晨织到黄昏后,多少辛勤自得知。

攀花竹枝词

机上生花第一难,全凭巧手上头攀。近来挑出新花样,见一番时爱一番。

剪制竹枝词

绢帛绫绸叠满箱,将来裁剪做衣裳。公婆身上齐完备,剩下方才做与郎。[1]

诗中虽然依照养蚕的顺序,仔细地叙述养蚕到缫丝织锦的过程,但字里行间则包含了劝农教诲的成分,如最后一首提到做衣裳要"公婆身上齐完备,剩下方才做与郎",体现了传统社会中"孝道"和"妇道"的宣扬。但通篇读来,则又可以体会出以家庭为单位的经济体,男女分工合作的生产方式和生活方式日复一日、年复

---

[1] 王利器等:《历代竹枝词》(一),陕西人民出版社,184—187页。

一年的时代感。说明两宋以来，东南地区"平原沃土，桑柘甚盛，蚕女勤苦，罔畏饥渴。急采疾食，如避盗贼。茧薄山立，缲车之声连甍相闻。非贵非娇，靡不务此"①。江南地区的农家，除了耕种，养蚕和丝织也是十分重要的家庭经济。从诗中可以看出，蚕桑和纺织，主力是女性，但是忙时男性也要帮忙："男子园中去采桑，只因女子喂蚕忙。"丰收以后祭祀蚕神，也是"老小一家齐下拜"，可见，家庭生产也是有分工有合作。而"农务"中的描写虽然没有提到女性，但从清代的史料来看，田里的活计女性也必须参与。孙燕昌《魏塘竹枝词》曾写江南女性的"落田"：

> 香秔香糯绿抽芒，插种须郎侬拔秧。凌波羞自解罗袜，从未落田新嫁娘。农家拔秧及车水，多妇女助工，田中操作，曰"落田"。②

有些农活则也以女性为主，例如采茶。

清代查慎行《昌江竹枝词》中有浮梁茶业产业链的描写，女性从事采茶、撑篙等各种生产性的活计：

> 浮梁县西山渐平，浮梁县东水更清。濛濛天气长如雨，卧听前湾水碓声。

> 瓷石硙硙精辘轳，春砂淘础有精粗。年来御厂添窑户，不种山田另起租。

> 谷雨前头茶事新，提筐少女摘来匀。长成嫁作邻家妇，胜似风波荡桨人。③

说起船上的女性，捕鱼为生的女性似乎不在少数。特别是江南一带，湖泊很多，渔家女儿风里浪里讨生活，也曾是竹枝词歌咏的

---

① （宋）李觏：《富国策》，《直讲李先生文集》卷十六，《四部丛刊》本。
② 王利器等：《历代竹枝词》（二），陕西人民出版社，1248页。
③ 王利器等：《历代竹枝词》（一），陕西人民出版社，718页。

重要内容。清代朱彝尊的《太湖罛船竹枝词十首》，几乎就是船女的生活史，我们来看其中的几首：

村外村连滩外滩，舟居翻比陆居安。平江鱼艇瓜皮小，谁信罛船万斛宽。

黄梅白雨太湖棱，锦鬣银刀牵满罾。盼取湖东贩船至，量鱼论斗不论秤。

几日湖心舣艀风，朝霞初敛雨濛濛。小姑腕露金跳脱，帆船能收白浪中。

湾头茱萸红十分，湖中鹭鸶白一群。侬船纵入采菱队，不湿青青荷叶裙。

十岁痴儿两髻梳，渔娃不放柁楼居。新年判费金三镒，聘取村夫子说书。

櫂郎野饭饱青菰，自唱吴歈入太湖。但得罛船为赘婿，千金不羡陆家姑。[①]

罛船是一种打鱼的船，诗中描述了罛船上的渔家女顶风踏浪不让须眉的干练，不仅独立维持生活，还能招赘小伙子成家，从另一个侧面反映了太湖上的渔家姑娘参与生产经济的重要地位。女性对家庭经济活动较为广泛的参与在竹枝词中的表现，不仅具有文学价值，同时也有一定的社会认识价值。

（二）娱乐性竹枝词对女性的关注

也许正是因为竹枝词的作者与读者仍以男性为主，明清两代游历及娱乐题材的竹枝词，常常以观赏女性为视角，也包括以竹枝词中吟咏田园风光作品。以观赏女性为视角，实际上是将女性作为一

[①] 王利器等：《历代竹枝词》（一），陕西人民出版社，603页。

道风景,这样,诗中既有景致又有人物,是中国传统诗歌"情景交融"的重要表现手法。游历的竹枝词观景观人,女性是非常重要的观赏对象,不过在那个时代,在公共场合能见到的女性,基本上是船娘、青楼女子或歌姬,因而竹枝词中这一类的女性形象特别多:

> 十里湖光漾小舠,花边亭榭柳边桥。谁家帘卷朱楼夜,人依东风弄紫箫。

> 西湖如梦草如烟,岁岁春风一放船。多少红颜伤白骨,清明啼血断桥旁。

> 二八娇娃荡桨来,西陵渡口采莲回。自怜未惯旁人见,欲拢船头又放开。①

文震亨《秣陵竹枝词》中,也写茶馆、青楼中能吹弹歌画的女妓:

> 侍中祠内刊三人,茶馆开张体制新。每被青溪姑一笑,五方衣履五方人。

> 荡舟只到水关前,垂柳枝枝映碧帘。旧院后门头泊桿,女郎相约上游船。

> 描兰写竹最难求,色貌何妨第二流。学得美人身段在,几番新浴几梳头。②

"描兰写竹"中的描兰,是指明代擅画兰花的名妓马湘兰。清代的蒋景祈、叶衍兰曾作"秦淮八艳图咏",分别为马湘兰、卞玉京、李香君、柳如是、董小宛、顾横波、寇白门、陈圆圆等八人做像传。马湘兰不仅擅画,诗词俱佳,但色貌则一般。钱谦益《列朝诗

---

① 陈尧德:《西湖竹枝词》,王利器等:《历代竹枝词》(一),陕西人民出版社,300页。
② 王利器等:《历代竹枝词》(一),陕西人民出版社,304页。

集小传》描绘说:"姿首如常人,而神情开涤,濯濯如春柳早莺。吐词流盼,巧伺人意,见之者无不人人自失也。"①这说明,明代以后相当一部分与文人相交的青楼女子,在文学艺术上的修养与日俱增,按照男性文人的审美情趣,"色貌"并不是唯一条件。如马湘兰这样的出色绘画家虽不多见,但却在艺妓中影响颇大。又如明代广陵妓女王薇,曾被认为"诗类薛涛,词类李易安。无类粉黛儿,即须眉男儿,皆当愧煞"②。《古今词统》选录她的《仙家竹枝》云:

> 幽踪谁识女郎身,银铺前头好问津。朝罢玉晨无一事,坛边愿做扫花人。③

这一类诗歌更多地传承了中国诗歌中描绘女性"怨而不怒"的典雅传统,而改变了竹枝词民歌民谣的俚俗风格,成为语言浅且文人休闲诗歌。尤其是江南地区的姑苏竹枝词、吴门竹枝词、山塘竹枝词、虎丘竹枝词等,所谓"虽用里歌体而自然不失雅人深致"。清人顾瑶光有《虎丘竹枝词》三十六首,又有《竹枝词》五十首,可窥一斑。

> 吴王城边柳色齐,柳枝先绿白公堤。不关日日游人醉,非雾非花到自迷。

> 虎丘山上半楼台,虎丘山下百花开。儿家门户东风里,但有黄莺紫燕来。

> 侬住山塘斟酌桥,门前绿柳间红桃。桃花轻薄如郎性,柳枝纤细似侬腰。

> 时样梳头爱浅装,持杯劝客手生香。常向当筵歌一曲,丽

---

① (清)钱谦益:《列朝诗集小传》,古典文学出版社,765页。
② 见胡文楷:《历代妇女著作考》,上海古籍出版社,88页,引陈继儒题《修微草》语。
③ 《全编》三,106页。

娘原是杜韦娘。当垆姓杜，饶有风韵，人呼为"杜丽娘"。

小尼闲步美人俱，檀袖轻笼一串珠。转过曲廊方丈去，未知茶罢出来无。

吴门好景属云岩，尽道春光胜锦帆。谁并桂娘双弄鼓，画帘风乱藕丝衫。阿桂美风姿，善打花鼓。

酒幔高楼是妾家，数钱惯坐小纱窗。客似蔷薇容易醉，待侬新泡本山茶。

灯前自制小弓鞋，夫婿多情莫浪猜。女伴相邀寺中去，贞娘墓上不曾来。

一碧梧桐映小楼，梧桐叶落半塘秋。沈三解唱清平调，暮雨疏帘楼上头。

山容水态女坟湖，苏州生女天下无。寄语南官北使道，不盈十斛莫量珠。

香街七里马蹄骄，处处歌声动画桡。莫出金阊门外望，销魂唯有十三桥。

春光飘荡阿谁知，偶为春愁写小诗。还忆薛家兰蕙在，风流能唱竹枝词。兰英、慧英《苏台竹枝词》十首。

李妹桃娘爱冶游，淡妆时髦斗风流。回头低语檀郎道，同上花间万岁楼。①

钱良择为顾瑶光《虎丘竹枝词》作序时，曾赞赏顾瑶光"竹枝词"的"乐府音节"。虽然这些作品具有娱乐性质，但"如弹琴作时调艳曲，其腔板与筝琶无异，而其声则琴也"②。也就是说，即使为

---

① 王利器等：《历代竹枝词》（一），陕西人民出版社，908—914页。
② 同上，907页。

娱乐而作的竹枝词,仍然有品格的高下。一定程度上说明清代诗歌审美的变化,竹枝词一类的民歌民谣的拟作,遣词造句上有"雅致"的趋向。不过,从歌咏女性的角度来看,却可以发现,明清时期文人的性别观更加开明,特别是清代,不少娱乐性的竹枝词,写茶楼、青楼女性的情态,也持一种平和、真诚的赞美态度,比起元明时期更加崇尚遣词铸句的典雅。顾氏笔下的姑苏虎丘一代,花香联袂,美人如云的景色,不仅留下了吴门地区娱乐场所的清代印象,也为中国诗歌中描摹女性情态的传统增添了别致的一页。娱乐性的竹枝词中专门写女性的传统,对后世有深远的影响。

另外,这一时期咏历史上或传说中的女性,如西施、苏小小墓等作品,也把她们看作正面的历史人物来记述。例如朱彝尊《鸳鸯湖棹歌》:

其四十八

落花三月葬西施,寂寞城隅范蠡祠。水底尽传螺五色,湖边空挂网千丝。城西南金明寺有范蠡祠,相传塑西子像,湖中产螺皆五色。

其四十九

苏小墓前秋草平,苏小墓上秋瓜生。同心绾结不知处,日暮野塘空水声。唐徐凝《嘉兴逢寒食》诗:"唯有县前苏小墓"。王禹偁诗:"县前苏小有荒墓。"今县南有贤娼巷。①

因苏小小墓而得名的"贤娼巷",从命名上看,也可以见出明清以后对青楼女性评价的变化。朱彝尊《鸳鸯湖棹歌》中还有对女性词人作品在酒楼伎馆流行一时的赞叹,诗作中将女性之作品和青楼歌姬的表演,演绎成珠联璧合的美事佳话,可见一斑:

---

① 王利器等:《历代竹枝词》(一),陕西人民出版社,616页。

其四十六

龙香小柄琵琶湾，切玉玲珑约指环。试按花深深一曲，海棠开后望郎还。南宋太学服膺斋上舍郑文，秀州人。妻孙氏作《寄秦月楼》词，一时传播，酒楼伎馆皆歌之。载《古杭杂记》。"花深深，海棠开后"，词中语也。

如果我们试着比较竹枝词中记述女性诗人的作品，并不能显出男性作者对女诗人的欣赏和对歌姬的欣赏有什么不同。例如《津门百咏》还有一首《闺秀》，吟咏两位女诗人：

残梦楼空艳雪春，佟家才调各清新。香闺今日谈风雅，输与環青阁上人。佟太守镁妻赵恭人，居残梦楼；诗人佟蔗村妾名艳雪，具工诗。①

被记述的女性，多半是与相关的男性连在一起，有一段可歌可泣的故事，即使上述的女诗人也是如此。被记载的女性，是因为男性的存在而被关注的。李瑛的《崇川竹枝词一百首》曾被认为"多涉巾帼人语，似不足存"，但辑录者又犹豫起来，"抑有《国风》之意"，终于被保存了下来②。这些变化中，也可以折射出作者面对女性的文学成就，性别观念正在悄然地变化：

茹惠一篇愁寡女，伽音半阕怨王孙。阿侬只爱鸳鸯社，消得青编粉脂痕。明闺秀陈洁有《茹惠草》，袁九嬺（当为九淑，字君嬺），钱天孙室，有《伽音草》，国朝王璐卿，马振飞室，有《鸳鸯社联吟草》。③

竹枝词的女性作者明清两代开始多了起来，这在本书的第三章第四节《竹枝词的"女儿"传统》中已经说到过。这些女性作家多因父兄是诗人，自幼及婚后的生活环境使得她们拥有丰富的文化生

---

① 王利器等：《历代竹枝词》（三），陕西人民出版社，1818页。
② 同上，2075页。
③ 同上，2080页。按：此三人胡文楷《历代妇女著述考》均有著录，但未见传世。

第五章　明清竹枝词的新变

活。但总体来说，女性作家并不像男性作家那样，有大型的竹枝词创作，大部分仍是偶而为之。也有一部分是参与家族男性唱和的作品。例如明末纪映淮有《秦淮竹枝词》，她的父兄及丈夫都是文人①。又如叶小纨有《分湖竹枝词》三首，叶小纨是明清之际叶氏家族的女文学家之一，诗词俱佳，还有剧作传世②。张令仪有《燕台竹枝词》，她是安徽桐城人，张英之女。明清时期桐城的方、姚、张等几大家族都涌现出大量的著名文人，女眷中不乏女性作家，女性诗人也有结社创作。据《清代闺阁诗人征略》记载，清代江浙一带的女子诗社便蔚为壮观，较为著名的有清初钱塘女诗人林以宁与同里女诗人顾姒、柴静仪、冯娴、钱凤纶、张昊、毛媞所倡的"蕉园七子"之社，嘉定才女钱瑛"与女伴结社联吟"，吴中地区袁枚的随园女弟子群更是影响甚广，值得一提的是由"吴中十子"组成的"清溪吟社"③。

"清溪吟社"由吴中闺秀张滋兰、张芬组织成立，其成员有张滋兰、张芬、陆瑛、李媺、席蕙文、朱宗淑、江珠、沈缥、尤澹仙、沈持玉。这些出身于书香门第的女诗人自幼便受到了良好的文化熏陶，以张滋兰为例，其父张大受，康熙四十八年进士，在其幼年时便将其送至徐香溪门下受；而另一发起人张芬亦举人之后。这些闺秀诗人的文学活动得到了当时著名的学者任兆麟的支持，为她们开课以训练诗艺，对诗作进行点评，帮助她们将作品先后结集出版，后有合刻诗集《吴中女士诗钞》传世。《中华竹枝词全编》收有张芬《邓尉竹枝词》四首、《齐女门竹枝词》四首、《南园竹枝词》四首、《洞庭竹枝词》三首（作者存疑）、《浒墅竹枝词》四首、《荷花荡竹枝词》一首，席蕙文《虎丘竹枝

---

① 参见邓之诚：《清诗纪事初编》，上海古籍出版社，1982年。
② 参见李真喻《明代戏剧家叶小纨卒年及作品考》，《文学遗产》，1989年第2期。
③ 施淑仪：《清代闺阁诗人征略》，上海书店1987年版影印本。

词》二首，朱宗淑《邓尉竹枝词》三首、《沧浪竹枝词》二首、《虎丘竹枝词》三首。"吴中十子"的结社活动在松陵一地产生了广泛而深远的影响。

可见，女性作者也十分认同男性文人结诗社的社交方式，并且努力融入男性的文化生活中去。这种融入的同时，女性诗人便以一种独特的方式，成为男性娱乐和欣赏的另一道风景而存在，这是很值得玩味的现象。

有关对地方上青史留名的女性人物的歌咏，也是明清以后才逐渐多起来的。这可能与地方志的修撰有一定的关联，多是对节妇烈女的歌咏；例如《津门百咏》中有《烈女坟》，柳树芳的《胜溪竹枝词》中记述明代成化年间"天赐孝女"的故事等等。王鸣盛的《练川杂咏》中，有吟咏当地传说中的女性：

  轻舟舴艋独沿洄，麦浪初翻蚕豆开。少妇青裙兰叶髻，无心刺绣绩麻来。大场农家妇初未读书，临殁，忽向索笔砚，题云："当年二八到君家，刺绣无心乏绩麻。今日对君别无语，免教儿女衣芦花。"

  榉柳荫浓带夕曛，林塘诘曲水沄沄。移船杨九娘祠宿，葵扇轻挥豹脚蚊。九娘，孝女，为蚊龋死。①

王鸣盛关于"大场妇"的记述，透露出某种值得重视的信息，首先是一定程度上反映了文人对女性审美和期望值的变化，即希望女性对男性文化审美价值体系的认同，因而这一部分作品中，关注女性文人和诗人，其中包括文人的妻女的记述。另一个信息是男性文人对女性生活状态的同情和理解，进一步加深。王鸣盛诗中对"大场妇"的描写，实际上反映了男女两性生活重心的差异，女性对家事的操劳和对儿女生计牵挂，胜过自己的需要。

---

① 王利器等：《历代竹枝词》（二），陕西人民出版社，1102页。

（三）女性生活史和身份转换的记述

明清竹枝词中对女性的记述，特别是女性生活史的记述，有许多细节和片段是值得关注的。明人沈明臣《西湖十二月竹枝词十三首》，是一组以女性口吻写作的女性生活竹枝词，以少女恋人因戍边而离开为主题，颇具特色。

> 正月家家要看灯。岳王坟上也须登。春衫着破重新做，买得红罗又白绫。

> 二月人家要养蚕，阿奴先去探桑园。桥边跟着青衣走，帘里轻轻唤采鸳。

> 三月桃花湖上红，六桥如带蕠当中。绿杨细细青骢雨，碧水粼粼白鹄风。

> 四月湖光愁杀侬，半晴半雨绿荫浓。烧香姐上三天竺，走马人来九里松。

> 五月湖中菡萏开，女儿妆扮采莲来。如梭艇子凌波去，荷叶连天望不回。

> 六月湖头水自清，凉风飞过鹭鸶轻。妾家正住清凉处，望得郎来月欲生。

> 七月荷花已半零，采菱歌起愿郎听。双双莲子齐生浦，对对鸳鸯不过汀。

> 八月山中看木樨，芙蓉虽好不如渠。香风吹得郎心转，艳色空将妾面窥。

> 九月桂花红可怜，城头月出捣衣天。西邻娘子寄夫婿，东家女儿上湖船。

> 十月湖光似镜明，妾来照水自家惊。去年郎在欢同出，今

岁无郎羞独行。

十一月来湖水寒，南高北高青一般。鸳鸯瓦上霜花结，琥珀枕边红泪残。

十二月时梅半开，西湖踏雪少人来。青帘卖酒烟火绝，唯有钓鱼翁独回。

闰月今年偏闰冬，我郎差出戍辽东。杭州一去五千里，夜夜只图春梦中。①

明清的《西湖竹枝词》中，有许多吟咏女性的作品，沈明臣的竹枝词保持了传统文人拟作竹枝词特有的风格，用浅切的语言而尽力保持诗风的典雅。不过即便是这一类题材的竹枝词，依然保留了乐府传统中的讽喻特点，常常插上一两句讽刺苛政暴敛的话，例如前面提到的戍边。沈明臣又有《西湖竹枝词四首》，其中有两首写道：

自小撑船惯唱歌，西湖快活少风波。宋朝天子朝朝乐，失却山河没奈何。

一家活计靠湖船，年少郎君惯使钱。官府禁湖游不得，空船抛在六桥边。②

后一首写女性的持家艰难，丈夫不耐勤俭，西湖又禁湖，生活来源发生了问题，船娘的艰难可想而知。但如果换一个观察角度，则可以见出，女性生活的细节和前代相比，丰富了许多。女性的身份除了女儿、妻子和母亲外，同时也是社会的一员，她们的生活变迁不仅是女性身份的变化，同时也因为社会的变迁，使其演变成某

---

① 王利器等辑：《历代竹枝词》（一），陕西人民出版社，243—244页。
② 同上，244页。

种社会群体的一部分。例如,前面所述沈明臣作品中的船娘,并不是个例,而是一个船娘的群体。

这一类的竹枝词还有不少女性生活的记述,特别是清代以后,描摹女性的各种活动更具地方特色,同时也反映出随着时代的变迁,女性外出活动的增多。例如进香,崔旭的《津门百咏》中,有描写农村女性结伴坐船去进香的情形,盛况空前:

香船

七十二沽春日晴,乡村妇女最虔诚。随宜梳洗来还愿,几个香船到郡城。烧香妇女同舟鸣钲而来,呼曰"香船"。①

结伴进香,这是传统社会中女性外出的好机会,历代都是女性的"节日",几乎任何地方都是如此。竹枝词中描写女性进香的诗句俯拾即是,但清代以后,这种烧香拜佛的日子,已经成了女性社交活动的一部分,特别是近代化都市化以后。清代乾、嘉之际,外出进香已经有相当的规模。余铿的《姑蔑竹枝词二十首》写浙西进香的女性:

女贞宫外女如云,姊妹熙春笑语闻。惹得寻香双蛱蝶,草间风上石榴裙。宋天马骥女为比丘尼,割宅立寺,即玄贞宫。②

对于女性生活的了解,男性作者多是走马看花似地掠过而已,因是文学创作,不免也有想象的成分。但地方性的竹枝词中有关地方特色的风俗,大致是可信的。崔旭又有《太原杂咏》,写西北地区的早婚风俗:

十三早作嫁衣裳,十四女儿新嫁娘。短发蓬松刚贴鬓,盈盈堂下拜姑嫜。俗尚早嫁。

---

① 王利器等:《历代竹枝词》(三),陕西人民出版社,1824 页。
② 同上,1967 页。

纵无人在亦销魂，好句曾传李啸村。深巷一条春寂寂，卖花声过不开门。小家妇女亦闭门不出，此俗之最美者。①

诗后的自注中，对小家妇女"卖花声过不开门"，整日闭门不出，颇为赞赏，认为"此俗之最美者"，无疑是封建卫道士的口吻。早婚习俗的形成，也与家庭经济中劳动力的繁衍有一定的关联，但作者却强调了对过了门的小媳妇不与外人接触的赞扬，似乎又从另一个角度证明了社会风尚改变的趋势。如果大部分小媳妇都不出门，还有必要颂扬吗？

明清时期已经是女性可以通过正经的"名目"出门的时代，例如前面提到的进香。还有一个出门社交的机会便是观戏。新年里的拜年、看戏，已经成为重要的习俗："男客如流女如篦，拜年华服算增光。"杨燮《锦城竹枝词百首》，写清代嘉庆时成都二月的"春台戏"：

戏演春台总喜欢，沿街妇女两旁观。蝶鬓鸦鬟楼檐下，便益优人高处看。二月沿街演戏，名"春台戏"。

子龙塘配关张庙，松柏惠陵丞相祠。妇女也谈分鼎事，多从曲部与传奇。②

演剧观戏以及节令期间的访亲会友，当时女性为数不多的社交活动，看戏也是一种接受教育的机会，妇女们对历史或时政的了解，或是通过这种方式得来的，可见，曲部与传奇的文学性和艺术性对当时女性的影响之大。

当女性的社会交往和社会需求增加以后，许多家务性的劳动就会慢慢演变成分工细致的专业劳作，产生职业化的女性和劳动者。

---

① 王利器等：《历代竹枝词》（三），陕西人民出版社，1829 页。
② 同上，1836—1837 页。

第五章　明清竹枝词的新变

地方竹枝词中也常常可以看到作者对女性操劳家务事的勾勒，这些并不起眼的记述，是作者在津津乐道别致的玩意、精致的点心时，漫不经心带到的聊聊数笔。例如：

贫家妇女缀椒囊，缝卖椒珠串串长。细簇椒花围格眼，瓶安戟磬自生香。

精做年糕细磨磨，巧翻面果下油锅。米花糖并兰花豆，费得闺人十指多。①

不过即使是一笔带过，也还是可以看到与女性相关的许多生活细节，谢阶树《宜黄竹枝词》写江西宜黄的风俗，记述当地妇女扫地烧香，纫麻缉苎之事，在夸赞当地土特产时，也赞叹织工的艰辛。诗中自注中所提到的夏布生产交易，一年可得银钱四十余万两，也可证明前面所说的妇女参与家庭经济的力度：

回文匼帀成仙手，卍字牵连译佛胸。雪纬冰丝中妇织，背灯无语向灯缝。夏布之细者，光似雪华，薄如蚕翼，虽宽里大衫，卷之不盈一掬。此富家自用，不鬻之估客。亦有织成回文卍字者，此则妇女以为衣服，而不能织鸟兽虫鱼花卉之文。外间虽也有细者，而非其至也。

缉苎难成夏布衫，丝丝抽出赛春蚕。可怜同巷相从日，辛苦盘来两竹篮。县中无地不种苎，妇人无人不缉苎。苎有青、白二种，青者入水漂之，亦成白色。其法择苎之长者，去其粗皮，先以凉水浸一夕，然后以两指对擘成丝，缉而成之，盛以竹篮。其短者，绞以为绳索。勤者一夜以满一竹篮为度。贫者省灯油，多妯娌姑嫂相聚。《汉书·食货志》所云妇人同巷相从夜织，一月得四十五日者，予盖亲见之矣。故吾乡夏布多而精，每岁二三月间，必有山西贾人至县贩卖夏布，一年贸易亦可得银四十余万两也。②

《锦城竹枝词百首》还有对女性帮佣的描写：

---

① 王利器等：《历代竹枝词》（三），陕西人民出版社，1839、1844 页。
② 同上，1945 页。

北京人雇河间妇，南京人佣大脚三。西蜀省招蛮二姐，花缠细辫态多憨。河间府河间县妇人，多雇役在京都内；句容县妇人多雇役在南京省城中，号"大脚三"；蜀中蛮人妇女在省城内，止肯雇佣，绝少卖作婢者。①

社会的变迁不仅为妇女提供了新的空间，同时也使得以男性为主体的社会舆论对女性的生存有了进一步的关注。竹枝词中也有这类细节的记述。例如《宜黄竹枝歌》还描写了地方上整治性别歧视或非礼女性的旧俗，其中有两首十分有意义，前一首写孕妇摸瓜的风俗，乡间采用人抬的方式，避免女性被非礼；后一首则写当地溺死女婴的恶习，并认为原因在于争嫁赀之厚薄。诗中用了缇萦为父报仇的典故，强调"生女生男理本齐"；又用西门豹治邺的典故，暗喻为政者必须干预，制止对女性的侵害：

两人抬轿布帘遮，月夜梳妆共摸瓜。不及阿郎兜子快，满身松影照还家。夏月，妇人之有身者，辄相约月夜为摸瓜之戏。三五成群之人家菜圃合眼摸瓜，随意数之，数得单者生男，数得双者生女，以是为卜。而不逞之徒或肆轻薄，十余年前曾致阴讼。今此风息矣。妇女出入，俱用两人轿，布帘隔之。若男女往远道，则用兜子。兜子者，以大竹两杆，横于肩上，中悬木板竹片络而盛之，尤为轻便。衣冠之士则亦用轿，而稍不同。

生女生男理本齐，缇萦原不是男儿。谁邀邺令西门豹，来听呱呱泣水声？乡俗旧多溺女，盖缘争嫁赀之厚薄也。今日缙绅先生家喻户晓，亦庶几稍息矣。②

吴澂（古樗道人）的《瀛洲竹枝词》，写清代上海崇明地区的乡俗，其中有不少农妇生活的场景描述，可以看出江南农村女性的辛苦和干练。农忙之时，幼儿托于婆婆，下田插秧；至于摘

---

① 王利器等：《历代竹枝词》（三），陕西人民出版社，1839页。
② 同上，1944页。

采棉花这样的农活,几乎就是女性包揽的。白天下田,夜间纺纱,男孩子要长成十六岁才干大人的活,但女孩子七岁就要学习纺纱,难怪新娘要强过丈夫。这种情形发展到近代的江南一带,则越来越普遍:

> 撷麦将儿乜草窠,拖私拖污嘱亲婆。桬橱内有麦蚕剩,舀滞同倾糵粥和。拖私,小便也,见《左传》;拖污,大便也,以其秽故名。麦蚕剩,以青麦磨成稚蚕形;舀滞,锅底焦饭。

> 务农辛苦女娘家,椒憉腰裙草帽遮。母女执锄同媳去,四千八里脱棉花。田以邱段为识,步数为名,如二千七、三千六之类。

> 昼出田园夜轧车,五更弦响尽弹花。男儿十六挑爷担,七岁娇娃学纺纱。俗务勤俭,崇为江南之最。

> 阿爹何事打愁更谇谓自计无措,伴手全无怎探亲。织就芦花靴子好,挑篮番芋做人情。

> 新娘每着虎头鞋,他日威风未易推。欲制良人难擦料撩拨,天生僵子反切,伶俐也。性女英才。①

虽然明清时期的竹枝词中,有关女性生活史的记述仍然是片段的,但却能让我们根据这些生动的描写,回到历史现场去部分地还原当时女性的生活状况,同时也能窥探到女性对当时社会经济文化等许多环节的努力参与,同时折射出这个时代的两性关系,以及社会变革后生活方式和观念的变化和日趋宽松。竹枝词对女性生活史的记述,不仅弥补了主流文化对女性记录的缺失,同时也预示着竹枝词这样的文学形式,将进一步发展成关注大众层面并吸引大众阅读的文学样式。

---

① 王利器等:《历代竹枝词》(二),陕西人民出版社,1063,1064,1066,1072页。

第四节　竹枝词创作地位的提升与范式确立

竹枝词创作的发展，唐宋以后经历了元代的兴盛，明代文人的积极提倡，发展到清代，地域意识更加强烈。竹枝词的创作，不再是随手拈来的"里巷俗谚"，而是有意识地成为正儿八经的传世之作，特别是清代以后，竹枝词渐渐发展成规模宏大、别具地方特色的长篇巨制，这说明，竹枝词的创作以及作品的地位提升。除了文人的积极性之外，还有颇为复杂的社会文化原因。

（一）清代诗教的"务实"与竹枝词的纪实倾向

先说说竹枝词创作范式转变的学术思潮和背景。竹枝词的创作范式形成之后并非固定不变的，而是处于不断的发展变化之中。这种变化与文坛风气和社会的需求密切相关。明清易代的历史巨变引发了清初思想的勃兴，清代初期以明代遗民为主的士大夫重新提出对儒家"经世致用"理论的解释，晚明学风之蹈虚凿空成为众矢之的，清代的学风开始了根本性的转变，由玄虚而趋健实，"经世致用"的思潮，声势浩大，波澜壮阔。"许多批评家本身就是积极投身抗清运动的志士，强烈呼吁文学对社会现实的全面介入，抨击空悬虚浮的文风"[①]。

有学者指出，清初经世致用的学风不仅仅是学术风格的转变，更是价值观念的深刻变迁。儒家传统经世致用的价值取向在清初发生重大转变：由内圣之学转而为外王之道：

> 外王之道，在清初遗民那里亦曾发生方向性的变异，先是武装抗清以保国，后为著述经世以"保天下"。大体而言，传统儒家的现世关怀，主要有两条路向：一条是以现实层面为主

[①] 邬国平等：《清代文学批评史》，上海古籍出版社，2页。

的外王，一条是以伦理层面为主的教化。教化的关怀焦点是"形上世界"，盖以宣传圣人之义为第一要着："外王"更关注现实中事务——不仅是道德的，抑且是政治经济和文化的。①

对"经世致用"的儒家传统的重新解释，从"务实"的角度上，不再承续宋明儒学，特别是王阳明心学的"内圣"一途，取而代之的是"外王"的行动。通过对社会各个层面的关注，并且有所举措，顾炎武指出："士当求实学，凡天文、地理、兵农、水土，及一代典章之故不可不熟究。"②"凡文之不关于六经之指、当世之务者，一切不为。"③就是对"经世致用"的具体解释。关于文学创作，顾炎武说"文须有益于天下"：

> 文之不可绝于天地间者，曰明道也，纪政事也，察民隐也，乐道人之善也。若此者有益于天下，有益于将来，多一篇，多一篇之益矣。若夫怪力乱神之事，无稽之言，剿袭之说，谀佞之文，若此者，有损于己，无益于人，多一篇，多一篇之损矣。④

"经世致用"的理念也导致文学思潮乃至学术方法的重大变化，顾炎武以史学家的眼光，批评文学创作中的"假设之辞"。虽然他认为，作品涉及史实，"以为点缀，不必一一符同"，但文学作品中所叙述的毕竟不是历史事实，但以史实纠正文学作品中的"不实"之风，就此开始，这对清代以后的文学研究和文学创作有重大影响。顾炎武《日知录》"假设之辞"说：

> 古人为赋，多假设之辞。序述往事，以为点缀，不必一一

---

① 孔定芳：《清初的经世致用思潮与明遗民的诉求》，《人文杂志》，2004年第5期。
② （清）顾炎武：《三朝纪事阙文序》，《顾亭林诗文集》，中华书局，155页。
③ （清）顾炎武：《与人书三》，同上，91页。
④ （清）顾炎武：《文须有益于天下》，《日知录集释》卷十九，岳麓书社，674页。

符同也。子虚、亡是公、乌有先生之文，已肇始于相如矣。后之作者实祖此意，谢庄《月赋》："陈王初丧应、刘，端忧多暇。"又曰："抽毫进牍，以命仲宣。"按王粲以建安二十一年从征吴，二十二年春道病卒。"徐、陈、应、刘一时俱逝"，亦是岁也。至明帝太和六年，植封陈王，岂可摭撦史传，以议此赋之不合哉。庾信《枯树赋》既言殷仲文出为东阳太守，乃复有桓大司马，亦同此例。而《长门赋》所云"陈皇后复得幸者"，亦本无其事。俳谐之文，不当与之庄论矣。①

顾炎武由"经世致用"理念倡导的方法论，使得他对于文学作品中所反映的历史真伪，耿耿于怀。"当他以学者的眼光查验文学时，上述对文学特性的理解和认识又消泯了，经得起史实的检验，材料的可信，成为他真正感兴趣的问题。《日知录》卷二十一并列着这样几条内容：'诗人改古事'、'庾子山赋误'、'于仲文诗误'、'李太白诗误'、'郭璞赋误'、'陆机文误'。他一一揭出这些诗文中涉及的人物、史事、年代、地理等等存在的错误。"②这种以史学家的立场来对待文学作品的方法对乾嘉时期的考据学的兴起，不无影响。从更深远的影响来看，清人创作地方性的竹枝词，有大量的引证注释，唯恐与史实记载有违，也和清代以后这种理念和方法的提倡有关。

"经世致用"的大力倡导，从根本上说明，明末清初，儒家思想和儒家传统，再一次回归到至高无上的思想统治地位。与顾炎武同时代的黄宗羲，不仅强调学养对文学创作的重要性，还认为文章的好恶，关键在于是否做到了以文载道，即所谓"文之美恶，视道离合"。就是这一时期儒家传统回归的典型观念，他说：

---

① （清）顾炎武：《日知录集释》，岳麓书社，695页。
② 邬国平等：《清代文学批评史》，上海古籍出版社，46页。

若学诗以求其工,则必不可得;读经史百家,则虽不见一诗,而诗在其中。若只从大家之诗,章参句炼,而不通经史百家,终于僻固而狭陋耳。①

黄宗羲对文学的看法,虽然加重了对经史百家典籍的依赖,但依然回到儒家诗教的范畴。他指出:

诗以道性情,夫人而能言之,然自古以来,诗之美者多矣,而知性者何其少也。盖有一时之性情,有万古之性情,夫吴歈越唱,怨女逐臣,触景感物,言乎其所不得不言,此一时之性情也。孔子删之,以合乎"兴、观、群、怨"、"思无邪"之旨,此万古之性情也。吾人诵法孔子,苟其言诗,亦必当以孔子之性情为性情。如徒逐逐于怨女逐臣,逮其天机之自露,则一偏一曲,其为性情亦末矣。故言诗者,不可以不知性。②

黄宗羲对"诗以道性情"的解释,是指诗歌的审美旨归应当表达"以孔子之性情为性情",并不能以个人的"性情"为诗歌的性情。这无疑是对儒家的"诗教"做了更苛刻的解释。但是,他又从另一个角度宽容了那些不符合"以孔子之性情为性情"的作品,这样,不仅那些因故国之痛的哀怨作品可以保留,同时也包括了可以纳入"变风变雅"的各类诗歌:

吾观夫子所删,非无《考槃》、《丘中》之什厝乎其间,而讽之令人低回而不能去者,必于变风变雅归焉。③

在这样的文化思潮的影响下,竹枝词的创作,慢慢自觉地靠拢新时期的儒家标准,提升它的创作以及作品的地位。从清代以后竹

---

① (清)黄宗羲:《诗历题辞》,《南雷诗历》,《黄梨洲诗集》,中华书局,2页。
② (清)黄宗羲:《马雪航诗序》,《黄梨洲文集》,中华书局,363页。
③ (清)黄宗羲:《万贞一诗序》,同上。

枝词的各种序跋中，可以看到这样的变化。例如清代初年王晫有《武林北墅竹枝词》，沈谦作序云：

> 竹枝之体，肇于唐人。自述其山川民俗，然词必近情，调必近古。巴蜀秦淮及吾郡西湖皆有之。比于四诗有风之义焉。……序诗首风，将以察其贞淫，知其劳逸。今北墅之风故足采，而丹麓尤致思于李氏之孝也。岂若流连光景，激怆悲歌，徒为慆淫心耳之具乎！其文虽小。志则大焉。①

这一次的回归诗教，对于提升竹枝词的地位，有重要的意义。清代竹枝词的创作，比起明代，有明显的"纪实"倾向，这不仅表现在"竹枝词"或"百咏"的作品中有许多引证典籍和方志的详细注释，更表现在作者对于"纪事"、"纪实"的追求。清代中期的蒋仁锡有《燕京上元竹枝词》十二首，他在序中写道：

> 唐刘梦得称，竹枝声含思婉转，有淇濮之艳，武陵俚人歌之。元杨廉夫作《西湖竹枝歌》，流布南北，和者数十家。岂不以寄兴比物，贵乎宕往浮上，而出于庄语，或反失真乎？余长生辇下，习窗风土，独爱上元为华盛，欲纪其实，莫若竹枝为宜。故方言鄙谚，概不芟薙。辄笔成如干咏，粗当击壤之意。昔少陵有俳谐体，柳州亦言"俳又非圣人之所弃者"。今虽不敢攀引数公，或托于覆窠打油之间，用以书写兴会，导扬讽喻，其亦采风者之所录也夫！②

蒋仁锡的看法，实际上是对黄宗羲"诗以道性情"的一种阐释。他认为刘禹锡提倡的竹枝词和正统的诗还是有区别的，更强调竹枝词的乐府传统，他主张不回避方言鄙谚，并将之与杜甫的俳谐

---

① （清）沈谦《北墅竹枝词序》，王利器等：《历代竹枝词》（一），陕西人民出版社，469页。
② 王利器等：《历代竹枝词》（一），陕西人民出版社，775页。

第五章　明清竹枝词的新变

体相提并论，意图恢复乐府传统中的讽喻传统，而不仅仅是国风的传统。蒋仁锡的观点，恰好证明了竹枝词创作转型后的特点，即纪实功能的加强、美刺功能的加强，以及后世作品中语言不避粗俗的特点。所谓"语有引征，词尚讽喻"①。

到了清代道光年间，袁学澜《姑苏竹枝词序》则进一步为竹枝词正名，他指出：

> 诗有六义，《竹枝词》主于陈土风物产及山川古迹，则其义近于风赋。起兴于昆虫草木，托言于儿女闺房，以取况君臣朋友之际，则其义近于比兴。阐扬忠孝节义之行，表彰隐逸循吏之事，以为世劝，则可与雅颂同风焉。由此言之，竹枝之制，诚非徒为巴讴俚曲，摹拟鄙野勤苦之态，桑间濮水，仅著秉兰赠芍之辞已也。余生已晚，不获亲见前辈耆宿，访问吴中遗事，且又僻居村野，鲜朋友过从、谈论采辑之助。仅得撷拾陈编，凡涉苏台故事，铜沟玉槛、鱼城豨巷、謻廊废墅、琳宫隧寝；下逮闲坊僻堡、茶槛酒肆、物产食单之细、胡虫奇妲之观、鞠弋流跄之戏，神仙鬼怪、诙谐谣谚，可资谈助。以及贞廉忠孝、攸关伦纪、可为训法者，意有所得，辄缀为《竹枝》歌曲。略加诠注，取其易晓。②

袁学澜的看法，实质上已经把历史上文人对竹枝词的作为一种仿民歌的拟作，提升到了以诗歌补正历史的层面，他不仅指出竹枝词可与"与雅颂同风"，而且具有"可资谈助"的功能。这也是清代竹枝词从原有的以抒情为主的创作范式，向叙事为主的创作范式转变的理论依据，竹枝词创作借鉴了"百咏"类的创作范式，一定

---

① （清）陆长春：《叶承桂太湖竹枝词序》，王利器等：《历代竹枝词》（四），陕西人民出版社，2634页。
② 王利器等：《历代竹枝词》（三），陕西人民出版社，2281页。

程度上与以诗歌补正历史的创作观有关。这些创作范式的转变，使竹枝词获得了重要的"主题"，同时形成颇有气势的长篇联章组诗。竹枝词创作的地位开始提升。竹枝词创作地位的提升，也在清代文人的创作实践中体现出来，许多著名的文人几乎都有竹枝词的创作，仅清代前期便有王夫之、施闰章、王士禄、王士禛、汪琬、叶燮、徐学乾、蒲松龄、纳兰性德、尤侗、毛奇龄、陈维崧、高士奇、孔尚任、袁枚、查慎行、厉鹗等，不胜枚举。此外大量的长篇巨制的出现，无疑给日渐脱离边缘化的竹枝词创作带来了实实在在的分量。

(二) 清代文人的"修史"实践对竹枝词的影响

参与修撰历史，历来是传统文人实现人生价值的重要组成部分，明末清初，不少遗民文人不再入仕，遁入乡间，闭门著述，希望通过另一种方式来实现自己的价值，而修撰历史则是一种可能实现的选择。于是地方志的修撰，也开始关注竹枝词；同时，因为许多文人参与明史或家乡地志的修撰，又将竹枝词吟咏当地历史风物作为地方书志的拾遗补阙，形成竹枝词创作热潮。大量以纪风土、咏时俗为主要内容的竹枝词，反映出作者参与修撰历史的热情和执着。这一时期的部分竹枝词，作品中加重了咏史的成分，寄托着作者修史的愿望。

以诗歌或者修撰诗歌史来间接实现这种愿望的文人也不在少数。陈寅恪从钱谦益修撰《列朝诗集》事入手考述说，钱氏的著述，"实因其平生志在修撰有明一代之国史"，"牧斋于丙戌（1646）由北京南迁后，已知此志必不能遂，因继续前此与孟阳商讨有明一代之诗，仿元遗山《中州集》之例，借诗以存史。"①

钱谦益仿元遗山《中州集》的说法，来源于黄宗羲的《姚江逸

---

① 陈寅恪：《柳如是别传》，上海古籍出版社，987页。

第五章　明清竹枝词的新变

> 孟子曰："《诗》亡然后《春秋》作。"是诗之与史，相为表里者也。故元遗山《中州集》窃取此意，以史为纲，以诗为目，而一代之人物，赖以不坠；钱牧斋仿之为《明诗选》，处士纤芥之长，单联之工，亦必震而矜之，齐蓬户于金闺，风雅衮钺，盖兼之矣。①

诚如陈寅恪所说，明亡以后，钱谦益把修史作为时代赋予的历史使命，看得十分庄严。当他失去了修撰明史的机会以后，便把重心转移到通过编修有明一代的诗歌，来弥补这一缺憾。同样，他对杜诗发生兴趣，也是因为杜甫的诗歌比较直接地反映了唐中期的一段历史，或可以满足他修正前人史书的理想。所以钱谦益对杜甫的这一类诗歌用力最勤。他补充了前人已经陈述的唐代历史中所没能够记载的事件，尤其是某些史书故意隐讳的事例，阐释特详。在这一点上，与其说是注杜，还不如说是注《唐书》了。这些思想痕迹完全可以在《钱注杜诗》中反映出来②。

清人地方竹枝词的创作，与钱谦益的想法有相似之处，例如，咸丰年间孙福清作《新州竹枝词》，就是因为没有能参与修撰县志，从而"以诗人之笔，兼史事之长，合庄谑而并收，统洪纤而毕举"③，写出《新州竹枝词》一百首。陈澧为之作序云：

> 孙稼亭明府宰新兴为《竹枝词》百首，凡地名之沿革，山川之佳胜，古迹之流传，与夫民风物产之当记载者，无一不备。"自序"谓欲修县志未果，此可作志书读，洵非虚语也。……其

---

① （清）黄宗羲：《黄梨洲文集》，中华书局，375页。
② 参见朱易安：《唐诗学史论稿》，广西师大出版社，256页。
③ （清）李光廷：《新州竹枝词序》，王利器等：《历代竹枝词》（四），陕西人民出版社，2741页。

· 279 ·

诗亦温雅，以诗人作吏，故能为此志书，以备检阅，而诗则可讽诵，为尤胜焉。①

以竹枝词来兼记地志，也与修史者运用竹枝词这一题材吟咏地方历史风俗的实践有关。万斯同（1638—1702）是清初著名史学家，字季野，号石园，浙江鄞县人，曾师事黄宗羲，康熙十七年（1678）荐博学鸿词科，不就。后以布衣参与编修《明史》，前后十九年，不署衔，不受俸。《明史稿》五百卷，皆其手定。他是鄞县人，因写有《鄮西竹枝词》五十余首，开卷写的是当地的历史来源：

浙江东渡是宁波，人物由来此地多。欲识吾乡风俗好，请君细听竹枝歌。

羁越平吴范与文，五湖一去竟忘君。何如同逐鸱夷浪，千古忠臣自属鄞。大夫种姓文，鄞人。见《战国策》高诱注。浙江潮，前推者为伍大夫，后涌者为文大夫。见《越绝书》。

黄公避世隐江乡，遗庙何年塑女郎？却笑英雄安汉鼎，须眉换得妇人妆。虞翻《会稽典录》：鄞大里黄公之隐，即四皓之一所，居名黄公林，旧有庙祀。后讹为黄姑林，易以女像。按今庙貌业已改正，额曰"汉黄公林庙"。

贺监归来鬓已星，鉴湖风月几番更。满朝犹诧休官早，想见当年仕宦情。城西南六十里，地名高尚宅，即贺秘监知章所居。

先贤自昔半躬耕，乐道何须身后名。国史但传四君子，明山尚有五先生。

万斯同的《鄮西竹枝词》用词浅切明白，通俗易懂而不失韵

---

① 王利器等：《历代竹枝词》（四），陕西人民出版社，2740页。

• 280 •

第五章　明清竹枝词的新变

致，注释简洁准确。歌咏的多为地方上的遗迹，例如黄公林讹为黄姑林事，不禁令人感慨讹误的尴尬。除了古迹历史意外，也有对近代生活的描述：

> 叹息农家辛苦多，四时不放一时过。已栽大麦连荞麦，更插晚禾接早禾。

> 鄞俗由来不尚华，布衣粝饭足生涯。田家有子皆知学，仕族何人不绩麻！①

采用竹枝词的形式，补充地方志的记述，在清代中期蔚然成风。而竹枝词的诗学形态和创作手法也有了许多变化，地方风土在诗人笔下，不再是眼前零星的印象和片段，而是具有宏大的地域观念和深远的历史开掘，这与黄宗羲的史学观和文学观有直接的影响，上面已经提到万斯同是他的学生，康熙年间的查嗣瑮曾作《燕京杂咏》②，查嗣瑮是查慎行的仲弟，少年时曾受教于黄宗羲，又有《广州竹枝词》、《妙湾竹枝词》，均收入《查浦诗抄》。其后人查学礼为汪沆《津门杂事诗》作序时，提及查嗣瑮的《燕京杂咏》，也表达了以修史的方法来撰写诗歌的看法：

> 诗之合乎史也，不独雕刻众形，贲一时观听，盖将搜坠弃之简，订疑似之编，而后所咏所歌有所系以为重。家查浦老人尝作《燕京杂咏》百四十余首，期间繁称博引，不惜演迤其词，而开卷数章，于黄金台、紫漯川诸处，尤深致意。盖知访古凭今，最重者时天之大，而为岁华纪谱，鱼虫作笺，犹后焉者也。③

---

① 王利器等：《历代竹枝词》（一），475—481页。
② 《全编》一，279页。
③ 王利器等辑：《历代竹枝词》（二），陕西人民出版社，988页。

如果说，万斯同的《鄮西竹枝词》还保留了竹枝词创作中吟咏地方风俗的随意性，到了乾隆以后，将诗歌与修史并提的看法则日渐增多。例如汪沆写《津门杂事诗》，直接的动因是曾经参与了修辑郡县志的工作。同里人郑江为《津门杂事诗》作序时指出：

> 诗与史相表里，小史掌邦国之志，外史掌四方之志，即所谓国史也。十五国山川风土，人事物产，意必太师陈诗而后悉其详，而掌之者唯国史。今观《三百篇》所载，不惟原本山川，极命草木，而一时朝廷设施，闾巷事迹，以及前古之流风余泽，莫不具见。故曰，国史明乎得失之迹，先王使天下风声习尚，了如指掌，于以美风俗而成教化者此也；赋者，古诗之流，《三都》、《两京》沿此而作。以为一方故实。至乐府、吴趋、会吟之类，尚仿佛国风遗音焉。汪子西颢，具良史才，侨寓津门，修辑郡志。纂集之余，为《津门杂事诗》百首，稽核精详，巨而国典。①

郑江的序中，重申了"诗与史相表里"的观点，然后通过"小史掌邦国之志，外史掌四方之志"的论述，已经将以文学形式记述地方风土以及物事种种，提升到了与"国史"同样的地位。这种提升，不仅将竹枝词的重要性提到了前所未有的高度，同时也鼓舞了创作者的写作动力，因为可以通过诗歌，特别是竹枝词的形式将地方上的一切"稽核精详，巨而国典"，而满足修撰国史的志愿。

"修史"意识的引导，又使得诗歌创作有了"务实"的功能，于是，竹枝词以及"百咏"、"杂咏"一类的诗歌，在引用地方风俗时，刻意编排，以郡县古制、山川河流、旧事遗迹等一一道来，并旁征博引，以记述史实无误。纪昀为蒋诗《沽河杂咏》作序时，指出这一时期竹枝词一类诗歌的特点：

---

① 王利器等辑：《历代竹枝词》（二），陕西人民出版社，987页。

第五章 明清竹枝词的新变

> 杂咏风土，自为一集者，唐以前不概见。今所得见者，自南宋始。然大抵山水名区，追怀古迹，一丘一壑，皆足以供诗材，又旧事遗文，具有记载，不过搜罗典籍，以韵语括之。曾极、董霜杰辈，往往一集至百篇，盖以是也。天津擅煮海之利，故繁华颇近于淮阳。然置卫始于明，置州升府，割河间七邑隶之，亦六七十年事耳。故其地古迹颇稀，明以前可屈指数。……无括其风土都为一集者，非才不能，地限之也。蒋子秋吟，偶客长芦，独能采掇轶事，证以图史，为《沽河杂咏》一百首。仍摭拾旧文以注之。其考核精到，足补地志之遗。其俯仰淋漓，芒情四溢，有刘郎《竹枝》之遗韵焉。①

吟咏地方风土，以求补地志之遗，到了清代后期，便有了如秦荣光《上海县竹枝词》这样的体制：其词分为建置、疆域、界至、形胜、守御、吴淞海道、黄浦古迹、岁时、风俗、城池、衙署、街坊、里巷、仓关、堂局、水道、渡桥、水利、户口、田赋、浮粮、减赋、税课、役运、仓储、物产、学校、祠庙、兵防、人物、古迹、杂事、妇女、邑城、浦东故事、图学等36目，共530余首，并以《上海县志》为本，将志文附于各诗后："今所咏者，事实次第悉本同治《上海县志》，即掇本文附注各诗后，借省寻检。间援他书，必冠书名于注上，或参鄙见，加一'案'字，示与志文区别云。"②

尤侗的《外国竹枝词》，则是因为修撰明史的《外国传》，接触到许多未能写进正史的资料和奇异风俗，因而用竹枝词来补正。他在诗前小序写道：

> 予与修《明史》，既纂《外国传》十卷，以其余暇，复谱

---

① 《全编》一，347—348页。
② （清）秦荣光《上海县竹枝词》自序，顾炳权：《上海历代竹枝词》，606页。

· 283 ·

为《竹枝词》百首,附《土谣》十首,使寄象鞮译,灿然与十五国同风,不已异乎。①

竹枝词的这种创作范式的转变,一定程度上加强了儒家的诗教传统,得到上层统治者的重视和提倡。《历代竹枝词》收有乾隆皇帝弘历的作品《荔枝效竹枝词》三首和《昆明湖泛舟拟竹枝词》六首。而竹枝词的写作,也成为书院学塾的教学内容。清代光绪年间编成的《历阳竹枝词》一卷,就是教师带着学生写作的。"此卷诸作,述旧俗而歌风土,虽词有工拙,要皆得乐府之遗意。其尤美者可与竹鸳湖百首并传于时"。时任州守的童宝善为之作序,并检出诗中对民生和时政有指摘意义的诗句,从为政者的角度表示了通过诗歌了解民心民声的必要性,实属难得:

> 有婉而多讽如"昨日纳粮城里去,许多牛脯卖街头";"填街塞巷家家是,清水洋烟广土膏";"长夏村翁无别事,较量麻纻质官钱"之句,尤吾官政之一助也。②

清代竹枝词创作在补充地方志的修撰、或与地方志互为补正的功绩,对于竹枝词本身的发展来说是双重的,因为文人看重"修史"的价值,提升了竹枝词的地位,但也因为竹枝词对于地方志的贡献,在后世的评价体系中,更多地把它当作史料,而忽略了她作为诗歌的存在。

(三) 纪实竹枝词创作范式的确立

顾炎武"纪政事"的提倡,对清代文学中的纪实功能的拓展是有影响的。清人运用竹枝词来补地志之遗的志向,以及对一方风俗稽核精详的风气,很大程度上改变了竹枝词原有的以抒情为主的创作范式,而转变成以叙事为主的创作范式,但清代中期以后,竹枝

---

① 王利器等:《历代竹枝词》(一),陕西人民出版社,548页。
② 王利器等:《历代竹枝词》(四),陕西人民出版社,3464页。

词开拓了记述时事的创作倾向,促使竹枝词进一步发展了它的纪实功能。纵观这一类纪实竹枝词创作实践,作品的叙事方式、审美旨趣以及体制结构等大体上呈现出以下四种范式:

一,即兴纪事,这种范式虽与传统的创作比较接近,但已有很强烈的时事性质:

叶燮有《庚戌六月吴江一夕水发淹没民居效竹枝体》,记述康熙九年(1670)吴江的大水灾:

> 太湖风卷水漫天,城里居民屋上眠。市上米珠无处买,朝来湿米斗三钱。

> 人家养子惜如金,何事长桥抛掷频?一陌青钱沽一婢,夜来愁听唤娘声。①

诗中记述水灾后民不聊生的惨状,受灾之户抛子卖女,惨不忍睹。诗歌观察和描写的重点是社会的角度,与朱鹤龄用七言歌行写成的《湖翻》完全不同。朱鹤龄的诗也写同一件事,浓墨重彩的是对太湖倾翻、狂风恶浪描写,并没有新闻性和震撼性的时事效应:

> 方忧漏天移泽国,忽骇狂澜卷平地。飓风猛发神鬼愁,火龙掷火驱潮头。漂沙砮石失垠岸,发屋拔树蟠蛟蚪。声如列缺斗霹雳,势如共工倾不周。乘陵城郭塔欲倒,千庐万灶皆洪流。巨浪翻腾高屋过,大鱼拔剌平衢游。更怜人畜死无数,浮轊塞港漂难求。②

以竹枝词吟咏时事并且越来越呈现出纪实和新闻效应的特点,晚清以后则愈加普遍。

---

① 王利器等:《历代竹枝词》(一),陕西人民出版社,530页。
② (清)朱鹤龄:《湖翻行》,《愚庵小集》卷三,华东师范大学出版社,49页。

二，数十首联章，记述当代某一历史事件，多首七言四句的联章组诗，颇似长篇叙事诗。

竹枝词以七言四句的形式，数首数十首联章，收放自如，受到创作者的青睐。特别是清代后期，这类记述当代历史事件的竹枝词开始增多。竹枝词创作纪实成分的增加，也从另一个层面，拓展了竹枝词的实用功能。清道光年间的杨棨，作有《镇城竹枝词》①，详细记述了1842年英军入侵镇江的历史事件。第一次鸦片战争爆发，英国舰队北上，于1841年9月至10月，相继攻陷定海、镇海、宁波。1842年5月，攻陷乍浦，6月再攻吴淞炮台，占领宝山、上海。7月21日镇江沦陷。镇江是长江与大运河水运交通的要冲，南京的门户，当时被清军自诩为牢不可破的"铁瓮城"，可是不堪英舰一击。英军攻陷镇江后，无恶不作。据陈庆年在《横山乡人类稿》中记载："郭士利入城，张汉文示谕，谓此来全为抚众，而其下乃大为淫杀，黑夷尤甚。妇女闻叩门，往往自戕，身殉者无算。奸民或导之，比户劫掠，无家不破。……西门桥至银山门，无日不火，市为之空，城乡皆被蹂。"②

《镇城竹枝词》共50首，详细记述英军克城，清朝官员的无能和生灵涂炭的惨状：

> 奢华莫过镇城风，遭劫平时在意中。只为各家多暴殄，如今忽变一场空。

> 夷人一自入圌山，直向长江左右环。城内人民忙欲走，谁知初八四门关。

---

① 关于《镇城竹枝词》之作者，请参看王慎之、王子今：《竹枝词研究》，秦山出版社，2009年，256页。
② （清）陈庆年：《道光英舰破镇江记》，《横山乡人类稿》卷五，林庆彰编：民国文集丛刊·第一编48册，据民国间横山草堂刻本影印，文听阁图书有限公司，2008年，406页。

第五章 明清竹枝词的新变

都统差人捉汉奸，各家闭户胆俱寒。误投罗网冤难解，小教场中血未干。

夷人听得反惊魂，说是黎民没处奔。不若依从和尚语，速将炮打十三门。

英军入侵之后，清军毫无抵抗之力，一败涂地；城中百姓赤手空拳，仓皇出逃：

云梯一搭上城头，火箭横空射不休。若问何人能死战，最怜兵苦是青州。

先将放火毁营房，没命旗人改换装。弃甲抛戈何处往，一齐逃难到丹阳。

监牢囚犯命偏长，却被蛮夷劫狱慌。府库钱粮皆抄尽，各衙门内自凄凉。

闺中少妇不梳妆，整日凭栏哭断肠。闻得夷人俱胆怯，不如投井或悬梁。

仓皇百姓尽逃奔，垢面蓬头出北门。一路悲啼声不绝，纷纷逃难到乡村。

包袱行囊一担挑，预愁难过北门桥。夷人各处严搜检，又被乡间半路邀。

夷人本不到丹阳，空把张官渡守防。可笑官员全没用，此时犹白费钱粮。

都统何尝尽难臣，传闻已做出家人。儿郎漫领棺材验，冒认他尸作父亲。

知府祥麟守镇城，镇城一破便逃生。若教殉难全忠节，也免差官钮进京。

· 287 ·

>今将善后拟章程，堵塞圌山保固城。扫尽奸邪坚士举，更兼良将练精兵。

>京口何须要驻防，不如驱逐奏君王。平时凶横临时避，枉食兵粮与马粮！[①]

李锦亭的《评鸦片战争竹枝词》，是较早研究竹枝词对近代史中重大历史事件记载的文章，他提到对鸦片战争纪事的重要竹枝词作品有三部，除了上述的《镇城竹枝词》以外，还有无名氏《扬州竹枝词》以及罗崸的《壬寅夏纪事竹枝词》。"竹枝词的作者揭露了英军一件件、一桩桩的野蛮暴行和疯狂的掠夺行为，把侵略者贪婪无耻的嘴脸暴露无遗，公之于世，用大量事实说明他们是不折不扣的强盗、凶残的刽子手、无耻的衣冠禽兽。这实际上有力地戳穿了约翰牛自欺欺人的谎言，批判了他们的强盗逻辑——用武力侵略中国、妄图把中国沦为殖民地是所谓'全为抚众'、'正当要求'。竹枝词的作者称他们是'蛮夷'、'獉夷'、'逆夷'、'夷鬼'、'夷寇'，字里行间充满着对入侵异族的深仇大恨，颇能激发读者同仇敌忾、抗敌御侮的爱国感情，并对自己的同胞遭到侵袭和蹂躏寄以深切的同情。"李文还指出，"传统的竹枝词一贯用来描写男女爱情、吟咏风土。然而当战争爆发，外敌入侵，国破家亡，人民惨遭浩劫时，进步的诗人、人民的歌手再也不能像从前那样怀着闲情逸致去谱写爱情的咏叹调，或平心静气地描述民情风俗、田园牧歌。他们是在时代巨变的特殊情况下，在急风暴雨、硝烟弥漫中，在劫后余生里，运用诗坛上早已流行，人民群众所喜闻乐见的竹枝诗体，迅速地、真实地记下了时代的巨变，描写了在这场战争中洋人、华人形形色色的表演，有的加以鞭挞，有的加以歌颂……显然，这题材是崭新的，风格是战斗性

[①] 王利器等：《历代竹枝词》（三），陕西人民出版社，2146—2149页。

的，而历史上的竹枝词从未有过正面描写战争的题材，特别是反侵略战争的重大历史题材。鸦片战争竹枝词的出现，可说是竹枝诗体在题材方面的一个突破，内容方面的一个开拓，这无疑是一种发展、进步。"①

三，以品评史实为中心，借鉴《百咏》类的诗歌创作方式，一题一咏，形成组诗。

罗熤的《壬寅夏纪事竹枝词》，是写鸦片战争最后阶段的史事。作者在自序中写道：

> 英夷犯顺，五载于兹。向在边省跳梁，未敢冲犯要腹。迨壬寅夏首，侵扰镇海等处要害隘，彼时裕督力疲，失守指臂。无人御敌，横行无忌。直闯圌山，此江北江南第一门户。孰料两江牛鉴误国殃民，既不预防于事先，又不攻击于现届，忍作猱夷向导，以致火轮直抵润山。恶督潜逃石头城内，更有都统海龄，不攻夷敌，反击自家百姓，闻风献城求生，受贿不下七万，铁瓮城作为齑粉城矣。逃亡百姓，举笔难书，江北江南失于老牛一人矣！因作《竹枝词》十六首以哀之。②

《壬寅夏纪事竹枝词》中歌颂了林则徐、裕谦和关天培，裕谦是蒙古镶黄旗人，1840年鸦片战争爆发时任两江总督，坚持抗战。1841年受命为钦差大臣，赴浙江办理海防，10月，当英军进犯镇海时他率部督战，终因城陷投水殉难。与海龄形成鲜明的对比，作者秉承传统，分别颂扬英雄，讽刺误国者，美刺态度鲜明：

林则徐

苍生百万仰林公，四海人心一样同。若使九重知屈贾，不

---

① 李锦亭：《评鸦片战争竹枝词》，《中山大学学报》，1989年第1期，112页。
② 王利器等：《历代竹枝词》（三），陕西人民出版社，2274页。

难恢复斩夷雄。

裕谦

谦谦君子勇难量，人道先生性忒强。城失尚甘求一死，芳名传史博馨香。

关天培

忠勇芳名贯宇寰，几番决战捉夷蛮。敢拼一死为奸斩，不愧将军也姓关。

海龄

都统封侯位爵尊，不思报国负君恩。忍抛铁瓮潜逃去，惭对梅花岭上魂。

作者秉承传统，分别颂扬英雄，讽刺误国者，美刺态度鲜明。这一类竹枝词兼有纪事与时评的功效，成为也晚清纪实性竹枝词的重要范式。

四，联章组诗文体开拓及其范式，诗中多有自注。

纪事性的竹枝词创作以记载战乱为多，又如，无名氏的《三年都门竹枝词》，记述太平天国北伐军转战至天津地区，战争给百姓带来的灾难，并夹有对时事的小注。组诗又以韵次为序，各首押不同的韵脚。又有所谓"首起"、"尾束"及因"不能终其事"所补续数首，共计三十七首，此处略举数例：

首起

空斋独坐夜迢迢，一盏孤灯伴寂寥。吟唱竹枝三十韵，聊将消遣过寒宵。

一东

山西逆匪窜京东，抵档官兵血战红。抢夺闾阎谁雪恨，拼教妇女也从戎。"贼"由山西窜至天津，男女俱以农器杀"贼"。

二冬

盘踞静海过寒冬，惧死官兵不折冲。赖有乡民团练勇，纷纷争战敌摧锋。"贼"在静海过冬，被练勇杀退。

八齐

京都住户亦凄凄，富少贫多两不齐。抽取房钱贫滴泪，闭门逃走是山西。京都是年因取房税，钱铺、当铺俱以关闭。

九佳

步军统领日巡街，奸宄闻风迹隐埋。盘诘一名先将励，兵丁赢得记功牌。兵丁出力，以银牌记功。

十一真

有是贤君有是仁，朝廷愈赖有贤臣。兵丁战死官何问，奏表依旧假作真。军有奏章多有虚假。[①]

无名氏《十年都门竹枝词》则是以亲身临见记述1860年英法联军进犯北京史事，写法和《三年都门竹枝词》很相似，也是以韵次排序，又有"引"、"首起"、"尾束"等，共计五十一首。其中"二萧"第一首，写火烧圆明园，第三首写火烧康庄，令人触目惊心：

三山风景好萧条，一路楼台被火烧。时事若斯难瞩目，一瞻宫殿一心焦。御园、万寿山均被夷人烧毁。

康庄住户本丰饶，烈火烧来地土焦。最是惨人看不得，积尸堆过短墙腰。九月十一日，夷人将康庄烧毁罄尽。

"一先"中第三首则写战乱中出逃的难民，"十一尤"中第三首写战后的遍地荒芜：

---

① 王利器等：《历代竹枝词》（四），陕西人民出版社，2835—2842页。

  坐贾行商走最先,家家多用雇车钱。怜他小户穷无路,负子携妻住陌阡。

  谷熟秋来少刈收,蓬蒿塞路渗云浮。人家逃散无烟火,一度村庄一度愁。夷人经过,地之秋粮无人收割。①

《十年都门竹枝词》的作者不得而知,诗中鄙称回族为"回匪"、"回孽畜",又称蒙古军人为"番兵",有学者猜测作者当与《三年都门竹枝词》同属一人,并"很可能是旗人。然而由对将相官僚的严厉斥责以及'都城迁徙一空'而'予病穷无计,困坐愁城'的自我感叹,可知其身份应是社会下层的平民"②。这一猜测,似乎再次证明竹枝词的作者在清代中后期存在着日渐平民化的趋势。而面对剧烈变化的社会以及迅速到来的近代化和城市化,竹枝词创作范式的转型,在叙事方式、审美旨趣以及体制结构等方面,更有助于吟咏重大事件和社会新变。竹枝词的纪实功能将进一步增强,并迎来数量更大的创作高潮。

由此可见,竹枝词或其他文学创作样式的沉浮,并不仅仅取决于文学体裁本身的发展,社会变革和创作主体对社会的参与诉求,也会影响文学创作范式及其功能的拓展。

---

① 王利器等辑:《历代竹枝词》(四),陕西人民出版社,2842—2851页。
② 王慎之、王子今:《竹枝词研究》,秦山出版社,2009年,284—285页。

第六章
竹枝词创作的都市化倾向

明清两代是竹枝词创作的繁盛时期，这样的变化和社会变迁、经济发展以及中国近代化城市化的发展有直接的联系。也就是说，十九世纪中叶之前，竹枝词创作中已经显露出后世转型的种种端倪。其中包括文人对竹枝词创作的热情，竹枝词创作中的生活化、大众化的倾向；而是十九世纪中叶以后，这种转变呈现出喷发性的趋势，对新事物的关注以及迅速写作，使得竹枝词创作向着纪实性、都市化的方向进一步拓展。虽然前期的变化是缓慢地逐渐展开的，但不可否认的是，创作者对新事物的兴趣以及自觉地运用竹枝词的形式写作，本身就说明，随着社会的变迁，竹枝词作为诗歌的创作形式之一，是越来越适合创作者表现新事物的一种选择。

第一节 竹枝词创作与都市化生活

明代中叶，手工业脱离农业独立发展的趋势比以往更加显著，促进了商业经济的发展和繁荣。在商业经济繁荣的基础上，商业文化成为明清重要的文化力量,不仅影响到文人的生活态度,也促使了文学创作与文学观念的变化与转型。新的文化心理的产生,呼唤着与之相应的文学样式,以新奇、灵活见长的竹枝词由此成为士人偏爱的写作文体,而竹枝词在文人歌咏社会新变以及日常生活的过程中获得新的契机,不仅承载了风云变化的商业文化与市井气息,而且呈现出新奇性与大众化的文化表征,进一步迎合了市民阶层的文化需求。正如前一章已经提到的文化需求开始大众化,而传统的文化艺术品也开始成为重要的商品资源,传统文学也包括诗歌,正在寻找近代转型的契机。

(一) 从市肆到商贸行业的多样化书写

明朝人的商品意识比起前代来,有着明显的增强,上自皇帝、宦官、大臣,下到军队百姓,都积极参与经商活动,传统价值取向发生了深刻变化,做官的可以卸去官职去经商,读书人也可以凑些资本图几分利息,由此明代中后期的社会出现了崇商趋势。明清以后,随着商业经济的迅速发展,越来越多的商贸行业涌现出来,推动了城市化的现代进程,同时也成为城市景象的重要代表。与之相应,竹枝词的创作在明清时期也发生了变化与转型,丰富的商贸行业、繁荣的城市经济、众多的商人会所等等都成为此时竹枝词的重要表现内容。

商业的繁盛以及都市化的倾向,已经渐露端倪。明代天下号称有"四聚",北为北京,南为佛山,东为苏州,西为汉口。东海之滨,除了苏州之外,芜湖、扬州、杭州都是商业繁荣的城市,但就西部而言,惟有汉口一处,堪称商业繁荣,它不仅是湖广的咽喉,而且来自云南、贵州、四川、广西、陕西、河南、江西的货物,全都要从汉口转输[①]。这种变化到了清代则更加明显。

---

① 陈宝良:《明代社会生活史》,中国社会科学出版社,111页。

第六章　竹枝词创作的都市化倾向

清道光三十年（1850），叶调元的《汉口竹枝词》刊行。叶氏自述，他从7岁到16岁是在汉口度过的。道光十九年（1839），叶调元重来汉口，"隔二十余年，风气迥非昔比。暇日即所见闻，托诸嬉笑怒骂，以志丁鹤归来、城是人非之感。逮今十载，积而成帙。嗜痂者借抄日众，乌焉羊芋，辗转滋讹。友人怂恿付梓，爰芟十之二三，录以应命。"①《汉口竹枝词》共292首，分列市廛、时令、后湖、闺阁、杂记、灾异六卷，从地理位置、屋宅建筑、商品行业、民俗风情等方面记录了清朝中期汉口的商业发展及市民生活。汉口，凭借优越的地理位置和便利的交通条件，迅速崛起成为一座新兴商埠。明末清初，汉口已与河南朱仙镇、广东佛山镇、江西景德镇并列为全国四大名镇，海外誉为"东方芝加哥"。因此，叶调元的《汉口竹枝词》不仅反映了明清时期尤其是清代中叶以后汉口经济的发展状况，而且是我们了解东南沿海诸城市经济发展的很好补充。

汉口的迅速崛起，得益于优越的地理位置与水运条件。叶调元在《汉口竹枝词》自叙中说："汉口东带大江，南襟汉水，面临两郡，旁达五省，商贾麇至，百货山积，贸易之巨区也。"②明朝成化年间，汉江几经改道，使得汉口东面长江、南面汉水，正面对四川、广东，旁边直达江苏、浙江、湖南、江西、安徽等地，优越的地理位置吸引着各地商人集聚拢来，各种货物也集聚汉口进行中转，汉口成为当时最大的货物集散基地，汉正街最初就是由货物集散批发而发展起来的。乾隆《汉阳府志》可以印证这一繁荣的景象：

> 汉镇一镇耳，而九州之货备至焉，其何故哉？盖以其所处

---

①② （清）叶调元著，徐明庭、马昌松校注：《汉口竹枝词校注》自叙，湖北人民出版社，1页。

之地势则然耳。武汉当九州之腹心,四方之孔道,贸迁有无者,皆于此相对代焉。故明代盛于江夏之金沙洲,河徙而渐移于汉阳之汉口,至本朝而尽徙之。今之盛甲于天下矣。夫汉镇非都会,非郡邑,而人烟数十里,行户数千家,典铺数十座,船泊数千万,九州诸大名镇皆让焉。非镇之有能也,势则然耳。①

汉口的区位优势,使其获得"九省通衢"、"九省之会"、"七省要道"、"八达之衢"等称谓。大量的货物集散使汉口的港口运输业在清代突飞猛进,成为汉口工商业发展的重要标志。叶调元有一首写汉口码头的竹枝词:"廿里长街八码头,陆多车轿水多舟。"句下注云:"一云艾家嘴、关圣祠、五圣庙、老官庙、接驾嘴、大码头、四官殿、花楼为八大码头。一云每坊上下二码头,四坊合而为八。"②据 1920 年刊印的《夏口县志》,码头远远不止八个,至少还有杨家河、沈家庙、宗三庙等一些大码头,从小硚口至集稼嘴的汉水码头,大大小小将近 30 个。各省来汉进行贸易的船只,都有固定的停靠码头,江西及湖北本身的商船集中在汉水口北岸,四川的商船集中在汉水南岸,浙江与安徽的商帮则停泊在汉口两岸的码头,据《汉正街市场志》的粗略统计,清初,汉江两岸的泊船量常年达到 2.4 万—2.5 万艘次之多,作业繁忙,甚至通宵达旦,以致成为一个"十里帆樯依市立,万家灯火彻宵明"的不夜之港。港口业务的繁盛,使得码头搬运装卸十分重要,这就加大了对搬运工、船夫、码头夫和挑夫等苦力工作的下层劳动者的需求。"在武汉三市,被使役于诸工场之职工,其数当不下三万。特如汉口百货辐辏之地,运搬夫更为多数。到处各工场及仓库之前,居然成列,无非从事于货

---

① 《乾隆汉阳府志》,卷十二,汉阳县乡镇,乾隆十二年刻本。
② (清)叶调元著,徐明庭、马昌松校注:《汉口竹枝词校注》,卷一,湖北人民出版社,2 页。

物之运搬，仅汉口一处，其数可统称十万。"①

"码头夫"三字，最先出现在《汉口小志》记载中，他们多是来自农村的破产农民，为生活所迫，背井离乡来到汉口出卖劳动力，被称为"不耕、不织、不贾、不商之民"。这一阶层的出现其实正是城市商业经济迅速发展的结果，市场商品经济的发展打破了自给自足的小农经济，无地可耕、无棉可织，只能到城市里以出卖劳动力为生。叶调元的《汉口竹枝词》对搬运工进行了描绘，真实再现了当时码头工人的工作境况与劳动强度：

> 杂货扛抬到晚休，外班气力大如牛。横冲直撞途人避，第一难行大码头。②

如果溯源到明代末年，可以知道，汉口凭借物资集散和中转业务的繁荣，逐渐发展成为以商业闻名的新兴市镇，经过清代前期近百年的恢复发展，汉口的商品市场呈现前所未有的繁荣。范锴在《汉口丛谈》中，描绘汉口"人烟数十里，贾户数千家，鹾商典库，咸数十处，千樯万舶之所归，货宝奇珍之所聚，洵为九州名镇"③。据《湖北通志检存稿·食货考》统计，汉口共有商品18大类，320余种，种类繁多。到了清代，形成了繁荣的商品市场。新安市场是道光时期以新安街为中心形成的一个行栈、手工业和商店集聚的大市场。新安市场内的药帮一巷、二巷、三巷、药帮大巷一带是一个药材商业中心，是全国药材在汉口的集散地；汉正街、新安街、大夹街一带，以经营土产、海味、鞭炮者较多；大火路至长堤街一带，以经营小铁器、竹木等手工业品为主；关帝街至广东巷一带，

---

① [日]水野幸吉：《汉口》，光绪三十四年（1907）刊行，12页。
② （清）叶调元著，徐明庭、马昌松校注：《汉口竹枝词校注》，卷一，湖北人民出版社，12页。
③ （清）范锴著；江浦等校释：《汉口丛谈校释》，卷三，湖北人民出版社，138页。

以做木屐、雨伞为主①。新安市场是老汉口镇发展中期由外邑客商大量迁入而形成的繁盛地，叶调元的《汉口竹枝词》描写道：

  京苏洋广巧妆排，错彩盘金色色佳。夹道高檐相对出，整齐第一是新街。街道店面，此为冠冕。盖徽州会馆之出路也。②

新安街是当时徽商的聚集之地，徽商做生意讲求面子，因此豪华的建筑风格成为徽商招揽顾客的竞争优势，而新安街同时也是各种外来商品的陈列地，包括北京、苏州、广东以及国外来的商品。长堤街则是金工与木工的街市，堤上堤下，市民居住的民房和各色店铺混杂一起，两旁主要是各种手工业作坊，诸如木器铺、铜器铺等，还有各种行、店、小商贩经营之处，店铺林立，商贾云集，形成以汉正街至黄陂街一带为中心的商业市场：

  湖堤中段最繁冲，列市金工与木工。锯屑霜飞撕板料，椎声雷震打烟筒。③

从新安市场以及长堤街一带的商业市场可以看出，汉口不仅汇聚四方商品，而且在各个行业的经营上有了较为固定的专业场所，汉口一些街道以店铺命名就是这一经营特点的反映：

  街名一半店名呼，芦席稀稀草纸粗。一事令人惆怅甚，美人街上美人无。④

街巷的名称用商铺的名称来称呼，例如纬子巷、衣服巷、袜子巷、剪子巷、芦席巷、草纸街、打扣街等，可见汉口的行业分工之细。叶调元描绘汉口"行业"的竹枝词更能说明问题，汉口镇设立

---

① 皮明庥、吴勇：《汉口五百年》，湖北教育出版社，39—40页。
② （清）叶调元著，徐明庭、马昌松校注：《汉口竹枝词校注》，卷一，湖北人民出版社，22—23页。
③ 同上，35页。
④ 同上，6页。

两个分司,从硚口而下至金庭公店,设仁义司,设立居仁坊与由义坊,自仁义司往下至茶庵,设礼智司,立循礼坊合大智坊。这四坊的特点是按照行业分成了八行头与下八行头,上八行头分别是银钱、典当、铜铅、油烛、绸缎布匹、杂货、药材、纸张,下八行头主要是手艺作坊。种类繁多的商贸行业是商业经济与城市繁荣的最直接表现,汉口作为一个以商兴市的新兴市镇,在其发展之初就逐渐形成了行业的市场化:

> 四坊为界市廛稠,生意都为获利谋。只为工商帮口异,强分上下八行头。①

在众多的商贸行业中,盐业是汉口兴旺发达的行业。明万历四十五年(1617),建立了商人垄断食盐运销制度,即所谓"纲法",由江苏仪征出口的淮南纲盐,就由长江水运到汉口集停,分销湖北各州县口岸。到明末清初,汉口盐务甲于天下,成为长江中上游淮盐集散地。乾隆年间,户部规定湖北、湖南两省淮盐都在汉口分销,汉口镇盐务一事,"未有可与匹者"②。汉口盐业渐趋兴旺,到嘉庆、道光年间盛极一时,地处汉正街中段的淮盐巷因靠近汉水各个码头,交通便利,大盐行大都聚集于此,成为全省淮盐贸易的中心。汉口作为两湖淮盐分销的集散地,成为徽帮盐商竞趋逐利之地,盐商们利用淮盐产销地区的差价,谋取厚利。由于食盐运销由盐商垄断,加之商人加价加耗,许多盐商一举成为资金雄厚的巨贾,叶氏《汉口竹枝词》有不少笔墨是描写盐业的:

> 一包盐赚几厘钱,积少成多累万千。若是客帮无倒账,盐行生意是神仙。

---

① (清)叶调元著,徐明庭、马昌松校注:《汉口竹枝词校注》,卷一,湖北人民出版社,3页。
② 《乾隆汉阳府志》,卷二十三,汉阳县乡镇,乾隆十二年刊本。

上街盐店本钱饶，宅第重深巷一条。盐价凭提盐课现，万般生意让他骄。①

由于盐价日高，在"纲盐"外出现了价格略低的"私盐"，贩卖私盐当时属于违法行为，但迫于生计或者高利润的诱惑，很多商贩，甚至一些妇女都加入其中，干起了贩盐的行当，藏匿时以腹撞击桅杆，以逃过税卡检查：

贩盐妇女捷无双，五六包盐力可降。怀挟满身腰却瘦，桅杆夹上几回撞。②

除了盐业，汉口的药业也极其发达，"药帮"曾是自有汉口以来就有的一个大行业帮口。明末崇祯年间，一批河南怀庆府的药农携带药材来到汉口，在"宝寿桥"附近的巷道居住下来，就地兜售药材，后来生意越来越大，自然形成了一个"帮口"，他们居住的巷子也因此得名"药帮巷"，后来又发展到"药帮大巷"、"药帮一巷"、"药帮二巷"、"药帮三巷"。叶氏的竹枝词中列举了当时的药店名，如：仁山、容山、香山、寿山、松山、春山、长山、南山、泰山、华山、恒山等：

玻璃八盏夜明灯，药店全凭铺面精。市井也知仁者寿，招牌一半借山名。③

汉口作为四方商品的汇集市场，商贸行业兴旺发达，又促进了汉口金融业的发展，使汉口镇迅速成为长江中上游的金融中心、经济中心。《汉口竹枝词》中描写了当时的"票号"：

子金按月按时排，生意无如票号佳。街上不居居巷内，门

---

① （清）叶调元著，徐明庭、马昌松校注：《汉口竹枝词校注》，湖北人民出版社，18、17页。
② 同上，卷五，118页。
③ 同上，卷一，23页。

第六章 竹枝词创作的都市化倾向

悬三字小金牌。①

清朝市面的货币流通主要是制钱和银两，搬运极不方便，加之经济的迅速发展，货币流通也逐步加速，道光初年，票号应运而生，既为政府汇解丁赋协饷，也为私人通汇款项，兼营存、放款。汉口作为当时重要的货物集散地和中转站，国内第一家票号"日升昌票号"在汉口设立，山西商人经营的票号最为著名，是汉口金融业的中坚，光绪二十年（1894年），山西票号在汉口设立的分店就有32家之多。票号的名字以三字居多，例如"百川通"、"大德诚"、"三晋源"等。除了这种官方的大数额的票号，汉口还有为本地民间中小企业融资的"银号"、"钱庄"、"钱店"。《汉口竹枝词》写银号：

> 银号声名众口传，朱提十万簿头悬。个中利害谁能识，血本纹银仅六千。②

这是当时银号的兑换业务。发展到后来，银号里兑换业务不多，而专门靠放款做生意，店面的本钱虽然只有六千到一万，但放款的额度却能高达十几万，其贷款是高利贷性质，因此顾客受益小，受害却极大。再如叶氏对汉口"钱店"的记载：

> 银钱生意一毫争，钱店尤居虱子名。本小利轻偏稳当，江西老表是钱精。③

汉口的钱店是面向平民和小型企业从事兑换业务的小钱庄，虽然利润很薄，但依然数目众多，达一百多家，从其数量中可以看出，汉口的商品行业除大型的粮食、药业、盐业外，更有许多与百

---

① （清）叶调元著，徐明庭、马昌松校注：《汉口竹枝词校注》，湖北人民出版社，17页。
② 同上，20页。
③ 同上，22页。

姓日常生活密切相关的小行业，与之相应，"钱店"、"钱庄"便必不可少，同时推进了汉口金融业的发展。

汉口作为一个商业重镇，其繁荣的中转业务和发达的港口运输吸引了大量外来客商，这些客商按照地域行业结成帮派，出现了南湖帮、宁波帮、广东帮、山西陕西帮、江西帮、药帮、钱帮等等，于是，以同乡或同行为集结纽带的商业会馆或组织便大量出现。叶氏描绘道：

> 一镇商人各省通，各帮会馆竞豪雄。石梁透白阳明院，瓷瓦描青万寿宫。阳明书院即绍兴会馆，梁柱均用白石，方大数抱，莹腻如玉，诚钜制也。江西万寿宫瓦，用淡描瓷器，雅洁无尘，一新耳目。汉口会馆如林，之二者，如登泰山绝顶，"一览众山小"矣。①

会馆和公所是明清之际经济发展、商业繁荣的产物，"汉口会馆如林"也正是汉口商业繁荣的重要表现。万寿宫，也就是江西会馆，是汉口著名的会馆之一，清康熙年间，由江西南昌、临江、吉安、瑞州、抚州、建昌六府在汉集资而建。万寿宫占地约 4 000 平方米，建筑宏壮雄伟，墙壁屋顶使用清雅的青花瓷器制作，色彩鲜艳、金碧辉煌，正是叶氏所描绘的"瓷瓦描青万寿宫"。同样，以建筑风格取胜的是阳明书院，即绍兴会馆，会馆的屋梁柱子全部用汉白玉大理石，晶莹玉润，堪称杰作。此外，还有山西、陕西两省的商人于清朝道光年间，在汉口筹款建立的"山陕会馆"，西起全新街，东邻药帮大巷，是当时汉口诸会馆中规模较大的一个，因馆内供奉"关帝"，所以被称为"关帝庙"，也就是"西关帝庙"。此外，还有咸宁会馆、徽州会馆、粮行公所、命理公所、川邑正记船帮公所，据 1920 年《夏口县志》统计，汉口的会馆、公所约有 200

---

① （清）叶调元著，徐明庭、马昌松校注：《汉口竹枝词校注》，湖北人民出版社，14—15 页。

处，这说明汉口的外来客商人数之众、派别之多，这也是汉口商贸行业繁盛的重要表现。

伴随汉口商业经济的发展，作假、欺骗的风气也开始流行开来，汉口市场多有弄虚作假、以次充好的现象。《汉口竹枝词》也有不少描写和批评：

> 衣服街兼袜子街，密遮雨板似阴霾。客商要买衣和袜，须向离朱借眼来。①

> 一般字号一般坛，价值稍低货不堪。买酒从今须子细，绍兴大半是湖南。②

虽然自称"绍兴酒"，但大半却来自湖南。作假，可以说是商业经济迅速发展的产物，不仅存在于汉口，在商业经济发达的南京与苏州都有此类现象。明人叶权《贤博编》中记载苏州市场的作伪行为："今时市中货物奸伪，两京为甚，此外无过苏州。卖花人挑花一担，灿然可爱，无一枝真者。杨梅用大棕刷弹墨染紫黑色。老母鸡捋毛插长尾，假敦鸡卖之。浒墅货席者，术尤巧。大抵都会往来多客商可欺。"③发展到后来，更是出现了空头支票、假钞票、假银币、假辅币的记录：

空头支票

> 一般市侩最习奸，支票纷纷任意开。谁料空头无实款，骗人上当不应该。

假钞票

> 钞票无非代现银，事关信用共应尊。奈何市上奸刁客，赝

---

① （清）叶调元著，徐明庭、马昌松校注：《汉口竹枝词校注》，湖北人民出版社，28页。
② 同上，33页。
③ （明）叶权：《贤博编》，元明史料笔记丛刊，中华书局，6—7页。

鼎拿来混作真。

假银币

中国曾将币制垂，往来通用是银圆。奸人混入铅铜质，常使乡愚受尽冤。

假辅币

整个银元不便分，单双角子遂通行。无如亦有刁奸客，竟把铜铅混合成。①

以竹枝词的形式歌咏当时社会的商业贸易以及受其影响而出现的城市繁荣，并不仅限于叶调元的《汉口竹枝词》，可以说，这是当时经济发展大背景下文学创作的普遍趋势。如前章已经提到过的《扬州西山小志》，又名《西山樵唱》，全书一卷，其中"市肆"十一首，记述扬州西部的商业经济。又有清人丁志诚的《武林市肆吟》，歌咏浙江武林一地的市肆行业，之后丁立中又有《武林新市肆吟》，记录瀛海通商之后市廛的繁荣。直至颐安主人的《沪江商业市景词》详细叙述了沪上通商之后的各种行业，"约略计之，何止三百六十行已哉。……有买地建栈房局厂者，有租屋开店铺庄号者，有备船只转运各货者，有雇车具装载各件者，有肩挑手挈呼卖各物者。"②金融业、运输业、娱乐业、饮食业、教育业、新闻业等等都有详细记载。与明清特别是清中叶以来的商业经济发展相呼应，竹枝词的表现领域逐步扩展深入到商业贸易的各个方面，呈现出鲜明的都市化倾向，这是竹枝词在明清商业经济的推动下，歌咏的对象和话题，都发生了变化。同时也说明在社会转型期，竹枝词

---

① 叶仲钧：《上海鳞爪竹枝词》，顾炳权编：《上海洋场竹枝词》，上海书店出版社，303—304页。
② 颐安主人：《沪江商业市景词·自序》，顾炳权编：《上海洋场竹枝词》，上海书店出版社，469页。

第六章　竹枝词创作的都市化倾向

成功担负起了传统文学反映现实、记录社会之变的历史使命，也正因此，竹枝词能够在社会剧烈动荡的近代时期走向繁盛。

(二) 生活百态与竹枝词的市井气息

明代晚期激扬起一股追求思想解放、个性解放的人文思潮，其思想核心是肯定世俗的人生，宣扬尘世利益和尘世享乐，而不再屈从"天理"的扼制。"穿衣吃饭，即是人伦物理；除却穿衣吃饭，无伦物矣。世间种种皆衣与饭类尔，故举衣与饭而世间种种自然在其中。"①这种价值观的形成，与一定时期的经济发展和都市化倾向有很大的关联。入清以后，富庶的江南地区的精细生活描写便逐渐进入文人创作之中。随着商业贸易与城市经济的空前发展，城市里聚集了大量的手工业工人、商人、小业主，他们的生活节奏有了新的变化，有一定的空暇时间，于是，日常生活的细节越发受到重视与关注，文化娱乐方面的需求也日益扩大，反映在这一时期的竹枝词创作中，便是对繁荣多样的市井生活的描写以及竹枝词市井气息的沾染。

城市是商业发展的中心，商业经济的繁荣必然带来城市的发展和城市化程度的不断提高，这就为文人阶层享受声色之娱提供了物质基础。繁荣富庶的城市生活也成为竹枝词的重要表现内容，使其具有了浓厚的市井气息，这在叶调元的《汉口竹枝词》中亦有鲜明体现。

汉口是一个因商而兴的城市，明中叶以来，汉口居民"不事田业，惟贸易是视"，加之大量的外来客商云集，于是汉口成为一个"本乡人少异乡多"、"九分商贾一分民"的移民城市，因此，重商也成为汉口市镇典型的民风，主要表现在服饰和饮食的时尚倾向上。

---

① (明)李贽：《焚书注》，卷一，《答邓石阳》，社会科学文献出版社，8页。

就服饰而言，苏杭是当时流行风尚的中心，其服饰样式也成为人们追赶时髦的效仿对象，这股风尚随着外来客商的流通也影响到了汉口民众：

> 蜀锦吴绫买上头，阔花边样爱苏州。寻常一领细衫子，只见花边不见绸。①

衣服的材料不仅是上等蜀锦与吴绫，而且衣服的花边也追求苏州的特宽花边，装饰在门襟、领口、袖边和下摆等衣服的边缘处，而且不惜花费，只求奢华，于是"再加片金、金线、阑干、辫子，相间成章，一衣之费，指大如臂"②。晚明时期，人们突破官方对服饰色彩样式和质地的限制，服饰出现时尚化的潮流，发展到清代，则更为普遍，无论是妓女还是良家女子都普遍追求华丽的服饰，良家女子效仿妓女翻新花样，成为时尚潮流的推动者：

> 门头装束日翻新，怪煞良家步后尘。不论雏姬和老姥，托肩褂子滚边裙。③

汉口作为一个外商云集的城市，其饮食也汇聚八方，出现众多的地方性餐馆，对饮食业的细致描写，从另一个侧面反映了城市生活的细致和都市化倾向：

> 银牌点菜莫论钱，西馔苏肴色色鲜。金谷会芳都可吃，坐场第一鹤鸣园。馆有苏馆、西馆、金谷、会芳、五明、聚仙，皆有名。惟鹤鸣座头明洁，器具精良，冠服之士觞咏为宜。④

汉口的餐饮行业因其商贾辐辏而日趋繁盛，清道光年间，餐馆

---

①② （清）叶调元著，徐明庭、马昌松校注：《汉口竹枝词校注》，湖北人民出版社，88页。
③　同上，87页。
④　同上，26页。

因其风味特色大致分为苏馆和西馆，苏馆适合下江人口味，西馆则适合山西、陕西人口味，越到后来，分帮立派更加细化，清末民初，餐饮酒楼就有十三个帮口之多，诸如川、鄂、湘、徽、苏、浙、粤、闽、京、津、清真、素菜和西餐等，中西风味、南北大菜汇聚一堂。叶氏《汉口竹枝词》中描写了一家回民门面，即广益桥一带的回民小吃，有糖糕切片，有新鲜牛肉，因特色鲜明而生意火爆：

花布街连广益桥，教门生意独殷饶。糖糕切片经油脆，牛肉悬门扑鼻臊。广益桥乃回子宰牛之所。①

汉口的饮食不仅种类繁多，而且在菜肴的制作上也日益精致，叶氏描绘当时的素菜：

吃新食品较常添，荤素相参价不廉。麻雀头酥鹅颈软，豆黄饼脆藕圆甜。腐皮包芝麻，凸其中而结两首，名"麻雀头"；包咸菜，卷如春饼，名"鹅颈"；豆饼色黄如围棋子，磨藕和糖，抟如肉圆，名"藕圆"。②

作品描写逢节日添新品，是流行素菜，特别是用荤菜命名的素菜，价格也比较贵，但并不影响人们的喜好，可见菜肴制作的精致程度。

盛服饰与侈饮食是汉口民众最为典型的生活特征，除此之外，喝茶、饮酒、逛妓院也是汉口市民中比较普遍的生活方式。明清时期，随着居民日益繁聚，汉正街随之成为一条吃喝玩乐的街，周边的茶肆酒楼兴旺发达起来。坐茶馆也是汉口人的一大风俗，叶调元的竹枝词，描述了清道光末期汉口茶馆的兴旺：

无数茶坊列市阛，早晨开店夜深关。粗茶莫怪人争嗑，半

---

① （清）叶调元著，徐明庭、马昌松校注：《汉口竹枝词校注》，湖北人民出版社，34页。
② 同上，54页。

是丝弦半局班。女唱曰丝弦，屠户、菜佣聚集而唱曰局班。①

据《汉正街市场志》记载："宣统元年（1909）汉口有茶馆250家，主要分布在汉正街一带。民国二十二年（1933）汉口茶馆已达1373家。由于市区扩大，茶馆分布较广，但汉正街一带仍是商业集中地段。仅处于汉正街中段的大火路上就有汉口、龙泉、合兴、联兴、清香、洪发、万利、春来、汉泉等17家大小茶馆，被称为'干不死的大火路'。"②在清代之前，饮茶是上层社会的文人骚客休闲生活的重要表现形式，并作为会文处友的"消费活动"。但是到了清代中后期，随着商业的发展，城市各阶层的分化过程加快，大量农业人口加快了向城市转移和流动的进程，新的社会群体需要一个社会交往的舞台，也需要在劳作之余有一些新的娱乐消闲方式，茶馆和茶楼就扮演了一种社会交往中介的角色，茶馆的普及，也是都市化生活的标志。有人曾经做过广州茶楼的研究，认为这种茶馆或茶居大约出现在1873年③，而叶调元的竹枝词记载的汉口茶馆的出现，则要比广州早二三十年。

汉口的茶馆还分为"荤茶馆"和"清茶馆"，"清茶馆"只卖茶喝茶，而"荤茶馆"则兼营唱曲、演戏和打牌，叶氏描述说：

沿湖茶肆夹花庄，终岁笙歌拟教坊。金凤阿香都妙绝，就中第一简姑娘。④

后湖是汉口的游览胜地，分布着几十家茶馆，茶馆为戏曲、曲艺提供了演唱场所，而戏曲活动的兴盛又促使众多的茶楼茶社如雨

---

① （清）叶调元著，徐明庭、马昌松校注：《汉口竹枝词校注》，湖北人民出版社，27页。
② 朱文尧主编：《汉正街市场志》，武汉出版社，243—244页。
③ 蒋建国：《晚清广州茶楼消费的社会话语》，《船山学刊》，2004年第二期，86页。
④ （清）叶调元著，徐明庭、马昌松校注：《汉口竹枝词校注》，湖北人民出版社，76页。

后春笋。汉口开埠后,商业日渐繁荣,许多茶馆更成为商贾洽谈生意的处所,手工业者也聚集茶馆,推动了茶馆业的兴盛。

茶馆如此,酒坊也成为社会各阶层的主要休闲场所,《汉口竹枝词》描写了汉口水岸的酒坊以及底层劳苦大众的饮酒场面:

> 汉皋热酒百余坊,解渴人来靠柜旁,鱼杂猪肠兼辣酱,别人闻臭彼闻香。①

随着城市日渐繁华,来往人员逐渐增多,妓院也兴盛起来,清道光年间,汉口已有妓院数百家,多散居在汉正街附近的大火路、青莲路一带。叶氏《汉口竹枝词》中描写当时人们逛妓院享乐的情形,例如:

> 一回一两二钱银,吃酒连番费莫论。欲向院中充大老,风流全在不关门。

> 金刘两院好寻欢,接客纷罗锦绣团。走到帘前打照面,见花容易选花难。②

此外,竹枝词中还记录了当时一些有名的女妓如王如意、两张琴等,还有男妓。随着商业经济的发展,城市生活也丰富多样,闲暇时间的充裕给社会各个阶层的奢靡享乐之风提供了便利,无论是喝茶、饮酒还是逛妓院,都成为城市主要的休闲方式。盛服侈饮食的生活方式也逐渐普及和下移,劳作之余,普通民众也开始向往休闲娱乐的生活,这可以从汉口妇女日常的游乐方式中见出。汉口镇因商兴市,因此受传统束缚相对较少,汉口妇女可以在大庭广众之下抛头露面,也可以盛装出游,游乐嬉戏,"地方稍有盛举,逐

---

① (清)叶调元著,徐明庭、马昌松校注:《汉口竹枝词校注》,湖北人民出版社,34页。
② 同上,155页。

队成群，出头露面，谈笑无忌，饮啖自如"。叶氏的《汉口竹枝词》有着许多这方面的例子：

> 艳妆冶服去寻春，为避狂且又发嗔。吆喝一声花扫碎，归来空恨打围人。①

姑娘们身穿艳服打扮得光鲜艳丽到郊外踏春。"热闹场中总到临，莫教豪兴让男人。西施颜色东施貌，两样人才一样心。"②但凡热闹的场合都可以看到女子的身影："吴讴楚调管弦催，翠鬓红裙结伴来。除却寒风和暑雨，后湖日日有花开。"③在鲜花盛开的日子，喜欢玩闹的女子到后湖听曲赏戏，并且有专门为妇女坐着看戏而搭建的"子台"："河岸宽平好戏场，子台齐搭草台旁。"④此外，还有闺人的宴集作乐，例如"月夕花晨置酒招，钗光鬓影互相撩。瓢壶一桌消长昼，讲究三条与四条"⑤。闺人宴集以抹牌为乐。此外，还有休闲纳凉、秋夜赏月等休闲方式。汉口女子的游乐方式之丰富实与汉口的商业性有着密切关系，汉口商贾云集、货积如山，人流如织，开放、时尚、前卫的城市景象也使汉口的女子较少传统束缚，携伴呼侣出游成为江城的一大盛景。女子的出游、休闲其实是整个社会风气的反映，"散步人来远市阛，一回心境得宽闲。眼光直到天穷处，夕照黄陂数点山"⑥。远离喧闹的街市到后湖散步。"二三月内喜天晴，草色青青画不成。一碗粗茶嗑瓜子，布棚厂下看风筝。"⑦喝茶、嗑瓜子、看风筝，休闲之态可见一斑。从这些生

---

① （清）叶调元著，徐明庭、马昌松校注：《汉口竹枝词校注》，湖北人民出版社，85页。
② 同上，98页。
③ 同上，102页。
④ 同上，100页。
⑤ 同上，92页。
⑥ 同上，74页。
⑦ 同上，75页。

动的描写中，可以清晰地看到汉口市民日常生活的情态，平民性是其一大特色。

(三) 竹枝词的通俗化和大众性

明清以后的竹枝词，写作对象涉及了社会生活的方方面面，既有地域风光、民俗风情，又有各种劳作、吃穿用度，内容上可谓包罗万象。随着明清商业贸易、城市经济的发展，竹枝词表现民众的日常生活，呈现出通俗化和大众性的艺术特征。

从诗歌自身的发展来看，文人拟作竹枝词就有通俗化的一面。刘禹锡依巴渝民歌而作《竹枝词》九首，向来被认为是文人对民间歌谣的雅化，但值得注意的是，竹枝词一类文人拟作民歌的实践，本身也反映了传统诗歌向民间创作汲取营养，使得传统诗歌获得更多受众的诉求。中唐元和时期，元稹、白居易、李绅等一批诗人在新乐府的创作中已经有意识提出通俗化的诗学主张，白居易主张诗歌内容上要"为君为民为物为事而作，不为文而作也"，诗歌形式上要"其辞质而径，欲见之者易伦也；其言直而切，欲闻之深诫也；其事核而实，使采之者专信也；其主顺而肆，可以播于乐章歌曲也"。从某种程度上可以将刘禹锡与白居易的竹枝词创作看成其诗歌通俗化主张的实践成果。这样的诗学创作观在后世仍有传承，例如明代诗人"真诗乃在民间"的慨叹，都对竹枝词创作的繁盛有一定的促进作用。明代许多文人诸如刘基、高启、杨士奇、李东阳、何景明、王世贞、胡应麟、袁宏道等都积极投入到《竹枝词》的创作中，推动了竹枝词的发展。

无论是刘禹锡、白居易，还是明代众多文人，他们的竹枝词创作其实与其通俗化的诗学主张是一脉相承的，到了明清时期，竹枝词创作的通俗趋向，同时也反映出传统诗歌所关注的侧重点，已经慢慢突破了文人士大夫的生活圈子，更加偏重于普通大众的生活场景。正如徐渭所说："今之南北东西虽殊方，而妇女儿童，耕夫舟子，塞曲征吟，市歌巷引，若所谓竹枝词，无不皆然。此真天机自动，触物发声，以启起下段欲写之情，默会亦自有妙处，决不可以意义说者……"①徐渭对竹枝词的看法正与他"直抒胸臆，信手写出，如写家书"的诗歌主张相一致。可以说，竹枝词的通俗内质与正统诗歌的通俗化趋向发生了叠合，在诗歌逐渐通俗化的发展过程中，竹枝词的俗化特征正好迎合了正统诗歌的通俗化和大众性，这种通俗化和大众性不仅体现在竹枝词的歌咏对象上，也包括作者群体的扩大。

从竹枝词创作的客观环境来看，明清商业发展带来城市化生活的大众化、多元性，也成为竹枝词重要的写作对象。作为传统文化精英的士大夫一向以清高脱俗自命，但随着明清市民文化日趋张扬，士人在思想观念与生活方式上出现不同程度的趋俗迹象。张岱在《自为墓志铭》中就直言"极爱繁华，好精舍，好美婢，好娈童，好鲜衣，好美食，好骏马，好华灯，好烟火，好梨园，好鼓吹，好古董，好花鸟"②。生活的乐趣似乎就在于俗世间的物质享受，无论是衣食住行还是再平常不过的生活用度，都成为文人津津乐道的重要话题，这就使越来越多的市井生活进入文人的视野，成为竹枝词创作的重要内容。叶调元的《汉口竹枝词》就是很好的例子，记录了汉口市民生活习俗的方方面面：如卷一"市廛"中有对市民宅宇建筑的介绍；卷二"时令"专门介绍汉口地区的民俗节令；卷三"后湖"更是从不同侧面反映了当年后湖休闲服务业繁荣的景观，这是当时民众生活的真实反映；卷四"闺阁"记录汉口各色妇女的职业特点和生存状态；卷五"杂记"截取不同的生活场景，记录市民阶层的日常生活和生活习惯；卷六"灾异"记叙武汉洪水泛滥和塘角大火的惨剧。全书六卷，除卷

---

① （明）徐渭：《徐渭集》，中华书局，458页。
② （明）张岱：《琅嬛文集》卷五，岳麓书社，199页。

第六章 竹枝词创作的都市化倾向

六外,其他五卷都是对市民生活的直接记录,因此,《汉口竹枝词》后来被认为是湖北民俗研究、武汉城市文化研究的重要社会史料。

从竹枝词创作的主体来看,越来越多的市井之民包括与市民接近的下层文人以及商人、平民百姓,都参与到创作竹枝词的队伍中,推动了竹枝词日益俗化的趋势。当年杨维桢发起的"西湖竹枝酬唱",明清两代仍有人唱和,参与者的身份更是纷杂,当年有诗坛名家如杨载、倪瓒、虞集、李孝光等,也有隐逸不仕者如赵奕,有释家者流如释元朴、释文信、释榛、释良震、释照、释福报等,有少数民族诗人如萨都剌、高克礼、完泽、别里沙、不花帖木儿、掌机沙、燕不花、同同、聂镛等,更有女性诗人如曹妙清、张妙静等,值得注意的是酬唱活动中还有一位商人马稷,吴郡(今江苏苏州)人,甚至还有一些避难者、流落不归者。清两代的西湖竹枝词,人数众多、成分复杂,有达官显贵、社会名流,更有一介布衣、隐居不仕者,有释人、有女子、有务农者,有行医者等。元、明、清三代西湖竹枝词的创作情况,其实只是全国竹枝词创作繁盛的一个缩影,特别是明清时期,竹枝词的创作空间已经突破了中国领土,出现多种国外竹枝词,同时创作者的身份更是复杂,上至高官名流,下至布衣平民,囊括了社会各个阶层。与明清发达的市民文化相联系,越来越多的下层民众参与到竹枝词的创作中来,扩大并丰富了竹枝词的创作队伍,之所以这样,一来与市民阶层的文化水平有关,二来其实与竹枝词的创作要求不高有关。明代屠隆曾经说过传统诗歌写作之苦与竹枝词创作的轻松:

> 余发青溪途中,作诗不下百余首。一夕喟然,自悔其苦,临书罢焚管城子,誓不复作诗。明旦上马,适情事有感,忽得口号一首,杳不知从何来?沉吟自赏,连得数篇,因而搜采江南民间风俗,次第成下里之谣三十首,既成,乃题之曰"竹枝

词",因复恍焉。自笑魔之娆人如此。①

正当烦恼作诗之苦誓不复作的时候,忽得一首口号,然后又沉吟连得数篇,最后成下里之谣三十首,所以作者称之为"魔之娆人",这其实也说明竹枝词在创作上具有随意可行性,正是这个特征使其成为众多诗人可以普遍参与的诗体创作形式。

竹枝词形式上七言四句,自由组合、可长可短,语言上俚俗、质朴,韵律上不押韵不合律,内容上更是事事可入诗,这样一种自由灵活的诗体形式在创作上没有很高的要求,为那些写作水平不高的底层民众提供了很好的写诗机会,正如于树滋所说:

> 余素不工诗,间有所作,只摅写性情,惟自怡悦,凡征诗索和每谢绝,非敝帚自珍,实琢句修词,非性所近也。……摘取瓜州事实作伊娄河棹歌,先后得百二十首,……今棹歌分咏事实,词简事赅,故乡名胜无遗,地以诗传,有足信者,坚请付梓。②

于树滋(1856—1938),字德甫,号遁叟,别号东轩老人,原为秀才,后弃学经商,著有《瓜州续志》,又有《瓜洲伊娄河棹歌》一百二十首③。

竹枝词是与"诗经"、"乐府"一脉相承的具有现实主义风格的文学形式,这就比较容易产生出"新闻式"的记录现实生活的方式,正如唐圭璋所说:"无论通都大邑或穷乡僻壤,举凡山川胜迹,人物风流,百业民情,岁时风俗,皆可抒写。非仅诗境得以开拓,

---

① (明)屠隆:《白榆集》诗集卷八,《四库全书存目丛书》本,集部·第180册,齐鲁书社,118页。
② 《全编》三,107页。
③ 于树滋有《瓜洲伊娄河棹歌》一卷,1930年印行。参见闻史:《〈瓜州续志〉编纂者于树滋》,《扬州晚报》,2011年第8期,13页。

第六章　竹枝词创作的都市化倾向

且保存丰富之社会史料。"①明清以来，竹枝词由歌咏风土人情到反映市井生活，当现实的生活发生变化时，竹枝词也紧跟其后转换镜头，以敏锐的视角对随之而来的社会之变以及社会之变带来的新鲜事物做出及时反映，于是，这一时期的竹枝词创作又呈现出新奇性的特征。

伴随工商业的发展和市镇的兴盛，市民阶层不断壮大，他们在衣食住行、文学艺术、精神消费上追求新奇华奢，使简单纯朴的生活方式发生了巨大变化，无论是缙绅士大夫，还是富商巨贾，都沉浸于"追新慕异"的社会风气中，江南地区的社会风貌也由此呈现出奢靡奇异的色彩。成书于弘治后期的王锜《寓圃杂记》记载成化之后吴中经济的发展：

愈益繁盛，闾檐辐辏，万瓦甃鳞，城隅濠股，亭馆布列，略无隙地。舆马从盖，壶觞罍盒，交驰于通衢。水巷中，光彩耀目，游山之舫，载妓之舟，鱼贯于绿波朱阁之间，丝竹讴舞与市声相杂。凡上供锦绮、文具、花果、珍羞奇异之物，岁有所增，若刻丝累漆之属，自浙宋以来，其艺久废，今皆精妙，人性益巧而物产益多。②

传统的自给自足的自然经济遭到工商业商品经济的侵蚀，人们的生活方式、生活习俗也随之发生变化，由淳朴趋于奢靡，竹枝词创作便会以猎奇的心态来反映这种变化。明清之际宋征璧有一首描写吴中女子服饰变化的《竹枝词》：

吴中女子真无赖，暮暮朝朝换装束。去年袖带今年窄，今年典尽不须赎。③

---

① 丘良任：《竹枝纪事诗·唐圭璋序》，暨南大学出版社，1页。
② 王锜：《寓圃杂记》，中华书局，42页。
③ 王利器等：《历代竹枝词》（一），陕西人民出版社，381页。

这首竹枝词记录了吴中女子不仅引领着社会时尚的潮流，而且装束式样的变化速度也令人惊叹，从另一个侧面说明尚奇趋新的社会风气。明人阙名有一首《广陵竹枝词》：

> 今日游来明日游，新穿花样巧梳头。引得三家村妇女，乱施脂粉抹香油。①

女子穿戴打扮的新花样引得邻家妇女的模仿，正说明城镇新风对乡村旧俗的影响，一新一旧已经说明社会风尚正发生着翻天覆地的变化。面对这些社会之变，竹枝词创作成为既方便创作又容易理解的诗歌记录。清人童谦孟在《龙江竹枝词序》中谈到"兴市二十年"给家乡风俗造成的"丰俭之殊"，原先简朴的生活被踵事增华、喜新厌旧替代，乡人之间也"冷暖异情"，面对瞬间发生的风气之变，作者以竹枝词记录，目的在于"偶作此词，以志今昔之感"②。

工商业的发展与城镇经济的兴盛直接影响了社会习俗的变迁，而歌咏社会新变的竹枝词也便随之增多，于是，对新奇事物的记载描写便成为竹枝词的一道亮丽风景。这在众多的竹枝词创作中可见一斑。例如清佚名《邗江竹枝词》记载了扬州当时流行的服饰鞋帽：

> 时样镶鞋二十毡，三蓝袍子一裹圆。摘兰凸璧浑身织，窝缎沿成是底边。

> 绣鞋兴出东方亮，又有出名露花银。倩是三蓝帮上显，底方四块颇均匀。

> 女袖如今作月宫，时新苏倩喜相逢。三牙金线匹双滚，吩

---

① 《全编》三，16 页。
② 王利器等：《历代竹枝词》（三），陕西人民出版社，2398 页。

咐成衣细细缝。①

女性服饰的变化可以说是城市流行时尚的最好注脚,林苏门的《邗江三百吟》卷六中记载了扬州的"新奇服饰":"罗汉褡"、"蜢蚱褂"、"喜雀袍"、"蝴蝶履"、"荷叶领衣"、"百褶裙"、"半截衫"、"两截袜"、"黄草布褂"、"黑缣丝裤"、"法白顶子"等。人们对时尚的追求已经铺盖了日常生活的各个方面,衣食住行、古董时玩都成为人们追新慕异的对象,"丧己以逐物"可谓当时社会风气的最好概括。在这种社会风气的浇漓之下,"苏样"、"苏意"、"时玩"、"物妖"、"杭州风"等新名词也流行起来,成为新奇事物的代名词。发展到后来,特别是清代后期,欧风美雨加速了中国社会的近代化进程,许多前所未见的新奇事物涌现出来,使竹枝词呈现出一派别样风景。这在上海近代化进程中有充分的表现,竹枝词记录洋泾浜等新鲜事物更是数不胜数,成了承载新式文化生活内容的最佳载体。

第二节 休闲与娱乐的主题

明代中期以后,随着商业经济的发展和市镇的兴盛,一部分农村人口涌向市镇,加之人们闲暇时间的增多,生活观念和生活方式发生了巨大变化,民众追求娱乐、追求适意的享乐生活的需求不断增大,"生活除了原本所含有的劳作意义之外,逐渐向娱乐与享受这一层面转变"②。于是,休闲与娱乐逐渐成为大众生活的一个组成部分,成为一种社会时尚,在这种情况下,竹枝词原有的娱乐性质在某种程度上得到进一步提升。

---

① 《全编》三,78页。
② 陈宝良:《明代社会生活史》,中国社会科学出版社,559页。

(一)"唱竹枝"与竹枝词的娱乐传统

今天所看到的明清竹枝词几乎都是徒诗,与"唱""歌"似乎没有太大关系,但在唐代,无论是民间竹枝歌还是文人的拟作,都与"唱"有着密切的关系。

巴渝民间演唱《竹枝歌》的民俗活动十分普遍,迎神、祭神、耕耘、婚嫁等场合,都要伴以《竹枝歌》。《太平寰宇记·开州风俗》卷一三七中提到"巴之风俗,皆重田神,春则刻木虔祈,冬即用牲解赛,邪巫击鼓以为淫祀,男女皆唱《竹枝歌》"①。关于巴渝之人的演唱在唐人诗歌中也有所记载,唐代诗人于鹄《巴女谣》,顾况的《竹枝曲》,以及白居易《听竹枝赠李侍御》都记载有"巴女""巴人""巴童巫女""唱竹枝",虽然可以说是巴渝民间演唱竹枝歌的反映,但是文人笔下的竹枝歌少了民俗的寓意,多了愁怨与凄苦的色调,正如白居易的描述"怪来调苦缘词苦,多是通州司马诗"②。文人士夫在拟作的过程中增添了更多的个人情绪,呈现出强烈的主观色彩,成为诗人抒情达意的诗体形式。

唐代文人对民间竹枝歌加以仿效拟作,使其成为独立的诗体形式,但可唱、可歌依然是其主要特征。"巡堤听唱竹枝词,正是月高风静时"(蒋吉《闻歌竹枝》)③,"独有凄清难改处,月明闻唱竹枝歌"(王周《再经秭归二首》)④,都是竹枝词可歌唱的记载。值得注意的是,唐代诗人不仅拟作,而且自己也唱竹枝词。白居易的《忆梦得》中有"几时红烛下,闻唱竹枝歌",并在自注中说:"梦得能唱竹枝,听者愁绝。"⑤刘禹锡可谓竹枝词的极力推广者,

---

① (宋)乐史撰;王文楚等点校:《太平寰宇记·开州风俗》,卷一三七,中华书局,2671页。
② 朱金城:《白居易集笺校》卷十八,上海古籍出版社,1183页。
③ (清)彭定求:《全唐诗》,卷七七一,中华书局,8755页。
④ 同上,卷七六五,中华书局,8678页。
⑤ 朱金城:《白居易集笺校》,卷二十六,上海古籍出版社,1861页。

第六章　竹枝词创作的都市化倾向

他的拟作《竹枝词》九篇早已耳熟能详，但他拟作竹枝词的目的却旨在"俾善歌者飏之"，通过歌唱的方式进行传播。事实也正如刘禹锡期望的那样，竹枝词传播甚远，"武陵溪间夷歌，率多禹锡之辞也"。后来则传遍京师，晚唐诗人温庭筠在《秘书刘尚书挽歌词》中说："京口贵公子，襄阳诸女儿，折花兼踏柳，多唱柳郎词。"[①]直到宋朝，他的作品仍在民间传唱，邵博的《邵氏闻见后录》记载："夔州营妓为喻迪孺扣铜盘，歌刘尚书《竹枝词》九解，尚有当时含思宛转之艳。"[②]同时，胡仔《苕溪渔隐丛话》中也记载了他在苕溪听当地人唱"东边日出西边雨，道是无情还有情"的生动情景。

除了民间竹枝歌与文人拟作，竹枝词的歌唱特征还体现在教坊酒筵中。唐诗中已有教坊歌儿、女妓唱竹枝的记载。孟郊有一首《教坊歌儿》："十岁小小儿，能歌得闻天。六十孤老人，能诗独临川。去年西京寺，众伶集讲筵。能嘶竹枝词，供养绳床禅。能诗不如歌，怅望三百篇。"[③]一个十岁的教坊小儿可以唱竹枝，并以歌朝天。五代后蜀赵崇祚辑录唐末和五代词为《花间集》十卷，卷八有唐末贵平人孙光宪的《竹枝词》二首，这二首词大约是对巴渝民间《竹枝歌》仿作而成的，用于教坊演唱。此外，还有"却教鹦鹉呼桃叶，便遣婵娟唱竹枝"（方干《赠赵崇侍御》），"楚管能吹柳花怨，吴姬争唱竹枝歌"（杜牧《见刘秀才与池州妓别》），"娼楼两岸临水栅，夜唱竹枝留北客"（张籍《江南行》）。竹枝歌走进教坊、酒筵，成为陪酒佐乐之声，与民间民俗演唱竹枝歌已经完全不同，竹枝词的娱乐性质凸显出来。

任半塘认为："竹枝之歌唱显分两种，曰野唱与精唱。野唱在

[①] 刘学锴:《温庭筠全集校注》卷三，中华书局，266 页。
[②] （宋）邵博:《邵氏闻见后录》，卷十九，中华书局，151 页。
[③] 韩泉欣校注:《孟郊集校注》卷三，浙江古籍出版社，105 页。

民间，或祠神，或应节令，或闲情踏月，集体竞赛……精唱则向在朝市，入教坊，乃女伎专长，其人谓之'竹枝娘'……他如士大夫之唱，有张旭、刘禹锡例。"①竹枝词在唐代有着鲜明的演唱特征，与"演唱"相伴随的便是它的"娱乐性"。

竹枝词的"演唱"与"娱乐"在宋及宋以后依然有所体现。黄庭坚自述其作竹枝词的经过："予自荆州上峡，入黔中，备尝山川险阻，因作二叠，与巴娘，令以《竹枝》歌之。"②谢伯初《送永叔谪夷陵》诗，中联云："长官衫色江波绿，学士文华蜀锦张。……下国难留金马客，新诗传与竹枝娘。"③以唱竹枝词见长的女子被称为"竹枝娘"。宋诗中大量的"唱竹枝"、"歌竹枝"都说明竹枝词的演唱性质。甚至到了明代，竹枝词依然作为酒筵演唱的对象，例如，明代永乐年间的薛瑄，有《效竹枝歌三首》，其中两首描写蜀中歌姬唱竹枝的情形：

> 锦官城东多水楼，蜀姬酒浓消客愁。醉来忘却家山道，劝君莫作锦城游。

> 江上小楼开户多，蜀侬解唱巴渝歌。清江中夜月如昼，楼头贾客奈乐何！④

明代的朱有燉，精晓音律，他的《竹枝歌》中，也有关于湘南竹枝歌唱的记载：

> 五溪春雨杜鹃时，桂岭西风八月期。一带湘南南北路，请郎听唱竹枝词。⑤

---

① 任半塘：《竹枝考》，《成都竹枝词》，13页。
② 刘尚荣点校：《黄庭坚诗集注》，中华书局，421页。
③ （宋）欧阳修：《六一诗话》，（清）何文焕辑：《历代诗话》，中华书局，271页。
④ 王利器等：《历代竹枝词》（一），陕西人民出版社，157页。
⑤ 同上，160页。

又如明宣德年间的陈贽，曾有诗集《和唐音稿》和《西湖百咏》，他的《竹枝词》也有关于歌唱的记载：

> 正是侬心叹不平，忽闻江上棹歌声。夕阳回首郎何处？水远山长无限情。①

同样，明代沐琳的《滇池竹枝词并序》中也提到将竹枝词演唱带至边远的云南滇池："景泰丙子季秋之月，余以政余与一二文彦放舟昆明池上，因学赋数章，随得随录，付黄头歌之，以适一时之乐。"②

从唐代文人拟作竹枝词开始，一直到明代，文献中都可以看到竹枝词可供演唱的记录，在演唱的背后，与之相伴随的其实是竹枝词强大的娱乐功能。正是这种娱乐功能，使其在商业经济和市民文化发达的明清时期，迎合了社会大众追逐享乐的心理需求，竹枝词的城市文艺娱乐性并由此受到进一步的激发与加强，无论在题材内容上还是艺术风貌上都有所表现，这一方面是市民阶层城市娱乐生活的体现，另一方面也是竹枝词在商业化浪潮中作为都市文学发生的成功转型。

（二）竹枝词的"偶然寄兴戏缀成诗"

明代是中国历史上一个重要的社会转型期，特别是明代中期以后的社会，由于生产力的发展，商品经济的繁荣，社会流动日趋频繁，这一方面使城市居民的闲暇时间日益增多，另一方面使游民层的数量大大增加。从明代的文献中，大致可以看到这一时期的社会现实："方今法玩俗偷，民间一切习为闲逸。游惰之徒，半于郡邑。异术方伎，僧衣道服，祝星步斗，习幻煽妖，关洛之间，往往而是。……今之末作，可谓繁伙矣。磨金利玉，多于耒耜之夫；藻绩

---

① 王利器等：《历代竹枝词》（一），陕西人民出版社，166页。
② 同上，165页。

涂饰，多于负贩之役；绣文纻彩，多于机织之妇。"①在"游惰之徒"大增的情况下，传统的法禁也形同虚设，闲逸的市井生活成为士大夫阶层与民间大众的共同追求。

面对商业经济所带来的繁华的城市生活，士夫文人的生活观念与生活方式也随之发生不同程度的俗化迹象，不仅追求世俗生活的物质享受，而且大有与民同乐之人，这可以看成士大夫文人对民众娱乐消遣的文化认同。正是这种认同，使其能够也乐于以繁华的城市娱乐为对象进行文学创作，而这一点恰恰与竹枝词演唱背后的"娱乐传统"相吻合，由此竹枝词的娱乐功能得到进一步强化与凸显，而竹枝词的娱乐化特征又进一步迎合了人们追求消遣的心理需求，因此，竹枝词可供演唱的功能逐渐消隐的同时，竹枝词诗歌创作的娱乐性则逐渐凸显，许多"戏作"就带有文字游戏的功能。

竹枝词娱乐功能的加强与创作主体的游戏态度有着很大关系。受明代后期尚娱乐的影响，有些文人将竹枝词的创作看成是文字游戏，并且对这种游戏乐此不疲。清朝有一组《姑苏四季竹枝词》，序言写道：

> 余偶然寄兴戏缀成诗，得竹枝词四十余首，自春徂冬，有所挂漏不计焉，本无足观，以博识者一笑而已。②

不为"讽谏"，不为"采风"，为的是"博识者一笑而已"。这样的创作已经将诗歌的娱乐功能提到的重要地位，其实明代就已经有人将竹枝词看作文字娱乐的形式。竹枝词以俚俗为本色的创作特征被灵活运用，并且在潜回暗转中将其变成了任意、随性、戏作。于是，在明清竹枝词中可以见到许多题目冠以"戏"字的作品，例

---

① 《明神宗显皇帝之实录》，卷四，隆庆六年八月癸酉条；《明实录》，中华书局2016年影印本。
② 《全编》（三），446页。

如明人郑关的《竹枝词——戏赠丘茂本》、明人李楷的《戏为竹枝词代古意》、明清之际朱一是的《戏为梅里春游竹枝词》、清人陈至言的《舟中闻吴歌戏效竹枝词》、清人沈近思的《戏和拙园竹枝词》、清人陈三陞的《戏作竹枝词——李二宜以女仲芬过继于余》、清人姚鼐的《戏拟莫愁湖棹歌》等等,比比皆是。特别是晚清时期,随着近代经济的发展和西方文化的影响,城市市民的娱乐方式愈益丰富,各种娱乐场所包括东方的、西方的以及中西杂陈的,都相继涌现,以此为题的竹枝词创作也随之火热,于是《申报》上出现了许多冠以笔名的竹枝词,"除了民间俚曲不登大雅的心理,大部分的作者仍然将在《申报》发表竹枝词,当作一种'游戏'和茶余酒后的'闲情逸致'。"[1]

(三) 竹枝词的娱乐生活史料

明人黄省曾说:"今之市也,玩宝盈箧,珠翠盈囊,绣绮盈轴,色艳盈室,丝竹盈架,珍错盈列,皆富贵淫乐之具也,所以趋天下之尚者也。"[2]这说明,娱乐的市场化已在明代出现,竹枝词的创作中,有关娱乐市场的描写甚多。

扬州作为唐代著名的商业港口城市,在明代中叶商品经济大发展的背景下,凭借其南北交通运输之喉的优越地理位置,成为中国经济的核心城市之一。特别是入清以后,随着盐运业的迅速发展,扬州的经济更加繁荣。经济的繁荣使商人和市民阶层越发庞大,他们对文化娱乐生活的需求也日益膨胀,于是,各种艺术演出和艺术市场也相应繁荣起来:"当时,全国各地的戏剧声腔如昆山腔、京腔、秦腔、弋阳腔、梆子腔、罗罗腔、二簧调等,纷纷涌向扬州登台献艺。扬州本地的戏剧、曲艺等艺术形式,如本地的乱弹、评

---

[1] 朱易安:《略论都市化进程中的海上竹枝词》,《社会科学》,2012年第10期,174页。
[2] (明) 黄省曾:《五岳山人集》卷二十,《语苑》,明嘉靖刻本。

话、弦词、清音、秧歌、十番鼓、香火戏、花鼓戏等，更是争奇斗妍，盛极一时。"①以各种方式观赏演艺以及娱乐方式的多样化，已经渗透到人们的日常生活中，娱乐已经开始成为一种重要的生活方式。

曲艺类娱乐活动在竹枝词中有十分具体生动的记载，例如"歌吹"，城市文艺生活中的一项重要内容。扬州自唐代以后就是一个歌吹兴盛发展的城市，形式主要有评话、弦词、清曲、清音等，董伟业和林苏门的竹枝词中都描写了这一娱乐市场，也从另一个侧面说明作者对市井娱乐生活的参与和熟悉。

评话是扬州历史最为悠久发展最为兴盛的地方曲种。在清雍正、乾隆年间，评话达到鼎盛时期，不仅演出书目丰富，而且名家众多，董伟业的《扬州竹枝词》第二十六首写道：

> 书词到处说《隋唐》，好汉英雄各一方。诸葛花园疏理道，弥陀寺巷斗鸡场。②

诸葛花园、疏理道、弥陀寺和斗鸡场位于扬州东关街，是评话演出的场所，这首竹枝词记述了评话演出的盛况。林苏门《邗江三百吟》中的"书场四首"则更为详尽地记述了扬州说书的细节：

> 扬俗，无论大小人家，凡遇喜庆事及设席宴客，必择著名评词、弦词者，叫来伺候一日，劳以三五钱、一二两不等。此则租赁几间闲屋，邀请二三名工，内坐方桌架高之上，如戏台然，唱说不拘。来听书者，半多游手好闲之人，亦围坐长凳，乐听不厌，间献以茶，开全部大书。每说唱至三四回，歇时挨坐收钱，多不过十数文。傍晚此场，所积钱文，俵分而散。预日用报条贴于大街巷口，上书某月、某日、某人，在某处开讲

---

① 韦人、韦明铧：《扬州曲艺史话》，中国曲艺出版社，151页。
② （清）董伟业：《扬州竹枝词》，广陵书社，4页。

第六章 竹枝词创作的都市化倾向

书词，故曰"书场"。①

这段小序对扬州城兴盛的说书活动进行了记载，无论人家大小、贫穷富贵，都会邀请说书者伺候一日，而听者也多是游手好闲之人，这样就形成了有表演者有观众的演出形式，这种娱乐消费需求促使说话人群体不断壮大，并逐步形成规模，其发展成熟的表现之一，便是具有一定的商业运营机制，不仅演出者有劳务费，听者要付一定的费用，而且具有了包含时间、地点的预告演出的宣传"海报"。评话已经成为扬州人生活中的重要娱乐形式，遍布大街小巷，正如研究者所指出的那样："继承宋元讲史的评话，在清代特别发达，最初中心是在扬州，其后全国不少地方均有以方言敷说的评话，而扬州仍是最主要的中心。"②

除了评话，弦词也是流行于苏北和江南地区的古老曲艺品种，扬州评话俗称"大书"，以说为主，弦词相对被称为"小书"，有说有唱。清人李斗《扬州画舫录》卷十一中有一段关于弦词的记载："炳文小名天麻子，兼工弦词，善相法，为高相国门客。"③关于王炳文，林苏门的《续扬州竹枝词》中也有相关吟咏："王炳文真无敌手，单刀送子走刘唐。"《邗江三百吟》中则有更生动描写：

　　不借逢逢说靠山，欲教手口总无闲。悲欢离合胸中记，只在三弦一拨间！④

弦词最初只有一人弹唱，唯一的乐器便是三弦，后来表演形式发展为二人对档，乐器增加了琵琶。从林苏门的这首作品可知当时的弦词还是使用一种乐器的单档表演，这从清人李斗《扬州画舫

---

① （清）林苏门：《邗江三百吟》卷八，广陵书社，109页。
② 胡士莹：《话本小说概论》，中华书局，614页。
③ （清）李斗撰；周春东注：《扬州画舫录》卷十一，山东友谊出版社，299页。
④ （清）林苏门：《邗江三百吟》卷八，广陵书社，110页。

录》记载的弦词名家可以见出，王炳文、王建明、顾翰章、紫癞痢、高晋公、房山年诸人都是表演单档弦词的名家。关于顾翰章，董伟业的《扬州竹枝词》曾提到：

> 太仓弦子擅东吴，醒木黄杨制作殊。顾汉章书听不厌，玉蜻蜓记说尼姑。①

顾汉章的《玉蜻蜓》是一部著名的弦词书目，至今还有演出。值得注意的是，林苏门《说弦词》前有一段小序，描写了弦词艺人的表演情况：

> 说部书坊，肆中伙矣。此种弦词，或弹或唱，抑扬高下，已足动人，及弹唱一歇，能将此部书中人事，说出许多真模真样，听者殊不觉其厌。②

评话以金戈铁马、朴刀杆棒为题材，而弦词则多描述爱情婚姻故事，加之弦词中的音乐弹唱，更容易激发观众的情感，正如陈汝衡在《说书史话》中所说："扬州弦词在唱腔方面，既不像苏州派弹词的马调、俞调，也不像鼓词那样高亢。它别成一种凄婉曲折之音，极抑扬高下的能事。"③

扬州评话是说表艺术，弦词是说唱艺术，而扬州清曲则是纯粹的歌唱艺术。扬州清曲是以明、清两代流传各地的俗曲和当地的民歌、小调为基础，并紧密结合本地的语言，衍变发展而成的民间坐唱，历史上又称为"扬州小唱"、"扬州小曲"、"扬州小调"、"维扬清曲"等。清曲在清乾隆年间最为鼎盛，受到了听众的欢迎，《扬州画舫录》记载："有于苏州虎丘唱是调者，苏人奇之，听者数百

---

① （清）董伟业：《扬州竹枝词》，广陵书社，8页。
② （清）林苏门：《邗江三百吟》卷八，广陵书社，110页。
③ 陈汝衡：《说书史话》，作家出版社，187页。

人。明日来听者益多。唱者改唱大曲，群一噱而散。"①这里的"大曲"指昆曲，清曲称为"小唱"、"小曲"，从中可知，扬州清曲传到苏州即得到听众的喜爱，伴随"小唱"的勃兴，"大曲"逐渐衰落。扬州清曲的流行，董伟业的《扬州竹枝词》第四十三首有记录：

> 清客丝弦柁子歌，粉屏门后玉人多。分明曲里新闻事，记得传来是卖婆。②

林苏门的《邗江三百吟》称之为"网调"：

> 月明云淡露华滋，正是清音一曲时。不必临渊先结网，调高入扣巳丝丝。

这里的"网调"、"清音"都指清曲，也即"小曲"，"此小曲也。'网'以邵埭船名，故曰'网调'。近日学唱者多"③。

除了评话、弦词、清曲，鼓书也是流行于清代扬州的一种曲艺形式。《扬州画舫录》卷十一记载了扬州鼓书的演出形式，"大鼓书始于渔鼓简板说孙猴子，佐以单皮鼓、檀板，谓之'段儿书'。后增弦子，谓之'靠山调'。此技周善文一人而已"④。董伟业的《扬州竹枝词》就记载有扬州艺人说鼓书的活动：

> 磨砖宅地赛比邻，乳母年轻看不瞋；深巷重门能引人，一声声鼓说书人。⑤

鼓书艺人走街串巷，被迎接到家中进行表演。董伟业还有一首竹枝词也是写扬州的鼓书：

> 靴破难缝走不忙，忽然闲跳又慌张；太平鼓子铜钱响，亲

---

① （清）李斗撰，周春东注：《扬州画舫录》卷十一，山东友谊出版社，301页。
② （清）董伟业：《扬州竹枝词》，广陵书社，5页。
③ （清）林苏门：《邗江三百吟》卷八，广陵书社，110页。
④ （清）李斗撰，周春东注：《扬州画舫录》卷十一，山东友谊出版社，302页。
⑤ （清）董伟业：《扬州竹枝词》，广陵书社，6页。

喊一声王大娘。①

城市经济空前发展，闲暇时间的增多与游惰之徒的云集滋养了形式丰富的娱乐文化，听曲看戏已经成为社会各个阶层喜闻乐见的娱乐形式，尤其是在吴越一代，鼓弄淫曲，搬演戏文，更是贵游子弟、上层官员乐于参与的。梨园，不仅是士大夫消闲的好去处，也是平民百姓解乏的好方法，林苏门在《邗江三百吟》卷八中详细描写了扬州的"戏馆"及其兴盛情形："富贵天开锦绣春，名园雅集半游民"，"呼朋逐队观如堵，细雨斜风坐稳身"，"繁华地奏升平乐，富贵天开锦绣春"，"满座喧哗云集盛，可知歌吹竹西淳"，"低徊寄语图经著，富贵天开锦绣春"。林苏门所记锦绣梨园主要有"固乐园"、"阳春茶社"、"丰乐园"，都是扬州城有名的戏馆，"踵事增华，聊以待腰缠之集；闻风起慕，庶几如桴鼓之从"②。除了听曲看戏，扬州的曲艺文化中还包含了众多的杂耍、杂技、戏法、口技、马戏等表演，例如董伟业《扬州竹枝词》中阐释杂技伶优对世风日下的讽刺说：

孙呆周逢笑口开，眼中摘豆手飞杯。因之看尽人情巧，事事多从戏法来。③

整个社会被重享乐、尚消遣的气氛所笼罩。到了晚清时代，许多不健康的娱乐方式在奢靡、享乐、崇洋之风的带动下，愈益膨胀起来，不仅中国传统的文化娱乐方式日渐流行，而且外国的马戏、戏剧、音乐会等也兴盛起来。

这类竹枝词所写内容多为各种各样的娱乐活动，虽有娱乐的情趣，但字里行间依然透露出作者所秉持的"美刺"传统，同时又增

---

① （清）董伟业：《扬州竹枝词》，广陵书社，6页。
② （清）林苏门：《邗江三百吟》卷八，广陵书社，108、109页。
③ （清）董伟业：《扬州竹枝词》，广陵书社，8页。

添了所谓的"新奇"记录。清人陆以湉在《冷庐杂识》中对《都门竹枝词》的评论:"《都门竹枝词》不知何人所作,语多鄙俚,其描摩逼真处亦足令人解颐。"①《观剧》微妙逼真地描写了一位观剧者的形象:

> 坐时双脚一齐盘,红纸开来窄戏单。左右并肩人似玉,满园不向戏台看。②

再如清人臧谷的《续扬州竹枝词》,是对扬州一带博弈习俗的真实记录,又如同一幅生动有趣的博弈图,作者采用白描的手法简单描画,不仅写出了博弈者的犯难神态,更幽默地写出围观者的痴绝姿态:

> 围棋局畔象棋摊,为赌输赢下子难。啧啧在旁痴更绝,袖来双手站来看。③

清人潜庵在《苏台竹枝词》自序中说:"吴中风尚,自昔繁华,癸甲以来踵增益甚,因扣吴趋之遗响,效梦得之新诗,掇为百章,成之一夕。词虽近艳,旨则寓规,俾后之阅者知璧月琼树之篇都非佳谶,重农务桑之习即是仙源,返朴还淳,心焉望之。惟性耽山野,不喜城嚣,耳食目遗,致多缺漏,博物君子将泠其痴乎?抑咄其陋也!"④面对吴中日益浇漓的风气,作者感而为竹枝词,"抑咄其陋"表明了写作的手法。

与董伟业以讥讽、调侃的笔致书写扬州娱乐文化不同,林苏门则"少变其旨趣",以生活化的平常心查看并记录着身边的人和事,具有时代意义的生活史料在《邗江三百吟》中有着细致的体现。例

---

① (清)陆以湉撰;崔凡芝点校:《冷庐杂识》卷七,中华书局,354页。
② 佚名:《都门竹枝词》,《清代北京竹枝词(十三种)》,北京古籍出版社,1982年,44页。
③ 王利器等:《历代竹枝词》(四),陕西人民出版社,2899页。
④ 同上,3385页。

如生活中的各种器具，"园中方桌"描写日常家具的变化带来习俗的变化：

> 一席团团月印偏，家园无事漫开筵。客来不速何须虑，列坐相看面面圆。

方桌名"八仙"，而圆桌团团围坐，可容十位，"园中亦憩息地也，非设席开筵之所。偶来三五知己，玩月赏花，便酌小饮。已围坐桌中，忽又不招而至，不妨再留，以添座位，较之方桌只可八人，则便甚矣。"[①]

还有"席上窝单"，防席上汤水之用，"扬城昔日讲究食客，间有仆从携带，于宴客之家，临时献用，近则凡请特客之时，主家预备。"[②]还有供插花的"洋漆壁瓶"："洋漆制器，不一而足。惟以锡作胎，加杂色洋漆，做成各样半瓶式挂壁，插花为最佳，扬州驰名。"[③]做工之精致可见一斑。除了生活用具，饮食也渐趋精致，例如"兰花蚕豆"："蚕豆切成四瓣，连而不断，一入沸油，如花之开也。"[④]再如"葵花肉丸"："肉以细切粗劗为丸，用荤素油煎成，如葵黄色。"[⑤]此外还有"水晶肝肠"、"荷叶甲"、"火腿粽"、"荸荠糕"，在材料、形状、做法上都极尽精致，色、香、味俱全，可见饮食不单单是为了饱腹，更多了一层享乐滋味。可以说，林苏门的《邗江三百吟》十卷，将笔触深入到扬州平民的生活细节中，当代的事物，特别是与城市平民有关的平凡琐事，在他的笔下栩栩如生。

从诗体形式上看，竹枝词的体式以七言四句为多，但并非绝对。《邗江三百吟》不局限于七言四句体，而是灵活多变，极尽变

[①②] （清）林苏门：《邗江三百吟》卷三，广陵书社，40页。
[③] （清）林苏门：《邗江三百吟》，广陵书社，39页。
[④] 同上，129页。
[⑤] 同上，128页。

第六章 竹枝词创作的都市化倾向

换，在句数与字数上都有突破。例如七言八句体写得近似古律，如卷六"百褶裙"：

> 湘江六幅旧称名，怎似宽裁百褶成。莲步移来还绰绰，霓裳舞去更轻轻。斗宜宫里输芳草，戏合池边弄化生。漫道四围吹不起，春风偏觉太多情。①

同卷还有"五台袖"、"网线男凉鞋"、"灌香女睡鞋"、"大带钩"都是七言四句体。七言十六句，如卷八中的"先生算命"，更有超过十六句的长篇，如卷七中的"学弈思韩国手"② 就有二十句之多，将扬州的博弈之风、弈棋能手及其对弈棋神技的感叹之情详尽写出，挥洒自如，不受篇幅的限制；同卷的"弹琴忆沈名工"更是洋洋洒洒二十四句，从伯牙与钟子期之"高山流水"写起，叙述沈明臣的学琴渊源、性格节操、高超技艺等，由眼前之景到回忆之事又回到眼前，回环往复，缠缠绵绵，内容的多样与情感的丰富是七言四句所不能承载的，林苏门的灵活变换，也预示着竹枝词创作与各体诗歌近代转型探索渐渐趋向一致。

五言八句在《邗江三百吟》中也比较常见，如卷一中的"请皮票"、"滚总"、"提纲"，卷二中的"乡贤名宦"、"五代一堂"、"月折"、"水仓"，卷三中的"彩画土地庙"、"磨砖福神祠"、"皮帽驾"等等。除了八句，也有用五言写成的长篇，如卷一"禹王庙浮山"和"法海寺白塔"都是五言十四句。卷三中的"戏格"、"风门"、"套房"都是五言十六句。卷一中的"秋雨复初名"与卷三中的"看端午龙船"更是煌煌二十八句，巨大的篇幅为内容的丰富多样、描写的细腻详尽提供了条件。这与竹枝词常用的七言四体连章组诗不同，更容易使主题集中于一点，围绕中心从不同方面展开深入，

---

① （清）林苏门：《邗江三百吟》，卷六，广陵书社，82页。
② 同上，卷七，95页。

详尽而不分散。长篇还为作者运用多种表达方式提供了条件,可以淋漓尽致地表达情感,而没有千篇一律之感。

除了七言、五言句,还有四言体,例如卷六中的"黄草布裰":

何草不黄,何人不将?匪绨匪绤,载衣之裳。①

还有同卷的"黑缣丝裤"也是四言八句体。更有四言、六言、七言糅合在一起的杂言体,例如卷二"摆渡船栏杆":

渡哉船也,一船不得渡于河,风风雨雨,如何如何?渡哉船也,一船幸得渡于河,跻跻跄跄,如何如何?

前两节都以"渡哉船也"领起,句式工整,接下来则变换字数,以四句四言写起:"生者顷刻,不时之需。死者顷刻,无力之扶?"下面又进一步变换句数与字数,以杂言出之,"借尔栏杆,一苇兮而杭;羡尔栏杆,卍字兮而长。彼苍垂鉴,慷慨之有人兮,分金独举而解囊。质诸达人长者,以重维桑?"②最后则又以整齐的四段四句四言结束,全篇有四言、六言、七言,看似杂乱,但可以看出作者的精心编排,整齐中包含着变化,极尽变化又杂而不乱。

作者有意识地在体式上追求创新,例如在卷八中《戏馆五首》就运用了辘轳体。辘轳体,是诗体的一种,此体要求写律诗五首,五首都有一句相同,这公用的一句,分别用作五首诗的第一、二、四、六、八句。或作绝句四首,公共句用作各首的一、二、三、四句,公共句若是放在第三句则需换韵;若作绝句三首,公共句用各首的一、二、四句,无需换韵。因诗的韵律如水井之辘轳架旋转而下,故名辘轳体。林苏门在这里以辘轳体形式写竹枝词,赋五首七言律诗,以"富贵天开锦绣春"为公用句。此外,作者还用骚体形

---

① (清)林苏门:《邗江三百吟》,卷六,广陵书社,83页。
② 同上,卷二,27页。

式写竹枝词,例如卷八中《书场四首》:"子之唱兮,高乎上兮。洵有傍兮,而无忘兮。""子之说兮,妙乎绝兮。洵有节兮,而无缺兮。""要兮撮兮,庶几弦其拨兮。木兮醒兮,庶几评其等兮。""书兮书兮,何终日而群居兮?场兮场兮,何我闲而人忙兮?"[①]作者运用自由灵活的句式,并用"兮"字以助语势,具有浓郁的抒情色彩和浪漫气息,另外,作者将"说唱""书场"拆开,分别以此为中心,展开歌咏,如同玩文字游戏一般。

此外,作者在诗体的组合方式上也别具匠心。《邗江三百吟》中最长的一篇连章体组诗只有十首,卷三中的《懒凳十首》,"爱因所触,就设凳者分赋得九,更以不设凳者缀于末,共成十章"[②]。除此之外,以一二首者居多,在两首的组合中,作者也多不在意句数与字数之不同,而是特意将其置于一处,形成灵活多样的体式结构。例如卷六中的《鬆架二首》与《油肩二首》,都是五言十六句与七言八句的组合;卷七中的《真宋板藏书二首》与《老水坑端砚》则是五言十四句与七言四句的组合;卷八中的《打泥弹子二首》与《放灯风筝二首》则是五言八句与七言四句的组合;卷九中的《皮木二首》与《瓜花二首》则是六言四句与五言八句的组合。以上所举以两首竹枝词组合在一起的例子中,共同点都是并列式的成双成对,没有一组是单独的,由此可见,各类不同诗体的灵活运用,也预示着以竹枝词为主的通俗诗歌将在十九世纪中叶迎来适合都市文学的转型,并且带动传统诗歌在创作内容和形式上的新变。

竹枝词的遣词造句也有层出不穷的新花样,竹枝词由民歌演变而来,有着民歌的诸多特点,例如不避字词的重复,追求俚俗,采用方言、口语入诗等,这些特点都成为竹枝词的"本色",而这一本色在明清士人的游戏心态下更是走向极致,加强了竹枝词的趣味

---

① (清)林苏门:《邗江三百吟》,卷八,广陵书社,110页。
② 同上,33页。

性。李东阳曾经说杨黼"尝以方言著竹枝词数千首,皆发明无极之旨"①,词虽不传,但可以看出竹枝词的方言化特征被得到有意强调和突出。林苏门的《邗江三百吟》卷十专记扬州地区的"戏谑方言",如《实在大头马》:

俯首原无策,空群窃自雄。生来真保保,指鹿信相同。

"保保"是扬州地方的谚语,曰"大头保保"②。再如《脚面支锅》:

头顶锅何意?随身有食场。析骸炊可代,接渐去无妨。③

第一句实是对扬州谚语"头顶锅儿卖"的运用。再如《精脚扒天》:

不知霄汉迥,云路若登先。有脚能离地,无梯欲上天。④

扬州人取笑光脚行路之人曰"赤脚大爬天",作者将其写进竹枝词,对扬州俗语进行了诙谐书写。随着明清商业经济的蓬勃发展,许多新事物不断涌现,成为竹枝词重要的表现对象,因此,竹枝词的方言化逐渐向新事物新名词转变,如杨勋的《别琴竹枝词》一百首记录了清同治年间流行于上海的"洋泾浜英语",同时也说明竹枝词在记录各地方言与新奇语言方面比传统诗体更为灵活与便利,娱乐化的倾向也促进了竹枝词创作的通俗化和大众性。又如民国时期蒋著超的《海上新竹枝词》用的是上海方言,已经完全是现代城市的通俗语言了:

阿侬生小本姑苏,扳要人家拆烂污。寻个开心真写意,原

---

① (明)查继佐:《罪惟录》列传卷二十二,四部丛刊本,9页。
② (清)林苏门:《邗江三百吟》卷十,广陵书社,135页。
③ 同上,140页。
④ 同上,142页。

来嘴硬骨头酥。①

近人有一首论竹枝词的竹枝词，说明了竹枝词的俏皮性："虽然说是打油诗，题在诗中匪所思。语要俏皮声要响，等闲不是竹枝词。"②当休闲与娱乐成为大众生活的主要潮流时，或者说作为一种时尚被追逐时，市民文艺的娱乐形式必须以轻松通俗的方式表现下层市民熟悉或者理解的生活，这就使竹枝词在明清城市经济与市民文化的侵染下呈现出鲜明的娱乐性。

第三节　竹枝词的文人唱和与结集

明清时期的商业发展与城市繁荣扩大了竹枝词的表现领域，从商贸行业到市井风情，再到休闲娱乐，都有淋漓尽致的书写，竹枝词创作呈现出不同以往的大众化、新奇性与娱乐性特征，为竹枝词在近代转型奠定了重要的基础。由于创作的增多以及各种运用的增多，竹枝词在文人中间的流传，进一步促使各种创作的结集和刊刻，在这个过程中，地方特色也进一步凸显。

(一) 竹枝词的唱和与同题创作

任半塘说："元代于竹枝歌舞无闻，已转入大规模之文人唱和。"③竹枝词在其发展过程中歌舞性逐渐衰弱，文体特征逐渐凸显，成为士夫文人集聚唱和、展示才情的诗体形式。

明清竹枝词的唱和主要承继元代发展而来，特别是发生于至正初年由杨维桢倡导发起的《西湖竹枝歌》大型酬唱活动，对明清竹枝词的唱和产生了深远影响，主要表现在以下三个方面：

---

① 《全编》二，566 页。
② 刘师亮：《成都竹枝词》，《全编》六，636 页。
③ 任半塘：《敦煌歌辞总编》(下)，上海古籍出版社，390 页。

第一，掀起了明清西湖竹枝词的创作高潮，使西湖成为竹枝词创作的传统题材。《西湖竹枝集》在明清重刊、再刊，或节选或续集，使西湖成为众多诗人创作竹枝词的歌咏对象，由此掀起了西湖竹枝词的创作高潮。以《中华竹枝词全编》（浙江卷）进行统计，明代以西湖为题创作《西湖竹枝词》的诗人就有瞿祐等八十多人，此外，还有沈明臣的《西湖十二月竹枝词》、《西湖采莼曲》，孙锴的《西湖曲》，孙固的《西湖竹枝》，岑澂的《西湖竹枝》，胡奎的《西湖竹枝词》，李昱的《西湖竹枝歌》，谢肇淛的《西湖棹歌》，胡缵宗的《西湖歌》等，人数众多，身份复杂，有达官显贵、名士隐者、布衣、释道者流，有女子，歌咏的内容也更见丰富，有自然风光、民俗风情、名胜古迹，有物产农事等。

清代的《西湖竹枝词》的创作则更为兴盛，仅就清初期顺治、康熙、雍正三朝（1644—1735），参与创作的诗人就有整一百四十人之多，且其中不乏名家，如施润章、毛奇龄、朱彝尊、徐釚、洪昇、刘廷玑、厉鹗等。这些著名的诗人参与《西湖竹枝词》的创作，无疑会引起更多诗人对《西湖竹枝词》创作的关注，甚至是有意师学与仿效。并由此产生出更多的相关作品，如"西湖小竹枝"、"西湖和韵竹枝"、"小西湖竹枝"等。

第二，以竹枝词形式进行酬唱，得到文人士大夫的认同并争相仿效，从而使竹枝词成为文人集会活动诗赋创作的内容之一。杨维桢提倡的西湖竹枝词酬唱，直到明清依然和者甚众，例如清人姚元之作《和西湖竹枝词》，他在序中写道："杨铁崖作西湖竹枝词，一时和者无数，客夜读铁崖词，偶一和之"。①清人陈璨也在《西湖竹枝词》自序中说："自杨廉夫创为西湖竹枝，和者百二十人。其后瞿宗吉、沈启南辈皆为之。"②瞿宗吉指的是明人瞿祐，沈启南指的

---

① 《全编》四，北京出版社，557页。
② 王利器等：《历代竹枝词》（二），陕西人民出版社，1256页。

是明人沈周。可以说，这次唱和活动对明清诗坛竹枝词的唱和起到了引领潮流的作用，使竹枝词跻身于士夫文人的雅集酬唱行列。比较著名的唱和还有清初康熙三十二年（1693）的"燕九雅集"和朱彝尊的《鸳鸯湖棹歌》唱和①。和朱彝尊《鸳鸯湖棹歌》的规模甚大，如陆以诚的《和鸳鸯湖棹歌一百首》，张燕昌的《和鸳鸯湖棹歌一百首》，陈忱的《和韵鸳鸯湖棹歌一百首》、朱鳞应的《续和鸳鸯湖棹歌一百首》，陈淇的《续鸳鸯湖棹歌》，吴于宣的《鸳鸯湖棹歌》一百首等，诗歌达上千首，嘉兴籍的诗人有三十人左右。唱和、续作的规模以及诗歌的创作数量都是前所未见的。

此外，竹枝词唱和的例子还有许多，这从竹枝词的序跋中可以见出。甚至也有女性诗人的参与，如清人李媞《申江十咏》，属于自家亲属间的酬唱，序中云：

> 岁戊子，花史舅氏馆予家，雪窗无事，辑景十，倡诗若干，属同人和之。竹孙第既作，余亦效颦。②

又如清人余茂在《新溪棹歌》自序中写道：

> 予客溪上，高君蔚如亦有是作，风雨鸡鸣，时相酬和，遂得绝句一百首，颜之曰《新溪棹歌》。③

清人孙圕《魏塘竹枝词》自序中提到友人送来自己的竹枝词作品，并且要求"和作"，可见诗人对竹枝词唱和的痴迷：

> 适钱君云帆以《魏塘竹枝词》百二十首见示并索和章。④

第三，由杨维桢发起的西湖竹枝唱和活动不仅使西湖成为竹枝词创作的重要对象，它的意义更在于，竹枝词的创作形式在明清时

---

① 参见本书第四章《竹枝词的发展》。
② 《全编》二，165 页。
③ 《全编》（四），870 页。
④ 同上，914 页。

期逐渐转化为以地域为中心的专题吟咏,成为重要的竹枝词创作形式,随之出现了大量的同题创作。

上述元明清诗人以西湖为题创作的西湖竹枝词就是地域色彩浓厚的并且以一地为专咏对象的竹枝歌,同样,朱彝尊《鸳鸯湖棹歌》及其和作、续作也都是以一地为核心的专题吟咏,无论是和作、还是续作,它们的共同特征是以同一个地区为核心进行专题吟咏,题目相同或者相似,同韵或者次韵又或者不同韵,在韵脚的要求上越来越宽松,而在命题上则相对集中。这样的例子在清人的竹枝词创作中十分明显,例如清人倪以埴有《斜塘竹枝词》,自序云:

> 暇日学邑中钱、孙诸老辈体得诗百首,榛楛不剪,瓦砾居多,惟冀二三同志因砖引玉,感逢饰车,庶诗兴不孤,更恕而教之,则幸甚。①

希冀同志唱和,于是将诗作邮寄出去以求同作,柯万源看到后忽发乡思则复作《斜塘竹枝词》,自序云:

> 适倪子墨卿邮寄斜塘竹枝词百咏示余,辄复效颦。爰忆故居风土;并昔闻诸耆旧者,舐墨直书,日得数首。②

同时以《斜塘竹枝词》为题的还有支世淳等人。竹枝词的唱和到后来逐渐变为同题创作,以某地为题进行歌咏,地域色彩益发凸显。例如清人乐钧有《莫愁湖棹歌》,在其序言中说:

> 李松雪太守重濬莫愁湖,与诸诗人赋棹歌悬之四壁,余既读之遍,乃作四章。③

"诸诗人"中有孙原湘,《嘉道六家绝句》载其有《莫愁湖棹

---

① 《全编》(四),755页。
② 同上,737页。
③ 《全编》(三),593页。

歌》四首，又载吴嵩梁《莫愁湖棹歌——为李松雪尧栋太守作》一共四首，乐钧因看到诸人的吟咏而作，这种创作方式无疑是同题创作。另外，以《莫愁湖棹歌》为题进行创作的还有陈奉兹、姚鼐、张元礼、方文炳、方熊、陈作霖等人。

可见，有清一代，竹枝词唱和之风兴盛，"集会唱和竹枝词，已经成为清代士人的一种生活方式"[1]。从其兴盛的唱和之风中可以看出，明清时期竹枝词迎合了士夫文人不同的心理需求而渐趋繁荣，于正统诗歌之外打开了一个全新的世界。不仅如此，竹枝词的地位也步步提升，除了吟咏风土保存史料外，更为士夫文人的人际交往提供了很好的交际平台，其社交功能愈发突出，而这也正是正统诗歌所具有的重要功能之一。

围绕一地进行歌咏、唱和以及越来越多的同题创作涌现，还与明清时期大量城镇的兴起至关密切。明清时期，商品经济大发展，促进了城乡繁荣，掀起了继南宋后又一轮城市发展的高潮，其主要标志之一就是大量市镇的涌现，史学界称之为"城市化的新方向转到市镇"[2]。在江南地区，六府一州之地，就分布着三百多个城镇，而这时的城镇，无论是经济还是文化都繁荣发展，即使一些偏僻的乡村也在商品经济的大潮中实现了城镇化。随之而来的是风土人情、生活习俗大变迁，面对家乡如此迅速的变化，士夫文人纷纷行诸笔端，或"志沧桑之变"，或"供采风"，或留存一份乡土记忆，这一切都成为竹枝词的写作目的。同时，伴随商品经济发展而来的城镇化，又加强了竹枝词创作的地域性色彩，越来越多的以地区为中心的同题创作流行开来。

（二）竹枝词的结集与刊刻

竹枝词的单独结集以现有文献来看最早当属元杨维桢的《西湖

---

[1] 孙杰：《竹枝词发展史》，复旦大学博士论文，2012年。
[2] 赵冈：《从宏观角度来看中国的城市史》，《历史研究》，1993年第1期。

竹枝集》，后来这本集子在明代被重新编集、刊行，或续或选，主要有明人和维天顺三年（1459）的重刊本，明清之际诗人徐士俊的《西湖竹枝集续集》，明末清初吴景旭的《西湖竹枝集续集》。徐士俊曾取明初洪武至永乐（1368—1424）间诗人的《西湖竹枝词》，编为《西湖竹枝集续集》并行刊，而吴景旭则从《西湖竹枝集》徐兴公刻本"录和者二十五首"，附于《西湖竹枝集续集》之后，以为"暇日流览焉"。这样，清初就有了两种新编《西湖竹枝词》续集的刊本行世，即一为徐士俊所编《西湖竹枝集续集》，一为吴景旭所附编《西湖竹枝集续集》，前者所收全为明初诗人的《西湖竹枝词》，后者则为元、明诗人《西湖竹枝词》的合刊本。

　　竹枝词结集大多是众多诗人的合集，即以一个地方区域为中心进行编集。例如活动于嘉庆、道光年间的周应雷、曾葆淳、姜灵煦、冯大本、黄金魁五人合集为《渔湾竹枝词》。再如，清道光年间的《海陵竹枝词》是康发祥、王广业、金长福、朱余庭、储树人、赵瑜六人同题之作《海陵竹枝词》的合集，共六卷，六人同为江苏人，每人作品分列一卷，这在同时人朱宝善的《海陵竹枝词》序言中有记载："顷王子勤表兄以同人所撰《海陵竹枝词》六卷邮寄见示。"[①]除了同籍贯外，还有不同籍贯人的同题创作合集，例如民国时期的《青溪九曲棹歌》，作者有于志昂、王灿、王汝昌、王步昀、王第祺、邓典谟、伍勋铭、刘子达等63人，人数众多，并且来自五湖四海，有江苏、浙江、河北、河南、江西、湖南、云南等地。合集的形式多见用于辑录篇幅短小的同题创作，专咏某地某景，籍贯或同或不同。

　　除了合集的形式，明清竹枝词也出现了个人作品的单独结集。一般认为最早的是明人文震亨的《秣陵竹枝词》，刻于明天启二年

[①] 《全编》（三），644页。

（1622），是为水嬉堂刻本。

为对明清竹枝词的结集与刊刻情况有一个概观，据《中华竹枝词全编》江苏卷、上海卷、浙江卷所收作品统计如下：

《中华竹枝词全编》江苏卷：

年代	名　　称	作者	版　　本	页码
明	《秣陵竹枝词》	文震亨	明天启水嬉堂刻本	605
清	《北湖竹枝词》	阮充	道光刻本	96
清	《崇川竹枝词百首》	姜长卿	《崇川竹枝词》	714
清	《都天会竹枝词》	步溪居士	道光版通志重镌	560
清	《姑苏竹枝词》	吴兆玉	《姑苏竹枝词》抄本	457
清	《海陵城外竹枝词》	赵瑜	奇文书屋抄本	668
清	《贺湖杂咏》	未著撰人	《贺湖杂咏》抄本	519
清	《虎丘竹枝词》	顾瑶光	《虎丘竹枝词》单本	390
清	《丹阳竹枝词》	景澍南	《练湖渔唱》稿本	68
清	《菱川竹枝词》	韦柏森	秦邮、菱川合刊《竹枝词》	677
清	《秦邮竹枝词》	韦柏森	《秦邮竹枝词》光绪间刊本	522
清	《胜溪竹枝词》	柳树芳	《胜溪竹枝词》	498
清	《石湖棹歌百首》	许锷	《石湖棹歌百首》抄本	85
清	《清流船》	吴廷华	手抄本	726
清	《苏台竹枝词》	潜庵	《苏台竹枝词》	286
清	《太湖竹枝词》	叶承桂	《太湖竹枝词》咸丰刻本	42
清	《吴歈百绝》	蔡云	《吴歈百绝》吴县文物管理委员会油印本	348
清	《续苏州竹枝词》	松陵岂匏子	《苏州竹枝词》	771
清	《真州竹枝词》	惕斋主人	同治间刊	568

续表

年代	名称	作者	版本	页码
清	《小游船诗》	补芸辛	《小游船诗》光绪壬寅七月刊	28
清	《海陵竹枝词》	朱宝善	《海陵竹枝词》同治刻本	644
民国	《海陵竹枝词》	程恩洋	《海陵竹枝词》	661
民国	《金陵竹枝词》	金为挨	《金陵竹枝词》	424
民国	《盛湖竹枝词》	沈云	民国七年铅印本	684
民国	《锡山风土竹枝词》	秦铭光	《锡山风土竹枝词》	812
民国	《瓜州伊娄河棹歌》	于树滋	《瓜州伊娄河棹歌》	107
民国	《吴门新竹枝》	金孟远	《吴门新竹枝》	317

《中华竹枝词全编》上海卷：

年代	名称	作者	版本	页码
清	《练江竹枝词》	浦文俊	《练江竹枝词》稿本	432
清	《海上竹枝词》	袁翔甫	1876年莫厘许氏版	549
清	《沪上竹枝词》	袁翔甫	1876年莫厘许氏版	242
清	《清风泾竹枝词》	陈祁	嘉庆甲子本衙藏板	582
清	《松江竹枝词》	黄霆	1873年重刻本	330
清	《申江百咏》	辰桥	《申江百咏》1887年春醉楼刊本	166
清	《申江杂咏》	李默庵	1876年葛氏自刊本	184
清	《沪江商业市景词》	颐安主人	光绪三十二年石印本	260
清	《松江竹枝词》	顾翰	稿本	339
清	《枫溪棹歌》	程兼善	松江顾文善斋刊书印	364
清	《练江竹枝词》	浦文俊	稿本	432
清	《春申浦竹枝词》	佚名	稿本	438

续表

年代	名　　称	作者	版　本	页码
清	《续刊上海竹枝词》	佚名	光绪庚辰刻本	596
清	《槎浦棹歌》	陈松	光绪癸巳拜梅山房刊	605
民国	《上海城隍庙竹枝词》	蒋通夫	《上海城隍庙竹枝词》稿本	111
民国	《上海竹枝词》	刘豁公	雕龙出版社排印	17
民国	《广沪上竹枝词》	沈云	《广沪上竹枝词》民国初上海石印本	147
民国	《南汇县竹枝词》	倪绳中	《南汇县竹枝词》	446
民国	《海上光复竹枝词》	朱文炳	1913年上海民国第一图书馆刊本	527
民国	《上海鳞爪竹枝词》	叶仲钧	1936年上海沪报馆排印本	131
民国	《上海竹枝词》	余槐青	1936年上海汉文正楷印书局铅印本	30

《中华竹枝词全编》浙江卷：

年代	名　　称	作者	版　　本	页码
清	《当湖百咏》	张云锦	华云阁校印活字本	349
清	《荻塘棹歌》	钟鼎	《荻塘棹歌》	640
清	《东河棹歌》	姚思勤	《东河棹歌》	29
清	《东河棹歌续》	丁丙	《东河棹歌》	33
清	《东河新棹歌》	丁立诚	《东河新棹歌》	36
清	《东河新棹歌续》	丁立诚	《续东河新棹歌》	41
清	《江乡节物诗》	吴存楷	《江乡节物诗》	400
清	《鉴湖棹歌》	陈祖昭	西湖鉴湖棹歌合刻	849
清	《鉴湖竹枝词》	鲁忠	《鉴湖竹枝词》	840

续表

年代	名　　称	作　者	版　　本	页码
清	《龙江竹枝词》	童谦孟	《龙江竹枝词》	21
清	《宁波十二个月竹枝词》	张廷章	稿本	88
清	《平川棹歌》	徐涵	《平川棹歌》	24
清	《清风泾竹枝词》	陈祁	《清风泾竹枝词》	781
清	《清明扫墓竹枝词》	戴彬	《清明扫墓竹枝词》	791
清	《扫墓诗》	钱小云	《钱小云扫墓诗》稿本	342
清	《扫墓诗》	茹韵香	《茹韵香扫墓诗》稿本	344
清	《魏塘竹枝词》	曹信贤	《魏塘竹枝词》	905
清	《魏塘竹枝词》	孙圕	粤东官廨刊本	914
清	温州竹枝词	钱子奇 方鼎锐	同治间刊本	828
清	《武林市肆吟》	丁立诚	《武林市肆吟》	471
清	《武林新市肆吟》	丁立中	《武林新市肆吟》隐斋刻本	477
清	《斜塘竹枝词》	柯兰锜	《斜塘竹枝词》	746
清	《斜塘竹枝词》	倪以埴	《斜塘竹枝词》	755
清	《续鸳鸯湖棹歌》	谭吉璁	《续鸳鸯湖棹歌》乾隆间刊本	796
清	《鸳鸯湖棹歌》	陆以诚	《鸳鸯湖棹歌》乾隆间刊本	682
清	《鸳鸯湖棹歌》	谭吉璁	《鸳鸯湖棹歌》乾隆间刊本	667
清	《鸳鸯湖棹歌》	张燕昌	《鸳鸯湖棹歌》乾隆间刊本	674
清	《鸳鸯湖棹歌》	朱彝尊	《鸳鸯湖棹歌》乾隆间刊本	659
清	《乍浦竹枝词》	林中麒	《乍浦竹枝词》民国铅印华云阁校本	65
清	《乍浦竹枝词》	邹璟芷	《乍浦竹枝词》	59
清	《乍浦纪事诗》	卢奕春	《乍浦纪事诗》道光刻本	72

续表

年代	名称	作者	版本	页码
清	《芦川竹枝词》	柯志颐、柯培鼎	《芦川竹枝词》民国铅印本	412
清	《芦浦竹枝词》	朱鼎镐	《芦浦竹枝词》	419
清	《芦浦竹枝词》	白衣山人	《芦浦竹枝词》	426
清	《吴兴竹枝词》	蒋清瑞	《湖州竹枝词》	436
清	《杭州竹枝词》	孟笙	《杭州竹枝词》稿本	499
清	《杭城冬日杂咏》	佚名	《杭城冬日杂咏》	502
清	《瓯江竹枝词》	郭钟岳	《瓯江竹枝词》同治和天倪斋写刻本	510
清	《咄咄吟》	贝青乔	《咄咄吟》	526
清	《金牛湖渔唱》	张云璈	《西湖游记》光绪铅印本	559
清	《绍兴新年竹枝词》	钱梦峰	《越郡新年竹枝词》与《清明扫墓竹枝词》合订手钞本	576
清	《南湖竹枝词》	吴萃恩	同治五年小鲍庵刊本	599
清	《新溪棹歌》	余茂	《新溪棹歌》光绪间刊本	870
清	《鹦鹉湖棹歌》	陆增	《鹦鹉湖棹歌》华云阁铅印本	894
民国	《柳溪竹枝词》	周斌	《柳溪竹枝词》民国铅印本	582

以上三表可见，竹枝词的单独结集与刊刻主要集中在清与民国时期，明代仅见文震亨的《秣陵竹枝词》及其刻本，这与明代竹枝词创作的特点有一定关系。

集中于西湖竹枝词的创作。自明初人和维将杨维桢所编《西湖竹枝集》重新刊行，并在序中大肆宣传之后，西湖竹枝词的创作风气逐渐兴起，到明神宗万历年间（1573—1619），冯梦祯又再行校刊，并为之作跋，进一步推动了西湖竹枝词的创作。翻检《历代竹枝词》，共有一百二十余人先后创作《西湖竹枝词》，占创作竹枝词总人数的五分之二，而他们创作《西湖竹枝词》的数量占总数的五分之一。由此可见，明代竹枝词的创作主要受元杨维桢西湖竹枝酬唱的影响，是其遗风余绪。

明代竹枝词以西湖竹枝词为中心，散布到其他各个地区，创作人数、题材内容和表现领域都有明显扩大之势，然而与清代竹枝词相较，则差距悬殊不可计量。就竹枝词的篇幅而言，元代竹枝词多在十首左右，而明代竹枝词则出现了长篇组诗，文震亨《秣陵竹枝词》三十五首，李邺嗣《鄮东竹枝词》七十九首，郝璧《广陵竹枝词》一百首，徐之瑞《西湖竹枝词》一百首，但就可见的明代竹枝词而言，这些已经算是长篇巨幅了，并且屈指可数，比起清代动辄百首甚至六七百首的长篇巨制，则相形见绌了。这说明明代竹枝词承元代竹枝词发展而来，正处于渐趋兴盛的发展阶段，在这个发展阶段中难见单独结集与刊刻的竹枝词也便情理之中了。需要说明的是文震亨的《秣陵竹枝词》水嬉堂刻本，刻于天启二年（1622），离明亡只有五年，所以仅见的唯一刻本其实已经属于晚明时期了。

明代的刊刻印刷技术虽然取得了很大成就，但刊刻类别主要集中在经史、诗文集以及戏曲小说上，对记录一地山川风物的风土文献还没有重视，这从明代地方志的刊刻情况中可以见出。以《中国地方志综录》浙江省为例，共 520 种，明代为 92 种，集中于明代中后期①。因此，受明代刊刻风气的影响，竹枝词的结集与刊刻也正处于蓄势待发的状态。

承继明代竹枝词渐趋兴盛的发展趋势，清代竹枝词的创作呈现无比兴盛的局面，创作人数、题材内容、涵盖领域以及篇幅长度都是无与伦比的，于是，创作的高潮也迎来了结集与刊刻的高峰。

---

① 朱士嘉：《中国地方志综录》（增订本），商务印书馆，141—164 页。

第六章　竹枝词创作的都市化倾向

首先，随着地方志的修撰、刊刻渐趋兴盛，以记录一地风物见长的竹枝词也随之受到重视。地方志的修撰早在宋代已经出现，明代中期特别是成化、弘治以后逐渐增多，除了与明代的刊刻印刷技艺的提高有关外，更与明代中期后戏曲小说、酬世便览、百科全书之类的民间读物流行有关。到了清代，特别是康乾时期，刻书大盛，地方志的刊刻也随之兴盛起来，于是，以风土见长的竹枝词越来越受到重视。例如乾隆年间刊刻的《吴江县志》收了明清之际张尚瑗的《莺湖竹枝词》，光绪十九重刊《震泽县志》收了周亮工、沈岩懋、徐崧、吴景果的《莺湖竹枝词》。开刻于嘉庆中、刊成于道光三十年（公元1850年）的《艺海珠尘》，木集有陈金浩的《松江衢歌》一卷，收衢歌一百首，每首均有自注，记录了松江一郡之掌故风物，《艺海珠尘》竹集内有清尤侗撰清尤注的《外国竹枝词》一卷。许多创作竹枝词的人也主持或参与地方志的修撰（例如明末程兼善创作《枫溪棹歌》，同时也参与了《嘉善县志》的修撰），以风土见长的竹枝词本身与地方志有着密切联系，地方志的修撰以竹枝词为史料，而竹枝词又以地方风物为诗材，两者相得益彰，互相促进。黄霆《松江竹枝词》（1873年重刻本，这组诗作于1775年）自序中说："乾隆四十年仲夏月望后四日书词成于施氏依园中，仅毕一日夜之力，计一百首；信手拈来，不分次序。小注以《府志》为蓝本……至于草虫花鸟，必志中所载者始入于词。"[①]因此，地方志刊刻的兴盛局面应该是清竹枝词结集与刊刻走向高潮的重要推动力。

其次，如果说地方志刊刻的兴起与兴盛为清代竹枝词结集与刊刻提供了时代的契机，那么，清代成熟的刊刻印刷条件则为清竹枝词的刊刻提供了有力的技术支持。宋代毕昇发明活字印刷术，而明

---

① 顾炳权辑：《上海历代竹枝词》，上海书店出版社，588页。

代的雕版印刷技术更加进步，活字、套印、彩色饾版、拱花等，应有尽有，清代在此基础上，更进一步，除沿用泥、木、锡、铜等活字外，还发明了磁活字，印刷更为方便快捷，受考据与校勘之风的影响印刷也更为精审。在印刷技术的支撑下，清代的官刻、私刻及坊刻都十分兴盛，以武英殿刻本为例，"康熙、雍正、乾隆三朝最盛：康熙帝时刻有六十三种；雍正帝时刻有七十一种；乾隆时期（公元1736—1795）刻书最多。乾隆当政六十年，以右文为治，所刻经史子集达100多种。"①一直到清末，私家刻书仍然盛行不衰。所以，清代三百年间，刻印书籍的数量、品种之多是超乎前代的。刻书家张海鹏曾说："藏书不如读书，读书不如刻书；读书只以为己，刻书可以泽人；上以寿作者之精神，下以惠后来之沾溉，其道不更广耶。"②技术之高、风气之盛无疑也为清竹枝词的结集与刊刻提供了巨大动力。

再次，越来越多的竹枝词长篇连章体组诗出现，为竹枝词的单独结集与刊刻提供了文本支持。明人的竹枝词一般在十首以上，多者百首，大多保存在诗人别集中，例如明人尹台的《西湖竹枝词》收于其《洞麓堂集》（卷十）中，胡应麟的《西湖竹枝歌四首》收于其《少室山房集》（卷七十四），屠隆的《竹枝词》收于其《白榆集》（诗集卷八）中，郝璧的《广陵竹枝词》百首也收于其《郝仲赵全集》中。然而，到了清代，"百首"、"百咏"在清代竹枝词中更屡见不鲜，清人辰桥的《申江百咏》、清人汪巽东的《云间百咏》、清人曹瑛的《高行竹枝词》一百四十一首、清人的《春申浦竹枝词》一百三十五首，更有多达六七百首者，秦荣光《上海县竹枝词》七百零四首、颐安主人的《沪江商业市景词》八百首。如此众多的长篇巨制具备了单独结集的可能。

---

① 张绍勋：《中国印刷史话》，中国文化史知识丛书，商务印书馆，66页。
② （清）叶昌炽著：《藏书纪事诗》卷六，北京燕山出版社，479页。

明代竹枝词的创作与印刷技术的发展为清代竹枝词的结集与刊刻奠定了重要基础,清竹枝词又在创作成熟、技术支撑与地方志刊刻之风的带动下,成功地将竹枝词结集与刊刻推向高峰,而这一切的辉煌与成就其实与明清时期的商业繁荣、经济发展密不可分。商业经济的大发展,促进了城乡繁荣,许多商业化城镇如雨后春笋涌现出来,这就为竹枝词的创作以及地方志的撰写提供了前提条件。而城镇规模的扩大和居民人数的增加又促进了市民阶层的形成,他们的审美趣味与审美需求促使大量的通俗文学活跃于消费市场,以世俗著称、充满娱乐性的竹枝词逐渐引起社会各阶层的创作兴趣,越来越受到追捧,由此促进社会上刻书业、印刷业的发展。同时,刻书业、印刷业的发展又进一步促使越来越多的通俗文学、地方志包括竹枝词进入士人民众的视野,可供越来越多的受众品赏消费,由此加大了文学传播的力度与广度。因此,商业、城市、通俗、刊刻、消费、传播之间有着环环相扣的密切关系,这也正是竹枝词在明清时期发生转型的重要因素。

第四节 竹枝词与传统诗歌的交互影响

明中叶以后,商品经济迅速发展,而商品经济的发展推动了人口的增长与流动,也推动了小市镇的大量涌现,休闲生活娱乐生活的时代特殊性逐渐彰显。在这样的文化背景下,竹枝词创作得以蓬勃发展,既满足了文人的创作需求,也因为竹枝词所显露出来的通俗化大众性的品质,普及流传的效果很好,反过来促使这种创作形式的进一步发展。竹枝词创作的这种发展状况,也从另一个侧面,考量着传统诗歌在时代变化以后的发展趋向问题。

(一) 竹枝词与明代诗坛的互动关系由隐渐显

明代竹枝词的发展,其实是与各个时期诗坛领袖人物以及重要诗人的提倡和参与分不开的,从留下作品的诗人来看,有明初越诗派的刘基、宋濂,"吴中四杰"的高启、杨基,"闽中十子社"的林鸿,还有台阁体代表杨士奇,提出"格调说"的李东阳;明代弘治、隆庆时期,前后"七子"中的王廷相、何景明、王世贞、谢榛,还有杨慎;明代万历时期及以后,有公安派代表袁宏道,竟陵派代表钟惺,还有徐渭、胡应麟、屠隆、文震亨等,都有竹枝词创作存世;从题材内容来看,明代竹枝词除了"西湖竹枝词"专题以外,还有大量的地方专题竹枝词,如陈尧等人的《苏台竹枝词》、方孝标等人的《吴门竹枝词》、都穆等人的《吴江竹枝词》,谈迁等人的《虎丘竹枝词》……,举不胜举。

这一时期的竹枝词所涉及的市井生活和地方风俗,几乎包罗万象,有反映底层劳动人民劳作辛苦的,如顾璘的《采樵歌效竹枝体》;记岁时节日的,如董说的《清明竹枝词》、葛徵奇的《寒食竹枝词》;记一地风土的,如陈懋仁的《嘉兴竹枝词》、柳应芳的《金陵竹枝词》、陈尧的《姑苏竹枝词》;记集市行业的,有谢泰宗的《灯市竹枝词》、释文湛的《渔家竹枝词》等等。从竹枝词的创作篇章来看,明代竹枝词的创作一般在十首以上,中后期更是出现了规模较大的连章体组诗,例如徐之瑞的《西湖竹枝词》一百首,郝璧的《广陵竹枝词》一百首,还有李邺嗣的《鄞东竹枝词》七十九首,这种大规模的创作在唐、宋、元,以至明代前期都是没有的,这说明了竹枝词在明代尤其是明中后期渐趋兴盛。

一般认为,明代竹枝词的繁荣,与杨维桢发起的西湖酬唱活动的影响密切相关。但是,还有一个不容忽视的原因,是明代的诗坛上寻求诗歌创作新的出路的需要。换句话说,就是明清时期中国传统诗歌寻求转型契机,适合社会变化的愿望已经显露出来。

中国诗学理论中,强调"通俗"的一派,都与诗教的传统和诗歌的"教化"作用有关。明代的诗学思潮中追求"真诗",追求

第六章　竹枝词创作的都市化倾向

"性情"、"性灵",是受到宋明心学理论的影响。有人认为,作为宋明理学一系的晚起之辈,王阳明的圣人观继承了"圣人可学而至"的大传统,同时又杂糅了程朱、陆九渊的学说。王阳明看中了陆学"夫妇之愚可以与知"的特点,希望通过成就众多的"愚夫愚妇",使朱学天理的内涵,在士大夫之外更广阔的基层得到理解与支持。从这个意义上来看,王阳明的圣人学说实是以陆学"崇尚简易"的精神来推广朱学"明天理人欲之别"、"立存理灭欲之志"的内容。并且将陆学加以改进,由"崇尚简易"发展到"兼虑平民",发展出明显的平民化色彩。所以,王阳明的圣人观具有"平民化倾向"。[1]可见,"满街都是圣人",是说普通的平民经过教化,也都可以成为圣人。那么,"崇尚简易"的教化方法,也就是理学,也包括诗学,应当遵循的方法。前一章提到的明代《便民图纂》用竹枝词换改宋代的五言诗歌,是一个很能说明问题的例子。《便民图纂》的流传情况,则从另一个侧面证实了明代前期就凸显出传统诗歌在应用层面上寻求新出路的呼声,重视诗歌"平民化"的发展,也是其中重要的途径,而"平民化"则和明代文学中追求"性情"的渴望一脉相承。

如果回顾明代诗学的发展,就会发现,追求诗歌"真性情"的呼声一直存在。正统、成化的五十年间(1436—1487),政治局面已经稳定,文化也逐步受到重视并趋于繁荣,这一时期的诗歌创作与诗学成就以"台阁体"与"格调说"为著。李东阳的诗歌创作,与台阁体有渊源关系,但又不满台阁体的空洞与萎靡,于是提出"格调说",强调音律声调的同时,提倡"天真兴致",诗歌要表达真实的情感,开创了真诗复生的局面。李东阳竭力推崇元人杨维桢的《铁崖古乐府》,其重要原因即在于认为古乐府更能体现情感之

---

[1] 陈泉:《王阳明圣人观的平民化倾向及其政治原因》,《重庆师院学报》,2000年第3期。

"真",这一点与后来公安派的"性灵说"相似。弘治以后,王阳明心学迅速兴起,文学上则出现了复古思潮,以"前七子"为代表。"前七子"的代表人物李梦阳为反对粉饰太平的台阁体,提出"文必秦汉、诗必盛唐",虽然主张复古,但在诗歌创作方面,与李东阳一样主张"真",并且在其晚年发出"真诗乃在民间"的感慨。随后,"唐宋派"的代表人物唐顺之批评"前七子"的模拟之弊,提出"师法唐宋",然而,他在诗歌创作方面依然主张"本色","诗文一事,只是直写胸臆。如谚语所谓开口见喉咙者,使后人读之。如真见其面目,瑜瑕俱不容掩,所谓本色,此为上乘文字。"①唐顺之的"本色论",上与李东阳、李梦阳提倡的诗歌之"真"相通,下又与公安派的"性灵说"理论相似。万历以后,随着王阳明的心学普遍深入人心,并且取得合法地位以后,文学思潮也极尽变化,诗坛上以袁宏道为首的公安派提出"独抒性灵、不拘格套"②,倡导"诗心"。他说:"文章新奇,无定格式,只要发人所不能发。句法字法调法,一一从自己胸中流出,此真新奇也。"③"当代无文字,闾巷有真诗。"④

明代的诗坛,从李东阳到前后"七子"再到三袁,寻求"真诗"的途径是崇尚唐诗和民间创作,明代中后期,随着商品经济的发展,市民阶层的壮大,新兴的市民文学诸如小说、戏曲、传奇都得到蓬勃发展。值得注意的是,明代中期以后,反映平民生活的民歌俗曲大量产生,并且成为明代"一绝"。明末文学家冯梦龙更是搜集城乡流行的民歌歌谣并将其结集《童痴一弄·挂枝儿》和《童痴二弄·山歌》,这些民歌俗曲之所以被重视并获得如此高的评价,

---

① (明)唐顺之:《与洪方洲书》,《荆川先生文集》卷七,《四部丛刊》本。
② (明)袁宏道撰;钱伯城笺校:《袁宏道集笺校》卷四,《叙小修诗》,上海古籍出版社,187页。
③ 同上,卷二二,《答李元善》,786页。
④ 同上,卷二,《答李子髯》之二,81页。

第六章　竹枝词创作的都市化倾向

就在于表现之"真",是天地之间至情至性之文。

与民间文学之"俗"、之"真"紧密联系的竹枝词也因此迅速发展日渐兴盛。纵观明初至明末的文学创作,竹枝词一直都不绝如缕,只是在明代初期主要笼罩在元代竹枝词创作的影响之下,随着诗坛各种主张诸如"性情"、"真诗"、"本色"、"性灵"不断提出,竹枝词的创作也由零零散散的创作发展到较大规模的连章体组诗,表现领域也由西湖扩大到周边以至边远僻地。可见,竹枝词发展壮大的过程其实与诗坛的李东阳、李梦阳之"真诗"、唐顺之之"本色"到公安派之"性灵说"理论主张越发明朗的过程相一致。

竹枝词的发展与明代诗坛有着密切关系,从明初一直到明后期的袁宏道,才发展到高峰。袁宏道在诗坛上明确提出"独抒性灵、不拘格套"的"性灵说",强调"真诗乃在民间",并把这种"真诗"具体到民间的俚曲歌谣上,"吾谓今之诗文不传矣。其万一传者,或今闾阎妇人孺子所唱《擘破玉》、《打草竿》之类,犹是无闻无识真人所作,故多真声,不效颦于汉、魏,不学步于盛唐,任性而发,尚能通于人之喜怒哀乐嗜好情欲,是可喜也。"[①]所以,袁宏道认为,出自性灵的诗才是真诗,而民歌正是无闻无识之人的真情流露,由此袁宏道的诗文创作,在思想上强调"见从己出"、率性而行,在艺术形式上,提倡不受约束,"信口而出,信口而谈",在文学主张上强调发挥自由创作,听任灵感的触发,反对传统文学观念对人的束缚。袁宏道一生的创作,往往轻松活泼、自由灵活,并且篇幅短小,多以描写风景,表现士大夫的情趣为主,这些创作特点与竹枝词的民歌性质异曲同工,并且在袁宏道眼中竹枝词正是存于民间的"真诗":

[①]（明）袁宏道撰,钱伯城笺校:《袁宏道集笺校》卷四,《叙小修诗》,188页。

当代无文字，闾巷有真诗。却沽一壶酒，携君听竹枝。①

《袁宏道集》中共有26首竹枝词，其中有写反映残酷的社会现实与底层民众生活的，《竹枝词》十首中的其二、其十二是对万历二十七年弊政矿税的反映，《竹枝词》十首中的其三、其五是对生活在社会底层的买丝女与下层妇女生存窘境的感叹，还有一些写世俗风情，《竹枝词》十二首中的其九、其十、其十一以歌舞场中的歌女为对象，诙谐幽默、生动风趣地反映出商品经济大潮使人们的生活逐步世俗化，此外还有一些写游历途中的所见所闻。袁中道在《吏部验封司郎中中郎先生行状》中评价其："字字鲜活，语语生动，新而老，奇而正，又进一格矣。"②综观袁宏道的诗文创作与竹枝词，两者之间并非截然割裂，而是有着诸多联系，竹枝词从反映僻远之地的民俗风情到反映社会底层劳苦大众的生活，从反映底层民众又关联到当朝社会的时政与现实，与传统诗歌其实有着密不可分的联系，而传统诗歌在其发展过程中，也逐步受到竹枝词的影响。

（二）竹枝词与清诗的近代转型

发展到清代，竹枝词迎来了它的又一次创作高潮，无论是创作群体，还是表现领域，又或是竹枝词的结集与刊刻，清代竹枝词都有明显开拓。如果说明代竹枝词与传统诗歌之间的交互影响在明中叶以后才凸显出来的话，那么，在清代就进入了一个蓬勃发展的时期，连同此时的戏曲、小说、说唱文学等，各种文体之间形成互相影响交互发展的动态关系，呈现出大不同于元明以前的崭新面貌。

清前期，康熙年间的王士禛是竹枝词的重要作家和推广者。王士禛论诗以"神韵"为宗，《四库全书总目》说："士禛等以清新俊

---

① （明）袁宏道撰，钱伯城笺校：《袁宏道集笺校》卷二，《答李子髯》之二，81页。
② （明）袁中道著，钱伯城点校：《珂雪斋集》卷十八，上海古籍出版社，759页。

第六章　竹枝词创作的都市化倾向

逸之才，范水模山，批风抹月，倡天下以'不著一字，尽得风流'之说，天下遂翕然应之。"①王士禛倡导"神韵"说，扭转了明代诗坛尊唐尊宋的模拟之风，使清诗真正走上独立发展并形成自己特色的道路。值得注意的是，王士禛堪称清诗一代宗匠，但他同时又对竹枝词情有独钟，他每到一地都要写几首竹枝词，如《都下竹枝词》、《汉嘉竹枝词》、《江阳竹枝词》、《西陵竹枝词》、《广州竹枝词》、《邓尉竹枝词》等，这两者之间其实有着密切关联。就其诗歌理论主张而言，倡导"神韵"，诗歌要"兴会神到"、富有情趣，这一理论与创作实深受民间竹枝词的影响，王士禛在诗中说："曾听巴渝里社词，三闾哀怨此中遗。诗情合在空舲峡，冷雁哀猿和竹枝。"②可见，竹枝词对他诗风的影响。

王士禛继《秋柳》四章之后，在南京和扬州又写有《秦淮杂诗》和《冶春绝句》，与竹枝词创作的风格极其相似。从创作缘起来看，竹枝词的创作多是作者根据本地的掌故地志、风俗节物再加上自己的见闻经历写就，如明代钟惺在《秣陵桃叶歌》序言中说："予初适金陵游，止不过两三月，采风俗观风十不得五，就闻见记忆，杂录成歌。"③这一点与王士禛创作《秦淮杂诗》的经过有着相似之处，王士禛于顺治十八年（1661），出游南京，馆于旧友乐工丁继之家中，丁继之"少习声伎，数出入南曲中"，熟谙秦淮掌故，于是向王士禛娓娓讲述，结合丁继之的讲述与自己的游历见闻，写下了《秦淮杂诗》。从风格上看，《秦淮杂诗》语言不避字词重复，生动风趣，如其五：

潮落秦淮春复秋，莫愁好作石城游。年来愁与春潮满，不

---

① （清）永瑢：《四库全书总目》，中华书局，1522页。
② 李毓芙等整理：《渔洋精华录集释》，卷二，《戏仿元遗山论诗绝句三十二首》，上海古籍出版社，352页。
③ 《全编》三，607页。

信湖名尚莫愁。

惠补注引《国雅》评云："眼前话，一时说不到，可称神品。此即六朝乐府也。"①这与竹枝词通俗、明朗的风格极其相似。王士禛创作《秦淮杂诗》与《冶春绝句》一样，就所见所闻，随性而作，一挥而就，这样的创作心态与长篇组诗形式也与竹枝词极为相似，以至于《国雅》直接点出了竹枝词与《秦淮杂诗》之间的密切关联，"唐人《水调》《竹枝》等歌，悉从汉魏六朝乐府陶冶而出，故高者风神独绝，而古意内含，直可一唱三叹。米元章书不使一实笔，庶几得之。《秦淮杂诗》偶而游戏，已参上乘，一切叫噪之病尽除，有心者读之，如闻雍门之瑟矣。"②

袁枚在诗歌主张上提倡"性灵"，认为诗歌应该抒写个人的真性情，直抒胸臆、随性而发，即他所说"诗写性情，惟吾所适"，并且不喜欢受到各种条条框框的约束，"余作诗，雅不喜叠韵、和韵、及用古人韵"③。这种随性自由的创作态度与竹枝词颇相类似，清人盛钟襄的《骆驼桥村竹枝词》序云："随口拈成，不计工拙。"随心、任性而作在竹枝词创作中可谓常态，或偶作，或戏作，展现的是诗人的创作心态。在相似的追求真性情的创作状态下，传统诗歌与竹枝词在风格上有着许多相似。在诗歌语言方面，袁枚往往脱口而出，不加修饰，通俗易懂，例如《寄聪娘》其二：

一枝花对足风流，何事人间万户侯？生把黄金买别离，是侬薄倖是侬愁。④

诗歌以伤别离为题，但诗中采用巧妙对比，一枝花与万户侯对

---

① 李毓芙等整理：《渔洋精华录集释》，卷二，《秦淮杂诗十四首》，上海古籍出版社，229页。
② 同上，235页。
③ （清）袁枚：《随园诗话》，卷一，人民文学出版社，3页。
④ （清）袁枚著，周本淳标点：《小仓山房诗文集》，卷八，上海古籍出版社，167页。

照,俸与愁对照,并且采方言"侬"入诗,使用了反问的句式,呈现出活泼、通俗的色彩。同样,他的《上官婉儿》也同样是将传统题材通俗化的佳作:

> 论定诗人两首诗,簪花人作大宗师。至今头白衡文者,若个聪明似女儿?①

诗歌语言的通俗,是袁枚有意追求的,姚鼐在《挽袁简斋四首》中评价袁枚的创作:"灶下媪通情委曲,砚旁奴爱句斒斑。""灶下媪"与"砚旁奴"都能理解的诗歌,自然通俗易晓。

诗歌语言的通俗和诙谐,还常常表现在大量俚语口语入诗。赵翼的诗歌更趋于口语化,例如《子才席上遇闲云女郎,以小照乞题,醉后书三绝句》其一:"这个女郎殊不俗,手持画卷乞题诗。"②直接运用口语进行叙事,流利晓畅而又明白如话。不仅口语,方言、俗语都可以入诗,朱庭珍《筱园诗话》卷二中论赵翼说:

> 街谈巷议,土音方言,以及稗官小说、传奇演剧、童谣俗谚、秧歌苗曲之类,无不入诗,公然作典故成句用,此亦诗中蟊贼,无丑不备矣。③

清人陈璨《西湖竹枝词》跋中谈竹枝词的创作特色云:

> 昔人云:"村叟入市,一打恭作揖,皆可入诗料。"此言有含竹枝之旨。故宁为鄙俚琐碎之词。④

这说明文人拟作竹枝词,故意要运用鄙俚琐碎之词,而这一习俗也渐渐影响到其他诗体的创作。"琐细诙谐皆可入"已经成为传

---

① (清)袁枚著,周本淳标点:《小仓山房诗文集》,卷二,34页。
② (清)赵翼:《赵翼诗编年全集》,卷二十五,天津古籍出版社,688页。
③ (清)朱庭珍《筱园诗话》,郭绍虞编选:《清诗话续编》,上海古籍出版社,2367页。
④ 《全编》四,217页。

统诗歌与竹枝词共同的艺术特征。

与袁枚、赵翼诗歌主张相通的诗人还有宋湘、张问陶等人,他们的诗歌注重抒写个人的真性情,反对传统诗歌的束缚,在艺术形式上更趋于通俗自然,活泼风趣,随意而为,自由创新,这样的诗歌创作,正反映了追求革新的时代潮流,由此促成了清代诗歌的新变。

诗歌之变除了语言通俗与风格诙谐之外,在组诗形式上也有变化,例如龚自珍的《己亥杂诗》。《己亥杂诗》是龚自珍创作的一组自叙诗,由三百一十五首七言绝句组成。龚自珍的诗歌绝大多数属于近体诗,并且以七言绝句居多,《己亥杂诗》是典型的例子,这样大型的连章体组诗在清代以前的传统诗歌中是少见的,将篇幅短小的七言绝句组合起来,形成大型连章体组诗,这种创作形式其实与清代的竹枝词创作十分相似,清代的竹枝词有很多这样的大型组诗。此外,龚自珍的《己亥杂诗》其实并非严格押韵、合乎平仄的七言绝句,其中有一部分诗歌是不合律的。例如第七十四首:

登乙科则亡姓氏,官七品则亡姓氏。夜奠三十九布衣,秋灯忽吐苍虹气。①

押仄声韵,并且韵脚有重字。再如第二十九首:

觥觥益阳风骨奇,壮年自定千首诗。勇于自信故英绝,胜彼优孟俯仰为。②

通篇不合平仄,但这样的作品并非偶一为之,"(加起来)可得六十来首,这个数字竟占了总数三百十五首的五分之一左右!"③这只能说明龚自珍创作时的不拘一格,信手拈来。适逢传统诗歌在社

---

① (清)龚自珍撰,刘逸生注:《龚自珍己亥杂诗注》,中华书局,108页。
② 同上,34页。
③ 朱则杰:《清诗史》,江苏古籍出版社,349页。

会发生巨变时必将面临的变革，而这种不合律又恰巧是竹枝词的典型艺术特征，巧合中其实蕴含了诗歌发展的普遍规律，即随着社会生活的发展变化，博采众体之长，不断改变自身，以满足新的审美需求。

龚自珍的《己亥杂诗》除了在形式上具有时代意义以外，其社会时效性亦不可忽视。己亥指的是光绪十九年，也就是公元1839年，距离鸦片战争仅有一年，而此时的清政府已腐朽不堪，龚自珍揭露时弊，提倡"更法""改图"，但不断遭到权贵的排挤和打击，于是辞官南归，后又自杭州北上接还眷属，两次往返途中，写下了这组反映现实、忧国忧民的《己亥杂诗》。七绝篇幅短小，适合写流连光景或者生活意趣，但龚自珍以七绝组诗的形式议论时事、干预现实，扩展了诗歌反映现实的社会功能，因为特殊时期和诗歌所书写的内容，时效性也因此增强。

同一时期的竹枝词创作中则更为明显。清罗奭《壬寅夏纪事竹枝词》记载了鸦片战争爆发前后的社会现实，壬寅指道光二十二年（1842），鸦片战争期间，作品记录了鸦片战争爆发的经过以及战争中的各色人等的遭遇。序言写道：

> 英夷犯顺，五载于兹。向在边省跳梁，未敢冲犯要腹，迨壬寅夏，首侵扰镇、海等处要隘。彼时裕督力疲，失守指臂。无人御敌，横行无忌，直闯圌山。此江北、江南第一门户。孰料两江牛鉴误国殃民，既不预防于事先，又不攻击于现属，忍作猓夷向导，以致火轮抵润山。……更有都统海岭，不攻夷狄，反击自家百姓，闻风献城求生，受贿不下七万，……逃亡百姓，举笔难书……①

清人无名氏的《京口夷乱竹枝词》和《闻警纪实》同样是以竹

---

① 《全编》三，65页。

枝词的形式，书写鸦片战争。记录时事成为这一时期竹枝词的重要社会功能，例如清末居风诏《宝应水灾竹枝词》记录丙寅秋发生的一次水灾，河决为患，乡间十室九空，僦居城北；浦文俊的《笠亭野唱》用竹枝体的组诗记叙了太平军攻下并占领嘉定城的情况；翼云《罢市诗》记载戊申（1908）十一月上海的罢市风潮。七言四句的短小篇幅并不善于叙事，然而组诗的短长自由却提供了纪事和议论的便利，这就使得传统诗歌在社会巨变面前，也采用竹枝词的某些写作方式，为诗歌带来了新的艺术特征与浓厚的时代色彩。

与反映社会时事相联系，伴随社会之变而来的还有许多"新事物"。于是，诗人们会情不自禁地用诗歌来描述这些"新事物"，以及对"新事物"的感受。以"新事物"为题材的诗歌，历史上很早就出现过，明代中叶以后，由于商品经济的发展以及西方资本主义发展，钟表、玻璃等事物不断传入中国，成为诗歌的写作对象。发展到清代，随着科学技术的不断提高以及社会经济的不断发展，越来越多的新奇事物涌现出来，以此为歌咏对象的诗歌作品也随之丰富，而以猎奇见长的竹枝词无疑成为诗人的宠儿，所以清代竹枝词迅速膨胀，表现领域也涵盖社会生活的方方面面，这在前面的竹枝词的新奇性中有详细论述。这里需要说明的是社会之变带来的不仅是竹枝词的蓬勃发展，更为传统诗歌带来了发展的生机。

纪昀的《乌鲁木齐杂诗》，如果按照传统诗歌类型来划分属于边塞诗范畴，但是它的创作形式又与边塞诗有着不同。《乌鲁木齐杂诗》全部是七言绝句，有一百六十首之多，并且分门别类，组合起来，已达到对乌鲁木齐的整体反映，这种艺术形式其实与竹枝词十分相似。此外，《乌鲁木齐杂诗》中所描写的风物地产从某种意义上可以看作是诗人眼中的"新事物"，只是距离远近而已。当诗人的脚跨出中国领土，进入外国之境后，他们所看到的"新事物"就是异国的风物。特别是 1840 年鸦片战争之后，中外通商，大量

第六章　竹枝词创作的都市化倾向

的新奇事物传入中国的同时,一部分国人也走出国门游历海外,眼前呈现出一个全新的世界。"新事物"、"新内容"、"新境界"也便成为这个时期诗歌创作的重要方面。

当越来越多的"新事物"成为诗人的书写对象时,传统的诗歌语言、语词、句式已经不足以准确生动地表现新感受,如何突破我国古典诗歌的旧传统、旧风格,使传统诗歌与新时代、新内容所要求的新意境、新风格和谐统一起来,成为士人亟待解决的关键,于是,"诗界革命"呼之欲出。面对新时代的生活,新时代的文化风貌与政治风云,黄遵宪提出了自己的诗歌主张:"我手写我口,古岂能拘牵。即今流俗语,我若登简编,五千年后人,惊为古斓斑。"①用口语、流俗语来变革传统诗歌的文言语言,代表了当时社会的改革要求。黄遵宪以自己的诗歌主张指导诗歌实践,创作了大量反映新旧时代交替的诗歌,他的《日本杂事诗》(1879)后被认为是"独辟境界的新竹枝"②。描述异国风物、礼赞文明之外,黄遵宪的海外诗还涌动着"忧天热泪几时携"的渴望。以人为鉴,以史为鉴,诗人在对外部世界的观察感受中,思考着国家与民族的命运③。这种诗歌变革的愿望也是黄遵宪同一代诗人的共同心声。海外竹枝词的兴盛,可见一斑。后人评价说:

> 黄公度《日本杂事诗》,采风纪丽,西堂竹枝之遗也。④

又如《今别离》四首⑤虽然书写的是传统诗歌题材离别,然而诗歌意象却是一连串的"新事物":轮船、火车、电报、照相,以

---

① (清)黄遵宪著,钱仲联笺注:《人境庐诗草笺注》卷一,《杂感》,上海古籍出版社,42—43页。
② 王慎之、王子今:《黄遵宪〈日本杂事诗〉所见晚清开明人士的近代化观》,《竹枝词研究》,286页。
③ 关爱和:《别创诗界的黄遵宪》,《文学遗产》2005年第4期,125页。
④ 徐兆玮:《北松庐诗话》,王利器等:《历代竹枝词》(四),陕西人民出版社,3151页。
⑤ (清)黄遵宪著,钱仲联笺注:《人境庐诗草》,卷六,上海古籍出版社,516页。

及对东西两半球昼夜相反的认识,与传统的离别诗完全不同。众多的新名词给诗歌带来了新的气象,表现出前所未有的新内容,同时,也给诗歌的语言形式带来了新的变化,口语、白话、翻译的语言、俗语都被运用到诗歌中。黄遵宪、丘逢甲、梁启超等人的"诗界革命"将中国传统诗歌推向了改革浪潮的尖端,虽然其核心是资产阶级改革的新思想,但对传统诗歌而言,无疑也是一次重大变革,旧诗体包含了新的内容与新的意境,这可以看作传统诗歌向近代转型的重要特征,而竹枝词的创作以及类似竹枝词创作的"杂事诗",在这一变革过程中,起到了重要的作用。

第七章
竹枝词在城市近代化进程的转型

近代竹枝词的发展,是和中国近代化过程中城市的形成以及都市社会的形成以及文化的建构紧密相关。在这个过程中,传统竹枝词创作中利于大众接受的许多要素,如通俗、浅切、谐趣、纪实等等,都成为社会文化转型中十分契合的文化桥梁。文人通过竹枝词这样一种仍然属于传统诗歌的形式,书写新兴的事物和变迁。十八世纪末至十九世纪中期,竹枝词和都市之间的关系越来越清晰。就规模和影响来说,嘉庆十三年(1808)刊行的林苏门的《邗江三百吟》、上海《申报》刊登的各类竹枝词,以及光绪三年(1877),广州的马溪吟社公开征集"羊城竹枝词",足以证明,竹枝词在这一时期已经成为中国传统诗歌近代转型的重要载体。竹枝词在城市近代化的过程中,弥补了小说创作以及现代白话体文学尚未到来时的都市文学的空白。

第一节 《申报》和竹枝词

上海地区所存的近代竹枝词,有不少刊于早期的《申报》。《申报》自1872年创刊，至1949年停刊，前后延续77年，是中国近代史上寿命最长、影响最大的新闻报纸，也是中国第一家大量刊登文学作品的报纸。据统计，《申报》刊登竹枝词的数量大约在1300首左右，其中半数集中在1872年至1876年《申报》创造品牌、打开销量时期。尤以1872年《申报》创刊第一年为最。1872年，《申报》共出版209期，其中33期刊载了竹枝词，共计发表近700首作品。换言之，《申报》每五至六期便要刊载一次竹枝词，每次均有20余首。

《申报》的创办人是E·美查、C·伍特沃德、P·W·普莱亚和J·麦基洛，由美查具体负责。美查是英国商人，本来和其兄在华做棉花和茶叶生意，因亏本而改行报业。那时的英国，报业已经是很大的文化产业，通过办报赚钱，是很多企业家都会想到的。在《申报》出刊前，E·美查、C·伍特沃德、P·W·普莱亚和J·麦基洛四人签订了一个合约，规定创办所需资金由四人平均分担，美查作为具体管理者，不论盈亏，都占三分之二的份额。这个合约，说明《申报》是一个类似股份制企业，管理者要承担经济责任、分享利润。因此，《申报》从创刊之初就呈现出商业、商品的内核，《申报》是以赢利为办报目的的。

《申报》获利的基本手段之一，是收取各种"版面费"。《申报》创刊号在《本馆条例》中标明了各种收费项目及具体价格：

> 一如有招贴告白货物船只经纪行情等款，愿刊入本馆新报者，以五十字为式，买一天者取刊资二百五十文，倘字数多者，每加十字照加钱五十文。买二天者取钱一百五十文，字数多者，每加十字照加钱三十文起算。如有愿买三四天者，该价与第二天同。

> 一如有西人告白欲附刻本馆新报中者，每五十字取洋壹

第七章　竹枝词在城市近代化进程的转型

元，倘五十字之外欲再添字数，每一字加洋一分并先收刊资。此止论附刊一天之例，若欲买日子长久，本馆新报限于篇幅，该价另议。如系西字，本馆代译亦可。

一西人告白惟轮船开行日期及拍卖二款，刻资照中国告白一例。倘系西字欲本馆译出者，第一天该价加中国刻资一半并祈先惠。

除了各种告示的收费标准，《本馆条例》还标明《申报》的零售及订阅价格。对在发售过程中可能出现的各种情况做了详细的收费说明：

一本馆新闻开设伊始，今雇人分送各行号或沿街零买。如贵客欲看者，请向该送报人取阅。每张取钱八文。如有愿买一月之新报者，先请向送报人注明入册。本馆上期收一月之价，每张先取钱六文，余二文为送报人贩货，从其于月底自取，以免逐日零星收钱之累。

一本馆之设新报，原冀流传广远。故设法由信局带往京都及各省销售。贵信局如有每日戥买一二百张者，请先赴本馆注明入册，以便逐日分送。本馆议价每张六文，该价于月底算账时再付。如各处不能销售，俟月底仍将新报交回本馆，不取价资。

获利的另一种基本手段是扩大销量。扩大销量的前提，是使自己的产品符合多数消费者的需要，即公众性。在新闻传播学概念中，报纸"是以刊载新闻和时事评论为主的定期向公众发行的印刷出版物，是大众传播的一种重要载体，具有反映和引导社会舆论的功能。"[1]《中国大百科全书》也这样定义报纸："以刊载新闻和新

---

[1] 郑兴东、陈仁风、蔡雯：《报纸编辑学教程》，中国人民大学出版社，4页。

· 365 ·

闻评论为主的，面向公众，定期、连续发行的出版物。"①面向公众，是报纸的基本特征。美查十分了解中国的文化传统，由于诗文取仕的科举制度的长期存在，文学在中国具有广阔的市场，刊登文学作品，可以提高报刊的销量。中国文人也希望自己的作品可以问世流传，具有自费印制作品的传统。但文人大多并不富裕，无法自费出版作品。因此，美查在《申报》创办之始，就采取免费刊登文学作品的运作方式。《申报》在创刊号的《本馆条例》中写道："一如有骚人韵士，有愿以短什长篇惠教者，如天下各名区竹枝词及长短歌纪事之类，概不取值。"

《申报》之"概不取值"自然受到文人的热烈欢迎，一时稿件蜂拥而至。有毛遂自荐的，如《记否词》十二首，作者"敬求贵馆刊入申报"②。《润州竹枝词》十八首也是作者删改后投寄申报，希望出版的："右诗共二十四绝，今删存十八首，寄呈贵馆，乞刻入申报……"③有朋友推荐转寄的，如《苏城圆妙观竹枝词》，"此系吾友平江散人所作，寄呈贵馆。倘不嫌粗俚，登诸申报，就正海内诸吟坛，斯实幸矣。"④在这些被推荐的作品中，有些没有标明原作者名，仅以友人、故人代之，如《上海竹枝词》，"此诗系友人钞寄，读之诗近艳体，旨实格言，故录一通，转请大雅鉴之。"⑤《申江杂诗》，"客窗无聊，偶忆故人旧作绝句十首，颇有唐人风味，仰祈贵馆便登《申报》。"⑥甚至还有作者不详或不愿署名的作品被推荐至《申报》。"右词十八首，不知何人所作，描写红闺习尚、绿鬓

---

① 《中国大百科全书》总编辑委员会：《中国大百科全书新闻出版》，中国大百科全书出版社，25页。
② 梦花生：《记否词》，《申报》，1872年9月18日。
③ 王埙：《润州竹枝词》，同上，1875年1月18日。
④ 平江散人：《苏城圆妙观竹枝词》，同上，1872年9月26日。
⑤ 酒坐琴言室主人：《上海竹枝词》，同上，1872年9月20日。
⑥ 苕上野人：《申江杂诗》，同上，1872年9月13日。

第七章　竹枝词在城市近代化进程的转型

闲情,尽相穷形,无微不至,深合风人之旨,虽曰琐谈,未必无裨风化也。录请诸君子鉴赏。"①

在这一过程中,文人创作竹枝词的热情被激发出来,《申报》便以唱和的形式,连续刊出出于不同作者的各种续作,很是热闹。《续沪江竹枝词二十首》是作者在阅读《申报》所刊慈湖小隐的《竹枝词二十首》后所作,投寄到《申报》的。作者赞赏慈湖小隐的作品"词意清新,雅俗共赏",于是"见而慕之,遂反其意而和其原韵,信口占来,不计工拙,"创作了《续沪江竹枝词二十首》②。除了竹枝词以外,早期《申报》也刊载格律诗词,而内容多半是与现实相关的作品。1872年9月1日《申报》刊登了《吴兴赵忠节公覆伪忠王李逆书并绝命辞四律附和诗及来书》其中有《绝命诗四律》及和诗《青浦颖仙吴文通和赵忠节公绝命辞原韵》、《震泽蕙庭姚锡爵和赵忠节公绝命辞原韵》③。其后几日,又有龙湫旧隐、慈溪李东沅、慈溪网珊氏所做和诗④。又如1872年11月26日刊登了俞稷卿的《劝戒洋烟诗》,至12月6日,就有孙惧斋《和劝戒洋烟诗》。这些文人读者素昧平生,却借助《申报》所提供的交流平台彼此唱和,清词丽藻,辉映一时。

投稿的热情一旦被刺激起来,购报阅读的消费也随之而来。免费刊登文学作品,既能吸引作家作品,弥补创刊初期新闻稿件的不足,又能发掘具有传统阅读习惯的文人读者,扩大销量,可谓一举两得。

在早期《申报》免费刊载的文学作品中,有近三分之二是竹枝

---

① 泾左碌碌间人:《沪上游女竹枝词》,《申报》,1872年10月18日。
② 《续沪江竹枝词二十首》,同上,1872年9月28日。
③ 《吴兴赵忠节公覆伪忠王李逆书并绝命辞四律附和诗及来书》,同上,1872年10月2日。
④ 龙湫旧隐《和赵忠节公绝命辞原韵》,同上,1872年10月5日。慈溪李东沅《敬和吴兴赵忠节公绝命诗原韵》,同上,1872年10月12日。慈溪网珊氏《敬和吴兴赵忠节公绝命诗原韵》,同上,1872年10月23日。

词。以1872年为例,《申报》刊载文人骚客的"短什长篇",包括长韵、排韵、绝句、律诗、词曲等388首,刊载竹枝词624首。

如此众多的竹枝词创作,除了清代中后期创作的积累,许多旧文人则十分积极地为申报而作。为适应更广泛的消费群体的需求,报纸所刊登的文学作品必须要能通俗易懂,雅俗共赏。《申报》创刊号《本馆告白》中写到"文则质而不俚,事则简而能详。上而学士大夫,下及农工、商贾皆能通晓……"明确提出了其刊载文学作品的主旨及面向普通大众的基本属性。在这一点上,竹枝词显然比其他诗文样式更加符合要求。同时,竹枝词的创作也偏向"新奇"、"猎奇"的题材,如写妓馆、酒馆、烟馆、戏园等场所,例如以下的作品:

肠肥脑满说津津,浦五房经买醉频。毕竟金陵风味好,新新楼上馔尤新。

丹桂园兼金桂轩,笙歌从不问朝昏。灯红酒绿花枝艳,任是无情也断魂。

富贵荣华四里名,十分春色斗雏莺。何须艳说丁家巷,花径三三别有情。①

阁号眠云众口誉,效颦比户辟精庐。长街短巷灯如海,万里云烟信不虚。②

诗中的"浦五房"、"新新楼"皆为酒楼名。"丹桂"、"金桂"为戏园名。"四里"分别为"兆富"、"兆贵"、"兆荣"、"兆华",是上等妓院所在。"丁家巷"是当时苏台妓馆最盛之处。"眠云阁"、"万里云烟"等皆烟室名。《申报》刊登竹枝词在当时确实可以吸引

---

① 海上逐臭夫:《沪北竹枝词》,《申报》,1872年5月18日。
② 忏情生:《续沪北竹枝词》,同上,1872年5月18日。

第七章　竹枝词在城市近代化进程的转型

读者,是因为竹枝词的传统影响以及竹枝词和形式及风格上的优势。而其他传统诗歌样式似乎便不具备这种优势,试比较以杂言歌行描绘上海在近代城市化过程中出现的各种景象的作品。便可见出这种差别:

噫嘘嚱,迅乎疾哉销金之易易于掷深渊,花天及酒地为窟何茫然。尔来三百六十日不图随在皆云烟,北当彝场为巨窟。游人喜色生眉巅,金迷纸醉美人笑。何堪烟花酒色相钩连,上有戏园酒肆之高标,下有茶馆烟局之常川。入定之僧尚不得过,神仙欲度愁牵缘。财物何盘盘,黄金白镪堆岩峦。追欢买笑无休息,以手加额忘嗟叹。问君来游何时还,勾栏相好不可攀,但见乞儿谁氏子,忍饥号寒卧途间。……①

室不在精老土则名,膏不在清冷笼则灵,斯是陷阱有瘾偏馨。茶斟一壶绿灯照满盘青,谈笑到更深,巡查怕勇丁,有女如瑟琴勿正径,听谑言之乱耳,观淫态之难形,今朝万里云,明日小兰亭,烟鬼云何戒之有。②

貌不在美长三则名,客不在佳有钱则灵,斯地妓室南北桂馨。钏痕凝翠绿烟气饶灯青,情海沉文士,巫山困壮丁,最能装雅态假正经,洗脂粉之涂饰,即变相而现形,本是销金窝,奚异断金亭,识者云何乐之有。③

可见,竹枝词七言四句,短小精悍,诙谐风趣、轻巧灵便,寥寥数语就惟妙惟肖地描绘出一种社会现象,且语言通俗幽默,可读性极强。

《申报》作为新闻报纸,新异迅捷是它的另一个基本属性。其

---

① 忏情生:《销金窟歌有序》,《申报》,1872年7月13日。
② 戏墨斋主人:《烟室铭仿陋室铭体》,同上,1872年9月21日。
③ 土木偶人:《妓室铭仿陋室铭韵》,同上,1872年9月30日。

所刊载的文学作品,在内容上都具有不同程度的新变,以求与其固有的新闻时效性相吻合。"国家之政治,风俗之变迁,中外交涉之要务,商贾贸易之利弊,与夫一切可惊可谔可喜之事,足以新人听闻者靡不毕载。"①"凡有文坛惠赠及邮筒远寄者,无论鸿篇巨制,短咏长吟,但能穿穴新意,镕铸伟词者,本馆即行留稿,次第刊行,以公同好,概不取其刻资。"②《申报》多次强调,其所刊载作品要"新"。而竹枝词正是顺应了这个要求,将当下上海城市形成过程中,各种从未见过的新鲜事物和社会风俗的变迁,乃至上海都市生活中的小小细节都纳入了创作题材中。

租界鱼鳞历国分,洋房楼阁入氤氲。地皮万丈原无尽,填取申江一片云。

屋山尖矗似云峰,忽见红旗飐碧空。知是今朝逢礼拜,敞堂敲彻度人钟。

牛酥羊酪作常餐,卷饼包粺日曝干。留待中华佳客到,快教捧上水晶盘。③

巨贾千般未足夸,洋商交易美丝茶。每逢礼拜公司放,百万朱提散客家。④

春申江上尽繁华,无数世人尽艳夸。最好烟花三月近,海天风景浩无崖。

楼台雄峙大江滨,黄浦滩头气象新。流水是车龙是马,一齐排着唤行人。⑤

---

① 《本馆告白》,《申报》,1872年4月30日。
② 《本馆告白》,同上,1872年10月22日。
③ 《沪北西人竹枝词》,同上,1872年5月29日。
④ 嘉门晚红山人:《续沪江竹枝词二十首》,同上,1872年9月28日。
⑤ 古润招隐山人:《申江纪游七绝六十首》,同上,1883年5月28日。

第七章　竹枝词在城市近代化进程的转型

　　租界高悬电气灯，照人浑讶月华升。天工巧被人工夺，到此城宜不夜称。①

　　杵急钟楼报祝融，赤衣光夺满场红。腾空百道飞泉泻，机器新成灭火龙。②

　　租界林立、洋人习俗、市人重商、城市繁华，甚至是公厕、路灯、消防车等等都能写入竹枝词。这些新鲜的、细小的、零碎的、描写沪上社会新变的内容，在《申报》中刊登的其他样式的文学作品中几乎没有出现过。

　　竹枝词通俗易懂又新奇有趣，为《申报》吸引了大量的读者。《申报》从最初的600份销量，到日销6 000份，仅用了短短三年的时间。而这三年时间，恰恰是《申报》刊载竹枝词最频繁密集的时期。《申报》的这一运作模式，也促进了竹枝词的创作与转型。《申报》为竹枝词提供了一个展示的平台，激发了竹枝词的创作。从这个意义上说，竹枝词与申报的初期发行成功似乎是相得益彰。

　　在《申报》上发表的竹枝词，不仅继承了明清以后竹枝词吟咏风土事物的传统，同时适时地将关注度转移到社会新变和普通大众的生活变化上，展现了上海城市形成过程中涌现出的各种从未见过的新鲜事物和社会风俗的变迁。这种明确的创作指向，不仅迎合了新闻报纸固有的新闻时效性、读者的猎奇需求，而且适应了公众的娱乐性和消费文化需求，大量篇章表现通商开埠后出现的新风俗新景象，成为近代文学创作中一道独特的风景。

　　我们来看看竹枝词是怎样吟咏如电报、自鸣钟、灯、照相、西洋镜、自来水、望远镜、脚踏车、火轮船等新鲜事物的：

　　消息通遍异等闲，巧凭电线露机关。不须山海嫌修阻，千

―――――――――

① 浙西惜红生：《沪上竹枝词并叙》，《申报》，1885年1月28日。
② 《沪北西人竹枝词》，同上，1872年5月29日。

· 371 ·

里音书一瞬还。(电报)①

大自鸣钟矗碧霄,报时报刻自朝朝。行人要对襟头表,驻足墙阴仔细瞧。(自鸣钟)②

自来火灯

荧荧星火尽生根,三处煤烧数十墩。铁树开花光四映,竟忘天地有黄昏。(煤气灯)③

鬼工拍照妙如神,玉貌传来竟逼真。技巧不须凭彩笔,霎时现出镜中人。(照相)

西洋镜片古来稀,洞里乾坤籍显微。纸上楼台形毕现,猜疑缩地到蛮畿。(西洋镜)西洋镜来自外国,纯用拍照法,尽属海外名区,足新眼界。④

地脉遥通水暗潜,来如瀑布泻琼琚。自来水甚清洁。胜他竹笕将泉引,清涤尘怀莫问渠。(自来水)⑤

一枝铜管豁双眸,方寸能叫大地收。千里山川供眼底,何须更上一层楼。(望远镜)⑥

前后单轮脚踏车,如飞行走爱平沙。朝朝驰骋斜阳里,飒飒声来静不哗。(脚踏车)⑦

不倚风帆过海江,任凭巨浪也能降。烟腾百丈行千里,只要轮盘捷转双。(轮船)⑧

---

① 古润招隐山人:《申江纪游七绝六十首》,《申报》,1883年5月28日。
② 海上逐臭夫:《沪北竹枝词》,同上,1872年5月18日。
③⑧ 云间逸士:《洋场竹枝词》,同上,1874年4月27日。
④ 苕溪洛如花馆主人:《续春申浦竹枝词》,同上,1874年11月4日。
⑤ 浙西惜红生:《沪上竹枝词并叙》,同上,1885年1月28日。
⑥ 《续沪上西人竹枝词》,同上,1872年5月30日。
⑦ 慈湖小隐:《续沪北竹枝词》,同上,1872年8月12日。

第七章　竹枝词在城市近代化进程的转型

商业的繁荣、文化事业的开展、城市基础设施的建设、西洋人的种种风俗，都能在《申报》上的竹枝词中见到。与商业相结合的竹枝词，在创作风格上也有了显著的变化，随着各种新鲜事物和词汇的出现，诗歌少了许多典雅的词章和文人的气息，处处透露出直白急切的表述，显示了上海在城市化过程中，商业急速发展对文学和文化的浸润。

万商云集闹非凡，古墓荒坟早掘剷。廿六唛头最认辨，飞金大字匾中嵌。①

帆樯密望似枯林，海舶洋船泊浦心，若个大商专贩货，一年通赚万千金。②

竹枝词中所描写的新闻报刊杂志的发展，也十分生动。从竹枝词中的排比出现的措辞可以了解，当时《申报》和《点石斋画报》的大众知晓度极高，对文人创作的激励也可见一斑。因此，文学及文化的转型是一个自然的不可避免的过程：

粉墙回互认分明，申报标题馆有名。锦绣文章才子笔，新闻主稿拜先生。③

这种理念的变化，和城市居民的对新型文明秩序的接受是同步的。与上述文化商业形成的同时，城市的管理模式和设施也在形成。街道马路、公厕、巡捕房、西学等各种城市基础设施的建设，在《竹枝词》中也有不少反映：

棋盘街道各纵横，马路条条认最清。不怕夜游忘秉烛，汽灯如炬彻宵明。④

---

① 云间逸士：《洋场竹枝词》，《申报》，1874 年 4 月 27 日。
②③ 留月主人：《沪城口占仿竹枝词二十首》，同上，1874 年 11 月 26 日。
④ 邗江以湘：《沪游竹枝词五十首》，同上，1874 年 6 月 11 日。

千门万户好楼台,曲巷长街绝点埃。底事路人频问讯,问从何处便旋来。①

棋盘街巡捕房

街像棋盘十字尖,外洋污秽最憎嫌。道旁洁净休遗泄,巡捕房中禁律严。②

物探瀛寰尽异珍,理崇格致务求真。就中学更分光化,<small>格致书院有光化两学,亦西学中名。</small>精义惟参妙入神。③

随着上海城市化不断推进,上海市民的生活也发生了一系列的变化,竹枝词的创作题材也进一步扩大,描写对象更加生活化具体化,一切市井生活都能被作者用竹枝词的形式展现出来。如写自来水:

奇哉水蛇地中行,汨注无穷制亦精。莫笑西人多重利,扬清击浊也分明。④

写电街灯:

影落银河万点星,电灯地火烛宵征。笑渠碧海青天月,似畏灯光不敢明。⑤

写玻璃制品:

窗设琉璃四面风,寻芳未许入花丛。登楼岂尽因逃暑,为有仙源路可通。⑥

筵排五味架边齐,请客今朝用火鸡。啤酒百壶斟不厌,鳞

---

① 海上逐臭夫:《沪北竹枝词》,《申报》,1872年5月18日。
② 云间逸士:《洋场竹枝词》,同上,1874年4月27日。
③ 浙西惜红生:《沪上竹枝词并叙》,同上,1885年1月28日。
④ 锄月轩居士:《申江竹枝词》,同上,1889年6月15日。
⑤ 陈鼎:《沪北杂咏》,同上,1883年1月1日。
⑥ 鸳湖隐名氏:《续洋场竹枝词》,同上,1872年9月18日。

第七章　竹枝词在城市近代化进程的转型

鳞五色泛玻璃。①

写食物菜肴：

> 天炎懒把酒樽开，小小点心亦快哉。素面麻菇糕扁豆，同人三雅戏园来。②

> 乌菘白菜品园蔬，一棵金花美可茹。更有鲜船连夜赶，今朝宴客得鲥鱼。③

> 烧鸭烧猪味已兼，两旁侍者解酸盐。只缘几盏葡萄酒，一饮千金也不嫌。④

写社会风气败坏的如拆梢党敲竹杠：

> 聚党流氓号拆梢，频将竹杠遇人敲，无端良懦遭诬诈，不剥衣衫便夺包。沪上漏网，红头人以拆梢党目之，每遇良懦百般鏖诈，俗名敲竹杠。⑤

这些作品不仅记载了上海都市生活的日常细节，同时也反映了城市化和产品工业化给居民生活带来的种种变化，犹如一幅幅上海市民生活百景图。当然，这些变化，有被称颂赞扬的，也有被批评否定的。如当时文人看不惯的一些时髦风尚："愈时髦矣愈矜怜，巾帼衣冠任倒颠。不信但看弹唱女，拜年也用小红笺。"⑥"鲛绡径尺染牙蓝，携弄街前不自惭。恰被游人相指点，决非幺二与长三。"⑦"独对游僧笑不禁，如何闹市作禅林。烟花满目先熏醉，那有工夫添道心。"⑧

这一时期《申报》刊出描写女性题材竹枝词，也处于这样一种

---

① ④　《沪北西人竹枝词》，《申报》，1872年5月29日。
② 　鸳湖隐名氏：《续洋场竹枝词》，同上，1872年9月18日。
③ 　龙湫旧隐：《续沪南竹枝词》，同上，1872年8月23日。
⑤ 　苕溪洛如花馆主人：《续春申浦竹枝词》，同上，1874年11月4日。
⑥⑦⑧　慈湖小隐：《续沪北竹枝词》，同上，1872年8月12日。

· 375 ·

状态。除了竹枝词歌咏女性的传统之外,男性作者对女性的关注,也有猎奇的心理。男性文人的笔墨大多集中在各类妓女现象上,不仅满足了自己的猎奇,也满足了读者的猎奇心理。西洋妓、日本妓、东粤妓等,都在竹枝词中有相当数量的描写:

  玉笛琼箫处处皆,洋泾桥畔胜秦淮。此间便是朝歌邑,不信人称宝善街。①

  雾鬓云鬟顶上堆,衷衣有否漫相猜。不关谢傅游山兴,何事无端着屐来。日本女妓鬟发如云,足穿木屐。又相传内无短裤故云。②

  咸水人来淡水乡,粤娘风韵不寻常。跋穿珠履双趺赤,致致圆肤六寸光。③

这些描写后来成为近代史专题研究的重要史料。《申报》还刊登过专门为当时的妓院及妓女作长篇竹枝词,如鹉湖居士所作《沪上青楼词》④。除此之外,《申报》还登载了不少歌咏上海开埠及城市化过程中出现的新的妇女形象,如女说书⑤、女烟倌⑥、女跑堂⑦、弹词女⑧,

---

① 龙湫旧隐:《前洋泾竹枝词》,《申报》,1872年6月13日。
② 洛如花馆主人:《续春申浦竹枝词》,同上,1874年12月21日。
③ 邗江以湘:《沪游竹枝词五十首》,同上,1874年6月11日。
④ 同上,1872年11月7日。
⑤ "一曲琵琶四座倾,佳人也是号先生。云仙绝技谁堪比,黄爱卿同吴素卿。"海上逐臭夫:《沪北竹枝词》,同上,1872年5月18日。"敬亭余绪足轩渠,难得明朝说会书。袁调自高严调稳,若论风貌让三朱。"忏情生:《续沪北竹枝词》,同上,1872年5月18日。
⑥ "烟花触目太迷离,烟里藏花事更奇。不重生男重生女,女儿生计胜男儿。"忏情生:《续沪北竹枝词》,同上,1872年5月18日。
⑦ "小东门外最繁华,妇女跑堂处处夸。选入清膏房里住,居然美丽胜名花。""牙签时样挂胸前,戒指金黄更值钱。却被女堂收拾去,后来诚恐不完全。"若东客:《烟馆竹枝词》,同上,1872年7月4日。
⑧ "弹词少女好容颜,漫转檀槽露指环。最是有情伴笑处,轻摇画扇整云鬟。"花川悔多情生:《沪北竹枝词》,同上,1872年9月9日。"二三幺二又长三,别有弹词号女先。除却花烟间不算,半幺门亦有三千。"海上忘机客:《后竹枝词》,同上,1872年6月12日。另有专写女弹词的长篇,如吴郡醉月阊主:《女弹词新咏》,同上,1872年7月5日。龙湫旧隐:《咏弹词女诗》,同上,1872年7月17日。

另有专写游女的《沪上游女竹枝词》①及其他劳工妇女的作品。如写摆渡女：

> 驾得扁舟七尺长，腰肢一束可怜妆。明明浦水清堪鉴，妾貌如花蝶莫狂。渡浦小舟均是女郎所驾。②

写缫丝女工：

> 杼柚随机缕自分，缫三盆手女如云。缘何葭织夾飞后，镇日车声轧轧闻。丝厂缫丝皆女工，终岁不辍。③

写女织工：

> 相传顾绣玉纤纤，花样翻新逐日添。何似田家工织素，三更机杼响茅檐。④

在这些竹枝词中，不仅反映出近代化城市中职业妇女的队伍正在逐渐形成，也可以看到在城市近代化的过程中，生活层面的文化终因商业文化的兴起，而以诗歌这样"正统"的名义登堂入室。主流文化不再遮蔽精英人士对物质文化的享用是和普通大众同等的感受。在这个过程中，主流文化逐渐承认生活层面文化的精细化，同样是城市精神与物质文化的组成部分。从这个角度来评价《申报》和竹枝词的关系，意义是非同一般的。

竹枝词在《申报》大量出现，同样也显示出它在形式上的创作优势。吟咏新事物的作品大量兴起，七言四句的单篇创作已经不能满足创作者对十里洋场这个万花筒的描绘需求，《申报》上刊登的竹枝词，几乎都是长篇巨制。用这种不受格律限制的形式来描绘洋

---

① 泾左碌碌闲人：《沪上游女竹枝词》，《申报》，1872年10月18日。
② 苕溪洛如花馆主人：《续春申浦竹枝词》，同上，1874年12月1日。
③ 浙西惜红生：《沪上竹枝词》，同上，1885年1月28日。
④ 龙湫旧隐：《续沪南竹枝词》，同上，1872年8月23日。

场中的各种行业、各种场所，新鲜的人事和物事，似乎可以做到收放自如。一首说不完的，可以用数首甚至是上百首来陈述。以1872年《申报》刊载的竹枝词作品为例，绝大多数的作品在十至三十首之间，仅有三篇是十首以内的，超过三十首的有两篇，更长篇幅的未见。而到了1873年，就出现了长达百首的作品。以致报纸篇幅不够，数期连载。例如《别琴竹枝词》共计一百首，分别刊载于1873年3月3日、3月5日、3月13日和3月17日《申报》。

第二节 "美刺传统"与消费文化

《申报》作为一种商业形态，介入了中国传统诗词的发展中，以经济手段促进竹枝词的创作，使竹枝词成为一种文化商品的存在。这种现象并不是偶然出现的。可以说，这是城市近代化的必然结果。

（一）近代都市社会发展与文学变革的基本情况

（1）近代城市社会发展带来文学转型的机遇

早在鸦片战争前夕，作为城镇的上海已经具备商业繁盛、棉纺织手工业成熟、运输业聚集的特点，城市化进程得以起步。1832年东印度公司的职员林德赛与普鲁士传教士郭士立曾对上海进行实地考察，上海的巨大商业潜力令他们感到吃惊，在考察报告中他们指出上海具有优良的港湾和宜航的河道，地位的重要性不亚于广州，它连接外洋辐射内陆，将来无疑会成为远东的商业中心，"外国人，尤其是英国人，倘若能在这里作自由的贸易，则利益实无穷尽。"[1]第一次鸦片战争爆发后，1842年6月16日，英军攻占吴淞炮台，6月19日，占领上海城。8月，中英两国在南京签订《江宁条约》，上海成为首批五个开放的通商口岸之一。1843年11月17

---

[1] ［美］霍塞：《出卖上海滩》，上海书店出版社，2页。

第七章 竹枝词在城市近代化进程的转型

日上海开埠,从此上海在政治、经济、文化、社会生活等方面被全方位裹挟进世界资本主义市场。开埠后的近十年时间,新辟的城北租界(1845年设立英租界、1848年设立美租界、1849年设立法租界)并未显露出超越上海原有城市中心南市的发展态势,"迄道光三十年间,滨江茅屋,芦苇为邻,商市萧条,烟户零落"[1]。上海开埠当年年底,洋人社会只有包括领事馆人员在内的25位英国人,翌年才出现了一位美国商人及数位他国的居民。1847年,上海有外侨百人左右,其中有八十七位英国人[2]。租界中不仅外侨人数增长缓慢,华人居住租界的情况亦属罕见,上海地方官吏严格执行另辟租界隔离华洋社会的措施,使得上海县城与租界之间在通商贸易、生活文化等方面的交流被控制在有限范围内。1853年以后上海租界社会发生了重大变动。1853年9月7日小刀会起义军占领上海县城,与清军的对抗持续到1855年2月;1860—1862年太平天国军队曾分别三次进攻上海。频繁的战乱与动荡的局势,迫使上海县城居民乃至周边江浙一带的富户涌入上海租界。据统计,1853年前,租界华人仅500人,1855年公共租界华人激增为2万,1890年公共租界人口达16.8万余人、法租界人口为4万余人,其中外国人合计3 821人,其余均为华人。华人大量涌入并赁屋定居租界,改变了"华洋分居"的状况,出现了"华洋杂居"的局面。租界的面积也日益扩大,1846年,英租界占地830亩,1848年为2 820亩,1863年公共租界扩张为10 685亩(英美合界),1900年达32 110亩。1849年,法租界占地986亩,1855年为1 023亩,1900年达2 136亩[3]。随着租界人口数量与占地规模的扩大,政治上的半殖民地

---

[1] 姚公鹤:《上海闲话》,上海古籍出版社,26页。
[2] 吴圳义:《清末上海租界社会》,台北文史哲出版社,2页。
[3] 参见乐正:《近代上海人社会心态(1860—1910)》,上海人民出版社,28—31页。
蒯世勋:《上海公共租界史稿》,上海人民出版社,10—16页。

化，使得租界迅速发展起来，以绝对的优势取代了南市成为上海新的城市中心，形成了上海近现代城市的雏形。有学者指出，引发上海租界重大变动的因素，除了小刀会起义与太平天国运动引发人口大量涌入，在租界形成华人社会之外，1895年《马关条约》的签订也对日后租界的面貌造成深刻影响。《马关条约》使得日本人首先获得在沪建立工厂的权利，西方列强群起仿效，上海租界的经济结构和社会分布为此发生重大变化。此后，外国工厂在上海如雨后春笋般出现，工业迅速发展，令上海社会逐渐呈现出工业与商业并驾齐驱的态势。同时，新式工厂的建立，更进一步吸引上海大量县城与邻近地区的工人，再次改变了租界的社会结构与社会生活[1]。

至19世纪末，上海已经发展成为一个工商业大城市。拥有政治与经济等各种特权的租界为中外资本的经营运转提供了相对安全的保障，为日后外国工业与中国民族工业集聚上海提供了可能。随后，市政基础和公用事业建设大规模展开，西方治理城市的管理手段与方法广泛应用，为各类投资者创设了现代化的城市环境，上海俨然呈现出近代都市的面貌。同时，西方先进技术的传入与应用又为上海经济与社会的发展提供了技术上的支持，上海城市的经济与社会生活现代化得以启航[2]。

然而，近代上海的城市化发展与中国传统城市的发展轨迹迥然不同，中国传统的城市往往是国家行政和政治中心，而近代上海更接近于作为贸易中心形成的西欧城市发展的模型。同时，"近百年的上海，乃是城外的历史，而不是城内的历史"[3]，它的崛起不是一个自然发展的过程，近代上海的崛起乃是沪北租界取代沪南老县

---

[1] 参见吴圳义：《清末上海租界社会》，台北文史哲出版社，2—29页。
[2] 参见张仲礼主编：《近代上海城市研究（1840—1949）》，上海文艺出版社，39—47页。
[3] 曹聚仁：《上海春秋》，上海人民出版社，9页。

城的过程，而沪北租界仅仅在150年的时间内，就走完了西方城市的近代化历程。其中，既包含着令人惊叹的发展之迅速，又存在着文化与社会生活滞后于经济发展的情况。上海社会性质发生的巨大变革从一开始就具有其不均衡性，租界依托不平等条约拥有的特权，使其在与上海本地县城的发展竞争中，始终居于主导地位。社会性质不平衡发展的特点，势必给城市的文化转型带来更多的选择与不确定性。当上海在经济上迅速展现其国际性大都市面貌的时候，社会文化领域并未获得同步发展，出现了新旧文化并存的复杂发展局面。因此，人们会对上海这座并不"东方"的城市产生自相矛盾判断："从政治上观之，则上海为外力侵占入手地；从物质上观之，则上海又为全国文明发轫地。"[1]

上海城市社会的变革与文化转型的加剧，带动了文学的现代化转型，文学形态、文学观念、文学方法以及文学内涵都在发生巨变和调整。就文学创作主体而言，他们的身份在新兴城市中发生变化，由原先的士大夫阶层向现代知识分子转型。他们创作所选取的文学样式、写作对象、写作方法也相应发生变化。与之同步的是，读者身份的变化与读者队伍的大量扩充。新兴现代城市中的读者不再局限于文人士大夫的同人圈子，组成庞大读者群的是普通市民，他们的阅读对象、阅读趣味、阅读内容，大大区别于文人士大夫读者。具有读者群更关注文学与日常现实生活的关系，更强调文学体验的即时性与当下感，更需要文学的通俗化表达等新特点。随着城市中文学创作者与读者群体的转型，决定文学面貌的诸多外部要素与内部要素都在变化过程中进行着复杂而多样的扬弃、选择、定型。可以说，伴随着上海城市现代化的发展和市民阶层的崛起，文学的现代化变革体现为以下几方面的努力：以贴近生活的形式为主

---

[1] 姚公鹤：《上海闲话》，上海古籍出版社，1页。

要文学形式，以书写生活现状与变化为主要内容，以普通市民为主要读者，以通俗易懂为主要追求。近代城市社会发展为文学转型提供了新的机遇。

(2) 文学外部要素与内部要素的变化

在传统文学向现代文学的变革中，文学外部要素的变化主要体现为文学媒介与传播方式的变化。文学媒介，从以线装书为主变为以平装书和报刊杂志为主。现代印刷技术的引入使得线装书的影响日渐式微，取而代之占领文学市场的，是更易流传且售价低廉的平装书和报刊杂志；更为重要的是，一系列资本主义工业生产方式与商业化运营模式参与到文学出版与发行中，促进了现代出版业的出现与发展。晚清以来，大批报纸副刊、专门杂志和平装书得到了定期定量制作的机会，文学生产的规模空前扩大；销售模式的商业化运作，开拓了文学作品的受众群，文学作品大量进入市场成为交换的商品，文学传播的产业化与规模化得以逐步建立，最终导致了现代文学与文化市场的形成。文学作品的价格大大降低，更有利于文学传播走向普通市民；近代教育的推广，提高了市民的识字率和文化水平，使他们成为文学作品的主要读者，从而逐渐打破了士大夫垄断文学的局面。随着都市上海的崛起，"知识分子和'工商'逐渐形成了市民，社会产生了新的文化组合"[①]，即报刊、杂志、书籍与市民的文化组合。新的文化组合的出现改变了旧有的书籍与士大夫的文化组合一枝独秀的局面，进而成为左右都市文化市场走向的重要力量。市民阶层的出现与文学作品的产业化运作带来的廉价读物，使消费式阅读得以诞生，读书读报日益成为普通市民日常的文化消费行为。而现代稿费制度的建立与日趋完善，又为职业作家的出现提供了经济上的保证。作家在以写作为谋生手段的同时，亦

---

① 袁进：《中国文学的近代变革》，广西师范大学出版社，3页。

第七章　竹枝词在城市近代化进程的转型

能体现自身的独立价值，用思想去影响读者，这也成为科举制度废除之后，知识分子实现"经国济世"梦的途径之一。

在报刊杂志与市民构成文化组合的良性互动中，《申报》无疑是最成功的。也许是办报目的有了明确的营利目的。才使《申报》在竞争激烈的文学市场[①]中脱颖而出，并且出台了不少新的经营理念和约稿的措施。《申报》创刊号"本馆告白"中，已经提到了中国传统纪述类文体在文学市场竞争中的明显局限"所载皆前代之遗闻，以往之故事，且篇幅浩繁，文辞高古，非缙绅先生不能有也，非文人学士不能观也"；《申报》编者已经意识到，如果仍然将读者局限于"缙绅先生"、"文人学士"，将普通的读者拦在门外，就不可能拥有大量的读者群，也不可能营利。要办成一份现代报纸，"新闻"是第一位的。必须打破文化阻隔，避免过多刊登前代遗闻以往故事，避免篇幅过于浩繁，避免文辞过于高古。因为决定一份现代报纸畅销与否，其内容的时效性、读者的大众化、表达的通俗化尤为重要。因此他们宣称将克服种种缺陷，力求"纪述当今时事，文则质而不俚，事则简而能详，上而学士大夫，下及农工商贾，皆能通晓者，则莫如新闻纸之善矣"[②]。为了争取读者，获取影响，《申报》还区分了登载内容取酬与不取酬的范围，"天下各名区竹枝词及长歌纪事之类"、散文、杂论等文学作品免费登载，广告、告示、启示等则按篇幅论价议价。《申报》成为近代上海乃至近代中国最有影响的中文报纸。一些老上海人会将过期的报纸统称为"申报纸"，其影响之广可见一斑[③]。后来《申报》馆又创办了通俗性综合杂志《瀛寰琐纪》、《四溟琐纪》和《寰宇琐纪》，通俗

[①] 《申报》创刊前，上海已有的英文报刊是《北华捷报》、《字林西报》、《德文新报》、《文汇报》、《上海通信》等，中文报纸是《六合丛谈》、《上海新报》（《字林西报》中文版）等。
[②] 创刊号"本馆告白"，《申报》，1872年4月30日。
[③] 参见张仲礼：《近代上海城市研究（1840—1949）》，上海艺文出版社，737—742页。

性报纸《民报》和《点石斋画报》等，虽然都市以盈利为目的的商业行为，但报馆关注市民文化趣味变化，细分不同趋向的文化需求与市场，对大众化、通俗化办刊方针的坚持与贯彻，无疑是对大众文学创作的趋向有着决定性的引导作用。有学者指出，虽然早在十九世纪初期，文学作品以诗文形式在传教士办的报刊上已有登载，但是这些散见的作品只占登载报刊极微小的篇幅，只有《申报》创刊并于当年出版《瀛寰琐记》以后，"才标志着文学找到了大众传播媒介的新形式，并利用其出版周期快、读者覆盖面广的独特优势扩大了文学的影响"[1]。

随着一系列面向普通市民读者的通俗性报刊、杂志的相继涌现，上海的文学市场在清末民初迅速拓展，文学与文化的发展更趋于大众化和平民化。近代文学市场的形成，对文学作品的内部变革提出了新的要求：文学体裁的选择开始发生偏转，从古代文学以诗文为中心转变为以小说为中心。在诗歌写作内部，则体现为以抒情写意为主向叙事抒情并重、甚至向以叙事为主转变。文学与现实生活的关系被提到重要的位置，文学的写实性、叙事性得到重视。小说取代诗歌成为现代文学的中心是一个漫长而复杂的过程，新型小说尚未登场，单纯抒情写意的诗歌又不能适应社会发展对文学的要求。如前所述，从对早期《申报》登载的文学样式的考察可以发现，竹枝词这一历代相对边缘化的诗歌形式，却与散文、杂论一起成为出现频率最高的文学样式。《申报》与其他外国人办的中文报纸的不同在于，创刊时即公开声明以"营业谋利"为目的，并且聘用中国人担任经理和主笔，版面设计迎合中国人的阅读习惯，以满足"士大夫缙绅"、"商人"以及市民阶层各方面读者的要求作为办报宗旨。《申报》创办时标出的三大口号："新人听闻"、"真实无

---

[1] 陈伯海、袁进：《上海近代文学史》，上海人民出版社，118 页。

妄"、"明白易晓"①,意味着文体与题材内容的通俗化、大众化追求。而当时担任编辑的蒋其章(号子相、芷湘,别号南湖蘅梦庵主、蠹勺居士、小吉罗庵主)、钱微(号昕伯,别号雾里看花客)、黄协埙(号式权,别号萝畹生)、蔡尔康(号紫绂,别号缕馨仙史)、袁祖志(号翔甫,别号仓山旧主),都是通晓诗词的"旧式文人",他们承担了《申报》中古典诗词的编辑工作。在创刊的第一年,或许是兴趣所致,抑或是组稿便捷,他们将当时文人所写的诗词、笔记之类,包括竹枝词在内,刊载于新闻与广告之间,成为《申报》的重要内容组成。1872 年 5 月 2 日《申报》第 2 号上刊载了南湖蘅梦庵主的《观西人斗驰马歌》②,此后,以竹枝词为主的诗歌作品在《申报》上频频刊载,一时形成上海竹枝词空前繁盛的局面。

1890 年 3 月 21 日,《申报》刊登启示说"本馆创始迄今,持承诸词坛惠示佳章,美玉明珠,动盈简牍,兹以报纸限于篇幅,暂置不登,所有诗词及一切零星杂著请勿邮寄,俾省笔札之劳。区区割爱之苦衷,当亦同人所共谅也"③。虽然《申报》限于篇幅,删削竹枝词的登载,但是经过十几年来的培育,竹枝词的创作与传播仍在继续(从报刊登载转向大量结集出版刻本、印本),同时《申报》刊载诗文作品的形式也为后来的报纸及副刊所继承。可以说,有着描摹日常生活与写实传统的竹枝词成为上海都市社会发展初期重要的文学样式,在报章文体应用与现代白话小说兴盛之前占据了海上文坛的重要位置,记录都市文学与文化的转型,其原因固然有《申报》编辑力推的偶然因素,但竹枝词本身满足了人们对客观变化的新世界、新风气如实记录的要求,亦不容忽视。上海竹枝词绝不仅

---

① 《本馆告白》,《申报》,1872 年 4 月 3 日。
② 南湖蘅梦庵主:《观西人斗驰马歌》,同上,1872 年 5 月 2 日。
③ 申报馆主人:《词坛雅鉴》,同上,1890 年 3 月 21 日。

仅是茶余饭后消遣谈笑的资料，它为后人提供了市井风俗吟咏纪实的新鲜素材，也是研究上海文学与文化发展转型的第一手资料。

（二）"美刺传统"写作下的新都市社会

竹枝词中的"美刺传统"源于"诗言志"的传统，也始终是乐府诗歌所遵循的传统。竹枝词七言四句，短小精悍，寥寥数语即能将社会面貌形神毕肖描绘出来。加之语言通俗易解，可读性极强，此种贴近日常生活的品格，使得近代以来上海的商业化趋势和生活方式变迁，更易于被竹枝词的创作捕捉到，可谓"不唱杨枝唱竹枝，竹枝声最惹相思。都将蜀国名笺纸，写出吴淞绝妙辞"[①]。竹枝词对"美刺传统"的继承，也开拓出对社会生活与民风民俗新的判断与评价。

随着近代上海城市化的进程，社会的高度商业化发展，人们的生活方式、价值观念、道德判断、审美情趣都较前发生了巨大变化。王韬曾这样概括开埠后租界社会状况与竹枝词创作："洋泾浜为西人通商总集，其间巨桥峻关，华楼彩毂，天魔睹艳，海马扬尘，琪花弄妍，翠鸟啼暮，以及假手制造之具，悦耳药曼之音，淫思巧构，靡物不奇。虽穷极奢欲，暴殄已甚，而文人雅士来作勾留者，正可以之佐谈屑、拾诗料。迩来《竹枝》、《柳枝》之词，述者甚多。"[②]竹枝词吟唱日常生活与平民百姓的特征，开拓出新的现实内容表达，与都市空间、消费文化、日常生活产生紧密联系。虽然竹枝词创作的内容几乎无所不包，涉及上海都市社会的商业盛况、大众媒体、新兴工业、传教情况、社会风气（男女交往、衣着装扮等）、新兴职业、租界新景、娱乐方式与娱乐行业等各项细节，看似杂乱无章，但通过诗歌所反映的"欢怨之声"传统，以及"国风"的言志传统，依然十分明确。

[①] 海上忘机客：《后竹枝词》，《申报》，1872年6月12日。
[②] 王韬：《瀛壖杂志》，上海古籍出版社，110页。

第七章 竹枝词在城市近代化进程的转型

不过,由于生活方式、价值观念、道德标准、审美情趣等发生变化以后,也会造成价值判断的混乱,竹枝词中所表现出来的"美"和"刺",往往有矛盾的一面。总体来说,近代竹枝词承担美刺传统,呈现为几个不同的层面:首先,对新生事物的猎奇和歌颂,由新奇带来赞叹,表现出对新事物的推崇;其次,有些旧文人观念保守,虽然惊奇,但仍采用不屑的语气;第三,对新事物往往看不惯,如对商业化趋势和社会公共空间开拓,特别是女性的"抛头露面";第四,对世风日下的批评,如妓院烟馆带来的不良风气与过度商业化带来的社会风气转换。

开埠后不久的竹枝词创作大多采用猎奇眼光打量沪北"新上海",仿佛这不是一个属于中国的城市,而是一个异质性的所在:

衣衫华美习为常,抱布贸丝作大商。几句西人言语识,肩舆日日到洋行。①

西洋贾舶日纷驰,风俗欧洲认往时。广得新诗当小记,瀛壖闻见愈矜奇。

焚膏继晷笑徒劳,短巷长街万炬烧。最好疏星明月里,游人夜夜说元宵。

举头铁索路行空,电气能收夺化工。从此不愁鱼雁少,音书万里一时通。②

西域移来不夜城,自来火较月光明。居人不信金吾禁,路上徘徊听五更。

肴分满汉尽珍羞,室静情堪畅叙幽。请客谁家最冠冕,同

---

① 慈湖小隐:《续沪北竹枝词》,《申报》,1872年8月12日。
② 《续沪上西人竹枝词》,同上,1872年5月30日。

兴楼与庆兴楼。①

　　海市推尊各号商，相风旗子出高墙。日高耆舵纷纷集，催发身工好出洋。②

　　天工人代巧难侔，兢说洋泾足胜游。鬼火攒星张亥市，夷街制自来火，照耀如同白昼。番音掣电走庚邮。西人电线能于数刻间传信千余里外。

　　升天气足球形异，西人制升天球，能自腾上。落地花开炮立遵。夷有炮名地开花。究竟坚牢无好物，赚他囊橐罄征求。③

相比之下，南市上海县城的形象在诗句中则显得温文尔雅、稳重老成得多，展现的是与传统生活一脉相承的令人熟悉的地方风土与人情交往：

　　江流终古自朝宗，黄歇功高想旧踪。去舶来樯浑不断，南连三泖北吴淞。

　　门前车马寂无喧，小有亭台也是园。却喜文星相聚处，蕊珠宫近紫微垣。

　　曾向洋泾唱竹枝，须知南北自分歧。笔端消尽繁华气，重谱申江一曲词。④

　　邑庙风光点缀工，新修县志载图中。士民合邑逢元旦，虔拜神明护海公。

　　玉盏瓷盆列上台，蕙兰雅集内园开。纷纷士女新妆艳，也慕名花次第来。

---

① 鸳湖隐名氏：《洋场竹枝词》，《申报》，1872年7月12日。
② 南仓热眼人：《沪城竹枝词》，同上，1872年8月29日。
③ 韫玉居士：《沪城杂咏八首》，同上，1874年1月21日。
④ 龙湫旧隐：《沪南竹枝词》，同上，1872年7月8日。

沿湖一望水迢迢，步向红栏九曲桥。屋角纵横林木盛，豫园风景胜前朝。①

自从老学毁红巾，殿庑重迁又一新。礼乐修明文物盛，藻芹共乐泮池春。

静安古寺蔓荒烟，胜有虾潭与涌泉。云洞经台何处是，残碑犹访赤乌年。

黄婆祠内白云微，夜月虚悬织女机。寄语空门须绣佛，因风莫逐柳花飞。

秦公古墓重修葺，忠义新祠更创观。一片贤侯维世意，甘棠留荫颂声欢。

豫园花木未荒芜，九曲桥边似画图。一矗湖心亭屹立，居然风景赛西湖。②

阅读以上篇目，可以清晰地区分出沪北租界与上海县城在市容风貌、器物环境、人际交往等方面的差异，而创作中作者并未有孰是孰非的判断，更多的是对沪北涌现出的新奇事物表达关注赞叹，在描绘新处、奇处时流露些许羡慕之情和推崇之意。

然而，竹枝词创作并未于如实描摹与景观展现上止步，上海都市化进程中，现代观念与传统观念的摩擦，西方文化与中国文化的博弈，落实到具体生活中社会风气的变化、民情民俗的更迭，亦成为重要的表达内容。竹枝词作品中对上海城市化后物质进步一面的评价基本持客观态度，一旦涉及社会风气、民情民风等评价则语带反对、讥讽颇多，字里行间传递出褒贬与评价，创作者的态度趋于复杂。

---

① 平阳凌云子：《豫园杂咏》，《申报》，1872年8月17日。
② 龙湫旧隐：《续沪南竹枝词》，同上，1872年8月23日。

上海社会在各类贸易和商业经济的刺激下,"逐渐摈弃尊文教、耻营求的传统价值观,由重士转为重商、崇商、追求实学"①。从事商业的人员,成为社会中受人关注与羡慕的群体。在浓郁的商业氛围引导下,个人竞争、个人独立、个人创新的意识在逐渐形成,不过,竹枝词作品中,对于商人阶层衣衫华美,生活豪华,挥金如土所带来的拜金主义盛行仍然深表不满:

  东锦里连西锦里,豪家巨贾穷奢侈。跑马路遥骑似云,抛球场外车如水。②

  南人北菜讵相宜,无奈趋时要炫奇。入座争尝汤泡肚,笑他掩鼻嚼芫荽。③

  海品山珍任品题,新新楼上夕阳西。一筵破费中人产,忘却糟糠尚有妻。④

  东西洋货客争捐,脚底生涯走露天。东手接来西手去,个中扣用五分钱。

  央求荐保费吹嘘,入市而今胜读书。底怪门前桃李少,束修多半付陶朱。⑤

  此风不古实堪惊,吹尽牛犀只好名。还遇阔人拍马屁,问君阿要难为情。

  丑态人人怕现形,官场习气更膻腥。惹他小说描摹尽,可作当今座右铭。⑥

---

① 熊月之主编:《上海通史》第5卷,上海人民出版社,398页。
② 琴冈居士:《申江行》,《申报》,1872年8月3日。
③ 忏情生:《续沪北竹枝词》,同上,1872年5月18日。
④ 龙湫旧隐:《后洋泾竹枝词》,同上,1872年6月13日。
⑤ 南仓热眼人:《沪城竹枝词》,同上,1872年8月29日。
⑥ 朱文炳:《海上竹枝词》,顾炳权:《上海洋场竹枝词》,上海书店出版社,197页。

第七章　竹枝词在城市近代化进程的转型

优伶服色异新鲜，恶气风行到少年。若使学他真一样，今朝也唤奈何天。

事关风化治尤难，半说从严半说宽。不是清廉贤令尹，何能只手挽狂澜。①

元旦衣冠贺岁初，而今礼貌更全虚。彼都人士休提及，带不余来发不余。道、咸间，人家贺年必衣冠，同光间已衰落。民国来有"我不见兮，云何盱矣"之慨。②

一位文人曾在《申报》上撰文，归纳了开埠以来形成的七种"申江陋习"："一耻衣服之不华也"，"一耻不乘肩舆也"，"一耻狎么二妓也"，"一耻肴馔之不贵也"，"一耻坐只轮小车也"，"一耻无顶戴也"，"一耻戏园末座也"，指出上海社会以衣着、日用、花费等作为对人的衡量标准，而"身家不清不为耻"、"品行不端不为耻"、"目不识丁不为耻"、"口不谈文不为耻"，实乃"是非颠倒，黑白混淆之甚矣"③。应该说，这类文章在提取要点方面确实概括出了申江陋习，但除非身处当时社会，否则难以想见具体情形与泛滥程度。与之相比，竹枝词的讥讽则建立在对丑态、陋习的细节展现上，一幅幅逼真的生活画面，反映出上海都市空间中金钱关系对封建等级制度的撼动与改写，展现了社会新秩序的建立。浮夸不实、炫奇猎异等歪风邪气的盛行，恰恰说明在社会物质发展与文化发展的失衡状态中，文化与观念转变过程的复杂性与艰难性，移风易俗，一新风气非一时之功。从文学表达效果看，竹枝词应略胜一筹。

当然，处于新旧之交时期的竹枝词创作中，还处处流出作者旧

---

① 沪上见闻人：《感事诗》，《申报》，1874年1月3日。
② 《全编》二，447页。
③ 海上看洋十九年客：《申江陋习》，《申报》，1873年4月7日。

有的保守观念，对新事物看不惯，如对商业化趋势和社会公共空间开拓，特别是女性的"抛头露面"。

> 入时举止任人看，摇动双肩学步难。偌大莲船君莫笑，行来也觉态姗姗。①

> 绞丝金钏粗于索，扎额珠科大似轮。闺阃矜严称古怪，庞然都不避生人。②

> 幻出沧桑事更奇，冶游巾帼胜须眉。瑶池阿母无拘束，忙煞红尘众侍姬。

> 美人香草谱幽兰，金断同心八字刊。试展红笺看履历，首行翁婿却何官。

> 良辰胜会叙拈香，香积厨珍味遍尝。造化空门诸佛子，袈裟也似佛金装。

> 风雨谈心兴不孤，双蛾懒斗斗花和。酒肴自有妆钱备，岂屑挑头学丈夫。

> 笳声自昔谱文姬，归忆蛮花访故知。瞒却中郎游毳幕，不知恋母有胡儿。

> 玉照双双镜里摹，璇闺无事不从夫。如何一样齐眉影，不与梁鸿入画图。③

旧文人对女性涉足社会空间的屡屡讥诮，似乎能反过来说明，社会的新变化能引起社会舆论如此大的反响。不过，一些竹枝词对世风日下的批评，如对妓院烟馆带来的不良风气的指责，则体现了

---

① 忏情生：《续沪北竹枝词》，《申报》，1872 年 5 月 18 日。
② 杓溪：《沪城内竹枝词》，同上，1872 年 8 月 14 日。
③ 泾左碌碌闲人：《沪上游女竹枝词》，同上，1872 年 10 月 18 日。

第七章 竹枝词在城市近代化进程的转型

"竹枝词"秉承的"讽喻"传统和社会责任,而"讽喻"的对象往往有非常具体的新闻事件。

1870年前后在上海沪北租界的一些鸦片烟馆,为了招揽生意,"修筑辉煌,铺张精洁"①,雇用年轻女子为跑堂,实则兼有色情服务,女跑堂时称"女堂倌",这类烟馆被称作"女堂烟馆"。女堂烟馆由于花费较低,不仅吸引了嗜烟者,也使一些贪慕女色而原本不吸烟的人光顾,最终导致吸烟成瘾。开店者藉此获利颇丰,导致一时间茶轩酒肆效尤跟风。因此,人们把烟馆与女堂倌的结合看作是社会的毒瘤:吸食鸦片烟的人往往成瘾难以自拔,以致倾家荡产;而租界烟馆雇佣女堂倌诱惑烟客光顾,名为堂倌招待,实则将烟馆与嫖妓合一,更是罪恶至极。1872年末女堂倌之风日甚一日,并引发了多起行号店家的伙计、学徒,因迷恋女堂烟馆而银钱亏空以及窃逃事件,于是南北市面各帮各业绅商,联名公禀上海道、县及租界各国领事,要求查禁女堂烟馆②。上海地方政府也曾下令查禁,但因为烟馆地处租界,租界当局贪图烟馆税利,禁令收效甚微。1873年2月4日《申报》又刊登了"上海阖邑绅商公启",指出"祸莫重于洋烟,害莫甚于女色,人苟有一于此,已为终身之累";而女堂烟馆将大烟"消耗资财"之害与女色"戕伐性命"之害,"两端巨患合成为一,其流毒之惨,岂有穷极"③;再次吁请中西官方合力查禁取缔女堂烟馆。在舆论的共同作用下,华界政府于1873年2月22日《申报》登载启事:《女堂倌今已禁绝》,指出"女堂馆一事本馆前曾拟查禁之法列入报中,兹于前昨二十二二十三两日小东门一带女堂均已罢业,闻系由法巡捕房向各烟馆一一关照声称现奉。"烟馆立即辞退女堂倌,"一令之下莫敢有违,从此烟

---

① 《伤风化论》,《申报》,1872年5月23日。
② 《论各帮公禀请禁烟馆女堂倌事》,同上,1873年1月15日。
③ 上海阖邑绅商:《论女堂烟馆亟宜禁止事》,同上,1873年2月4日。

花世界顿成清净道场，诚善举也。"①一周内，又登载《苏松太道禁绝女堂倌告示》②，再次声明华界政府治理租界烟馆女堂倌一事的立场态度。至此，女堂烟馆被基本取缔禁绝。竹枝词创作中，也针对女堂烟馆诱人子弟、坏人品行的做法进行集中描绘，对之予以规劝：

烟花触目太迷离，烟里藏花事更奇。不重生男重生女，女儿生计胜男儿。③

逢场作戏吃洋烟，一二三钱不算钱。只怕瘾头容易上，一呼还隔十来天。④

女堂烟馆

余几青蚨挂杖头，才思漏网又衔钩。谁知贻管联盟约，即倩孤灯作寝修。

赤手不须金买笑，红颜何用扇遮羞。几时摆脱烟花劫，真个吹箫也便休。⑤

劝君莫再吃洋烟，急急收场过几年。苦海我曾经一转，并非刻薄话连篇。⑥

遍告长街与短街，白圭有玷急须揩。莫因鸦片身家丧，好好声名永没埋。⑦

码头新到火轮船，万里重洋载土还。鸦片害人人自害，青

---

① 《女堂倌今已禁绝》，《申报》，1873年2月22日。
② 《苏松太道禁绝女堂倌告示》，同上，1873年2月28日。
③ 忏情生：《续沪北竹枝词》，同上，1872年5月18日。
④⑥ 侣鹿山樵：《俞稷卿劝戒洋烟诗二十六首》，同上，1872年11月26日。
⑤ 太仓热眼人：《六馆闲情》，同上，1872年9月25日。
⑦ 《孙惧斋和俞稷陵劝戒洋烟诗二十六首》，同上，1872年12月6日。

燐一点枕头边。①

宪令森严逐女堂，周家小大太披猖。游城递解归原籍，处处烟标尽敛藏。②

花烟间

吹箫身入百花丛，气味氤氲领略同。更笑眠云人不醒，糊涂虫亦可怜虫。③

在报刊媒体掀起的对女堂烟馆的声讨笔伐中，竹枝词作者运用其擅长的场景描绘、细节再现中夹杂讥刺、规劝的笔法，以文学作品的形式讲述女堂烟馆的危害，参与了讥刺与纠正社会风气的文化实践。

第三节　传统诗学要素的近代转型

（一）创作主体转型

从《申报》登载的竹枝词来看，创作者多为文人士大夫身份，而且往往长期寓居上海。这是因为1843年上海开埠，英法美各国纷纷建立租界，近十年间并未出现市面的繁盛。1853年至1860年，由于小刀会及太平军，江南战事频繁，导致数万华人涌进租界避难，"上海城北，连甍接栋。昔日桑田，今为廛市，皆从乱后所成者"④。于是，1860年代出现了上海租界内两个世界共处、华洋杂居的历史性转变。士大夫文人起初与普通平民一样，为免兵祸流寓沪上，久而久之成为新"上海人"，随后他们的文学创作与都市文

---

① 莒溪洛如花馆主人：《春申浦竹枝词》，《申报》，1874年10月16日。
② 莒溪洛如花馆主人：《续春申浦竹枝词》，同上，1874年11月4日。
③ 李默庵：《申江杂咏》，顾炳权：《上海洋场竹枝词》，上海书店出版社，77页。
④ 王韬：《瀛壖杂志》，上海古籍出版社，3页。

化的构建也在此发展,既受制于租界,又得益于租界。而上海郊县地区的文人,或避祸迁居租界,或仍住乡间但往返租界非常便利,因此,他们的文化活动也与租界产生紧密联系。士大夫文人固有的文化观念和修养,面临着西方文化、工业文化、商业文化,以及市民文化的浸染与冲击。从写作内容角度来说,这些异质性文化的影响,可以导致文人士大夫写作中崭新视野与崭新对象的出现,但写作形式会对长期形成的文体与脉络产生依赖,尚能保持"旧瓶装新酒"的状况。

对文体和脉络的依赖,情况比较复杂。从身份上说,文人士大夫居住上海,必然多了一重市民的身份,但是文化上他们并不与市民文化趋同。他们有着自身秉持的文化传统,往往对通俗文化、市民文化持拒斥态度。在文人士大夫写作的正式文体中,小说、戏剧等俗文学所采用的词汇是被排斥在外的,更不用说市井俚语,这些规范与做法用以维护士大夫的"雅"文化传统,以至保护他们的文化精英身份。但是在近代上海,情况则不同。文人士大夫的选择出现了分流,那些早在来到上海之前就已经成名的文人,尚能保持"雅"文化传统的创作与生活,不与俗流"同污"。如朴学大师兼文学家刘熙载,1867年应上海道台应宝时之聘,担任上海龙门书院主讲,前后长达14年。在沪期间,除却授徒编书,他几乎不接触上海通俗文坛,始终坚持他的文化精英身份与立场。[1]陈三立、朱孝臧、况周颐等名流,亦有类似选择。但是另一些文人,依靠在上海的文化职业谋生,就不可能与通俗文化、市民文化划清界限。他们往往供职于报馆、书局,担任主笔或编辑。当城市的文化出版物被纳入商品经济的生产体系,吸引大量读者成为追求销售数量的重要手段时,许多人参与编辑刊物,就不可能一味保持"雅文化"传

---

[1] 参见陈伯海、袁进:《上海近代文学史》,上海人民出版社,126—131页。

统,他们所提供的文化产品需要适应文化程度不高的市民的趣味,开拓市民能够接受的写作形式,以市民作为主要读者成为必然的趋势。

《申报》竹枝词的登载,与之后出现的长篇小说在报刊上连载有所不同。竹枝词的创作者,在新的都市空间中有感而发的创作,起初也是作为传统的同人欣赏性质存在的。当作者们发现了《申报》的展示空间后,他们纷纷投稿,发表的形式是大批量登载,往往一次登载几十首。报刊的传播效应既刺激了普通市民对竹枝词的广泛阅读,也刺激了作者与跃跃欲试的读者的创作与投稿,当人们在报上读到竹枝词后,想到自己也有类似的创作,随之也拿去《申报》发表。而那些过去从不染指创作的读者,阅读后发现七言四句、平仄押韵不严格的竹枝词,自己也可以试做几首时,读者亦在有限范围内暂时转化成作者,这一系列叠加效应,使得竹枝词的创作、传播于1870—1890年代在报刊上掀起一股热潮。竹枝词经历了从个人吟唱到适应大众阅读的品格转变,书写正在形成的都市消费社会:商业盛况、新兴媒介、新兴工业、社会风气、传教情况、男女交往、新兴职业、租界新物等等。在此过程中,作者与作者之间,报纸与报纸之间,刊本与刊本之间,在写作上,有相互影响与唱和的特点,甚至产生了广泛的积极模仿。一方面,竹枝词写作的特点,使得作者主要以描摹记录为主、书写主观感受为辅,作品与作品之间更易形成对话与交流的可能;另一方面,报刊杂志采用机器化复制方式,传播周期与效率大大提高。竹枝词经过报刊登载传播后,打破了个人吟唱、小范围唱和与传播的局面,在适应报刊杂志密集登载特点的同时,亦使得竹枝词本身向适应大众阅读的方向转型。

(二) 诗学审美趣味的转型

在《申报》不再刊登竹枝词等诗词作品以后,其他的报刊杂志，包括外国人主办的报刊杂志也有刊登诗词作品的状况。曾与《申报》关系密切的几种传统文学刊物如《瀛寰琐纪》、《四溟琐纪》、《寰宇琐纪》及《侯鲭新录》，在《申报》之后刊载了大量的诗词，成为这一时期诗坛传播的重要阵地。四种刊物均是传统文学刊物，其编辑体例大致相似，作者群体相对稳定，其中前三种乃是由《申报》创办，后一种是由曾任《申报》主笔的沈饱山所办，均借助《申报》在当时的影响力和发行网络，获得了较大的影响。这种做法直接启发了《时务报》、《新民丛报》等维新派刊物创刊。《新民丛报》自 1902 年初创刊，至 1907 年末终刊，共发行 96 号，其中 25 号，即辟有《诗界潮音集》栏，每期刊出诗歌作品，并于第 4 号起断续刊出梁启超的《饮冰室诗话》，进行诗界革命的实践与鼓吹。重要作者有梁启超、黄遵宪、康有为、夏曾佑、蒋智由等人。

如果关注《申报》刊登竹枝词同一时期的诗坛，可以深切体会到，竹枝词的率先转型，与当时传统诗歌创作契合时代需要提出的"诗界革命"，是完全一致的诉求。

晚清诗坛的革新，无法回避黄遵宪的贡献。而黄遵宪《人境庐诗草》的第一卷和第二卷，正是完成于这一时期。"诗人以通达变易的眼光看待古与今的转换更迭，从而大胆主张打破古文与今文的壁垒，剔除古言中已腐朽死亡的糟粕，吸收今语中富有活力与表现力的精华，不拘古言，不避今语，追求古与今融会、文与言合一的语真之境。'我手写我口'是怀抱'别创诗界'志向的诗人震惊流俗的第一声宣言。"[①]

研究者认为，黄遵宪的"诗界革命"在诗语的运用上不可避免地用了新的词汇："在诗歌语言的运用上，一是出于写外国事，记

---

① 参见关爱和：《别创诗界的黄遵宪》，《文学遗产》，2005 年第 4 期。

叙时事和表情达意的需要，恰当而有节制地使用译言及新名词，如地球、赤道、国会、共和、维新、革命、殖民地、五大洲、南北极等新名词，欧罗巴、美利坚、亚细亚、华盛顿、拿破仑、嘉富洱、玛志尼等译言，这些新语句与古近体诗传统表现风格的和谐统一，凸现出黄遵宪新派诗特有的面貌与境界。二是诗中不避方言俗语，力求平易自然，明白晓畅。"并且认为，黄遵宪"我手写我口"，昭示着古典诗歌向现代诗歌转换的基本方向①。

但是，新语汇入旧体，融化得十分妥贴，其实是很难做到的，因此，新语汇入旧体实质上已经彻底改变了传统诗学的审美趣味，正如吉川幸次郎所说的那样："只要语言是新鲜的，诗也就能成为新的，而那又是中国近代（指宋以后——译者）的诗歌生存下去的最安全的道路，何故如此呢？因为追求题材的新奇，必然破坏诗的古典气氛。"②在这一点上，竹枝词有着天然的优势，因为它并不具有正统的诗学地位和语言风格。近代竹枝词创作依托报刊媒介传播的成功，同时也使得传统诗学审美趣味发生了巨大的变化。近代竹枝词创作表现出以下几个方面的特点：一，宽松简约的韵文学形式，七言四句，押韵而平仄不严格；二，组诗长短，灵活机动，一事一议，自拟标题，专注于对新鲜事物的敏感与书写；三，容易上口，适合快餐式文化的建构和传播；四，通俗化、娱乐化的倾向进一步凸显。这些特点也和清末的诗界革命表现出一致的趋势，几乎可以认为，竹枝词的繁盛，是传统诗学在近代转型的代表，同时它所具有的"雅俗共赏"的特点似乎是其他诗歌无法比拟的。

新语汇的运用比较成功的，如第四章已经谈到的《别琴竹枝词》。这里可以再看一个事例，即佚名的《上海春赛竹枝词》。

---

① 参见关爱和：《别创诗界的黄遵宪》，《文学遗产》，2005年第4期。
② ［日］吉川幸次郎：《中国诗史》，安徽文艺出版社，351页。

春江春赛自年年,跑马西商赌万钱。寄语游人须快睹,今朝已是第三天。

催得橡皮双车马,龙飞行里足生涯。隐雷闪电望西去,知道旁人眼欲花。

一片围场竖栅栏,红旗招展万人看。操兵记得无多日,跑马连朝更大观。

英大马路街道宽,泥城桥畔万人攒。免教拥挤且高坐,三角小洋楼上看。

……

沙逊怡和与裕泰,十次飞跑九次赢。买票诸君知道否,勿兰今日最传名!

……

马身扎彩也争光,皮叶新车意气昂。扮得马夫如簇锦,就中最是四金刚。

柳边小憩略从容,高坐车中暂驻踪。强似登台赁板凳,凉篷扯起树阴浓。

……

奇园楼峻吃茶时,鬓影衣香杂坐宜。要学时髦看子细,金丝眼镜鼻梁骑。

黛玉兰芬艳誉夸,今朝昨日不同车。为嫌皮叶多风日,轿式玻璃四面遮。

马龙车水骋平原,并坐鹅鹅笑语喧。略看骅骝跑几次,振鞭且去到张园。

第七章　竹枝词在城市近代化进程的转型

圈子兜来已夕阳，马车辘辘载红妆。观跑犹有余波在，争似西人赛一场。①

《上海春赛竹枝词》见载于陈无我编《老上海三十年见闻录》，大约是1898年的作品。诗中描写春季上海赛马的盛况，既有马赛的场面，又有观者的各态。作品用词浅切，"沙逊"、"怡和"、"裕泰"、"勿兰"均为马名，镶嵌妥帖。整组竹枝词共十四首，风格十分接近《申报》早期的作品，也很像是为马赛撰写的"广告"。

但如果比较同一时期的同样题材的作品，就会发现中间的区别。

《申报》1872年5月2日登载署名"南湖蘅梦庵主"的七古长诗《观西人斗驰马歌》：

春郊暖裹杨丝风，玉鞭挥霍来花骢。西人结束竞新异，锦鞯绣袄纷青红。

广场高飐旗竿动，圆围数里沙堤控。短阑界出驰道斜，神骏牵来气都竦。

二人并辔丝缰柔，二人稍后飞黄虬。更有两骑同时发，追风逐电惊双眸。

无何一骑争先驶，参差马首谁相避。后者翻前前者骄，奔腾直挟狂飙势。

草头一点疾若飞，黄鬃黑鬣何纷披。五花眩映不及瞬，据鞍顾视犹嫌迟。

四蹄快夺流星捷，尾毛竖作胡绳直。须臾双骑瞥已回，红旗影下屹然立。

---

① 《上海春赛竹枝词》，陈无我：《老上海三十年见闻录》（上），上海书店出版社，116页。

> 名驹血汗神气间，从容缓辔齐腾骞。后者偃蹇足不前，桥根盘辟斜阳天。
>
> 是时观者夹道望，眼光尽注雕鞍上。肩摩毂击喝彩高，扬鞭意得夸雄豪。
>
> 健儿身手本矫健，况得骥足腾骧便。兰筋竹耳助武功，黄金市骏真英雄。
>
> 胡以迟疾决胜负，利途一启群趋风。孙阳伯乐不可得，谁能赏识超凡庸？
>
> 遍看骠骑尽神品，安得选备天闲中，与人一心成大功！

后来有人将之与《申报》上有关的新闻作了比较，很细致地指出作者仍然固守着传统的审美价值观，而与时代的变迁和当时的时尚潮流格格不入：

> 诗人显然有自己的价值判断，即只赞赏赛马，而斥责与之共生的赌博。结尾的议论尤透出中国文人的虚矫与迂执。已经花了大量篇幅仔细描绘跑马争先的场景，足见作者之倾倒，却又惟恐招来"玩物丧志"的责难，故在最后兜回一笔，设想将这些骏马选录到皇帝的马厩（天闲）中，以为国效力。此乃所谓"化无用为有用"的妙法，却未免功利心太盛，倒人胃口。①

这样的看法，恰好说明，商业社会兴起以后，传统的审美趣味正在悄悄地改变。在这个过程中，传统诗学的转型和传统文人的创作正在经历一个痛苦的过程。而这一转型的契机，正是因为现代报刊杂志以及出版业的商业运作带来的。

---

① 夏晓虹：《晚清上海赛马轶话》，《中华读书报》，2001年4月18日。

(三) 传统与现代诉求的转型与融合：寓教于乐的理想

传统竹枝词创作中，吟咏田园生活与乡土风俗的作品占了大量的篇幅。近代以来，随着作者进入城市空间生活，竹枝词经由《申报》等报刊媒体登载拓展出新的文化特征，都市要素对竹枝词的影响越来越具体。在都市文学环境中，竹枝词在吟咏风土（城市生活）、定位读者、传播手段等各方面都显示出近代转型特征。

身处上海都市空间的竹枝词作者是以什么目的来创作的呢？他们持续不断的创作热情又是由什么来激发的呢？袁祖志发表于《申报》的《续沪北竹枝词》跋云："前作竹枝近将十载（按指《沪北竹枝词》）。时移物换，小有沧桑，同人怂恿续成，醉后依数作此。"①寥寥数语道出，此番创作既有物换星移的沧桑之叹，又有同道人对其继续创作的鼓励。而在1876年刊印《海上竹枝词》一书时，袁祖志为《续沪北竹枝词》添加的跋文则说得更为具体："前作成于甲子（1864）、乙丑（1865）间，今将及十载。时移物换，小有沧桑，同人怂恿续成，复依前数作此。抚今追昔，感世事之日非；炫异矜奇，叹物情滋幻。风尚若此，伊于胡底耶？"②《海上竹枝词》刊本"序"中又说"上海本商贾辐辏地，花为世界，月作楼台，斗酒征歌，殆无虚夕，然犹聚于城中也。自西人通商后，易山丘为华屋，城开不夜，树号恒春，品竹弹丝，响遏行云，浪游子弟趋之若鹜，其废时失业固不待言。而十余年来，沧桑屡变，观空者不免感慨系之矣"③。上述三段文字中，均提到旅沪的感受，也都强调了都市空间带给人们的震惊与刺激：上海自开埠后，风气日新月异，使人不得不作沧桑屡变之叹。文学创作假如不能跟上此种迅疾的发展，则不能更好地"歌咏时事，搜奇揽胜"，以致有不能补

---

① 忏情生草稿：《续沪北竹枝词》，《申报》，1872年5月18日。
② 顾炳权：《上海洋场竹枝词》，上海书店出版社，442页。
③ 同上，461页。

志乘之缺的遗憾。

然而，仅仅把竹枝词创作看作旅沪文人对都市生活的记录与感叹，似乎略显简单。事实上，当年的作者、同人乃至读者，还将竹枝词创作作为利用都市传播空间，拷问世风日下、鞭挞官府失政的手段，通过吟咏与议论，以期达到观察民情、涤荡民风、重振国势国运的目的。

这一时期，上海地区的竹枝词创作和传播方式是非常有特色的："全球商埠，上海居第七，为我国最繁盛之都会。大而工商学校，小而宫室马车，推而至于饮食、服御、声色玩好之微，莫不以上海之风气为风气，如影随形，如响斯应。然则上海为全国模范，上海之习惯即不啻全国习惯之代表，审时察变之君子，乌可不加以研究哉？"① 上海在全国范围内率先开始了都市化进程，一地民情风俗变化中的善恶是非、成败得失，也促使创作者通过竹枝词来分析和总结。赵经程对朱文炳《海上竹枝词》的评价，即体现这样的思路：

> 慨自圣贤设教以来，世世相承，其所以导民者，先之以孝弟忠信，申之以礼义廉耻，不必俗有唐虞之盛，民如尧舜之遗，而诚朴节俭之风，尚堪复睹。不谓沿及后世，民情日薄，民志日偷，奸盗邪淫竟成习惯，以致元气斫丧，法令不行，如今日申江者，大可慨已。呜呼！是岂仅一隅风俗攸关，抑亦国家气运所系欤。奈何世人不察，惟以纷华靡丽之足以娱情悦目，而不知亡国败家之祸即肇于此。所以有志之士，身历其境，目睹其象，不能无伤于怀，而忍默默已也，则是编之作，意在斯欤，意在斯欤！②

---

① 朱文炳：《海上竹枝词·序》，《申报》，473页。
② 赵经程：《海上竹枝词·跋》，同上，474页。

第七章　竹枝词在城市近代化进程的转型

朱文炳的竹枝词创作十分具有代表性，通过报刊杂志阅读袁祖志、葛元煦等大量前辈的创作，又感慨身处都市空间，习俗随时变迁，已有的作品不能追踪时代更迭中日常生活民情风俗的瞬息变化，于是开始自己创作。他的《海上竹枝词》描摹海上繁华之日新月异、岁岁不同。而《海上光复竹枝词》则以辛亥革命爆发后种种见闻亲历为题材创作，"于革命时代之遗闻轶事，言之历历，毫发不爽，诚足补他日正史之不足也"①；一字一句"无不与时事有关系"，"是词也而可谓之史，若仅视为海上变迁之证，则浅之乎测是作矣"②。正如余沆指出的那样：

> 公余偶暇，纵论时局，朱君每以国粹沦胥，世风日下为虑。亟思假托诗歌，以资惊惕，爰成竹枝词五百首。将付剞劂，辱承见示。披诵一过，觉海上光复后种种现象，叙述殆尽，而对于流俗委靡，尤痛施针砭，不禁喜前所谓得风人之旨在是，而于得风人之旨中，尤能助通俗教育所不逮者亦在是，此竹枝词所以尚也。③

这些文字既可看作对竹枝词在上海都市化初期得以繁盛原因的说明，又是诗坛对《海上光复竹枝词》作者文字之功的高度评价。近代上海竹枝词创作依托都市空间，于记事中处处捕捉时代生活变化，于立言中以俗语俗言为主，于立意中发挥通俗教育之劝善警世功效，以韵文学的变革实践，体现传统与现代诉求的融合，抒发寓教于乐的理想，使得读者群体上至文人士大夫，下至普通市民，无所不包。《海上竹枝词》的创作实践展示了转型以后诗坛所出现的新的审美标准。

---

① 穆湘琨：《海上光复竹枝词·序》，顾炳权：《上海洋场竹枝词》，上海书店出版社，477页。
② 张寅燮：《海上光复竹枝词·序》，同上，480页。
③ 余沆：《海上光复竹枝词·序》，同上，478页。

第四节　作为都市文学的竹枝词

关于都市文学，以往的研究基本侧重在小说方面，很少有人注意到传统诗歌在都市文学和都市文化方面的贡献。似乎作为诗的国度中最传统最为主流的诗歌创作，并未进入近代化，直到"五四"运动时期白话诗的出现，这中间是一个断层。竹枝词在十九世纪后半叶的创作热潮，以及这一时期报刊杂志的刊载，说明近代都市文学中，应当有诗歌的组成。

（一）都市文学辨析

不可否认，在城市化的进程中，小说成了都市文学的主要形式。关于小说在晚清文学中占主导地位的原因，阿英曾在《晚清小说史》中指出：

> 造成这空前繁荣局面，在事实上有些怎样的原因呢？第一，当然是由于印刷事业的发达，没有前此那样刻书的困难；由于新闻而事业的发达，在应用上需要多量产生。第二，是当时知识阶级受了西洋文化影响，从社会意义上，认识了小说的重要性。第三，就是清室屡挫于外敌，政治又极窳败，大家知道不足与有为，遂写作小说，以事抨击，并提倡提倡维新与革命。[①]

在他看来，晚清小说的发展是与社会的近代化联系在一起的，印刷技术的进步与新闻事业的发展、对小说社会意义与功用的发现，以及小说提倡维新对国运国民的影响，共同造成了晚清小说的空前繁荣局面。这种看法推而广之，也可以移用来分析近代上海都市文学的产生与发展。"一部近代文化史，从侧面看去，正是一部

[①] 阿英：《晚清小说史》，人民文学出版社，1页。

第七章 竹枝词在城市近代化进程的转型

印刷机器发达史;而一部近代中国文学史,从侧面看去,又正是一部新闻事业发展史"①。上海开埠后,近代印刷工业与传播媒介在此聚集,为人们展示了新的技术手段与文化媒介及运营方式。1843年英国伦敦播道会在上海成立专门印刷机构,英文名为 London Missionary Society's Mission Press, Shanghai, 中文名为"墨海书馆"。虽然墨海书馆起初主要印刷包括《圣经》在内的宗教宣传物,但它的出现对在沪文化人却产生了极大的震撼。王韬是墨海书馆早期中国合作者之一,曾从事长达十多年的译述校对工作,由于他当时并非信徒,对宗教类译述文字并无感情,但对书馆的先进印刷技术充满惊羡之意:

> 西人设有印书局数处。墨海,其最著者。以铁制印书车床,长一丈数尺,广三尺许,旁置有齿重轮二,一旁以二人司理印事,用牛旋转,推送出入。悬大空轴二,以皮条为之经,用以递纸,每转一过,则两面皆印,甚简而速,一日可印四万余纸。字用活板,以铅浇制。墨用明胶、煤油合搅煎成。印床两头有墨槽,以铁轴转之,运墨于平板,旁则联以数墨轴,相间排列,又揩平板之墨,运于字板,自无浓淡之异。墨匀则字迹清楚,乃非麻沙之本。印书车床,重约一牛之力。其所以用牛者,乃以代水火二气之用耳。②

王韬留下的是墨海书馆全盛时期的景象,对铁制印书车床的高效率运作惊叹不已,常常驻足观看,不仅王韬如此,大凡往来书馆的华人墨客亦有此爱好,甚至留下颇多题咏:"车翻墨海转轮圆,百种奇编宇内传。忙杀老牛浑未解,不耕禾陇种书田。""榜题墨海

---

① 曹聚仁:《文坛五十年》,东方出版中心,83页。
② 王韬:《瀛壖杂志》,上海古籍出版社,118—119页。

起高楼,供奉神仙李邺侯。多恐秘书人未见,文章火焰借牵牛。"[1] 1860 年代,墨海书馆遭遇火灾后即销声匿迹,但在它的影响下,机器印刷、编印译书、印行月刊等方式在上海流传开来。与此同时,西方近代的铅活字印刷、石印、胶印、图版、纸型技术、装帧技术陆续传入中国,至十九世纪末,新型出版企业完成了对传统雕版手工业为特征的旧式书业的更替与取代。1897 年,上海译书公会成立,尝试由中国人自己组织选题、翻译著作。1897 年成立的商务印书馆是由华人发起并经营的股份公司,在文化市场推广与经营上,是当时最为成功的企业。印刷技术的革新,新型出版企业的诞生,不仅标志着上海的文化与文学在物质技术层面的发展,更为重要的是由这些新技术、工业化流程制作出来的文化产品源源不断地供应市场,在观念与意识以及文化生活层面上影响市民读者。

考察近代上海文化发展的技术要素和物质条件,可以发现有一条向西方先进经验学习——模仿——自主发展,逐步实现文化生产工业化、市场化的轨迹,但这只是文学乃至文化得以发展的外部条件。若把考察对象设定为文化产品如文学作品的生产,情况则复杂得多。

现有的研究表明,晚清小说热潮产生的一个直接原因,是大批文人出于"救国"的社会责任,加入小说读者与作者的队伍。他们过去受传统文学观念束缚,并不热衷于读小说或创作小说,眼见传教士文学的影响力转而接受了梁启超以小说"救国"的思想,一下子成为小说读者,甚至加入作者队伍、自掏腰包集资办刊登小说,由此逐渐形成巨大的小说市场[2]。但在此盛况下,同样值得注意的是读者群体的构成中,旧文人读者比市民读者的数量来得多,因为

---

[1] 王韬:《瀛壖杂志》,上海古籍出版社,119 页。
[2] 参见陈伯海、袁进:《上海近代文学史》,上海人民出版社,70—76 页。

第七章 竹枝词在城市近代化进程的转型

当时文言小说的数量也远远大于白话小说。可见晚清小说的繁盛，仍然可以放在传统士大夫创作与传播影响的模式中来加以理解，士大夫文人之外的读者与作者确实参与到小说市场中来了，但并非决定性因素。但是假如把研究视域划定在近代上海空间，情况就不同了：近代上海正在产生新的市民读者群体，他们略通文墨，亦有相应的阅读与交流（也包括学习写作）的文化需求，这些需求部分地由小说阅读来满足，同时又不完全是小说阅读能够满足的。而且，假如把近代上海的文化看作一个集合体的话，其中充满了矛盾纠缠与重叠并置，呈现出士大夫文化与市民文化的并存，传统文学与都市文学的并存，旧传播方式与新传播方式的并存，旧文化形式与新文化产品的并存。因此在这样一个复杂的时空场域，都市文学并不是一个固定不变的概念，它指向的是那些表现了都市的政治、经济、社会、文化的种种结构与特征的文学创作；与此同时，这种文学创作也力图反映本土文化与外来文化的博弈与选择、传统观念与现代观念纠缠、并存、融合的关系结构及其过程。正如前文提到的《新民丛报》的发行和刊载诗词作品，同时也宣扬"诗界革命"，几乎都是同步的。

上海开埠后，由于连年战乱导致避祸的人口纷纷涌入租界，至民国初年，伴随着城市商业流通与工业发展的需求，大批来自内地的劳动者又聚集在此寻找工作机会，一时间"户口之众，除京师外，首推巨擘，故人烟稠密，几有人满之患。惟本邑人数之多，实由五方杂处，客籍多于土著"[①]。这些居住在上海的大量人口，往往被称作"上海市民"，但是这个称呼有其明显的笼统性。这种笼统含混的名称，已被研究界关注并分析。唐振常认为，一般来说，乡民与市民是相对的概念范畴，居住在乡间就是乡民，居住在城市

---

① 胡祥翰、李维清、曹晟：《上海小志、上海乡土志、夷患备尝记》，上海古籍出版社，75页。

就是市民。但这种居住在城市即市民的概念与近代意义上的市民概念相差甚远。近代意义上的市民不能简单地理解为居住在城市的居民，它更是一个有关权利、义务、公共生活的概念[①]。因此，市民不是迁居城市即告完成的结果，而是人们来到城市生活，受到种种城市独有的政治、经济、文化结构与运作方式之影响，在此过程中逐渐产生市民意识、"成为市民"。甚至可以说，市民在近代上海的转型与发展中，与城市一起成长，见证自身市民身份与都市上海的诞生。

近代上海的文学作品，依托报刊和平装书的媒介进行传播，读者面向数量不断增长的市民群体，不再局限于士大夫文人。市民读者与以往的文人士大夫不同，对文学作品的规范性要求不高，自身又往往不参与创作，他们对文学作品的阅读以接受为主，用购买报刊或平装书等文化产品的消费行为来表达他们的文化选择与文化认同。读者群体的变化给作者带来了更大的创作自主性，同时提高刊物销量的压力也导致作者必然会追求文化产品"雅俗共赏"的效果，尽可能使更大多数的市民成为读者、购买其文化产品。近代上海的作家群体与读者群体都呈现出变动状态，而且相互制约关系更为紧密。然而，城市物质形态与外在面貌上的速成性相比，作家群体与读者群体虽然在积极互动演绎着城市文化的新变，但是新的文化观念的形成与新的文化关系的定型显然要缓慢得多。人们移居上海不仅仅是生活空间的位移，也是观念与认同的跨文化位移，后者将要经历一个漫长的发展过程。当市民群体、都市上海的形成被看作动态的过程而非静态的固定概念时，都市文学的认定与研究也需要在动态模式中予以考察，那些在上海都市化、市民群体形成过程中，发挥着现象记录、观念定型作用的文学创作，即使在鼎盛之后

---

① 参见唐振常：《市民意识与上海社会》，《上海社会科学院学术季刊》，1993年第1期。

慢慢销声匿迹，也应该被看作都市文学与文化的组成部分，它们在都市化过程中也许没有走向成熟，但却起到了传承经验、见证历史、开拓新的文学表达与观念思想的作用，与逐渐成熟的都市文学形式一起构筑了上海的都市文坛与文化环境，也是都市文学赖以形成、成熟、发展的重要环节。在此，我们把近代竹枝词看作上海都市文学的重要组成，竹枝词不仅在近代上海实现了自身的成功转型，丰富了都市发展初期的文学市场，而且也参与到都市的文学与文化发展之工业化、市场化、消费化的大潮中去。

(二) 竹枝词的都市转型

近代上海文学的发展，既受到了由于广泛翻译出版带来的西方文学与观念的影响，亦有本国文学内部不同内容题材形式之间的博弈与选择。士大夫文化与市民文化的隔阂在日益消解，产生更多的选择性融合，形成都市文学之芜杂共处的面貌。小说与报章文体，是以报刊杂志为主要传播媒介的近代上海文学中最有代表性的文学体裁。由于被挖掘出与小说类似的教化启蒙功能，戏剧，尤其是展现现实生活题材的戏剧也兴盛起来。在都市空间中这些获得成功的文学形式有一个共同的特点，就是创作中的时事化、新闻化、通俗化的趋向。这些文体进入都市空间发展，近代印刷业、报业为它们提供了普及推广的可能；近代科学民主精神与现代人观念的流布促使它们在创作中挖掘更有深度的人的内心世界和人与社会的关系；读者队伍的扩大与持续产生的新阅读需求导致它们对新写作技巧、表现手法的探索。诗歌的发展在近代不如小说、戏剧、文章那样迅猛，但竹枝词这种相对宽松简约的诗歌形式，方便将都市新事物、新名词、新生活、新关系入诗吟唱，也曾一度兴盛，可见韵文学传统进入都市空间仍然具有生命力。近代上海竹枝词创作继承"乐府传统"表现百姓生活，对都市空间中寻常生活与平凡人的关注，使得竹枝词接通都市文化的大众化、生活化的发展脉络，既上承中国传统民间文化,又在都市空间产生新的发展与转型。这样的创作同样也为传统诗歌的近代转型提供了可能。

(1) 社会功能的崛起——书写都市

作为都市文学的一部分,这一时期的竹枝词,十分关注都市的现代化进程和市民意识的形成过程。

上海开埠初期,租界的出现并未获得人们的心理认同,在相关表述中尚以"华夷"之分来区别华界与租界,所谓"沪北"的指称是相对沪南老县城而言。从词源学上考察,"夷"这个词指的是在中国疆域的周边地区或附庸的未开化之地,夷人就是居住其间的未开化之民。与"夷"有类似意思的是"洋"、"西"、"外"等词,不同在于它们的表达效果更为中性,指称的是华夏之外的、不同于华夏的他者。比如"夷务"一词在道光年间开始流行,而1839年江南道监察御史的奏章中则出现了"洋务"一词。而从正式文件考察,"洋"、"夷"二词的交接点,是在1858年6月26日签订的《中英天津条约》中。条约第五十一款规定:"嗣后各式公文,无论京外,内叙大英国官民,自不得提书夷字。"[①]虽然英国要求的是对他国指称自身的平等诉求,但假借的却是不平等的手段,因此这项规定在中国官方和民间引起了强烈的反响。然而,从中国内部来看,鸦片战争发生后,国人亦越来越认识到自身对外部世界的不了解,进而产生类似魏源"师夷长技以制夷"的思想。相关研究发现,在认识西方以至向西方学习的过程中,人们慢慢地不喜欢"夷"字了,而更多地使用"洋"、"外"和"西"等字[②]。王韬曾经对此做过一番辨析:

---

① 参见陈旭麓:《辨"夷"、"洋"》,《近代史思辨录》,广东人民出版社,25页。
② 参见方维规:《"夷"、"洋"、"西"、"外"及其有关概念:19世纪汉语涉外词汇和概念的演变》,北京师范大学学报,2013年第4期,[德] 郎宓榭、[德] 阿梅龙、[德] 顾有信:《新词语新概念:西学译介与晚清汉语词汇之变迁》,山东画报出版社,98—107页。

第七章 竹枝词在城市近代化进程的转型

> 自世有内华外夷之说，人遂谓中国为华，而中国以外通谓之夷，此大谬不然者也。禹贡画九州，而九州之中，诸夷错处。周制设九服，而夷居其半。春秋之法，诸侯用夷礼则夷之，夷狄之进于中国者则中国之。夷狄虽大曰子。故吴、楚之地皆声明文物之所，而春秋统谓之夷。然则华夷之辨，其不在地之内外，而系于礼之有无也明矣。苟有礼也，夷可进为华，苟无礼也，华则变为夷，岂可沾沾自大，厚己以薄人哉？①

在中国广受西方冲击日显落后的现实情形下，王韬认为中国统治者及传统士大夫仍然坚持"内华外夷之说"、死抱着华夷尊卑的区分，这样的做法实属"沾沾自大"、"厚己以薄人"、"大谬不然"。他所总结的华夷之分的判断标准是："华夷之辨，其不在地之内外，而受之于礼之有无也。苟有礼也，夷可进为华，苟无礼也，华则变为夷。"

1860年后，在各类著述中，"夷"字渐渐被"洋"、"西"和"外"等词取代。语言指称用语的变化，其实昭示的是中国人对外思想观念的变化。人们开始认定中国当时所处地位是"变局"②，来自西方的冲击既是挑战，亦是全面革新自身的契机，只有自强方能自立。当然，语言词汇的变化是一个长期演进的过程，尤其在普通人日常用语中体现这种观念调整导致指称变化的情况则要晚得多。实际情况是，在报刊文章和竹枝词等文学作品中，"夷"、"洋"、"西"和"外"这些词则混杂使用，所不同的是，"夷"的贬义渐渐被忽略或者不被强调：

---

① 王韬：《华夷辨》，《弢园文录外编》，中华书局，296页。
② 据统计，自1861—1900年间，将中国所处地位表述"变局"的不下37人。如道光年间，黄恩彤认为中国已面临百年来大变局。同治年间，丁日昌称之为千载未有之变局。李鸿章认为来自西方的冲击是三千年来之大变局。王韬认为是四千年来大变局。光绪年间，张之洞则认为中国遭遇前所未经见的变局。具体讨论，参见王尔敏：《中国近代思想史论》，社会科学文献出版社，11—13页。

· 413 ·

西洋贾舶日纷驰,风俗欧洲认往时。广得新诗当小记,瀛壖闻见愈矜奇。①

北门城外本荒丘,古树苍凉一望收。真是桑田沧海变,荆蓁扫尽起高楼。上海北门外本属荒芜,夷人通商后,市渐云集。

荒坟平后作夷房,玉碗金鱼尽发藏。残骨不知抛何处,只留翁仲泣斜阳。夷人通商后,坟冢悉为平去。大马路西有一大冢,掘有石椁,尸僵不腐,服古衣冠,不知何代贵官也,亦无墓志。夷人扫去,上造洋房,留翁仲为门柱,尚存。

洋楼金碧耀生光,铁作栏干石作墙。幸得玻璃窗四面,宵来依旧月如霜。夷房各家各样,墙上颜色亦异,或朱或碧,或青或黄,其色俱浅。

百尺高楼四面离,中开窗隙置玻璃。洋楼更比蜃楼好,谁读坡仙海市诗。夷房四面皆墙,中开窗窦。

夷商买办究如何,自说身为光白陀。但解两三声鬼话,嗤他狐假虎威多。夷人之管事俗称买办,夷人呼之为光白陀。②

香车宝马日纷纷,似此繁华古未闻。一入夷场官不禁,楼头有女尽如云。③

春申江上波涛浊,中外商民相角逐。一片洋场白骨多,昔年荒冢今华屋。④

在华洋杂处的都市空间,随着对西人的观念逐渐变化,竹枝词创作更着重记载物质生活变化和习俗更迭,正如时人所概况:"沪

---

① 《续沪上西人竹枝词》,《申报》,1872年5月30日。
② 《春申浦竹枝词》,顾炳权:《上海洋场竹枝词》,上海书店出版社,48—53页。
③ 龙湫旧隐稿:《前洋泾竹枝词》,《申报》,1872年6月13日。
④ 琴罔居士:《申江行》,同上,1872年8月2日。

第七章　竹枝词在城市近代化进程的转型

上繁华之区,岛夷杂处,风俗之浇漓,几如桑间濮上,宜采风问俗者播为歌谣,藉以惩劝,俾言者无罪,闻者足戒,不可少也。且此间土风日新月异,昔是今非,诗或一人所能道,俗非一时所能悉。"①

1883年后,中法战争爆发,报刊上的新闻稿件非常拥挤,《申报》上的诗歌几乎销声匿迹。1885年5月,法国海军偷袭我福建海军,入侵台湾,引起全国上下的关注。当时,《申报》上登载了这样的创作:

马江哀　哀我扬武等兵船也

敌舰往来久阴觊,战书骤下炮渐轰。仓卒之间苦无备,血肉飞舞声如沸!千百水师中诡计。君不见,鬼蜮潜伏芭蕉山,是时击之无一还。

淡水捷　赞美台湾孙开华军门也

孙将军,足智谋。淡水捷,敌人忧。敌势如潮炮如雷,将军不为动。示敌空虚使敌误,诱之深入断归路。守如处女出狡兔,横刀跃马敌慑怖,半自践踏半伏诛,将军下马草露布。②

这两首新题乐府的刊出,说明乐府体裁完全可以融进新时代和新语汇,题咏时事,成为都市空间中具有新内容的传统诗歌创作新篇章。同时也说明,在竹枝词创作成功转型后,诗坛创作有了新变化。竹枝词的作品中有关时事政治的写作,开拓了新的题材内容,更为适应都市中读者对文学作品新闻性、时效性、政治性的要求:

海上风光日变迁,回头前事已三年。而今大地归民国,重采新闻续旧篇。

---

① 《〈广沪上竹枝词〉序》,顾炳权:《上海洋场竹枝词》,上海书店出版社,495页。
② 杨伯润:《马江哀》、《淡水捷》,转引自徐载平、徐瑞芳:《清末四十年申报史料》,新华出版社,65—66页。

>武昌起义众心惊,报馆齐张革命声。争向门前探捷报,望平街上路难行。
>
>传单一纸帖门阑,路上人人驻足观。但看某城光复矣,眉飞色舞竟忘餐。
>
>人心一去总难收,咸切清军战胜忧。若报民军稍失败,门窗捣毁果何尤。
>
>主张革命首孙文,还赖黄兴助建勋。一例街头悬照片,万人崇拜表殷勤。
>
>沪城得力半商团,革命心思早郁盘。但听一声鼙鼓起,岂甘袖手作旁观。
>
>光复申江勇气冲,还来制造局中攻。笑他卫队先几昧,独立何如众志同。
>
>恢复全城瞬息中,早知此局最难攻。好凭众力齐拼命,一夕堪称血战功。①

近代社会转型,使得现实主义成为文学的主要表现手段。竹枝词传统中一贯延续的对社会现实以及日常生活的关注,使得它具有在都市社会生存的先天优势,很自然地在都市社会发展初期成为书写都市的重要文学手段。在大量的创作中,竹枝词的描写往往存在对现实生活与作者所见所闻的描摹记录先于主观判断的现象。他们的诗性记录涉及社会变化的方方面面,在写实文学尚未发达、小说仍以写情为主的近代文学中,开辟了全方位书写都市面貌的领域,也正是这个原因,迄今为止对近代中国都市的历史研究与社会研

---

① 朱文炳:《海上光复竹枝词》,顾炳权:《上海洋场竹枝词》,上海书店出版社,205—206页。

第七章　竹枝词在城市近代化进程的转型

究，往往会大量选用竹枝词作为引证材料。但是，仅仅把竹枝词在近代的繁荣看作研究都市的史料依据是不够的。城市市民作为一个群体的崛起，并不是一蹴而就的，其产生与成熟经历了一个长期渐进的过程。其间，知识的准备、媒体的启发、阅读的消费化转型等等，都对这个社会群体的塑型起决定性影响。竹枝词在记录描摹都市社会中亦夹杂着作者的主观判断与评价，而这些主观判断与评价又不仅仅是作者个人的观点，道出的往往是日益成型的市民群体和读者的心声。以《申报》为例，登载的竹枝词较之传统诗歌削减了过多的个人性，更讲求诗歌吟唱的个人性与社会性、普遍性的结合；在创作——登载——创作（唱和）——登载的循环过程中，《申报》刊出的竹枝词日益具有"时事化"特征。这种时事化特征不仅意味着书写对象，是当下最为时新最为潮流的新事物、新景观、新人物，同样也意味着作者对他的所见所闻亦发表了新的所感。一方面作者展览式地呈现海上风貌，另一方面他会进行指摘批驳。作者的指摘批驳又不是完全否定，在认可新事新物新人基础上，对"歪风邪气"予以嘲讽，嘲讽也并非一棒打死，而是带有宽容的指摘。租界中的自来水、煤气、电话、电灯、电车的出现都经历过开办时舆论不无阻力，甚至酿成集体性抵抗，而最终为人们接受，并成为日常生活不可或缺的组成部分的过程。在都市生活面貌日新月异的趋势下，过去人们不理解的新事物也许是现在司空见惯的生活常识。"乃以今人之眼光，读昔贤之记载，每有今时妇孺经见之事物，而昔人目为奇异者；今时妇孺共信之事理，而昔贤创为疑词者"；"此非今人识见之高于古人也，客方面促进主方面之程度也"[1]。这种看似矛盾的方式，也证明了都市化是一个渐进的过程，市民作为一个群体尚在演化，士大夫文化与市民文化的博弈、取

---

[1] 姚公鹤：《上海闲话》，上海古籍出版社，24页。

舍、融合仍在进行，而这个过程的目标是要找到真正贴合都市上海与市民的文化形式与文学表达。在报刊媒体的平台上频频亮相，使得竹枝词"书写都市"不再局限于个人吟唱，一定程度上发展成为市民群体心声的"传声筒"，承担了文学的社会功能。在文化普及、教育普及尚未达成规模之前，推动文化向世俗化与日常化方向迈进的往往仍然是一些旧式文人。竹枝词的创作者是一群旧式文人，采用的是竹枝词的传统形式，所见所闻所记的却是新式的都市生活与人际交往；然而，正是因为写作内容的"新"，迫使作为传统形式的竹枝词也要随之发生新变：书写日常生活转而变成书写都市人生，个人吟唱转而变成传递市民心声，文人唱和转而变成关注时事关注社会。可以说，在城市市民群体崛起和成型的进程中，竹枝词的社会功能得到了充分的发挥——既书写都市，又开启了市民群体有关现代生活的意见传递和文学表达。

（2）竹枝词的都市品格

竹枝词在近代上海的发展中日益具备都市品格，不仅表现在承担都市书写的社会功能上，更主要的是由于作者与读者群体出现的大众化趋向，使得诗歌这一长久以来一直以高雅的文人士大夫为创作和传播主体的中国正统文学，实现了平民化、大众化的转型，从读者到作者，出现了群体扩大，创作繁盛，传播频繁的局面。因此，从本质上说竹枝词的都市品格就是大众文学的品格。它的交流、传播与影响，是一种都市的体验。

近代上海出现了一系列面向普通市民读者的通俗性报刊，它们将崭新的生活样式和生活体验，通过文学表达予以定型，继而传播，逐渐形成市民大众所认可的文化与观念形式，并且推动了上海近代文学与文化的平民化和大众化。城市的文学市场在市民的广泛参与下得以扩大，文学在发挥政治功能、社会教育功能的同时，也逐渐向消闲、娱乐领域开拓。市民阶层的日趋庞大，读者队伍的扩

第七章　竹枝词在城市近代化进程的转型

容,使得阅读报刊日益成为市民日常生活的组成部分。当时的海归人士曾竭力提倡读报:"公鹤八九岁时,族伯彦嘉先生自英伦回,间赴家塾晤先君子,力劝子弟辈于诵读之暇,不可不购阅新闻纸以通知时事,盖得风气之先者也。"①报纸被看作知识普及的工具,传播新闻、报道新知,也正是在这样的认同中,消费性阅读才有可能诞生。《申报》上曾出现这样的竹枝词作品:

> 聊斋志异简斋诗,信口吟哦午倦时。底本近来多一种,汇抄申报竹枝词。②

> 客窗寂寂静难禁,一纸新文说字林。今日忽传有申报,江南遐迩共知音。

> 我来沪上作栖枝,花映东邻月映西。看到竹枝聊写意,和成俚句隔云泥。③

外国新闻文志

> 外域奇文世上稀,排行铅字快如飞。不分遐迩都分晓,洋货行情也要依。④

> 不经摩勒不雕锼,古画奇书遍网求。点石即能成善本,教人真赝辨无由。点石斋刷印书画精妙绝伦。⑤

竹枝词在书写都市生活与市民的过程中,经由报刊杂志等大众媒介,不断扩大自身影响,在读者中获得了很好的口碑。更为重要的是,竹枝词的内容对市民确认新的生活方式与生活体验,起到了定型的作用,并且产生了概括——定型——影响的完整传播过程;

---

① 姚公鹤:《上海闲话》,上海古籍出版社,29页。
② 南仓热眼人:《沪城竹枝词》,《申报》,1872年8月29日。
③ 嘉门晚红山人:《续沪江竹枝词》,同上,1872年9月28日。
④ 云间逸士:《洋场竹枝词》,同上,1874年4月27日。
⑤ 浙西惜红生:《沪上竹枝词并叙》,同上,1885年1月28日。

同时，一系列的文学创作与文学交流又使得这种传播都市体验的过程得以循环，从某种意义上说，具有塑造人们对新社会形态认知和新市民身份认同的功能。竹枝词在《申报》上发表，往往不是连载形式，而是以整体的面目出现，作者始终能从整体上把握它们，彼此之间不是毫不相干的篇章，由此组成对上海近代化、商业化面貌的总体判断。在现代长篇小说诞生之前，小说创作中无论是文言章回小说还是白话小说，都无力做到对近代都市社会的"全方位"描绘。竹枝词创作中涵盖了市民在近代都市消费社会形成中产生的一系列反应，既有欣然接受的，又有颇为抱怨的；这些文本固然无法达到对近代都市社会描绘的深度，但就广度而言，确实称得上"全方位"。这恰恰说明竹枝词作为一种转型时期的文学形式，深深地参与到都市文化建构的进程中，是市民表达都市反应与体验以及确认自身市民身份的重要文学形式，对市民的生活形态、日常观念、都市文化样态的定型与确立起到积极的推动作用。

（3）文化消费功能的开拓

随着竹枝词创作中写作要素与文学功能的变化，近代以来《申报》等报刊杂志登载的竹枝词与传统竹枝词在传播中的差异日益显现出来，这种现代传播方式促进了竹枝词在发展过程中已经被开拓的功能。

传统竹枝词写作基于同人传播、趣味交流的目的，承担的是文化消遣的功能，主要体现为士大夫文人日常酬唱的同人社交与传播。文人化的竹枝词创作往往作为个人陶冶情操，交友结社的手段而存在，因此传播与影响面都相对固定且狭窄。《申报》集中登载竹枝词这种形式的出现，使得竹枝词创作与流布迈入现代出版与传播的立体网络中，阅读与传播竹枝词不仅是文人圈子里的事，亦成为市民日常生活中文化消费的一个组成部分。当然，在达致市民广泛阅读与传播的效果之前，文人们对竹枝词的有意助推功不可没。

第七章 竹枝词在城市近代化进程的转型

　　1872年5月18日《申报》登载了"海上逐臭夫"的《沪北竹枝词》，同时还登载了"忏情生"的《续沪北竹枝词》①。而"海上逐臭夫"与"忏情生"均为《申报》编辑袁祖志的笔名，袁祖志是清代诗人袁枚的孙子，久居沪上，他利用编辑报刊的便利，将对沪上华夷之变、时移物换、炫奇瞵目的感叹以竹枝词的形式表达出来。此后，袁祖志还以不同的笔名，多次在《申报》上发表竹枝词：《沪城竹枝词》（"南仓热眼人戏笔"）、《沪上西人竹枝词》（未署名）、《续沪上西人竹枝词》（未署名）、《六馆闲情》（"南仓热眼人自喝稿"）、《沪上新正词》（"仓山旧主"）②等。而与袁祖志合编《沪游杂记》的葛元煦亦大力提倡竹枝词创作，在《申报》上以"龙湫旧隐"的笔名发表大量作品：《前洋泾竹枝词》、《后洋泾竹枝词》（1872年6月13日），《沪南竹枝词》（1872年7月8日），《咏弹词女诗》（1872年7月17日），《续沪南竹枝词》（1872年8月23日），《申江元夜踏灯词》（1873年2月13日），《沪南竹枝词》（1874年7月14日）等。一时间，掀起了文人创作与唱和的高潮。随后，读者也加入创作行列，更唱迭和，连篇累牍，在《申报》上竹枝词的影响持续发酵近二十年。仅题名中有"沪北"二字的竹枝词，就有"慈湖小隐"的《续沪北竹枝词》③，"花川梅多情生"的《沪北竹枝词》④，蔡宠九的《和沪北竹枝词》⑤，"苕溪墨庄主人未定草"的《沪北竹枝词》⑥，"苕溪红蕉馆主人子美陈鼎"的《沪北杂咏》⑦等；而从体裁内容角度堪称唱和的更是不计其数。这些作

---

① 《申报》，1872年5月18日。
② 同上，1872年5月29日，1872年5月30日，1872年8月29日，1872年9月25日，1876年2月14日。
③ 同上，1872年8月12日。
④ 同上，1872年9月9日。
⑤ 同上，1875年1月4日。
⑥ 同上，1877年2月14日。
⑦ 同上，1883年1月1日。

品从数量上来说，几乎占《申报》所登载的文学作品的半壁江山。此后，随着报章体、新小说等文学样式的确立，竹枝词的登载盛况略有削减，但在《申报》上均有相应的版面予以刊载。直到1890年3月21日，《申报》刊发《词坛雅鉴》，表示："兹以报纸限于篇幅，暂置不登，所有诗词及一切零星杂著请勿邮寄，俾省笔札之劳。区区割爱之苦衷，当亦同人所共谅也"①。至此，在竹枝词掀起传播热潮的第十八个年头，《申报》才停止对诗词唱和及随感杂著的刊载。

1876年，袁祖志与葛元煦合编的《沪游杂记》四卷问世，卷三《沪上竹枝词》避开了《申报》及其他书中已经登载的诗词，另外辑录了未刊的《申江杂咏》数十首，同年，袁祖志又编辑了《海上竹枝词》一册，所刊300首竹枝词，全部是"汇抄申报"。1880年秋出版的《续刻上海竹枝词》200首，也是汇抄申报竹枝词。同年，沈云编成《广沪上竹枝词》木活字印刷本一册，所刊竹枝词124首亦据《申报》辑录。光绪十三年（1887年）秋天，《重修沪游杂记》正式付梓出版。书后又增加了《书申江陋习》、《时事论说新编八则》、《沪游纪略》、《沪上竹枝词》等。

不难发现，《申报》编辑与他们的文友同人，在开辟竹枝词创作、阅读与传播方面可谓煞费苦心，前有编辑文人推波，后有唱和者助澜："前读八十九号尊报中有慈湖小隐竹枝词二十首，诗意清新，雅俗共赏，仆见而慕之，遂反其意而和其原韵。信口占来，不计工拙，还喜贵馆斧政是幸"②；令《申报》竹枝词产生持久影响。及至《申报》停止刊载，亦有其他报刊援此旧例刊载诗文，如《同文沪报》就在每日新闻后面刊载"诗词杂作"，不久，又特辟"花

---

① 《申报》，1890年3月21日。
② 嘉门晚红山人：《续沪江竹枝词二十首》，同上，1872年9月28日。

团锦簇楼诗集"专栏刊载诗词小品①。此后，竹枝词创作者们还不断开拓新的传播途径。1906年，余姚颐安主人，仿竹枝词体摹写海上各行各业，作《沪江商业市景词》一书四卷，计866首，石印刊行问世。1909年，朱文炳因见"海上繁华，更日新月异而岁不同，袁作阅时已久，按之于今情，事有不合者"，于是作《海上竹枝词》，活字铅印出版。1912年朱文炳又有《海上光复竹枝词》出版。1925年刘豁公的《上海竹枝词》，1936年余槐青的《上海竹枝辞》、叶仲钧的《上海鳞爪竹枝词》相继出版。从袁祖志、葛元煦到叶仲钧，这些竹枝词吟咏的范围日益广泛，所涉的内容庞杂多样，而均言之有物，翔实可信。

　　传播方式与传播效应的变化，也为竹枝词的创作与传播加入新的东西，报纸的传播使得竹枝词创作与唱和成为一个事件，唱和行为在传播过程中可以长时期发生并发挥影响。没有《申报》，竹枝词无法进入更广大的市民群体，也无法进入消费文化的领域。进入城市的消费文化领域，一方面使得竹枝词更多更广地得到接受与传播，另一方面也使得竹枝词创作开拓出更大的吟咏现代日常生活和现代普通人际关系的空间。《申报》提倡竹枝词的手法，可以被理解为一次文化营销策略的实施，力求产生争相阅读与模仿创作效应，不仅内容题材在传播，创作行为本身在传播，文人争相唱和的状态也在传播，加之竹枝词明白如话、平易近人的特点，使普通市民读者在阅读后也有可能加入创作队伍，读者与作者身份相互转化，从而形成一时风尚。《申报》免费登载竹枝词在一定程度上调动了读者的购买热情，产生了追捧效应，报纸并没有为此产生亏损，相反开拓了消费市场。竹枝词在近代上海的成功传播还有更为重要的含义，它预示着在城市空间中文学不再由士大夫精英所垄

---

① 陈伯海、袁进主编：《上海近代文学史》，上海人民出版社，119页。

断,它本身具备一定的经济价值,通过报刊等新兴媒体的传播,进行市场交换,因此它和城市中的其他商品一起成为大众消费品。与此同时,文化消费者队伍也日益扩大,"向之书馆学生、店铺小伙,一遇闲暇则相率以嬉,自有华文日报以来,得暇即看日报,其初亦格格不相入,渐而久焉,亦多有融会贯通者,令之握管作一札,居然通矣。"[1]书馆学生、店铺小伙,在原有的文化结构中是被阻隔在精英文化之外的,而近代以报纸大量发行为特征的文化消费市场的开拓,把包括他们在内的市民大众都纳入文化消费结构中,既满足了他们的文化需求,又使文化消费市场不断被扩容。

---

[1] 《中国宜开洋文报馆说》,《申报》,1884年9月12日。

第八章
竹枝词与生活文化

近年来,许多关注中国城市近代化以及竹枝词研究的人们,都会关注上海竹枝词的创作意义:"上海是近世中国较早接受西方文化影响的窗口,是在中国近代化进程中具有先行性的典型性的新兴都市。考察上海近世以来的社会巨变,可以将清人上海竹枝词作为一种文化标本。这些诗作,大多以平直的风格记录了上海当时的民俗文化和社会风景,不仅在某种意义上具有直接的史料价值,也在一定程度上反映了作者面对近代化潮流的复杂心态。"[1]研究者们认为,这些竹枝词的作品主要集中在以下几个方面:对西方外来新事物的赞叹;对上海近代工业产业发展的描绘;对经济的繁盛、商业发展的描绘;更重要的是,西方科学文化的输入,在当时上海人的生活中形成了深刻的影响,沪上西方人的生活方式对当地社会的影响,甚至导致生成了新的阶层。甚至可以说,近代先进科学技术的传入以及由此导致的各种价值观念的变化;生活方式的变化,对社

---

[1] 王子今:《清人上海竹枝词透露的近代化信息》,《上海社会科学院学术季刊》,2000年第一期。

会文化发生超出物质生活层面的更深刻更积极的影响。与一定历史时期生产方式相适应的生活方式，都有"这些个人的一定的活动方式、表现他们生活的一定形式，他们的一定的生活方式"①。而这些生活方式产生的同时，也产生了生活层面上的城市大众的文化。

如果我们把上海竹枝词作为一个案例或样本来看待的话，可以充分展现出转型前后的变化以及转型以后的竹枝词中所关注的上海近代化以后的生活层面的文化积淀。

第一节　开埠前竹枝词里的上海"风土"

上海从元代开始拥有行政单位县的建制，仍然属于江浙一脉相承的吴文化地区。明代以后逐渐在植棉、棉纺织手工业、航运领域有较大的发展，与农业一起成为地区生产结构的重要组成。明清之际，上海农家的主要生产方式是耕织结合，以织助耕，农业生产中"禾居十之三，棉居十之七"，耕作皆以植棉为主。同时，商业贸易与水运航运也日益繁荣起来。一方面，农家出售棉花和棉纺织品换取粮食与货币的需求，推动了商品交换和货物转运的发展，另一方面，上海优越的地理位置，交通航运的便利，又保证了商业流通的顺畅进行。清代，上海成为商品经济繁荣、航运水运发达的大商港②。但是，开埠前的上海还不能被看作进入了近代化城市发展的轨道。因为，从各方面考察，上海人的生活与上海地区的经济运转仍然偏重于传统方式。首先，农家从事棉纺织劳动与交换的目的主要是养家糊口，并非纯粹赢利，缴纳国课之余，尚能维持生活。其次，在耕织结合的家庭经济体中，棉纺织劳动大部分是在家庭内部完成其所有的生产工序，一般不需要家庭以外的成员参与。由此，

---

① 马克思、恩格斯：《马克思恩格斯全集》（第三卷），人民出版社，24页。
② 参见张仲礼：《近代上海城市研究 1840—1949》，上海文艺出版社，34—39页。

整个社会的经济结构没有发生根本的变化,棉纺织业并未从传统农业中脱离出来,成为一个独立的产业,而是传统农业的一个重要补充。当然,也有学者指出棉纺织品"在长期的发展,大量的外销情况下,松江的棉纺织业出现了生产商品化、专业化,和农工业分离与纺织业分离的现象"①,但这并不是上海地区当时的普遍情况。同样,商业流通与港口贸易亦未造成大的资本原始积累,它们仍处于以农业为主的地区经济的依附地位。

1684年康熙帝废止禁海令,第二年,清政府设立了粤、闽、江、浙四个海关。在上海的江海关实行南、北洋贸易分隔管理的原则:南洋海船收泊上海大关,北洋沙船收泊刘河口。研究表明截至1735年,上海已经成为主要的出口港,甚至是整个长江下游地区生产和海外贸易的基地。尽管1757年乾隆帝颁布的"独口通商"政策使得粤海关取得对西方贸易的垄断权,一定程度上影响上海的发展。不过,上海对日本及南洋地区的贸易依然十分繁荣②。乾隆中叶以后,北洋贸易由于东北豆货输出开禁而获得大规模发展,承接北洋贸易的刘河淤塞导致北洋贸易向上海集聚,使得上海成为南、北洋贸易的交汇点③。据嘉庆《上海县志》记载:"闽、粤、浙、齐、辽海间及海国舶虑浏河淤滞,辄由吴淞口入,舣城东隅,舳舻尾衔,帆樯如栉,似都会焉。"④嘉庆以后,沟通南北的大运河,年久失修,淤滞严重。道光四年,清江浦高家堰大堤溃决,冲毁运道,运河水势微弱,漕船难以运行。道光五年二月,清政府颁布法令,批准江浙漕粮改行海运。此后,虽然漕粮海运遭到种种反对与限制,但海运取代运河航运周转内地货物成为大势所趋。在此

---

① 严中平:《中国棉纺织史稿1289—1937从棉纺织工业史看中国资本主义的发生与发展过程》,科学出版社,37页。
② [美]林达·约翰逊:《帝国晚期的江南城市》,上海人民出版社,204—207页。
③ 许檀:《乾隆—道光年间的北洋贸易与上海的崛起》,《学术月刊》,2011年第11期。
④ (清)王大同:《嘉庆上海县志·风俗》,42页。

过程中，上海作为南北洋贸易和长江与沿海贸易的中转枢纽的地位日益显现，可以说，上海在开埠前就发展成为名副其实的东部沿海最大的港口城市。

开埠前的近代上海竹枝词创作，是在这种社会环境与人文环境中进行的，从乾隆年间开始创作出现繁盛的局面，无论在作品数量、创作者人数、歌咏对象范围等方面都大大超过以顾彧为代表的明代竹枝词创作。乾隆年间，黄霆《松江竹枝词》100首，李行南《申江竹枝词》50首，王鸣盛《练川杂咏》60首，钱大昕《练川杂咏和韵》59首，王鸣韶《练川杂咏和韵》60首，陆遵书《练川杂咏》60首，陈金浩《松江衢歌》100首，曹瑛《高行竹枝词》141首，陈祁《清风泾竹枝词》100首问世。稍后嘉庆、道光年间，有陈祁《清风泾竹枝词续唱》28首，沈蓉城《枫溪竹枝词》100首，张春华《沪城岁事衢歌》120首，汪子超《云间百咏》100首，叶廷琯《浦西寓舍杂咏》64首等相继刊刻，还有一些未刊稿及散词等，略计已逾千余首。这个竹枝词创作的高潮，被时人概括为"士流尔雅惯能文，近日工吟诗社分"①。同时，这些竹枝词创作多不厌其烦自加注脚补充说明当时情况，将诗歌吟咏与记录传承历史文化的功用结合起来，可以看作是作者自觉承担文化责任的行为。黄霆称其创作是"暇将风土人情，述之吟咏，被之管弦，以俟夫采风者得焉"②；李行南自题诗集跋曰"写得家乡旧风物，按歌欲倩竹枝娘"，"前贤志乘多遗漏，记此聊当风俗书"③。陈祁更是在其刻本自序中为竹枝词这个历代相对边缘化的诗歌形式正名：

  是竹枝词即吴歈、越唱之类，体制卑靡，大方家所弗取。然诗人崇尚日新，又或以此见长，抚今追昔，比事属辞，未始

---

① 李行南：《申江竹枝词》，顾炳权：《上海历代竹枝词》，32页。
② 黄霆：《松江竹枝词·自序》，同上，587页。
③ 李行南：《申江竹枝词·自题跋》，同上，588页。

不可见风俗之盛衰，人事之得失也。余则谓，《诗》三百篇，大都里巷歌谣之什，今且尊之为经矣。竹枝词歌咏时事，搜奇揽胜，发潜阐幽，采而辑之，于以补志乘之缺，又何尝无裨世教也耶？夫郡有志，邑有乘，凡夫孝友、节义、文人、达士，以至山川、里社、古迹、芳踪，靡不俱载，即其风俗所尚，嬉游、饮食、飞潜、动植之类，咸得备书焉。其中或以地僻见遗，或以世远失载，轶事遗文，为乡党所乐道者，文人学士搜罗放失，传述而咏歌之，此𬨎轩之采，所以及于下里巴人也。①

陈祁的看法，强调的是儒家诗教的传统，广泛传播后被奉为经典。竹枝词"歌咏时事，搜奇揽胜，发潜阐幽"，能对志乘记录有所补缺。而江浙及沪上清代以来的竹枝词创作，在孝友、节义、文人、达士、山川、里社、古迹、芳踪等方面均有涉猎，基本上呈现出与各地竹枝词创作的共同特点。但是，从目前结集的文献来看，上海地区的竹枝词对农事及农家生活的书写，以及对岁事风俗之类在日常生活中的记叙，则显得比较突出。这种对生活方式的关注以及普通平民阶层生活细节的关注，为日后都市化的创作埋下了伏笔。

对生活方式的关注以及普通平民阶层生活细节的关注，可以从多个侧面，具体形象地捕捉社会变化的新气象，包括上海生活层面和上海地区经济、文化、社会的演变，也包括棉纺织家庭手工业的技术创新、新出现的商品交换形式、商业繁盛贸易频繁的景象以及由此带来的社会风俗日益兴起的贸易港口城市的形成过程，创作中记录新事、新物、新人的内容及时迅速又广泛多样。这是历代诗歌创作历史上前所未有的。例如描画上海地区过新年的民俗：

小小圆团廿四糖，东厨司命去堂堂。乡傩古礼今犹见，竹

---

① 陈祁：《清风泾竹枝词·自序》，顾炳权：《上海历代竹枝词》，593 页。

条金钱跳灶王。嘉平廿四日，俗以圆团、糖饼祭灶，曰"送灶"。圆团，粉食也。人以墨涂面，持竹条挂金钱跳舞，曰"跳灶王"，疑即古傩礼。

压岁辞年总世情，中堂供影荐香粳。宵来家宴团圞坐，红烛高烧直到明。俗除夕，长者赐银钱曰"压岁"，拜长者曰"辞年"，祭祀挂先人像曰"供影"，点彻烛至明不睡曰"守岁"。

酒斟利市拜新正，响彻开门炮仗声。棐儿胆瓶清水浸，腊梅天竺数枝横。元旦拜年，饮酒曰"利市酒"。早起放爆竹，曰"开门炮仗"，听其声以占利钝。①

伥锽粔妆满盘盛，正月人家未出耕。灯火夜阑喧小婢，针姑细语不分明。正月灯时，迎针姑。

密饵糍团和粉蹄，九斤烂煮大场鸡。宵来送岁还迎岁，齐换宜春帖子题。三黄鸡，出大场，重至九斤。元旦题"宜春"二字于门。②

上海开埠前1839年，张春华作的《沪城岁事衢歌》，以岁时先后顺序吟咏节庆场面与民俗民风：

万国衣冠拜冕旒，尧天春色丽江洲。桃符户户开新序，第一良辰入唱酬。

满城裙屐此匆匆，宾主循环一例同。卓午出门归路晚，绕阶名纸拾梅红。岁初，想往还为贺节，往往于门隙投一刺而去。

春盘八簋启家厨，压岁钱还重五铢。有客颜酡逢巷口，夕阳红处送归途。咸里及所亲来必饭，大率不过八簋。年前选青钱轮廓肉好者，贯以红绳，与幼辈十二三以内者，名"压岁钱"。

三日新年息曳裾，觅闲窗下觉颜舒。忽闻吉语听来切，元

---

① 陈祁：《清风泾竹枝词》，顾炳权：《上海历代竹枝词》，上海书店出版社，93页。
② 钱大昕：《练川杂咏和韵》，同上，48—49页。

宝一双金鲤鱼。俗于初五子分，备宝马牲醴极丰盛，为接财神。必用鲜鲤极活泼者为元宝鱼。先一日，担鱼呼街巷，有以红丝扣髻踵门而来者，谓"送元宝"。

艳说年丰五谷登，龙蟠九节彩云蒸。瞥如声涌惊涛沸，火树千条抢滚灯。元宵节，吾邑无可观者。游手环竹箔作笼状，蒙以绤，绘龙鳞于上，有首有尾，下承以柄，旋舞街巷。前导为灯牌，必书"五谷丰登"、"官清民乐"。又有编篾作一大珠，中笼以烛，为滚灯。尤有恶习，滚灯遇龙灯必械斗，谓"龙抢珠"。

月明元夜烟天中，铁锁星桥启碧空。峰顶陡看金线撒，笑声喧处逐花筒。元夜，挈烟火名花筒者，于西园岩石高处点放，无定所。观者随其烬发处，笑逐为乐。

江乡令节重三元，春露秋霜慰九原。听澈莺啼寒食路，草坛风紧腻晴暄。清明扫墓，必以草坛，其形如瓮，圆方六角，大小不一，出郡城者较小，自南汇来者最为轻灵，而吾邑所为稍重笨，然能多贮冥镪。燕火燎原，望见烟起，知其子若孙展墓也，故邑人能仿其式而不忍改。

清明报赛到城关，毂击肩摩拥阛阓。五里羽仪人静肃，路由岁岁掣红班。邑厉坛，令宰有举祭之典，每岁于三元节遵行之。县牒城隍神主坛，俗谓"三巡会"。舆马骈集，旌旗灿然，亘四五里，俨然宪卫也。皂隶中著名者为红班，先一日，举明日所经历揭庙门为路由签，书出入某门，于神前掣之，必由红班编定。

晓陌晴妍润气含，双歧玉穗话村南。笠云先刈西畴绿，细碾新春卖麦蚕。麦熟时，取新麦磨之，粘如初蚕，匀饴食之，味甘平而清，名"麦蚕"。

绿阴深处听黄鹂，令节新蔬剪夏畦。飞雪一匙香稻熟，轻盐匀入煮摊粞。立夏日剪野菜，有所谓"草子头"者，磨米作粞，入草子头煎之，味甚香脆，名"摊粞"。

深院垂帘静昼长，家厨樱笋酒初香。持衡笑语论轻重，骨相凭君仔细量。立夏，正午悬秤，合一家老幼秤其轻重，谓免暑天啾唧。

岁岁新符换旧符，羽流托业有门徒。筠笺劲达龙蛇气，挥洒朱毫灿画图。端阳节粘符于两楹间，谓可驱邪降福。先数日，羽士朱书符诀，于素与诵经之家遍送之，谓门徒，如贸易之有主顾也。

五日开筵捧玉壶，轻衫团扇记招呼。菖蒲酒熟金尊暖，角黍蒸香透绿蒲。端阳裹角黍，饮菖蒲酒，大约与他处同。

云宇连朝润气含，黄梅十日雨毵毵。绿林烟腻枝梢重，积潦空庭三尺三。仲夏霖雨经旬，为黄梅雨。如不雨，为旱黄梅，防岁歉。大率以多雨为妙，谓"大小黄梅三尺三"。

赛神恰值月澄霄，城市灯红和管箫。岁岁周泾远绕郭，孟秋十五看青苗。七月十五日祭赛如清明节。溽暑初过，烈日犹酷，邑神之随从者，大都以夜分为良。郭外绕西而北者为周泾，神必由此入城，谓"看青苗"。

月盈良夜坐凭楼，无限明辉霁远眸。庭院开尊延赏处，二分秋色到中秋。

百果轻匀煮雪粳，自来腊八粥传名。茅檐寒夜添风味，汤饼如何入菜羹。

奏事天衢拜绿章，今宵虔礼扫华堂。碧轩燎举升云汉，良善门庭迓吉祥。

家家抟粉制年糕，仿款苏台岁逐高。人肆恍如秋八月，桂花香细染寒袍。

祀享家厨肃豆笾，合家欢酌启芳筵。已过廿八春光近，画鼓金钲只待年。

第八章　竹枝词与生活文化

元旦虚街灯映遥，衔枚舆马肃同僚。春恩溥被千门福，破晓鸡鸣想早朝。①

诗中"家家抟粉制年糕，仿款苏台岁逐高"一句，道出了沪上年俗与吴地传统的相传性。记录一地风土人情是竹枝词在诞生以来就有的特点，近代以来的创作中，这方面的内容占有不小篇幅，但李行南《申江竹枝词》、张春华《沪城岁月衢歌》发展为有意识地将沪上节庆礼俗按春夏秋冬时令排列吟咏，或者按岁时先后依次介绍，对民风习俗的捕捉，既有代代相传的因袭内容，亦有社会发展、观念变换后的新物新景。更有特色的是，这些竹枝词后往往附有详细的介绍说明，增强了地方志书的色彩。

除了对节庆岁时风俗的描画以外，近代以来的竹枝词中有许多对普通百姓的日常生活的细节记录：

渔船晒网泊菰芦，入市鱼腥何日无。一部河豚典一绔，秋风低价四鳃鲈。②

卫城城外尽沙滩，彭蚏沙钩次第餐。入夏黄鱼滋味好，千帆海舶拥冰寒。

鲥鱼颜色烂如银，海味群推赛八珍。才得千钱易一尾，满盘狼藉是何人？③

冰鲜入网海帆收，浦口排樯泊海鳅。市担过时新买得，劚鳞人满石桥头。

金风飒飒响回塘，渡口呼船正夕阳。知否侬家烟水外，蓼

---

① 张春华:《沪城岁事衢歌》，顾炳权:《上海历代竹枝词》，上海书店出版社，111—127页。
② 陈金浩:《松江衢歌》，同上，10页。
③ 黄霆:《松江竹枝词》，同上，22、23页。

花红处近渔庄。①

　　潮声半夜满寒塘,衔尾中流到海航。载得黄鱼白鲞至,阁鲜一路卖沿乡。

　　巨螯团脐认雌雄,手缚寒蒲教短童。颇羡杨泾老渔者,一年活计苇萧中。②

　　两岸渔灯火夜然,一蓑撇白荡轻船。荻花疑雪声疑雨,漫水风多溯练川。

　　海上归来稳卸帆,缆船晒网日西街。明朝拟上西门市,休向州桥卖蛤蚬。③

　　鳝黄鳗白蛤蜊鲜,生计惟知问网船。四月子虾方满簏,三春小蚬不论钱。

　　舶棹风来五月天,登盘海错尽新鲜。鲳鳊入市黄鱼贱,栅口初亭乍浦船。④

　　商人归载自江淮,食品兼多水味佳。日日鱼虾登网带,朝朝盐米负仓街。

　　春蚬河头论斗量,小船声喊晏来忙。侬家滋味曾暗得,紫壳分明记马庄。⑤

　　上海濒临海边,河网密布,不少邑民以捕捞海鱼河鲜、沿乡叫卖为生,上述竹枝词即反映了这种情况,同时也传递出生活中饮食文化的情趣。

---

① 李行南:《申江竹枝词》,顾炳权:《上海历代竹枝词》,上海书店出版社,29、30页。
② 钱大昕:《练川杂咏和韵》,同上,48—49页。
③ 陆遵书:《练川杂咏》,同上,59页。
④ 陈祁:《清风泾竹枝词》,同上,91页。
⑤ 沈蓉城:《枫溪竹枝词》,同上,104、109页。

第八章　竹枝词与生活文化

南宋中期以来，江南一带开始植棉，植棉业不断发展，至清代上海地区"以百里所产常供数省之用"①。由于棉较之丝、麻、葛等传统纺织品更为保暖轻软，而且制作方式更节省劳力，至明清时期，棉逐渐排挤了丝、麻、葛等传统纺织品，成为百姓穿衣盖被所需的基本材料。明代上海诗人顾彧竹枝词"平川多种木棉花，织布人家罢缉麻。昨日官租科正急，街头多卖木棉纱"，道出的不仅是植棉织布对缉麻在生产上的取代，而且也说明了植棉织布对维持百姓日常生活收支平衡的重要性。明末徐光启在《农政全书》"木棉"中也指出江南一带是著名的棉区和棉花市场。清初时有记载：

> 棉花布，吾邑所产，已有三等，而松城之飞花、尤墩、眉织不兴焉。上阔尖细者，曰标布，出于三林塘者为最精，周浦次之，邑城为下，俱走秦、晋、京边诸路。……其较标布稍狭而长者，曰中机，走湖广、江西、两广诸路，价与标布等。前朝标布盛行，富商巨贾，操重资而来市者，白银动以数万计，多或数十万两，少亦以万计，以故牙行奉布商如王侯，而争布商如对垒，牙行非藉势要之家不能立也。中机客少，资本亦微，而所出之布亦无几。至本朝而标客巨商罕至，近来多者所挟不过万金，少者或二、三千金，利亦微矣。而中机之行转盛，而昔日之作标客者，今俱改为中机，故松人谓之新改布。更有最狭短者，曰小布，阔不过尺余，长不过十六尺，单行于江西之饶州等处。②

随着江南大面积植棉，棉纺织手工业也兴盛起来，技术上继承了丝麻纺织的传统，又经过黄道婆的技术革新和推广，上海地区的棉纺织品呈现出品种多样、工艺精湛的特点，并且日益成为百姓生

---

① 褚华：《木棉谱》，上海通讯社编，《上海掌故丛书第一集》，铅印本，10页。
② （清）叶梦珠：《阅世编》，中华书局，179页。

活的重要经济来源。"吾邑地产木棉,行于浙西诸郡,纺绩成布,衣被天下,而民间赋税,公私之费,以赖以济,故种植之广,与粳稻等。"①据乾隆《华亭县志》中记载,"有一郡所同而我邑独著者,如车墩之飞花布,叶谢之箧布,卫城之稀布。"②作于嘉庆时期的《淞南乐府》中记载当地洁白细软的丁娘子布,"造法秘不示人,女嫁他族,流传始广"③;同时将棉纺织生产的地位概括为"生计木棉周"、"衣食仰田畴"④。

上海近代竹枝词创作也有很多描述,而与各类地方志的记载相比较,诗歌写作对棉纺织种植与手工业的关注,则更为细腻地表现了各环节劳作的情境,笔触深入到日常生产与生活的多个层面,更有现场感,并对由此带来的社会风气转型与发展有所涉及。

雨涨苏沟四月天,吴娘结队过花田。漫矜西浙蚕桑利,女伴提筐种木棉。

不树稠桑爱种麻,兼丝细布薄如纱。露香园里高声价,花样新翻日月华。

乌泥番布最知名,凤舞龙盘巧样生。何用白金成一匹,熙朝布缕尽无征。

横塘纵浦水潆回,吉贝花铃两岸开。朵朵提囊看似茧,便携花篾捉花来。

木棉花黄蝴蝶飞,木棉花白豆叶稀。木棉收尽轧车闹,纺

---

① (清)叶梦珠:《阅世编》,中华书局,178页。
② (清)冯鼎高、王显曾:《华亭县志》,台北成文出版社,122页。
③ 张春华、秦光荣、杨光辅:《沪城岁事衢歌 上海县竹枝词 淞南乐府》,上海古籍出版社,169页。
④ 同上,174页。
⑤ 黄霆:《松江竹枝词》,顾炳权:《上海历代竹枝词》,上海书店出版社,21、19、20页。

得黄纱制妾衣。①

木棉花开秋正晴,木棉花落绕田行。上塍早种囊囊好,下圩晚收朵朵轻。

低畦近水插青秧,高种棉花入土冈。课雨占晴无别验,黄梅只看夜星光。

秋风一雁看横飞,黄叶林中树树稀。收得紫花还织布,弹成新絮制棉衣。②

邻比人家纺织勤,木棉花熟白于云。相期买得尤家锭,纺出丝丝胜绮文。③

黄梅雨后几萧萧,赤泥欲裂萁欲焦。麦饭熟来日未午,遥唤脱花人过桥。④

青蚨一百三斤花,织布娘声不住哗。河对大门勤夜作,寒衣立等授全家。⑤

半塍黄豆半青秧,花药围村竹绕冈。河射角时勤夜作,商量莫负好秋光。⑥

火轮那管炙肌肤,辛苦田间汗血锄。完却官租囊欲罄,叩门月米又追呼。

茅檐犹有古淳风,纺织家家课女工。博得机头成匹布,朝

---

① 钱大昕:《练川杂咏和韵》,顾炳权:《上海历代竹枝词》,上海书店出版社,44、49页。
② 陆遵书:《练川杂咏》,同上,60、62、63页。
③ 程超:《朱溪竹枝词》,同上,445页。
④ 李林松:《申江竹枝词》,同上,457页。
⑤ 陈祁:《清风泾竹枝词》,同上,93页。
⑥ 钱大昕:《练川杂咏和韵》,同上,48页。

来不怕饭箩空。①

　　沙土平原利木棉，专于杼轴出银钱。地同嘉宝征粮异，亟望仁人达帝前。②

　　妾绣双头贴水荷，把看顾绣笑如何。卖来只得供郎醉，愁听湖桥说百婆。③

这些竹枝词落笔多处，如结伴田间耕作木棉，收获木棉织布制衣，顾绣"日华""月华"等花样翻新，每匹价值白银百两的乌泥番布，邑民对木棉昵称为"花"，家家纺织维持生计的风俗等等均有涉猎，对植棉、轧花、弹花、纺纱、织布以至棉纺织生产工具均有描摹，还有上海顾绣用大量男工等等，都是非常细致的记载和描述。钱大昕竹枝词中记载"枫染秋林叶叶丹，斜纹衫薄惹轻寒"④，这里说的斜纹布是当时的一种奢侈性商品，耗费劳力多因而价格昂贵，在实际生产中并没有大量织造，却反映了上海织工的精巧手艺和上海当时在棉纺织技术方面的领先地位。有关日常劳作与棉纺织生产的竹枝词散见乾、嘉年间的竹枝词的作品中，道光年间上海开埠前，张春华作《沪城岁月衢歌》共计一百二十首，其中关于植棉与棉纺织情况的就有二十五首之多，而以下两首着重描绘上海在棉纺织方面的精细手艺与领先技术：

　　晓市评量信手拈，廿三尺外问谁添。关山路杳风声远，多少龙华七宝尖。

在自注中作者解释"布有小布、稀布，小布以十九尺为率，稀布亦不过廿三尺。布之精者为尖，有'龙华尖'、'七宝尖'名目"，

---

① 祝悦霖：《川沙竹枝词》，顾炳权：《上海历代竹枝词》，上海书店出版社，473 页。
② 曹瑛：《高行竹枝词》，同上，69 页。
③ 陈金浩：《松江衢歌》，同上，14 页。
④ 钱大昕：《练川杂咏和韵》，同上，44 页。

行销较远的标布，往往有"关、陕及山左诸省设局于邑广收之，为'坐庄'"①。可以看到，上海棉布品种多样，精品迭出，行销各省。作品中的注释记载了棉布纺织机械和技术操作过程，极尽湘西之能事：

> 一轮飞卷踏雏娃，不数山家课绩麻。莫訾江乡夸独擅，问君何处觅三纱。搓条之后，如麻之待绩矣。其器曰纺车，以屈木之连属者锯之，下如二股，上如柱统，计约高二尺。竖二股于横木上，木长不及二尺，木两端之向内者，又横卧二股，长有二尺馀，股之尽处，以木之厚而较方者合属之。其柱之端空之，举所谓纺车头者横贯其内，其形如半月，内外各一，相悬寸许，脊有三齿，安小管于上，以所谓锭子横缀管中。柱之下二股交合处，横圆木长半尺外，木上着轮，另有一木长四尺余，锐其一端，穿轮而受之，其一端于合属卧股之处，作齿承之。以两足旋运，先于锭上绕纱数尺，粘于条子，随轮飞动，紬绎而出，名纺纱。纺纱他处皆有，然以巨轮手运，只出一纱，足车出三纱惟吾乡倡有之。②

诗中描述的"三纱"，是指当时上海先进的"一车三纱"技术：以改良的手摇纺车，将手摇转轮改作由足踏操作，由此解放了双手，使得同时纺织的纱锭数量有所增加，这大概是机械纺织出现之前，人力纺织所能达到的手工技术之顶点，当然可以"夸独擅"了。

以植棉与棉纺织手工业为内容的竹枝词创作，反映了近代上海传统小农经济结构中农民主要生产方式的变化，即逐渐从耕织结合、自给自足，向以种植木棉、出卖棉纱、棉布等手工产品为主转变。伴随着棉纺织产品在维持生计方面愈来愈大的比重，商品交换变得频繁起来，而不谙此道的农民，在棉纺织品贸易中则成为深受商人盘剥的生产者。另一方面商品经济发展与贸易转运繁荣，令上

---

① 张春华：《沪城岁事衢歌》，顾炳权：《上海历代竹枝词》，上海书店出版社，122—123页。

② 同上，122页。

海社会出现了众多集市和交易场所,那里聚集了大量本地与外来的商品,呈现出购销两旺的态势。同时,贸易的快速发展催生出拥有巨额财富的富商大贾,他们过着奢华的生活,作为新型商业资本的代表,体现了上海更趋于商业社会的不同于传统农业社会的种种特征,也在一定程度上冲击了本地代代相传之日用有度、崇尚节俭的风气,这在竹枝词中也有不少描述:

> 市口行歌天未明,担夫齐上采花泾。半筐春韭头微白,一角秋瓜皮尽青。①

> 贸易隆昌百货全,包家桥口集人烟。男携白布来中市,女执黄花向务前。②

> 德里桥外野航斜,白布携来换紫花。残月尚明灯火乱,鸡声遥杂市声哗。

> 繁华人说小苏州,商贾云屯百货稠。最是三春烟景好,桃花柳绿市梢头。里中商贾辐辏,人有"小苏州"之目。俗谓市尽曰"市梢头"。③

> 果实罗陈列市街,相传六十日生涯。山蔬也恐憎人听,嫩笋从来号绣鞋。市果实者为南货店,其开于仲冬者为"六十日南货店",及除夕而止。④

集市贸易与熙熙攘攘的街市,仍可视为传统社会中人们日常商品交换需求的满足。但除此之外,乾隆年间以来的竹枝词歌咏商业交换与港口贸易的范围则有很大程度的拓展。然而在范廷杰撰《乾隆上海县志》里,对此记载得十分简略,只用了一句话"自海关设

---

① 陈金浩:《松江衢歌》,顾炳权:《上海历代竹枝词》,上海书店出版社,11页。
② 沈蓉城:《枫溪竹枝词》,同上,101页。
③ 陈祁:《清风泾竹枝词》,同上,93—95页。
④ 张春华:《沪城岁事衢歌》,同上,125页。

第八章 竹枝词与生活文化

立,凡远近贸迁,皆由吴淞江进泊黄浦,城东门外,舳舻相接,帆樯比栉,不减仪征、汉口",而郑洛书修《嘉庆上海县志》里,也只记载"虑刘河淤,辄由吴松口入舣城东隅,舳舻尾衔,帆樯如栉,似都会焉"。两相比较,竹枝词创作则从不同视角、多个方位描述了上海作为港口贸易城市正在兴起的过程与面貌,这些具体而生动的记录,的确可以成为近代史料和地志修撰的第一手资料:

> 高阁重楼映绿槐,水晶帘子净无埃。雕笼唤起红鹦鹉,昨岁西洋带得来。①

> 客来东粤与西秦,裹葛推车到海滨。只有郎如双翠鸟,柘湖惯出比肩人。②

> 木棉花似葵花妍,结苞成囊白胜绵,论秤家家资纺织,居奇却恨海商船。

> 多金海客驾洪涛,海舶桅竿十丈高。曾见有人能致富,遂教性命等鸿毛。

> 闽商粤贾税江关,海物盈盈积似山。上得糖霜评价买,邑人也学鸟绵蛮。

> 西客囊金作布商,衣冠济楚学苏扬。只留饮食传风俗,熬釜朝朝饼饵香。③

黄霆竹枝词以"高阁重楼"之喻,道出上海港口的繁盛之势,并自加注脚说明"上海商舶云集,珍奇列市,为东南一大都会"。陈金浩竹枝词讲述了客商多来自东粤与西秦。李行南四首竹枝词写商业情况则落笔更为具体,所谓"多金海客"指的是"闽商粤贾"

---

① 黄霆:《松江竹枝词》,顾炳权:《上海历代竹枝词》,上海书店出版社,16页。
② 陈金浩:《松江衢歌》,同上,13页。
③ 李行南:《申江竹枝词》,同上,30—32页。

和"西客","闽商粤贾"来自福建、广东,"西客"即山西、陕西的商人,他们纷至沓来交易的货物是糖霜、棉花和棉布登。由于这些海客的贩运倒卖,使得棉花、棉布的价格昂贵,但高额利润并不能惠及本地普通小生产者。本地人想步其后尘从商的,便"邑人也学鸟绵蛮",开始学习外地方言。

嘉庆、道光年间的竹枝词创作,记录的商业情况则场面更为宏大,贸易范围更趋扩大:

> 出洋估舶候风还,载得洋花入海关。花信几番争赛社,庙巫醉舞不曾闲。①

> 春申江上水滔滔,西接吴淞泊万艘。东海一重门户在,莫矜七发赋秋涛。

> 满城箫鼓一时喧,海舶频来天后尊。白昼摊钱知浪静,醉歌归已过黄昏。②

> 树树危樯灯影妍,期年转漕海波恬。夜珠万颗千船火,星斗一天水印圆。道光甲申,河决高堰,朝议江苏漕艘由海趱运,汇集上海,用商人沙船、蛋船、三不像等船,兑载开行。丙戌正月,各郡并集,自南及北五六里,密泊无隙。元夜,万艘齐灯,寻丈桅樯,高出水面,恍如晴霄星斗,回映水心,上下一色,诚巨观也。

> 商贾频年辐辏来,浙东财赋海陬推。补苴亿万过除夕,谁向江干觅债台。黄浦故利薮,第资斧益充,则贸易益广。商贾易岁,亦不无补苴之累,然能尚气。③

> 惯驾沙船走北洋,船头四望白茫茫。得归幸庆团圞会,天后城隍遍爇香。沙船叙浦滨,由南载往花布之类曰"南货",由北载来饼

---

① 陈金浩:《松江衢歌》,顾炳权:《上海历代竹枝词》,上海书店出版社,10页。
② 李林松:《沪渎竹枝词》,同上,458页。
③ 张春华:《沪城岁事衢歌》,同上,112、127页。

豆之类曰"北货",率以番银当交会,利过倍蓰,转瞬可致富。凡沙船进出口,必向天后城隍处烧香。

> 南洋风浪险如何,一艇归来万贯罗。拼向洪涛掷微命,男儿求利可怜多。①

开埠前,来到上海的船只有北洋船、福建船、广东船。北洋船从关东、辽东、天津及山东运来大量豆饼、大豆、火腿、腌肉、油脂、醇酒、烈酒、造船用木材、小麦、栗子、水果、蔬菜等;福建船运来产自福建、海南岛或台湾的糖、靛水和干靛、甘薯、咸鱼、纸张、红茶及肥皂;广东船则运来糖、肉桂、广东土布、水果、玻璃、水晶、香水、肥皂、白铅等。同时,以福建船和广东船的名义在海关登记的船只,其中大量实际来自新加坡、马六甲、槟榔屿、爪哇、觉罗、苏门答腊、婆罗洲等地,它们运来各种欧洲货品。使得上海开埠前不仅是中国南北方货物交换的大商埠,而且也成为一个巨大的进出口贸易的中心。借助这些竹枝词的展示,我们看到的繁荣景象不再仅仅是传统社会地区性的集市贸易中的商品交换,而是国际(主要是东南亚地区)与国内、海运与漕运贸易交错进行的场面。

随着棉花与棉纺织品交易的频繁开展,一些与贸易和商业有关的新名词、新身份、新行业出现在竹枝词中:

> 千梭万缕苦成章,涨落惟凭大布庄。怎奈利心同暴客,只言松短不言长。

> 有无缓急藉通贳,典物如何便借人。并望拣钱宽一著,得行仁处好行仁。

> 糊斗填升计赚钱,贱居人后涨居先。医疮剜肉年来惯,如

---

① 秦荣光:《上海县竹枝词》,顾炳权:《上海历代竹枝词》,上海书店出版社,219 页。

玉如珠实可怜。①

担担黄花束草绳,晓来入市过田塍。少年羽翼喧相接,常见牙行早挂灯。②

河角弯环呈灿烂,晨庄买布声声唤。风水人愁白露前,米柴价贱秋分半。③

晓郭喧阗花市开,主人握算费量裁。贸迁自古通无有,看顶应教价值抬。

耐晓寒侵健踏雪,隔宵结伴趁星光。竭来指认西风里,远郭灯红早出庄。④

清代以来,在棉纺织品的市场交易中,存在着比较复杂的竞争与合作,主要有牙行、布商、布号(字号)、布庄之间的分工,随着上海棉纺织品商品化的迅速发展,这些行业形态一一出现,并且发生了若干变化。清康熙年间上海人叶梦珠《阅世编》曾写道:"前朝标布盛行,富商巨贾,操重资而来市者,白银动以数万计,多或数十万两,少亦以万计,以故牙行奉布商如王侯,而争布商如对垒,牙行非藉势要之家不能立也。"⑤牙行早在元代即已诞生,于明代有所发展。清代海禁开放后,上海周边地区的棉纺织业的发展与对外海运贸易的繁荣吸引了大量牙行集散,他们一方面互相争夺花商和布商,另一方面,想方设法控制棉农和棉纺织小生产者,实现棉花和棉纺织品收购的垄断。牙行派遣牙人向四乡收布,在农民进城必经之路上设立"晨庄",于天亮之前进行棉花原料与棉纺织

---

① 曹瑛:《高行竹枝词》,顾炳权:《上海历代竹枝词》,上海书店出版社,70页。
② 陆遵书:《练川杂咏》,同上,63页。
③ 李林松:《申江竹枝词》,同上,457页。
④ 张春华:《沪城岁事衢歌》,同上,120、122页。
⑤ (清)叶梦珠:《阅世编》,中华书局,179页。

品交易。在产地市场购买棉花、布,必须通过牙行,由牙行居间代为买卖。写作《木棉谱》的褚华即为当时资深的牙行经营者。布号向牙行专事收购白坯布匹,进行加工染色后再售与布商,是一种控制着踹坊、染坊的棉布加工行业。因此,布商向牙行购买白坯布匹,向布号购买染色布匹,布商与布号均不能向百姓直接收购棉布。随着商人资本的日益发达,出现了牙行被布号、布商自设布庄取代的趋势,甚至出现牙行与布号合流的情况①。这些精细严格的市场分工,在竹枝词创作中得到分门别类的介绍与展现,本地小生产者耕作收获原棉、"千梭万缕苦成章",还须"耐晓寒侵健踏雪,隔宵结伴趁星光"将棉花或棉布卖与牙行设立的晨庄,售卖价格完全由"主人"量裁。竹枝词中写到的"主人"即牙行的牙人,也可以理解为棉纺织品交易中的经纪人,张春华还有详细的注释:"郭稍东而西,几乎比户皆售花者,名花市。清晓,村人肩花入市,有司其价值者,两造具备,衡其轻重,别优劣以定价,而于中取百一之利,名花主人家。"可见"主人"完全操控了从农民手中收购棉产品的定价权,收购时尽量压低价格,出售给布商、布号时又居奇抬价,从中谋取暴利,正所谓"贸迁自古通无有,看顶应教价值抬"②。

　　早晨织到日沉西,两匹初完鸡乱啼。半是还租半买米,不知市上布如泥。

　　贸布初尝米价回,催租人到暴如雷。断机落得畸头布,欲补寒衣未敢裁。

　　邨墟灯火彻宵明,纺织微兼砧杵声。停得官粮思赎被,只

---

① 参见徐新吾:《鸦片战争前中国棉纺织手工业的商品生产与资本主义萌芽问题》,江苏人民出版社,72—87页。
② 张春华:《沪城岁事衢歌》,顾炳权:《上海历代竹枝词》,上海书店出版社,120页。

余十日是新正。①

  一经贸易便财东，者也之乎路路穷。何自古人轻市井，眼前若个不趋风。

  东街西市结干戈，构讼交锋岁月多。今日潘徐旗鼓静，风烟销歇水无波。②

  尤墩布细海宁稀，殿角曾鸣一只机。莫羡松绫花色好，经年织布妾无衣。③

  繁华此地近姑苏，生计何愁担石无。布织三梭都卖去，纻衫纨绔牧猪奴。三梭布，布名。俗尚华靡，愈贱愈多。④

  新谷新丝一例看，医疮剜肉强颜欢。年来岁岁收双担，无裤依然怯暮寒。⑤

植棉的大丰收与棉纺织品的频繁交易，并未给普通百姓带来富裕的生活，仅足以应付异常沉重的税赋；获得更大利润的是居中转手的商人。由此，轻农重商的风气蔓延开来，商人之间夺取利润、恶性竞争的事件也屡有发生。张春华的竹枝词则写尽了小农之苦，棉农一亩收获百斤者称满担，双倍于此为双担，双担是并不常见的大丰收。作者说，"下农种木棉三五亩，官租之外，偿债不足，辛苦经年，依旧敝衣败絮耳"，又说，"木棉未登场，已有下壅之费，益以终年食用，非贷于人，即典质衣物，一有收获，待用者已日不

---

① 萧会鱼、赵稷思：《石岗广福合志》，转引自徐新吾：《鸦片战争前中国棉纺织手工业的商品生产与资本主义萌芽问题》，江苏人民出版社，41页。
② 曹瑛：《高行竹枝词》，顾炳权：《上海历代竹枝词》，上海书店出版社，70页。
③ 陈金浩：《松江衢歌》，同上，8页。
④ 同上，13页。
⑤ 张春华：《沪城岁事衢歌》，同上，120页。

遐给，济得眼前，后来无继矣"[1]，就是说，即岁岁收双担，仍旧"无裤依然怯暮寒"，难逃敝衣败絮的艰难生活。此处出现的濒临破产的"下农"，与顾彧竹枝中"家计浑如水上冰"的农民可谓遥相呼应。

上海开埠前竹枝词不仅秉承了传统竹枝词的"纪风土"，而所纪实的范围也随着社会的变迁以及新生事物的出现，无所不及，这就打破了传统"风土"狭义的地域概念，空间的意识变得强烈起来。这种时空交替的吟咏，随着当地生产方式、经济结构、政治文化、社会风貌等变迁出现新旧更替，拓展了吟咏"风土"的界限，使作品承载的信息量大大拓展，作品所涉及的人和事变得丰富多彩。诸如商贾、经纪人、濒临破产的农民等普通社会中的人物都成为竹枝词吟咏的对象，使得诗歌的表达方式呈现出一种崭新的面貌。

第二节　竹枝词里的"新风土"

（一）竹枝词里的"新风土"

1840—1842 年英国发动的鸦片战争叩开了中国对外封闭的大门。1842 年 6 月，上海城被英军占领。8 月 29 日，英国军队逼迫清朝政府在南京签订丧权辱国的《南京条约》，其中规定英国人可带同家眷等"寄居大清沿海之广州、福州、厦门、宁波、上海等五处港口，贸易通商无碍；且大英国君主派设领事、管事等官住该五处城邑，专理商贾事宜，与各该地方官公文往来"，上海正式宣布被迫开放。1843 年 11 月 17 日上海开埠，至此上海原有的东南大都会商港的经济形态被卷入世界资本主义商品市场，裹挟进马克思所

---

[1] 张春华：《沪城岁事衢歌》，顾炳权：《上海历代竹枝词》，上海书店出版社，120 页。

说的"历史向世界历史转变"的潮流中。开埠之后的上海竹枝词创作,首先出现的是对列强战争的威胁下,被迫开放门户、通商开埠这段历史的回顾:

> 吴淞口子犬牙排,防海当年筑炮台。一自通商都撤去,随波轻送火轮来。①

> 道光夷祸中在年,进口先来英国船。观海塘游城市遍,留心测探计昭然。道光五年,有英吉利商船突进吴淞口,登岸纵观海塘,入黄浦,遍游城市,盖测量海道,并探情形也。

> 浙洋延忧及苏洋,我仗长城万里防。剧恨太宰无胆略,轻于进退误戎行。二十年六月,英兵船攻陷定海,明年四月,复陷乍浦。提督陈化成亲驻吴淞炮台守御。五月初八,英船直扑炮台,总督牛鉴骤出宝山城,英炮狙击,惊走,兵遂大溃。

> 老将登坛出御边,炮台铃柝守三年。大星一夜东南陨,五口商轮纵泊船。以上夷祸。化成老于行军,抵任甫七日,策西兵必至,即驻炮台,昼查夜巡,寒暑无间者凡三载。自化成殉难而长江不守,五口通商之约遂成。②

开埠后的十多年时间里,在上海城北荒野之地新辟的租界发展缓慢。据统计,1843年12月,在英领署登记的英人只有25人,1844年,上海外国人的固定人口为50人,1845年增加到90人,至1848年才有约一百多人。外国人起初居住在南市城外沿黄浦一带的民房里,1849年英领署迁入租界以后,在沪外国人才逐步迁居租界③。1845年11月上海道台宫慕久与英国领事巴尔富(Balfour)商订"土地章程"(Land Regulations),即《第一次土地章程》。该

---

① 邗江以湘:《沪游竹枝词》,《申报》,1874年6月11日。
② 秦荣光:《上海县竹枝词》,顾炳权:《上海历代竹枝词》,上海书店出版社,274页。
③ 参见蒯世勋:《上海公共租界史稿》,上海人民出版社,317—318页。

第八章　竹枝词与生活文化

章程规定租界范围及租地方法、界内设施等事宜，规定了上海县城与租界实行华洋分隔的治理方法。1850年开始，上海租界社会出现了重大变动与发展。1850年太平军起事于广西，旋即逐渐向北推进。1853年3月11日占领南京，上海形势变得岌岌可危。4月12日上海西人召集大会，英、法、美三国领事及海军军官均列席，决定武装自卫，组织"上海义勇队"（Shanghai Volunteer Corps，又名商团），即日起从事训练，保护租界。1860年6月太平军占领苏州，同年8月17日进攻上海。上海道台与英法驻军共同防卫，太平军败退。1862年1月11日太平军再攻上海，又被英法联军及商团等击退。8月太平军忠王亲率大军作第三次进攻，仍以失败告终。有关上海开埠初期社会状况与军事政治的联系，曾有如下的记载：

　　上海兵事凡经三次，第一次道光时英人之役，为上海开埠之造因。第二次咸丰初刘丽川之役，为华界人民聚居租界之造因。第三次咸丰末太平之役，为江、浙及长江一带人民聚居上海租界之造因。经一次兵事，则租界繁盛一次。①

竹枝词创作中也出现了对上海几次遭遇兵燹的描写：

　　咸初长发势纵横，直下江陵千里程。半壁江山都震动，丸探赤白少年行。粤贼自金田逸出，窜永安，陷武昌，由长江顺流而下，直陷江宁，势如破竹，东南震动，各处乱民纷纷。

　　上海道台吴健彰，勇招闽广两帮强。哪知防乱翻生乱，夜趁官场丁祭忙。时贼陷金陵，苏、常告警，上海道县各招闽、广帮勇自卫，遂于八月初五丁祭之期作乱。

　　咸丰癸丑桂花黄，署县袁爷死大堂。文武阖城更谁殉，犬

---

① 姚公鹤：《上海闲话》，上海古籍出版社，60页。

偏饿伏殉棺旁。红巾贼陷邑城，署县袁祖德殉难外，文武各官更无一人死节者。

龙华湾底泊师船，巨炮遥轰响震天。却被匪徒窥伎俩，井蛙崛虎势哗然。

上洋从此闭城闉，禁锢全城数万民。柴米缺时门启北，洋泾接济靠洋人。贼闭城门，不放人出，被锢者有数万男女。时开北门通洋人，以济柴米之缺。

会合中西两路兵，浦东百里奏全平。四江口战全军胜，从此兵氛远沪城。同治元年四月，西人迭请会剿浦东。五月，复奉、南、川。六月，克卫城，浦东无贼踪。①

竹枝词创作既努力于把握重大历史事件的发生，又力求具体入微地摹写普通人在历史事件中的遭遇与感受。叶庭琯的创作历程很具有代表性，他本是苏州人，太平军攻克苏州（1860）后，他为避祸逃亡上海，辗转奔波，生活安定下来后创作《浦西寓舍杂咏》六十四首，记录自身流亡经历和所见所闻上海附近地区避难人群的流徙情况：

长夏仓皇一舸浮，离乡远向浦西投。七年鸿爪重来印，幸免王尼露处愁。庚申四月二十三日，自吴门北乡徙避。

挈家往岁避兵尘，梁孟同为赁庑人。此日伤心思旧侣，牛衣独染泪痕新。癸丑夏，余家先寓法华，八月避沪城乱，迁华泾张宅，居两月乃归吴门。

风鹤仍从近地惊，五旬两度陷茸城。可怜峰泖佳山水，一任横驱草木兵。五月十三日松江陷，旋收复。六月二十六日，再陷噩。

---

① 秦荣光：《上海县竹枝词》，顾炳权：《上海历代竹枝词》，上海书店出版社，274、276、278页。

第八章　竹枝词与生活文化

寇深直逼沪城隈，不战何缘万骑回。驱净奴氛声一震，开花夷炮果如雷。七月初，贼扑上海南西二门，甚锐，兵勇皆敛手不战。初六日，夷人助兵，以落地开花炮连击之，遂被创而退。

飘然襆被浦东游，偶作平原十日留。小港观潮场坐月，何心延赏异乡秋。

百步桥西梵宇开，江流到此势潆洄。佛家自有修罗劫，法雨难消两殿灾。龙华镇濒黄浦，以龙华寺得名，寺规模甚宏，贼火焚其二殿。

烽烟满目万民愁，幕府初闻展一筹。三百夷兵新退贼，又看诸将叙从优。①

小刀会的占领县城及后来清军和小刀会部众的激战，使逃入租界的华人有增无减。1853年初，住在租界内的华人仅500人左右，到1854年，剧增到2万人以上。避难华人中较富有者向外国人租赁房屋居住，经济拮据者有的在英租界西北部搭建茅棚，有的以停泊在黄浦滩或洋泾浜岸边的小船只作为住所。由于巨额租赁利润的吸引，租界中的外国人希望富有华人进入租界居住同时排斥贫苦华人，1854年制定的《第二次土地章程》里，华洋不得杂居的规定已悄然消失，等于默认华人可以居住租界。1854年7月工部局成立，当时租界洋人固定人口仅约300人，不足以担负工部局各项开支，于是决定向华人征税，规定华人以房租价格纳巡捕捐百分之八，并由工部局独享此项税收。但随后各国领事又要求工部局禁止华人迁入租界，工部局不肯放弃富有华人的捐税，于1855年1月，强行拆毁洋泾浜一带茅棚，将居住其间的"不良"华人（穷人）赶出租界，致使严寒天气中数千华人流离失所。1860年太平军攻克

---

① 叶庭琯：《浦西寓舍杂咏》，顾炳权：《上海历代竹枝词》，上海书店出版社，144、145、150页。

苏、杭时，华人再度大规模避居上海租界，数量达 30 万左右，到 1862 年，竟达 50 万之多。历次兵乱促使上海周边地区难民涌入上海租界，而最终得以居留租界的多为有资产者。据统计，截至 1860 年，江浙逃亡地主、富商迁入租界的华人资产达六百五十万两，其中绝大部分转化为资本，参与到租界内各类商业交换中去。因此，有学者指出"华人入居租界，给予租界以最好的隆盛机会"①。

五口通商始道光，北门租地辟洋场。法英美日兼俄德，次第分疆划界忙。

世界销金第一锅，沪城斗大赛西湖。误人走入淫邪路，坑害良家女子多。

江北东洋两种车，交驰马路碾平沙。双轮坐位招单客，客坐单轮却倍加。案：租界初行独轮江北车，渐及南市，继复盛行双轮东洋车。惟东洋车止可坐单客，江北车可坐两人。

车声种种响腾雷，昼夜奔驰马路来。世界别开清旷境，况多金碧画楼台。案：东洋、江北两车，昼夜往来租界中者，皆月向工部局纳税，数不下三四千乘。

海上真多逐臭夫，淫风坑陷好妻孥。宿娼娶妓官场惯，谁责民间奸拐徒。

董渡全归天主堂，各捐不出显违章。官场有法真无法，止可通融让教帮。案：董家渡左近均系天主堂房产，颇恃教势，不肯照章纳捐。

洋场马路阔而平，南市前经仿筑成。新筑浦滩外马路，电灯巡捕一章程。②

---

① 参见蒯世勋：《上海公共租界史稿》，上海人民出版社，347、359、443 页。
② 秦荣光：《上海县竹枝词》，顾炳权：《上海历代竹枝词》，上海书店出版社，299、300、301 页。

第八章　竹枝词与生活文化

> 无端平地郁嵯峨，杰阁飞楼蜃气多。此是海东真海事，畅观惜不遇东坡。东坡诗以得见海市为快，然犹蜃气结成，须臾即散。今之夷场则真境也，设使东坡见之，不知更当作何语。
>
> 畚锸西郊集万工，红兜劫冢事相同。冬青义士今如在，欲拾寒琼计亦穷。夷场昔年筑馆，多掘人坟墓为之，骸骨狼藉不顾，近开西马路亦然。
>
> 岁残闻惊更移居，风雪争趋北郭庐。今日桃源何处问，蜃楼鲛室是乡间。冬杪，浦东全陷，城乡居民及侨寓者大半迁避夷场，赁值虽昂不顾，因当道与英、法二国有会防之议，恃以无恐也。①

诗中所描绘的租界城市扩建中的细节，以及华人居民避入租界的状况，几乎就是当时上海的真实写照。华人纷纷涌入租界，既给工部局带来大量税收，使其得到规划建设租界的足够资金，另一方面，相比于战火频仍、一片废墟的本乡本土，租界日益出现的商业繁盛、设施齐全、生活稳定的状况，也令华人看待租界的眼光呈现出某种变化与复杂性。正如一位诗人给自己的诗集题辞所说："海内名流作寓公，偶来沪上海观东。雪泥一度留鸿爪，各有诗存本集中。"②随着华人居住租界人数日益增多，西学也越来越以更为多样的面目被人们认知，并且在租界乃至华人社会中受到认可和推广。王韬就曾经观察到：

> 苏郡濒海诸邑镇，聚贾舶，通海市，始集于白茆，继盛于刘河，后皆淤塞，乃总汇于上海。西人既来通商，南北转输，利溥中外。地势既殊，情形迥异。庚、辛之间，贼陷江、浙，州县数十为墟，而沪以一弹丸地，独得保全，维持大局，而后上游援师，得以截江而来，恢复枢机，既系于是，以今视昔，

---

① 叶庭琯：《浦西寓舍杂咏》，顾炳权：《上海历代竹枝词》，上海书店出版社，151页。
② 秦荣光：《上海县竹枝词》，同上，296页。

亦何常哉！时艰甫定，庶事创兴。于是密防御，精器械，讲艺术，一切西学，无不具举。①

（二）生产方式与生活方式的转型

鸦片战争以后，上海周边与农业相结合的手工棉纺织业逐渐衰落以至解体，这种变化的根源来自国外机制纱布对上海及国内市场的倾销。第一次鸦片战争的结果是英国强迫满清政府五口通商，棉纺织领域发生的变化首先体现为鸦片战争前英国棉纺织品在中国的最高税收负担为32.5%，经过一次战争，最高的降至只有7%。一场战争使得英国纺织资本家在欧洲被禁止进入或被高额关税挡驾的情况，并没有在中国重演。此后，美国、法国、瑞典、俄国、挪威等国都先后向满清政府要求利益均沾，于是中国市场尤其是棉纺织市场一步步地向各资本主义国家全面开放。在第二次鸦片战争结束后，传统的棉纺织业对外洋棉纱纱布进行了坚强的抵抗，1874年递交英国政府的在华经济报告中指出：

> 中国幅员广大、人口众多，中国对英国洋布的消费不能达到根据其幅员和人口所能预期的程度，最大的障碍既不是厘金，又不是其他官方的阻挠，因为这同样也影响土布的运销；而是这一事实：中国本国能够生产一种更耐用、更适合人民需要、价格相同或更便宜的布匹。当然，英国洋布，在许多方面有更适合的用途，能够买得起英国洋布的阶级的人很多，而且将愈来愈多，他们喜欢洋布质地比土机生产的好，那末，就这一部分的需求而论，这项贸易无疑是有稳固的基础的，而且必然要增长。每当内地的交通工具有所增加时，这种货物便能运抵迄今还不能运到的地方，对于需求便增加一分刺激力量。但是只要土机仍继续生产那售价与现在一样的土布，我们的产品

---

① 王韬：《瀛壖杂志》，上海古籍出版社，43页。

第八章 竹枝词与生活文化

就不能与土布在争取供应广大人民的需求上展开重大竞争。①

然而洋货对土货的竞争劣势并不会持续很久,中英就通商达成条约,保证了洋货进入中国、占领市场的发展:

> 凡有金银、外国各等银钱、面、粟、米粉、砂谷、米面饼、熟肉、熟菜、牛奶酥、牛油、蜜饯、外国衣服、金银首饰、挽银器、香水、碱、炭、柴薪、外国蜡烛、外国烟丝、烟叶、外国酒、家用杂物、船用杂物、行李、纸张、笔墨、毡毯、绣货、铁刀利器、外国自用药料、玻璃器皿,以上各物进出口,通商各口皆准免税。除金银、外国银钱、行李勿庸议外,其余该船装载无论浅满,虽无别货,亦应完纳船钞。倘运往内地,除前三项仍勿庸议外,其余各货皆每百两之物,完纳税银二两五钱。②

伴随着低关税和子口税的保护,洋纱洋布得以逐步占领通商口岸并深入中国内地,如果洋布"碰巧"比土布便宜时,洋布就由少数有条件的市民才能使用的奢侈性消费品,变成越来越多普通人的日用品了。研究者将这些现象概括为"大体说来,外洋机制纱布对于中国手工纺织业的分解作用,就是以低廉价格为武器去进行的,其总的过程则经过这样两个步骤:首先是洋纱代替了土纱,把手纺业强制割离手织业;其次是洋布代替了土布,把手织业又强制割离了农业"③。

旧式棉纺织手工业虽然也进行了棉花改良、工艺优化等努力,终究敌不过用枪炮和条约护驾的洋纱洋布的大举进攻,衰退之势日

---

① 姚贤镐:《中国近代对外贸易史资料(1840—1895)》,中华书局,1342—1343 页。
② 同上,802 页。
③ 严中平:《中国棉纺织史稿 1289—1937 从棉纺织工业史看中国资本主义的发生与发展过程》,科学出版社,75 页。

· 455 ·

益显现。秦锡田竹枝词正是将视点投向劝人改良、但终无回天之力败下阵来的棉纺织手工业，道出二十世纪初期上海已告别传统手工纺纱的事实，并指出即使有小部分乡民仍在纺纱却只为自用。此时的竹枝词创作中已无乾、嘉年间描写农业劳作与手工纺织时的那种自信自豪之感，"改良"、"淘汰"、"终输"这些词汇传递出的不仅是传统工艺的衰败趋势，也是人们内心无可奈何的惆怅之感：

> 注意棉花种改良，花黄干绿又丝长。美洲棉种今提倡，结果如盂仰日光。

> 年来稀布盛洋庄，一尺余宽丈八长。镇日鸣机成二匹，质松工省价偏昂。洋庄稀，工料皆轻，而销售较易，不能织尖布者，争为之。

> 彩色清妍经纬匀，一年花样一翻新。为郎称体裁衣服，外国绒呢莫上身。染蓝纱、杂白纱或加以浅绛、淡红、深绿等纱，织之成布，名曰"花布"，式极雅丽，工尤细密，皆农家自用之品，不肯出售。[①]

土纱被洋纱以更为低廉的价格取代，土布的命运也与之类似。中国的普通百姓原本因为土布耐穿而喜穿土布不穿洋布，在洋布的价格竞争面前，最终因为土布太贵耗时费工而改穿洋布。这些看似简单的现象，却预示并最终演变为决定中国生产者命运的生产方式与生产手段的变革。农民织布原为自给或少量出卖，一旦放弃纺织，既无自给也无出卖，这样就使得纺织从农业生产体系中被剥离出来。同时，放弃纺织的农民成为棉纺织品的买主，假如他们原本是依赖纺织维生的生产者，那么他们的生产手段也同时被剥夺了，他们中的大多数人将成为日后工业生产中毫无生产资料只能出卖劳动力的工人。与棉纺织品的情况一样，各类洋货在税收和低价保护

[①] 秦锡田：《周浦塘棹歌》，顾炳权：《上海历代竹枝词》，上海书店出版社，371、374页。

中大举进入中国市场,造成生产资料分配与生产关系组成的变化,这些利害关系及可能导致的结果,郑观应曾在《盛世危言》中予以分析:

> 进口之货,除烟土外,以纱布为大宗,向时每岁进口值银一二千万,光绪十八年增至五千二百七十三万七千四百余两,内印度、英国棉纱值银二千二百三十余万两,迩来更有增无减,以致银钱外流,华民失业(洋布、洋纱、洋花边、洋袜、洋巾入中国,而女红失业。煤油、洋烛、洋电灯入中国,而东南数省之柏树皆弃为不材。洋铁、洋针、洋钉入中国,而业冶者多无事投闲。此其大者,尚有小者,不胜枚举。所以然者,外国用机制,故工致而价廉,且成功亦易。中国用人工,故工笨而价费,且成功亦难,华民生计皆为所夺矣)。如棉花一项,产自沿海,各区用以织布、纺纱,供本地服用外,运往西北各省者,络绎不绝,自洋纱、洋布进口,华人贪其价廉质美,相率购用,而南省纱布之利,半为所夺,迄今通商大埠及内地市镇城乡,衣大布者十之二三,衣洋布者十之八九。呜呼!洋货销流日广,土产运售日艰,有心人能不怃然忧哉?①

> 讵向之专供旅用者,今则视为利途,非无司关者稍与争持,而总税务司动加驳斥,商利关税交受其侵。又若同一纸也、墨也、金银器也,毡毯也,衣服也,蜜饯也,烟叶烟丝也,皆出口有税,进口则免。中外互市,贵取其平,免则均免,税则均税。苟取旧章二更定之,酌一进出皆税之则,坚持定论,彼必无词。况我国免税各物,大半为日本税则所不免。何西人于日本则甘于输将,于中国则每形崛强?折而服之固有词矣!②

---

① (清)郑观应:《盛世危言》,华夏出版社,519页。
② 同上,247页。

中国国内市场上洋货对土货竞争的强势，使得城乡手工业生产日益衰落，与农业生产紧密结合的家庭手工业呈现解体的趋势。生产方式随后就导致生活方式的改变，洋货开始以更多的品种、更齐全的门类深入百姓的普通生活，广泛占领日用消费品市场。"近来民间日用，无一不用洋货，只就极贱极繁者言之：洋火柴、缝衣针、洋皂、洋烛、洋线等，几几无人不用。一人所用虽微，而合总数亦颇可观。洋火柴洋烛，现在沪上亦有制造，然销路未畅，外洋之货，仍源源而来，可见本国之货，只居十之二三。"①

洋货在上海的流行，一方面得益于关税与子口税的保护，另一方面也可以看作工业化时代制造品对手工业产品竞争的大获全胜。上海租界日趋繁荣之际，也是洋货盛行之时，人们发现琳琅满目的洋货不再是奇货可居的奢侈品，而日益成为日常生活必需品，既物美又价格不高。"洋人心计甚工，除洋布大宗之外，一切日用皆能体华人之心，仿华人之制，如药材、颜料、瓶盎、针纽、肥皂、灯烛、钟表、玩器，悉心讲求，贩运来华，虽僻陋市集，靡所不至"②。当日常生活中充斥着洋货时，城市消费市场的商品结构就会发生变化，人们对外来的商品与外来的生活方式由起初的好奇，转而变为接受、体验乃至仿效。从这时期竹枝词创作内容来看，类似于开埠前对普通中国人与传统生活方式、生产方式的展现大幅减少，同时，洋货、洋人以及由琳琅满目商品组成的新生活场景频频入诗，仿佛用诗歌组成的西洋景供人辨认。

春申江上有闲田，突起琼楼住水仙。十二阑干云万里，笑看帆影下青天。夷族好楼居，高或三四层，便于眺远。

碧油帘幕太空濛，玉砌雕廊面面通。百叶明窗自开合，不

---

①② 彭泽益：《中国近代手工业史资料（1840—1949）》（第二卷），生活・读书・新知三联书店，165页。

留炎暑但留风。夷楼四面皆廊，百叶窗以薄板叠成，能屏炎暑而通凉风。

瘦石消池绿树阴，别开丘壑萃珍禽。倒翻海底珊瑚网，笼住云天万里心。夷园以铁网笼文禽，多至数百。网宽竟亩，高数丈，中有楼石，并凿池以驯水鸟。

组织银丝作短墙，蘼芜一片绿中央。懒龙未解耕瑶草，权当空山走鹿场。夷园又以铁网篱圈地数亩，驯鹿其中。

芍药开残芳事稀，花屏风斗紫蔷薇。氍毹五色翻嫌俗，更剪青莎作地衣。夷园细草平绿如毯，长则以剪齐之。

数里烟波接渺茫，忽看蝃蝀落中央。箜篌莫唱公无渡，新策灵鳌架海梁。跨黄浦筑桥，长里许，饰以红阑，过者人税一钱。

重重芳树簇檐牙，短槛高篱尽种花。却笑中原平净土，长年辛苦为桑麻。夷人性爱草木，尤喜种花，庭隙皆满。

堤划银沙路王绳，街横十字阁三层。门前夜夜留明月，尽挂琉璃七宝灯。夷门各以朱架悬明灯，远近联属。

镂金宝盒韵宫商，节奏天然妙抑扬。深院日长风细细，似闻环佩在潇湘。八音匣小者盈握，大或如柜，音调清越，节奏自然。

银箭何须报水龙，法轮自转玉琤玡。洞天容易忘昏晓，但听高楼几点钟。近制大自鸣钟，高逾层楼，声数里。

檐头云气裹青天，兽炭都从地底燃。玉宇琼楼寒不到，始知烟火有神仙。冬日穴地炽炭，以高突出烟楼脊，举室皆温而不见火。

四面雕墙短短环，满园春色不须关。楼台自涌金银气，谁向波斯夺宝山。夷馆四围皆短垣，缕砌空灵，其居室历历可望，且多玻璃窗户，然竟无盗贼。

载宝年年入汉关，云来烟往总循环。翻因海市通财赋，天

· 459 ·

道原来果好还。通市后夷族造楼馆及日用之需,费以千万计,因之商贾日盛,关课日增。天道好还,即此可见。①

黄燮青的竹枝词里,通篇称"夷"、"夷族"、"夷园",但字里行间却是一幅城市化的生活画卷。租界里的洋人生活,小到八音盒、百叶窗、庭院花草、屋内暖气、门前明灯,大至房屋构造、机械印书、大自鸣钟、黄浦筑桥,一一客观摹写,中肯评论。大自鸣钟的形象多次出现在竹枝词的作品里,这种形象是具有象征意义的,不仅仅是一个新奇的景点,更重要的是,城市近代化以后,人们的时间意识增强了,对时间和生活的节律越发精细,而对生活品质的向往,开始落实到了非常具体的事物。这些租界景象,在华人所见所闻之余,日益成为惯常之态与模仿对象,与物质文明同时引进的各种新的生活方式和理念,在上海城市化的进程中不断融合:

楼阁如今到画屏,鼍更钟鼓碎东丁。红旗高揭海西岸,新起英夷领事厅。

夷居畚筑日纷纷,四野悲啼更不闻。老馆旁边添别馆,旧坟平尽掘新坟。

莫云识字便为儒,名教纲常道义扶。仙佛二宗攻不尽,更添一个是耶稣。

先声不数佛郎机,吉利英雄力渐疲。海上一隅罗部岛,富强今欲看花旗。

修躯广颡细须眉,译教东来茂厥词。拍手逢人通姓字,慕维廉与麦都思。

医院悬钟与屋齐,鸣钟人集午鸡啼。局方以外传丛刻,全

---

① 黄燮青:《洋泾竹枝词》,顾炳权:《上海洋场竹枝词》,上海书店出版社,349—351页。

体新书出泰西。

怒足奇毛猛控缰,短衿窄袖锦裤裆。悬金赌胜门题榜,九月重开阅马场。①

第三节　大众生活:竹枝词创作的新趋向

(一) 新旧风土的差异

考察开埠前后竹枝词的创作内容、取材角度与写作方法、写作手段、作者态度之间的差异是件有意思的工作,其间分明能够看出以记录沪城岁事习俗与百姓生活为主要内容的竹枝词,在十多年间发生的迅速演变。华人居住租界既有对西学的重新认识,亦有对西人生活方式与生活安排的认同与学习,在竹枝词创作中沪城不断展开一派现代都市风貌。都市空间、消费社会、市民生活的新环境带来人们脑海中时间观念与空间观念的变化,竹枝词创作呈现出区别于旧风土的新特征,例如,新的时间观念。

开埠前上海竹枝词叙写地方岁事风俗,展现的是农耕社会代代因袭的时间观念下人们周而复始的日常劳作与节庆礼俗。从李行南《申江竹枝词》,至张春华《沪城岁时衢歌》,记录沪上习俗,更是采用自春至冬按季节转换、自岁首以至岁除按月序吟咏,于农事活动更迭中捕捉新物新景。开埠后,上海租界生活沿用西历,这是一种与农耕轮回循环截然不同的时间观念。西历时间是具有未来指向性的线性时间,它与线性进化论思想相匹配,指示着过去、现在、未来之间的绵延关系,从而建立起有关进化的想象,象征与印证着变革与创新。因此,线性时间与循环时间的区分往往在近代以来被看作认定一个社会是现代社会还是传统社会的标尺。新的时间观念

---

① 孔断嵘:《上海竹枝词》,顾炳权:《上海历代竹枝词》,479、480页。

与新的作息安排具有管理社会生活的重要功能，租界采用西历规划社会生活对居住其间的华人产生潜移默化的影响，不仅改变了人们的时间意识，而且也在有规则的生活中塑造人们对生活的理解和想象：

> 泰西诸国行商、传教于沪者，以英、法、美为巨擘。彼疆此界，区别截然。北门外洋泾浜以北为英国界。东门外自东至北为法国界，凡三茅阁桥以南皆属之。惟美国传教士则多居虹口，行铺则与英人错处，统谓之租界。浦中估舶商艚，羽萃鳞集。英、法、美三国，岁中皆有兵舰驻泊，以资镇守，藉为行商、传教之捍蔽。行商则英为急，传教则法为重。诸国均于租界中建立会堂，以行瞻礼。七日礼拜为安息期，凡月中逢房、虚、昴星者是也。是日，西国行铺停止贸易。①

上海租界的西历时间为人们认知与理解，起初是由教会、洋行等在华外国机构及传教士和外侨的日常生活习惯带来的。竹枝词中记录了当时人们眼中教堂的宗教活动和时间安排，每隔七天休息一日，休息的那天除了做礼拜以外，就是"专事游玩"。这种新事物的出现，也令习惯于四时更替的读书人有新奇之感：

> 星昴虚房礼拜期，西人有例任游嬉。今朝掮客兼通事，定向花间醉一卮。②

礼拜日

> 不问公私礼拜虔，闲身齐趁冶游天。虽然用意均劳逸，此月还多浪费钱。③

---

① 王韬：《瀛壖杂志》，上海古籍出版社，117页。
② 海上逐臭夫：《沪北竹枝词》，《申报》，1872年5月18日。
③ 李默庵：《申江杂咏》，顾炳权：《上海洋场竹枝词》，上海书店出版社，75页。

> 高悬十字插中央，知是耶稣天主堂。七日轮流逢礼拜，教中男女诵经忙。①
>
> 每逢七日例停工，任尔闲游租界中。却是归仁来复候，如何沉醉入花丛。西人每七日中例停工一日，耶稣教日礼拜，天主教日主日，凡西署洋行及一切上下人等均专事游玩。②
>
> 七天礼拜是休期，各业停工逐队嬉。或赴教堂听讲解，满街游戏任驱驰。③

这种作息安排，有别于传统农业社会中按时令节气与农耕劳动繁忙程度决定作息的方法，人们一开始确实有不适应之感，主要体现为对过度游戏休闲的不适应，但是城市生活远离田间劳作，生活与土地农耕的关系并不紧密，因此，渐渐地人们就被规范到由新的时间规划出来的生活中去，并产生认同。1872年《申报》上还出现了文章专门讨论西历作息时间：

> 西洋诸国礼拜休息之日，亦人生之不可少而世事之所宜行者也。吾见夫西人之为工及行商于中国者，每届七日则为礼拜休息之期。月则四行之。是日也，工停艺事，商不贸易，或携眷属以出游，或聚亲朋以寻乐，或驾轻车以冲突，或骑骏马以驱驰，或集球场以博输赢，或赴戏馆以广闻见，或从田猎以逐取鸟兽为能，或设酒筵以聚会宾客为事。六日中之劳苦辛勤，而此日则百般以遣兴。六日中之牢骚抑郁，而此日惟一切以消愁。④

这位作者仔细归纳了西历作息时间的安排：每隔七天为一个礼拜，

---

① 云间逸士：《洋场竹枝词》，《申报》，1874年4月27日。
② 辰桥：《申江百咏》，顾炳权：《上海洋场竹枝词》，上海书店出版社，85页。
③ 颐安主人：《沪江商业市景词》，同上，170页。
④ 《论西国七日各人休息事》，《申报》，1872年6月13日。

其中礼拜日即休息日，每月有四个礼拜，以此间隔工作日与休息日。而礼拜日这天，人们纷纷参与出游、团聚、游戏、观戏等活动，以解六日中的劳苦辛勤和牢骚抑郁。所以，在他看来，西历的时间安排是人生不可或缺，应该予以推广的好方法。

十九世纪六十年代以来，寓居租界的华人日益增多，他们离开乡土来到都市中生活，更多地受到商业化、西化风气的影响，而不必拘泥农耕社会节令更迭的制约，于是逐渐形成"礼拜"的时间概念，有了"礼拜六"、"礼拜天"休息的观念。1902年8月15日，清政府颁布了《钦定中学堂章程》和《钦定高等学堂章程》，自此，中学堂与高等学堂一律实行星期天休息的制度。从1906年起，清政府中央各部也相继在星期天放假公休，率先实行的是一些新设立的中央机构，如主管教育的学部（即教育部）、主管经济的农工商部、主管外交的外务部等。1907年秋，陆军部也开始休星期天。1911年夏，最守旧的吏部与礼部也跟随潮流，实行了星期天公休制度。至此，清政府中央机构已经一律实行了星期天公休制度。为避免"西法变中俗"的嫌疑，正式场合中对于休息日的称谓多用"星期"一词，而民间百姓口中常称"礼拜"。于是，"礼拜"成为城市生活中约定俗成的新时间观念，使得市民生活节奏得以在工作时间与休息时间中进行区分；同时，随着都市的崛起与迁居都市人口的剧增，西历时间对中国人的影响日趋广泛且深刻。

> 十二声洪度远郊，自鸣钟大出云霄。若能唤醒人间梦，较胜蒲牢百八敲。[1]

> 十二时辰远近听，钟藏一座似楼亭。鼓声响处迷人醒，不识奇观是正经。[2]

---

[1] 花川悔多情生：《沪北竹枝词》，《申报》，1872年9月9日。
[2] 云间逸士：《洋场竹枝词》，同上，1874年4月27日。

第八章　竹枝词与生活文化

十二时辰四面重，机关旋转响丁冬。行人未到先昂首，遥指高楼几点钟。①

大自鸣钟矗碧宵，报时报刻自朝朝。行人要对襟头表，驻足墙阴仔细瞧。②

大自鸣钟莫与京，半空晷刻示分明。到来争对腰间表，不觉人教缓缓行。③

腰悬小表轮金轮，巧比铜壶刻漏真。相约只凭钟几点，不劳子午标时辰。④

诗中不仅记录了与时间相关的器物如自鸣钟、小表进入了普通人生活，更为重要的是摹写了普通人的新生活习惯：行人在自鸣钟前驻足仔细对表，人们约定时间会面不再用子午标时辰而是约定几点钟。这些都是普通的日常现象，表明了居住都市中的市民在生活中对时间的确认与安排逐渐成为习惯，时间的精确性变得越来越重要。此后，人们的生活节奏亦相应提速，不断产生对具体时间的反复指认与确定的必要，钟表也就成为都市生活不可或缺的消费品。可以说，新的现代时间意识在都市生活中被建立起来，它所起的作用是将市民日常生活组织到规则化的时间框架里，并由此悄无声息地塑造人们对现代都市生活的理解。

又如，新的空间概念。1845年至1860年间，上海租界分属英、法、美三国，外侨生活最初的中心地在英租界的外滩南京路一带。到1855年，英租界已呈现一个规划有序、设施初具的近代城市社区发展的雏形，期间最大的变化是居民实现华洋杂居。1860年上

---

① 《春申浦竹枝词》，顾炳权：《上海洋场竹枝词》，上海书店出版社，49页。
② 海上逐臭夫：《沪北竹枝词》，同上，1872年5月18日。
③ 李默庵（别号邗上六笏山房主人）：《申江杂咏》，同上，75页。
④ 邗江词客：《沪游竹枝词》，同上，63页。

· 465 ·

海实现了两个世界共处、华洋杂居的历史性转变。此后一地三治行政管理格局在上海延续近百年。伴随着华洋分治到华洋杂居的历史进程，上海的现代都市空间日益成型。

南北分开两市忙，南为华界北洋场。有城不若无城富，第一繁华让此方。

洋场十里地宽平，无限工商利共争。风俗繁华今愈盛，肩摩毂击路难行。①

四围马路各争开，英法花旗杂处来。怅触当年丛冢地，一时都变作楼台。②

和议初成五口通，吴淞从自进艨艟。而今三十余年后，风景繁华互不同。③

曲曲栏干短短堤，堤上闲游独杖藜。遥指洋泾桥外路，过桥又是法兰西。

百货如山任品题，当行何必更居奇。中无牙侩谁经纪，铃客纷纷走不疲。

机器全凭火力雄，般般奇巧夺天工。一条电报真难测，万里重洋瞬息通。④

租界

北邙一片辟蒿莱，百万金钱海漾来。尽把山丘作华屋，明明蜃市幻楼台。

---

① 颐安主人：《沪江商业市景词》，顾炳权：《上海洋场竹枝词》，上海书店出版社，96页。
② 龙湫旧隐：《前洋泾竹枝词》，《申报》，1872年6月13日。
③ 云间逸士：《洋场竹枝词》，同上，1874年4月27日。
④ 邗江以湘：《沪游竹枝词五十首》，同上，1874年6月11日。

新北门

新北门开捷径趋,出郊风景迥然殊。车声辘辘平沙道,仅费囊中数十蚨。①

竹枝词创作展现的是来自世界各地的商品货物和商人云集上海,改变了居住其间人们的观念,带来前所未有的空间感:作为近代中国都市空间的上海,与世界各地的贸易、文化产生紧密关联。同时随着新技术如电线、电报、火轮船的应用,以及报刊媒体作用的发挥,使得获得外界信息、人际沟通越来越频繁快捷,由此在人们形成了通商意义上的"世界感"、环球意识:"估帆叶叶卸诸蛮,傍海新添第一关。从此共球来万国,波斯载宝不教还。"②

最是称奇一线长,跨山越海度重洋。竟能咫尺天涯路,音信飞转倏忽详。③

洋泾南界法兰邦,塔样高钟按刻枞。借问火轮机器磨,路人遥指大烟囱。④

自开海禁五洲通,水陆舟车疾似风。百货遍流全世界,商家发达正无穷。

海关收税遍中西,货在商船报验提。各口往来须注册,每年汇集数堪稽。⑤

漫说天机不易参,远乡消息霎时谙。人工巧夺天工巧,今

---

① 李默庵(别号邗上六笏山房主人):《申江杂咏》,顾炳权:《上海洋场竹枝词》,上海书店出版社,72页。
② 王韬:《瀛壖杂志》,上海古籍出版社,110页。
③ 珠联璧合山房:《春申浦竹枝词》,《申报》,1874年10月10日。
④ 洛如花馆主人:《续春申浦竹枝词》,同上,1874年12月1日。
⑤ 余姚颐安主人:《沪江商业市景词》,顾炳权:《上海洋场竹枝词》,上海书店出版社,93、109页。

后休寻鲤寄函。①

纵横线索硬盘空,水陆分程万里通。一举声飞逾电疾,羽书可不藉鳞鸿。

气吐如虹响若雷,殊方又见鼓轮来。从兹利涉周寰宇,万里重洋任往回。②

自开海禁五洲通,水陆舟车疾似风。百货遍流全世界,商家发达正无穷。

报登各行各业情,每日纷纷利自营。中外电通消息广,纵谈时务愈精明。③

火轮船走快如风,声响似雷逆浪中。一日能行千百里,大洋西到大洋东。

唤人从不唤人名,电线机关分外精。手指触来浑不觉,外边遥听乱钟声。唤人钟有置案头、有置墙边,需人时以指拨之,钟响人至。④

工作方式和生活方式随着许多建筑和器物的运用而出现了翻天覆地的变化,日常空间的改变,很自然地导致居住在租界的华人对西方生活样式学习与模仿,包括房屋建筑、日常安排、出入习惯等等。华洋杂居推动了现代都市空间的形成,在文化观念的冲撞与选择中,产生了新的现代都市空间认同:

淡红漂白垩泥工,百叶窗开面面风。更有三层楼槛好,迎凉快坐月明中。

---

① 云间逸士:《洋场竹枝词》,顾炳权:《上海洋场竹枝词》,上海书店出版社,386页。
② 浙西惜红生:《沪上竹枝词》,同上,412页。
③ 颐安主人:《沪江商业市景词》,同上,93、129页。
④ 《春申浦竹枝词》,同上,49、51页。

危梯摺叠万层中，暗窍机关一线通。弹指扣门人已应，恍疑中有接声筒。洋房每用暗机在三层楼上，一拨其机，则下层之人已闻声至矣。①

楼台处处仿西洋，亚字栏杆凸字墙。遮莫中华豪富户，有谁能比大英商。②

洋楼金碧耀生光，铁作栏干石作墙。幸得玻璃窗四面，宵来依旧月如霜。夷房各家各样，墙上颜色亦异，或朱或碧、或青或黄，其色俱浅。

百尺高楼四面离，中开窗隙置玻璃。洋楼更比蜃楼好，谁读坡仙海市诗。夷房四面皆墙，中开窗窦。③

新的时间和空间想象指向的是新的城市想象与认同，竹枝词中出现了有别于旧风土的城市生活新特征，具体体现为城市生活的大众化趋向与公共文化的大众化趋向。

（二）城市生活的大众化趋向

王韬也曾经对比过租界出现前后北市面貌的不同状况：

沪自西人未至以前，北关最寥落，迤西亦荒凉，人迹罕至。张秋渚《沪城岁事衢歌》云："底事炎凉总不齐，与君呜咽话城西。如何冷灶尘生釜，好向何人诉恻凄。"注谓："西、北半菜圃。不能食力者，几不举火。"予初至时，城中尚有旷土，可以植花木。今构造日兴，绝无隙地。洋泾一带，肩摩毂击。城西屋价渐奢，僦居者月糜不赀，食物踊贵数倍昔时。④

洋泾之滨，荡沟之侧，西人构屋于此，居如栉比。旭日初

---

① 《沪北西人竹枝词》，《申报》，1872年5月29日。
② 珠联璧合山房：《春申浦竹枝词》，同上，1874年10月10日。
③ 《春申浦竹枝词》，顾炳权：《上海洋场竹枝词》，上海书店出版社，48页。
④ 王韬：《瀛壖杂志》，上海古籍出版社，7页。

• 469 •

射，玻璃散彩，风景清绝。室外缭以短垣，华木珍果，列植庭下。甃地悉以花砖，虽泥雨不滑。入其内，则曲屏障风，圆门如月。氍毹荐地，不著纤尘。璃户重阁，悄然无声。碧箔银钩，备极幽静。系铃于门内，每呼僮仆，则曳之。客至，则叩户上铜环。①

他的对比性眼光落实之处并不在政治、经济等关系国计民生的大事上，而是针对租界日常生活的细枝末节，如房屋排列、室外布置、室内陈设、人际交往等方面的比较。王韬发现张春华竹枝词中记载的人迹罕至的北市，已获得急速发展，房屋鳞次栉比，人员密集，但西人住家又能保持住地不著纤尘、极其幽静，可见居家管理十分协调有序。王韬的这种判断是非常有意义的，因为居家管理协调有序，不仅是对经济状况的反应，更主要的是生活观念和生活品质需求的不同。这种不同会直接导致生活态度与目的的不同。华人涌入租界初期，往往出于战乱避祸的原因，而长久居住后则会产生对租界有律有序的日常生活安排与生活方式的认同。城市生活中按时间划分各项事务，日益开展的现代教育与医学普及，以及由此带来的城市生活品质提升都在规范和塑造着市民，与此同时，市民也被塑造出可以指认的特点：在有限时间与空间中生活，自觉遵守各类规则，城市交往以个人为单位，家庭规模有所缩小等等一系列的变化。

近代上海竹枝词中所描绘的城市生活包罗万象，几乎成为一种短小精悍的纪实文学体裁，组诗的形成，大小由之，收放自如。在创作中，作者以摹写城市管理和城市生活品质入手，注重细节描绘、层层剥入，将上海城市生活的大众化趋向捕捉入诗。竹枝词作者的关注重点，很有可能折射出当时城市生活的兴奋点。而这种兴

---

① 王韬：《瀛壖杂志》，上海古籍出版社，117页。

第八章　竹枝词与生活文化

奋点经过竹枝词的渲染和传播，继而增强了人们对此的关注度。因此，竹枝词作为都市文学的作用，不仅在于后人了解上海城市发展的史料作用，在当时，对于新兴都市文化的建构，也有着助推作用。近代上海竹枝词所关注的，已经不是传统社会中以士大夫为主体的生活特征，而是公众社会的大众层面。具体地说，有以下几个重要的方面：

（1）聚焦城市管理和公众社会的秩序

竹枝词创作聚焦城市管理，大量描写市政管理中的新事物和新实践，体现的是一种现代城市管理技术，以及日益成型的有序与健康生活的理念。城市日常生活的安排与生活方式的塑造，首先源自租界当局沿用西方城市规划与治理的已有经验，将之引入租界并一一推行。1847年成立的"道路和堤防委员会"（Committee of Roads and Jetties），是公共租界第一个行政管理机构。机构的委员由三位英商组成，任期至1854年。当时实际掌握租界最高权力的是英国领事。根据1854年的《土地章程》，"道路和堤防委员会"被工部局（The Municipal Council）所取代，选定工部局董事五人，分别为开（W. Kay）、克宁汉、金（D. O. King）、费隆（C. A. Fearon）和教士麦都思（Dr. W. H. Medhurst）。从此，工部局成为公共租界类似市政府的行政机构，建立一整套警察、法院、监狱等部门，主要执行机构有商团（Volunteer Corps）、警务处（Police Department）、卫生处（Public Health Department）、工务处（Public Works Department）、教育处（Education Department）、财务处（Finance Department）、公共图书馆（Library）、音乐队（Orchestra and Band）、华文处（Chinese Studies）等，管理租界市政建设、治安整治、文化教育和征收捐税。1862年以后，法租界放弃与工部局的联合，遂在法租界成立公董局，它的机构设置与职能范围类似公共租界和英租界的工部局。所谓"工部局英、法两租界皆有之，

• 471 •

董其事者皆西商公举之人。由董事立巡捕头目,分派各种职司。如修填道路,巡绰街市,解押人犯,救火恤灾等事。系西人办公汇总之所。英工部局在棋盘街北,法工部局在法界大马路西。"[1]

1872年7月30日起前后十几天,《申报》上有工部局登载告示,纳捐人会议决定"将管理大小车轿,应照如何旁边路上可以往来行走之章程,发出列后凡巡捕必须依此办理",就完全是由十分具体的"细节"组成:

一、凡马车及轿子必于路上左边行走;

一、或马车及轿子于路上行走后,又有马车或轿子行走,如前之车轿走快,则后跟之马车必须自后从右边过去;

一、凡轿子往来必由大路,不许从旁行走;

一、凡小车必由大路左边往来,惟不许走旁路,即由大路与旁路相近之路行走;

一、凡小车必在定规之处,毋得于路上往来逗留;

一、凡马车自日落一点钟之后至日出一点钟之先必得点灯,如违章程每车罚洋五元;

一、凡马车于十字路来必得走慢,譬如地界内西至东为马路,北至南为岔路,如车由岔路上来,必得谨防与马路之来车碰撞;

一、凡街道上跑马及马车往来巡捕人必得照应,不得过速。[2]

《沪游杂记》中则更为仔细地列举了多项"租界例禁":

禁马车过桥驰骤。

---

[1] (清)葛元煦:《沪游杂记》,上海书店出版社,47页。
[2] 《工部局告示》,《申报》,1872年7月30日。

禁东洋车、小车在马路随意停走。

禁马车、东洋车夜不点灯。

禁小车轮响。

禁路上倾积垃圾。

禁道旁小便。

禁肩舆挑抬沿路叫喝。

禁施放花爆。

禁不报捕房，在门外砌路、开沟及拆造临街房屋。

禁私卖酒与西人饮。

禁春分后、霜降前卖野味。

禁肩挑倒挂鸡鸭。

禁吃讲茶。

禁沿途攀折树枝。

禁九点钟后挑粪担。

禁乞丐。

禁夜间行人形迹可疑及携挟包裹物件手无照灯。

禁聚赌酗酒斗殴。[①]

工部局对租界的管理，已经是新兴城市的公共管理的基本雏形，是将大众的日常生活纳入规范，以制度和法令的形式，明晰地公布后，要求进入城市的大众人人遵守。在诸如行车安全、公共卫

---

① （清）葛元煦：《沪游杂记》，上海书店出版社，9页。

生、噪声管理、维护绿化、邻里治安等日常生活的方方面面，对居住租界的市民提出必须遵守的各项规范要求，以达到租界有序治理的目的，并潜移默化地塑造人们对都市与都市人的认同。这对城市近代化过程中逐渐呈现出来的大众社会的趋势是一个很好的佐证。这种趋势必定改变竹枝词作者对生活层面的关注点和关注度。这一时期的竹枝词，既具体细致地描述了人们遵守制度法令的情况、对工部局市政管理能力的看法与评价，又在诗歌中勾勒了良好的城市生活面貌和相关理念，并通过新兴大众媒介在更广大的城市空间中得以传播与定型。例如，对洒水车、消防车的描写，充满着惊讶和赞同：

> 双马轮车夹小车，终朝铲辘起尘沙。却劳工部经营好，洒扫街前十万家。①

> 衔挂司空饰美称，度支心计擅才能。众擎易举浑闲事，散罢金钱百废兴。②

> 法英租界最清新，扫净街衢信认真。好个章程工部局，马车过处洒飞尘。法英租界有工部局，专管街道洒扫等事。每日两次，于各马路用马车载水，车后有机器，随过随洒，如落细雨，则一尘不飞矣。

> 倏听高楼报警钟，捕头齐涌似狂蜂。祝融虽虐也销势，万丈皮条欲化龙。西人救火最出力，如遇火警，捕房先击警钟，以声数分地段，于是捕头拥水龙出，其龙皆皮条为之，虽水远可接也，更有灭火药水，药水过处火即立熄。③

> 丁丁敲石满街堆，沙起尘飞满目埃。刚说今朝风力大，辘

---

① 嘉门晚红山人：《续沪江竹枝词二十首》，《申报》，1872年9月28日。
② （清）葛元煦：《沪游杂记》，上海书店出版社，215页。
③ 辰桥：《申江百咏》，顾炳权：《上海洋场竹枝词》，上海书店出版社，81页。

第八章　竹枝词与生活文化

轳声辄水车来。夷人街修补最为讲究,每遇灰土飞扬时,有水车洒道。①

> 局名工部创西人,告示频张劝我民。注重卫生街道洁,随时洒扫去纤尘。

> 几条马路屡举修,细石泥沙到处收。备有砑平机器具,街衢坦荡胜瀛洲。②

作者对街道的清洁和打扫非常惊讶,以赞扬的口吻写出了工部局对城市卫生状况的治理,作品中既描写了马车一天两次载水洒扫街道,又指出工部局贴出告示劝人注重街道卫生保洁,还备有器具对马路进行定期整修翻新,这些变化对习惯于"自扫门前雪"的准市民来说都是新鲜事。所以,竹枝词中会相应地出现人们当时的感觉:一度以为工部局是"专管街道洒扫等事"的机构,但是这个机构又确实令日常生活环境为之一新。

1862年,上海煤气公司创立,为租界道路解决了照明问题。1881年,英商自来水公司成立,主要为公共租界供水。上海德律风公司于1881年成立,在公共租界内架设电话线。1883年创立的英商上海电气公司开始为南京路、扬子路提供路灯照明。这些当时世界上最新的照明、供水、通讯技术的应用,为城市生活进一步打上了现代的烙印,竹枝词创作踏准市民对这些新奇事物的反应,迅疾地在诗歌创作中予以表现:

> 火树银花不夜天,行人如比梦游仙。飘来异乐音嘹亮,尽是胡笳塞外传。③

> 天气新灯十里明,瀛寰各岛尽知名。紫明供奉今休羡,自

---

① 《春申浦竹枝词》,顾炳权:《上海洋场竹枝词》,上海书店出版社,53页。
② 颐安主人:《沪江商业市景词》,同上,100页。
③ 苕溪洛如花馆主人:《春申浦竹枝词》,《申报》,1874年10月16日。

有通宵彻夜燊。①

　　焰炭分光地室穿，明修暗度到堂前。夏槐春柳闲无用，齐解腰间买火钱。②

　　天际无端献玉盘，雨中犹见月团团。万家灯火无颜色，疑是明皇入广寒。

　　黄浦尘埃滚浪头，几回淘汰化清流。黑龙倒吸沪江水，能使高漂最上楼。③

　　错怪平空碎玉壶，潇潇洒遍费工夫。夕阳返照香车过，路上红尘半点无。④

　　半车瓦砾半车灰，装罢南头又北来。此例最佳诚可法，平平王道净尘埃。⑤

　　纵横街道直如弦，机水淋尘到处鲜。电炬煤灯高照处，却疑明月朗中天。

　　水由暗地走江隈，坎坎澄清次第来。吸上铁楼分四散，大家肺腑洗尘埃。⑥

　　自来水洒净灰尘，趁此当儿好畅骈。可惜中间难瞎走，马车撞倒就翻身。⑦

　　海上人人讲卫生，自来水最是澄清。浣衣寄语贫家女，莫恋东邻宋玉情。⑧

---

① 苕溪洛如花馆主人：《续春申浦竹枝词》，《申报》，1874年11月4日。
② 吴仰贤：《洋泾竹枝词》，顾炳权：《上海历代竹枝词》，上海书店出版社，494页。
③ 慈溪辰桥：《申江百咏》，顾炳权：《上海洋场竹枝词》，上海书店出版社，80页。
④ 云间逸士：《洋场竹枝词》，同上，384页。
⑤ （清）葛元煦：《沪游杂记》，上海书店出版社，223页。
⑥ 刘梦音：《上海竹枝词》，顾炳权：《上海洋场竹枝词》，上海书店出版社，417页。
⑦ 闲闲道人：《上海柳枝词》，同上，420页。
⑧ 朱文炳：《海上竹枝词》，同上，197页。

第八章 竹枝词与生活文化

> 水门汀路最光平,一带街衢草不生。来往商人歌坦荡,又坚又洁任游行。
>
> 满街尘土屡飞扬,驾马拖车洒水忙。铁柜旁穿无数眼,开机如雨涤沙场。
>
> 阅时泥水满阴沟,备马拖车运入舟。卖作农人培土料,肥脓种植得丰收。①

煤气灯、电灯、电话、自来水、洒水马车、垃圾车、泥水马车、水门汀甚至清理阴沟的污泥等,都被竹枝词一一细致写来,可见作者关注的,尽是普通市民的"民生"小事中,但却又是人们天天可以看见的城市生活景象。这些民生的细节构成了城市的生活节奏和生活品质,具体而生动地勾勒出当时的城市管理水平,以及城市市民的生活品质进入了一个全新的状态。这些由报纸刊登的竹枝词作品,似乎又能使市民进一步了解,工部局的管理不仅仅是"专管街道洒扫等事",也不局限于营造"水洒街道,昼夜通明"②,而是对城市方方面面作综合管理,不同部门各司其职,为城市带来洁净的市容与便捷的生活。竹枝词在创作与传播中,用耳闻目睹的形式展现了工部局城市管理的效果,并且用类似"海上人人讲卫生"这样的诗句,为人们勾勒和传递在城市中慢慢形成的现代卫生观念,就这样对现代城市管理与城市生活的某种认同,开始走进了寻常百姓家。观念的改变不仅在塑造租界中的市民,华界居民也会受到影响,华界逐步引入租界管理城市的方法,展开各项市政基础设施建设和条例监管,此举不仅在客观上缩小华界与租界在城市发展上的差异,也体现出华界的主动近代化转型的努力。

---

① 颐安主人:《沪江商业市景词》,顾炳权:《上海洋场竹枝词》,上海书店出版社,165、156页。
② 刘梦音:《上海竹枝词》,同上,417页。

(2) 聚焦城市生活品质

竹枝词创作除了聚焦城市管理以外，还将关注重点放置在城市生活与城市品质的展现与"采风"上。时间重要性的凸现与生活节奏的提速，是都市日常生活的特征，生产与生活的有序化安排可以令时间被更为合理高效地利用，俨然区别于城市形成之前的"日出而作，日入而歇"。当煤气、电力等的供应得到保障的前提下，租界中承担日常生活消费的商业组织应运而生，有条不紊地安排诸如出行、饮食、衣着、医疗等的市场化与社会化，出现了大量经营性的医院、西式药房、菜场、菜饭摊、酒馆、茶室、成衣铺、裁缝店、时装定制、人力车、公共电车等立足城市的服务型行业，既给日益增多的城市移民带来就业机会，也为市民的生活提供便捷与保障，竹枝词的作品中逐渐展现出一幅幅城市生活的画卷。

> 几家番馆掩朱扉，煨鸽牛排不厌肥。一客一盆凭大嚼，饱来随意饮高桮。

> 深宵何处觅清娱，烧起红泥小火炉。吃到鱼生诗兴动，此间可惜不西湖。广东销夜店，开张自幕（暮）刻起至天明，日高三丈皆酣睡矣。

> 清晨早起欲开樽，处处红楼尚闭门。试问点饥何所好，紧膏包子肉馄饨。①

> 铁线纵横铁轨铺，几如地网与天罗。电车初试人都怕，说是将来肇祸多。

> 一辆轻车人力拖，街衢来往疾如梭。几方照会悬厢后，人以东洋两字呼。

> 一部黄包车子前，有人双脚踏轮盘。虽然翻得新花样，但

---

① 慈溪辰桥：《申江百咏》，顾炳权：《上海洋场竹枝词》，上海书店出版社，83、84页。

第八章 竹枝词与生活文化

是行来没几年。

零星小吃也无妨，饭店争相集弄堂。昔日正兴都是馆，而今大陆作商场。①

西式大卖菜场
造成西式大楼房，聚作洋场卖菜场。蔬果荤腥分位置，双梯上下万人忙。②

衣庄
沿街设柜市门庄，四季时衣挂两旁。更有开摊高唱价，行人驻足听低昂。

专买新衣亦有庄，制成男女各时装。纱罗绸缎兼皮货，可买可租任客商。

帽庄
时装小帽亦翻新，平顶瓜皮样失真。冬夏朝冠皆变式，不知风气果因何。

鞋店
时装鞋子亦翻新，皮底旗圆不染尘。晴雨靴轻多异样，半增洋式半天津。

袜店
荷兰名袜制牌悬，针线双钩细又坚。无奈网成西式出，紧宽适体客争穿。

成衣铺
成衣小铺市中开，各式时装仿样来。刀工精工关算法，生

---
① 叶仲钧：《上海鳞爪竹枝词》，顾炳权：《上海洋场竹枝词》，上海书店出版社，295、297 页。
② 颐安主人：《沪江商业市景词》，同上，107 页。

涯热闹授徒栽。

洗衣作

洗衣亦有作坊开，按日收罗各户来。大器蒸烧污尽去，向阳风拂似新栽。

老虎灶

灶开双眼兽形成，为此争传老虎名。巷口街头炉遍设，卖茶卖水闹声盈。

炉火炎炎暮复朝，锅储百沸待分销。一钱一勺烹茶水，免得人家灶下烧。①

茶灶都将老虎名，街头弄口小营生。邻姬泡水梳妆去，乱发蓬头亦有情。②

仁济医馆

断肢能续小神通，三指回春恐未工。倘使华佗生此日，不嫌劈脑治头风。③

大药房

自有西医大药房，华人依样配瓶装。搜罗百草成霜露，好似琼浆玉液藏。

医室

病生内外治分科，医毒医伤种类多。产妇小儿情又别，专精一业可无讹。

牛痘医

近来牛痘种人多，创自西医妙若何。苗入臂间三两点，并

---

① 顾安主人：《沪江商业市景词》，顾炳权：《上海洋场竹枝词》，上海书店出版社，126、127、159、168、155页。
② 朱文炳：《海上竹枝词》，同上，192页。
③ （清）葛元煦：《沪游杂记》，上海书店出版社，238页。

无危险起风波。①

这些竹枝词聚焦近代上海日常生活中的服务性行业，作品中描绘的各种食品作坊、商店、药房、医院、疫苗接种等等，已经可以断言，这时的上海城市的日常生活，渐渐脱离了传统的自给自足的生活方式，衣、食、住、行更多地依靠商业化、社会化的组织来完成。需要指出的是，工部局维护租界、建立有序的城市管理和城市运营，所需费用主要靠居民的捐税，"居户洋人较华人为少，捐数华人较洋人为重。而一切巡捕、包探、扫街、铺路、推车、挑水诸役，皆系华人为之，惟巡捕则较有洋人焉。""而道路则时加修饰，不使半步之崎岖；沟池则时加疏浚，无使淤泥之稍积；晴则轮水济沸，尘漠不飞；夜则电球地灯，照耀如昼。"工部局对居民收取捐税，将所得应用于租界事务的日常管理和维护，这样的现代城市管理手段与实际效果，也渐渐获得在沪居民乃至旅沪华人的认同："以地方所捐之数，应地方所为之事，而即以还我地方谋食之人，其立法若何美备！"②租界中出现的先进器物和治理观念指向的是，为居住其间的市民提供更为合理有序的生活服务，工部局对租界生活的安排与规范，使得都市日常的公共生活秩序被建立起来，与此同时，身处租界的市民也被顺理成章地纳入都市公共生活的管理范围。这些变化是与城市生活的快节奏相匹配的，当市民从繁杂的日常事务中解放出来，才能获得更多可自由支配的业余时间，"工作"加"休闲"的生活模式才有可能在城市中被建立起来，因此，城市生活公共化的构建过程实际上也是新的生活模式诞生的过程、提升城市生活品质的过程。

---

① 颐安主人：《沪江商业市景词》，顾炳权：《上海洋场竹枝词》，上海书店出版社，121、159、160 页。
② 葛元煦、黄式权、池志澂：《沪游杂记　淞南梦影录　沪游梦影》，上海古籍出版社，155—156 页。

(3) 公共文化的大众化趋向

竹枝词关注城市日常生活新鲜而快速的变化，作品中还大量涉及租界中出现的公共文化相关建设，内容包括公共文化设施、报纸传媒、公共教育机构等方面。这说明，近代城市化的过程中，一种公共社会大众化的文化正在形成。

1847年耶稣会传教士建立徐家汇藏书楼，1848年成立上海图书馆，1850年美国圣公会创办英华书馆，1857年英国传教士伟烈亚力创立洋文图书馆[1]。这些藏书楼和图书馆的建立，与中国传统中公藏和私藏的藏书习俗及制度有很大的不同，这些藏书楼和图书馆更为强调图书馆的公共性与社会文化功能，"运用一种适当的流通方式去发挥书籍的教育功能，其实质是教育社会化"[2]。而向社会公众开放的博物馆，也因其日益增强的教育功能，成为租界公共文化设施的重要组成。震旦博物院于1868年创建，此后，相继开设的有上海博物院、格致书院博物院等。曾任《申报》编辑的黄式权，在其《淞南梦影录》中记载了徐家汇博物院（即震旦博物院）情况，以及由此带动了华人开设博物院的现象：

> 西人于徐家汇隔河教堂侧建博物院一所，珍禽奇兽、毒蟒巨蛇，并蓄兼收，不下数千百种。或以药水浸玻璃瓶中，使历久不改颜色。或则剥取其皮，装立架上，飞鸣饮啄，宛转如生。并考其出处，别其性情，贴说绘图，著成简帙。……近则华众会主人仿而行之。罗致异物，锁闭室中，人观者必先输青蚨五十翼。然一鳞半爪，具体而微，终不及徐汇之无奇不有也。[3]

---

[1] 参见蒯世勋：《上海公共租界史稿》，上海人民出版社，319页。
[2] 熊月之、周武：《上海：一座现代化都市的编年史》，上海书店出版社，166页。
[3] 葛元煦、黄式权、池志澂：《沪游杂记 淞南梦影录 沪游梦影》，上海古籍出版社，138页。

第八章　竹枝词与生活文化

博物院"汇集西国新异之物，陈设院中，上而机器，下及珍禽奇兽。入其中者，可广见闻，可资格致，诚海外巨观也"①。竹枝词的作品中，不仅有介绍博物院的展品、规模等情况，还描述了由于博物院的出现，让市民们充分感受到增加见识，增加科学常识的喜悦和新奇。在信息传播并不发达的年代，阅读这些竹枝词，可以使从未参观过博物院的人们了解相关情况，进而引发前往参观的兴趣。这类竹枝词创作营造了字面上的"视觉效果"，甚至可以被当作宣传推广博物院的广告来看待。

步尘管辂测星辰，股四勾三算学真。惜未身心参实际，谈天空有语惊人。②

穷源穷理岂无穷，格致能参造化工。要识会心原不远，长消只在五行中。西人兴格致书院，每月出书一本，曰《格致汇编》，大都讲五行之消长，虽极幽渺，必得其理而后止，用心亦可谓勤矣。

龙蛇狮象绘图形，博采珍奇集百灵。寰宇虽宽皆足到，后人从可补山经。西人兴博物会，穷极海岛，甚至将十余丈之大蛇亦用玻璃管浸以药水，使不腐烂。鸟兽则仅取其皮，照绘形象，详载图籍，据云须带至泰西博物院矣。③

西人博物院

珍奇罗致百千般，一任华人纵目观。图说兼陈能领会，新机引出却非难。④

偶来博物院中观，怪兽奇禽识不完。鳞介昆虫形栩栩，还多矿石辨尤难。⑤

---

① （清）葛元煦：《沪游杂记》，上海书店出版社，42页。
② 同上，212页。
③ 慈溪辰桥：《申江百咏》，顾炳权：《上海洋场竹枝词》，上海书店出版社，80页。
④ 颐安主人：《沪江商业市景词》，同上，100页。
⑤ 朱文炳：《海上竹枝词》，同上，201页。

· 483 ·

上海开埠后，对市民大众产生最为广泛文化影响的当属报纸杂志。1850年《北华捷报》发刊，标志着上海报纸的开端。1857年，中文期刊《六合丛谈》创刊。1861年，上海第一份中文报纸《上海新报》创刊。1872年《申报》问世，迅速成长为上海最具影响力的报纸。由于图书馆、博物院多为外侨及相关机构创办，了解相关情况前去参观的华人数量是很有限的，对市民的文化影响尚在一定范围内，而报纸的出现则大大改变了市民的生活方式和获取信息与知识的来源，使得文化信息得以在更大范围内、更快捷地传递到市民群体中去。报刊在知识讲述与信息传播方面带给市民的影响，也成为竹枝词创作的重要内容，体现了竹枝词对近代上海文化发展趋势的敏锐洞察力和表现力：

> 船名市价载分明，一纸流传迥出群。郎若要知消息便，字林行内有新闻。新闻纸，字林洋行所售，周年四洋。①

> 广采新闻播远方，誊清起草倍仓皇。一年三百六旬日，日日千言录报章。自壬申年申报馆开设后，继起者有沪报、汇报、彙报、万国公报、字林报、晋源报、文汇报等馆，皆广采新闻传流中外。

> 一事新闻一页图，双钩精细费工夫。丹青确有传神笔，中外情形着手摹。又有画报，大半采《申报》中事有可绘图者，一事一页，描写入神，用石印印行。

> 蝇头细字看分明，万卷图书立印成。若使始皇今复出，欲烧顽石亦经营。石印书局以同文馆点石斋为佳，其法将每页书用药水于石上印过，宛然成书板矣，故虽《图书集成》、《廿四史》、《佩文韵府》等书，亦易开印。②

> 稳试肩舆觅故人，穿城入市厌嚣尘。高门谒客尝书午，别

---

① 《春申浦竹枝词》，顾炳权：《上海洋场竹枝词》，上海书店出版社，52页。
② 慈溪辰桥：《申江百咏》，同上，82页。

第八章 竹枝词与生活文化

馆传单又报申。沪上每日有《申报》出售。①

是非曲直报中分,一纸风行四海闻。振聩发聋权力大,万般提创总由君。

几家报纸日飞来,后创何如首创才。善恶劝惩功效大,欲通风气尽多开。

报登各行各业情,每日纷纷利自盈。中外电通消息广,纵谈时务愈精明。②

十九世纪六十年代后,随着对外贸易范围的扩大,英语夜校、英语培训班、英文书馆等商业外语教育机构在上海大量出现。十九世纪七十年代旅沪文人葛元煦在《沪游杂记》中记载,"上海中外交易,初皆不知英语,非通事不可。近则各行栈皆有一人能说英语。盖迩年设有英语文字之馆,入馆者每日讲习一时许即止,月奉修金无多,颖悟幼童半载即能通晓。"③在众多英语教育机构中,广方言馆是上海地方政府于 1863 年创办的新式学校,仿照 1862 年京师同文馆的建制,培养精通外语与西方科学技术的人才,以应洋务运动之需。于是竹枝词里吟咏翻译学堂的作品也多起来:

学堂到处设纷纷,谁是精通各国文。独有译员升最捷,中西交涉赖多闻。

英语英文正及时,略知一二便为师。标明夜课招人学,彼此偷闲各得宜。

为广方言设馆来,测量化学植人才。至今翻译通西籍,风

---
① 南仓热眼人:《沪城竹枝词》,顾炳权:《上海洋场竹枝词》,上海书店出版社,7 页。
② 颐安主人:《沪江商业市景词》,同上,128、129 页。
③ (清)葛元煦:《沪游杂记》,上海书店出版社,14 页。

· 485 ·

气应教渐渐开。①

英文夜馆遍春申,造就洋商传话人。教会但求精法语,德文通贯更奇珍。

敢言中日本同文,字母终教两派分。最好学成世界语,环球到处共云云。②

上海地方政府、外国教会组织或商人创办的外语培训机构的出现,一时间在社会上掀起学习外语的热潮,以及人们对商业教育和商业活动的重视,这些城市文化领域的新气象以及人们的反应和追捧,都在竹枝词的记录与描写中被留存下来。更为重要的是,竹枝词描写自觉地将上海新式教育的多元发展作分门别类的介绍说明:教会学校、官办学校、民办学校,初级、中级、高级三阶段学校,普通教育、师范教育、职业教育、女子学校等一一出现。这些竹枝词汇总在一起揭示出近代上海新式教育发展的轨迹,指明上海开埠后公共文化发展中开办教育机构的大众化趋向。

蕊珠敬业课词章,性理龙门别擅场。到底空言无实用,农工商业要求详。案:邑城有书院三,敬业专课八股文,蕊珠兼课诗赋,龙门独课性理。虽规制各殊,然皆空言,无一实用。救时急务,必当致力于农、工、商,冀立富强基础。

书院纷纷改学堂,学堂形式仿西洋。要从幼稚园培起,忠爱心肠基自强。案:年来书院多改学堂,大抵徒有形式耳。其精神全在使民皆知爱国,以进于自强,要自幼稚园、女学校始,恐未可躐等求也。③

---

① 颐安主人:《沪江商业市景词》,顾炳权:《上海洋场竹枝词》,上海书店出版社,104、105、107页。
② 朱文炳:《海上光复竹枝词》,同上,231页。
③ 秦荣光:《上海县竹枝词》,顾炳权:《上海历代竹枝词》,上海书店出版社,270页。

万航渡约翰书院

学堂约翰最驰名，多出成材毕业生。咸慕西师精教育，领凭赴职可知程。

各学堂

自停科举换新章，子弟从师入学堂。书备中西须并习，至今效法遍城乡。

学堂规例最精详，每日分班教授忙。文事余闲兼讲武，赛跑赛斗赛洋枪。

学成毕业几经年，精蕴研求尚未专。恃有文凭谋事易，大千世界碰机缘。

农业学堂

欲将土质细分明，先使农工化学精。广辟讲堂勤考验，培田有法自蕃生。①

电报学堂

自行电信取材忙，沪地招生设学堂。打报测量频考选，派司各局择精良。②

从以上竹枝词中可以发现，学堂教育的开拓与普及不仅培养现代中国转型中所需要的人才，而且此时学堂教育毕业后的文凭也成为个人在社会上谋职谋生的重要手段。多元分层分类的教育体系使得市民文化水平得到提升，也令公共文化、教育文化对更为广大的人群产生影响。

竹枝词书写上海，抓住日常生活管理与公共生活的热点与变

---

① 颐安主人：《沪江商业市景词》，顾炳权：《上海洋场竹枝词》，上海书店出版社，103、104、105 页。
② 同上，115 页。

化，展示城市生活和城市文化发展的大众化趋向，在创作中细节渲染、心态摹写、口碑评价多点涉足，可以说是当时市民生活的真实反映。同时，竹枝词在主要以报刊为载体的接受与传播中，突破诗文传统局限，紧密结合城市新情况新变化，以文学形式展示被组织与管理起来的有律有序的现代城市生活，推广由卫生、健康、科学、公共、教育、便捷等内容构成的现代城市生活理念，这些都得到了广大市民乃至外埠读者的关注与认可。作为近代上海都市文学的一种，竹枝词不仅佐证了现代城市的发展、现代市民的诞生，而且在都市文化的建构中，对现代城市文化、现代城市理念的成型、发展也有着推波助澜的作用。

第四节 从文化消费到消费文化

（一）都市文化消费的转型

中国人传统生活中的娱乐与休闲，是作为农业生产与生活的辅助性要素存在的，在描写传统农业社会生活的竹枝词中，这些娱乐休闲活动也有诸多篇幅的记录，展现的是主要以家族、村社为单位，依托农耕节庆与时令更迭进行的游戏、聚会，具体表现为春社演剧、夏日竞渡、秋收报神、冬日祭拜、烧香祈福、社交游园等类型：

> 刺眼繁华细细开，陌头女伴踏歌来。烧香才罢游园去，延绿轩前薄相回。城隍庙后园，水石亭台最胜，中有延绿轩。俗呼嬉游为"薄相"。①

> 车如流水马如龙，轮舶帆船白浪冲。香汛赶齐三月半，龙华塔顶结烟浓。案：龙华三月半，香汛最盛。自开马路，坐车来者较船

---

① 钱大昕：《练川杂咏和韵》，顾炳权：《上海历代竹枝词》，上海书店出版社，44页。

倍多。

士女如云浴佛辰，静安场聚万车轮。衣香鬓影斜阳返，十里红飞马路尘。四月初八日，静安寺游人最盛。①

春

吴下梨园最擅场，构台演剧答春光。少年不尽风流态，爱逮斜窥红粉妆。春台演剧，比户湘帘，佻者来往偷窥，观剧非其本意。

三月十五春色好，游踪多集古禅关。浪堆载得钟声去，船过龙华十八湾。（龙华晚钟，八景之一）三月半，游人集龙华寺。

夏

汪家渡头龙舸划，凌家渡头人喧哗。无数湘帘看放鸭，酒船公子都豪华。午日，浦滨竞渡，酒船放鸭，划舟人捕之，鸭洇人亦洇。

夏秋祈雨赛近神，仪从分排对对匀。觅得儿童架台阁，云端鹤立古仙真。迎神赛会，颇称陋俗，觅俊童，扮台阁故事以夸胜。

秋

桂樽环饼答秋光，处处氤氲朝斗香。携伴良宵出城去，陆家桥上月如霜。中秋夜，道院礼斗，人家竞烧斗香，游人甚盛，群集陆桥看月。

秋成报赛乐年丰，社会多崇杨令公。迎送灵神兼卜兆，绿桑深处鼓隆隆。秋收后，遍处报神，俗呼做蜡。

冬

昨夜天公剪鹤毛，北风吹散遍江皋。垆头买得双蒸酒，同上楼头劈蟹螯。西北关帝阁，俗名大景，雪霁时，邑人于此登眺。②

---

① 秦荣光：《上海县竹枝词》，顾炳权：《上海历代竹枝词》，上海书店出版社，295 页。
② 李行南：《申江竹枝词》，同上，29、30、31 页。

从竹枝词创作所涉及的娱乐项目来看,晚清以来,上海周边的城镇已经出现了一些固定的专事长期演出的娱乐场所,还有长年游走演出的娱乐团体,但在以农业生产为主的社会中,本地乡民很少经常光顾,更有甚者将此视作过度的娱乐休闲,认为其有碍单纯质朴民风乡俗的保持。因此,竹枝词一方面将这些新情况记录下来,另一方面又保留了乡里乡间人们对花鼓戏、影戏等娱乐形式的不屑与抵制。

春台好戏各争强,忽听新音韵绕梁。多少名班齐压倒,让他串客暂逢场。_{俗于春日搭台演戏,曰"春台戏"。}

杨花唱出暗魂销,绳伎新来妙舞腰。相约踏青灯草地,红桥错认作蓝桥。_{春来多吴娃入市唱杨花,演走索等伎。}①

淫词演唱多俚鄙,茶肆柴场闹海滨。影戏更连花鼓戏,伤风败俗害相邻。_{乡鄙有演唱淫词者,或杂以妇人,曰"花鼓戏"。又有影戏,起于浙江之海盐,近复沿及浦东,伤坏风气,莫此为甚。}②

影戏滩簧花鼓戏,诲淫诲盗害宜防。改良风俗推新剧,彻夜西园看化妆。_{花鼓戏等垂为厉禁,吾乡容与会会员辄于暑夜演新剧,观者颇众,然不能无越轨之事。}③

花鼓淫词尽少嬬,村台淫戏诱乡郎。安排种种迷魂阵,坏尽人心决大防。_{最坏者花鼓淫词、村台淫戏,引诱子弟,游荡废业。}

练技拳场到处开,迎神赛会敛多财。诸无赖总为魁首,群饮三更聚赌来。_{迎会演戏,会首鸠财。各村赛祭,引诱招摇,酿成奸窃,甚至跳习拳勇,聚为赌博。}

---

① 陈祁:《清风泾竹枝词》,顾炳权:《上海历代竹枝词》,上海书店出版社,90、97页。
② 倪绳中:《南汇县竹枝词》,同上,350页。
③ 秦锡田:《周浦塘棹歌》,同上,365页。

第八章　竹枝词与生活文化

倚门卖笑不知羞，款客当炉杂女流。廉耻四维浑忘却，直教村妇羡娼楼。①

上海开埠后，来自海内外的商人汇聚沪地，商品贸易的繁盛局面带来的是大量现金的流通。同时，城市的生活作息不同于传统农业社会按节令的分布，使得人们有更多的业余时间可供休闲娱乐，这些都导致了娱乐消费领域的迅速发展与变化。

开埠初期，各种地方剧种、说书弹唱与城市中的茶园、酒楼等消闲场所相结合，形成新的演艺空间与演出形式，出现了乡土文化向城市文化的转变并持续发展的趋势。当时茶园、酒楼的建筑往往采用西式风格，装潢豪华，夺人眼球，"茶馆之轩敞宏大，莫有过于阆苑第一者。洋房三层，四面皆玻璃窗，青天白日，如坐水晶宫，真觉一障翳。"然而这些消闲场馆又兼营多种娱乐活动，因此往往演艺、饭馆、烟馆、妓馆共处一地，难以区分，"计上、中二层，可容千余人，别有邃室数楹，为呼吸烟霞之地。下层则为弹子房，初开时，声名藉藉，远方之初至沪地者，无不趋之若鹜"②，使得人们对之评价趋向以贬低为主，甚至直呼为"销金窟"。

丹桂园兼一美园，笙歌从不问朝昏。灯红酒绿花枝艳，任是无情也断魂。戏园不下数十所，丹桂、一美其最著者，一美即满庭芳。招妓同观，俗称叫局，夜剧来者较多。③

烟花触目太迷离，烟里藏花事更奇。不重生男重生女，女儿生计胜男儿。等而下者曰花烟馆，其数不可胜计，更有女堂烟馆，

---

① 秦荣光：《上海县竹枝词》，顾炳权：《上海历代竹枝词》，上海书店出版社，220、221页。
② 葛元煦、黄式权、池志澂：《沪游杂记　淞南梦影录　沪游梦影》，上海古籍出版社，109页。
③ 《沪北竹枝词》，袁祖志：《海上竹枝词》，顾炳权：《上海洋场竹枝词》，上海书店出版社，9页。

以妖姬应接烟客，履舄交错，不堪入目。然掷金钱如雨，一日所获远胜缠头之资焉。①

　　洋场随处足逍遥，漫把情形笔墨描。大小戏园开满路，笙歌夜夜似元宵。

　　帽儿新戏更风流，也用刀枪与戟矛。女扮男妆浑莫辨，人人尽说杏花楼。

　　群英共集画楼中，异样装潢夺化工。银烛满筵灯满座，浑疑身在广寒宫。②

　　丹桂茶园金桂轩，燕歌赵舞戏新翻。人人争看齐称好，闲煞笙箫山雅园。

　　沧海桑田事易更，最繁华处最心惊。歌楼舞馆销魂地，鬼火当年夜夜明。③

　　竹枝词中描写这类功能定位尚不明晰的茶园酒楼，较多透露的是传统知识分子对世风日下、沪地风气不良的评价。但是同样值得注意的是，竹枝词中也敏锐地捕捉到这些茶园酒楼在娱乐文化发展中的悄然变化：它们吸引着不同的顾客群体，既是招待顾客如官绅、买办、客商的公共社交场所，同时也为戏剧演出的城市转型提供了某些可能。优伶在中国本是社会的下等职业，而且往往为有权有势人家蓄养，他们的演出并不是供大众社会和普通民众娱乐消遣的。自上海开埠后，京班、绍兴班、广东班纷纷前来，在演出内容与形式上均有调整变化，力图摆脱传统束缚更为适应城市的文化需求。这些情况在竹枝词中有许多细致的描写，其中，又以对京剧的

---

① 《续沪北竹枝词》，袁祖志：《海上竹枝词》，顾炳权：《上海洋场竹枝词》，上海书店出版社，14页。
② 晟溪养浩主人：《戏园竹枝词》，《申报》，1872年7月9日。
③ 花川梅多情生：《沪北竹枝词》，同上，1872年9月9日。

吟咏尤为用力,透露出至十九世纪七十年代,京剧成为上海茶园中最叫座、最能吸引观众的剧种:

> 共说京徽色技优,昆山旧部倩谁收。一枝冷落宫墙笛,白尽梨园子弟头。①

> 出色京班次第来,金丹二桂两排开。春魁大嗓音清爽,喊好旁人几十回。②

> 自有京班百不如,昆徽杂剧概删除。街头招贴人争看,十本新排五彩舆。③

> 芳名久学丽贞娘,争道琵琶最擅长。珠凤弹词刚唱罢,接来京调更飞扬。④

> 丹桂天仙皆比邻,还饶金桂斗时新。京徽且漫评优孟,等是登场傀儡人。⑤

> 茶园丹桂满庭芳,到底京班戏更强。出局叫来终不雅,避人最好是包厢。⑥

> 相传菊部最豪奢,不待登场万口夸。一样梨园名弟子,来从京国更风华。⑦

京剧与各类戏剧演出一样,原先的表演内容多为"街谈巷议之故实,靡音曼节之淫词,供旧社会之玩物,赏心则有余,谋新社会之移风易俗则不足"。来到上海后,由于演出对象(市民)、演出载

---

① 龙湫旧隐稿:《前洋泾竹枝词》,《申报》,1872年6月13日。
② 云间逸士:《洋场竹枝词》,顾炳权:《上海洋场竹枝词》,上海书店出版社,384页。
③ 忏情生:《续沪北竹枝词》,《申报》,1872年5月18日。
④ 珠联璧合山房:《春申浦竹枝词》,同上,1874年10月10日。
⑤ (清)葛元煦:《沪游杂记》,上海书店出版社,234页。
⑥ 《春申浦竹枝词》,顾炳权编《上海洋场竹枝词》,上海书店出版社,55页。
⑦ 王韬:《瀛壖杂志》,上海古籍出版社,112页。

体（茶园）的变化，敦促其"新剧一派出焉"①。竹枝词擅长捕捉城市文化领域的最新变化，对京剧这一传统戏剧形式为适应城市公共演出的现代改良作了真实的记录。"出色京班次第来"导致竞争加剧，要站稳城市戏剧舞台，只有改编戏幕、改造舞台背景、改良词曲、创新演出形式，才能既迎合城市观众的欣赏，又适应茶园戏园等城市公共场地的演出。因此，出现了"十本新排五彩舆"的情况，而改良后的京剧作为沪地的外来剧种，却击败雅部的昆曲获得了空前成功："共说京徽色技优，昆山旧部倩谁收"；"自有京班百不如，昆徽杂剧概删除"；"茶园丹桂满庭芳，到底京班戏更强"。同时，改良使京剧又发展出一定的感化社会的作用，"戏剧之改良社会，为一部分之教育方法，实亦普及教育之辅佐品"②。在京剧的带动下，上海城市空间中的戏曲戏剧演出的社会功能与教化能力得到强调，最甚时几乎被赋予与小说启民智相类的作用。同时，戏曲戏剧演出在城市中被日益规范起来，演出时间、演出场地、演出形式等都发展出相应的规范标准。而城市文化舆论的批评引导作用和更多知识分子加入创作乃至演出队伍，使得戏曲演出摆脱了初来城市时停留在只提供感官享受和娱乐的层面，得以在更高层面上发展，成为日后城市文化娱乐领域的重要组成部分。同时，在现代演出场合与规模尚未正式形成的前夕，丰富了城市文化演出的各种空间。

上海开埠后随着入住租界的西人数量日益增多，一些西方休闲娱乐的方式也悄悄地进入城市居民的生活。

首先出现的是英国式的户外消遣活动，如打猎、赛马、划船、网球、板球等。英国商人曾在长江下游芦苇茅草丛生处打猎，作为休息日的活动安排。较之打猎、网球、板球之类有钱人专属的消遣

---

①② 姚公鹤：《上海闲话》，上海古籍出版社，122页。

第八章　竹枝词与生活文化

活动，赛马、赛船等活动则更为大众化，吸引租界日益增多的普通外国侨民与中国人。英国侨民于1851年成立了赛马俱乐部，建造跑马场，后又添置了看台。因为中国缺乏赛马用的马匹，于是选取蒙古种的马充作赛马。每至赛马季节，英国洋行纷纷歇业，像出席重大节日庆典一样，侨民盛装出席赛马会。这种每年春秋两季例行的活动，也吸引了大量中国人参与。后来郑逸梅曾回忆赛马场景，"西人的赛马场，俗称跑马厅，占地四百数十亩，都是华人的田产，硬被西人圈了去的。每年春秋两季，各举行大赛马一次。赛马总是在下午举行，所以各银行、洋行，往往按例停止办公半天，星期六决赛跳浜，那更轰动一时。赛马场四周，只有短栅没有墙垣的，因此就有一些人备着长凳，专供人们站在上面观看，每人取费铜圆三枚。这时规模较大的马车行，把马匹结着彩绸，鞭子上也缀着红缨，称为跑马汛赶生意。那些大少爷们拥着娇妻美妾，乘着这种漂亮的马车，在赛马场外面大兜圈子，去而又来，来而又去。原来坐在车上看赛马，比购票入场还要舒畅，虽车资加倍，也在所不惜。"①竹枝词中详细记载了春秋两季赛马日士女观者如云，富商巨贾一掷千金，极致的奢华行乐之势。

　　橘绿桃红景最佳，玉衔花马逐香街。悬空四足高掀尾，无数游人乐满怀。②

　　年年赛马在春秋，绿耳华骝迥不俦。一霎如飞几十里，争看骏骨占鳌头。③

　　草色平铺赛马场，骅骝开道尘飞扬。西人角逐成年例，如堵来观举国狂。三月廿四、廿五、廿六三日为西人赛马期。

---

① 郑逸梅、徐卓呆编著：《上海旧话》，上海文化出版社，9页。
② 云间逸士：《洋场竹枝词》，顾炳权：《上海洋场竹枝词》，上海书店出版社，384页。
③ 洛如花馆主人：《续春申浦竹枝词》，《申报》，1874年12月21日。

· 495 ·

电掣星驰疾似烟，自鸣得意快扬鞭。齐驱忽讶居人后，捷足犹输一着先。①

一骑飞腾数骑催，万人丛里显龙媒。似因讲武开场围，却把输赢鼓舞来。②

勒缰并辔出花林，十里围场曲折深。马上功名从古有，今朝马上得千金。③

由于城市生活中时间与空间观念的改变，工作与休闲时间的区分，使得居住租界的华人也开始学习西人的方式，利用休息日享受公共活动带来的乐趣。竹枝词中记载的与观看赛马类似的租界大众户外娱乐活动，还有跑狗、赛船、抛球等项目。

抛球才罢又跑船，舟样如梭水面穿。石火电光同一瞬，疾于插翅奋飞还。④洋人遍开抛球馆，闲时以作赌乐。至于浦中跑船，定于春秋二季，以博胜负。

粉墙高筑近街头，中有漫天铁网周。四点钟余无个事，抛球场上去抛球。⑤

游罢申园复逸园，醉心跑狗靡晨昏。无情电兔常轻狡，多少青年已断魂。⑥

多少轻舟打桨游，一时齐过橹声柔。请看此去争先到，肯落人间第二流。⑦

---

① 招隐山人：《申江纪游》，顾炳权：《上海洋场竹枝词》，上海书店出版社，71页。
② （清）葛元煦：《沪游杂记》，上海书店出版社，218页。
③ 辰桥：《申江百咏》，顾炳权：《上海洋场竹枝词》，上海书店出版社，85页。
④ 洛如花馆主人：《续春申浦竹枝词》，《申报》，1874年12月21日。
⑤ 《春申浦竹枝词》，顾炳权：《上海洋场竹枝词》，上海书店出版社，50页。
⑥ 余槐青：《上海竹枝辞》，同上，273页。
⑦ 辰桥：《申江百咏》，同上，85页。

第八章　竹枝词与生活文化

十九世纪六十年代以来，从西洋传入的马戏、西洋镜、影戏逐渐成为租界中深受市民欢迎的娱乐形式。其中影戏一项，由于所映之物生动离奇、幻异莫测，给观众带来极大的新奇感：

> 台上张极薄布幔，内燃地火灯，映出各种技巧，西人名曰"影戏"。沪上曾演数次，尝询诸友人之往观者，云初时海阔天空，波涛汹涌，有轮船一艘，飞驶而下。蓦被狂风吹转，横撞山脚下，截成两橛。正在惶急之际，又有一船自银涛雪浪中驶至，放小艇救起多人。一瞬间，又变成夕阳衰草、秀竹幽花景象，竹中露危楼一角，仿佛是西国园囿。继而雪练平铺，银盘荡漾，丛芦瑟瑟，中有渔人临流撒网。末后幻成浓春光景，日丽风和，花明柳暗，西方士女联袂踏春，约略似元人《清明上河图》，戏遂止。①

竹枝词的作品中，也有许多生动的描写：

> 圆顶鸡笼作戏篷，骏蹄飞舞四蹄风。绿撞掷蹬如神技，齐入鱼龙曼衍中。②

> 外国曾来马戏班，风驰电掣驾云鬟。四蹄旋转人如燕，一次门开一往还。③

> 鬼怪神仙俱逼真，一番演过一番新。蜃楼海市原无据，变相多端总可人。更有彩戏，如演下海则显出龙宫一座，宝物林立；演水斗则金山屹峙，灯火齐明；演大香山则地狱变相，层出不穷，其余可类推。

> 绝技天然出化工，虽云戏术亦神通。可知事到随心欲，猛兽也将拜下风。圆明园路有西国戏园，前年西人车利尼等曾来申演之，班

---

① 葛元煦、黄式权、池志澂：《沪游杂记　淞南梦影录　沪游梦影》，上海古籍出版社，105—106页。
② 《续沪上西人竹枝词》，《申报》，1872年5月30日。
③ 苕溪洛如花馆主人：《续春申浦竹枝词》，同上，1874年11月4日。

中狮象虎马，教导极熟，听西乐节奏，众兽应之，能作拜跪伏，任人指挥。

　　四面台空布幔围，忽然天破忽山飞。虚堂烛灭无陈迹，泡影昙花悟佛机。又有影戏，台之四面张白布幔，纯用电气为之，中置洋画，更番叠换，光射布上，时而茫茫大海，轮船驶至，时而平地高山，禽兽纷出，幻怪离奇，不可胜数。①

　　满场灯火一无留，疑是华胥入梦游。一景未终更一景，依稀海市起蜃楼。夷人所做彩戏，亦如彩画洋披。所异者，人物禽兽皆能灵动，始渐显渐明，渐隐渐暗，再显之则更一景也，幻异莫测。②

此后，1895年12月28日，电影在法国问世。第二年，这一西方最新的技术成果就传入了中国。据《申报》记载，1896年8月11日，一位法国游客在上海徐园茶楼"又一村"放映了一部短片，这是电影第一次在中国放映。此后，在1897—1899年，来自美国、俄罗斯、意大利以及葡萄牙的几位商人先后在天华茶园、奇园、同庆茶园、升平茶楼、虹口乍浦路跑冰场等地点进行商业放映，使电影在上海人气大增，亦令经营者获利不菲。1908年，西班牙商人雷玛斯在虹口海宁路、乍浦路口，搭建了虹口大戏院，这是上海正式修建的第一座电影院。此后，他还修建了维多利亚影戏园等③。不久，外国电影商纷纷在上海开设电影院，至20世纪20年代看电影取代逛茶楼戏院，成为上海都市文化生活的最重要的部分之一：

　　浊世休论爱与憎，且将电影作良朋。便宜最是恩排亚，轩敞无如卡尔登。以电影为消遣品，较诸雅歌投壶味尤渊永。海上之影戏园，就予所知当推卡登首屈一指，售价之廉则当以恩排亚为第一。上海大戏院亦颇不恶，惜距敝庐太远，不能数数往耳。④

---

① 慈溪辰桥：《申江百咏》，顾炳权：《上海洋场竹枝词》，上海书店出版社，84、85页。
② 《春申浦竹枝词》，同上，52页。
③ 参见张仲礼：《近代上海城市研究（1840—1949）》，上海文艺出版社，889—891页。
④ 刘豁公：《上海竹枝词》，顾炳权：《上海洋场竹枝词》，上海书店出版社，253页。

黑暗之中见亮光，全凭白布作排场。离奇怪诞无中有，恰似烟云过眼忙。①

有声有色电光融，海市蜃楼尺幅中。不是西人工幻术，佛家色相本虚空。②上海影戏院多至三十余家，有声、无声皆备，营业发达。

有学者在讨论海派京剧与近代上海城市文化娱乐空间建构的关系时指出，"从就地开演的简易戏棚、到营业性茶园、再到规模宏大的西式剧场，"京剧表演空间在城市中的扩张、竞争和兴替的过程，体现出"日益鲜明的商业性要素和市场化走向"，"使得海派京剧以惊人的态势上升为近代上海城市娱乐文化的表征形态之一"③。笔者认为，这种情况实际上普遍存在于上海近代以来的演出业和娱乐业。当都市空间中产生工作与休闲之区分，体力劳动与脑力劳动之区分，紧张繁重与愉快刺激之区分的时候，娱乐就从自娱自乐的日常活动和时令更迭的节庆活动中被抽离出来，纳入城市的商业组织和消费体系，以商业化、市场化乃至产业化为发展趋向。同样，工作也被抽离出自给自足的日常劳作，成为相对独立的生产领域。于是，都市中工作与娱乐关系的对称结构就产生了：由繁重工作产生出疲惫，缓解疲惫的方式是由娱乐活动提供的刺激与享乐的体验；而娱乐后人们面对的仍旧是繁重的工作。这组关系与农耕时代劳作和娱乐组合的最大不同在于，在都市中无论是工作还是娱乐，都被纳入商业运行体系，生产与消费密不可分，娱乐与消费同样紧密相连。在此过程中，享乐性的娱乐消费得以诞生，并且以更为专业多样的形式（电影、溜冰、跳舞、赌博、演艺等等）蔓延乃至覆盖都市更广大的空间和人群。

---

① 叶仲钧：《上海鳞爪竹枝词》，顾炳权：《上海洋场竹枝词》，上海书店出版社，296页。
② 余槐青：《上海竹枝辞》，同上，272页。
③ 张炼红：《"海派京剧"与近代中国城市文化娱乐空间的建构》，《戏曲艺术》2005年3期，14—23页。

（二）文化消费和消费文化的出现

1861年11月下旬，英国商人匹克乌德创办了上海第一张中文报纸《上海新报》，起初每星期一份，至1862年5月7日，改为每周发行三次，至1872年7月2日，才改为日刊。《上海新报》适应上海开埠后的商业信息流通的需求，报道以商业为主的市场消息，发刊启事声称"所有一切国政军情，世俗利弊，生意价格，船货往来，无所不载"①。作为商业性报刊，《上海新报》获利颇丰，使得英国商人美查放弃手头的茶叶和棉花生意，转而创办《申报》。创刊时的《申报》零售价格每份仅售铜钱八文，而《上海新报》每份零售价格是铜钱三十文，相差近四倍。低廉的价格为《申报》带来更多的读者，同时《申报》还以刊登《征稿启事》等方法联络文人、充实报纸内容："望诸君子不弃遐僻，或降玉趾以接雅谈，或藉邮简以颁大教，庶几匪其不逮"②。《上海新报》在《申报》的冲击下，销数连续下滑，于1872年6月27日将报纸的售价降低到与《申报》同样的每份八文，但仍无法挽回颓势，终至1872年12月31日宣告停刊。《申报》主人美查曾坦然应对《上海新报》的降价挑战：

> 阅昨日《上海新报》，知其改式，价格与本馆同一，便人取阅之法，深幸其有同心也。窃思新闻纸一事欲其行之广远，必先求其法之简、价之廉，而后取者以所资无多，定必争先快睹也。夫中土多极大，都会上海又极大口岸，其奇闻异事本难遍为搜罗，其崇论宏议复不囿于方域，好事博闻者又必欲兼收并蓄，不厌其烦，是即采集刊印者，再多数家亦必无重复之虞，而有流通之美矣。况仅止本馆与字林两家哉？抑本馆尤有

---

① 曹聚仁：《上海春秋》，上海人民出版社，100页。
② 《申报》，1972年，5月17日。

第八章　竹枝词与生活文化

望者，有奇共赏，有疑共析，此同事之佳话也。①

美查指出报纸要扩大销路，不仅仅应该价格低廉，适应读者的文化需求同样不可忽视，新闻报道应对"奇闻异事"、"崇论宏议""遍为搜罗"，与同行"有奇共赏"、"有疑共析"，方能名利双收。从《申报》对《上海新报》的完胜中可以看到，价格与需求并举的商业运行机制正在通过报刊渗透入近代上海的文学领域和文化市场。

报刊最初针对的读者群以市民为主，这个群体的人数要远远大于传统的文人士大夫，因为当时现代报刊影响力尚弱，人们普遍认为报刊是朝报的变相，发行报纸只是杂役一类的营生，"每一报社之主笔、访员，均为不名誉之职业，不仅官场仇视之，即社会亦以搬弄是非而轻薄之"②。况且，报纸为吸引普通读者，往往采用并推广更为通俗的文体，在传统士大夫们看来又是败坏文风的作为。然而随着《申报》、《汇报》、《益报》、《点石斋画报》、《新闻报》、《彚报》等报刊的面世，各色报馆、书局的出现，越来越多的市民读者参与到印刷品的阅读传播中来。人们发现报纸、杂志、书籍等印刷品在城市中同样可以作为商品去买卖，印刷品作为商品不再仅仅受到生产者（作者、编辑）的控制与制约，同时也将面临消费者（读者）的控制与制约，而且来自消费者的要求甚至会影响生产者、文化产品乃至文化产品的生产过程。其实，竹枝词在《申报》刊登以后，作者群体对这种改变的认识已经非常深刻了。他们记载的，不仅是报纸等文化产品成为城市中司空见惯的文化消费品，而且还有这类文化消费品的生产过程、传播范围与人们竞相购买的场景，即文化消费的动态过程：

---

① 《本馆自叙》，《申报》，1872年6月28日。
② 姚公鹤：《上海闲话》，上海古籍出版社，128页。

客窗寂寂静难禁,一纸新闻说字林。今日忽传有申报,江南遐迩共知音。

我来沪上作枝栖,花映东邻月映西。看到竹枝聊写意,和成俚句隔云泥。①

白阳画稿少陵诗,颜氏真书范氏棋。学罢自怜忙未了,又吟申浦竹枝词。②

巷议街谈费讨寻,一时声价重鸡林。蜃楼结撰虽无碍,清议原存愤世心。

铅字排成夺化工,聚珍活板得毋同。文章有用原无几,省却灾梨易奏功。③

蝇头细字看分明,万卷图书立印成。若使始皇今复出,欲烧顽石亦经营。④

旧日图书未尽宜,欲新教育创公司。大开编印分销处,既可培才又得资。

自开石印创新书,纸墨精良大变初。装饰又多西籍样,牙签标字架中储。

译书新出已频仍,标目争先日报登。惹得嗜奇人竞买,每多暗合异名称。

纵观南北各书坊,半备消闲半学堂。旧日诗文今尽弃,驱时新置教科忙。

---

① 嘉门晚红山人:《续沪江竹枝词二十首》,《申报》,1872年9月28日。
② 青溪月圆人寿楼主:《申江竹枝词》,同上,1872年12月11日。
③ 邗上六笏山房主人:《申江杂咏》,葛元煦:《沪游杂记》,上海书店出版社,213、214页。
④ 慈溪辰桥:《申江百咏》,顾炳权:《上海洋场竹枝词》,上海书店出版社,82页。

第八章　竹枝词与生活文化

图书刷印有专门，运动机声日夜喧。递入纸张环转捷，揭开字画显留痕。

东京书籍设公司，新制文房各式奇。笔墨图章兼册页，学堂应用最相宜。①

报纸、杂志等印刷品在上海城市空间开始发行，它们自身作为商品获得成功而广泛的消费与传播以后，渐渐地，媒体意义上的大众社会首先出现了，城市的舆论空间也随之得到开拓并日益发挥影响。与此同时，报纸杂志登载的内容也会对城市中的其他消费品与消费形式进行有意或无意的舆论宣传。市民读者是这些有关"消费"的舆论宣传首当其冲的对象，他们购买了这些文化产品，获得的不仅是文化产品的物质形式，而且也包括由文化产品作为载体而传播的城市"消费"形式与"消费"理念。正是在看似简单的买报读报的文化消费过程中，"消费"作为城市中某种生活形式与理念被悄然传播并得以固定下来，所谓"固定"的意思是消费作为一种行为本身被固定下来，而消费的内容则将在城市中出现花样百出、包罗万象的变化。

竹枝词似乎也无意中扮演过城市中商品与消费行为宣传者的角色，其作用不亚于广告。将竹枝词对商品的宣传与《申报》上出现的广告进行比较，就颇能说明问题。起初，广告出现在《申报》上名为"告白"，主要登载的是洋货号、洋行、本地商号贩卖的洋货日用品及本地畅销货品的信息，如下列《申报》创刊号上"衡隆洋货号"的一则广告：

本号开张在大马路，专办镜面哈喇大呢，哆啰彩呢，荷兰公司羽毛，哔叽，花素羽纱，羽茧，羽绉，羽绫，新式五彩花

---

① 颐安主人：《沪江商业市景词》，顾炳权：《上海洋场竹枝词》，上海书店出版社，129、130页。

· 503 ·

布，各样牌子原布，粗细斜纹洋标布等货，必应俱全。倘蒙士商赐顾者，公平交易，诚实无欺，认明本号招牌，庶不致误。[1]

此则广告没有显著的标题，也没有招揽顾客夺人眼球的词汇，基本上是洋货号经营范围的介绍和买卖公平无欺的保证，这是《申报》登载广告初期的典型情况。此后，随着《申报》销路的扩大，至1883年，除了介绍经营日用品外，五金机械、西药等进口货的广告越来越多，还出现了房屋招租、保安公司、保险公司、拍卖、"启事"、"声明"、"寻人"等社会服务类广告。报刊广告内容范围的扩大，植根于上海各外国杂货号与华商商行林立，商品琳琅满目的商业盛况。但当时报刊广告的文字撰写充其量只是商品名称、店铺信息的简单介绍，没有能力带给人们商品的直观印象，相比较，竹枝词中对新器物与新技术应用的描述，反倒因为极具"视觉化"效果的画面呈现，对琳琅满目的物质商品和新技术手段在生活中的应用具有更为有效的推广作用。如《沪江商业市景词》中的下列竹枝词，几乎成了后世所谓的广告"软文"：

>　　自鸣钟表亦开行，大小金银灿有光。铁作钥匙铜作链，时人争买共珍藏。

>　　洋琴乐器亦开行，各式新奇莫测量。宜击宜弹宜按捺，同工异曲韵悠扬。

>　　缝衣机器号胜家，八十英蚨买一车。脚踏手摇针引动，雇人教缉各般花。

>　　罐头牛奶制成酥，签贴标牌样各殊。独有飞鹰推妙品，家家争买美膏腴。

---

[1] 《申报》，1872年4月30日。

第八章　竹枝词与生活文化

几家照相例如宽,像映玻璃任客看。呆女痴男同拍影,将来反目拆开难。

浅深疏密影玲珑,人物禽鱼映镜中。尺幅堪留无限景,画工虽巧莫争功。

伶人歌唱可留声,转动机关万籁生。社会宴宾堪代戏,笙箫锣鼓一齐鸣。

买得传声器具来,良宵无事快争开。邀朋共听笙歌奏,一曲终时换一回。①

钟表、乐器、缝纫机、罐头牛奶、德律风（电话）、照相馆、留声机这些舶来品,在竹枝词作者笔下,被组织到现代城市生活的画面中去,既描写了物质商品本身,又展现了人们争相购买、使用、体验的消费行为。这类创作比单纯的广告具有更强的感召力,呼唤更多的市民读者参与到消费新奇物质产品的行列中去。

当文化产品在城市中也成为商品阵列中重要的一员时,竹枝词对文化产品的介绍与品评也同样不仅仅是作者一人的体验和主观评价,它通过报刊载体进行传播交流,对读者产生影响,进而改变人们的消费行为和观念。这里,同样可以用《申报》中有关文化产品的广告来进行比较。1872 年 9 月 28 日,《申报》上出现了最早的戏剧广告:

丹桂茶园:
日戏:武昭关、大保国、宁武关、宇宙锋、战城濮、双合印、铁笼山、荡湖船、绣绒花。
夜戏:辕门射戟、拦江救主、盗御马、连环套、麟骨床、

---

① 颐安主人:《沪江商业市景词》,顾炳权:《上海洋场竹枝词》,上海书店出版社,118、119、133 页。

南天门、赵家楼、思凡、十二红。

金桂轩：

日戏：打登州、法场、换子、下河东、玉堂春、风云会、鸳鸯门、界牌关、四进士。

夜戏：游武庙、取成都、祭江、赵家楼、战北原、查关、摇钱树、关亲、战渭南。

九乐园：

日戏：淹七军、太平桥、蔡家庄、一匹布、牧羊圈、艳阳楼、借闺女、描容。

夜戏：高平关、光武兴、武当山、四郎、探母、探祝庄、射红灯、扫秦、打锅。[1]

最初的戏剧广告，只登载戏园的名称和戏目，直到1883年9月8日《申报》的戏剧广告中才出现演员的艺名[2]。这些广告只提供了日戏和夜戏的演出戏目信息，并无招揽观众夺人眼球的词汇以及推销演艺产品的介绍。相比较而言，《申报》竹枝词则将戏曲演出中演员扮相、演艺行为、观剧盛况、观众反应等，一并纳入观察视野，为人们提供有关演艺消费的想象：

洋场随处足逍遥，漫把情形笔墨描。大小戏园开满路，笙歌夜夜似元宵。

大汉关西唱大江，应推张八擅无双。歌喉啭处声高下，滚出铜琶铁板腔。

丹桂京班素擅名，春奎北调甚分明。五雷阵与双园会，定

---

[1] 《申报》，1872年9月28日。
[2] 参见徐载平、徐瑞芳：《清末四十年申报史料》，新华出版社，75—77页。

第八章　竹枝词与生活文化

有旁观喝采声。

　　争新斗巧费思量，创出奇情亦擅长。山凤一班童子串，翩翩歌声共登场。

　　帽儿新戏更风流，也用刀枪与戟矛。女扮男装浑莫辨，人人尽说杏花楼。

　　鸿福名优迥出群，眉梢眼角逗红裙。飞舆竞说来山凤，要看今朝唱上坟。

　　群英共集画楼中，异样装潢夺化工。银烛满筵灯满座，浑疑身在广寒宫。①

　　南北茶园号不同，班分文武演相通。西人门首严看守，戏目皇皇贴满红。

　　招友身依六幅窗，京徽调响间昆腔。登楼坐阁凭子便，片纸鲜红日已降。

　　出众声音出式衣，窥来目炫手频挥。许多节义兼忠孝，看罢抽身且暂归。

　　一坐园中眼已花，红妆偏对夕阳斜。欠身恨惹旁人看，娇倚娘肩首故遮。

　　寻常姊妹作凄凉，彼此同情作艳妆。接耳交头争座位，便宜还是拟包厢。

　　几等游人已定踪，赏心豁目倚窗棂。玉环金钏铮铮响，纤手原来举茗烹。

　　戏牌一挂着优伶，脚色全完演不停。剧到出神齐喝采，喧

---

① 晟溪养浩主人稿：《戏园竹枝词》，《申报》，1872年7月9日。

天锣鼓醉应醒。[1]

　　以上描写落笔茶园戏院环境、角色唱功做派、不同剧种竞争、观众服饰神情等，可以看到，茶园戏院在城市中已经不仅是戏曲演出的空间场所，也是承担社交活动功能的公共空间。竹枝词的多方位展示，使得戏曲产品与文化消费、传播行为一并得以宣传，既给人以身临其境之感，又召唤读者参与其中，完成向观众、消费者身份的转型。就这样，普通市民只要花八文钱（外埠十余文）买一份《申报》，就能获得各种演出现场的相关信息，哪怕不是身居上海的读者，没有机会观看演出，亦能通过阅读报刊了解现场的精彩；没有机会观看演出，亦能通过阅读报刊了解剧目和演员情况甚至演出盛况。舞台上光彩照人的角色形象，演出中锣鼓喧天的热闹场面，戏园里观众竞相喝采和评价，经由报刊媒介的传播走入寻常百姓家，启发了人们的消费欲望，同时也塑造了他们对城市文化的理解与想象，当然也悄然召唤更多市民参与到各种消费行为中去。在此，《申报》等报刊和杂志上的竹枝词作为城市舆论的组成部分，参与到城市的消费实践中，在消费品、消费行为与媒体舆论的互动中，令近代上海的消费功能日益凸显，并潜移默化地改写与塑造人们的消费观念与文化想象。

---

[1] 松江养廉馆主：《上海茶园竹枝词》，《申报》，1874 年 2 月 5 日。

第九章
竹枝词与性别文化

竹枝词的民歌渊源、非主流的渊源以及关注地方风俗和生活细节等创作特点,决定了它会比一般的文学作品更容易反映普通民众的生活状态,通过这些作品,可以折射出不同历史时期两性的关系和性别文化的建构。在近代城市化的过程中,随着生产方式的变革,女性的职业群体逐渐形成;城市近代化以后女性活动的时间和空间发生了巨大的变化,她们对社会的关注和参与度也进一步增强;随着商业社会的兴成和消费文化的发展,生活品质的进一步提升,以夫妇为核心的家庭生活的变化,家庭共同消费的增加等等,也正在悄悄地改变两性相处的关系,都市文化的建构中,原先被忽略的女性的作用和贡献,在大众生活的层面上获得相对的认同,一种不同于传统社会的新的性别文化和关系,正在渐渐形成。

第一节 竹枝词中的性别观察

竹枝词的作者,自古以来,以男性作者为主,但作品中则歌咏女性为多。清代以后能够写诗的知识女性，也有写竹枝词的，虽然有些是与男性作家的同题唱和，但书写的情事和风格则有女性的特点。

传统的竹枝词中，由男性书写的女性形象，大多是田园村姑，在公共场合出现的，不外是节令或民俗中的女性。上海地区开埠之前，女性出行还有一个机会，即庙会。竹枝词在歌咏女性参与这一类活动的描写比较多：

妇女齐烧八寺香，金莲遍踏讲经堂。东家阿姐西家妹，几度人前避阮郎。①

村村纺织胜寻常，赶出功夫去进香。约好东邻西舍伴，侬家准备洗衣裳。

闻说今朝天气晴，衣香人影认分明。东家姊妹西家妣，两两三三带笑行。

多少裙钗上石台，深深下拜晕红腮。料他怕被闲人听，暗祝观音送子来。

乡村老妇爱修行，提着香篮赴佛堂。刚把佛经宣念毕，坐来各各话家常。

街分南北与东西，买卖人都集市中。桥上竹篮桥下桶，山门一路挂烟筒。

西洋镜里画堪窥，戏法般般演出奇。最好文昌高阁外，咿呀听唱劝人诗。

女伴游来步步偕，从人众处力肩挨。全凭着得弓鞋稳，穿过蟠龙十字街。

---

① 顾翰：《松江竹枝词》，顾炳权：《上海历代竹枝词》，上海书店出版社，168页。

第九章　竹枝词与性别文化

> 小姑少妇爱梳妆,带得青钱满秀囊。渠要买花侬买粉,大家挤上庙前廊。①

庙会是传统社会中女性以正当理由出现在集市和公众场合,参与公众活动和娱乐的好机会,对于当时出行机会不多的女性来说,常常是一年中非常兴奋的事情:

> 村庄少妇约同行,一夜踌躇梦未成。早起梳妆开户望,今年天比去年晴。

> 谁家儿女独超群,肤腻如脂发似云。惹得游人齐送目,白罗衫子碧丝裙。

> 黄幡高揭带烟飘,虔把心香一瓣烧。烧尽心香无别祝,祝侬趁早嫁文箫。②

诗中描写青年女性进香赶集,精心装扮,靓丽可人,字里行间充满着赞许欣赏的眼光。这是因为女性赴庙会进香的行为,在传统社会里,早已被认可,正像节庆日的活动一样。随着城市近代化生活方式的改变,原先的庙会和集市,后来渐渐地扩展成为游园、坐茶馆、戏院听戏,这些新的娱乐场所也成为都市居民中女性新的社交场所。原先庙会上的赶集,逐渐演化成了逛街购物,而上海后来出现的许多分化细致的时尚用品商店,消费者中女性占很大的一部分,而光鲜的衣着,时尚的生活方式的追求,与当年赴庙会时的小姑娘的心情也是一样的。在都市的新空间中,女性对时空的把握和利用,已经完全不同于农业社会。对新鲜事物和为她们打开的新空间,充满了对新式生活的渴望和追求,对新的生活方式充满了好奇和激情。虽然竹枝词的作者以男性为多,但仍然充分反映了这种

---

① 金凤虞:《浴佛会竹枝词》,顾炳权:《上海历代竹枝词》,上海书店出版社,477页。
② 金玉音:《浴佛会竹枝词》,同上,474、475页。

变化。

(一) 竹枝词男性作者的视域空间

近代上海的城市,仍然是以男性为中心的社会,早期竹枝词的创作,以男作家为主,也有拟女性口吻创作和女作家创作的情况,但为数甚微,这就使得竹枝词描写女性往往站在男性观察的立场上。然而,不同时期的竹枝词,在对待女性出现在公众场合的态度是不同的,这说明写作者观察的角度正在发生改变。当我们翻检十九世纪以来的竹枝词作品,可以看到这种变化是非常明显的:

首先是关于参加庙会一类的活动,似乎很少见到批评的言语:

东家姊妹约西邻,道共香车去踏春,行到静安花密处,只闻笑语不逢人。静安游宴,为士女采兰赠芍之地。

天后宫中玉步摇,瓣香密叩琼霄。愿郎心似江头水,日日如期两度潮。天后极著灵验,士女多进香者。①

其次是传统文人对于女性的时尚装束、突破传统的婚姻等等社会现象,有点看不惯:

绛帐春浓集众英,耳提面命最关情。于今学界真平等,教授居然取女生。某学校男女兼收者也。国文教授易某,道貌岸然,诲人不倦,向抱博爱主义,而某女士感情犹恰。会易有鼓盆之戚,该女生窃师毛遂,遂以学生资格一跃而为师母焉。

闺秀无端欲自媒,胸前花蕊电灯开。鲰生不识怀春女,道是梨园小旦来。年来梨园旦角之善趋时者,恒于胸际插一特制锦花,花蕊为小电灯泡所装,蓄电筒于襟底以手捺之,倏明倏暗,借以摄取观客之眼光。青楼荡妇靡然效之,久之遂成风气,训之大家闺秀而亦为之,是诚吾国绝无仅有之怪现象也。

---

① 刘梦音:《上海竹枝词》,顾炳权:《上海洋场竹枝词》,上海书店出版社,417页。

第九章 竹枝词与性别文化

家传诗礼旧门庭，有女潜开孔雀屏。多少俊人裙下拜，独垂青眼到优伶。遗老有女曰舜英，神仙中人也。未嫁而聘夫死，世家无与论婚者，舜英悲不自胜，辄偕二三女友至梨园消遣。旦有名芍药者，貌绝美，舜英悦之，日往该园观剧，久渐稔，遂生恋爱关系。遗老持开放主义，知之而不禁。今舜英已随该伶北上矣。

士女如云莅舞场，钢琴声里舞双双。娇娃肯就回身抱，如此文明亦可伤。西藏路某大菜馆近辟广厅为舞场，任客自由加入，每小时跳舞一次。舞必一男一女，此男女不必素识，但得一人介绍，即可携手登场一显身手。舞时互相拥抱，期间相去不能以寸。文明则文明矣，其如不衷吾国礼法何。

恋爱于今尚自由，欲谈贞操使人愁。朝秦暮楚寻常见，身世真如不系舟。某女士一岁两易其夫，以荡检逾闲见弃于所夫，未几嫁医士某，不数月又下堂去。近为某学校琴歌教员，因与男教员某结不解缘，刻定于下月正式结婚，一对可怜虫，不知能否百年和好也。

结婚而后又离婚，覆雨翻云不惮烦。海上忽逢陈仲子，鱼轩辗转入侯门。社会之花有所谓五少奶奶者，某公子下堂妇也。漂泊春申江上可两载，偶于女友家值某师长，一见倾心，遂订白首，此漂泊无家之少妇遂一变而为师长夫人矣。①

女学生和他的老师结婚，似乎是乱了"辈分"，自然是要看不惯的；一位遗老的闺秀，因未婚夫去世，她便彻底丧失了做新娘的机会。这位姑娘勇敢地冲破世俗偏见，和一位"优伶"恋爱了。作者似乎觉得这对一个家传诗书的门庭来说，实在不是一件光彩的事。至于袒胸露臂吸引异性的装束，跳交谊舞时男女的近距离接触等等，更是有伤风化之事，这种彻底"带坏"了良家妇女，令人不能容忍。但无论作者如何评价，这些新鲜的人和事，反映出人们的

---

① 刘豁公：《上海竹枝词》，顾炳权：《上海洋场竹枝词》，上海书店出版社，244—247页。

生活方式正在发生深刻的变化。

刘豁公的《上海竹枝词》刊行于1925年，每首诗下自注比较详细，可以知道他的作品取材于时事杂闻，有相当一部分是报刊上的新闻。而这些有点"八卦"的社会新闻，正是上海近代城市化以后，普通百姓茶余酒后热衷的新奇之事。对这些新奇之事，作者也有比较正面的评价，例如，他对沦为底层职业女性的同情和怜悯，批评的不是当"模特"的女性，而是不尊重女性的雇主：

> 冰肌玉骨拟云英，裸立人前泪欲倾。小字不劳频过问，须知模特即儿名。时髦画师盛某，设美术社于白克路某号室，以贱值雇一小家碧玉为模特儿，日令裸立讲台，俾彼从游弟子实地写生，更备参观券多张，任人购取，每券索费二元，生涯颇不寂寞。事为捕房所闻，封禁之。事载民国十三年十月二十四日上海各报。

但对身手矫健，和男性一样会开摩托车的女性，作者充满了羡慕和夸赞：

> 明眸皓齿鬓堆鸦，知是谁家解语花。一事令人最艳羡，自然摩托去开车。一年甫及笄之女郎，明眸皓齿，娟媚入骨，恒自驾一绿色摩托车东西驰骤，其疾如飞，佻薄者驾汽车尾之，然而驾驶之术终不之逮，个妮子真慧人也。

对于打破世俗习惯的婚姻，作者也表达了赞赏和钦佩：

> 胡家人物信开通，婚制居然尚大同。义切绸缪宁异众，姻联同姓见高风。某大学校长胡某为海上著名之数学家，今定于耶稣圣诞日续弦。其新夫人亦胡氏，是否同族固不可知，然同姓联姻实破吾国婚姻之惯例，不可谓非创举也。事载民国十三年十二月二十三日时报。[1]

可见，近代社会的变化，已经从根本上改变了人们的生活方式

---

[1] 刘豁公：《上海竹枝词》，顾炳权：《上海洋场竹枝词》，上海书店出版社，243—244、246页。

和观念价值,而这一时期的竹枝词作品在"女儿"传统方面,有了新的变化,许多作品更具有时代的特征。

(二) 女性生活的新空间

近代上海竹枝词中对女性生活新空间的描写,唾手可得。翻检这一时期的作品,可以看到,都市女性的活动空间已经大大拓展。从原来的只能赴庙会,变为去教堂参加宗教仪式或活动。与庙会相比,一个礼拜一次的活动显然要频繁得多:

> 小姑不字励贞修,天主堂中结伴游。记得明朝逢礼拜,五更灯火照梳头。①

> 天主堂开法界中,七天礼拜闹丛丛。男和女杂混无耻,乱道耶稣救世功。②

尽管作者看不惯,但恰好说明"礼拜"是女性可以出门参与公众活动和社交活动的一个"正当"理由,这种宗教活动不仅有社交的功能,同时也有学习新知识的机会。在近代都市化的过程中,"礼拜"的概念也是一个作息时间的概念,作六休一的城市时间安排,对女性来说,同样有重大的意义。

其次是看戏。竹枝词写女性看戏的激动和积极,比之进香有过之而无不及:

> 演戏刚逢日月朝,家家妇女讲深宵。看台宜与戏台近,吩咐奚奴预作标。

> 邻家姊妹各商量,明日如何作晓妆。小婢点灯亲检钥,隔宵翻出好衣裳。

---

① 龙湫旧隐:《续沪南竹枝词》,《申报》,1872年8月23日。
② 洛如花馆主人:《春申浦竹枝词》,顾炳权:《上海洋场竹枝词》,上海书店出版社,42页。

> 一夜芳衾睡不成，晓鸡齐唱报天明。先挑锦帐窗前望，果否何如昨日晴。
>
> ……
>
> 阑干几曲只低凭，台是篷帐系是绳。背后一声呼小姐，吾家小姐也来登。
>
> 瞥见裙钗队一过，交头接耳话谁何。衣裳时式鬓时样，谁是新娘谁是婆。①

第二天晚上看戏，头天就激动得一夜难眠，第二天早早打扮好却一直要等到晚上。作品十分生动地勾勒出当时的女性对文化活动的热情和期盼。无论年龄，无论婚否，看戏都成了她们非常重要的社交和娱乐活动。这中间包含了未婚的女性遇到可心的另一半的可能，也包含了展示时装和风采的机会、社交活动的机会。作者把这些女性关注的"八卦"重点写得淋漓尽致，而那些时尚打扮的款式虽然来自青楼，但却很快成为普通良家女性追求的样式；甚至还有为了听戏，故意装扮成女堂倌的样子：

> 梨园子弟赛长安，赵瑟秦筝度曲难。齐向碧阑干外坐，分明看戏惹人看。
>
> 宫装借得舞衣裙，雉尾双翅插鬓云。莫使画工偷出塞，恐人错认是昭君。
>
> 葫芦依样仿青楼，银水烟筒翠玉钩。更爱清倌人伴好，艳装添个小鸦头。
>
> 荆钗裙布越风流，独步城隅秉烛游。扮作女堂倌样子，好

---

① 《妇女看戏竹枝词》，顾炳权：《上海洋场竹枝词》，上海书店出版社，387页。

听花鼓上茶楼。①

由于社交和出客的机会增多，无疑会增加女性衣饰的消费。于是，逛街、购物也和游园观戏等结合在一起，不断拓宽女性的社会活动空间：

家家姊妹费商量，不斗浓妆斗淡妆。想是名花宜素艳，一齐浅色着衣裳。

时样争翻外斗妍，新装小小髻儿鲜。菱花方寸随身便，频见开奁对鬓蝉。②

闺门妇女亦随波，有似新娘有似婆。时式衣裳时式髻，神凝目定语无多。③

三天跑马亦雄观，妇女倾城挈伴看。赖有邻家老妈妈，跳浜等到夕阳残。④

城市的近代化以及商业的发展对传统农业社会的秩序是一次冲击，而随着女性生活空间的开拓，对生活品质的追求就会随之而来。秦锡田的《周浦塘棹歌》中"风俗"一节，道出了农村女性对城市生活的向往，以及城市的生活风气对传统农村生活的影响：

近来风俗太奢华，贫户兴居效富家。富者渐贫贫者败，年年血汗掷泥沙。古语云："三世长者，方知衣食。"乃近来衣食粗给，即求精美，镇上洋货店兼售绸缎，亦制新衣，每至秋后，利市三倍。

女子奢华习成性，衣裙钗珥必求精。那知夫婿营生苦，担压双肩月五更。年来赤金价落，妇女争购金饰，衣必绸缎，棉布不屑

---

① 泾左碌碌闲人：《沪上游女竹枝词》，《申报》，1872年10月18日。
② 花川悔多情生：《沪北竹枝词》，同上，1872年9月9日。
③ 松江养廉馆主：《上海茶园竹枝词》，同上，1874年2月5日。
④ 鸳湖隐名氏：《洋场竹枝词》，同上，1872年7月12日。

穿矣。

> 影戏摊簧花鼓戏，诲淫诲盗害宜防。改良风俗推新剧，彻夜西园看化妆。花鼓戏等垂为厉禁，吾乡容与会会员辄于暑夜演新剧，观者颇众，然不能无越轨之事。①

显然，女性生活空间的开拓是复杂的，城市工业化给传统的生产方式带来的冲击，社会空间以及社会关系的改变和复杂化，都在此类作品中不断出现。从某种意义上来说，竹枝词中的女性图景，一定程度上也是特定意义上的社会生活图景：

> 航船来往惯乘潮，汽艇开行客广招。帆力那如机力健，年来航业日萧条。航船日往上海者，陈行两艘，桥头、塘口各一艘，来往松江、周浦镇四艘。自小轮船湾泊塘口载客后，松江航船减至二艘。其余各航船亦不能按日开班矣。光绪末，有周浦小轮经桥头、陈行、塘口开赴上海者，不久即停歇。

> 塘口修船厂四开，船多春末夏初来。绿杨阴里人声沸，疑是长空送远雷。塘口多修船厂，夏间帆船云集，市为繁盛。

> 陆家宅辟轧花场，土法泽机迭改良。人力终输蒸汽力，天然淘汰慨乡庄。陆家宅在陈行北，轧花最盛，日出花衣数十担。自火机行而乡庄小轧户衰矣。轧车初用土法，器拙而缓。光绪中，东洋轧车以铁为轮，力重而出衣多，人争用之。

> 一手三纱纺脚车，棉纱均细胜丝麻。沪滨纱厂纷开设，农妇终年不纺纱。手拈三棉条而以足转车，名曰"脚车"。自洋纱盛行，农民买纱以织布，而妇女皆不纺纱矣。②

城市的工业化的生产方式，带来了生产力的解放，不再纺纱织

---

① 秦锡田《周浦塘棹歌》，顾炳权：《上海历代竹枝词》，上海书店出版社，364、365页。
② 同上，367、374页。

布的农村女性，会有更多的自由支配的时间，于是，我们可以看到，这些地方的年轻女性的生活方式的变化：进城参与城市的生活，走向职业的生涯；另一些家庭主妇则倾向于注重生活的精细化。

二月春风送嫩寒，尝新角黍早登盘。摘来半尺青芦叶，香裹晶莹玉一团。浦滩芦叶易长，二月间摘以裹粽，味犹清香，名"新芦箬粽"。

邻家姐妹巧心裁，地栗镌花朵朵开。捣烂黄酥梅制酱，荷色蜂蜜渍青梅。荸荠，一名"地栗"，去皮琢成花，其白如玉。黄梅捣烂，和以糖，或蒸或晒，皆可成酱。青梅去核，刻面荷色，渍糖霜，名"梅子荷包"。

冰糖捶碎更千锤，模印花纹细若丝。不但堆盘成五色，色香味永耐人思。糖加各种花叶果品，捶之极细，范以小模，成方圆、梅花、海棠、折扇等形，和玫瑰花者色红，薄荷叶色绿，桂花色黄，松子色白，乌梅色黑。

如晶如玉白无瑕，梅酱糖霜次第加。凉沁心脾清心骨，荷兰汽水不须夸。以一种草子俗名"凉粉子"者，揉于水中成液，磨茨菇汁点之，即成腐，名"凉粉"。益以梅酱、薄荷汁等，尤香爽适口。又有化洋菜于水熬之成腐者，亦曰"凉粉"。

脱花上岸熟西瓜，瓜剖红瓤渴当茶。别有田家好风味，粉蒸荷叶饼煎茄。大暑节后，棉花叶茂，锄草事必，名曰"脱上岸"。西瓜至大暑始熟，瓜瓤有红白两种，间有淡红、淡黄者。摘荷叶包猪肉，和粉蒸之，名"粉蒸荷叶"。切茄子成片，中实肉馅，和面煎成饼，名"落苏饼"。落苏，俗称茄子名也。

南瓜和粉制成糕，入口甘逾王母桃。装满瓷盘纷馈岁，谐声合唤万年高！南瓜，俗称饭瓜。去瓤与皮，煮熟和粉，范以模。或作桃形，上有花纹，名"饭年糕"。饭，声谐万，糕，声谐高，更寓颂祷之意。馈岁，俗称年礼。①

上述竹枝词记载了上海地区手工业制作的精良和发达，这其中有许多是女性参与的行业：

> 课勤②工艺日精良，席展龙须八尺长。陈列松江物产会，宠颁奖状给银章。课勤院工艺，有木器、竹器、织席、成衣四种。宣统元年，陈列松江物产会，花席邀银牌奖。③

如果将这一时期的竹枝词作品与传统竹枝词作比较，女性图景呈现出全新的空间结构。作品中频频出现描绘女性走出户外体验新鲜活泼的现代生活，礼拜堂中男女自由交往，女伴们选购商品竞相翻新装扮，商量结伴上戏园酒楼等等，可以说，女性成为作者观察城市的兴奋点；随着竹枝词创作的传播，在市民日常生活中产生的影响，更加推动这些活动的普及。女性公共空间活动的机会增加，男女两性在公共空间的交往越来越被认可。这种有限的改变，却预示着近代化城市化以后的两性文化将重新建构的必然性。

（三）女性的被消费和女性的消费

竹枝词创作的空间转向不仅提供了特定时期的社会图景，同时也反映了特定时期的认知方式。男性作者关注公共场合出现的女性群体，创作竹枝词，产生出一种文学图景的认知和满足。然后再通过报刊传送给读者，再度产生文学图景的认知和满足，从某种程度上说，这是一种"文化"的消费。

---

① 秦锡田《周浦塘棹歌》，顾炳权：《上海历代竹枝词》，上海书店出版社，375页。
② 秦锡田先后兴办正本女子学堂、本立小学、中华农业学校、三林初级商科职业学校等十多所学校。公益事业方面，1906年在陈行创办课勤院，"教以一艺，俾谋生计"。
③ 秦锡田《周浦塘棹歌》，顾炳权：《上海历代竹枝词》，上海书店出版社，376页。

第九章　竹枝词与性别文化

女性的被消费，是自有商品交易以来便一直存在的社会现象。这不仅仅是一种简单的色情消费，还是一种可以令人悦目并具有想象空间的复杂层次的消费。正如鲍德里亚所说的那样，"在消费的全套装备中，有一种比其他一切都更美丽、更珍贵、更光彩夺目的物品——它比负载了全部内涵的汽车还要负载了更沉重的内涵。这便是身体……特别是女性身体，……在广告、时尚、大众文化的完全出场。今天的一切都证明身体变成了救赎物品。"①事实上，城市近代化以后，商业社会或消费社会的兴起，女性的被消费与传统社会的"玩弄女性"并不完全等同，诗词、小说以及影视等文学艺术作品中的女性消费，或者书场、剧场中的女艺人的表演，几乎都是通过文学艺术的镜像，通过想象来完成某种图景的认知和满足。这种艺术空间的存在，可以认为是一种"文化"的生产和消费。近代化以后的城市，特别是上海，女性被消费进一步扩大化，而且不断扩展到大众的层面。除了妓院，更多的是在茶楼、书场、剧场以及新型的传播渠道如报纸、广告、杂志、月份牌等等，这是另一种空间，甚至可以说，这是另一个公共空间或者艺术的空间，这种消费的空间的产生，带来的并不是妓院的扩展，而是"文化"的生产和消费的扩大，并由此产生出女性职业群体，包括女性演艺人和利用女性招揽顾客的都市商业。

这种状况可以在上海开埠以后到二十世纪前叶的竹枝词中反映出来，《申报》创刊的头几年，刊有相当的数量写青楼女子的作品。1875年申报刊载署名桃谭主人的《北里谣》，可见一斑：

劝君四座莫喧嚣，听我来歌北里谣。为补竹枝词不足，再添脂粉慧南歌。余曾有沪上竹枝词三十首。

不惜明珠一斛多，人间佳丽广搜罗。问年只有十三四，覆

---

① ［法］波德里亚著，刘成富等译：《消费社会》，南京大学出版社，139页。

额青丝未画娥。

贺老声名到处夸,教成艳曲又琵琶。阿侬独占群芳早,未及瓜期以破瓜。

结欢何处是良媒?先向茶园绮席开。惹得旁人看不足,彩笺呼上酒楼来。

霞帔云裳秀锦文,珠香翠馥共氤氲。肩扶玉笋轻移步,只动湘波十幅裙。

女奴装束各参差,手捧银烟管一枝。领取兰香三四吸,花枝便向座间移。

宝舆绣幰色鲜新,来往长街不动尘。未必桑田忙速驾,如何一例叫倌人!沪俗,女妓皆称倌人。

枇杷门巷是几家?轻叩双扉姊妹哗。但是同心初绾结,文瓷一碗进香茶。

绣闼春深净欲揩,镜台烟盒巧安排。壁间联句何人赠?嵌得芳名两字佳。

十八娘姨窈窕姿,莲花纤步柳腰肢。最怜一笑回眸看,惹得歌香蝶也痴。

中国传统社会中,歌妓和妓女同是一类被男性作为消费的对象。前者是卖艺不卖身的一种文化消费,但是,这种情形往往不能严格区分,如《海陬冶游录》记载说:"沪人呼妓为倌人,初不解所谓,或曰,其始以小女童唱歌侑觞,故得此名,后遂相沿不改。"[①]王韬又有《沪上词场竹枝词》,序云:"沪上词场,至今日而极盛矣。

---

① 淞北玉魫生:《海陬冶游录》,王文濡:《香艳丛书》第二十集,中国图书公司。

四马路中几于鳞次而栉比。一场中集者至十数人，手口并奏，更唱迭歌，音调铿锵，惊座聒耳。至于容色之妍冶，衣服之丽都，各擅其长，并皆佳妙。然较诸前时，风斯下矣。前时'书寓'身价自高，出长三之上，长三诸妓则曰'校书'，此则称之为词史，通呼曰'先生'。凡酒座有'校书'，则'先生'离席远坐，所以示别也。""书寓之初，禁例綦严。但能侑酒觞政，为都知录事，从不肯示以色身。今则滥矣。"①所以，妓女的等次仍以有否技艺来划分的。这种市场的划分，从某种意义上来说，也是一种职业的导向，即首先出售的是技艺和劳动，但随着这种严格的划分逐渐消失，美色的消费和演技的消费常常融合在一起：

说书人唤女先生，朱氏门中最有声。除却当筵不陪酒，原同妓女一般情。②

酒局

蓝呢轿子快如飞，一盏灯笼烛影红。漫道阿侬迟入座，陪郎要待酒席终。③

《北里谣》中描述了一位只有十三四岁的姑娘是如何走上以出卖色相为生的道路。先学弹唱的技艺，然后再通过茶园和酒楼的技艺表演和"三陪"，成为职业妓女。但是诗的后半部分，却写出了她与之交往的那个男性的形象，似乎是一个有文化有身份的儒雅之士。这不仅仅寄托了作者的美好愿望，也与当时的实际情况相符合。正如贺萧的研究所发现的那样，十九世纪末，上海的卖淫市场

---

① 王韬：《沪上词场竹枝词》序，顾炳权：《上海洋场竹枝词》，上海书店出版社，493—494页。
② 袁祖志：《再续沪上竹枝词》，顾炳权：《上海历代竹枝词》，上海书店出版社，507页。
③ 苕溪醉墨生：《青楼竹枝词》，顾炳权：《上海洋场竹枝词》，上海书店出版社，408页。

已从一个由一小群高级妓女主导的、以满足城市精英的需要为目的的奢华市场，演变成为一个为城市工商阶级中日益增多的未婚男人提供性服务的市场。大众化、商品化的妓女市场的兴旺是现代化、都市化的必然产物，但妓女又成为引领现代都市风尚的先锋，"妓院成了造就和展示都市男子气概的重要场所……同妓女交往可证明自己是都市中人，很文雅，懂得礼节，而妓女则成了文明礼貌的仲裁者。"①更令人值得玩味的是，作者写青楼女性，是站在嫖客的立场？还是站在观赏者的立场？显然，随着竹枝词作品的传播，作者和作品更多地显示出观赏者的目光。阅读这一时期的竹枝词中，几乎见不到猥亵的词语。也就是说，无论是当场的观赏者，还是通过阅读作品通过想象的观赏者，他们所获得的，更多的是眼睛和耳朵的感官享受，是欣赏和消费青楼女子的"珠香翠馥"，以及由她带来的美感，这一点，其实是和历代诗歌作品中男性作者吟咏女性的动机是相通的。《申报》以及其他以文字形式记录的上海都市初期的各种有关青楼的作品，通过各种渠道广泛地传播，从某种意义上说，更像是一种"文化消费"。正如《海陬冶游附录》所说的那样："《沪北竹枝词》，苕溪墨庄居士作，其中八绝，皆述勾栏荟萃处，想见风月无边，管弦若沸，十里花明，艳风相煽，九迷洞幻，春梦正酣。"②《申报》1878年2月14日刊载署名苕溪墨庄主人的《沪北竹枝词》中，描写了各种场合各种身份的女性身影，曼妙动人，所以读后令人产生遐想，间接地产生消费女性美貌的效果。当这种消费效果逐渐扩大，通过文字和图像来消费女性的美貌，实际上正是后世相关文化消费的端倪，而这种形式的女性被消费，也从根本

---

① [美]贺萧：《危险的愉悦——20世纪上海的娼妓问题与现代性》，江苏人民出版社，120页。
② 淞北玉魫生：《海陬冶游录附录》卷上，王文濡《香艳丛书》第二十集，中国图书公司。

第九章 竹枝词与性别文化

上改变了两性的关系。而从诗歌鉴赏的角度来说，这一组竹枝词的艺术效果却属上乘：

宝善街边石路前，清风淡淡夕阳天。箫声断处琵琶续，多少人家敞绮筵。

酒帘低漾午风晴，听到琵琶断续声。更向日新深处去，花迎花送最关情。

久安里口月明时，共道门前尽丽姬。到处淡红浓绿绕，教人各自惹相思。

云鬟婀娜动人迷，十副湘帘望里齐。明月满街天未晓，琵琶声急尚仁西。

公兴里对聚丰园，萝婢花妖笑语喧。但得檀郎如至宝，安排游计话连番。

兆荣里内可怜春，一带湘帘处处新。压鬓珠兰三百朵，风来香扑倚楼人。

市声喧处路迢迢，朗朗歌喉隐隐箫。为问大观何处是，红栏碧瓦晚烟飘。

乌云一挽却时妆，纨扇轻罗映夕阳。此去棋盘街道滑，姨扶小妹妹扶娘。

女性在历史上历来都是被消费的对象，然而，城市近代化以后的消费社会的兴起，这种情况开始出现了变化。妓女成了都市现代化的一个符号，虽然她们是一群被侮辱被玩弄的女性，但是，依然有自己的收入，有支配的权力。她们不仅引领了时尚，而且也成为早期重要的消费者：

花样翻新任讨探，不愁妆束入时难。随身别有银查具，方

• 525 •

寸菱花席上安。青楼中衣饰岁易新式，更有极小银镜，观剧侑酒，皆随置座隅。①

　　长三书寓大排场，银水烟筒八宝镶。结纳王孙多阔绰，摆台花酒十三洋。

　　……

　　簇新时派学旗装，髻挽双双香水香。拖地花袍宫样好，宽襟大袖锦边镶。

　　叫局匆匆三块钱，来时落后去时先。东家酒席西家戏，一俟功夫一缕烟。

　　时髦大姐戴金钗，跟局随与过六街。两足如霜温似玉，兜云罗袜着拖鞋。②

1873年《申报》刊有《红庙烧香竹枝词》，说的便是这些女性的消费活动之一：

　　六月刚逢十九辰，香风吹遍绮罗春。堪夸大马中街路，无数裙钗去赛神。

　　纷纷车马往来忙，粉黛丛中别样妆。自是烧香争早起，不教云雨恋襄王。

　　金银宝锭铁炉焚，一炷心香默祷殷。多少倌人求脱籍，蒲团俯伏叩慈云。上洋妓女从良，谓之"脱籍"。

　　……

---

① 《沪北竹枝词》，袁祖志：《海上竹枝词》，顾炳权：《上海洋场竹枝词》，上海书店出版社，10页。
② 申左瘦梅生：《沪北竹枝词》，陈无我：《老上海三十年见闻录》（上），大东书局，114页。

申江风物竞华妍，服饰排场色色鲜。漫笑世人翻异样，观音也不戒荤膻！①

女性的消费需求也在快速地增长，加上女性职业群体的出现，女性有了自主的经济来源和支配能力，于是，女性的消费也开始增长。这两者在当时都有积极的意义，如果前者消费"解放"了女性的身体和美貌，使其找到了一个自由表现、创造的空间，那么，女性被消费将会进一步导致"日常生活审美化"，即由生活必需品的生产衍生出精细的装饰品生产，乃至时尚品的生产；而女性同时作为生产者和消费者，不仅确认了女性对社会发展的经济贡献，而且奠定了真正意义上的性别平等、都市性别文化的基础。竹枝词中同样写到了上海出现了许多女性用品的专业性店铺，这表明消费人群的扩大。《沪江商业市景词》（1897）中写道：

东洋绣屏
东洋精制绣围屏，人物禽鱼状最灵。闺阁青楼多用此，免教沐浴露全形。

翠毛店
翠毛颜色最鲜妍，剪贴钗环耀眼前。也有专门工点缀，制成冠饰各般全。

香粉店
名题月桂取流芳，宫粉胭脂竞点妆。专备闺房装饰用，钏珠花草尽生香。

丝线店
丝成线辫亦开庄，五彩排须打结忙。闺阁妆楼多佩带，鲜妍装饰焕文章。

---

① 啸月山人：《红庙烧香竹枝词》，《申报》，1873年8月7日。

女鞋孩帽店

女鞋孩帽店争开，收拾零绸巧剪裁。花样翻新工刺绣，各般精致亦图财。

卖花花园

买园专业种鲜花，四季葩舒艳足夸。摘与贩夫街市卖，囊钱笑掷有娇娃。

烘花花园

愿花开早故烘花，应候流香未足夸。一样鲜艳葩尽放，争先获利售人家。

各种香水

百花蒸露气芬芳，取水沾身扑鼻香。分置小瓶装饰丽，时髦争买洒衣裳。①

当上海女性的职业群体慢慢形成之时，女性自主的消费也开始出现。这是都市性别文化建构中的重要转折。

（四）竹枝词中性别空间转向及其意义

按照列斐伏尔的阐释，"社会空间"概念应当包含三重意涵：第一，空间实践（spatial practice），这是空间的感知层面的意涵；第二，空间表征（representational of space），这是空间的意识或概念层面的意涵；第三，表征性的空间（representational space），这是空间的实际层面的意涵。列斐伏尔认为，这是"实际的"日常生活领域的空间，是"居住者"和"使用者"的空间，因而也包含了前两个方面的内容②。这样的阐释似乎也可以理解成"社会空间"在被感知和表征的同时，建构了一个被认知和认定的"空间"，这

---

① 颐安主人：《沪江商业市景词》，顾炳权：《上海洋场竹枝词》，上海书店出版社，124、143、147、150、164页。
② 参见林聚任：《论空间的社会性》，广州：《开放时代》，2015年第6期。

第九章　竹枝词与性别文化

个空间在日常的生活中,变成了"第二自然",这是一个"实际的"日常生活领域的空间,既纳入了物理空间,也纳入了认知空间。这样的被改变的各种复杂的关系因为被认知和认同,从而变成了实体化的社会产物。

近代竹枝词创作的女性图景,并非是完全的真实的近代城市女性的生活史,虽然有相当的部分是近代化过程中的女性生活的写照,但这些竹枝词中存在的女性社会空间,更大程度上是被感知和表征的空间,而被感知和表征的空间,不仅具有认知的功能,也具有不断扩大影响并不断被认同的趋势。男性文人的竹枝词创作,以及《申报》等报刊的传播,所产生的两性观念的变化,在空间生产中扮演着重要的角色,使得竹枝词这样的文学空间成为具有深厚历史性、文化性和社会性的场域,竹枝词作品中的空间,也成为具有文化表征意义的空间建构。

这种变化或者称作"转型",对于竹枝词这一文体来说,意义是巨大的,因为这不仅使得传统诗歌在都市近代化的过程中,可以融入这个渐渐大众化的社会,使之成为拥有普通大众为读者的"都市文学"的一部分,更重要的是,在时间和历史的长河中,从来就未曾进入主流文化层面的性别记录,如此集中地被感知和表征,使得我们今天可以如此郑重地将之视为社会的学术的话题来讨论。

如果我们将竹枝词作品中的空间,看成具有文化表征意义的空间建构,那么,两性关系以及都市性别文化的重建,也是这一时期竹枝词作品存在的重要意义。

试看以下的作品:

> 香槟佳酿醉流霞,闲向天街踏月华。夜静人稀归去也,倩郎扶上自由车。[1]

---

[1] 包天笑:《上海竹枝词》,顾炳权:《上海洋场竹枝词》,上海书店出版社,438页。

去来飘忽做游鳞，翠袖飞扬拟爱神。有客纵观归去后，梦中犹见跑冰人。某游戏场近在金鱼池畔辟广厅作跑冰场，时有妙龄女郎加入跑冰队内，往来驰骤，翩若惊鸿，池内游鱼不之逮也。跑时并许游客参观，因是种出欢苗爱叶者又不知若而人矣。

　　经商振古鲜裙钗，风气开通亦自佳。国货商标冠冕甚，如何夷货却盈阶。吾国商界向无女流，一自欧风东渐，海上女界先觉，遂有积资经营商业者，妇女国货商店其嚆矢也。夫店以国货名而所售货物当然不外乎华产，乃查该店发售之货物，舶来品居大多数。名不副实，其是之谓乎！

　　春江市侩最习乘，肆伙居然用女娃。但使财源能茂盛，任他人唤活招牌。近来滑头商店多有用女伙友以招徕者，俗呼此等女伙为活招牌，盖讥肆主以女子作市招也。

　　是谁作俑紊风规。博士头衔到女儿。新式茶堂陈百戏，令人迷惘夜归迟。某游戏场近于临街，楼上设一新式茶堂，亭台池沼萃于一楼，杂置灯彩戏曲，以娱座客。茶博士悉为妙龄女郎，打情骂俏在所不免，登徒子趋之若鹜，固其所也。①

　　"自由车"即自行车，不论竹枝词中的男女是何种关系，女性能在大街上学骑自行车，在当时的确是一件值得记录的事情。

　　"跑冰场"，即溜冰场。据《上海体育志》，轮滑于二十世纪三十年代传入上海。活动场所有高乐溜冰场（延安路威海路口）、新世界溜冰场（南京路西藏路口）、四重天溜冰场（华侨商店楼上）、大新公司溜冰场（市百一店楼上）等处，均为私人开业，以赢利为目的，无举办比赛的记载②。但刘豁公的《上海竹枝词》记载的应当早于这个年份，也许是更早的小型的溜冰场所的雏形，正是诗中所描写的那样。在这一时期已有女性的参与，而公共场合的社交空

---

① 刘豁公：《上海竹枝词》，顾炳权：《上海洋场竹枝词》，上海书店出版社，255页。
② 参见蔡扬武：《上海体育志》，上海社会科学院出版社，392页。

第九章　竹枝词与性别文化

间的拓展，男女社交活动的丰富，在相当程度上改变了两性传统的相处之道，特别是走出家庭小圈子的女性，会有更多的机会寻求自主的利益诉求。

刘豁公的《上海竹枝词》中还写到了女性从商和从事服务业的状况，特别是诗中提到的"妇女国货商店"。据有关女性创办实业的资料记载，赵友兰等人于1923年4月创办女子工业社，地址法租界辣斐德路，主要生产"指南针"牌卫生品，化妆用品如牙粉、香粉、预防冻疮的芝兰霜等，还有金虎牌葡萄酒。除制造部外，还有缝纫部，研究男女中西衣服以及领结、领带之类，一切工作多出自女工之手。该社牙粉的销路很广，除上海及外埠各商店批发外，还远销四川、烟台、新加坡等地。香粉等每月订单不断，雪花膏也供不应求。该社的生意还做到天津，"推举王益清等女士为驻津办事员"[1]。1923年8月，嘉善的吴梦琴在杭州创设女子国货公司，从经理到店员一律用女子，举凡女子应用物品一概齐全。周帼魂在镇江创办女子商店，经营8年有余，成绩颇为显著。随着经营的逐步完善和发展，并为了普及女子职业，周帼魂还在各埠设立分号。绍兴有沈仰云创办的越兴制布有限公司等[2]。但对于刘豁公所说的上海女界的商店却没有记载。二十世纪二十年代江浙及北平、天津等城市已有女性的实业的兴起，而上海的这家"妇女国货商店"开业和存在，似乎是依赖于竹枝词才被发现的。

刘豁公的《上海竹枝词》中还写道：

> 有美姗姗入电车，座中争起示谦虚。幡然一老当门立，众客缘何不让渠。电车中人多如鲗，后至者往往不得坐位则立而乘之。妇女

---

[1] 《上海女子工业社开会》，《民国日报》，1923年1月23日。转引自张佩佩：《试论民国时期女子实业的创办及成功原因》，《妇女研究论丛》，2013年第4期，80页。
[2] 张佩佩：《试论民国时期女子实业的创办及成功原因》，《妇女研究论丛》，2013年第4期，80页。

· 531 ·

荏弱不任颠播恒有倾介之虞,故男客中之有知识者必以座位让之,虽师欧人风尚,实亦人道主义。然颁白者之不任颠播,实较妇女为尤甚,座客竟不之顾,抑又何也。①

电车中给女性让座,而忽视了对男性老者的照顾,这显然是西方的绅士礼节传入而导致的一种新风尚,刘豁公对于这种情形的不满,看似是日常的生活小节,实际上却反映了上海的社会风俗在近代化的过程中发生了巨大的转变。对于那些通过近代工业化、商业化的新型物质生活带来的生活方式,也包括附着在这些生活方式上的观念和价值,一起深刻地影响着上海乃至整个中国。而女性所获得的空间以及他们向往新的生活方式的激情和努力,最终成为建构新的性别文化的基础。随着社会的巨变,竹枝词中对女性的记载和歌咏,也开始发生根本性的变化。朱文炳的《海上光复竹枝词》出版于1915年,其中有许多辛亥革命以后的新变化,可以视作这些变化中的两性文化的重建:

　　女子家家可往还,穿房达户不防闲。纵然太太多悭吝,软语商量亦解颜。

　　秋瑾虽然是女流,一番风雨一番愁。春江曾睹庐山面,博得荣名死亦休。

　　偶向名园看结婚,欧西礼服笑同尊。白衣新妇争传颂,何事文君必夜奔。

　　旧例于今尽可除,但凭一纸证婚书。换来彼此皆钤印,他日穷途莫恨予。②

可见,竹枝词中的文学空间,已经对女性向往新生活的勾勒奠定了

---

① 刘豁公:《上海竹枝词》,顾炳权:《上海洋场竹枝词》,上海书店出版社,259页。
② 同上,210、215、230页。

赞许的基调；竹枝词加强了新闻性和纪实性之后，男性作者似乎已经转变了十九世纪下半叶的不满，用正面和欣赏的态度评价女性对新生活、对社会事务的参与。说明竹枝词空间转向后性别文化的重建，某种程度上也反映出作者在新旧交替时期的内在的心理向往。面对新的事物和新的社会空间，作者们正在竭力摆脱旧的传统，努力寻求贴近时代、贴近生活的方法和途径。

第二节 "洋场"与女性

上海的"洋场"，指的是开埠以后，外国商人的居留地，后来各国列强不断扩大在居留地的权利，使居留地成了租界。到1849年，上海共有三个租界：美租界在苏州河北岸临黄浦江的地区，英租界在苏州河南岸与洋泾浜之间，法租界则在洋泾浜和上海护城河之间。

洋泾浜在上海故城北门外一里余，它是黄浦江的支流，于1914—1916年填平筑成爱多亚路，即今天的延安东路。1845年确定的英租界范围，相当于今河南中路以东，延安东路与北京东路之间的地域，即外滩。1848年底北界延伸至苏州河南岸，西界延伸至泥城浜，即后来填平筑路的西藏中路。

1849年划定的法租界在英租界之南，相当于今天的延安东路与人民路之间，东南到黄代路外滩，西南到西藏南路和方浜西路一块区域。

1894年，爆发了中日甲午战争，次年签订了《马关条约》，日本和美、法等列强进一步在上海扩张势力范围。外国人在上海投资建厂，需要土地和劳动力，于是租界进一步扩大。1899年，原来的英美租界改称"公共租界"，其中包括了日本租界，面积32 110亩，约合21.4平方公里。"它的界线相当于今在杨树浦底的黎平路与军工路的交接点，与虹口的嘉兴路桥略半拉一条直线，沿虬江路、中州路、新民支路、天目东路（旧名"界路"，英文名为 Boundary Road），向南沿浙江北路，再向西沿海宁路，再向北沿西藏北路到苏州河南岸，再沿苏州河南岸到西康路，在西康路底与胶州路与余姚路相交处拉一根直线，再向西南到延安中路与延安西路的交接点。然后向东沿延安中路、延安东路，到外滩沿黄浦江到杨树浦底。"①1900 年及 1914 年，法租界两度扩张，总面积达 15 136 亩，约合 11 平方公里。"其界址相当于今从十六浦方浜东路沿黄浦江，到延安东路外滩后沿延安东路、延安西路，再向西南沿华山路到徐家汇，再向东沿肇嘉浜路、徐家汇路，在'斜桥'处向北沿肇周路、西藏中路，再向东沿方浜西路到人民路，再沿人民路到十六铺。"②

  租界的形成，从某种意义上来说，是在传统的上海城外，建构形成了具有近代化意义的新城。因当时称洋人为"夷"，所以华人称租界为"夷场"。1862 年，署上海知县王宗濂晓谕百姓，今后对外国人不得称"夷人"，违令者严办，于是改称"夷场"为"洋场"。研究者指出："在 1845—1860 年间，上海租界区分属英、法、美三国，面积多有变动，但外侨生活区的最初中心地是在英租界的外滩南京路西南一带。外侨以英侨为大多数，具有一定的国际性。这里是英租界的核心区，处于美租界与法租界的连接中点，也是上海近代城市生活的发源地。在 1850 年代这里率先形成一些基本的近代城市生活公共设施，如成片的外侨住宅，店铺、旅馆、俱乐部 (1847)、图书馆 (1848)、英国领事馆（1846，李家厂）、美国领事馆（1846，今九江路）、报馆 (1850)、教堂 (1866) 等。跑马道的筑造始于 1851 年，1856 年 3 月连接英、法租界的外洋泾浜桥竣工，10 月连接英、美租界的苏州河桥（韦尔斯桥）竣工。邻近的老闸

---

①② 薛理勇：《上海洋场》，上海辞书出版社，22 页。

第九章　竹枝词与性别文化

地区则是早期租界华人的聚居地。……1865年租界区人口分布也表明，英租界是人口聚居最密集地段。"①

1872年7月12日，《申报》刊载了署名"鸳湖隐名士"即张春华的《洋场竹枝词》，于是，竹枝词的创作中又多了一个主题，即"洋场竹枝词"或者"洋泾浜竹枝词"。这些作品中，可以反映出"华洋杂居"时代中，华人看洋人生活方式的态度。如果笔墨落在对女性或性别关系的描摹上，更能显出文化上的差异：

西夷男女不知羞，携手同行街上游。亵语淫声浑不顾，旁人但听只啾啁。

一叶扁舟逐浪开，揽裙平立在船隈。嘱郎莫说风波恶，妾过重洋险处来。

侧坐雕鞍健马驮，驱尘障面有轻罗。妇来故作持娇态，爱仿杨妃露乳多。

大跑马候鼓声催，夷女同登望马台。五色衣裳看仔细，阿谁先夺锦标来。②

华鬘圆转学盘螺，窄褎长裙细马驮。扶下绣鞋联臂去，生尘从未解凌波。

雪色倭雉艳绝群，青纱笼面却尘氛。仙裾乞得天孙锦，贴地都成五彩云。③

素练重裙著地飘，轻纱障面避尘嚣。尽多玉立长身态，都为灵王爱细腰。④

---

① 罗苏文：《晚清上海租界的公共娱乐区1861—1872》，《档案与史学》，2002年第1期，32页。
② 《春申浦竹枝词》，顾炳权：《上海洋场竹枝词》，上海书店出版社，50页。
③ 黄燮青：《洋泾竹枝词》同上，349、350页。
④ 邗上六笏山房主人：《申江杂咏》，同上，77页。

> 满身衣带晚风飘,面艳梨花折柳腰。斜坐雕鞍裙屐软,一鞭经过马蹄骄。①
>
> 压压盈头外国花,靓妆西女面笼纱。一声铃响双轮迅,穿过人丛脚踏车。②
>
> 省识西方有美人,欧洲女子好丰神。轻纱罩面裙拖地,楚楚纤腰迥出尘。
>
> 金丝发亦挽螺鬟,玳瑁琼梳露一弯。侧帽不禁风力紧,频将纤手几回扳。
>
> 马路谁人策马来,欧西女子俊风裁。雕鞍侧坐明驼速,十幅湘裙洒不开。
>
> 脚踏车儿最自如,飘然来去似凌虚。西洋女子尤能手,窈窕芳姿十五余。
>
> 西洋少女发长垂,放学归来几辈随。夏日轻罗衣袖短,却叫藕臂任风吹。
>
> 外洋妇女善谋生,一例经营写算精。不若沪江闺阁里,剪刀声换骨牌声。③

人们发现西洋女性不仅面容长相、衣着打扮有别于中国女性,而且在社交场合中举止也迥然有异,往往"西人男女携手同行,不以为嫌"④;她们参与公共活动的机会更多,爱好户外活动,因为不缠足,所以行走或立船上如履平地,还擅长骑马和骑脚踏车。更为重要的是,她们"不若沪江闺阁里,剪刀声换骨牌声",而是能

---

① 慈溪辰桥:《申江百咏》,顾炳权:《上海洋场竹枝词》,上海书店出版社,85 页。
② 《上海春赛竹枝词》,陈无我:《老上海三十年见闻录》,大东书局,116 页。
③ 朱文炳:《海上竹枝词》,顾炳权:《上海洋场竹枝词》,上海书店出版社,199 页。
④ 《春申浦竹枝词》同上,50 页。

于经营写算，因此可以依靠自己的技能独立谋生。这些外来的女性生活方式与生存能力的展示，启发了上海的华人女性对女性身份与社会地位的想象，甚至触发社会中男性对女性以及对男女交往和城市生活的重新想象。渐渐地，竹枝词中开始"快照"式地描绘上海华人女性身上发生的新变化：

> 北门城外女如云，服饰缘何一例新。狐肷袄儿湖色好，海螺兜与大红裙。①

> 学界开通到女流，金丝眼镜自由头。皮鞋黑袜天然足，笑彼金莲最可羞。

> 银楼最易绾佳人，女伴商量式样新。洋夹亲提身袅娜，镜中自认美丰神。

> 少年学得扎珠花，深入房栊傍碧纱。终日口脂香不断，商量式样尽娇娃。

> 东西昼锦本香街，常见吴娘几辈偕。买得珠花脂粉去，还将纤足试弓鞋。

> 申江女子百无忧，午后妆成始下楼。罗袜绣鞋皆可买，还教仆妇代梳头。

> 新式衣衫孰剪裁，这般窄小不应该。倘逢腹内孩儿大，纽扣全然纽不来。②

> 洋袜输来竟盛行，春江士女尽欢迎。尤多杂色浑难辨，足背花纹巧织成。

---

① 藤荫歌席词人：《洋场新年竹枝词》，《申报》，1874年3月9日。
② 朱文炳：《海上竹枝词》，顾炳权：《上海洋场竹枝词》，上海书店出版社，200、193页。

自昔通行百裥裙，西纱西缎暑寒分。今教宽大沿欧俗，不使旁边现折纹。

　　裙腰不必两分开，假扣匀排亦怪哉。既学西洋层锦簇，如何下幅紧围来。

　　衣衫新样漫经心，或制斜襟或对襟。尚有裙衫同一色，四围阔滚皱纹深。

　　缟素衣裳迥绝尘，胸前长挂白罗巾。问他夫婿仍无恙，恍似飞仙落九壤。

　　衣衫镶滚久相沿，今日通行外国边。夏日空心花样巧，冰绡笼住颈围圆。

　　娆娆故作领头高，钮扣重重钮不牢。但诩盘来花异样，香腮掩却露樱桃。

　　远方避难到申江，老式衣裳笑彼邦。试问君家曾祖母，当时也道艳无双。①

　　群雌粥粥竞纷华，独有英雄健美夸。十里商场用武地，双双驰骋自由车。②

可以看到在竹枝词作者眼中，上海女子学习西洋女子的作派，首先在服饰打扮上下足功夫，衣衫镶滚要用外国花边，百褶裙要用西纱西缎，裁剪以窄小为度，甚至中国传统生活中只有丧葬期间穿着缟素衣裳挂白罗巾的装扮，也因为看到西方人无此拘束，华人女子也在日常生活中穿着起来并流行开来。其中，最具颠覆性的可能是学界开通女性的装扮——金丝眼镜自由头、皮鞋黑袜天然足。除

---

① 朱文炳：《海上光复竹枝词》，顾炳权：《上海洋场竹枝词》，上海书店出版社，226—227页。
② 余槐青：《上海竹枝辞》，同上，273页。

了穿着打扮以外,上海女子也开始学骑脚踏车,参与更多的公共活动。这些变化不应该仅仅被看作简单的表面模仿,它预示着作为市民的女性已然开始关注自身并有意识地学习、开拓新的生活方式,当城市提供给她们更多的职业、教育与公共生活的空间时,她们将会开辟出属于自己的城市生活领域。

"洋场竹枝词"的描写,几乎每组都与女性的形象有关联,这种情况与当时租界中的公共娱乐业的兴起以及商业的兴起有关,而女性形象中的时装和装扮又是竹枝词作者最容易关注的重点。刊于1872年7月19日《申报》署名"沪上闲鸥"的《洋泾竹枝词》写道:

> 共说洋泾绮丽乡,外夷五口许通商。鱼鳞租界浑相接,楼阁参差倚夕阳。
>
> 十里花香并酒香,吴姬赵女斗新装。经过富贵荣华里,知否中藏窈窕娘?
>
> 丽水台同万仙台,两家茶社最称魁。分明咫尺巫山里,莫约朋侪此处来!
>
> 花里藏烟事已奇,烟中更有好花枝。烟花三月扬州梦,未必花烟似此时。
>
> 烟为世界色为由,美貌娘姨此处留。蜂蝶恋花花未许,瘾成鸦片最堪愁。
>
> 万里眠云次第开,横陈衾枕好徘徊。一灯深夜犹相守,几许黄金化作灰。
>
> 书馆先生厌众芳,半为场唱半勾郎。阿谁笑语凭高坐,小调还弹陌上桑。

山珍海错任安排，饕餮终嫌味欠佳。尽有贫儿未举火，三更风雨乞当街。

京苏肴馔竞新鲜，一席浑忘价十千。何若草堂相对饮，家园风味也垂涎。①

诗中所描绘的洋场娱乐场景在许多作品中都能见到，据罗苏文的研究，晚清公共娱乐区的经营规模惊人、档次分明。罗苏文还发现，这种公共娱乐场所的出现和经营方式，对于女性的活动空间以及生活方式有非常特殊的意义：

> 1864 年 7 月的赌场分两等，鸦片馆妓院均分三档。1871 年英租界的旅馆分两等，酒馆和茶室分五等。这种多档次娱乐设施有消费高下之分，无尊卑之别。1862 年上海有茶楼（馆）中最大的丽水台茶馆，可同时容纳一千多位客人。连妇女也加入茶客的行列。"饭后二三点钟，妇人也上茶馆，年少不妨独行，老年带个女伴。"（于醒民《上海：1862 年》，上海人民出版社 1991 年版，第 415 页；《上海新报》1872 年 6 月 20 日）茶馆在租界不再是男人独占的领域。
>
> 人们对这些设施的利用，除了专项消费外，也是观光、消遣、会友的首选地。公共娱乐区使租界华人的日常闲暇生活可以摆脱局促的家居环境限制，以马路为公共消遣空间，自得其乐。②

罗苏文的研究，大量引用竹枝词，作为这一段历史的细节注释，并指出，"公共娱乐区提供女性以个体身份进入公共场所的渠道。娱乐消费的商业浪潮冲开了性别隔离的心理屏障，使女性活动

---

① 沪上闲鸥：《洋泾竹枝词》，《申报》，1872 年 7 月 19 日。
② 罗苏文：《晚清上海租界的公共娱乐区 1861—1872》，《档案与史学》，2002 年第 1 期，36 页。

空间有所拓展。在晚清一些公众娱乐场合，妇女总是积极的参与者。如1870年代租界的赛马活动几乎是中外居民的盛大节日，观者如堵、群情欢腾。从'听说明朝大跑马，倾城士女兴飞腾'；'三天跑马亦雄观，妇女倾城挈伴看'的实录中，不难了解妇女结伴参与的热情。结伴游览教堂，对女性也曾是备感新鲜、兴奋的户外活动。'小姑不字励贞修，天主堂中结伴游，记得明朝逢礼拜，五更灯火照梳头'。而'松风阁上女如云'，'嬉春游女灿如云'的描述，则印证了在1870—1880年间，女性出入公共娱乐消费场所，已是旗鼓相当的另一半。公共娱乐区也提供女性进行私人聚会的去处。主要有茶馆，诸如'斜转眼波微带笑，茶楼到处去寻郎'；'妾看檀郎郎看妾，郎真有意阿侬不'的歌谣，均属男女约会茶楼的描写。连娘姨搭识相好，也多以一茶为定。'寄语阿郎来订约，松风阁上一回茶'。租界茶楼的这一功能竟留下一句谚语：'松风阁看小脚，西洋楼觅姘头。'……晚清公共娱乐区的存在，为青年男女幽会提供了诸多便利与实惠。在1870年代初期租界，传统眼光对华人生活细节，如衣着、行为等的舆论监视明显松懈，不受性别、身份的限制。'庸奴亦效假斯文，衣履难将贵贱分。'娘姨的打扮则是'梳头掠鬓样争奇'，其行为开放，以至有吴谚'娘姨弗搭脚，那里有绉纱马甲着'。"[①]

上海近代史研究中，罗苏文是较早通过竹枝词作品的细节来探讨上海近代化过程的学者，许多未能被书面资料记载的生活层面上的珍贵史料得以发掘，同时她也以女性学者的目光，察觉到许多有关性别问题的有价值的话题。例如，她指出：

> 公共娱乐区也为女性谋职自立打开了门户。到1870年代

[①] 罗苏文：《晚清上海租界的公共娱乐区1861—1872》，《档案与史学》，2002年第1期，36—37页。

中期，妓院经营重心移至租界里弄，规模可观。"千个里名万个堂，日斜楼上尽新妆。"另有烟馆女堂倌，烟馆卧云阁、眠云阁，皆用女人司事，名"花烟灯"。书场也启用女唱书弹唱，在1872年7月《申报》刊登的《女弹词新咏》、《咏弹词女诗》中提到名字的女演员已有31人。由此，公共娱乐区客观上极有成效地拓展了租界华人的活动空间，诱导他们的闲暇生活开始转向租界公共场所，转向市场消费领域。华人在接受近代城市娱乐消费的丰富信息与乐趣的同时，拓展视野，闲暇生活日益丰富，消费取向趋于多元，与公共娱乐区的市场联系也日益紧密。[1]

上述的研究，还从另一个角度说明，租界和租界文化形成的过程中，竹枝词写洋场咏女性的作品十分显著。竹枝词的"女儿传统"在这一转型时期，和时代特征、新闻效应紧密结合，得到进一步"传承"和"弘扬"。虽然竹枝词的作者中，旧文人的旧观念时时流于笔端，但洋场的外国性别文化对华人的影响如此之深刻，已经毋庸置疑。女性公共活动空间的拓展，两性的相处方式将随之变化，是第一个重要的变化；而另一个变化则是根本的，即女性的谋职自立。因为当时租界居民必须以为他人提供商品（或商业服务）来获取个人收入；不同的商品（或商业服务）由市场渠道实现以货币为媒介的等价交换；居民们分享城市消费的便利，不论华洋。由此，每个居民是生产者，也是消费者，市场消费的发展必然突破传统消费的等级限制；华人在租界的谋生，既获得众多商机，也必须接受近代城市的法律、秩序、公共道德的规范与约束；租界居民的谋生方式也相应率先转向个体化、多样化发展，以个人为单位的自

---

[1] 罗苏文：《晚清上海租界的公共娱乐区1861—1872》，《档案与史学》，2002年第1期，37页。

主就业、自主消费。

透过"洋场竹枝词"与女性的话题，我们可以认为，洋场与女性，是"竹枝词与都市性别文化"研究中一个十分突出的案例。除了上述我们已经看到的洋场竹枝词把女性作为重要的关注点并加以讽咏之外，"洋场竹枝词"也是上海乃至中国近代史研究中作为第一手史料被引用的重要例证。这在都市文学以及近代史的研究中，都已经获得重视。但我们还应当注意到另一个问题，即"洋场"也是提供上海近代女性职业化可能的重要场所。

第三节　职场与女性

"洋场"的空间，为女性谋职自立提供了机会和期盼，这一时期的竹枝词有不少记录了城市中服务类商品与服务性职业的女性，可以见到从农村转移至城里的男性劳动力和女性劳动力，在城市服务业的空间里，创造新职业谋生的艰辛。

荐头店

求佣妇女莫奔投，幸有悬牌各荐头。沪上寓公如用仆，凭他保送可无忧。

洗衣作

洗衣亦有作坊开，按日收罗各户来。大器蒸烧污尽去，向阳风拂似新裁。

洗衣妇人

妇人谋食洗衣忙，好趁晴天日正长。晒罢收藏凭褶送，只须勤俭亦安康。

出店

各行出店最勤劳，终日奔波贱役操。管理厨房茶酒饭，行同健仆性粗豪。

挑水夫

沿街跳水亦生涯,每日分班送各家。来往匆忙多溢出,行人路让避三叉。

野鸡挑夫

挑夫夙以野鸡名,藉此肩扛过半生。来往码头寻活计,一呼百集每相争。

垃圾工人

重重垃圾户前堆,日有工人打扫来。装载盈车收拾去,街衢清洁净无埃。

倒泔浆

肩挑木桶倒泔浆,推入门来洁去忙。挨户至厨如熟客,搜罗余粒饲牛羊。

厨子

烹调妙手尽人夸,千古名厨号易牙。办得酒筵滋味好,京徽各馆觅生涯。①

这一时期的竹枝词中不经意地记载了上海近代城市中底层女性的职业,例如,帮佣、洗衣工、裁缝、娘姨、跑堂、渡船娘、接生婆、小贩(卖花、卖菜、卖茶、卖书卖报)等等,这些职业中,有些是从农村的环境中迁移进城的,但操作模式已经完全不同。例如接生婆挂牌营业,缝穷妇以及女性裁缝的手工经营;有些原先是男性承揽的工作,也有女性出现,如渡船娘、女跑堂、女性修面师等等。加上先前已经提到的妓女、演艺行业的女性等

---

① 颐安主人:《沪江商业市景词》,顾炳权:《上海洋场竹枝词》,上海书店出版社,166、167、168、171、173、172页。

等，这些脱离了传统社会女性对男性及家庭的依附关系的女性，通过自己的劳动和努力，自主就业，自主消费，逐渐形成了职业女性的大众群体。上海在开埠后日益成为一个商业化、消费型的城市，由于物质商品的大量聚集与频繁交换，以及对文化商品与服务商品的消费需求，文化娱乐业与服务业得到快速发展。城市中的小商业、演艺行业与服务行业由于对从业者的教育背景要求不高，为下层市民尤其是女性提供了许多职业岗位，使得下层女性有机会参与到社会工作中赚取酬劳，进而获得独立的谋生手段和经济地位：

> 小东门外最繁华，妇女跑堂处处夸。选入清膏房里住，居然美丽胜名花。①

女说书

> 一捎檀痕便有情，佳名艳美唤先生。如何未嫁浮梁贾，也觉琵琶带怨声。

娘姨

> 灵心俏步活双瞳，觅觅寻寻西复东。获得檀郎如至宝，但看笑递水烟筒。②

女佣

> 苏州大姐眼如波，山上娘姨各处多。觅得佣资工打扮，为贪野合着绫罗。

收生婆

> 收生老媪亦悬牌，下地婴儿宝共怀。产妇遇危多胆小，临盆全仗妥安排。

---

① 苕东客：《烟馆竹枝词》，《申报》，1872年7月4日。
② （清）葛元煦：《沪游杂记》，上海书店出版社，246、254页。

缝穷妇人

贫妇营生业亦微，缝纫终日免啼饥。寄言世上璇闺女，莫漫轻抛旧锦衣。

捉牙虫妇人

妇人谋食藉奔波，呼捉牙虫一路过。闺阁娇娃如齿痛，唤来医治用钱多。

剃面妇人

为人剃面亦生涯，终日奔波各大家。只要机灵工献媚，有时特赏出娇娃。①

宿雨初晴水簟凉，卖花声唱夜来香。双桨半鬟堆如雪，枕上开时梦楚襄。②

豆腐原来白似脂，个中美女号西施。小乔已嫁周郎去，董渡人犹共念兹。

碧玉生成本小家，频劳纤指拣新茶。休言店伙生涯拙，常伴多娇亦足夸。

髦儿戏馆尽知名，丹凤群仙各竞争。漫道晓峰音调好，少城亦是女中英。③

虽说这些城市下层的女性劳动力如烟馆女跑堂、驾舟女郎、女说书、娘姨、洗衣妇、女佣、收生婆、缝穷妇人、捉牙虫妇人、剃面妇人、卖花女、卖豆腐女、拣茶女、女伶、女店员等，它们大多归属城市服务性行业，为市民提供各类生活服务，但这些职业已经

---

① 颐安主人：《沪江商业市景词》，顾炳权：《上海洋场竹枝词》，上海书店出版社，175、176 页。
② 洛如花馆主人：《春申浦竹枝词》，同上，44 页。
③ 朱文炳：《海上竹枝词》同上，193、195 页。

慢慢成为城市中必不可少的服务群体,我们以往的女性职业研究比较集中于女性的知识群体,但这些下层的女性职业的人数可能要远远大过女性的精英人数。竹枝词的书写,留下了这一时期的重要资料。最为珍贵的,则是对上海女工职业群体的记录。

上海开埠后的最初几十年,租界主要是一个商业中心,虽有一些工厂但并非主流。随着马关条约的签订,日本人首先获得了在中国通商口岸自由设厂的权利,此后,各列强国家也要求援例,于是,外资开设各类工厂在上海成为一股潮流。上海城市进一步发生变化,呈现出集轻工业林立、商业繁荣为一体的面貌。外资、华资在上海办厂主要以轻工业为主,其中又以缫丝业和棉纺织产业最具代表性,这些行业吸纳了大量女工。连年战乱、自然灾害和外国资本和工业品的输入,造成上海郊县和周边地区农村的破产,农民生活越来越艰难。破产的农民和手工业者来到上海寻找工作,由于工厂大多属于轻工业,因此女工被大量招募。而且,上海本地和周边地区自清代以来一直有女子从事家庭手工业纺纱织布的传统,她们在洋纱洋布盛行,被夺走赖以维持家庭生计的机会后,更容易进入棉纺织等产业工作。李维清在《上海乡土志》"女工"课中有这样的概括:

> 本邑妇女向称朴素,纺织而外,亦助农作。自通商而后,土布滞销,乡妇不能得利,往往有因此改业者。近来丝厂广开,各招女工以缫丝。此外精于铁车者,可制各种衣服及鞋袜;精于针黹者,可制各种顾绣;精于手工者,可制各种绒线之物。苟擅一长,即能藉以生活。惟获利虽易,而勤俭之风不古,若是可叹也。①

---

① 胡祥翰、李维清、曹晟:《上海小志、上海乡土志、夷患备尝记》,上海古籍出版社,103页。

近年来，已有博硕士论文的研究涉及这一专题，高晓玲的硕士论文《近代上海产业女工研究》，梳理了近代史中相关的统计资料。列举的一系列数字，可以说明上海工业化的过程中，女性工人群体的逐渐庞大：1895年后，外国资本的大量涌入，再加上清政府放宽了民间设厂的限制，上海工厂数量、工人人数大增，女工数量也随之增加。据《北华捷报》的估计，1893年，上海有1.5到2万名女工"从事清理禽毛以便载运出口，清拣棉花与丝，制造火柴与卷烟"。1899年上海43家缫丝厂、织布厂、轧油厂、自来火公司，共有工人3.45万人，其中女工约2万人。到19世纪末，上海已有缫丝厂、纺织厂50余家，女工约6万—7万人。1919年前后，上海产业女工总数有近7万人。1920年左右，女工约占全国工厂工人总数的三分之一，据国民党政府机关统计，1933年约占48.7%。而在上海比例更高，1923年，在上海四个中国烟草厂中雇佣的女工占69%，七个外资厂（多数是日厂）里，女工占62.7%。据调查，1924年上海女工人数总数达到10.55万人，主要集中于染织业（棉纺织、印染和丝织）和烟草业。其中染织业有女工9.08万，烟草业女工约0.4万，两业女工数占总数的90%以上。上海市女工的数量，按1930年工商部的报告，为188 188人，而男工为54 955人，女工超过男工133 233人。另一份1930年的上海各业工人数统计表明上海女工人数约占工人总数的56%，主要分布在纺织、化工、印刷、机器制造、食品等行业中。据1932年上海市社会局的调查，全市1 887个工厂中，工人总数达212 000名，其中男工为71 727名，童工为23 401名，女工为116 872名，女工比男工多45 145名。虽然女工的数量每年都有不同的变化，但总数应当在10万人以上。据国民党上海市社会局调查，1933年女工占上海工厂工人总数（不包括学徒）的55%，1946年达到58.9%。棉纺、卷烟业中女工比例更高，约占四分之三①。

因此，有学者认为，"上海所有工厂工人中绝大多数的女工都被棉纱厂雇佣。其次，棉纱厂是上海所谓的现代化企业中最现代的工厂。""在使用机器生产的女工之中，为数不少的人其工厂经营季节性产业，比如缫丝。……相比之下，棉纱厂的女工几乎都被雇为机械操作工，其所在工厂有数千员工，而且工厂中的机器全年全日无休止地运转。因此，在上海，如果有任何女工群体可以被称作现代工业无产阶级的话，那么一定是棉纱厂女工。"②而这一上海最大的女性职业群体恰好形成在租界形成之后。

颐安主人的《沪江商业市景词》中，就有缫丝业和纺织业的描述：

缫丝厂

厂开十亩大围场，丝茧成包数万藏。招得女工千百辈，朝收暮放管声扬。

烟囱高竖出煤烟，无限机车递转旋。缫得新丝成巨万，洋商争买利绵绵。

织布厂

厂房高竖大烟囱，递转机关大小同。亦有女工千百辈，职司分任各西东。

轧花去子碎花融，接续抽纱纺绩工。经纬配成梭启织，均由机器递施功。

毛巾花格布厂

毛巾花布渐通行，纺织纷纷利自盈。近世工人多发达，集

---

① 高晓玲：《近代上海产业女工研究（1861—1945）》，上海师范大学2008年硕士论文，邵雍教授指导，11—14页。
② ［美］艾米丽·洪尼格：《姐妹们与陌生人：上海棉纱厂女工：1919—1949》，江苏人民出版社，2—3页。

资设厂竞谋生。

棉纺厂

纺花本是藉人工,今用机车快似风。每日成纱无限数,分销各路任西东。

棉纱号

昔无专业卖棉纱,今日悬牌处处加。海上号多成市集,乡间岂复纺新花。①

无论是外资的工厂还是中国人自己办的工厂,招收女工或童工的理由,都是为了降低成本,即女性工人的酬劳可以比男性工人少付三分之一甚至更多。因此,女性工人受到的压榨程度更胜于男性。但是,对于历史上从未脱离对家庭和男性依附的农村女性来说,却是一片前所未有的新天地。农村的小姑娘来到城里,最重要的也是为了生计。《川沙县志》记录光绪二十六年至民国初年该县女工的相关情况,"本境,向以女工纺织土布为大宗。自洋纱盛行,纺工被夺,贫民所恃以为生计者,惟织工耳"②,"女工本事纺织,今则洋纱、洋布盛行,土布因之减销。多有迁至沪地,入洋纱厂、洋布局为女工者。虽多一生机,而风俗不无堕落"③。本地的上海县、嘉定县、青浦县、宝山县、南汇县、华亭县、法华乡等,情况都大致类似。

1931年,拉姆森的《工业化对乡村生活的影响》调查了杨树浦的四个村庄,发现15—19岁年龄段的女孩子共26人,全部在工厂工作;20—24岁年龄段的女孩共23人,21人在工厂工作,一个

---

① 颐安主人:《沪江商业市景词》,顾炳权:《上海洋场竹枝词》,上海书店出版社,120页。
② 方鸿铠、陆炳麟:《川沙县志》,卷五,国光书局。
③ 同上,卷十四。

原因是这些女孩儿原先制作的手工艺品市场需要量下降，因为工厂制作的产品取代了家庭制作的产品，女孩们失业了。所以，她们就进了西方人的棉纱厂，成了女工①。

许多长江三角洲的年轻女孩就是在这样一种在生活逼迫的状况下，来到上海进了工厂，其中有些是则是同乡、熟人或亲戚介绍的，有些是被骗被卖来的。但是，这些女孩子还是非常向往一种区别于家乡的生活。至少有了经济收入，虽然很可怜，但也算有了相对的支配权。1928年，《北华捷报》刊载了一段采访：

> 有两姐妹在无锡的一家工厂里工作。姐姐24岁，一个月挣15元；妹妹17岁，挣的略少一些。一个叫常的无锡妇女现在住在上海，她回无锡的家乡探望，认识了这两个女孩子。她告诉她们，上海工厂的烟囱多得就像树林一样，如果她们愿意来到这块乐土，每月就会轻松地挣到40元。②

这种情况是比较普遍的，艾米丽·洪尼格的研究中还引用了1930年1月4日《申报》上的报道：

> 上海的包工头经常招募来自扬州和泰州周边地区的十几岁女孩儿。一些女性听说棉纱厂有大量的雇佣机会，她们就会只身一人跑到上海来。一份报纸报道了两个来自泰州的小女孩的故事。她们都是住在未来婆家的"童养媳"，劝说她们未来的公婆让她们一起来上海。报纸报道说："她们已经看到了她们那么多的朋友和街坊邻居，一个接一个地都去了上海，在棉纱厂找到工作了，她们也想去。"③

---

① 参见［美］艾米丽·洪尼格：《姐妹们与陌生人：上海棉纱厂女工：1919—1949》，江苏人民出版社，50—52页。
② 转引自同上，57页。
③ 同上，60页。

上海的许多女性纺织工人后来成为上海最庞大的女性职业群体。常常是两三代女性都是纺织工人,她们的经历和被吸引的原因也极其相似:

蒋金仙,1935年生,江苏无锡人。1944年于无锡五丰丝厂当童工。1945年直至解放初在上海肇新纱厂工作。她叙述说:

> 阿拉娘的娘家在东亭,她十几岁就开始到纱厂做工了。娘家有许多女人和她一样,年轻时就在纺织厂工作。结婚以后阿拉娘仍然去工作,家里还有几亩地,一般请别人种,但农忙时自己还要回来帮帮忙。

> 小时候我没去上学,看到别人去读书,心里非常羡慕。9岁那年,我也到无锡五丰丝厂做童工了。

> 日本人打过来的时候,无锡的纺织厂大多关门了,以后迟迟没有恢复。1945年,无锡的许多妇女都到上海找工作,我们村有五六个人结伴而行,包括原在五丰丝厂带我的两个堂姐,阿拉娘也跟她们一起去,把我也一道带去。后来村里有更多的妇女来上海做工,仅我们厂就有十多人。①

周阿翠,1930年生于浙江余姚慈溪。1942年进入日资同兴二厂做童工。1979年自上海国营棉纺织九厂退休。她叙述说:

> 1930年我生于浙江余姚慈溪,……因为家里太困难,就把我送给上海的人家,生母非常难过,把眼睛也哭瞎了。

> 我十一岁时,同乡介绍我到上海,把我领到了养父家。他们家房子很差,住在后客堂里。……养母看到周围有不少小姑娘到纱厂干活,便要我也去纱厂赚钱。邻居带我到日本人开的

---

① 程郁、朱易安:《上海职业妇女口述史——1949年以前就业的群体》,广西师范大学出版社,126、127、128页。

第九章　竹枝词与性别文化

"同兴纱厂"找机会,招工的时候,我们许多小姑娘都站在厂门口等着,里面的人会出来看,看到中意的就一个个带进去。我那时梳一条小辫子,人长得蛮活泼的,工头拍拍我的肩膀说:"小姑娘,跟我进去吧。"进去人家问问家里的情况,还叫两个小姑娘搬一个装满纱的盘头,如果搬不动就不能进厂工作。我那时个子小,第一次面试搬不动盘头,他们就不要我了,第二次进去面试用力搬了起来,总算被录用,所以回到家里阿婆开玩笑叫我"回汤豆腐干"。1942年我进入日本人开的纱厂做工,那年我十三岁。①

在上海近代史的研究中,很少见到对早期纺织女工群体的记载,因此,竹枝词中的描写显得弥足珍贵:

或是缫丝或纺纱,斜阳工散各还家。手提饭盒梳妆俭,七八娇娃一小车。②

纱厂还经布厂过,日斜织女尽停梭。痴人漫觅天孙样,大抵乡间妇女多。

湖丝阿姊亦风骚,共享蓝桥度一遭。尚有蹒跚江北妇,仅教洋栈拣鸡毛。③

诗中的"小车",是指一种独轮车。1922年版的《上海指南》有"小车":

小车即独轮车,装货者多,除卸货可在南京路外,每日自晨八点至夜八点,装载重货,不准在南京路行走。其价:每里重货(以四百五十斤为限)一角;轻货八分,载人五分,运载

---

① 程郁、朱易安:《上海职业妇女口述史——1949年以前就业的群体》,广西师范大学出版社,166、167页。
② 朱文炳:《海上竹枝词》,顾炳权:《上海洋场竹枝词》,上海书店出版社,202页。
③ 朱文炳:《海上光复竹枝词》,同上,229页。

行李，须有人随之，若取其执照牌，自以为有恃无恐，各小车互相通用，运载行李之车即不知所往矣。……小车亦可包月，纱厂、丝厂女工，往往七八人合雇一车，晨送入厂，晚至厂门接之，议定每人每月钱若干。①

女性工人进厂工作虽然很苦，但可以补贴家用，改变了农村的传统生活，所以，无论是女工本人还是家庭，还是跃跃欲试的："一闻有人招雇女工，遂觉勃然以兴，全家相庆，……呼朋引类，无论小家碧玉，半老徐娘，均各有鼓舞，踊跃之心，说项钻求，唯恐不能入选。"②又据1917年圣约翰大学学生在曹家渡的调查，发现该地区男工月收入在8—10元之间，仅靠男工的收入不足以维持家用，故女子儿童外出做工者甚多，以补不足③。

竹枝词中也有对工厂和女工上工及生活的细节勾勒，字里行间透露出这些女工在工作之外活动空间的扩大：

> 杼柚随机缕自分，缫三盆手女如云。缘何葭织屃飞后，镇日车声轧轧闻。④

> 吾乡农妇向端庄，少女专求纺织良。自设缫丝轧花厂，附膻集粪蚁蝇忙。前志：妇女庄洁自好，无登山游寺冶习。案：各洋厂雇用妇女，辄以数百计，害俗甚大。

> 上工一路散工时，环绕浮头状醉痴。脚捏手牵诸丑态，竟容白昼众旁窥。案：各女工种种丑态，招摇过市，全不避人，廉耻扫地矣。

> 都是良家好女儿，刁强奸苦厂工欺。夭桃稚柳葳蕤质，骤

---

① 《上海指南》，商务印书馆，114页。
② 《论妇女作工宜设善章》，《申报》，1888年4月1日。
③ 参见罗苏文：《女性与近代中国社会》，上海人民出版社，307页。
④ 浙西惜红生：《沪上竹枝词》，顾炳权：《上海洋场竹枝词》，上海书店出版社，412页。

雨狂风蹂躏时。案：心计最毒者，在厂男工，半用刁奸、半用强奸，哀此少女，几能自全耶？①

在这些竹枝词中，我们可以看到产业女工与零散地在服务性行业中就业的女性之间的区别：她们上工路上大多三五成群，在固定的厂房内成百上千地聚集在一起工作，日益形成一个产业女工群体。据统计，女工在当时上海的妇女人口中所占比例相当大。《北华捷报》曾报道，截至 1907 年，上海租界有六万四千个年轻女性，其中一千个在校读书，三万个在工厂工作②。可以推想，这个人数庞大的女工群体，她们的工作方式、生活方式、生活理念将对上海的城市文化产生极大的影响。

第四节　生活文化与女性

上海地区工厂林立，导致产业女工群体的崛起，她们因此具有了独立的经济能力，有可能改变自身的生活方式与社会地位。女工们向往新的生活，充满对新生活的积极憧憬。她们的身份与认同都在发生变化，在消费、教育、两性关系方面都出现了新的趋向。生活习惯和方式的变化，是最显著的。

尽管这些刚刚从农村来到城市的小姑娘生活是艰苦拮据的，但这并不妨碍她们对新生活的向往和憧憬。每当放工的时候，"七八娇娃一小车"的时候，她们是快乐的；看着城里女性的时尚装扮，她们也是很向往的；如果有了少许可以自己支配的时间和金钱，她们就会去看戏或者买一点衣饰。当时的民谣唱道："栀子花，朵朵开，大场朝南到上海，上海朝东到外滩，缫丝阿姐好打扮，刘海

---

① 秦荣光：《上海县竹枝词》，顾炳权：《上海历代竹枝词》，上海书店出版社，222 页。
② 参见吴圳义：《清末上海租界社会》，台北文史哲出版社，115 页。

发,短口衫,粉红裤子肉色袜,蝴蝶鞋子一双蓝,左手戴着金戒指,右手提着小饭篮,船上人,问大姐:'啥点菜?''呒啥菜,油煎豆腐汤淘饭。'"①这不仅满足了从农村到城市的身份改变的需要,同时,也反映出当时的都市女性充满活力追求新生活的渴望。宁可省下每天的伙食费,也要打扮得时尚一点。有学者曾经发现,挣工资的年轻女性表现出越来越强烈的独立于家庭的意识,尽管她们领到的工钱基本上都交给了家里,但随着年龄的增长,许多人开始为自己留下一部分工钱,购买自己需要的手帕、耳环、项链、脂粉、衣物等等:"在和女孩儿们说到这一点时,她们告诉笔者,她们留下部分工资,就有更大的自由买她们想要的衣服,也不用征得家中老人的同意。"②可见,上海近代史上的时尚和商业繁荣及其消费,也有女工职业群体的贡献。

竹枝词中有关女性时尚的描写,也不能一概以为都是描写奢靡场合的,任何的社会现象总能折射出它背后的社会基础:

> 近来时世异寻常,不爱浓妆爱淡妆。生羡西湖风味好,一齐湖色制衣裳。③

> 当年革命竞操刀,多少胡儿戟尾逃。海上不闻宗社党,谁教女界着旗袍。

> 时髦最是爱斯头,润色全凭生发油。更有维新诸女士,自裁云鬓学缁流。④

> 时样新装称柳腰,中西合璧市招摇。方今俭朴开风气,莫

---

① 吴红婧:《职场丽人》,上海文化出版社,100—101页。
② 邓裕志:《中国工业妇女的经济地位——以上海某一群体为例》,转引自[美]艾米丽·洪尼格:《姐妹们与陌生人:上海棉纱厂女工:1919—1949》,江苏人民出版社,159页。
③ 《春申浦竹枝词》,顾炳权:《上海洋场竹枝词》,上海书店出版社,57页。
④ 刘豁公:《上海竹枝词》,同上,246、249页。

被欧人笑服妖。①

头上三千烦恼丝，并州剪后滑如脂。无何又变新花样，卷曲蓬松脑后披。

沪人衣服讲时行，花样连翩不断生。即此区区如裤管，短长大小屡纷更。

眼前一派好娇娘，喜把双蛾剃得光。对镜重新挥彩笔，画来八字细而长。

领头高得像葫芦，遮住蝤蛴碧玉肤。个个几成强项令，可能顾盼自如乎。

欲占人间风气先，起居服御用心研。矜奇立异标新式，不是摩登不少年。②

除了时尚打扮的追求，女工们也向往业余的娱乐和运动，虽然不能如同有闲阶级那样，但难得上戏院或游乐场还是有可能的。民初包天笑的《上海春秋》曾描写过青年女工的业余生活：她们中有些人进厂做工也并非是出于生活所迫，而是想"到底自己弄两个钱，叫做'自有自便当'"，赚了钱自己消费（合坐黄包车回家），每逢开夜工，青年女工爱到大世界游玩。她们认同在大世界随意搭识的游客的消费观，"出了两只角子从白天一二点钟可以自相到夜里一两点钟，再便宜也没有的了。而且里面花头来得多"；"要看戏就看戏；要听书就听书；口渴就喝茶；肚子饿便吃饭，吃点心，荤也有素也有，再要便当也没有了。又可以消遣又不费钱，所以我们天天到这里来"③。罗苏文指出，"大世界这类游乐场之所以能吸引

---

① 余槐青：《上海竹枝辞》，顾炳权：《上海洋场竹枝词》，上海书店出版社，272页。
② 叶仲钧：《上海鳞爪竹枝词》，同上，287、288页。
③ 包天笑：《上海春秋》，漓江出版社，274、280页。

像青年女工这样的都市就业者，除去其提供廉价多样的娱乐选择外，还在于这里是寻求建立不受性别、年龄、行业、身份等限制的社交网络，交友、消遣和沟通信息最理想的途径。逛公司也曾是二十世纪二三十年代上海单身青工星期日消遣的主要方式。对女工来说，多以追求四季衣裳齐备而时髦为满足，普通女子之爱美，也就仅此而已。"①

在工厂工作另一个正面的影响，是作息及工作程序甚至生活的规范化和训练。这对于从农村到城市里来的青年女性完全是一个脱胎换骨的变化。同时，有些工厂还有提供培训和上夜校学习的机会。工厂的训练，不仅是技术的培训，更有严格纪律和管理的规范。随着工业化的发展，现代企业制度的建立，工厂的管理和培训也日渐严格。我们可以从中看到早期职业教育和训练的情况。

叶秀宝，1930年生，上海浦东高行镇人。1947年5月到上海新光内衣染织厂工作，1979年退休。她的口述史中提到她当养成工时的训练：

> 1947年5月新光厂到老板的老家招工，养成工训练所就设在傅良俊的外婆家东沟镇。我听说了，赶紧去报名。记得两个老师问我为什么要做工，我回答说乡下太苦了，做工更好些。老师又说："进厂有五个要求，第一个要有礼貌，以后在厂里碰到职员都要鞠躬；第二个听老师的话，比如说墙壁明明是白的，而老师说是黑的，你怎么办？"我那时蛮活络的，马上接口说："那我也说是黑的。"老师又说："第三个要求是男女分开，不得谈恋爱；第四个，进厂后头三个月不许出来；第五个，家里人不能到厂里探望。"我都一一答应了，老师说那三天以后来看榜。然后还要体检，我的身高符合要求，视力也达

---

① 罗苏文：《女性与近代中国社会》，上海人民出版社，313页。

第九章　竹枝词与性别文化

到 1.5。三天后录取名单张榜，分正取与备取（候补），我进了正取名单，同村的小姐妹进了备取名单，那要等别人不去，腾出名额才能进去，可见想进去的人还是挺多的。管理的人要求被录取的女生自己准备一件短袖的士林布长衫和两双白跑鞋，而男生准备短袖衬衫和白跑鞋。士林布长衫①便是我们厂的厂服，进厂后厂方又发了一套，夏天是淡蓝色的短袖长衫，冬天是紫蓝色的长袖长衫，而男的是同样颜色的衬衫，还是蛮好看的。

　　我们先在东沟的训练所集中，男的一律剪成小平头，女的剪齐耳短发，然后每八个人分一组，选一个识几个字的当组长。我们第一批有四十八个人，分六个组，从此训练、吃饭都是分组进行。头三天，我们在东沟的一个小花园里军训，就和现在大学生的军训差不多，排队练习齐步走，组长叫口令，教官来演示如何向后转、立正、稍息等等。教官大部分是老师，但也有个别是国民党军人。我们都是乡下人，列队行进都不会的，后来老师教教就会了，但两个崇明人大概听不懂，怎么也学不会，教官就用拇指粗的藤条往她脚踝上抽，小姑娘眼泪水直流，阿拉吓得要死。吃饭也必须八个人一起，组长吹了哨子，大家才能动筷。当时号称有四菜一汤，两荤两素，但汤是黄豆芽汤，荤菜是黄芽菜炒肉丝之类，肉丝很少很少，主要是素菜。每个组只有一桶饭，是不能添的，那时我们年轻，都能吃两碗饭，但吃得慢的话，第二碗饭就盛不到了。训练是分作几批进行的，我们是第一批。

----

① 整理者注：长衫即改良旗袍，较今之旗袍宽松一些。士林即阴丹士林（德文 Indanthrene 的音译），指一类人工合成的染料，其中以阴丹士林蓝 RS 最为著名，以此染制的布匹颜色鲜艳，耐日晒和洗涤，最早由德国德孚洋行生产。在民国中后期，阴丹士林蓝布成为上海滩中式旗袍的主要面料。

· 559 ·

三天军训完毕，一辆大卡车把我们送到位于南市斜桥的新光二厂。当时二厂刚刚造好，我们还等了两天，这两天就听老师训话。然后，就由"教手"（老师傅）开始教技术了，一个"教手"带五个徒弟，教我们怎么开机，怎么穿梭，学会一个就开一台机，一台一台开，最后所有的机器都开开了。

　　我们四十八个人睡在一个大房间里，架子床叠成三层，早上挤在几个龙头下洗脸，而6点就要开机，因此5点就起床了，5:30还要出操，分组列队走或跑步，然后才能吃早饭。当时不分日夜班，因此工时很长，到下午5点暂时停机吃饭，刚吃完饭又马上开工，一直做到夜里8点才停机。好不容易停机了，老师还要训话，说说今天有什么做得不好，哪些人不守纪律等等。当时也没地方洗澡，只能擦擦身就睡了，星期天也不休息，所以完全没有娱乐活动。学徒期间我们只有十三块钱津贴，当时钱也没有当月发给我们，都被老师拿去了，听说她利用这些钱还开了一家杂货店。做学徒满三个月，我才拿到三十九块钱，就用那点钱买了一斤小囡牌绒线。①

　　用学徒满师后的第一次工资，"买了一斤小囡牌绒线"，叶秀宝记忆深刻。这里却透露出女性对城市生活的另一种向往，即对生活品质的向往。许多从农村到城里来的女工，改变了无法糊口的窘迫，开拓了个人的生活空间和经济支配，内心充满了对新的比较安定生活的向往和努力。

　　在近代上海女工的业余生活中，上夜校成为主要选择之一，仅女青年会女工夜校自1930年开办后即一直持续到1948年，19年中先后有11 300名女工在夜校免费就读②。"在1928—1930年间，基

---

① 程郁、朱易安：《上海职业妇女口述史——1949年以前就业的群体》，广西师范大学出版社，189—191页。
② 参见罗苏文：《女性与近代中国社会》，上海人民出版社，312页。

督教女青年会在上海所有的主要工厂区都建立了学校：小沙渡两所；曹家渡、杨树浦、浦东、闸北各一所。"[1]女工们在这些学校的就读经历同她们的职业技能与择业机会并不直接相关，但通过文化学习掌握一些读写本领，对她们拓宽眼界、展开对新的生活的想象却大有裨益。

而女性的职业教育则为女性走上职业的道路、谋职自立创造了必要的条件。据记载，早期女性的职业教育，基本上是女性在传统社会里承担的传统家庭角色的社会化，这是非常有意义的变化。1905年，上海女子蚕桑学堂成立，学校以"扩充女子职业，挽回我国权利"为宗旨，招收15岁以上、35岁以下的健康女子入学学习，主要注重栽桑、养蚕、制种、缫丝等专业课程。除此之外，也教授国文、数学、博物、动物、植物、物理等基础课程及刺绣、编织等手工课程。

手工传习所，主要教授编织、缝纫、刺绣等。主要运用速成教授法，教授绒线、针黹、织造、机器制造等女工。"养成女子自立之资格，兼备女学堂之选"。如上海速成女工师范传习所、四川女工师范讲习所、京师三城女学传习所、上海爱国女学校附设女子手工传习所等。

女医学校。1904年，李钟珏在上海创办上海女子中西医学校，"专重女科，使女子之病，皆由女医诊治，通悃而达病情"。招收14岁到23岁的健康女子，分正科（5年）、预科（6年）两种，延请名师教学。同时期类似的学校还有北京女医学堂、北洋女医学堂、杭州产科女学堂。

1907年，清政府学部奏定女子小学堂章程及女子师范学堂章程，使中国近代女子教育终于取得了合理合法的地位，并在学制

---

[1] ［美］艾米丽·洪尼格：《姐妹们与陌生人：上海棉纱厂女工：1919—1949》，江苏人民出版社，209页。

中占有一席之地。根据女子师范学堂章程，女子师范学堂"以养成女子小学堂教习，并讲习保育幼儿方法，期于裨补家计，有益家庭教育为宗旨"。"须限定每州县必设一所。"可由官方设立，亦许民间设立，修业年限一般为四年。主要课程有修身、教育、国文、历史、地理、算学、格致、图画、家事、裁缝、手艺、音乐、体操等。招收毕业女子高等小学堂四年级，年满15岁以上者[1]。

辛亥革命以后，1912年颁布实施《壬子学制》。1912年8月到1913年8月一年间又陆续公布了十几个学校令，这些法令、规程和《壬子学制》综合成为一个新的学制系统，统称为《壬子癸丑学制》。在《壬子癸丑学制》中，女子教育占了一定地位，设立了女子高等小学、女子中学、女子师范和女子实业学校，具有民主精神和男女平等受教育的精神。在全国范围内，女子教育包括女子职业教育都有了飞跃性的发展。

竹枝词中对女性受教育成为有用之才也有描述：

女学堂

蒙学堂开教已施，闺门礼义亦须知。秀才博士原无分，要待他年作女师。

师范学堂

欲行西法取材忙，师范争先立学堂。辛苦一年堪毕业，分为教习遍遐方。

商业学堂

西人商业最精良，欲广财贸立学堂。货殖有方宜考证，亚丹遗法细参详。

---

[1] 参见朱有瓛：《中国近代学制史料》（第二辑），华东师范大学出版社，657—674页。

第九章 竹枝词与性别文化

工艺学堂

美邦技艺独专长，羡彼工精设学堂。晋用楚材资教习，分门别类改良忙。①

赛珍会启共欢呼，海外奇珍问有无。几辈女郎工贸易，真同卓氏学当炉。②

女学生

良妻贤母守常经，异性同堂孰眼青。弦涌余闲谈恋爱，他年组织小家庭。上海大中各学校率多男女同学，往往自由订婚。

女律师

裁判权收法廓时，公庭辩护慨陈词。郑家毓秀开风气，院长不充女律师。法院收回裁判权，辩护皆用中国律师，粤女郑毓秀任院长，卸职后充律师。

花瓶

青春蒲柳太伶仃，世路崎岖了未经。男女平权分职业，最难任受是花瓶。③现今女子职业开始进行，一般有貌无才者，时人谓之花瓶。

女招待

玲珑乖巧会经商，游戏场中招待忙。一自舍男偏用女，引来蝶浪与蜂狂。

女职员

欲将生意扩充谋，任职人员选女流。自古招牌宜用活，尽他蜂蝶共追求。④

---

① 颐安主人：《沪江商业市景词》，顾炳权：《上海洋场竹枝词》，上海书店出版社，104 页。
② 朱文炳：《海上竹枝词》，同上，200 页。
③ 余槐青：《上海竹枝辞》，同上，268、271、274 页。
④ 叶仲钧：《上海鳞爪竹枝词》，同上，283 页。

• 563 •

拉姆森《工业化对于农村生活之影响》曾经有过关于上海近代化城市化以后，女性进厂工作以后的种种变化，做过细致的调查，通过他的描述，可以见出城市化以后的普通人家的性别观也在悄悄发生变化。对于女性工作，女性进厂做工，女性与男性的相处等等各种生活状态的看法，也在发生变化。他注意到：

> 50家人数的分配情形，在15至19岁这一组中，女子数额多于男子，这是值得注意的。也许这时期的男子，或离家做学徒，或结婚后另组一小家庭，因而未计算在内。但在他方面，这时期的女子仍留居家内，每日至工厂工作，直到结婚时为止。事实上女子较易觅得固定工资的工作，她们为父母觅取家庭经济的财源，所以父母不愿女儿在这时期内出嫁的。女儿自身却可在这时期内自由选择意中人。①

拉姆森采访中，一个年老的居民讲："工厂初设到附近地方的时候，经理派人下乡找工人，就有人抛开农事跑进工厂；但也有人因为不习惯和不喜欢机器劳动，不久又跑回来了。许多青年人跑进城去，弄熟了，便离开工厂，加入商界。最后，工厂需要女工，在这里找了些去，于是只剩我们一般习于田事的老年人在家耕田。因为许多人搬进城中住，村庄便见缩小了。自从许多工厂设到这里以后，因为厂里出来的烟灰，伤及土肥，我们田里的出产，也就赶不上从前了。"当人问他："你以为工厂没有好处吗？"他答道："好处也有，坏处也有。女人做工和经济独立的机会增多了，女儿们也自由得多了，可是少年人具有自立的力量以后，凡事都跟外面学，自有主张。他们常对我们说：'你不懂这个，你不懂那个。'"②

---

① 《工业化对于农村生活之影响——上海杨树浦附近四村五十农家之调查》，李海文：《民国时期社会调查丛编·乡村社会卷》，福建教育出版社，241页。
② 同上，254页。

拉姆森的调查具有社会学角度的性别观察意义，因为"在未受工厂影响以前，妇女对于家庭的收入，很少作为。假如他们是粗壮的，就在田里工作；不然，便纺纱织布，为家中人缝衣做鞋子，并作普通家庭工作。工作既慢，产物亦少。平常妇女们不得费时谈天，男子们在家时更是如此。青年在少时，父母就为他们办理一切结婚事项，有时一个少年还不能自谋生活，就结了婚。这种时代，工作苦，收入少，闲时便谈谈收成的好坏。现在还活着的人，他们幼时村中是没有茶馆的。儿子结婚及居住，皆靠近父母，有时竟住在一间屋内，大家互相帮助，互相照顾。现在就不然了，许多儿辈皆是单身或者和妻小搬进城，许久才回家一次，固然有些人送钱回来给村中的父母，但多半则因城市中开销大家庭负担重，只能留少许钱给父母。于是家庭关系，日见淡薄"①。

工业化和城市化改变了周边农村的生产方式和生活方式，也改变了新一代女性的命运。正如拉姆森的研究所指出的那样，"邻近国内各大工业都市的农村生活，正发生显著的变化。尤其是那些首先与城市经济接触的村落，因为工厂及其他工业林立，提供他们新的雇佣机会，其变动的情形极为显著。妇女们从工业方面获得新的生产能力，因之增高了她们独立的地位与生活情状。许多已婚及未婚的男工，离乡背井，群趋于邻近都市的区域，他们使住宅与工作场所接近。因都市具有吸引男女职工的势力，农民离村的运动日愈增剧，家庭中因袭的团结力脆弱了，大家庭制崩溃，小家庭制起而代之"②。

在婚姻及家庭问题上同样如此。据朗（Olga Lang）二十世纪二十年代的调查，上海的核心家庭的比例非常之高，达到68.8%，

---

① 《工业化对于农村生活之影响——上海杨树浦附近四村五十农家之调查》，李海文：《民国时期社会调查丛编·乡村社会卷》，福建教育出版社，254页。
② 同上，238页。

而华北农村为32.8%，华北非工业城市为53%，北平为48.5%①。

在女孩出去工作的家庭中，家长对他们的态度也发生了变化。拉姆森的研究中记载说：

> 一家主妇虽说："母亲见女儿在工厂做工，认为很荣幸的事，但她们不能贮蓄多少钱，因为她们极爱制时髦的服装。"我们又曾问另一做母亲的老妇："你的女儿进工厂做工后，她品性的好坏究是怎么的情形？"她说："我的女儿很好，她把工钱都寄给我了。当我想给她订婚时，她坚决拒绝，并云她不需要男子，这时结婚实嫌过早了。"我问："你以为她的态度是对的吗？"她便坦然地这样回答："假如她喜欢这样做，我是没有干涉她的权力，因为现在大家都是这样的。"后另询问一老年妇女："你的十八龄的女儿何时结婚呢？"她说："等待二年后再说。现在女子结婚的时间较前迟些，有些家庭的女子仍令女儿早婚，但多数家庭的情形并不是同样的，因为她们能够赚钱，我们不希望他们立刻就结婚。"这种母女对于婚姻态度的改变，在现代都市情况下，实是很显著的。两个青年女工说她们不希望结婚，因为她们做处女时，在家内是很自由的，她们又表示反对生子女。由这种态度所生出的结果极劣，据说有些30岁的女子尚未结婚。我们这次所研究的结果，未婚女工年龄最大者为27岁，现在父母令女儿结婚，女儿显然能加拒绝，这是数年前的农村社会中未之前闻的现象。一个女子曾说："假如我们能够自营生计，我们为什么要结婚呢？我们不是能享受完全的自由呀。"另一女子说："现在男子们不能骄傲了，因为我们能够谋生，不再似从前的妇女般依赖男子了。"

---

① 参见陆汉文：《现代性与生活世界的变迁》，社会科学文献出版社，158页。

工厂女工经济既能独立，她们便有钱可以修饰，从前妇女自身没有生产的能力，所以赶不及。丝手巾、手表、金耳环、擦面膏粉、漂亮衣服等项成为她们新的购置品。

　　我们调查一农村家庭时，发现主妇正预备晚餐，她烹饪着肉类。主妇向我们说："肉价太贵，我自己是不吃的，我的女儿在工厂做工，她能够赚钱回家，所以我特别地优待她。"另一主妇却忧愁地说："现在的世界是变了，我们不能照10年或20年前般做了。"现在家庭中诞生女孩已不认为不幸的事。因为工厂方面不需要缠足的女子，所以女子缠足的陋习也渐次革除了。

　　工厂女工对于家务好发议论，她们与村中的男子很自由地谈话，她们着时髦衣服，她们的黑发与其他村姑不同。女工从同伴方面学会了编花边，许多有用的手工艺品如围巾、汗衫、手套等均这样地学会了。她们每日与其他工人及城市中工业生活接触，自会发生精神的刺激，结果有些女子不服从家长的命令，其余大部分的女子仍是对父母极顺从的。有些工厂工人反对新思潮，她们以为女子自行择夫是很害羞的事。

　　社会新闻与笑谈，均由工厂女工带回家中，否则各种消息实无法传至农村社会的。

　　农村女子烫发也是受了都市女子的影响，有些女工不顾母亲的反对，她们也烫了发，有些女工自身不愿烫发。一个女工对我们说："许多女工都烫发了，但这是极不经济的，因她们每次烫发费，须洋数角，所以我反对烫发。"有些女子以为留有长发，可以引起人家的注意，因之她们也不愿烫发。总之，现在虽有少数先进女工把城市间的时髦风习传至农村，但乡间仍保持着一种顽固的态度，认为都市与乡村风俗不同，不应传布于乡村内的，这是一种显明的事实，谁也不能否认的。①

两性关系的这种巨变,在竹枝词中的细节描摹,既可以看到西方文化对传统生活的渗透,也可以看到作者的不满和无可奈何:

> 楼阁崔嵬天主堂,耶稣高供烛辉煌。每逢礼拜清晨候,侬与檀郎跪两旁。天主堂每至礼拜日,教中男女老少对耶稣罗拜,逾时始起。男左女右。耶稣,天主名。

> 花烛筵开合卺觞,新娘宴后卸红妆。宵来神父来传教,不许人窥掩洞房。教中娶妻,至晚,神父到家,闭门与新娘传教,至晓始出。外人不知其如何传教也。神父即教头。

> 牧师偶尔到家来,茶里安排少妇陪。到底不知何乐事,嘻嘻只顾笑开颜。牧师,天主教中之小头。②

---

① 《工业化对于农村生活之影响——上海杨树浦附近四村五十农家之调查》,李海文:《民国时期社会调查丛编·乡村社会卷》,福建教育出版社,261—262页。
② 《春申浦竹枝词》,顾炳权:《上海洋场竹枝词》,上海书店出版社,51页。

余论：
竹枝词的近代转型与另一个叙事空间

竹枝词创作的近代转型，与晚清的社会变化和都市近代化的进程几乎同步，再一次证明了文学创作与社会历史文化的大背景密切相关，也可以说，文学发展的进程以及创作热潮的出现，首先是对文学创作传统的传承和发展，这是文学内部规律的发展所致的动力，特别是对于文学创作形式的选取，有着至关重要的影响；其次是社会文化价值和文化思潮的变异所致的动力，这对文学创作所关注和描写的对象及其评价，有着至关重要的影响；再次是新的传播媒介，对于文学作品的流播以及功能的开拓、认知作用的提升以及创作热情的刺激等等，带来一波又一波的动力。

近代化的过程中，都市文学中的传统诗歌创作，选取了竹枝词这一样式，既有中国古典诗歌的大部分要素，又因为竹枝词创作注重咏风土的传统，善于吟咏新奇的社会现象，诗歌语言通俗谐趣，便于都市市民的接受，所以能够出现大量的创作。当然，也是因为都市近代化的过程中，又有那么多值得吟咏的内容和对象，才能涌现出如此数量的作品。而这一时期的竹枝词创作，已经改变了竹枝词原有的创作维度，呈现出近代转型以后新的创作形态和叙事视角。这样的改变，与当时社会文化价值和文化思潮的变异以及新的传播媒介的产生都有非常大的关系。

第一节　竹枝词叙事视角的改变

早期的竹枝词创作，常常是文人用来书写初到边地的浮光掠影和自己的感受，所以，作者的观察视角是旅行者的身份，虽然有叙事的成分，但仍有比较浓烈的抒情成分，自己的感受和判断居多。随着明清时期对地方风俗文化的吟咏和专题吟咏的出现，竹枝词的全视角叙事方式开始出现，渐渐冲淡了作者的主观感受和作为旅行者的身份。而近代转型时期的竹枝词则又有了新的变化。

首先是作者对事物关注视角的变化。关注视角改变的具体表现是：一，地域和专题相结合的关注，例如前章已经提到的《洋场竹枝词》等等；二，新闻报道式的关注，例如前章已经提到的《沪北竹枝词》、《申江竹枝词》等等；三，对社会问题和风尚的关注。例如前章已经提到的《海上竹枝词》、《海上光复竹枝词》等等。其次是竹枝词叙事视角的改变，竹枝词的叙事功能已大大加强，叙事的角度也采用了新闻性、纪实性甚至政论性的方式，于是，竹枝词的文学叙事，甚至带出了文学以外的叙事。竹枝词的诗学传统在新的时代面前，开拓出诗学以外的文化学的意义。

这里举一个例子来说明。朱文炳《海上光复竹枝词》中，有两首值得玩味的描写：

> 机器公司号胜家，缝衣织袜尽堪夸。男儿欲买须先试，教授原来尽女娃。

> 绒线衣裳也共夸，但凭纤手两钢叉。何烦慈母留针线，游

余论：竹枝词的近代转型与另一个叙事空间

子惟须念若耶。①

前一首是写美国著名品牌的家用缝纫机进入上海市场，后一首则写手工编织绒线衣在女性生活乃至家务中的重要作用。家用缝纫机的应用和绒线编织，在当时是城市女性家务劳动新变化的重要内容，也可以折射出女性逐渐成为都市时尚产业重要角色的基础。但长期以来这两件事很少有记载和研究，也很少见到女性对城市生活品质提升的贡献的记录。

上海近代化、城市化的进程，与开埠以后西方工业化生产方式的引入是同步的，而西方工业化生产的产品的引入，也开始改变中国人的生活方式。其中，对家庭生活影响颇大的，就是朱文炳《海上光复竹枝词》中记载的胜家缝纫机进入中国家庭，以及家庭绒线的编结技术。

1851 年，一位名叫列察克·梅里瑟·胜家的美国人设计家用缝纫机。家用缝纫机对于原先的工业缝纫机作了重大的改变，向着家庭型、小型化、隐藏式一体外观、简易操作步骤等方向发展。缝纫机设计的最初阶段表达的是男性立场，从发明、技术、专利、制造等纬度的考虑。转变到女性视角之后，缝纫机的设计史纬度变得更加多元丰富，包括消费、使用、创新、装饰以及服务等概念。十九世纪后半叶家用缝纫机的原型是由胜家品牌的"新家庭"（New Family）系列产品所创建并逐渐确定下来。胜家的"新家庭"产品系列最初于 1865 年推出，"新家庭"这个名字本身已经明确地表达了胜家进入家用缝纫机市场的野心与策略。两年后，凭借"新家庭"系列产品在市场上的卓越表现，胜家品牌逐渐超越其他同行，成为缝纫机行业的领头企业②。

---

① 朱文炳：《海上光复竹枝词》，顾炳权编：《上海洋场竹枝词》，229 页。
② 参见张黎：《双性的隐形记忆：家用缝纫机的性别化设计史，1850—1950》，《装饰》，2014 年第 1 期。

1890年，中国从美国引进了第一台缝纫机。1905年，上海首先开始制造缝纫机零配件，并建立了一些零配件生产小作坊。1910年，美国胜家缝纫机从上海、广州等口岸大量输入，很快垄断了这些地区的缝纫机市场。1928年，由上海协昌缝纫机厂生产出了第一台44-13型工业用缝纫机。同年，上海胜美缝纫机厂也生产出第一台家用缝纫机。创始人计国桢曾预言："将来有一天，每家女儿出嫁，都要有一台缝纫机做陪嫁！"

缝纫机的诞生乃至家用缝纫机的出现，不仅仅是一个提高生产效率，促进服装成品生产的经济学领域的巨变。更重要的是，缝纫机的诞生，开拓了人际关系和两性文化的改变和重建，即所谓"缝入人间平等"："有了缝纫机，终日劳碌的劳苦大众可以穿得如同百万富翁一样时髦，普通女工们也可以毫无顾忌地打扮自己。缝纫机已开始缝入人间的平等。"[1]在一定程度上打破了中国自古以来开启的"垂衣裳而治"的服饰等级差别[2]。研究者认为，首先是大批量的成品衣服生产，使得衣着大众化，一定程度上缩小了服饰的贵贱差别。其次，对于女性来说，家用缝纫机的主流用户群体几乎完全由女性所构成。作为人造物品的缝纫机，成为女性实施其"性别操演"的聚合物，通过缝纫的行为展现母亲对孩子的关爱、妻子对于丈夫的女性魅力、家庭主妇之家庭生活的勤劳，以及对于其所在的社交群体，缝纫技艺的娴熟给女性带来社交认可等[3]。

缝纫机进入上海的时间，据袁蓉根据王韬1858年11月27日日记推测，"为1851年到1858年之间"。王韬描述他在美国传教士妻子秦娘家见到缝纫机的情景："又至秦氏室，见其缝衣之器，轮

---

[1] 荀沉：《缝纫机怎样改变了世界》，《教师博览》，2007年5月。
[2] 参见袁蓉：《缝纫机与近代上海社会变迁》，《史林》，2011年第2期。
[3] 张黎：《双性的隐形记忆：家用缝纫机的性别化设计史，1850—1950》，《装饰》，2014年第1期。

轴圆转，运针若飞。得二绝句以纪之云：'鹊口衔丝双穗开，铜盘乍转铁轮回。纤纤顷刻成千缕，亲见针神手制来。'"①文中还爬梳近代各类记载说明女性对家用缝纫机的热情，其中有对曾国藩的女儿购买缝纫机的记载：

> 缝纫机越来越成为"摩登女红"的必备之器了。出生于"男子看读写作四字缺一不可，妇女于衣食粗细四字缺一不可"为家训的曾国藩家的千金曾纪芬，在严格的家训之下，曾家女子也必须操持家务。曾纪芬在《廉俭救国说》里对自己女红特别是使用缝纫机的过程作了如下描述："昔时妇女鞋袜，无论贫富，率皆自制。予等兼须为吾父及诸兄制履，以为功课。纺纱之工，……予至四十余岁，犹常为之。后则改用机器缝衣。三十年来此机常置座旁，今八十一岁矣，尤以女红为乐。"根据文章写作的时间，可以推测时任上海道台聂缉椝的夫人曾纪芬购买缝纫机的时间约在1900年前后。

这些材料说明，缝纫机自引入中国后，由贵族和有钱人家购买开始，逐渐普及，成为一般家庭女性的教育内容之一。正如当初西方家庭拥有了一台缝纫机，当大量的针脚能在两分钟内完成，为六七个孩子缝制春秋天的衣服将变得轻而易举那样，缝纫机使得家庭妇女从旷日持久的缝纫劳动中释放出更多的自由支配时间，从事其他事务。缝纫机还可以用来加工蕾丝、绣花等等，无疑对从事女红的女性来说，又是一个追求时尚创造，提高生活审美需求的空间。这种专项的学习和聚会乃至社交的需求进一步激发出来。

1913年的《时报》上，曾经有一首《竹枝词》这样写道：

> 金针暗许度鸳丝，人影花光总入时。拼得工夫争上学，春

---

① 袁蓉：《缝纫机与近代上海社会变迁》，复旦大学2009年博士毕业论文，23页。

凤鸣遍胜家机。①

家用缝纫机的应用，后来成为许多女性终身的物品，直至二十世纪七八十年代，女性结婚用品中，缝纫机仍然是不可或缺的用品之一。在计划经济时代，家用缝纫机一度凭票供应。这说明作为一种日常生活用品进入城镇市民的生活，它不仅只是在人们的日常衣食生活中增加了一种工具，而且是创造家庭经济、减少开支、运用者享受生活创造乐趣等等的组成部分。同时也带来了城镇市民日常生活方式所涉及的消费方式、穿着习惯、社会身份、文化内涵等多方面的变化。

但是，对于这种家庭手工业的升级换代，对女性繁重家务的解脱，在工业革命时代是件十分有意义的事情，在文学作品中几乎很少有描述。似乎说明主流文学并不关注这些城市生活品质和生活方式的领域，而竹枝词对于女性、城市生活细节的叙事，恰恰反映了这一文学形式在近代转型的意义。无独有偶，晚清海外的竹枝词写作中，也有对家用缝纫机的吟咏：

　　成衣妙制铁裁缝，针步三千一下钟。从此绿窗诸女伴，偷闲相与话从容。成衣机器有名铁裁缝者，计一分钟可得针三十步。②

把缝纫机的发明以及运用到家庭的缝纫中，将女性的家务时间缩短，而可以有更多的时间参与社交，这种叙事的视角，几乎是社会学和性别学的视角，同时，也重新建构了竹枝词对于生活层面上的叙事空间。

还有一个例子是与城市生活品质有关的生活方式的变化，即绒线衣的手工编织。进而发展到小型编织机的运用，后来也是服装和

---

① 试草梦花馆沈绍李：《海上竹枝词》，《时报》，1913年4月4日。
② 张芝田：《海国竹枝词·英吉利》，张煜南辑《海国公余辑录》，光绪二十四年刻本。

时尚产业的一部分。

小说家程乃珊有一篇随笔,叫做《结绒线》,她写道:

> 要说什么是最具海派特性的上海女人形象,我想,是结绒线。
>
> 绒线工艺自西洋传入不过百来年,却已与旗袍、绣花鞋、横爱司头融合在一起,构成上海近代新型海派的贤妻良母经典造型。
>
> 旧时上海女人赞同能干,总有一句"……她一手绒线生活漂亮得不得了……"羡慕程度有若今日上海女人的"她本事真大,吃极都不肥"。
>
> 上海女人称结绒线为"绒线生活",是很海派的近代女红。
>
> 一对针锋相对的长针一旦与柔软毛茸的绒线纠缠在一起,在欲拒还迎、牵丝攀藤的交锋中,织出一片温暖的彩虹。这颇似上海女人得天独厚,以柔制刚的天性。
>
> 绒线为羊毛制品,价格不菲,故直到上世纪六七十年代前,结绒线,一直属中上层上海女人的沙龙式女红;"一江春水向东流"的阔太太上官云珠,慰劳抗日将士的就是一件精工细作的绒线衫,编导在搞笑之中是有现实依据非"无厘头"。
>
> 绒线因着其可塑性和循环再生性:小孩长个花色老式袖口磨耗,都可拆掉重新开始,很合精明上海女人心怀,故这洋工艺很快就上海化了。自三十年代以来上海女人最熟知的事不是张爱玲而是冯秋萍的绒线编织法;从花园洋房的太太到弄口烟纸店的小家碧玉,几乎人手一册。[①]

绒线编织起源于欧洲,在编织机发明之前,手工编织曾经是欧洲的一项重要产业。十八世纪和十九世纪的英国文学作品中,有很

---

① 程乃珊:《海上萨克斯风·结绒线》,文汇出版社,87—88页。

多女性一边说话一边编织的描写，甚至不少男性也热衷于编织。世界上最早的绒线纺织厂诞生在英国，鸦片战争之后，绒线和绒线编织传入中国。二十世纪初绒线编织开始在女性中逐渐传播，用两根针编结出花样各异的毛线衣，简直是一件神奇的事情。随着英国绒线的进口，后来发展到中国民族工业的产品和品牌的出现，毛线编织技术不仅是女性持家的本领之一，而且也是女性社交活动的重要组成。

《沪江商业市景词》中有《绒线杂货店》，写道：

> 毛成绒线染红黄，备有钩针打造忙。孩帽女巾兼手套，为他服饰艳添妆。①

《沪江商业市景词》作于1897年，这里记载的绒线销售似乎要比金源茂毛冷店销售更早。1900年，一位名叫金永庆的货郎从卖头绳中赚了点小钱，在兴圣街（今永胜路）开了家金源茂毛冷店（当时称绒线为毛冷），专卖绒线。这是上海，也是中国第一家专营绒线的商店。由于绒线可以结了拆、拆了结，旧绒线加点新绒线，就能结成一件新衣裳，很合消费者的需要，生意兴旺起来，兴圣街上的绒线店一家紧挨着一家，只有百米长的兴圣街成了名副其实的绒线一条街，销售量占全国的90%以上。当时市面上销售的绒线几乎都是进口的，为了推销绒线，相关的商业机构还编译出版绒线编织的书籍，据董水淼考证，1924年英国哈利法克斯（旧译赫力法）市的巴顿·博德运股份有限公司在上海发行的中文繁体字绒线编织初级读本《编物初步》，可能是国内最早的绒线编织书籍。封底为"蜜蜂牌"绒线的广告图案和文字，诸如：蜜蜂牌绒线为全世界最风行之绒线；蜜蜂牌绒线在英国无出其右；凡用蜜蜂牌绒线编成之衣服皆温暖而经用；蜜蜂牌绒线在中国各埠均有出售，切勿购他种

---

① 颐安主人：《沪江商业市景词》，顾炳权：《上海洋场竹枝词》，148页。

替代之绒线等等①。

1927年江苏吴县人沈莱舟与他人合作在上海福州路开设"恒源祥人造丝毛绒线号",1935年"恒源祥"迁至兴圣街与法大马路(今金陵东路)拐角,改为"恒源祥公记号绒线店",并与绒线店同行合资开办了"裕民毛纺厂"生产"地球牌"、"双手牌"绒线②。同年,邓仲和的上海安乐毛纺厂开始生产"英雄牌"绒线,与英国的蜜蜂牌绒线展开了市场争夺战。也运用新型的促销手段,如参加展览会、举办编结技术传授班等,还开展了许多社会性的活动,例如,举办"英雄牌绒线编结品评奖会"。会前大举宣传,凡是购买该牌绒线编结成件的,均可列为参赛作品。这顿时引起沪上女性极大兴趣,纷纷精心设计,踊跃购买,争先送展。展出期间,数百件编织品琳琅满目,慕名而至的参观人群络绎不绝。评奖日这天,特邀社会名流、电影明星和编结专家组成评选团评比,并颁发奖品。还有专题宣传,精心设计制作了一批装饰美观的英雄牌绒线标牌板,排有100种色号,配以玻璃镜框,并镌刻"请用国货英雄牌绒线"的字样,派员遍访全上海女子学校,进行游说宣传,要求悬挂于学生通行必经之处。由于制作精致,校方大都乐意成全,收到了很好的宣传效果。再有采取灵活的产销方法,可以根据用户需求颜色,及时染就,送货上门,安乐厂每天出产1 000磅英雄牌绒线,全年有近40万磅投放市场,产销顺畅,改变了蜜蜂牌绒线独霸上海市场的局面③。

在国产绒线的营销中,女性编结设计的代表人物也脱颖而出,如鲍国芳、冯秋萍、黄培英。鲍国芳编著的《毛绒线手工编结法》系列自1934年至1941年期间先后出版七集,并且不断再版;黄培

---

① 董水淼:《海派编织的源头》,《上海采风》,2007年第11期。
② 参见陈华:《中国绒线大王沈莱舟》,《经济导刊》,2008年第6期。
③ 参见严国海:《英雄牌绒线与洋货的竞争》,《中华商标》,2012年第12期。

英的《培英丝毛线编结法》于1935年下半年出版；马秋萍《秋萍毛线刺绣编结法》（第一部）则于1936年12月出版①。这些女性在当时家喻户晓，正如程乃珊所说，"自三十年代以来上海女人最熟知的事不是张爱玲而是冯秋萍的绒线编织法；从花园洋房的太太到弄口烟纸店的小家碧玉，几乎人手一册。"

也许，早期能买得起绒线的，是比较有钱的人家，但随着绒线国产化以后，也有比较低廉的产品，所以，普通平民也会买绒线，结绒线衫。结绒线，后来几乎是上海姑娘人人都会的手艺。

周于藻回忆说：

> 1938年，最小的妹妹出世。我们几个小孩也逐渐大起来，颐德坊的两间房间已住不下，于是全家人搬到桃源村。那时租房要付定费，我们定了一栋三层楼房，那套房子一共有三大间正房，两个亭子间，一个灶披间，上家也留了一些家具，我家就在这里定居，一直住到"文革"开始房子被收走。后母是那种极贤惠的女人，我们所穿的衣服和鞋子大多由她亲手做，她也精于烹调，有客人来，她一个人就能烧一桌好菜。到上海以后，她也教我们做做针线或织毛衣，但我不会做外衣，只能做做内衣内裤。后母自己幼时经历过丧母之痛，她的生母也在身后留下四个孩子，而她的后母对前妻的孩子很不好，出于自己的切身体会，到我家之后，她对我们四个前妻所生的子女一直很好，而我们和她也很亲。后母共生有三个孩子，以后我们七个兄弟姊妹都很团结，外人根本看不出区别。②

叶秀宝回忆说：

> 13岁那年，有人来攀亲了，八字拿过去一算，说我的命

---

① 参见董水淼：《海派编结的先驱——鲍国芳》，《上海工艺美术》，2011年第12期。
② 程郁、朱易安：《上海职业妇女口述史——1949年以前就业的群体》，广西师范大学出版社，82页。

好,讲阿拉娘会持家,小姑娘肯定也不错。男方家境不错,阿拉娘同意了,摆了两桌酒席,我就成了人家的"转脚新妇"。那家人家在上海开了一家铅皮店,大老婆留在乡下,在上海又讨了一个小老婆,说亲的对象是小老婆的儿子,当时只有12岁。他们家虽说是小老板,但也很节省的,就住在亭子间里,我去了,就在阁楼里搭个小床。在乡下虽然苦,但毕竟自由一点,到上海那是真苦,我要做饭、洗衣,给全家做鞋、织绒线,阿婆又厉害,稍不称心要被骂的,人说小老婆厉害,还真是这样。①

当然,会结绒线,穿绒线衫,也是一种身份的象征,是乡下姑娘变成城里人的象征,所以,叶秀宝到了纺织厂以后,"做学徒满三个月,我才拿到 39 块钱,就用那点钱买了一斤小囡牌绒线"②。结绒线,后来不仅是上海女性生活的一部分,同时也是女性展现才华技能的机会,同时也是社交的机会,互相交流花式技法,形成社交圈子,不仅出现在中上层的女性中,在普通妇女中也十分普遍。结绒线结得好的女性,在同伴中很有威望,在家中也十分有脸面。不仅一家老小御寒的衣饰全部出于她的双手,有些下层女性也为他人手工编结毛衣赚钱贴补家用。二十世纪后半叶的棒针编结成为时尚的设计和工艺品,就是在如此众多的女性绒线编结基础上形成的。

可见,近代竹枝词中文学叙事以外的叙事,要比我们阅读作品本身的文字宽广得多。作品中对生活细节的叙事,充分展现了都市社会的大众层面,而这正是传统文学和诗学忽略的一面,正如竹枝词对女性生活层面的关注。透过近代竹枝词的叙事视角,我们看到

---

① 程郁、朱易安:《上海职业妇女口述史——1949 年以前就业的群体》,广西师范大学出版社,188 页。
② 同上,191 页。

许多被主流文学乃至文化遮蔽的生动场面。

历史上女性的作用和功能，常常被主流文化所忽视，这其中一个十分重要的原因，是主流文化对大众需求及文化的忽视。对于普通大众的日常基本生活和需求，表示不屑。对于普通大众的个体发展也表示不屑，而更多地关注精英人士的个体发展。文学创作和文学批评同样如此。随着历史学界对社会生活史的关注，大众的日常生活也开始被关注和重视。因为家庭无疑是日常生活的核心，家庭生活家庭关系也包括男女两性的相处和关系，也就必然要受到更多的关注和重视。这样一来，女性以及与女性相关的一切，才可能进入文化记录的视野。

较早注意到都市文化中两性文化关系的视角，是从女性和男性共同的公共空间切入的。有学者认为，传统社会向近代化转型的过程中，良家妇女进入社会公共空间有一个过程，而妓女则是最早的一批女性："大众化、商品化的妓女市场的兴旺是现代化、都市化的必然产物，但妓女又成为引领现代都市风尚的先锋，妓院成了造就和展示都市男子气概的重要场所……同妓女交往可证明自己是都市中人，很文雅，懂得礼节，而妓女则成了文明礼貌的仲裁者。"[①]虽然这样的判断让人从情感上很难接受，但是，这样的结论却从另一个角度说明这样一个观点，即对女性作用和价值的评判，却是从男性的参与及判断折射出来的，而女性对日常生活以及社会事务的参与度，也会随着男性对日常生活以及社会事务的需求和确认而发生变化。当这些变化发展到一定程度时，两性的关系也会发生变化。

那么，何谓日常生活呢？匈牙利女哲学家阿格妮丝·赫勒在《日常生活》一书中，曾经分析了日常生活的基本结构和一般图式

[①] ［美］贺萧著、韩敏中、盛宁译：《危险的愉悦——世纪上海的娼妓问题与现代性》，江苏人民出版社，120页。

的特点。她指出，日常生活具有重复性，是以重复性思维和重复性实践为基础的活动领域。日常生活具有自在性，是以给定的规则和归类模式而理所当然、自然而然地展开的活动领域。日常生活具有经验性和实用性。赫勒认为："如果个体要再生产出社会，他们就必须再生产出作为个体的自身。我们可以把日常生活界定为那些同时使社会再生产成为可能的个体再生产要素的集合。"①这里强调了社会个体的再生产和日常的重复，所以有人就将"日常生活"解释为"旨在维持个体生存和再生产的各种活动的总称"，并认为至少包括以下三个基本层次："一是日常消费活动。衣食住行、饮食男女等以个体的肉体生命延续为宗旨的日常生活资料的获得与消费活动，是日常生活世界的最基本的层面。二是日常交往活动。杂谈、闲聊、礼尚往来、情感交流、游戏等以日常语言为媒介、以血缘关系和天然情感为基础的日常交往活动，占据着日常生活的重要地位，并随着物质财富匮乏问题的相对缓解与科学技术的发展，愈益丰富，它构成了人的日常社会活动。三是日常观念活动。这是一种非创造性的、以重复性为本质特征的自在思维活动。它包括传统、习惯、风俗、经验常识等自在的日常思维。"②如果我们认同这三个层次组成的"日常生活"，那换句话说，潜在的普通的大众的趋同性，会促使一种生活方式从最具体的日常消费和生活，逐渐形成包括传统、习惯、风俗、经验常识等自在的日常思维，成为指导家庭生活的价值观念。而这种价值观念就会成为大众的生活习惯，人人遵守。举一个十分简单的例子，自从我们的寝具有了革命化的变化以后，我们不再从事将被单和被面将棉花胎缝在一起的活动——"缝被子"，于是，购买床上用品的时候，人们会选择"四件套"，即一条床单，一条被套和一对枕套。四件套的形成，不仅是因为人

---

① ［匈］阿格妮丝·赫勒：《日常生活》，重庆出版社，3页。
② 杨建华：《日常生活：中国村落研究的一个新视角》，《浙江学刊》，2002年第2期。

们不需要再"缝被子",只要买一条被套就行这样的便利,这中间似乎由商家推动了一个审美的需求,即寝具用品的配套系列。甚至传导了一个潜在的价值观念,即不同花色的寝具用品杂配在一起,"档次"比较低,只有同花色系列的各种件套才能显现出拥有者的"高档"审美情趣。这种价值观念的流行,就会形成大众的生活习惯,几乎人人遵守。于是,又演绎出新婚的婚房寝具床上用品用红色系列的"数件套",当然数量越多的件套就愈显"高档"。当然,这种寝具用品的变化,更多的是吸引女性的注意,不光是改良后的被套可以使得女性的家务劳动简单化,而更重要的是新式生活的审美情趣不仅提升了女性在家庭生活建设中的地位,而且也带动了男性在内的对生活品质的追求。如果从这一角度上来观察近代化都市化过程中女性文化的重建,可以探讨许多曾被忽视的文化现象。

第二节 竹枝词:另一个叙事空间

竹枝词叙事视角的变化,不仅将吟咏的重点聚焦在社会新变和大众的生活的层面上,写尽都市生活文化中的各种细节,这一时期的竹枝词创作加强了联章体的运用,一首首貌似无关的竹枝词,连缀以来,成为一种连环叙事,勾勒出都市中超越时间的图景,成为一个个完整的叙事空间,不仅叙述了都市近代化进程中的各种市井民生,同时产生了令人信服的认知作用。这种图景虽然只是都市化近代化进程中的一部分现象,但是,同一时期各类竹枝词作品所产生的认知效果连缀起来,就形成了另一个叙事空间,不仅形成了新的空间生产,形成了认知的功能和文化消费的可能,并且巩固了认知后的共识,产生出社会价值和都市文化建构的要素,从而成为近代史研究所认可的史料,在当今的历史研究中,成为诗史互证的典范。在这个叙事空间里。还有一个被表征的城市大众生活，就是竹枝词中所描述的上海都市生活中的各种精细的生活方式，而这种生活方式恰恰与城市日常生活品质的提升，和都市大众生活价值的认同有相当的联系。

近代工业在上海的迅速发展，同时也促进各类进出口贸易的发展。在长江三角洲一带，因为本身处于经济比较发达的地区，有着精细生活的传统，新型的工业产品特别是日常生活用品的日渐细分和精细化，满足市民的各种生活用品的商业繁荣起来。《沪江商业市井词》中写各种生活用品的专营店铺琳琅满目，可以见出当时城市物质生活日益精细化的倾向，家庭生活的日常和市场繁盛相得益彰：

铜锡器号

列陈铜锡器多般，制造全凭心力殚。尽是家常需用物，光流璀璨壮瞻观。

木器嫁妆号

方圆木器备妆奁，油漆金朱彩色添。嵌口雕花工细致，满房铺设壮瞻观。

洋铁器号

西来洋铁薄于皮，洁白光明各用宜。剪制罐头灯镜具，面加花漆益矜奇。

梳篦号

木梳篦子亦悬牌，咸说王娘货最佳。更制象牙兼骨角，富家妆具胜群侪。

眼镜店

眼花无镜不清明，备御风尘助老成。亦有平光兼近视，趋时争买墨茶晶。

皮箱铺

衣箱帽盝与皮箱，亦有专门备漆胶。行李铺成堪立办，一齐收拾免轻抛。

红木匣具号

镜箱瓶架及盘盂，大小方圆各匣俱。红木雕成精巧器，匠心独运费工夫。

制冰厂

洋人智巧夺天工，机器成冰夏日中。抽出水间风热气，便能凝结现玲珑。

料泡厂

琉璃制器有专门，大小瓶形各式存。烧得料泡明似镜，配成灯用最纷繁。

竹器店

筐篮竹器叠重重，半备工人半备农。日用又多名莫辨，篾成各具列横纵。

贳器店

婚丧喜庆爱堂皇，唤得专门贳器装。任尔安排何品级，不难富可敌侯王。

外国木器店

外洋木器最精良，乍见令人爱莫忘。冬夏椅床多异制，软温称意越寻常。

广东藤器店

粤东藤器最精良，大小椅床坐透风。编扎花纹宜夏日，又轻又雅样玲珑。

坐褥铺

桌帏坐褥彩纷披，堂室铺陈贵得宜。用别吉凶冬夏异，制成新样亦趋时。

修理钟表店

家家钟表易参差，略损机关已误时。市上因开修理店，按年包定不愆期。

弹花店

弹花成絮亦生涯，为被为衣暖足夸。终日绷弦频击响，蓬松作卷售人家。

刷染店

旧衣刷染擅专门，俭朴遗风古道存。服饰玷污原碍目，一经加色净无痕。

织补店

损衣织补擅专门，得自师传巧法存。任尔花纹何等样，一经配合妙无痕。

本布庄

本机布匹广开庄，紫白精粗各式藏。幅有短长标扣异，时多发客备船制。

夏布庄

秋装夏布及时开，粗细分装各路来。织成枲麻光洁白，为贪凉爽制衣裁。

东洋丝布店

东洋丝布半成绵，染得光华异样鲜。骤可充绸人竞买，制衣不耐久时穿。

青蓝布匹庄

青蓝布匹亦开庄,装载重重发客忙。更有织成麻与葛,零星分卖任裁量。

绵绸庄

乱丝粗细织绵绸,做得衣衫耐久留。五色印花皆制备,价廉物美客争求。

茛绸庄

粤产茛绸广及时,炎天服饰正相宜。为缘汗渍无痕显,沪上人多唤拷皮。①

上述竹枝词,令我们回忆起传统的各种竹器编制品,如我们淘米用的淘箩,买菜用的竹篮;铜器的制品,除了灯具、烛台,还有冬天取暖用的铜火盆、手炉、粉碎食品用的铜质舂桶以及汤婆子;女性结婚时陪嫁的各种木桶用具(旧时称作子孙桶);梳洗用的梳子和篦子,家中用的各种坐褥、靠垫和坐垫,夏天用的各种草席(宁席、台湾席),其中也不乏表现持家节俭而应运而生的店铺如刷染店和织补店,旧时衣物洗得退了色,就会送去刷染店,重新染色;毛料的衣服若被虫蛀了,就会送去织补店,修补以后再穿。家中若有婚丧喜庆之事,需要招呼客人,置办一次性的器具显得浪费,于是就用租赁的办法,于是就有了赁器店。这些消费和节俭的传统大多为家庭主妇的操持,在上海方言中有一个词汇叫作"把家",说的就是精细的生活品质和节俭的传统处理得恰到好处,这里有效地节俭地利用有物质资源,在花费不大的情况下,体面地办好事情,也积淀了所谓的上海主妇们"门槛精"的持家文化。

---

① 颐安主人:《沪江商业市景词》,顾炳权编:《上海洋场竹枝词》,142—147 页。

余论：竹枝词的近代转型与另一个叙事空间

上述竹枝词中还记述了各类轻工业新产品的问世，也遵循着"时尚"和"把家"精神的结合。以日常服装的材料为例，作者写了本布庄、夏布庄、东洋丝布店、青蓝布匹庄、绵绸庄等，可以见出当时普通市民服装制作已经广泛地采用"土布"以外的各类"洋布"。"洋布"作为对机织棉布的通称，自十九世纪后半叶流行起来与中国乡村仍普遍存在的自织土布并行存在，成为中国老百姓日常穿用的主要衣料。1850年前后上海出现了第一家专门卖洋布的清洋布店，此后数年间又相继有多家清洋布店开设，1858年已达十五六家。十九世纪七十年代，在上海的洋货号里可以看到种类繁多的各种洋纺织品。仅以1872年《申报》刊登的"衡隆洋货号"广告里可以看到，这家洋货行所经销的洋纺织品有哈唎呢、哆哆彩呢、羽毛哔叽、花素羽纱、羽茧、羽绉、羽绫等毛织品，还有新式五彩花布、各样牌子原布、粗细斜纹、洋标布等多种洋布①。在这些洋货店里，不仅有各式洋布，十九世纪末，穿用洋布已经成为一种民间普遍流行的衣着习俗，在城镇居民中洋布甚至成为人们居家生活的主流衣着质料。女性对衣着变化的敏感程度要超过男性，持家的女性不仅要关心自己的衣着消费，她可能更关心全家的衣着消费。因此，精细化的生活方式和"把家"的习惯的结合，会促使城市化的民众和家庭改变衣着用料。而女性是这一改变中的重要角色。

秦锡田《周浦塘棹歌》曾对农村女性对衣着要求改变持不满的看法，他把衣着的改变的现状也看作是女性的作用：

女子奢华性习成，衣裾钗珥必求精。哪知夫婿营生苦，担压双肩月五更。②

---

① 参见《申报》，1872年4月30日各版广告。
② 丘良任等编：《全编》二，391页。

• 587 •

对于洋布的入侵，秦锡田也是不满意的，他希望能保住"土布"的地位：

> 特地田间种紫花，紫花布色绚流霞。古传养血推精品，纤手缝衣献阿爷。

> 彩色青妍经纬匀，一年花样一番新。为郎称体裁衣服，外国呢绒莫上身。①

衣着的变化乃至日常生活习俗的潜移默化，本质上仍然是文化的问题。李长莉在《洋布衣在晚清的流行及社会文化意义》中认为，洋布衣服如此快速地成为城镇市民的日常衣着，首先是洋布衣成为"城里人"区别于"乡下人"的一般衣着标志。其次，洋布衣在城镇市民中流行普及，使得在衣着质料上市民中等阶层的界线向上下两面扩大，成为中等阶层的主流衣着，在原来服制礼俗上下等级之间出现了一个庞大的中等阶层，从而使服制礼俗上下等级的悬殊差别有所减弱。第三，洋布在城镇中等阶层的普及，给这些城镇市民的生活方式带来了一定影响。指出：

> 洋布的普及使城镇一般市民的日常衣着消费方式更加市场化和大众化。洋布衣的普及使一般市民衣着习俗更具时尚性和流行化。

> 这种衣饰方式的变化，与市民其他生活方式及消费趣味等变化相辅相成，为市民文化、城镇风尚增添了新的色彩，而这些色彩又与近代城市化和社会化的趋向相联系。②

上海近代化城市化的过程中，女性在日常生活消费、家庭生活品质中的提升作用逐渐被认识，这在二十世纪三十年代的"国货运

---

① 丘良任等编：《全编》二，398页。
② 李长莉：《洋布衣在晚清的流行及社会文化意义》，《河北学刊》，2005年第3期。

动"中得到进一步的确立。二十年代末到三十年代初，由于资本主义世界经济危机的影响，各国竞相实行货币贬值，导致中国白银大量外流，银价上涨，造成国内货币紧缩，物价下跌，市场萧条。列强为转嫁危机，还争先向中国倾销过剩产品，沉重打击了国内民族工业的成长。国货的提倡其实早已有之，但到了二十年代末三十年代初更为迫切。1928年时，中国银元和美元的兑换是2：1，但1930年要4个银元才能兑换1美元①。在《上海市国货陈列馆十九年年刊》的陈列品一览表中，主要产品大部分是日常的生活必需品，除了呢绒布料之外，有牙刷、肥皂、火柴、调味品以及油漆等工业基础原料。1928年起，上海每年举行"国货运动大会"，1930年的大会是"第三届国货运动大会及国货时装展览"②。这一次大会已经关注到女性的消费引领作用。

1931年"九一八事变"以后，东北市场沦于日本之手，部分国货产品丧失了东北市场，加上同年南方数省的大水灾，使社会经济濒临破产的境地，国货销路日益狭窄。在这种情况下，以民族资产阶级为中坚的国货界发动了一浪高过一浪的国货运动。为进一步开展国货宣传活动，在上海地方协会等团体的倡议下，1933年被定为国货年。此年中，各国货团体积极组织和参加各种国货展销活动，力图将国货推向全国。推进过程中，又发现女性用的化妆品和时尚用品大多是舶来品，于是，就有人提出，"与其劝男子们提倡国货，不如让女子乐用国货；与其由男子出来空喊空闹，不如劝太太、奶奶、小姐来实心实力的鼓励一番"③。1933年底，上海市商会、上海市地方协会、中华国货产销合作协会、上海妇女提倡国货会、中华妇女节制协会、家庭日新会等6个团体成立了妇女国货年

---

① 吕理俦：《如是之国人生活》，《上海市国货陈列馆十九年年刊》，34页。
② 上海市国货陈列馆调查馆编：《上海市国货陈列馆十九年年刊》，145页。
③ 仰莽：《今日开幕之女青年会国货展览》，《申报》1933年12月12日。

筹备委员会，并将1934年定为"妇女国货年"，宣传之势很快席卷全国。在"国货救国"的口号下，都市妇女被赋予提倡国货，挽救民族危亡的政治责任，妇女的日常消费行为被提升到政治的高度。提倡国货的全国运动带动了女性的国货消费，同时也促进了民族工业和民族品牌的发展。如前面提到的恒源祥绒线、"英雄牌"绒线以及天津东亚毛纺厂的崛起，都与"妇女国货年"有关[1]。

虽然提倡国货的经济效益并不显著，但在这次运动和见诸报章的各种争论中，凸显出城市化以后女性对家庭消费和日常生活消费的主导作用，甚至有人发出了上海女性已经"掌握了全家经济的大权，支配了全家的衣食杂务，举凡一切衣服器具，完全要听命于妇女的金口玉言之下"的言论[2]。可见，上海女性对家庭生活品质以及家庭消费的引领作用，已经得到基本认同。

第三节　竹枝词开拓的性别与都市叙事空间

假如把希冀生活美好作为城市发展的内在动力，女性的重要性日益凸显，带动两性关系悄然变化。女性在家庭经济和实际"权力"占据的份额日益提升，对于男性并不是没有影响的。生活精细化的需求，也会带来相关商业的繁荣，从这一层面上看，即由女性带动的时尚生活的崛起不可小觑。当女性职业群体开始出现，女性由单纯的消费者变成了既是生产者或者参与生产者又是消费者，同时又会进一步巩固女性在家庭经济和实际"权力"占据的份额。这种悄然的渐变，常常是不易察觉的。从表面上看，似乎依然是"男主外、女主内"的模式，但实际上，城市生活方式的追求和家庭注重生活品质的追求是同步的，工业化时代的开始也意味着社会分工

---

[1] 潘君祥：《中国近代国货运动研究》，上海社会科学院出版社1998年版。
[2] 巴哈：《今年的妇女》，《申报》1934年1月1日。

进一步精细,因此,家庭生活品质的提升,成了新的男女精细分工的一部分,加上西方文化的影响,两性的相处,特别是尊重女性的习俗也开始有了端倪,文化意义上也是积极向上的,充满着活力的。家庭是一个特殊的领域,不是传统意义上男性施展权力的领域,因此,以男性为中心的社会并不会反对女性在这个空间中的权力施展,相反会尽自己的努力,支持妻子提升生活品质。因此,女性与生活文化有着密切的联系,通过家庭生活品质的提升,来实现整个社会生活品质的提升。在这个漫长的过程中,女性在家庭中的话语权和家庭事务决策中的地位也在悄然改变。

徐安琪曾在《上海家庭的权力模式及其影响因素分析》(2005)一文中,通过 995 个已婚男女样本,445 双配对样本的研究发现,上海家庭以夫妻平权的比重为最高,市区妻子拥有实权的多于丈夫,而农村丈夫在家庭事务决策中说了算的明显较多。报告指出:

> 为避免使用多项具体决策权变量所造成的测量困扰和引致的批评,并易于从总体上把握两性在家庭决策中的影响和地位,我们以"家庭实权"这一总括性指标作为测量婚姻权力的因变量①。和以往的一些研究结论类似,上海夫妻除了平权型模式的比重最高外,市区家庭女性拥有家庭实权的多于男性,而郊区则相反。
>
> 这种城乡差异不仅在上海,同时在内地其他地域比较研究中都具有显著性意义,而尽管上海郊县的工业化、城市化程度较高,家庭权力模式却依然与市区有显著差异。②

徐安琪的研究是当代社会中的数据,直到今天,上海城市中的

---

① 伊庆春:《华人妇女家庭地位:台湾天津上海香港之比较》,社会科学文献出版社,211—212 页。
② 同上,199 页。

家庭和农村依然有显著的差别，因此，我们不得不认为，上海城市近代化工业化之后，都市文化中的两性文化的重建，导致性别观念的变化，从而产生了深远的影响，进而导致这种差异的发生。徐安琪说："相关分析显示，市区研究对象非常赞同'家庭中大部分重要事情应由男人来决定'的仅占8.5%（加上比较赞同的共29%），郊县为29.3%（加上比较赞同的达51.4%）。"①

徐安琪还指出："妇女的家庭地位并非取决于妻子的相对权力，而以其个人绝对的自主权以及对家庭角色平等认同感受的综合指标作测量。""即妇女地位的提高不以男性地位的降低为代价，而是致力于建立夫妻平等、和谐的伙伴关系，倡导良性的婚姻互动，共同提升双方的家庭生活自主权和满意度。并向两性自由、协调和全面发展的目标迈进。"②这就是说，衡量女性在家庭中的地位，个人自主权的体现很重要。而不是夫妻两人对立的权力关系。如果夫妇两人的个人自主权都能得到充分的尊重，那么，夫妇双方的家庭生活自主权和满意度都得到认同，而关系则会更加和谐。

当然，个人自主权在不同的历史时期，每个人的愿望和诉求也是不同的。但是，上海近代化城市化的进程给女性提供了发展的空间，无论是公共活动空间还是家庭生活的提升，女性的自主权也在不断的提升。当女性在家庭实际权力增大的同时，夫妻两人对立的权力关系并未出现，取而代之的则是更加和谐的两性关系。当上海女性的自主权提升的同时，上海男性的适应性和现代性也同时提升，并且赋予上海这座城市新的品格和文明。正如当年争论"上海男人"话题时，有人一针见血地指出，上海男人是"最符合现代精

---

① 伊庆春：《华人妇女家庭地位：台湾天津上海香港之比较》，社会科学文献出版社，208页。
② 徐安琪：《夫妻权力和妇女家庭地位的评价指标：反思与检讨》，《社会学研究》，2005年第4期。

神的一个男人群体":

> 许多国人嘲笑"上海男人不像男人",其实指的是不像典型的中国男人,而典型的中国男人,恰恰是毫不尊重妇女的大男子主义者。因此,嘲笑上海男人不像男人,就是嘲笑上海男人居然身为男人却不欺负女人,就是嘲笑上海男人居然身为男人却不是大男子主义者。而按照典型的中国逻辑,只要不欺负老婆,不是大男子主义者,就是小男人,就是怕老婆,于是理应受到嘲笑。但是,任何以文明人自居的人都不能居高临下地批评乃至嘲笑上海男人太尊重妇女,否则就是对不知道尊重妇女是文明人的基本素质的某些传统型中国男人的精神贿赂,总体而言,上海男人是最尊重妇女、最守信用、最敬业、最符合现代精神的一个男人群体,中国其他地方的男人应该向上海男人学习,而不是嘲笑和奚落他们。
>
> 在"上海男人"形象的背后,是近代海派文化的两个源头:以苏州和杭州为后花园的江南传统文化,以及通过半殖民地租界传入的西方商业文化传统。上海男人心思缜密,生活考究,正是江南文化和西方工业文明共同熏陶的产物。他们是一群根在中国传统文化,枝叶却又沐浴着欧风美雨的男人,因此在他们身上既有优势互补的精粹,又难免有江南文化绵软、柔弱的特点。[1]

"生活考究",实质上就是生活方式的理性和精细。"传入的西方商业文化传统",也在身份转化中起了相当的作用。上海和谐的两性关系,上海的城市性格,都可以在普通的大众的家庭中找到这种变化的起源。虽然广大的普通工人群体仍然挣扎在贫困之中,生活品质也不可能"精细化",但这并不妨碍他们对新型城市生活方

---

[1] 陈辉楠:《男人之于上海,上海之于男人》,《社会》,2003年第7期。

式的向往和追求，理性的生活方式同样体现在这一群体之中。

朱邦兴等人合编、出版于上海"孤岛时期"的《上海产业与上海职工》一书，对当时上海产业工人的工资、工时、劳动规则、衣食住行作了详尽记载。虽然这些调查中，没有特意对男工与女工作性别数据分列，但从相关描述中我们还是可以看到产业女工区别于原先农村生活的城市生活印记。

从婚姻和家庭的层面上来看，虽然旧时代的影响仍然很大，但已经出现了许多新的变化。例如结婚的"彩礼"：

> 在厂里做工的女工，因为女家能替父母赚钱，所以身价特别的贵。甚至有五百元以上的。"礼钱"有时是折做衣服、首饰或者别样礼物来计算，……大部分的买卖婚姻，都是又要礼钱又要衣服首饰的。在上海纱厂沪西的小沙渡、曹家渡，沪东的杨树浦等处工人的住宅里，常常可以听到工人们在谈论，谁家一百块礼钱、两只金戒指，谁家又五十块礼钱、三床绸被、两只皮箱等等的话。
>
> 订婚的谈判是非常麻烦的，往往要拖到好几个月才能成功。新式一点的家庭，两方面都要托亲戚朋友，进行慎密的调查，然后才决定。有些时候甚至还在星期日把男女两方约到戏院或是游艺场、酒菜馆等地方，有男家请客，双方见见面，谈几句话或是轧几趟朋友再订婚也是有的。
>
> 订婚以后，什么时候结婚是没有一定的，有的马上结婚，有的甚至过几年之后才结婚。结婚以前，礼钱是一定要付全的，结婚仪式大都很简单。……大都是在门口挂上一块红布，烧香点烛的拜一拜公婆，请几个亲戚朋友和做媒的人来家吃一桌酒席就算了。三天以后，新郎新娘都还是照常进厂做工。①

---

① 朱邦兴等：《上海产业与上海职工》，上海人民出版社，94—95页。

朱邦兴的调查中，还记录了男性工人成为"招女婿"的情况：

> 有些老太太，她只有一个女儿在纱厂里做工，她要靠女儿养她的终身。所以有时候就招一个单身的男工来家，做"养老女婿"。这样一来，自己老年的生活问题解决了，女儿的婚姻问题也解决了。这是一举两得的事。
>
> 在男子方面，自己本来就是单身无靠的一个流浪者，现在不花钱就能够得到一个妻子，白天里两夫妻都去上工，有老太太在家里烧烧饭、洗洗衣服，当然方便多了。所以，单身的男工都情愿被人家招去做女婿。①

朱邦兴说：在上海二十万纺织工人——新兴的中国无产阶级大众中，由于最前进的政治潮流的存在，所以最前进的婚姻制度亦随着它而成长。这就是"自主婚姻"。自主婚姻也包括离婚。但是因为工人们生活依然贫困，一般不会通过法律诉讼程序，而是"私了"：

> 工人当中离婚的谈判多是在茶馆店里举行，男女两方都请几个朋友，到茶馆店里去"吃讲茶"，双方谈好条件，男家给钱三五十元，中间帮忙谈判的人分一点钱，就简单的完了。②

婚姻家庭关系中两性相处方式的变化，在一定程度上重建了都市文化中的性别文化。虽然旧式的种种不合理的传统依然存在，但变化和发展是明显的，三十年代以后愈加明显。

金阿妹，1930年生，上海嘉定人。幼时被作为童养媳送人。1939年于私营袜厂、烟厂等做童工，1946年进入大新振染织厂，后于私营中纺二厂工作。1952年成为普陀区妇女联合会干部，

---

① 朱邦兴等：《上海产业与上海职工》，上海人民出版社，96页。
② 同上，98—99页。

1986年3月于上海市妇女联合会退休。她回忆说：

> 我的男人比我大三岁，民间有"男大三，金银山"的说法，从会说话起，大人就教我叫他"阿哥"，以后就一直这么叫了。
>
> 1946年，我15岁，这时家里只有我一人还没有工作，太婆一再催我出去找工作。当年春节刚过，年初四一早我便离开嘉定，那时也没钱坐车，随同村的亲戚从乡下走回上海，直到下午五点左右才走到，走得脚上打满泡。
>
> 仅仅休息一天，姑妈就带我出去做工了。姑妈从小在纺纱厂做，技术非常好，当时已是永安三厂①的拿摩温，她和该厂门房的关系比较好，进去时只要打个招呼："让她进去学学哦。"就把我带了进去，当时打算让我学会以后再找工作。那是一个很大的工厂，我被带到布机间，叫我跟着老师傅学。……技术熟练以后，我还能管两台车。
>
> 工资最初大概就三十多块，后来才逐步加上去的，但这是我第一份正式的工作，当时那个开心啊，因为有了工作就可以挣钱，自己养活自己，生活也能够独立，不再依赖人家了。靠人吃饭的日子多难过啊，自己爹妈养大的好像还应该，而像我这种抱来的就得听许多闲话。太婆以前总说："哎，饭烧好了，又吃光来。"这些话好像还特地讲给你听的，我听了老难受的。第一次拿到工资最开心了，给我妈5块钱，又给太婆10块，叔叔婶婶也要贴一点，剩下钱就给自己买点衣服。原来在乡下饭都吃不饱，到上海来就开心多了，不但可以在厂里吃饭，有了收入，在家也可以放心吃饱饭了。所以很感谢介绍我进厂的

---

① 全称为永安纺织印染公司第三厂，1921年4月，郭乐、郭顺兄弟创建该公司，在民族棉纺织工业中仅次于申新纺织公司，三厂建于1928年4月。1960年8月，该厂转为上海无线电三厂。

那个机匠，当年端午、中秋还给他送点礼物过去。

抗战开始以后，顾家阿哥（按：即金阿妹的丈夫）就不读书了，他也先后在几个私营小厂做过。抗战胜利时，他才十几岁，就进了永安三厂做加油工，即专门给机器做保养。加油工的工资比机匠低，当时也没我高，后来我拿六七十块时，他最多四五十块，但他的工作比我轻松。他晚上不上夜班就去夜校读书，他在实验民校①读书，后来我才知道那个学校的学生、教师很多都是中共地下党员，1946年他就成为中共党员。他也经常对我讲讲苏联的情况，说以后工人就要做主人了，就像苏联一样。他也叫我去读书，但我要上夜班，不能正常学习，也就没去。

我是顾家的童养媳，……阿哥很早就在外面工作，接触到许多优秀的女性，一解放他就成为干部，……解放后宣传婚姻自由，我也担心他会不要我。但他思想品质很好，最后倒没有嫌我，1950年国庆，我们正式结婚了，结婚以后他也从没有什么沾花惹草的事情。②

金阿妹的经历，可以说是朱邦兴调研的产业工人家庭个案的续曲。

悄然变化的生活，不仅带来生活方式的变化，也带来许多观念的变化。工人们业余时间会有自己的社交活动，除了休闲娱乐，还会学习文化：

纱厂工友……同住在一个地方的日子混多了，往往成为好兄弟或小姊妹。但大多数要好的朋友是同厂同车间的人。他们

---

① 全称为上海市立实验民众学校，1945年由俞庆棠创办，位于胶州路601号。那里先后有200多名中共地下党员在此工作或学习，成为沪西地区中共地下组织开展活动的重要据点，今为静安区业余大学。
② 程郁、朱易安：《上海职业妇女口述史——1949年以前就业的群体》，广西师大出版社，151、155、157、160页。

天天混在一起，面孔很容易熟的。加以下工的时候一道出厂，在马路上三三两两的可随便高谈，自然就认识了。便进一步结拜成兄弟或小姊妹。平日大家来往，又是大家帮忙。求上进的，便约同去读书，爱娱乐的便约同去看戏。①

交际行为大部分是以娱乐为中心的，纱厂的工友们也有他们的娱乐。他们文化高一点的，有许多喜欢唱歌的。抗战以来，多喜欢唱爱国歌曲。

至于运动方面，青工们很喜欢踢小球。"八一三"以前，沪西有不少有他们组织的小球队。

此外乒乓也是他们所喜欢的。申新九厂工房有个俱乐部，除象棋、胡琴外，还设有乒乓。

话剧也是纱厂工友们所喜欢的，在"五卅"的时候，他们便演出过话剧。去年纱厂工友救亡协会庆祝双十节，也借沪西大戏院演话剧。那天虽然下很大的雨，到的人数却有千人左右，演到汉奸害人，大家都大声喊打。事后都说工友们演得好，去年双十节，女青年会演戏庆祝，中国纱厂女工友去参加的也有五十人左右。②

城市生活带给女工更多的活动空间，除了工厂、家庭、宿舍之外，还有电影院、展览会、娱乐会、讲演会、公园等场所可以参与公共生活，所以，产业女工在收入提高的条件下也会置办长旗袍、皮鞋等讲究体面的服饰。产业女工的业余生活，体现出更多的城市特点，四业中除缫丝业女工收入低、工作强度大、很少娱乐活动外，其他都有相应的公共社交和娱乐活动。娱乐活动主要有听戏、看电影、唱歌、弹琴、玩公园、逛街等。到了抗战初期，特别是产

---

① 朱邦兴等：《上海产业与上海职工》，101页。
② 同上，101—103页。

业女工已有意识地成群结队参加补习学校,"把看书看报作为一个生活的环节"①。文化水平提高了,就有看书、看报、讨论时事、参与各种文化活动的需求,同时各种新的观念和看法就会被接受,而在日常生活和工作中有了独立的处事能力和主张,产业女工群体的业余生活也在朝着追求好一点物质生活需求,向着追求物质和文化生活两种需求的方向发展。

对于新成为上海人的普通大众来说,城市的生活环境也有许多艰苦之处,中下层居民大都在逼窄空间中生活,这样一种时间和空间都受到拘束的生活,也慢慢锤炼了城市居民的守时自律的理性,以及互相之间的宽容和礼让。这对于夫妇都要工作的家庭,在人际相处之间也是会有影响的。当我们花费了大量的时间来研读这些社会调研的资料之后,可以发现竹枝词叙事中,开拓出了更为具体而细密的描述。除了前一章已经提到竹枝词中有对女工群体的细节描写之外,还有对当时租界洋华杂居逼仄空间的描写:

半橼小屋数家分,绝似千蹄合一群。最是中宵清梦醒,邻家绮语不堪闻。上海尺地寸金,值昂于内地者倍蓰,中下社会为节省赁资起见,往往合数家赁居一宅,至走廊灶庇亦有人满之患。经济则经济矣,然终日胼手胝足,局促万状,羝羊触藩,不是过也。②

左邻右舍太郎当,为省金钱住鸽房。出入一门惟点首,不知姓氏与乡方。

古说长安不易居,今惟上海最难舒。上头大二三房主,能胜重重压制与。

获得匪徒询口供,牵缠每到二房东。慎防暴客来租屋,保结连环不放松。

---

① 朱邦兴等:《上海产业与上海职工》,143 页。
② 刘豁公:《上海竹枝词》,顾炳权:《上海洋场竹枝词》,254 页。

> 欲暂栖身觅一窠，小租挖费陋规多。帐房藉此肥身计，其奈他乡作客何。
>
> 为因房价太高昂，架屋重楼再垒床。终日乌烟同瘴气，况逢炎夏更难当。
>
> 住宅都从弄里增，法华楼许建三层。然如公共诸租界，打样工师不肯承。①

当上海开埠半个世纪以后，都市性别文化开始重建之时，上海人的性别观念也开始发生变化，竹枝词中出现了对新型两性关系的正面描述。即使作者属于旧式文人，却改变了以往讽刺的口吻，做出了歌颂性的描述：

> 妓女开通学校兴，笑他嫖客转无能。香君务嫁侯方域，浊世何人可并称。
>
> 旧历于今可尽除，但凭一纸征婚书。换来彼此皆钤印，他日途穷莫恨余。
>
> 垂帘听政忆当时，国事全行付女儿。知否荷兰仍女主，要求参政复何疑？
>
> 不甘雌伏亦称雄，北伐居然有女戎。可惜议和时太促，未能一试奏奇功。
>
> 战事遑云是凤娴，请缨竟尔出红颜。既称敢死何辞远，合守山西娘子关。
>
> 发短心长勇绝群，剪除了髻去从军。木兰佳话同千古，惜与尼姑两不分。

---

① 叶仲钧：《上海鳞爪竹枝词》，同上，280 页。

弃襦慷慨各欣然，男女人人立志坚。瞒却家中诸父老，倚间谁念眼将穿。

　　各般会党日昌明，女界平权亦发生。男子共和争促进，吾曹协进岂难行。

　　协赞争看女界兴，唇枪舌剑愈堪称。百般柔语人披靡，不助些微也不能。①

　　新朝男女尽平权，教育谁云可涉偏。同一共和同爱国，学堂名目已完全。

　　城东女校誉非虚，务本今年转不如。还让祝群梅氏女，仍担教务似当初。

　　榛苓学校共熏陶，伶界于今品亦高。团体组成联合会，改良新剧慕英豪。

　　天知剧派究非凡，总统诸公尽列衔。幕上共看书大字，维新戏曲颂喃喃。②

有学者认为，"文化多元成为近代上海的一个重要特点"。"所谓的上海城市性格，也就是融合了中华各种地域文化、吸纳了包括欧美在内的世界先进文化养分的现代版中华文明。""多元文化共存，从整体上说，是海纳百川，气象宏大；从每一地域文化来说，是提供了展示、提升的机会和场所；从各种地域文化之间来说，是提供了相互了解、相互学习、相互竞争的机会和场所。多元文化并存，有利于上海文化综合能力的提升，有利于上海城市文化的发展。这就像硕大的什锦拼盘，既各具滋味，又相辅相成，相

---

① 朱文炳：《海上光复竹枝词》，顾炳权：《上海洋场竹枝词》，上海书店出版社，209页。
② 同上，231页。

得益彰。"①

所谓的多元文化，大家谈得比较多的，总是东方文化和西方文化，传统文化和现代创新文化。那么，精英文化和大众文化、社会文化和生活文化以及性别文化是不是也有交汇点呢？从这个意义上说，竹枝词的近代转型，不仅给传统文学和传统诗学迈向新时代提供了成功的范例，并且直接参与了都市文化的建构。通过竹枝词创作的演变，竹枝词创作的近代转型，以及竹枝词开拓的性别与城市空间叙事视角，我们看到了许许多多被主流所忽略的大众层面上的生活场景，而这些恰恰与上海都市文化的特性的形成有关，并且也是应该深入研究的问题。

---

① 熊月之：《上海城市性格是怎样炼成的——上海开埠 170 年历史回望》，解放日报，2013 年 2 月 22 日。

引用书目

A

《安徽竹枝词》，欧阳发、洪钢编，黄山书社，1993年。

B

《白居易集笺注》，（唐）白居易著，朱金城笺注，上海古籍出版社，1988年。

《白居易年谱》，朱金城著，上海古籍出版社，1982年。

《白苏斋类集》，（明）袁宗道著，钱伯城标点，上海古籍出版社，1989年。

《白雨斋词话》，（清）陈廷焯著，人民文学出版社，1959年。

《白榆集》，（明）屠隆著，《四库全书存目丛书》本，集部·第180册，齐鲁书社，1997年。

《百年中国女权思潮研究》，密歇根大学社会性别研究所编，王政、陈雁主编，复旦大学出版社，2005年。

《鲍威尔对华回忆录》，[美]鲍威尔著，知识出版社，1994年。

《报纸编辑学教程》，郑兴东、陈仁风、蔡雯著，中国人民大学出版社，2001年。

《碧鸡漫志（及其他三种）》，（宋）王灼著，中华书局，1991年。

《便民图纂》，（明）邝璠著，石声汉、康成懿校注，农业出版社，1959年。

C

《藏书纪事诗》，（清）叶昌炽著，王锷、伏亚鹏点校，北京燕山出版社，2008年。

《出卖上海滩》，[美]霍塞著，越裔译，上海书店出版社，2000年。

《川沙县志》，方鸿铠、陆炳麟修，黄炎培纂，国光书局，1937年。

《成都竹枝词》，（清）杨燮等著，林子翼辑录，四川人民出版社，1982年。

《诚斋集》，（宋）杨万里著，《四部丛刊》本，上海书店出版社，1989年。

《词话丛编》，唐圭璋编，中华书局，1986年。

《词史》，刘毓盘著，沙先一导读，毛文琦校点，上海古籍出版社，2011年。

《楚辞补注》，（宋）洪兴祖补注，卞岐整理，凤凰出版社，2007年。

D

《带经堂集》，（清）王士禛著，程哲七略书堂，康熙五十年（1711）。

《带经堂诗话》，（清）王士禛著，张宗柟纂集，夏闳校点，人民文学出版社，1982年。

《帝国晚期的江南城市》，[美]林达·约翰逊主编，成一农译，上海人民出版社，2005年。

《滇系》，（清）师范纂集，清光绪刻本。

《戴叔伦诗集校注》，（唐）戴叔伦著，蒋寅校注，上海古籍出版社，2010年。

《豆棚闲话》，（清）艾衲居士编，上海古籍出版社，1983年。

《杜诗详注》，（唐）杜甫著，（清）仇兆鳌注，中华书局，1979年。

《敦煌歌辞总编》，任半塘著，上海古籍出版社，2006年。

F

《樊川诗集注》，（唐）杜牧著，（清）冯集梧注，上海古籍出版社，1978年。

《范石湖集》，（宋）范成大著，上海古籍出版社，1981年。

G

《龚自珍己亥杂诗注》，刘逸生注，中华书局，1980年。

《古乐书佚文辑注》，吉联抗辑注，人民音乐出版社，1990年。

《高太史大全集》，（明）高启著，《四部丛刊》本，上海书店出版社，1989年。

《顾亭林诗文集》，（清）顾炎武撰，华忱之点校，中华书局，1983年。

《光绪湖南通志》，（清）李瀚章等编纂，光绪十一年（1885）刻本。

《广东新语》，（清）屈大均撰，中华书局，1985年。

《广东女子艺文考》，冼玉清著，上海商务印书馆，1941年。

H

《海国公余辑录》，张煜南辑，光绪二十四年（1898）刻本。

《海上萨克斯风》，程乃珊著，文汇出版社，2004年。

《邗江三百吟》，（清）林苏门撰，广陵书社，2005年。

《汉口竹枝词校注》，（清）叶调元著，徐明庭、马昌松校注，湖北人民出版社，1985年。

《汉口丛谈校释》，（清）范锴著，江浦等校释，湖北人民出版社，1999年。

《汉口五百年》，皮明庥、吴勇主编，湖北教育出版社，1999年。

《汉正街市场志》，朱文尧主编，武汉出版社，1997年。

《横山乡人类稿》，（清）陈庆年，林庆彰编：民国文集丛刊·第一编48册，据民国间横山草堂刻本影印，文听阁图书有限公司，2008年。

《话本小说概论》，胡士莹著，中华书局，1980年。

《华亭县志》，（清）冯鼎高、王显曾编，台北成文出版社，1983年。

《华阳国志校注》，（晋）常璩撰，刘琳校注，巴蜀书社，1984年。

《华人妇女家庭地位：台湾、天津、上海、香港之比较》，伊庆春、陈玉华主编，社会科学文献出版社，2006年。

《黄庭坚诗集注》，（宋）黄庭坚著，（宋）任渊等注，刘尚荣校点，中华书局，2003年。

《黄遵宪集》，（清）黄遵宪著，吴振清等编校，天津人民出版社，2003年。

《黄梨洲诗集》，（清）黄宗羲著，戚焕埙、闻旭初整理，中华书局，1959年。

《黄梨洲文集》，（清）黄宗羲著，陈乃乾编，中华书局，1959年。

《胡文敬集》，（明）胡居仁撰，文渊阁《四库全书》影印本，台湾商务印书馆，1986年。

《胡奎诗集》，（明）胡奎著，徐永明注解点校，浙江古籍出版社，2012年。

《胡适文存三集》，胡适著，《民国丛书》，上海书店出版社，1989年。

《沪城岁事衢歌　上海县竹枝词　淞南乐府》，张春华、秦光荣、杨光辅著，许敏、吕素勤标点，上海古籍出版社，1989年。

《沪游杂记》，（清）葛元煦著，上海书店出版社，2009年。

《沪游杂记　淞南梦影录　沪游梦影》，葛元煦、黄式权、池志澂著，郑祖安、胡珠生标点，上海古籍出版社，1989年。

J

《寄云馆诗钞》，（清）史策先撰，《清代诗文集汇编》，上海古籍出版社，2010年。

《旧唐书》，（后晋）刘昫等撰，中华书局，1975年。

《坚瓠集》，（清）褚人获辑撰，李梦生校点，上海古籍出版社，2012年。

《剪灯新话（外二种）》，（明）瞿佑等著，周楞伽校注，上海古籍出版社，1981年。

《剑南诗稿校注》，（宋）陆游著，钱仲联校注，上海古籍出版社，1985年。

《江南女性别集》，胡晓明、彭国忠主编，黄山书社，2008年。

《荆川先生文集》，（明）唐顺之撰，《四部丛刊》本，上海商务印书馆，1936年。

《景定建康志》，（宋）周应合撰，南京出版社，2009年。

《嘉庆上海县志》，（清）王大同等编，清嘉庆十九年（1814）刻本。

《嘉道六家绝句》，（日）菊池晋、内野悟编，清光绪三十一年（1905）刻本。

《晋书》，（唐）房玄龄等撰，中华书局，1974年。

《近代上海人社会心态（1860—1910）》，乐正著，上海人民出版社，1991年。
《近代上海城市研究（1840—1949）》，张仲礼主编，上海文艺出版社，2008年。
《近代史思辨录》，陈旭麓著，广东人民出版社，1984年。
《静志居诗话》，（清）朱彝尊著，（清）姚祖恩编，黄君坦校点，人民文学出版社，1990年。
《姐妹们与陌生人》，［美］艾米丽·洪尼格著，韩慈译，江苏人民出版社，2011年。
《鉴诫录》，（五代）何光远撰，中华书局，1985年。

K

《珂雪斋集》，（明）袁中道著，钱伯城点校，上海古籍出版社，1989年。
《空同子集》，（明）李梦阳撰，明万历三十年（1602）刻本。

L

《冷庐杂识》，（清）陆以湉撰，崔凡芝点校，中华书局，1984年。
《老上海三十年见闻录》，陈无我著，上海书店出版社，1997年。
《李白诗歌接受史》，杨文雄著，台北五南图书出版公司，2000年。
《李贽全集注》，（明）李贽撰，张建业主编，社会科学文献出版社，2010年。
《李商隐诗集疏注》，（唐）李商隐著，叶葱奇疏注，人民文学出版社，1985年。
《刘禹锡集笺证》，（唐）刘禹锡著，瞿蜕园笺证，上海古籍出版社，1989年。
《六朝乐府与民歌》，王运熙著，古典文学出版社，1957年。

《琅嬛文集》，（明）张岱著，云告点校，岳麓书社，1985年。

《历代竹枝词》，王利器、王慎之、王子今辑，陕西人民出版社，2003年。

《历代诗话》，（清）何文焕辑，中华书局，1981年。

《历代诗话续编》，丁福保辑，中华书局，1983年。

《历代妇女著作考（增订本）》，胡文楷编著，上海古籍出版社，1985年。

《列朝诗集》，（清）钱谦益编，清顺治九年（1652）毛氏汲古阁刻本。

《列朝诗集小传》，（清）钱谦益著，古典文学出版社，1957年。

《岭南杂事诗钞笺证》，（清）陈坤著，吴永章笺证，广东人民出版社，2014年。

《柳亭诗话》，（清）宋长白撰，上海杂志公司排印本，1936年。

M

《毛诗正义》，（汉）毛公传，（汉）郑玄笺，（唐）孔颖达等正义，《十三经注疏》本，中华书局，1980年。

《孟郊集校注》，（唐）孟郊著，韩泉欣校注，浙江古籍出版社，1995年。

《明史》，（清）张廷玉等撰，中华书局，1974年。

《明代社会生活史》，陈宝良著，中国社会科学出版社，2004年。

《明语林》，（清）吴肃公撰，陆林校点，黄山书社，1999年。

《明文海》，（明）黄宗羲编，中华书局，1987年。

《明实录》，中华书局影印本，2016年。

《梅山续稿》，（宋）姜特立撰，文渊阁《四库全书》影印本，台湾商务印书馆，1986年。

《马克斯恩格斯全集》，［德］马克思、［德］恩格斯著，人民出版社，1965 年。

《民国时期社会调查丛编》，李文海主编，福建教育出版社，2005 年。

N

《能改斋漫录》，（宋）吴曾撰，上海古籍出版社，1979 年。

《女性与近代中国社会》，罗苏文著，上海人民出版社，1996 年。

《农政全书》，（明）徐光启著，中华书局，1956 年。

《南诏野史》，旧题（明）倪辂、杨慎辑，文渊阁《四库全书》影印本，台湾商务印书馆，1986 年。

《南越笔记》，（清）李调元辑，中华书局，1985 年。

P

《皮子文薮》，（唐）皮日休著，萧涤非、郑庆笃整理，上海古籍出版社，1981 年。

Q

《乾隆汉阳府志》，（清）陶士僩等修，乾隆十二年（1747）刻本。

《清稗类钞》，（清）徐柯编撰，中华书局，1985 年。

《清代妇女文学史》，梁乙真著，中华书局，1927 年。

《清代闺阁诗人征略》，施淑仪辑，上海书店出版社，1987 年。

《清代北京竹枝词（十三种）》，杨米人等著，路工编选，北京古籍出版社，1982 年。

《清画家诗史》，（清）李濬之，浙江人民美术出版社，2014 年。

《清诗话》，（清）王夫之等撰，丁福保辑，上海古籍出版社，1978 年。

《清诗话续编》，郭绍虞编选，富寿荪校点，上海古籍出版社，

1983年。

《清诗纪事初编》，邓之诚撰，上海古籍出版社，1982年。

《清代文学批评史》，邬国平、王镇远著，上海古籍出版社，1996年。

《清诗史》，朱则杰著，江苏古籍出版社，2000年。

《清末民国旧体诗词结社文献汇编》，南江涛选编，国家图书馆出版社，2013年。

《清末上海租界社会》，吴圳义著，台北文史哲出版社，1978年。

《清末四十年申报史料》，徐载平、徐瑞芳著，新华出版社，1988年。

《清人绝句选》，陈友琴编，开明书店，1935年。

《全唐诗》，（清）彭定求等编，中华书局，1960年。

《全唐诗补编》，陈尚君辑校，中华书局，1992年。

《全唐诗录》，（清）徐倬编，文渊阁《四库全书》影印本，台湾商务印书馆，1986年。

《全宋诗》，傅璇琮等主编，北京大学出版社，1991—1999年。

R

《人境庐诗草笺注》，（清）黄遵宪著，钱仲联笺注，上海古籍出版社，1981年。

《日常生活》，（匈）阿格妮丝·赫勒著，衣俊卿译，重庆出版社，1990年。

《日知录集释》，（清）顾炎武著，（清）黄汝成集释，岳麓书社，1994年。

S

《邵氏闻见后录》，（宋）邵博撰，刘德权、李剑雄点校，中华书局，1983年。

《诗归》，（明）钟惺、谭元春选，明末三色套印本。

《随园诗话》，（清）袁枚著，顾学颉校点，人民文学出版社，1982年。

《师友诗传录》，（清）郎廷槐述，中华书局，1985年。

《诗经译注》，程俊英译注，上海古籍出版社，2010年。

《诗品集注》，（梁）钟嵘著，曹旭集注，上海古籍出版社，1994年。

《十三经注疏》，（清）阮元校刻，中华书局，1982年。

《石洲诗话》，（清）翁方纲撰，陈迩冬校点，人民文学出版社，1981年。

《石湖诗集》，（宋）范成大撰，《四部丛刊》本，上海书店出版社，1989年。

《说苑》，（汉）刘向著，中华书局，1985年。

《蜀中广记》（明）曹学佺撰，文渊阁《四库全书》影印本，台湾商务印书馆，1986年。

《史记》，（汉）司马迁撰，中华书局，2000年。

《四友斋丛说》，（明）何良俊撰，李剑雄校点，上海古籍出版社，2012年。

《四库全书总目》，（清）永瑢等撰，中华书局，1965年。

《四书改错》，（清）毛奇龄撰，清嘉庆十六年（1811）金孝柏学圃刻本。

《声调四谱图说》，（明）董文涣著，上海医学书局石印本，1927年。

《升庵全集》，（明）杨慎著，《万有文库》本，商务印书馆，1929—1937年。

《宋史》，（元）脱脱等撰，中华书局，1985年。

《宋诗纪事》,(清)厉鹗辑撰,上海古籍出版社,1983年。

《隋书》,(唐)魏徵等撰,中华书局,1973年。

《尚书今古文注疏》,(清)孙星衍撰,陈抗,盛冬铃点校,中华书局,1998年。

《上海:一座现代化都市的编年史》,熊月之、周武主编,上海书店出版社,2009年。

《上海闲话》,姚公鹤著,吴德铎标点,上海古籍出版社,1989年。

《上海公共租界史稿》,蒯世勋等编著,上海人民出版社,1980年。

《上海春秋》,曹聚仁著,上海人民出版社,1996年。

《上海春秋》,包天笑著,漓江出版社,1987年。

《上海近代文学史》,陈伯海、袁进主编,上海人民出版社,1993年。

《上海通史》,熊月之主编,上海人民出版社,1999年。

《上海历代竹枝词》,顾炳权编著,上海书店出版社,2001年。

《上海洋场竹枝词》,顾炳权编,上海书店出版社,1996年。

《上海小志、上海乡土志、夷患备尝记》,胡祥翰、李维清、曹晟著,上海古籍出版社,1989年。

《上海掌故丛书第一集》,上海通讯社编,中华书局,1936年。

《上海旧话》,郑逸梅、徐卓呆编著,上海文化出版社,1986年。

《上海洋场》,薛理勇著,上海辞书出版社,2011年。

《上海职业妇女口述史——1949年以前就业的群体》,程郁、朱易安著,广西师范大学出版社,2013年。

《上海机电工业志(总纂稿)》,孟燕堃主编,上海社会科学院出版社,1996年。

《上海纺织工业志》,施颐馨、孙中兰、陈定远主编,上海社会科学院出版社，1998年。

《上海市国货陈列馆十九年年刊》，上海市国货陈列馆编查股编印，1930年。

《上海体育志》，蔡扬武主编，上海社会科学院出版社，1996年。

《上海产业与上海职工》，朱邦兴、胡林阁、徐声合编，上海人民出版社，1984年。

《少室山房类稿》，（明）胡应麟撰，（清）胡宗楙辑《续金华丛书》本。

《盛世危言》，（清）郑观应著，辛俊玲评注，华夏出版社，2002年。

《申报影印本》，上海书店出版社，2008年。

T

《唐声诗》，任半塘著，上海古籍出版社，1982年。

《唐语林》，（宋）王谠撰，上海古籍出版社，1978年。

《唐语林校证》，（宋）王谠撰，周勋初校证，中华书局，1997年。

《唐代女诗人》，陆晶清著，神州国光社，1931年。

《唐代乐舞新论》，沈东著，北京大学出版社，2004年。

《唐代酒令艺术》，王小盾著，东方出版中心，1995年。

《唐人选唐诗十种》，（唐）元结、殷璠等选，上海古籍出版社，1978年。

《唐人绝句类选》，周本淳选编，浙江古籍出版社，1985年。

《唐人万首绝句选》，（清）王士禛选，清乾隆年间刻本。

《唐才子传校笺》，傅璇琮主编，中华书局，1995年。

《唐诗大辞典》，周勋初主编，江苏古籍出版社，2003年。

《唐诗镜》，（明）陆时雍编选，明刻本。

《唐诗绝句类选》,(明)敖英编选,明刻本。

《唐诗纪事校笺》,王仲镛著,巴蜀书社,1989年。

《唐诗别裁集》,(清)沈德潜选注,上海古籍出版社,1979年。

《唐诗与音乐》,朱易安著,漓江出版社,1996年。

《唐诗学史论稿》,朱易安著,广西师大出版社,2000年。

《唐音癸签》,(明)胡震亨著,上海古籍出版社,1981年。

《弢园文录外编》,(清)王韬著,汪北平、刘林整理,中华书局,1959年。

《太平寰宇记》,(宋)乐史撰,王文楚等点校,中华书局,2007年。

《苕溪渔隐丛话》,(宋)胡仔纂集,廖德明校点,人民文学出版社,1962年。

《天禄阁外史》,旧题黄宪著,中华书局,1985年。

W

《温庭筠全集校注》,(唐)温庭筠著,刘学锴校注,中华书局,2007年。

《晚清小说史》,阿英著,人民文学出版社,1980年。

《文坛五十年》,曹聚仁著,东方出版中心,1997年。

《文心雕龙注》,刘勰著,范文澜注,人民文学出版社,1981年。

《文章辨体序说》,(明)吴讷著,于北山校点,人民文学出版社,1962年。

《危险的愉悦——20世纪上海的娼妓问题与现代性》,[美]贺萧著,韩敏中、盛宁译,江苏人民出版社,2003年。

《吴越春秋校注》,张觉校注,岳麓书社,2006年。

《五四运动在上海史料选集》,上海社会科学院历史研究所编,上海人民出版社，1980年。

《五百石洞天挥麈》，（清）邱炜萲撰，清光绪二十五年（1899）刻本。

《五岳山人集》，（明）黄省曾撰，明嘉靖刻本。

X

《西湖渔唱》，（清）许承祖撰，上海古籍出版社，1985年。

《西湖游览志馀》，（明）田汝成撰，上海古籍出版社，1980年。

《西湖文献集成》，王国平主编，杭州出版社，2004年。

《西河集》，（清）毛奇龄撰，文渊阁《四库全书》影印本，台湾商务印书馆，1986年。

《荀子集解》，（清）王先谦撰，沈啸寰、王星贤点校，中华书局，1988年。

《先秦两汉文学批评史》，顾易生、蒋凡著，上海古籍出版社，1990年。

《先秦汉魏晋南北朝诗》，逯钦立辑校，中华书局，1983年。

《新唐书》，（宋）欧阳修、宋祁撰，中华书局，1975年。

《新安文献志》，（明）程敏政辑撰，何庆善，于石点校，黄山书社，2004年。

《新词语新概念：西学译介与晚清汉语词汇之变迁》，［德］郎宓榭、［德］阿梅龙、［德］顾有信编著，赵兴胜等译，山东画报出版社，2012年。

《宣和遗事》，佚名撰，古典文学出版社，1958年。

《贤博编》，（明）叶权撰，中华书局，1987年。

《香叶草堂诗存》，（清）罗聘撰，《续修四库全书》，上海古籍出版社，2002年。

《徐渭集》，（明）徐渭撰，中华书局，2003年。

《小仓山房诗文集》,(清)袁枚著,周本淳标校,上海古籍出版社,1988年。

《消费社会》,[法]波德里亚著,刘成富、全志钢译,南京大学出版社,2004年。

《消费文化与后现代主义》,[英]迈克·费瑟斯通著,刘精明译,译林出版社,2000年。

《香艳丛书》,王文濡辑,中国图书公司,1914年。

《现代性与生活世界的变迁》,陆汉文著,社会科学文献出版社,2005年。

Y

《渊颖吴先生文集》,(元)吴莱撰,《四部丛刊》本,上海书店出版社,1989年。

《袁宏道集笺校》,(明)袁宏道著,钱伯城笺校,上海古籍出版社,1981年。

《元稹年谱》,卞孝萱著,齐鲁书社,1980年。

《元次山集》,(唐)元结著,孙望校,中华书局,1960年。

《元稹集》,(唐)元稹撰,冀勤点校,中华书局,1982年。

《元诗纪事》,(清)陈衍著,李梦生校点,上海古籍出版社,1987年。

《郁达夫文集》,郁达夫著,花城出版社,1982年。

《鸳鸯湖棹歌》,(清)朱彝尊著,浙江人民出版社,1985年。

《寓圃杂记》,(明)王锜撰,中华书局,1984年。

《玉樵山人集》,(唐)韩偓撰,《四部丛刊》本,上海书店出版社,1989年。

《扬州画舫录》,(清)李斗撰,周春东注,山东友谊出版社,2001年。

《扬州曲艺史话》，韦人、韦明铧著，中国曲艺出版社，1985年。
《扬州竹枝词》，（清）董伟业撰，广陵书社，2003年。
《杨太真外传》，（宋）乐史撰，鲁迅校录《唐宋传奇集》，文学古籍刊行社，1956年。
《渔洋精华录集释》，（清）王士禛著，李毓芙等整理，上海古籍出版社，1999年。
《榆下说书》，黄裳著，生活·读书·新知三联书店，1982年。
《饮冰室合集》，梁启超著，中华书局，1929年。
《瀛壖杂志》，（清）王韬撰，沈恒春、杨其民标点，上海古籍出版社，1989年。
《乐府诗集》，（宋）郭茂倩编，中华书局，1979年。
《豫章黄先生文集》，（宋）黄庭坚撰，《四部丛刊》本，上海书店出版社，1989年。
《韵文概论》，江建民、何毓玲编著，高等教育出版社，1987年。
《疑雨集》，（明）王彦泓著，民国十六年（1927）石印本。
《渊颖吴先生集》，（元）吴莱撰，《四部丛刊》本，上海书店出版社，1989年。
《阅世编》，（清）叶梦珠撰，来新夏点校，中华书局，2007年。
《越中竹枝词选》，绍兴鲁迅纪念馆编，上海文艺出版社，2011年。
《云仙杂记》，（唐）冯贽撰，《四部丛刊》本，上海书店出版社，1989年。
《音乐学文集》，中国艺术研究院音乐研究所编，山东友谊出版社，1994年。

Z

《赵翼诗编年全集》，（清）赵翼著，华夫编，天津古籍出版社，

1996年。

《张籍诗注》，（唐）张籍著，陈延杰注，商务印书馆，1938年。

《张承吉文集》，（唐）张祜撰，上海古籍出版社，1979年。

《贞素斋集》，（元）舒頔撰，清刻本。

《郑板桥集》，（清）郑燮撰，上海古籍出版社，1979年。

《正德夔州府志》，（明）吴潜等修，天一阁藏明代地方志选刊（65），上海古籍书店，1982年。

《中国妇女与文学》，陶秋英著，北新书局，1933年。

《中国女性文学史》，谭正璧著，天津百花文艺出版社，1991年。

《中国妇女文学史》，谢无量著，中华书局，1933年。

《中国文学的近代变革》，袁进著，广西师范大学出版社，2006年。

《中国诗史》，[日]吉川幸次郎著，高桥和巳编，章培恒等译，安徽文艺出版社，1986年。

《中国棉纺织史稿（1289—1937）——从棉纺织工业史看中国资本主义的发生与发展过程》，严中平著，科学出版社，1955年。

《中国近代对外贸易史资料（1840—1895）》，姚贤镐编，中华书局，1962年。

《中国近代手工业史资料（1840—1949）》，彭泽益编，生活·读书·新知三联书店，1957年。

《中国近代学制史料第二辑》，朱有瓛主编，华东师范大学出版社，1992年。

《中国近代国货运动研究》，潘君祥主编，上海社会科学院出版社，1998年。

《中国民歌研究》，胡怀琛编，商务印书馆，1925年。

《中国印刷史话》，张绍勋著，商务印书馆，1997年。

《中国地方志综录》，朱士嘉编，商务印书馆，1958年。

《中华竹枝词》，雷梦水等编，北京古籍出版社，1997年。

《中华竹枝词全编》，丘良任、潘超、孙忠铨等编，北京出版社，2007年。

《中国文学概论讲话》，[日]盐谷温著，孙俍工译，开明书店，1930年。

《中国三峡竹枝词》，王广福等编注，重庆出版社，2005年。

《职场丽人》，吴红婧著，上海文化出版社，2006年。

《直讲李先生文集》，（宋）李觏撰，《四部丛刊》本，上海书店出版社，1989年。

《竹枝词研究》，王慎之、王子今著，泰山出版社，2009年。

《竹枝纪事诗》，丘良任撰，上海民俗文化学社印行，1991年。

《竹枝成都》，谭继和主编，四川人民出版社，2008年。

《朱自清全集》，朱自清著，时代文艺出版社，2000年。

《罪惟录》，（明）查继佐撰，《四部丛刊》本，上海书店出版社，1989年。

后　记

早年写《中国诗学史》明代卷时，曾经关注过明人创作的竹枝词。对于明人的竹枝词热情，找不出太多的诠释，只是比较单纯地认为，追求"真性情"是他们热衷竹枝词写作的主要原因，所以，我一直将文人拟作的竹枝词创作，看作是传统诗歌一种形式。直到系统地阅读历代竹枝词作品时，我才发现，竹枝词研究在今天的学术分类中，属于"俗文学"。于是，探索这种文体雅和俗的转换过程和规律，引发了我的兴趣。

从事唐诗学研究多年，因工作的需要，又接触了性别研究、都市文化研究以及文化产业研究。每一个阶段的阅读和思考，都是对已有知识结构的挑战，也有进入新领域的兴奋和深入的痛苦。通过不同视角来反观文学，会对许多文学现象产生新的看法和阐释，收获颇大。

竹枝词研究始于 2010 年，时任教育部上海师范大学都市文化研究中心主任的杨剑龙教授，建议我报一个与都市文化和性别研究相关的项目，于是做了《竹枝词与都市性别文化》的研究。这项研究获批当年教育部人文社会科学重点研究基地重大项目，并于 2015

年结项。当时在读的博士和硕士研究生全亚兰、倪辉、王书艳、张丽、郜晶等都参与过这个项目，做了大量的资料收集以及部分章节的拟撰。程郁教授和我先期合作过《上海职业妇女口述史——1949年以前就业的群体》一书，也为这一研究提供了参考文献，在此一并致谢。《竹枝词及其近代转型研究》一书，在上述基础上，回归了文学本身的研究。如果说，文人拟作的竹枝词创作兼有俗文学的性质，那么她的"俗"恰好迎合了城市大众的文化需求，使之成为近代都市文学的一部分。对竹枝词近代转型的肯定，也是对传统诗歌体制可以进入新时代、反映新时代的肯定，弥补了以往的都市文学中只有小说没有诗歌的缺憾。如果这样的结论可以进入文学史，也许是对在中国诗学创作与研究领域里不断耕耘、不断努力的研究者的莫大鼓舞。

再次谢谢不能一一列举的所有为这项研究和出版提供帮助的朋友们。

朱易安
2020 年 10 月 22 日

图书在版编目(CIP)数据

竹枝词及其近代转型研究/朱易安著. --上海：上海古籍出版社,2020.11
ISBN 978 - 7 - 5325 - 9806 - 9

Ⅰ.①竹… Ⅱ.①朱… Ⅲ.①竹枝词-诗歌研究-中国 Ⅳ.①I207.22

中国版本图书馆 CIP 数据核字(2020)第 223317 号

中华典籍与国家文明研究丛书
竹枝词及其近代转型研究
朱易安 著
上海古籍出版社出版发行
(上海瑞金二路 272 号 邮政编码 200020)
(1) 网址：www.guji.com.cn
(2) E-mail: guji1@guji.com.cn
(3) 易文网网址：www.ewen.co
上海展强印刷有限公司印刷
开本 890×1240 1/32 印张 19.875 插页 5 字数 498,000
2020 年 11 月第 1 版 2020 年 11 月第 1 次印刷
印数：1—1,500
ISBN 978 - 7 - 5325 - 9806 - 9
Ⅰ·3533 定价：98.00 元
如有质量问题，请与承印公司联系
电话：021-66366565